STEPHAN R. MEIER

RIVIERA EXPRESS

Dynamit in der Villa Nobel

STEPHAN R. MEIER

RIVIERA EXPRESS

Dynamit in der Villa Nobel

GMEINER

EIN FALL FÜR COMMISSARIO GALLO

Personen und Handlung sind frei erfunden.
Ähnlichkeiten mit lebenden oder toten Personen
sind rein zufällig und nicht beabsichtigt.

MIX
Papier | Fördert gute Waldnutzung
FSC® C083411
FSC www.fsc.org

Besuchen Sie uns im Internet:
www.gmeiner-verlag.de

Im Ehnried 5, 88605 Meßkirch
Telefon 07575/2095-0
info@gmeiner-verlag.de

1. Auflage 2024

Lektorat: Claudia Senghaas, Kirchardt
Herstellung: Mirjam Hecht
Umschlaggestaltung: U.O.R.G. Lutz Eberle, Stuttgart
unter Verwendung einer Illustration von: © Lutz Eberle
Druck: CPI books GmbH, Leck
Printed in Germany
ISBN 978-3-8392-0638-6

Biggi, Gabriella, Simona

VORBEMERKUNG

Dieses Buch ist ein Roman. Das charmante Dörfchen Riva Ligure gibt es tatsächlich, genauso wie es die anderen Orte und Städte an der Blumenriviera gibt. Die Bühne ist also echt, die Handlungen und Personen sind jedoch völlig frei erfunden und Produkte, die der Fantasie entsprungen sind. Ähnlichkeiten mit lebenden oder toten Personen sind nicht gewollt und rein zufällig.

PAESE NATALE

Lungo l'unica strada strette case saldate insieme, frustate dal vento marino che sa d'alghe e di catrame, e il mare è lì, frange alle soglie, arremba in secco i gozzi all'orlo della piazza, getta barbagli nei fondachi bui, di là campagna tra muretti d'orto e il gelsomino sul pozzo e la pace mistica dell'ulivo che inargenta. Liguria aspra e soave, tu mi stai nel cuore. Qui visse le sue vigilie di fanciulla mia madre, e qui posare dall'errabonda vita sará dolce.

HEIMATDORF

Entlang der einzigen Straße stehen schmale Häuser, wie zusammengeschweißt. Gepeitscht vom Meereswind, der nach Algen und Teer duftet, und das Meer ist da und bricht sich an den Ufern, benetzt die Kähne, aufs Trockene gezogen, am Rund des Platzes, und wirft seine Licht-Blitze bis in die dunklen Schatten der Gasse. Weiter oben eine Landschaft aus Gartenmauern und blühendem Jasmin an den Brunnen und dem mystischen Frieden des silbrigen Olivenbaums. Raues und süßes Ligurien, dich trage ich in meinem Herz. Hier erblühte einst meine Mutter vom zarten Mädchen zur Frau – und hier wird es süß sein, sich nach einem langen Wanderleben auszuruhen.

Francesco Pastonchi, gefeierter (heute fast vergessener) Dichter, Italianist und Literaturkritiker des *Corriere della Sera*, geboren 31. Dezember 1874 in Riva Ligure, gestorben 29. Dezember 1953 in Turin.

1. KAPITEL

Imperia, vor sechs Monaten

»Sie müssen das hier noch ausfüllen, Commissario«, hörte er sie sagen. Er fixierte die junge Inspektorin in ihrer blauen Uniform hinter dem Holztresen in der Questura von Imperia mit einem stechenden Blick. Bohnerwachs und Desinfektionsmittel. Warum riecht es in allen Behörden gleich?, dachte er.

Sie ließ sich nicht einschüchtern.

Er probierte es mit einem Lächeln.

»Mit Ihrem kompletten Namen, bitte, sonst kann ich es nicht ins System eingeben«, sagte sie ungerührt und lächelte zurück.

Er gab auf. »Sie meinen, ich muss meinen Passnamen eintragen? Ist das vom Ministerium nicht schon längst geändert worden?«, fragte er mit seiner warmen Bassstimme.

Sie blickte auf den Computerschirm herab, den er von der anderen Seite nicht sehen konnte.

»Hier steht: Commissario Tomaso Galimberti della Casa. Das ist der Name, unter dem Sie Ihre Dienstwaffe registrieren müssen.«

Er seufzte. »Sehen Sie«, er langte in die Gesäßtasche seiner schwarzen Jeans mit dem Loch über dem Knie und zog seine Dienstmarke hervor, die mit einer Kette an einer Gürtelschlaufe gesichert war. »Hier steht mein Name: Tomas Gallo. Das mit dem ›Galimberti della Casa‹ habe ich schon lange abgelegt.«

Er beobachtete, wie sie sich vorbeugte, sich über die streng zu einem Pferdeschwanz zurückgebundenen Haare strich und den Ausweis las. »Stimmt. Da steht Tomas Gallo, Commissario della Polizia di Stato.«

»Sag ich doch.«

»Und warum steht dann ein anderer Name im Waffenregister des Ministeriums?«

»Ein bürokratischer Unfall.« Gallo lächelte. »Das ist eine lange Geschichte. Der Name war mir zu lang. Tomas Gallo reicht. Alles andere verwirrt nur ...« Das war höchstens die halbe Wahrheit.

Er sah, wie sie wieder auf den Computerschirm herabblickte. Sie bekam rote Wangen, ihre Lippen lasen seinen Namen noch mal stumm mit.

Dann blickte sie wieder auf und sah ihm in die Augen: »Sie sind einer DER Galimberti della Casa?«, fragte sie ihn mit ehrfürchtigem Blick.

»Scheint so. Ja.«

»Aus Rom?«

»Wenn Sie wollen.«

»Oh, ich wusste nicht, dass Sie es wirklich sind.«

»Wer?«

»Na, DER Galimberti della Casa.«

»Gallo, Tomas, bitte.«

»Ja schon, aber Sie sind ja eine Berühmtheit.«

»Berühmt wofür? Dass ich solche Gespräche hasse?« Ein Schmunzeln huschte über sein Gesicht.

»Ja, und dass Sie zwei vorgesetzte Politiker aus dem Justizministerium überführt haben.«

»Weil mir Gerechtigkeit über Gehorsam geht. Und weil ich keinen Respekt vor korrupten Vorgesetzten habe! Denn ohne unabhängige Justiz kann es keinen Rechtsstaat geben.«

»Aber Ihr Name...«

»Altes Zeug«, raunzte der Commissario, der nur Gallo genannt werden wollte. »Der steht für eine andere Welt, eine alte Welt, die keine Gültigkeit mehr hat.« Sein Bass dröhnte von den kahlen Wänden der Questura von Imperia. Von draußen drang eine Mischung aus Verkehrslärm, Schiffshörnern vom Hafen und Kaffeegeplapper durch die meterhohen Sprossenfenster des imposanten Gebäudes der Zentralverwaltung in Imperia, der Provinzhauptstadt der Riviera di Ponente, herauf.

»Hören Sie, ich heiße Tomas Gallo, okay? Schon seit Langem. Ich werde mich darum kümmern, dass das endlich auch im Ministerium geändert wird.«

Die junge Inspektorin schob ihm das Formular hin. Sie hob kurz ihre Schultern. »Sind Sie deshalb hier?«, fragte sie.

»Bitte?«

»Na, wegen der beiden Politiker …«

»Ach so, ja, scheint wohl so. Ich bin politisch wohl nicht mehr erwünscht gewesen.« Gallo grinste die junge Kollegin an. »Aber keine Angst, ich werde so gut wie nie hier sein«, fuhr er fort. »Mein Büro ist ab morgen in der neuen Außenstelle im Zentrum von Sanremo, Polizia di Stato. Kapitalverbrechen. Das Büro ist aus Platzmangel von der Kaserne ausgelagert worden. Unter der Obhut von Vize-Dirigente und Vize-Staatsanwalt Dottore Bevilacqua. Kurz PM Bevilacqua. Pubblico Ministero.«

Gallo sah, wie die junge Frau ihre Lippen schürzte. Bedauern? Neugierde? Ablehnung? Galt die Skepsis ihm oder Bevilacqua?

»Nein, nein«, beeilte sich die junge Kollegin zu sagen, »ich meine, ich hätte nie gedacht, dass ein so berühmter …«, sie stammelte und strich sich wieder über ihr tadellos sitzendes Haar.

Gallo winkte ab, lächelte sie an und nickte ihr versöhnlich zu. Sie entspannte sich augenblicklich.

All diese Reaktionen auf seinen Namen waren ihm vertraut. Die Galimberti della Casa waren eine uralte Adelslinie mit teils düsterer Vergangenheit. Als nach 1946 die Monarchie in Italien endgültig abgeschafft worden war und die junge Republik sich an die Aufarbeitung seiner kolonialen Vergangenheit machte, wurden die Galimberti della Casa dem sogenannten schwarzen Adel zugerechnet. Ominöse Bischöfe, geheime Verträge mit dem Vatikan und den Savoyern, Ansprüche der italienischen Krone an den Kolonien in Istrien und Libyen und vieles andere mehr in den Irrungen und Wirrungen der vergangenen Jahrhunderte beim Schachern mit Pfründen zog sich wie ein roter Faden durch die Familiengeschichte der Galimberti della Casa. Und vieles davon waren goldene Fäden. Tomas Gallo hatte das beträchtliche Erbe, das ihm in den Schoß gefallen war, nie angetreten und hatte auch nicht vor, es jemals anzutreten. Der Vermögensfonds, den ein Anwalt seiner Mutter eingerichtet hatte, war bisher unberührt. Nur den Parker-Stift seiner Mutter, ein robustes, stumpfnasiges Fischerboot, ein ligurisches Gozzo, und den rostanfälligen Alfa Romeo aus den späten 60er Jahren, der unten im absoluten Halteverbot vor der Questura stand, hatte er angenommen. Ansonsten lebte er lieber von seinem Staatsgehalt als Polizist.

Und selbst das riskierte er, wie im Fall der zwei korrupten politischen Spitzenbeamten in Rom, die er entlarvt hatte. Wochenlang waren sein Gesicht und sein Name in den Schlagzeilen gewesen und somit zum Synonym eines Justiz-Skandals geworden. Es war nur eines von vielen Glutnestern, das eilig von der örtlichen und nationalen Politikerkaste ausgetreten wurde. Statt einer Belobigung oder gar Beförderung war Gallo unmissverständlich empfohlen worden, aus Rom zu verschwinden und sich einen Posten in der Provinz auszusuchen. Seine Wahl hatte er ohne jede Überlegung getroffen: die Riviera di Ponente. Den äußersten westlichen Teil Liguriens, an der Grenze zu Frankreich, den er aus seiner Kindheit kannte, weil seine Mutter den ganzen Sommer lang im mondänen Sanremo Hof hielt und er, abgeschoben, sein Bett im Schlafsaal des Internats während der Sommerferien drei Monate lang mit einem Zimmer in der Pension Scogliera in Riva Ligure tauschen musste. Dort, in der Scogliera, hatte er mit 13 seinen ersten Kuss bekommen, und mit zwölf sein erstes heimliches Bier getrunken. Und hier lebten seine einzigen beiden Freunde, die er aus diesen Tagen hatte.

Hierhin wollte er zurück. Dem einzigen Ort, mit dem er etwas Ähnliches wie Glück, Abenteuer und Geborgenheit verband, nachdem sein Name in Rom und Mailand wie eine heiße Kartoffel gehandelt wurde.

Er straffte seine breiten Schultern, langte nach dem Papier auf dem Tresen und zog den Kugelschreiber der Marke Parker hervor, der in der Knopfleiste seines dunkelgrauen Polohemdes festgehakt war.

Commissario Gallo erfüllte den bürokratischen Akt, wie es Vorschrift war. Er tat das mit seiner Schreibhand, der linken. Er bändigte seine mittellangen, gewellten Haare, indem er seine Sonnenbrille auf den Kopf schob. Dann zog er die Dienstpistole aus dem an seiner rechten Hüfte verkehrt herum angebrachten Holster, in dem der Knauf der Waffe nach vorne zeigte, damit er sie mit seiner linken Hand ziehen konnte und sie sofort richtig herum in der Hand lag. Er übertrug die Seriennummer der Beretta 92, seine Personalnummer des Ministeriums, unterschrieb das Blatt unten rechts und schob es der Inspektorin hin.

Eine Minute später trat er in das gleißende Sonnenlicht auf dem Vorplatz der Questura, dem Amtssitz des Dirigente Superiore, schob seine Sonnenbrille vor die Augen, und sein Blick verlor sich auf dem tiefblauen Meer, das sich hinter den Brandungsmauern des riesigen Hafens von Porto Maurizio kristallklar bis zum Horizont erstreckte. Sein nachtblauer Alfa Junior 1300 sprang mit einem Röcheln an und er fuhr gemächlich und mit offenen Fenstern auf der Via Aurelia, einer der schönsten Küstenstraßen Europas, die für die Ligurer einfach Aurelia heißt, von Imperia über San Lorenzo und Santo Stefano nach Riva Ligure, einem alten, noch intakten Fischerdorf mit bunten Fassaden, vielen kleinen Geschäften und einem kleinen Hafen, wo er seinen sieben Meter langen Gozzo mit seinem tuckernden Fiat-Motor vertäuen würde. Wenn es endlich von der Werft repariert und wieder wasserdicht gemacht worden war.

2. KAPITEL

Menton, 8. Juni

Die Restaurants direkt an der Uferpromenade in der französischen Grenzstadt sahen alle gleich aus. Und überall gab es das Gleiche zu essen: Auf den brusthohen Aufstellern, um die Touristen auf dem Trottoir Slalom laufen mussten, sah man überall ähnliche Fotos ähnlicher Gerichte. Austern und Krustentiere. Und Salat. Chef-Salat. Sogar die Preise unterschieden sich nur wenig von Lokal zu Lokal. Eine Ansammlung von Touristenfallen. Dabei hatte das alte Menton weiter oben eine wunderschöne Altstadt, nur hier unten, an der kilometerlangen, brutal zubetonierten Uferpromenade, fehlte jegliches Flair.

Einzig die bunten Schilder, auf denen prahlerisch die Namen der Restaurants prangten, waren unterschiedlich. Und die Bestuhlung der Terrassen: Holz, Korbgeflecht oder hässliche Plastikstühle reihten sich, so weit das Auge reichte, auf der schnurgeraden Uferpromenade aneinander. Darüber flatterten ausladende Markisen in allen möglichen Mustern und Farben.

Es war kurz nach 12 Uhr, als ein Mann Ende 40 in dunklem Geschäftsanzug sich im Schatten auf der Terrasse des Restaurants mit dem geistreichen Namen Lido *an einem kleinen Tisch niederließ. Es herrschte schon reger Betrieb: Touristen auf der Durchreise, Geschäftsleute aus Menton und lässig, aber teuer gekleidete Pärchen in kleinen Gruppen aus dem nahen Jachthafen. Die überwiegend jungen Kellner wuselten emsig hin und her. Bestellungen wurden in knappem Stakkato wiederholt, dann schossen sie wieder davon. Sie hatten wohl die Order, den Ser-*

vice zu beschleunigen, damit die Tische ein zweites Mal besetzt werden konnten, bevor die Mittagszeit vorüber war. Sie hatten keine Zeit für einen Plausch. Sie wollten, dass die Gäste so schnell wie möglich wieder gingen.

Man interessierte sich in dieser Art Lokal nicht besonders für die Gäste. Deshalb war der Mann hierhergekommen.

Es war heiß. Er zog seine Jacke aus und hängte sie über seine Stuhllehne. Er krempelte die Ärmel seines blütenweißen Hemdes hoch, stützte einen Ellenbogen auf den Tisch und legte sein Kinn auf die Handfläche. Er blickte über die Straße hinüber zum Wasser. Sogar das Meer schien in der Mittagshitze Anfang Juni lustlos geworden zu sein: Die Wellen kamen und gingen in trägem Rhythmus und verloren sich in einem verwaschenen blassen Blau, das bis zum Horizont reichte, wo die Grenze zwischen Himmel und Meer im diffusen Dunst kaum noch auszumachen war.

Genauso eintönig wie die Restaurants war auch die Architektur der mehrstöckigen Betonkästen darüber, die ihre Balkone dem Meer entgegenstreckten. Dahinter erhoben sich Hügel, die kargen, aber gepflegten Bewuchs trugen – böse Zungen sagten: aseptische, fast keimfreie Vegetation, die nur da wachsen durfte, wo sie nicht im Weg stand. Ganz anders als die zerklüfteten, wuchernd bewachsenen Plateaus der prallen italienischen Seite der Riviera, die nur wenige 100 Meter von hier nach der Grenze zwischen Frankreich und Italien begann. Hier in Menton war nichts organisch gewachsen wie drüben in Italien, sondern aus dem Boden gestampft und in Beton gegossen. Fassaden ohne Fantasie und Substanz. Die Verheißungen der Côte d'Azur in einem Skelett aus Zement.

Beliebig, anonym. Genau richtig für ihn.

Der Mann öffnete seinen Diplomatenkoffer und nahm eine Zeitung heraus. Er faltete sie auf und überflog einen Kommentar zur französischen Kommunalwahl vom letzten Wochenende. Dann las er die Kolumne eines politischen Analysten – und schüt-

telte dabei fast unmerklich den Kopf. Eine Strähne seines noch dichten, fast schwarzen Haares löste sich dabei und fiel ihm in die Stirn. Dann fiel sein Auge auf ein Bild, das mitten auf der nächsten Seite zu sehen war und das als Aufmacher zu einer ganzseitigen Reportage über die jüngsten europäischen Protestmärsche fungierte, die gestern das öffentliche Leben in ganz Paris und gleichzeitig in mehreren Hauptstädten Europas zum Erliegen gebracht hatten. Es war die Rede von militanten Auseinandersetzungen mit Hundertschaften der Polizei: Wasserwerfer, Pfefferspray und Knüppel. Brennende Barrikaden. Hunderte waren verhaftet worden, die Schäden gingen in die zig Millionen. Fridays for Future, No Global, Last Generation, Money for Peace – die Forderungen der Protestbewegungen überlagerten sich zunehmend und wurden radikaler. Dazwischen tauchten immer mehr militante schwarze und rote Blöcke auf: Links- und rechtsextreme Gruppen sprangen auf die Protestbewegung auf und heizten die Stimmung kräftig an: Angstpsychosen und Massenhysterie waren ein gefundenes Fressen für politische Extremisten. Mittlerweile reichte das Spektrum sogar von Gewerkschaften bis zu randalierenden Hooligans. Hauptsache Randale. Der Gegner: der Staat.

Er las in einem separat umrandeten Kasten, der in den Artikel eingefügt worden war, einen kurzen Bericht über eine neuerliche Aktion von militanten Klimaaktivisten in Berlin, die wieder einmal den Berufsverkehr lahmgelegt hatten, indem sie sich früh morgens auf neuralgischen Kreuzungen mit Sekundenkleber auf dem Asphalt festgeklebt hatten. Er sah das Foto eines blutjungen Mannes mit einem Fusselbart in seinem stoischen Gesicht, der gerade von zwei Polizisten weggezerrt wurde.

Der Mann an dem Tisch im Lido *lächelte. Es war ein manisches und wildes – ein überheiztes – Grinsen, das kurz über sein Gesicht zuckte: »So werdet ihr die Welt nicht ändern!«, murmelte er heiser vor sich hin, kurz bevor eine Kellnerin sich geschäftig neben ihm aufbaute, ihn kaum ansah und stattdessen fahrig auf ihrem Tablet herumwischte, um seine Bestellung aufzunehmen.*

Der Mann räusperte sich, faltete seine Zeitung zusammen und sagte der Kellnerin, dass er noch einen Gast erwarte.

»Wissen Sie, wann diese Person denn kommt?«, fragte sie eilig.

»Nein. Aber ich kann ja schon mal etwas bestellen«, sagte er, um eine unnötige Diskussion zu vermeiden.

Er drehte seinen Kopf so, dass er einen Blick auf die Menütafel werfen konnte. Er bestellte einen Teller gebratenen Tintenfisch mit Kartoffeln und ein Glas Weißwein dazu. Er ignorierte die kleinen Sternchen, die darauf hinwiesen, dass es sich um Tiefkühlware handelte. Wahrscheinlich in Mosambik gefangen. Mit Knoblauch aus China gewürzt und mit Kartoffeln aus Ägypten als Beilage. Irrsinnige Auswüchse der Globalisierung!

Die Kellnerin tippte auf ihrem Tablet herum und wandte sich grußlos ab, um ins Innere des Restaurants zu eilen.

»Moment noch«, hielt der Mann sie auf und fixierte eine Gestalt in der Ferne. Die Kellnerin folgte seinem Blick und fragte hoffnungsfroh: »Kommt Ihre Begleitung denn schon jetzt?«

Der Mann nickte. »Bringen Sie auch einen Pastis als Aperitif, bitte. Wir bestellen dann das Essen für meine Begleitung, wenn Sie wiederkommen.«

Er öffnete wieder seine Zeitung und überflog die Berichterstattung über die wütenden Berliner Autofahrer, die stundenlang im Stau stehen mussten.

Indem man sich mit Sekundenkleber auf der Straße sitzend festpappt, Privatflugzeuge mit Farbe besprüht oder in Museen mit Kartoffelbrei Gemälde mit Millionenwert beschmiert, ändert man gar nichts am Lauf der Dinge. Wenn man das System schon von außen angreift, dachte er, dann müssen schon andere Sachen passieren, ganz, ganz andere Sachen. Sachen, die ein so starkes Signal in die Welt senden, dass man es nicht am nächsten Tag wieder vergessen hat. Große Sachen, gewaltige Aktionen. So ändert man was und stoppt den Wahnsinn in dieser Welt, bis alle es kapieren, dass man Profit, Fortschritt und die eigene Faulheit nicht mehr über den Zustand der Ökosysteme stellen kann.

Und mit gewaltigen Aktionen kannte er sich bestens aus. Diese mussten die Verursacher im Herz treffen.

Er faltete seine Zeitung zusammen und verstaute sie in seinem Diplomatenkoffer. Im gleichen Augenblick fiel ein Schatten auf ihn, weil jemand neben seinem Tisch angehalten hatte, der die Hand zum Gruß hob, den zweiten Stuhl ihm gegenüber zurückzog, Platz nahm und die Menütafel überflog.

Er erwiderte den stummen Gruß mit einem Kopfnicken und grinste. In seinen dunklen Augen erschien ein Funkeln, in dem sich mehr als nur ein Wiedererkennen verbarg.

»Ich habe schon was zum Essen für mich bestellt. Du kannst dir was aussuchen, wenn ich meinen Tintenfisch bekomme. Ich hab dir schon mal einen Pastis als Aperitif bestellt, in Ordnung?«, fragte er in fast akzentfreiem Deutsch.

»Ja, danke. Einen Pastis – den kann ich jetzt gut gebrauchen.«

Dann erschien es wieder auf seinem Gesicht, sein Hochspannungsgrinsen.

3. KAPITEL

Riva Ligure, 20. Juni

Am Morgen des 20. Juni erwachte Kommissar Tomas Gallo mit einem leichten, wohligen Kater in seinem Bett. Mühsam koppelten sich seine Synapsen mit einem elektrochemischen Ächzen aneinander und bildeten die ersten schlüssigen Gedankenflüsse.

Etwas hatte seinen tiefen Schlaf gestört: ein lautes Rufen. Die Stimme kam und ging. Die Worte waren nicht zu verstehen, aber der Typ, der da auf der Straße herumbrüllte, war eine verdammte Nervensäge: So schreit man nicht, besonders nicht frühmorgens, unter den Fenstern von jemandem, der noch schlafen will.

Tomas' erster Gedanke war, dass es wieder die Schulkinder waren, die sich vor Unterrichtsbeginn gerne und lautstark auf der Promenade jagten, aber dann – einige Neuronensprünge weiter – fiel ihm ein, dass die Schulen schon seit einer guten Woche geschlossen und alle Schüler in den großen Sommerferien waren. Er kniff die Augen zusammen und starrte auf den Radiowecker.

Die Zahlen, die ihm auf dem Display höhnisch entgegenblinkten, führten das Ächzen in seinem Hirn schlagartig in einen turbogetriebenen Adrenalin-Schock. »Porca vacca!«, fluchte er unterdrückt und setzte sich auf.

Es war 9.10 Uhr: Er hätte schon längst auf der Polizeiwache sein sollen, nicht in Boxershorts und T- Shirt ausgestreckt zwischen den Laken.

Als er aus dem Bett schnellte – so rasch es seine noch teigige Koordinationsfähigkeit zuließ – und begann, seine Kleidung auf dem Boden zusammenzusammeln, stellte ein von seinem Handeln losgelöster Teil seiner Gehirnwindungen sich unweigerlich vor, was gerade im zweiten Stock des Polizeigebäudes an der Piazza Colombo in Sanremo vor sich ging. Der erste Gedanke galt seinem Sub-Kommissar Antonio Rubbano, der jeden Morgen kurz nach 9 Uhr an seine Bürotür klopfte, um ihm zu berichten, was in der Nacht alles passiert war.

Rubbano.

Als Gallo die Leitung des Kommissariats übernommen hatte – vor etwa sechs Monaten – hatte er seinen vorhandenen Stab, sein Personalinventar, auf Herz und Nieren geprüft. Das hieß nicht viel mehr, als dass er sich mit jedem von ihnen hinsetzte, plauderte und sie dabei intensiv aus seinen graublauen Augen musterte. Bei Rubbano war sein Urteil schnell gefällt: Er konnte hinter der stocksteifen Fassade, die weder durch Humor noch durch bohrenden Blick zu bröckeln schien, keine Spur von Bosheit, Ablehnung, mangelndem Ernst, Unaufrichtigkeit, Manipulation, Selbstmitleid oder falscher Noblesse entdecken. Das waren genau die Qualitäten, auf die der neue Commissario Gallo bei seinen Mitarbeitern größten Wert legte.

Rubbano war wie ein offenes Buch – immer. Maskenhaft und seltsam, aber immer verlässlich. Höchste Punktzahl in Tomas' Wertesystem: unbedingt loyal. Punkt.

Jetzt, als Tomas Gallo ein T-Shirt aus dem Knäuel Wäsche auf dem Stuhl hervorzerrte, kurz daran roch und ins Bad eilte, sah er Rubbano in aller Deutlichkeit vor sich, wie er wie jeden Morgen – Punkt 9 Uhr – einen Schritt vor seinem Schreibtisch Haltung annahm und strammstand, während er die von den Patrouillen durchgeführten Kontrollen der vergangenen Nacht auswendig herunterratterte und für jeden Einsatzwagen die genaue Zeit angab, zu der er jeweils die Polizeistation verlassen hatte und wann die Besatzung wieder zurückgekehrt war, wer darin saß und wie viele Kilometer sie gefahren waren. Es war ein freiwilliges – meist unnötiges – Protokoll, das ihm wohl sehr am Herzen lag.

Rubbano stand jetzt bestimmt seit mindestens zehn Minuten verloren vor seiner Bürotür.

Inselbegabte – sogenannte Savants – brauchen solche Rituale, sonst verlieren sie im Alltag jeden Halt. Dem trug Gallo gerne Rechnung. Er hatte sich an den morgendlichen Appell vor seinem Schreibtisch gewöhnt. Er war auch für ihn zu einer kleinen Zeremonie geworden, ein ritueller Tagesbeginn, den er mal mit mehr, öfter aber mit weniger Geduld über sich ergehen ließ. Je nach Tageslaune.

Die Geduld zahlte sich aus. Denn Gallo hatte schnell herausgefunden, dass Rubbano eine ganz besondere Gabe hatte, die im Polizeidienst von Sanremo ihresgleichen suchte: Namen, Daten, Adressen, Zahlen im Allgemeinen, sekundengenaue Uhrzeiten, aber auch kausale Zusammenhänge und Logikketten spulte Rubbano mit seinem phänomenalen Gedächtnis auswendig herunter und stellte seine Fähigkeit ohne jede Spur von Eitelkeit oder Herablassung jedem Mitglied des Teams zur Verfügung. Dafür durfte er ruhig etwas anderes sein als ein cooler Polizist.

Man musste nur aufpassen, dass Rubbano von den normalen Aufgaben im Polizeidienst weitgehend ferngehalten wurde: Einem Verdächtigen seine Rechte vorzutragen, dauerte unendlich lange, da Rubbano glaubte, jede, wirklich jede juristische Eventualität herunterspulen zu müssen, bis er alle um sich herum komplett verwirrt hatte – einschließlich des Verdächtigen selbst. Er verlor sich einfach in den Paragrafen, weil er viel zu viele davon auswendig im Kopf hatte. Dabei hörte er sich beim Reden nicht wie ein Mensch an, sondern eher wie ein Automat. Was seine Gesprächspartner zusätzlich beunruhigte.

Armer Rubbano.

Von unschätzbarem Wert für Gallo war außerdem Rubbanos fast fotografisches Gedächtnis, gepaart mit der wirklich seltenen

Fähigkeit, die wöchentlich ins Kommissariat hereinflatternden Dienstanweisungen nicht nur lesen, sondern auch verstehen zu können. Niemand wusste mehr über die Bürokratiekrake der italienischen Justizbehörden als Rubbano. Niemand *verstand* sie – außer Vize-Commissario Antonio Rubbano.

Das Archiv der übergeordneten Polizeibehörde der Provinz Imperia, zu der Sanremo verwaltungstechnisch gehörte, wurde zu allem Überfluss auch noch seit Jahren mit aufwendigem Budget digitalisiert, aber die vielköpfige »Taskforce« – von Krankheits- und Urlaubsausfällen sowie von ständigen eigenen Fortbildungsmaßnahmen geplagt und geschwächt – hatte erst ungefähr ein Drittel geschafft. Ein prächtiger Verwaltungs-Rohrkrepierer. Auch hier war Rubbano derjenige, auf den sich das gesamte Kommissariat immer verlassen konnte, wenn jemand für seine Ermittlungen Daten und Namen brauchte, von denen niemand wusste, ob diese sich noch zwischen Bergen von verstaubten Akten auf irgendwelchen Fluren versteckten oder schon dem digitalen Nirwana angehörten, wo sie fast noch schwieriger zu finden waren.

Er fand alles. Immer.

9.15 Uhr. Sicherlich, dachte Gallo mit Bedauern, hatte die Abwesenheit seines Vorgesetzten an diesem Tag Rubbano fassungslos gemacht: So ordentlich und akribisch, wie er war, konnte er Ereignisse, die seine Gewohnheiten durcheinanderbrachten, nicht gut ertragen. Wahrscheinlich schlich er gerade kreidebleich und verstört vor seinem Büro auf und ab. Was ihm leidtat.

Commissario Tomas Gallo stand bereits unter der Dusche. Er seifte sich schnell ein und dachte an eine weitere Leidtragende seines morgendlichen Verschlafens: Laura Zendroni.

Er sah sie am Schreibtisch sitzen, in Uniform, in der sie wie geschrumpft schien, weil diese ihr immer etwas zu locker saß. Gallo überlegte, dass wenn Antonio Rubbano wegen seiner frühmorgendlichen Abwesenheit der am meisten *verstörte*

Kollege war, Laura Zendroni sicherlich die am meisten *besorgte* war; sicherlich fragte sie sich in diesem Moment, wo er abgeblieben war. Weit jenseits der 50, ledig, nicht mehr lange bis zur Rente. Eine Frau mit starkem Charakter, zupackend, die auf ihn achtgab und ihm darüber hinaus die Aufmerksamkeit und Toleranz schenken konnte, die wohl jede gute Mutter für einen ungezogenen und rücksichtslosen Sohn aufbrachte. Oft behandelte sie ihn grob und manchmal – obwohl er der Kommissar und sie eine einfache Inspektorin war – ersparte sie ihm nicht eine ordentliche Kopfwäsche, aber es war offensichtlich, dass sie ihn sehr gerne hatte. Und dass sie das Kommissariat mit allem, was dazugehörte, jederzeit wie eine Löwin verteidigen würde. Es gab Tage, an denen Tomas ihre mütterliche Aura kaum ertragen konnte, aber dann, nachdem sein anfänglicher Ärger sich verzogen hatte, mutmaßte er überrascht, dass Laura Zendroni vielleicht über genau die selbstverständliche Mutterseele verfügte, die ihm bei seiner eigenen Mutter immer schmerzlich gefehlt hatte.

Er zog sich an, fuhr sich durch das noch nasse, dunkle und halblange Haar, strich sich über den schon früh angegrauten Stoppelbart und nahm seine Dienstmarke und Pistole aus dem kleinen Safe unter der Spüle in der Küche. Dann musterte er seine Erscheinung im Spiegel. Er war Ende 30, hatte ein markantes, scharf geschnittenes Gesicht und auffällig graublaue Augen, die, wenn er wütend war, schwarz funkeln konnten. Ein Erbe seines Vaters, an den er keinerlei Erinnerung hatte. Wohl ein russischer Komponist, den seine Mutter, die Gräfin, vom Hof gejagt hatte, kurz nach seiner Geburt. Die einzige Erinnerung an ihn war ein ungelenkes Foto, auf dem er Tomas als Säugling in seinem Arm hielt. Eines jener Fotos, auf denen alle Beteiligten eine mehr als unglückliche Figur machten. Aber das hatte er Gott sei Dank alles hinter sich gelassen. Er war aus dem allem ausgebrochen und Polizist geworden. Mit Leib und Seele. Hätte er sein Leben den Regeln und Gepflogenheiten seiner Mutter – und irgendwelcher vertrottelter Adeliger im Umfeld seiner Familie – untergeordnet, hätte seiner Seele das Schicksal einer Topfpflanze in einem Geisterhaus gedroht.

Er wäre schlicht vertrocknet.

Sorglos reich, aber vertrocknet.

Gallo sah auf die Uhr, leerte ein Glas Wasser mit einem Schluck und nahm die steile Treppe seines gemieteten Hauses ins Visier. Er stieg die fast wie eine Leiter hinabstürzenden Stufen aus glänzendem Schieferstein hinab. Es war ein typisches ligurisches, sehr schmales und verschachteltes Haus. Das Haus quetschte sich leicht zurückgesetzt Wand an Wand in die erste Reihe ähnlicher bunt gestrichener Häuser am Lungomare von Riva Ligure, einem kleinen, vollständig intakten Fischerdorf vor den Toren von Sanremo, an dem – Gott sei Dank – aus Platzmangel alle Auswüchse des Massentourismus Jahrzehnte lang vorübergegangen waren.

Das Haus war eng, steil und ein Zimmer türmte sich über das andere – deshalb nannte man es eine »Casa Torre«, ein Turm-Haus, – verbunden durch Stiegen mit unmöglichen ligurischen Treppenmassen, die jeder europäischen Baunorm von Stufentiefe oder –breite spotteten. Das Haus hatte bis in die 40er-Jahre des letzten Jahrhunderts direkt am Wasser gelegen, sodass die Fischer, die hier gewohnt hatten, ihr Gozzo – ihren Fischerkahn – aus dem Meer über den Strand und von dort direkt ins Erdgeschoss ihres Hauses ziehen konnten.

Jetzt gab es vor den Häusern eine Straße mit Eisdielen und Cafébars, einen breiten, von mächtigen Washington-Palmen gesäumten Fußweg zum Flanieren und einen kleinen Hafen mit einer Fülle von fünf bis sechs Meter langen Booten, die durch einen Steinwall weiter draußen vor den Wellen geschützt wurden. Es war sein neues Zuhause. Er fühlte sich sehr wohl hier. Und er liebte das einfache, unkomplizierte Leben, wie es an Orten wie diesen möglich war. Ein Ort, an dem sich alles nach menschlichen Dimensionen ausrichtete.

Statt für ein Boot nutzte Gallo, der eine Schwäche für alte Autos und Mopeds hatte, das Erdgeschoss als Garage. Eine monströse Moto Guzzi »Le Mans«, ein ehemaliges Polizeimotorrad aus Arizona, eine moderne Vespa und der geerbte 40 Jahre alte Alfa Romeo teilten sich den engen Platz. Wenn es mal vorkam, dass er den Dienstwagen, einen koreanischen Hybrid-SUV, nach Hause mitnahm, dann musste dieser verschämt irgendwo unter einer Laterne übernachten.

Im ersten Stock gab es eine Küche mit einer alten Feuerstelle, darüber lag ein Wohnzimmer, das von unten beheizt wurde, ganz oben das Schlafzimmer und obendrauf die mit einer umlaufenden Brüstung versehene Terrasse, von der er einen fast 360 Grad umspannenden Blick auf das Meer, die Hügelketten im Hinterland und die engen Gassen der Altstadt – den »Budello« – hatte.

»Da terra a cielo« eben. Von der Erde bis zum Himmel, so bezeichnete man das hier. Was brauchte man mehr?

Seit Jahrhunderten wurde hier genau nach dem gleichen Muster gebaut, eng aneinandergedrängt, nur dass im Erdgeschoss statt Fischerbooten der Esel oder das Maultier wohnte. Und Hühner. Oder Ziegen. Was wie die Bühne für eine rückständige, irrationale, von Aberglauben und Ritualen geprägte Gesellschaft schien, war in Wahrheit ein sich bis heute erhaltender Pragmatismus, der einem unbändigen Überlebenswillen der ligurischen Bevölkerung entsprang.

Er sputete sich. Es war schon kurz nach 9.30 Uhr. Sein knapp bemessenes Gehalt als Staatsdiener reichte gerade so für die Miete, seine täglichen Bedürfnisse und seine Leidenschaft für alte Fahrzeuge. Auch wenn ihm mütterlicherseits Treuhandkonten und Immobilien zur Verfügung standen, deren Existenz er bisher hartnäckig ignoriert hatte.

Nachdem er die steilen Treppen, die die übereinander liegenden Zimmer des typischen, in bunten Farben bemalten Turm-Häuschens verbanden, eilig hinabgestiegen war und in die gleißende Morgensonne trat, sah er den Handwerker, der genau unter seinem Fenster kopfüber in einem Schacht hing. Er trug die blaue Uniform des lokalen Gasversorgers. Er sprach lautstark mit einem Kollegen, der sich ein paar Meter weiter die Uferstraße hinab über einen weiteren geöffneten Schacht gebeugt hatte. Sie brüllten sich die Kommandos zu. Das hatte ihn geweckt. Es war offensichtlich, dass sie ein Leck am Gasanschluss der Straße beheben wollten. Sein Ärger über den Lärm, den die beiden verursachten, war verflogen. Im Gegenteil: Er sah sie beide nicht ohne Dankbarkeit im Blick an, denn ohne sie hätte er sicher bis mittags weitergeschnarcht.

Sein Kopf fühlte sich noch etwas schwer an, während er auf seine Vespa zuschritt. Am Abend zuvor war er mit Freunden in der *Scogliera-Bar* hier im Ort gewesen. Sie hatten sich einen Tisch ein paar Meter vom Strand entfernt ausgesucht. Es war schön, mit Freunden dort herumzuflachsen und dabei auf die Lichter der Uferpromenade zu blicken, die sich im Wasser spiegelten; Dieser Ort vermittelte ihm ein Gefühl von tiefem Frieden, es schien, als würde die Zeit leichter dahingleiten als anderswo, wie die sanften Wellen, die sich eine nach der anderen am Ufer verloren.

Sie waren immer noch »Ragazzi«, und hatten über die Dinge gesprochen, über die Jungs, die die Schwelle von 30 Jahren überschritten hatten, zu sprechen gewohnt waren: ein Abendessen mit Freunden, ein Fußballspiel, ein Freund, den man schon lange nicht mehr gesehen hatte, die Fußballnationalmannschaft, die gerade wieder dem ganzen Land große Schmerzen bereitete, und sie wären sicherlich nach der x-ten Runde Bier gegangen, wenn nicht dieses seltsame Mädchen kurz vor Mitternacht aufgetaucht wäre. Sie war von der Promenade heruntergekommen, trug ihre Sandaletten in einer Hand und schlenderte verträumt im Zickzack zwischen den Strandliegen, die in ordentlichen Reihen neben den eingeklappten Sonnenschirmen Spalier standen, über den Sand. Gallo und die Jungs hatten sie längst im Blick. Sie setzte sich ein paar Schritte vom Ufer entfernt auf eine Mauer und starrte bewegungslos auf die leise heranrollenden Wellen und vergrub dabei ihre Füße im Sand, so als wolle sie sich nie mehr von diesem Strand wegbewegen.

Nach ein paar Minuten hatten sie sie an ihren Tisch eingeladen. Ihr Name war Sonja. Ihr Name und ihr Akzent ließen keinen Zweifel: Sie war Deutsche. Sie sprach fließend Italienisch, aber die leicht verdrehte Grammatik gab ihren Äußerungen einen sympathischen, amüsanten Twist. Sie blieben sitzen und redeten, bis die Kellnerin anfing, die Jalousien herunterzulassen, die die Terrasse umschlossen – eine höfliche Art, sie wissen zu lassen, dass es Zeit war zu gehen.

Tomas hatte seine Freunde zum Parkplatz begleitet, verabschiedete sich und als er zurückging, bemerkte er, dass Sonja noch da war. Sie wartete auf ihn und saß ein paar Meter von der Bar entfernt auf der niedrigen Brandungsmauer. Sie hatte ihre Sandalen wieder angezogen.

Es dauerte nicht lange, bis ihm klar war, was sie wollte. Und er fühlte sich zu ihr hingezogen. Für einen Moment zögerte er, erstaunt darüber, einen Augenblick zu glauben, dass er nicht den Mut haben würde. Dabei hatte er schon länger ein für alle Mal verinnerlicht, dass Sex ohne Liebe durchaus spannend und befriedigend sein konnte, Sex ohne Seele aber wie ein Salat ohne Dressing schmeckte. Eine Schüssel Viehfutter, geeignet für Rinder und Ziegen.

Dann nahm er ihre Hand und ein paar Minuten später hallten ihre Schritte durch die zentrale Gasse der Altstadt, die durch Riva Ligure hindurchführte. Sie passierten den Platz vor der Kirche, bogen in eine weitere enge Gasse ab und stiegen eine steile Schiefertreppe hinauf, die von außen an einer Hauswand angebracht war. Nach ungefähr zehn Metern Kletterei hielten sie – etwas außer Atem – auf dem Treppenabsatz inne und blickten hinab. Von hier aus wirkte die Gasse unter ihnen wie eine Schlucht, die auf beiden Seiten von leicht versetzt aneinander gebauten Häusern umschlossen wurde.

Sonja hatte das Schloss geöffnet und sie befanden sich in einem winzigen Raum, in dem man sich kaum bewegen konnte. Die Küchenzeile befand sich in einer Ecke in einer Nische in der Wand, und das offene Schlafsofa nahm den größten Teil des Zimmers ein. Es war auf einen Blick klar, dass es sich um eine gemietete Unterkunft handelte, genauso wie es klar war, dass sie nicht lange in dieser Wohnung bleiben würde. Außer ein paar Kleidungsstücken, die über den einzigen Stuhl geworfen waren, sah Gallo keine persönlichen Gegenstände. Sonja hatte eine große Kerze angezündet, sich dann ausgezogen. Bevor er sie küssen konnte, ließ sie ihr Haar, das sie zuvor mit einer schönen Haarnadel mit verziertem Griff im Nacken zusammengehalten hatte, über die Schultern fallen. Gallos einzige Erinnerung seither war der Geruch ihres Haars und ihrer Haut gewesen, die ihm glatt, wie das Meer an ruhigen Tagen vorkam. Sie hatten sich sofort geliebt, ohne einen Tropfen Wein vorher, ohne ein Lied, ohne ein Wort, ohne irgendetwas. Als sie sich verabschiedeten, war es fast 5 Uhr: Kein Wunder, dass Kommissar Gallo den Wecker zwei Stunden später nicht gehört hatte.

Aber Sonja spukte noch immer in seinem Kopf herum, während er den Helm aus dem Fach unter dem Sitz seiner Vespa hervorholte. Er wusste praktisch nichts über sie. Sie hatten kaum miteinander gesprochen. Aber er spürte, dass da etwas war, was sie ihm nicht offenbaren wollte. Gallo lebte zwar nach dem Motto, dass jeder Mensch ein Recht auf Geheimnisse hatte – genauso wie jeder Mensch ein Recht auf die Wahrheit hatte. Aber bei ihr hatte er gespürt, dass etwas Relevantes, Wichtiges unter der Oberfläche schlummerte, eine Kraft, die sie trieb und die sie vor ihm verborgen hielt. Was er nicht gespürt hatte, war, dass dieses Etwas möglicherweise ihn betraf.

Plötzlich hörte er, wie jemand seinen Namen rief. »Tomas!« Paolina war ein paar Schritte hinter ihm, mit einem Lappen in der Hand und dem Tablett unter dem Arm. Sie hatte gerade

Pasquale und Marino einen morgendlichen doppelten Espresso serviert und kehrte an die Bar zurück. Sie sah ihn mit einem Anflug von Verwunderung an. »Was ist los? Heute kein Frühstück?«

Tomas starrte auf das Seil, das am Geländer seiner Dachterrasse hing. Unten war ein Korb, der an einem der Tische, die der Wand seines Häuschens am nächsten standen, festgebunden war. Jeden Morgen kurz nach 7 Uhr, wenn er sie von oben rief, bereitete Paolina den Cappuccino und die Scheibe Focaccia zu, arrangierte alles im Korb und forderte ihn auf, an der Schnur zu ziehen. Wenn der Tag schön war, frühstückte Tomas auf seiner Terrasse, während er an den seltenen bewölkten und den noch rareren regnerischen Tagen die noch warmen, außen mit einer dünnen Kruste gebackenen und innen herrlich fluffigen Focacciastreifen auf dem Tisch neben dem Fenster in seiner Küche zu sich nahm. Er hätte nie gedacht, wie gut der cremige Cappuccino mit dem leicht salzigen, nach Olivenöl duftenden Fladen schmeckte. Wo auch immer er frühstückte, er begann den Tag mit dem Meer vor Augen. Der Unterschied lag nur in der Intensität der Aromen, die er aufsog. Auf der Terrasse war der salzige Geruch, den die Brise vom Meer vor seinem Haus heraufwehte, sehr stark, fast berauschend, im Inneren des Hauses war er etwas dumpfer, gefilterter. Für Gallo grenzte es immer wieder an ein Wunder. Er empfand es als enormes Privileg, ein so sauberes und intaktes Meer jeden Morgen direkt vor der Nase zu haben. Es half ihm, das Leben auf eine neue Art wieder spüren zu können.

Als sie ihn in Gedanken versunken sah, wiederholte Paolina die Frage: »Kein Frühstück?«

Er schüttelte den Kopf. Unwillig. »Besser nicht, ich muss mich beeilen, ich bin spät dran.«

»Ich mache dir schnell-schnell einen Kaffee. Gib mir eine Minute, du kannst ihn gleich hier am Tisch trinken.«

Tomas versuchte, Nein zu sagen, aber sie war bereits in die

Bar gerannt und zwei Minuten mehr oder weniger würden am Gemütszustand von Rubbano und an dem tadelnden Blick Lauras sowieso nichts ändern. Er setzte sich auf die Steinbank, die in die Ummauerung eines Blumenbeetes gehauen war, und stützte die Ellbogen auf den nächsten Tisch, während von drinnen das Gekreische der Kaffeemühle zu hören war. Für einen Moment ließ er seine Augen auf den beiden Monteuren ruhen, die kopfüber in den Schächten hängend mit ihrer Arbeit beschäftigt waren, und blickte dann zu dem kleinen Hafen hinüber.

Er starrte auf die an den Piers vertäuten Boote und den Gozzo der beiden Fischer, die gerade mit ihrem Fang zurückgekehrt waren. Für die Touristen, die in wenigen Tagen nach Riva Ligure strömen würden, war dies das Herz der kleinen Stadt: der kleine Hafen zwischen der Strandpromenade, den Molen und den Dämmen, die ihn vor Sturmfluten schützten. Von ihm aus, dem kleinen Hafen, wo Meer und Land sich trafen, schien all das auszugehen, was diesem Ort einen so natürlichen Sinn, eine zwingende Logik gab: die Promenade, die Strände, Häuser, Restaurants und Bars mit Blick auf das Meer. Sogar die Kirche, die ein paar Schritte weiter hinten stand, wirkte wie eine Fortsetzung des Fischerhafens. Und genau hier hatte er ein Zuhause wiedergefunden: in dieser kleinen Ecke des Paradieses.

Ein Glücksgefühl durchströmte ihn. Die meisten Menschen leben in einem endlosen Gespinst von Illusionen, dachte Gallo. Religion. Patriotismus. Wirtschaft. Mode. Und viele andere. Wie befreiend war es dagegen, das Leben ohne diesen künstlichen Ballast leben zu können. Daran erinnerte ihn der Anblick des heiteren Städtchens, das seine neue Heimat geworden war.

Einen Moment später kam Paolina mit einem Kaffee an den Tisch.

Tomas öffnete ein Tütchen Zucker. Das Telefon klingelte, gerade als er den Inhalt in die Tasse schüttete. Es war Laura Zendroni, sie rief ihn von ihrer Privatnummer aus an, wie er mit einem Blick auf die Nummer im Display sah.

»Hallo, Laura, was gibt's?«, fragte er gut gelaunt.

»Wo bist du denn abgeblieben?«, ihre Stimme war verärgert, tadelnd.

»Mir ist was dazwischengekommen.«

»Ja, was dazwischengekommen! Ich kenne deine ›Dazwischengekommen‹!« Sie lachte kurz auf. Gallo dagegen hätte schwören können, dass sie schnaubte.

Dann fuhr sie fort, etwas sachlicher. Gallo hörte trotzdem einen leicht besorgten Ton in ihrer Stimme.

»Stell dir vor, Bevilacqua hat gerade nach dir gefragt.«

»Wow! Bevilacqua! Das ist wann das letzte Mal vorgekommen? Vor 100 Jahren?«

»Er hat es jedenfalls heute Morgen getan, und ich versichere dir, er hat keine gute Laune.« Ihre Stimme wurde etwas ungehalten. Fast altklug. Tomas hasste das.

Er gluckste ins Telefon. »Was ist ihm denn passiert?«

»Er wollte mit dir sprechen, ich musste ihm sagen, dass du nicht im Büro bist.«

»Ist das alles? Ruf ihn zurück und versuch, ihn zu beruhigen. Erzähl ihm eine Geschichte, sag ihm, ich bin unterwegs.«

»Tomas! Hast du verstanden, dass der PM, unser Bevilacqua, dein Boss, nach dir gesucht hat, oder nicht?«

»Komm schon, Laura! So viel Theater wegen ein bisschen Verspätung! Ich bin schon mit anderen Staatsanwälten fertiggeworden.«

»Zwei Stunden sind nicht ›ein bisschen Verspätung‹, und auf jeden Fall garantiere ich dir, dass du dir dafür den falschen Tag ausgesucht hast. Als Bevilacqua erfuhr, dass du nicht im Büro bist, war er stinksauer. Fuchsteufelswild!«

»Was ist mit ihm passiert? Ist ihm sein Frühstück im Hals stecken geblieben?«

»Nein, mit seinem Frühstück war alles in Ordnung, es gab einen Mordfall!«

Gallo fuhr abrupt hoch. »Ein Mord? Was sagst du da?«

»Vor nicht mehr als einer Stunde hat die Wartungsfirma einen toten Mann bei der Villa Nobel gefunden.«

»Was bitte? Sagtest du Villa Nobel?«

»Ja, genau so. Die Villa von Alfred Nobel. Hier in Sanremo.«

Gallo war jetzt hellwach. Er schaltete trotz der Restnebel in seinem Gehirn ein, zwei Gänge höher.

»Die Tatsache, dass der Typ tot ist, bedeutet nicht, dass er ermordet wurde. Warum sollte das ein Mord sein?«

»Weil sie ihm ins Herz gestochen haben, deswegen!«

Lauras Worte trafen Gallos Kopf wie ein Schuss. Jetzt war er wirklich mit allen Sinnen hellwach.

»Ich verstehe. Ich komme sofort.«

Sie unterbrach ihn einen Moment, bevor er das Gespräch beenden konnte. »Tomas!«

»Was ist denn noch?«

»Komm nicht zur Polizeistation. Um dir deinen Allerwertesten zu retten, habe ich Bevilacqua gesagt, du hättest bereits von dem Mord gehört und seist schon zur Villa Nobel unterwegs. Wenn du dich sputest, bemerkt möglicherweise niemand die Verzögerung.«

»Okay, ich fahre sofort los.«

»Mach schnell, bitte.«

»Laura ...«

»Was ist los?«

»Du bist ein Schatz!«

Nachdem er den Anruf beendet hatte, trank Gallo den Kaffee in einem Zug aus, sprang auf und rief nach Paolina. »Ich muss sofort los. Schreibe es auf meinen Deckel!«

Sie kam ihm wie üblich mit dem Tablett unter dem Arm entgegen, nickte ihm zu, blieb dann kurz vor der Straße stehen und sah ihm nach. Paolina folgte ihm mit den Augen, bis Pasquales gedehnte Stimme sie ablenkte. Er rief nach ihr, fuchtelte mit den Armen am Tisch sitzend herum und wollte bestimmt noch eine Runde Caffè.

»Ich komm ja! Ich komm ja! Halleluja! Kannst du nicht mal einen Moment warten? Sich die ganze Nacht auf dem Meer rumtreiben und jetzt diese Hektik!«

Gallo eilte zwischen den Passanten hindurch, die schon zu den Stränden links und rechts vom Hafen strebten, und erreichte seine Garage, in der er seine Vespa geparkt hatte. Während er seinen Helm aufsetzte, sah er sich um. Um diese Zeit hatte bereits ein kleiner Menschenstrom eingesetzt: Mütter mit ungeduldigen Kindern an der Hand, aufblasbare Schwimmfiguren balancierend, ältere Herrschaften, die in der Morgensonne am Strand entlangflanieren wollten, und es waren Kinder zu hören, die schon in der flachen, ungefährlichen Brandung tobten. Auch in diesem kleinen Eck des Paradieses an der Riviera hatte die Sommersaison begonnen. Bald würde sich die Bevölkerung um das Vierfache erhöhen – sehr zur Freude der vielen kleinen Geschäfte, Bars, Restaurants und Cafés, allesamt im Familien-Besitz und unter Familien-Management. Das war auch der Grund, warum der Ort sich seine Identität bewahrt hatte und heute so beliebt geworden war: Vom Massentourismus schlicht vergessen – es gab kein einziges Hotel – schlug sein Herz das ganze Jahr über gleichmäßig und rhythmisch, am Laufen gehalten von fleißigen Familien, die sich um alle Bedürfnisse der Einheimischen und Gäste freundlich, warm und effizient kümmerten.

Die Häuser, in denen Einheimische und Touristen heute lebten, waren dieselben, in denen seit Jahrhunderten die ligurischen Fischer gewohnt, und die Gassen und Hinterhöfe waren dieselben, in denen sich die Bewohner gegen die Überfälle von Piraten zu verteidigen hatten. Das machte seine neue Heimat so authentisch.

Gallo schwang sich auf seine Vespa und warf einen Blick auf die zerklüftete Häuserreihe hinter dem Spalier aus turmhohen, gepflegten Palmen. Die Sonne streifte die zahllosen kleinteiligen Fassaden, Treppchen, Erker und Balkone und brachte sie in allen Farben zum Leuchten.

Gallo lächelte, musste sich aber jetzt beeilen. Und wie!

»Gerade heute muss ich verschlafen«, schimpfte er mit sich selbst. Wie ein Mantra wiederholte er mit grimmigem Gesicht den Satz, während er Gas gab, bis sein Ärger über sich selbst etwas verflogen war.

Als er den Strandabschnitt hinter sich gelassen hatte, wurde der Fußgängerverkehr dünner. Er drehte den Gashahn auf und schoss aus Riva Ligure heraus, Richtung Sanremo, wo die Villa lag, in der Alfred Nobel, der Stifter des Nobel-Preises, seine letzten Lebensjahre verbracht hatte und wo er, kurz nachdem er das berühmteste Testament der Welt gemacht hatte, auch gestorben war.

Die Küstenstraße, die Gallo Richtung Westen am Meer entlangraste, zählte zu den schönsten Straßen Europas: die Aurelia der »Riviera dei Fiori«. Links lag ein tintenblaues Meer, rechts sah man an den Begrenzungsmauern der Villen und Grundstücke Kaskaden von leuchtend roten und lilafarbenen Bougainvillea, hohe Palmen wedelten im Wind und dahinter erhoben sich die grünen Hügel mit ihren Millionen von silbern schimmernden Olivenbäumen und Gewächshäusern. Gallo steuerte die Vespa geschickt so, dass sie mit ihren kleinen Reifen nicht in eines der vielen Schlaglöcher sprang.

Nur aus den Augenwinkeln konnte er wahrnehmen, dass die Blumenriviera wie schon seit Tagen so wirkte, als hätte sie sich dieses Jahr ganz besonders für den langen Sommer herausgeputzt. Die Strände von Bussana sahen wie gekämmt aus und die Sonnenschirme und Liegen in den Buchten am östlichen Ende von Sanremo standen schon Spalier. Die Belle Époque-Villen diesseits vom großen Hafen Porto Sole thronten auf halber Höhe der Hügel und hielten ihre imposanten Fassaden dem Meer zugewandt in die Sonne. Auf den Terrassen der majestätischen Patrizierhäuser, die in respektvollem Abstand vom Trubel am Meer standen, wehten weiße Gazetücher. Jachten aller Größen, Mahagoni-Segelboote und die Gozzi, die traditionellen hölzernen Fischerkähne, tänzelten draußen auf den Wellen des Meeres, das in Ufernähe in ein karibisches Smaragdblau überging und mit sahneweißen Schaumkrönchen die Strände wie ein Vorhang umspielte. Durch das, was wie übelster Kitsch aussah, raste Commissario Gallo mit seinem abgewetzten Helm auf dem Kopf und gab seiner Vespa dabei die Sporen.

Er blickte nach links, kniff unter seinem Helm die Augen zusammen und sah in der Ferne, ganz weit draußen, hinter der Stelle, an der ein Walbeobachtungsboot gerade Halt gemacht hatte, mit bloßem Auge die Silhouette der Bergspitzen von Korsika, die mit ihren weißen Wolkenkappen herüberleuchteten. Zwei Tage Tramontana, der stetige nördliche Wind, hatten genügt, um die ganze Küste wie eine Reinigungsdüse gründlich abzustauben und die Luft sauber zu putzen. Alles sah frisch, prall und auf kristalline Weise bunt aus.

Als Gallo durch die dichter werdenden Wohngegenden fuhr, musste er sein Tempo drosseln. Gemüsegeschäfte, Cafés, eine Schule, Fußgängerübergänge, an denen er sich nach vorne drängelte, bis er links, auf der Meeresseite, nach der charakteristischen Fassade der Villa Nobel suchte. Dann tauchte sie plötzlich auf. Ein etwas verunglückter, neugotischer Look – die Vorstellung eines amerikanischen Architekten von Belle Époque, gemischt mit düsteren Tudor-Elementen – stach heraus inmitten der Prachtvillen, die verschwenderisch wie architektonische Hochzeitstorten in allen Pastellfarben daneben und gegenüber in der Sonne lagen. Villa Nobel wirkte daneben wirklich etwas düster – und dabei unheimlich. Als hüte sie ein dunkles Geheimnis.

Noch bevor er die Villa erreicht hatte, sah er die Menschenansammlung, die sich entlang des schmiedeeisernen Zauns bis auf die Straße ausdehnte und den Verkehr blockierte. Etwas Großes musste passiert sein. Das lockte Leute an. Viele Leute. Nun waren an der »Riviera dei Fiori« die Straßen nicht mit Leichen gepflastert. Wirklich nicht. Kapitalverbrechen gab es sehr selten. Ungeklärte Todesfälle schon häufiger. Aber gleich einen Mord? Noch dazu an so einem prominenten Ort wie der Villa Nobel – das schürte das Interesse von Passanten, Touristen und Einheimischen. Gallo bahnte sich einen Weg durch die Menschen, wuchtete seine Vespa auf den Bürgersteig und stieg ab. Er nahm den Helm ab und verstaute ihn unter der Sitzbank. Durch seine Sonnenbrille musterte er die Szene, die sich ihm bot: Etwas war anders hier, nicht wie üblich ein schwatzendes Heer von Schaulustigen, die über das Geschehene spekulierten. Nein. Es war still. Die Leute waren wie in Schockstarre und gafften aus sicherer Entfernung, wie es schien, mit offenen Mündern zur Villa, in der Alfred Nobel im Dezember 1896 gestorben war. Schweigend. Ungläubig.

Gallo bahnte sich mit breiten Schultern einen Weg durch die Schaulustigen und blickte durch die schmiedeeisernen Tore in den Garten der Villa. Weiträumig war der Garten mit flatterndem Polizeiband abgesperrt worden. Kein Mensch hielt sich dort auf, so als lauere dort hinten, im hinteren und verdeckten Teil der Villa, eine große Gefahr, von der man lieber Abstand hielt. Gallo spürte die Angst der Umstehenden. Er war instinktiv alarmiert.

Er ging weiter, sah die Carabinieri, die mit breiten Beinen den Verkehr blockierten, und suchte seine Polizisten in der Uniform der Polizia di Stato, an die er sich wenden konnte. Und dann sah er Giulia Brizio, die junge Polizistin, die erst vor Kurzem zu seiner Truppe gestoßen war und die versuchte, ein paar Vorwitzige wieder hinter die Absperrung zu bugsieren. Ihre Art war zupackend, pragmatisch und enthusiastisch, egal welche Aufgabe man ihr übertrug. Sie war immer ausgesucht freundlich und höflich, egal womit oder mit wem sie konfrontiert wurde. Trotzdem strahlte sie in ihrer Uniform eine Autorität aus, die keinen Widerspruch duldete. Sie hatte ein frisches Gesicht mit hellwachen Augen, die Uniformmütze auf dem Kopf und ihre langen Haare wie üblich im Dienst zu einem Pferdeschwanz gebändigt. Gallo ging auf sie zu. Er spürte, dass sie Angst hatte.

»Buongiorno, Tomas«, sagte sie fast erleichtert zu ihm, als sie ihn sah.

»Ciao, Giulia. Wo sind die anderen?«, fragte Gallo und wölbte eine Augenbraue.

»Wir sind zu viert. Ich, Inspektor Viale, Giostra und Rubbano. Dann sind noch zwei Kollegen von der KTU da. Wir sind alle hierher gerast, als der Notruf kam. Die Carabinieri übernehmen den Verkehr, wir die Tatortsicherung.« Während sie sprach, musterte sie die Menschen hinter der Absperrung, die versuchten, ein paar Worte aufzuschnappen, die sie weitertratschen konnten.

»Wisst ihr schon, wer der Tote ist?«

»Das war das Erste, was wir gemacht haben. Ihn identifizieren. Das war leicht, denn der, der ihn gefunden hat, kannte ihn.«

»Und? Wer ist es?«

»Also«, sagte Giulia, trat ganz nahe an Gallo heran, zog einen winzig kleinen Notizblock aus der Brusttasche ihrer Uniform hervor und las fast im Flüsterton den Namen ab: »Mario Boeri. Anscheinend ein bekannter Anwalt hier aus der Stadt. Er hat – sorry – hatte eine Kanzlei hier in Sanremo und arbeitete anscheinend eng mit einer Kanzlei in Frankreich. Gleich hinter der Grenze.«

Gallo nickte.

»Ist der Gerichtsmediziner schon da? Wer hat Notdienst?«

»Der ist vor Kurzem eingetroffen. Da«, sie zeigte auf eine kleine Menschentraube weiter vorn auf dem Bürgersteig, die respektvoll Abstand zu der Villa hielt, »siehst du ihn?«

Gallo nickte. Er sah die leicht gebeugte Gestalt von Dottore Parodi, den er schon kannte. Überaus gründlich und erfolgreich bei seinen – durchwegs zufriedenen – Patienten seiner Praxis, wie Gallo immer wieder gehört hatte. Fast schon eine medizinische Institution in Sanremo. Wenn er aber wie jetzt den Kittel des Rechtsmediziners überstreifen musste, war er nervtötend pingelig, quälend langsam, aber unbeirrbar. Alle in der Behörde, vom Streifen-Carabiniere und vermutlich bis zu seinem Vorgesetzten, kannten sein sprichwörtliches Phlegma. Manchmal brauchte er Tage, bis er ein Detail, das dringend benötigt wurde, offenbarte. Wenn man ihn zur Eile trieb, rezitierte er gerne den Spruch, dass im Angesicht des Todes auch die Ungeduld sich angemessen zurückhalten müsse: »Meine ist die allerletzte Untersuchung, ihr werdet verstehen, dass ich mir keine Fehler leisten will.«

»Hat er das Opfer schon gesehen?«, fragte Gallo.

»Nein, natürlich nicht!«

»Wie bitte? Warum wurde er nicht zu der Leiche gelassen? Vorher kann sich keiner von uns nähern. Wir brauchen die Todesursache und den Todeszeitpunkt, jede Minute ist kostbar.« Gallo zeigte auf die Sonne, die wie eine goldene Scheibe über dem Meer stand: »Die Körpertemperatur ist entscheidend, um festzustellen, wie lange er schon tot ist. Also warum ist Dottore Parodi noch nicht bei der Leiche?«

»Weil es nicht möglich ist, sich der Leiche zu nähern«, beschied ihn Giulia mit ernstem Gesicht und kaute auf ihrer Unterlippe herum.

»*WAS* sagst du da? Klar, dass ihr die Schaulustigen auf Distanz gehalten habt, aber der Rechtsmediziner muss seine Untersuchung machen, sonst ist alles Weitere blockiert.«

»Besser nicht, glaub mir«, sagte Giulia jetzt ehrlich besorgt, weil ihr klar geworden war, dass Gallo das wichtigste Detail des Leichenfundes noch gar nicht kannte. Sie sah sich Hilfe suchend um. So als überlegte sie, warum ausgerechnet sie Gallo ins Bild setzen musste. Sie war nur eine einfache Kommissaranwärterin im Rang einer Ispettore. Sie wollte nichts falsch machen.

Gallos Geduld war strapaziert. Er musterte sie, als könne er in ihren Augen lesen, was sie ihm sagen sollte und sich nicht traute. Er bemerkte, dass Schaulustige sich aus der Entfernung immer mehr für ihr Gespräch interessierten. Er sah mehrere Köpfe, die ihnen zugewandt waren. Handys filmten ihn und

Giulia. Auch wenn es unmöglich war, dass jemand ihre Unterhaltung hören konnte, nahm Gallo Giulia beim Arm und mit einem Nicken Richtung Straße bugsierte er sie in den Schatten einer Gruppe niedriger Palmen in einer Ecke des Vorgartens. Hier waren sie vor Beobachtern, Lippenlesern, Handykameras und anderen Neugierigen sicher.

»Was ist denn los? Sind hier alle verrückt geworden?«, polterte er los. »Wenn Parodi die erste Leichenschau am Tatort nicht machen kann, dann fehlt das wichtigste Teil der ganzen folgenden Ermittlungen«, erklärte er erneut. Und während er sprach, wurde seine Stimme ruhig, um Giulia nicht in die Enge zu treiben. Und auch, weil er jetzt erst zu ahnen begann, dass es einen triftigen Grund dafür gab, dass die Leute in so großem Abstand zur Villa Nobel gehalten worden waren, ja sogar die ganze Straße weiträumig abgesperrt war. Er überflog noch mal die Gesichter der Umstehenden und las in ihnen das Entsetzen.

Giulia hatte rote Wangen bekommen und zog ihre Schultern wie zur Abwehr hoch. »Ich sage dir, dass es besser ist, sich der Leiche vorerst nicht zu nähern, nicht, nachdem wir das entdeckt hatten.«

»Giulia! Bitte! Ich kapier's nicht. Erzähl jetzt bitte sofort, was ihr bei der Leiche gefunden habt«, sagte Gallo eindringlich.

»Das Opfer hat eine Stange Dynamit bei sich … also an sich. In sich.«

»Dynamit?«, fragte Gallo ungläubig. Und sah reflexartig über Giulias Schulter hinweg auf das Schild, welches das Anwesen als die Villa Alfred Nobels auswies, des Erfinders des Dynamits.

»Ja!«, sagte Giulia bestimmt. »Jemand – wahrscheinlich der Mörder – hat ihm eine Stange Dynamit in den Mund gerammt. Ich hab's gesehen. Es ist kein schöner Anblick.« Sie verzog das Gesicht.

Dann fuhr sie fort: »Inspektor Viale hat sofort den PM verständigt; nach der ersten Aufregung – und wir wussten ja nicht, was zu tun ist – hat Bevilacqua, der glaubte, dass die Dynamitstange an einen Timer gekoppelt sein könnte, das ganze Areal um die Leiche herum evakuieren lassen.« Sie seufzte erleichtert.

»Bevilacqua ist hier?«, fragte Gallo.

Giulia nickte mit einem gequälten Lächeln. Sie wusste, dass die Stimmung zwischen Gallo und dem PM, dem stellvertretenden Staatsanwalt, explosiv war.

»Da drüben ist er«, sagte sie und zeigte in die Richtung, wo sich eine Gruppe Leute – darunter auch der Rechtsmediziner – hinter einer Mauerecke der Villa mit eingezogenen Köpfen verschanzt hatten, wohl um eine drohende Explosion überleben zu können.

Gallo schnaufte.

»Er ist vor einer halben Stunde gekommen und hat sofort das Kommando übernommen. Wir haben ihm versichert, dass du schon unterwegs seist, aber er wollte davon nichts wissen.«

»Und dann hat er die Evakuierung angeordnet?«, fragte Gallo.

»Ja, und dann wollte er, dass das Bombenentschärfungskommando so schnell wie möglich hierherkommt. Er hat alle Hebel in Bewegung gesetzt. Aber ich glaube, das nächste Team für so was ist in Genua stationiert, und es wird zwei Stunden dauern, bis sie hier sind, wenn sie nicht mit einem Hubschrauber kommen.«

Gallo sah sich um. Die Aurelia, die wichtigste Verkehrsader von Sanremo, war abgeriegelt worden. Der Verkehr staute sich bereits bis in die Innenstadt, und auf der anderen Seite, von der er gekommen war, standen bereits Hunderte Autos und Mopeds in der zunehmenden Hitze. Vor der Villa harrte in einem großen Halbkreis um das Eingangstor herum eine Hundertschaft von Schaulustigen aus. Die meisten hatten ein Handy in der Hand, das sie über die Köpfe hinweg hielten, so als warteten sie auf die Explosion und könnten sie live mitfilmen. Die Szene erinnerte Gallo an die Zustände, die während des größten Musikfestivals Italiens herrschten, dem Festival di Sanremo, wo Fans geduldig stundenlang vor den Hotels und auf den Plätzen ausharrten, um einen Blick auf ihre Lieblingsstars werfen zu können. Die strahlende Sonne, die fröhlichen Blumen in dem gepflegten Garten der Villa Nobel und das tiefblaue Meer auf der anderen Seite der Villa unterstrichen diesen Eindruck. Nur dass hier kein Star erwartet wurde, sondern alle auf eine Explosion warteten. Gallo schüttelte fast unmerklich den Kopf.

»Wo ist das Opfer?«, wandte er sich an Giulia und sah sie intensiv aus seinen grauen Augen an.

Giulia sah zu ihm auf: »Gleich neben der Villa, auf der Gartenseite. Wir haben ihn in einem Blumenbeet gefunden. Es sieht aus, als sei er dorthin geschleift worden. Es gibt Spuren im Kies und auch im Gras. Aber um es genau zu wissen, müssen wir die Untersuchung der KTU und des Rechtsmediziners abwarten.«

»Und wie ist er gestorben?«, fragte Gallo mit leiser Stimme.

»Es scheint, dass ihm mit einem spitzen Gegenstand in die Brust gestochen wurde.« Giulia machte eine Geste mit ihrer Hand auf Brusthöhe, da wo das Herz saß. »Inspektor Viale, der als Erster bei der Leiche war, bestätigt, dass es nur eine Stichwunde gibt, ungefähr da, wo das Herz liegt.« Giulia war blasser um die Nase geworden. Gallo hatte es bemerkt und wusste, er konnte sie nicht mehr lange verhören. Er wollte sie schonen und es tat ihm leid, dass ausgerechnet sie, das jüngste, aber nicht unbedingt das schwächste Glied seines Teams, ihm den ersten Bericht erstatten musste, und das nur, weil er verschlafen hatte. Porca vacca!

Er lächelte Giulia aufmunternd zu. Er hatte einen Entschluss gefasst. Jetzt wusste er, was er tun musste. »Ich geh mal nachsehen«, sagte er beiläufig, und Giulia versuchte vergeblich, ihn am Arm festzuhalten.

»Nein, Tomas, Du kannst da nicht hingehen!«

Aber Gallo war schon losgegangen und bereits zu weit weg, um ihn mit einem Griff an den Arm aufhalten zu können. Er legte die zehn Meter bis zur Ecke des Gebäudes zurück, an der sich im Schatten einer möglichen Explosion die kleine Gruppe um den PM Bevilacqua und Parodi, den Rechtsmediziner, jetzt aufgeregt unterhielt. Gallo konnte sich die wilden Spekulationen lebhaft vorstellen.

Er marschierte weiter, ließ die Gruppe unter deren erstaunten Blicken links liegen und war im nächsten Augenblick um die Ecke verschwunden.

»GALLO!«, hörte er die unverwechselbare Stimme Bevilacquas ihn rufen.

Gallo ging weiter.

»Gallo! Was machen Sie denn da?«

Gallo hielt kurz an. Er spürte die bohrenden, neugierigen Blicke in seinem Rücken, hob, ohne sich umzudrehen, kurz die Hand zu einer Geste: »Alles gut, ich sehe mich nur mal um.«

Dann hörte man nur noch das Knirschen des Kieses unter Gallos Schuhen, nachdem er aus ihrem Blickfeld verschwunden war und die Villa Nobel umrundete.

Gallo folgte dem Weg, der in den Garten führte, wo früher einmal der Haupteingang der Villa lag – dem Meer zugewandt. Er setzte bedachtsam, aber trotzdem zügig einen Fuß vor den anderen und passierte die schmale Flanke des Gebäudes. Dann verlangsamte sich sein Schritt, als er die Ecke erreicht hatte und das Grundstück sich in den Garten öffnete. Er sah sich die Blumenbeete in seiner Nähe sehr genau an. Als er an der großen Gartenlaterne angelangt war, die genau an der Ecke des Gebäudes stand, hielt er inne und spähte vorsichtig um die Ecke in den hinteren Teil des Gartens.

Seine Augen folgten den deutlichen Schleifspuren im Kies und entdeckten im Halbschatten, etwa 15 Meter entfernt von ihm, den Leichnam. Aus der Entfernung machte er eine erste Bestandsaufnahme: Die Leiche trug eine dunkelblaue, sportlich geschnittene Jacke, darunter ein hellblau-weiß gestreiftes Hemd und dunkelgraue Hosen, die wohl zu einem Anzug gehört hatten. Er war gekleidet, als hätte er eben eine Sitzung im Büro verlassen – oder einen Abend im eleganten Casino verbracht. Mehr konnte er von hier aus nicht ausmachen.

Er löste sich von der Ecke des Gebäudes und ging vorsichtig näher heran, sorgsam darauf bedacht, sich seinen Weg genau zu merken, damit er der KTU genau sagen konnte, wo er hingetreten war.

Im Näherkommen sah er, dass die Kleidung des Toten an vielen Stellen zerrissen, dreckig und das Oberleder der Schuhe verschrammt war. Die Jacke war in unnatürlichem Winkel über die linke Schulter gezerrt worden und halb zerrissen. Das Hemd und ein Teil der Hose waren blutverschmiert. Jemand hatte ihn – schon tot – hastig hierher gezerrt und notdürftig in einem Blumenbeet versteckt.

Gallo sah hoch. Von außen, vom Ende des Gartens Richtung Meer, der an den berühmten Fahrradweg – der Pista Ciclabile – grenzte, der sich fast 40 Kilometer entlang der Riviera direkt am Strand auf den ehemaligen Eisenbahnschienen erstreckte, konnte man die Leiche nicht sehen. Er schätzte den Fluchtpunkt der Schleifspuren ab. Von dort, vom hinteren Ende des Gartens oder der Pista Ciclabile, musste der tote Mann heraufgeschleift worden sein. Dort musste der Tatort sein. Er sah wieder auf die Leiche.

Entsorgt wie ein Sack Müll, dachte Gallo.

Er hielt inne. Konzentrierte sich. Der erste Eindruck beim allerersten Blick auf eine Leiche ist fast immer der richtige.

Aufgestauter Hass. Gezielte Zerstörung. Und kalte Wut.

Das war es, was Gallo an den ersten Spuren am Fundort der Leiche und an der Achtlosigkeit ihres Zustands ablas.

Das hier war keine Affekttat. Auch wenn der Zeitpunkt möglicherweise eher zufällig war: Die Tat hatte eine Vorgeschichte. Da war Gallo sich sicher. Es war ein geplanter Mord. Und der Ort war auch kein Zufall. Jemand hatte ein deutliches Zeichen gesetzt. Eine Spur, so breit wie eine Autobahn.

Dann setzte er vorsichtig einen Fuß vor den anderen und näherte sich noch ein Stück der Leiche. Seine Antennen waren ausgefahren. Angst spürte er nicht.

»Wo ist das Dynamit?«, fragte er sich und sah sich in der nächsten Umgebung um. Sprengfallen, Spanndrähte, irgendein Auslöser. Er suchte. Aber da war nichts.

Dann schob er sich vorsichtig noch näher an die Leiche, die, den Rücken zu ihm gedreht, mit abgewandtem Gesicht im Dreck lag.

Er blieb stehen. Rührte sich nicht.

Im Mund, hatte Giulia gesagt, im Mund hatten sie das Dynamit gesehen.

Vorsichtig verlagerte er sein Gewicht nach vorne, um das Gesicht des toten Mannes sehen zu können. Er beugte sich über den Torso und dann sah er es: Wie in einem Schraubstock steckte eine Stange mit papierner, sepiafarbener Hülle zwischen den Backenzähnen im wie zu einem Schrei weit gespreizten Mund des Opfers. Oben ragte eine Art Zündschnur heraus, und es war etwas auf der Hülle aufgedruckt. Die Schrift war kaum lesbar.

»Wir müssen rausfinden, ob die Stange da reingerammt wurde, bevor er getötet wurde, oder post mortem«, murmelte Gallo.

»Auf jeden Fall mit Wut und voller Wucht. Vielleicht finden wir hier irgendwo ein Stück abgebrochenen Zahn, dann wissen wir, wo genau es passiert ist.« Gallo machte sich darüber eine geistige Notiz.

Als Nächstes konzentrierte er sich auf die Wunde in der Brust. Das Hemd war perforiert worden, ungefähr da, wo das Herz lag. Er musste sofort tot gewesen sein, wenn das Herz getroffen wurde. Er schätzte die Menge Blut ab, die das Hemd getränkt hatte, und war der Meinung, dass der Tod sehr schnell eingetreten sein musste. Das Herz hatte fast sofort aufgehört zu schlagen. Sonst wäre die Menge Blut, die das Herz aus der Wunde gepumpt und die die Kleidung durchtränkt hätte, viel größer. Diese Treffsicherheit, mit einem einzigen Stich genau das Herz zu treffen, konnte ein Indiz sein – oder auch nicht. Es gab auch Zufallstreffer.

Dann besah er sich die Schuhe des Opfers. Teure, polierte, aber jetzt vom Kies verschrammte Schuhe.

500 Euro mindestens, schätzte Gallo.

Sein Blick wanderte wieder zum Kopf der Leiche. Irgendetwas stimmte mit der Dynamitstange nicht, dachte Gallo. Er trat vorsichtig um die Leiche herum, folgte dabei seinen eigenen Fußabdrücken, um so wenig neue Spuren wie möglich zu machen. Die Kriminaltechniker würden sowieso schon toben, dass er überhaupt hierhergekommen war.

Gerade als er sein Gesicht nahe genug an den Kopf des Opfers gebracht hatte und herausfand, was mit der Dynamitstange nicht stimmte, hörte er ein lautes Rufen in seinem Rücken.

Er drehte sich um. Es war Bevilacqua.

»Gallo! Per la miseria! Was machen Sie denn da?« Gallo hob beschwichtigend seine andere Hand nach oben und rief: »Alles in Ordnung. Es gibt keine Gefahr.«

Bevilacqua duckte sich instinktiv und starrte den Kommissar an. »Was soll das heißen? Sie haben doch die Dynamitstange im Mund des Opfers gesehen. Sind Sie blind? Oder wahnsinnig? Oder beides?«

Bevilacqua kauerte sich zusammen, mit eingezogenen Schultern und blickte, die Hände vorsichtshalber auf die Höhe seiner Ohren gebracht, fassungslos dem Kommissar entgegen, der jetzt entspannt, aber sorgfältig seinen eigenen Spuren rückwärts folgte, um dann vor ihm stehen zu bleiben.

»Kein Problem, Herr Staatsanwalt, und keine Gefahr: Diese Stange Dynamit wird nie explodieren.«

Bevilacqua war um Fassung bemüht. Er sah sich fahrig um, ob jemand die Szene mitbekommen hatte. Er erhob sich, ordnete seine Kleidung und strich sich nervös durch die Haare.

»Wie können Sie das so genau wissen?«, raunte er Gallo zu.

»Kommen Sie mit, Dottore, kommen Sie«, erwiderte Gallo.

Er drehte sich um und ging wieder zu der Leiche, die er eben verlassen hatte. Bevilacqua folgte ihm, vorsichtig, zögernd.

»Sehen Sie, sehen Sie genau hin. Sehen Sie sich die Zündschnur an. Das ist keine Zündschnur, sondern ein Stück dicker Paketschnur. Ganz normale Kordel, wenn Sie wollen.«

»Wie können Sie da so sicher sein?«, fragte der PM.

»Ich weiß es, und auch das Dynamit ist falsch. Hier kann gar nichts explodieren.«

Bevilacqua sagte nichts, starrte nur angestrengt auf den Kopf des Toten.

»Sehen Sie«, hob Gallo an, bemüht, nicht allzu belehrend zu wirken, »in Mailand haben wir an der Akademie einen Kurs über Sprengstoff absolviert. Dynamit, das heute hergestellt wird und in Minen oder beim Tunnelbau verwendet wird, sieht ganz anders aus. Das da«, er deutete auf den Mund des Opfers, »scheint eher eine Attrappe zu sein, entweder ein Original aus dem ausgehenden 19. Jahrhundert – aus einem Museum oder Ähnlichem – oder es ist eine Filmrequisite. Sie sehen doch gerne alte Western, oder?«, fragte Gallo und konnte sich ein Schmunzeln nicht verkneifen.

Gallo konnte förmlich hören, wie die Rädchen sich in Bevilacquas Kopf drehten. Und er konnte sich vorstellen, dass in seinem Kopf weniger die – für ihn – haarsträubenden Details eines Dummies eine Rolle spielten, sondern vielmehr die Peinlichkeit, darauf hereingefallen zu sein. Was wohl augenblicklich ein fieberhaftes Bemühen in seinem Kopf ausgelöst hatte, wie diese Peinlichkeit zu vertuschen wäre. Er hatte wegen einer Attrappe halb Sanremo lahmgelegt.

»Und jetzt?«, stammelte Bevilacqua.

»Und jetzt«, antwortete Gallo, »jetzt, da wir ja wissen, dass keinerlei Gefahr mehr besteht, holen wir die Kriminaltechniker an den Fundort und den Gerichtsmediziner, Dottore Parodi, der schon wartet. Wir brauchen jetzt Daten: Todeszeitpunkt und Tatort, denn der Mann ist nicht hier getötet worden. Und wir brauchen Hinweise auf die Tatwaffe. Wir können nicht noch mehr Zeit verlieren.«

Gallo erhob sich, streifte Bevilacqua mit einem amüsierten Blick und fragte mit Unschuldsmiene: »Möchten Sie die Straßensperre aufheben lassen oder soll ich das tun?«

»Nein, nein, machen Sie das. Das ist ja schließlich Ihre Aufgabe, nicht?«

Gallo und Bevilacqua gingen wieder um das Haus herum und sahen in Dutzende besorgte, aufgeregte Gesichter. Einige hatten vor Nervosität die Hände wie zum Gebet vor der Brust gefaltet.

Bevilacqua, der seine Fassung wiedergewonnen zu haben schien, setzte ein geschäftsmäßig triumphierendes Gesicht auf – oder zumindest das, was er dafür hielt – hob der wartenden Menge wie ein Messias beruhigend die Hände entgegen und wandte sich mit lauter Stimme an den nächstbesten Polizisten in Uniform, Inspektor Viale: »Keine Gefahr, es ist kein echtes Dynamit! Alles unter Kontrolle.«

Gallo war stehen geblieben. Mit einem Nicken holte er Giulia heran und sagte leise zu ihr: »Die Straßensperre kann aufgehoben werden, danke den Carabinieri für ihren Einsatz, der Bürgersteig kann auch wieder freigegeben werden und lass Parodi und dann die Kriminaltechniker durch.«

Auf den fragenden Blick Giulias raunte er ihr zu: »Eine Attrappe. Ein Statement mit Signalwirkung. Eine Dynamitstange im Mund eines Toten im Garten des Erfinders des Dynamits. Ein deutlicher Hinweis, wo wir mit der Suche beginnen müssen. Wenn alle hier fertig sind, treffen wir uns erst mal im Kommissariat. Ich glaube nicht, dass das ein Zufall ist, wir müssen nur herausbekommen, was uns der Täter sagen will und welche Verbindung der Tote mit irgendwas oder irgendwem aus dem Umfeld der Nobels – tot oder lebendig – oder der Nobel-Stiftung zu tun gehabt haben könnte.«

Er sah sie nachdenklich an. »Das hat kein verschmähter Nobelpreis Kandidat gemacht. Rubbano soll alles ausbuddeln, was wir über die Aktivitäten der Nobels von heute wissen. Ich weiß, der Nobelpreis, aber da muss noch mehr sein. Was haben die sonst noch gemacht? Gab es Brüder, Schwestern, Cousins, deren Nachfahren, verschmähte Liebschaften, irgendjemanden, der heute noch ein Hühnchen mit den Nobels zu rupfen hat? Da müssen wir ansetzen. Da liegt der Schlüssel. Warum sonst hätte der Mörder die Villa Nobel als Bühne benutzt?«

Gallo zog seine Augenbrauen hoch. »Rubbano soll alles andere stehen und liegen lassen. Und wir müssen genau erfahren, was der Name Nobel und ihre industriellen Aktivitäten in dem Tollhaus, das aus der Welt geworden ist, heute bedeutet. Das umfasst so ziemlich alles seit Beginn der industriellen Revolution, ich weiß, und wir können die beiden Weltkriege auch noch dazunehmen«, fügte er hinzu.

Giulia hatte ihr lächerlich kleines Notizheft aus der Brusttasche gezogen und kritzelte, so schnell sie konnte, mit. Gallo beobachtete sie, wie sie hektisch eine Seite nach der anderen umblätterte und versuchte mitzuhalten. »Und, Giulia, ich kaufe dir mal einen richtigen Notizblock.« Er grinste versöhnlich, tätschelte ihr aufmunternd die Schulter, sie lächelte dankbar, sichtlich erleichtert über den guten Ausgang, und er stapfte davon.

Dann drehte er sich noch einmal um: »Du hast doch ein Handy, oder? Was hältst du von einer Sprachnotiz?«

Als er wieder bei Bevilacqua vorbeikam, der sich gerade für seine Umsicht und seinen Mut im Umgang mit dem »Dynamit« feiern ließ, sagte Gallo so laut, dass alle es hören mussten: »Ach ja, Herr Staatsanwalt, ich glaube, dass Sie die Bombenentschärfer aus Genua wieder abbestellen müssen. Die Jungs sind sicher froh, wenn sie nicht den ganzen Tag umsonst im Auto sitzen müssen. Oder haben Sie denen gar einen Hubschrauber organisiert?«

Minuten später kurvte Kommissar Gallo um die Piazza Colombo im Herzen von Sanremo und hatte Mühe, bei diesem Tempo die kleinen Räder auf dem malträtierten Kopfsteinpflaster mehr oder weniger geradeaus zu halten. An der Stirnseite des Platzes, genau gegenüber dem Busbahnhof, stand ein Gebäude, das wie ein massiver Brückenpfeiler die beiden Fußgängerzonen Sanremos mit ihrem steten Strom an Touristen und Einheimischen voneinander trennte. Unten im Erdgeschoss gab es ein uraltes, wunderschönes ausladendes Kaffeehaus, das *Café Colombo*, dessen Stühle und Tische im Schatten eines den breiten Gehweg überspannenden, massiven Gewölbes standen.

Oben im ersten Stock waren Kanzleien und ein paar Ärzte untergekommen und im zweiten Stock lagen vorübergehend die zivilen Büros des Kommissariats der Polizia di Stato von Sanremo, die zivile Außenstelle der Questura von Imperia für Kapitalverbrechen, Gallos Dienststelle. Wenn man vorbeifuhr, nur 20 Meter weiter, befand sich in der Fassade eine Öffnung, die auf einen kleinen Hof ging. Gallo betätigte eine Fernbedienung in seiner Tasche, und das stabile Tor glitt zur Seite. Hier waren die Parkplätze für die Polizeiautos. An der Stirnseite endete der Hof in einer haushohen, fensterlosen Mauer, auf der linken Seite waren absurd kleine und enge Parkbuchten markiert und rechts öffneten sich zwei Garagen, in denen die Werkstatt untergebracht war, aus der ein lautes Klong-Klong ertönte, als Gallo seine Vespa kurz aufheulen ließ und sich einen Parkplatz suchte.

Nachdem er geparkt, seinen Helm unter dem Sitz verstaut und im Rückspiegel kurz sein Haar geordnet hatte, näherte er sich den weit offen stehenden Garagentoren. Hier war das Reich von Giacomo Benzà, dem kommissariatseigenen Mechaniker, der den Fuhrpark auch mit stotterndem Budget und ohne nennenswerte Ersatzteile am Laufen hielt.

Benzà war kein Mechaniker, er war ein Genie. Irgendetwas über 70, hager, ohne Schulabschluss – zumindest gab es keinerlei Dokumente mehr über einen solchen – einen uralten Führerschein und den staatlichen Mindestpensionsanspruch. Das war schon alles, was die behördlich dokumentierte Vita Benzàs hergab. Er musste immer weiterarbeiten – und wollte das auch.

Gallo sah seine Beine unter einem aufgebockten Wagen hervorlugen, hagere Altmännerbeine, die in einem schmierigen Overall steckten, auf dessen Knien das Lancia-Logo prangte. Die Unterschenkel zierte ein wildes Muster aus verblassten blauen und roten Streifen, das Markenzeichen des Martini-Racing-Teams, für welches Benzà, den alle nur Benzina nannten, die Lancia Stratos-Flotte als Mechaniker ein Jahrzehnt lang betreut hatte. Die kleinen, flachen, keilförmigen Lancia Stratos waren als Rallyewagen konzipiert und räumten ausnahmslos alle Preise bei europäischen Rallyes der Jahre 1974, 75, 76 und 77 ab: die Rallye Sanremo, die Rallye Monte Carlo, die Rallye Portugal und Dutzende andere. Dazu war der Stratos das Rallyeweltmeisterauto der Jahre 1974 bis 1977.

Unangefochten.

Sandro Munari war der Fahrer, Giacomo Benzà einer der Mechaniker gewesen. Zusammen machten sie den Stratos zum erfolgreichsten Straßenrennwagen der Geschichte. Gut erhaltene Exemplare mit Straßenzulassung kosteten heute um eine halbe Million Euro. Und Benzà hatte von alledem – nichts. Außer seinem Stolz.

Als man Gallo, dem neuen Leiter des Sanremo-Kommissariats, bei seiner Amtseinführung Benzà vorgestellt hatte, war es Zuneigung auf den ersten Blick gewesen. Gallo erfuhr bei der ersten Begegnung, dass Benzina nicht nur auf dem untersten Pensionsniveau stand, sondern sah, dass Benzina auch dental derartige Defizite zu verbuchen hatte, dass er auf dem besten Wege zum oralen Bankrott war. Benzina war sowohl im Schneide- wie auch im Backenzahnbereich so benachteiligt, dass Gallo ihn am liebsten persönlich zum nächsten Zahnarzt geschleppt hätte – auch auf eigene Kosten, wofür er eines der Treuhandkonten seiner Familie hätte anknabbern müssen. Die Tatsache dieser quasi Zahnlosigkeit hinderte Benzina natürlich nicht daran, bei jeder Gelegenheit, vor allem während der Arbeit, einen billigen, erloschenen Zigarrenstumpen zwischen seinen Kiefer zu klemmen.

Wenn jemand ein Gnadenbrot verdient hatte, dann Benzà, hatte Gallo damals sofort entschieden und ihn gegen jede Planstellenvorgabe, gegen alle bürokratischen Hürden verteidigt, und hatte einen versicherungstechnischen Kniff gefunden, mit dem er als externer Dienstleister für die Polizei weiterarbeiten konnte.

Und Benzina erwies sich als dankbar. Und genial. Er war ein Hexenmeister, was Motoren anlangte. Ein wahrer Autoflüsterer, wie Gallo ihn nannte. Er brachte jedes benzin- oder dieselbetriebene Fahrzeug im Handumdrehen nicht nur zum Laufen, sondern weit über seine ursprüngliche Leistungsgrenze hinaus. Das Kommissariat von Sanremo hatte den ältesten Fuhrpark in der Provinz Imperia, aber den mit Abstand fittesten und schnellsten. Nur den neuen, modernen und hybriden Modellen mit Elektroantrieb stand Benzà skeptisch gegenüber. Damit konnte er rein gar nichts anfangen. Für ihn waren sie eine Gefahr, die immer näherkam, denn auch die italienische Polizei setzte zunehmend auf umweltfreundliche Autos. Benzina machte einen großen Bogen um Elektroautos. »Oh dio!«, fluchte Benzina jedes Mal, wenn eines ihm zu nahekam.

Gallo stupste ihn mit seiner Fußspitze an, worauf Benzina, der auf einem Rollwagen unter einem Alfa Romeo werkelte, mit ungeahnter Geschmeidigkeit hervorschoss und sich aufrichtete. Er bedachte Gallo mit einem schiefen Grinsen, das er sich angewöhnt hatte, um seine Zahnlosigkeit zu kaschieren. Natürlich hing ein Zigarrenstumpen in seinem Mundwinkel.

»Wir müssen reden«, sagte Gallo zu ihm, »kommst du nachher hoch zu mir?«

»Ciao, Gallo, klar. Aber mit Sprengstoff kenn ich mich nicht aus. Da musst du wen anderes fragen.«

Manchmal, dachte Gallo, war der Tratsch in dieser Stadt schneller als das Internet.

»Nein, nein, nix mit Sprengstoff«, lachte Gallo. Er fragte nach: »Du hast's also schon gehört?«

»Ja, es gab einen Toten, no?«

»Schon, aber der ist nicht in die Luft geflogen. Erstochen.«

»Aha. Und warum soll ich hochkommen? Perché?«

»Rubbano hat Schwierigkeiten mit einem neuen Formular, das gestern von der Verwaltung gekommen ist. Es geht um deine Bezahlung als externer Dienstleister. Du weißt, die Budgets werden ständig gekürzt. Verwaltungskram. Wir müssen mal drüber reden, okay?«

Benzinas Miene verdüsterte sich. Er fürchtete nichts so sehr wie Bürokratie. Er verstand nicht, wozu sie gut sein sollte. Warum konnte man nicht ohne sie leben? Sie machte ihm Angst, Angst, die Gallo ihm immer wieder nehmen musste.

Gallo selbst hatte sich auf seine Art mit der Bürokratie arrangiert: Für ihn war das Stacheldraht-bewehrte Dickicht der italienischen Dienstvorschriften der öffentlichen Verwaltung eine Herausforderung. Eine »sfida«, wie man in Italien schwierige Umstände nannte, die zu überwinden waren. Und da war Kreativität gefragt. Auf der einen Seite barg das Nichtbeachten der Vorschriften auch in Italien extreme Risiken, auf der anderen Seite stachelten gerade absurde Ausuferungen der Bürokratie zu exquisiten Gesten und unvorstellbaren Salti Mortali an. Es war eine Art radikales und gefährliches Ringen, die Schlupflöcher, die es im Dickicht der Vorschriften überall gab, zu entdecken und zu nutzen. Man kann sich nur dann über die Mittelmäßigkeit, in welche die Bürokratie jeden Bürger hineinzupressen versucht, erheben – so dachte Gallo – wenn etwas auf dem Spiel steht, und damit war bei Gallo nicht von Geld oder Ruhm die Rede. Wie ein Hochseilartist sich gegen die Tücken der Schwerkraft wehren muss und dabei die unbestechlichen Gesetze der Balance nutzt. Der Hochseilakt, der nur deshalb einen so hohen Wert hat, weil er – wie Feuerwerk – überhaupt keinen praktischen Nutzen hat – so empfand Gallo die Bürokratie. Jede Bürokratie. Und die italienische ganz besonders.

Für alles andere hatten sie auf dem Kommissariat Antonio

Rubbano, ihren inselbegabten Inspektor, der die Vorschriften so gut verstand, als hätte er sie selbst verfasst. Für Gallo ein ewiges Phänomen.

Commissario Tomas Gallo trat aus dem Garagenhof hinaus auf die sonnendurchflutete Piazza Colombo, sah auf seine Uhr und entschied, dass er sein Team statt im Kommissariat auch gleich zu ihrem zweiten und fast noch wichtigeren Versammlungsort umdirigieren könne: der *Locanda dal Mortaio*, einem Lokal oben in der zerklüfteten Altstadt. Er tippte eine kurze Nachricht in den Gruppenchat, nahm die Via Palazzo, bog in die Petronilla Sapia ein, einen Durchgang zwischen zwei Häusern, der kaum breiter war als seine Schultern, und lief dann die Stufen in die Altstadt hoch. Er trat einige Minuten später durch die niedrige Türe der gemütlichen Locanda und wurde mit einem Lächeln und einem Kopfnicken von Barbara, der Besitzerin, die hinten in der Küche hantierte, begrüßt. Die Altstadt von Sanremo, die im Volksmund nur »La Pigna« hieß – wegen ihrer Form, die an einen Zedernzapfen erinnerte –, hatte eine bewegte Vergangenheit, die bis ins 11. Jahrhundert zurückreichte. Matrosen und Tagelöhner, Immigranten aus aller Herren Länder, Bauern, Handwerker und vor allem Rebellen– die Altstadt war bis heute das steile, unbequeme Quartier der kleinen Leute geblieben. Manches hatte sich nie geändert, anderes gab sich heute als Folklore – aber die historische Altstadt war für Gallo das ideale Gegengewicht zu den mondänen Vierteln mit ihrem Glanz und Glamour entlang des Meeres. Erst dieser Mix machte aus Sanremo eine vollständige Stadt. Er war gerne hier oben, nicht nur, weil man zwischen den steilen Häuserschluchten immer wieder ganz Sanremo zu Füßen liegen hatte, sondern weil die Sorgen und Probleme der Menschen hier oben dem wirklichen Leben viel näher lagen als die Luxusprobleme der verwöhnten Reichen.

Hier waren sie weit weg vom Trubel des Kommissariats. Und konnten gleichzeitig etwas essen. Er sah Barbara, die mit geübten Griffen in den Töpfen rührte, und überflog neugierig das Menü, das die Locanda jeden Mittag für die Beamten bereitstellte, um deren knappem Budget zu entsprechen. Gallo hatte mit Barbara eine »convenzione« vereinbart, für 11.50 Euro durfte jeder seines Teams mittags dort essen – was, das bestimmte Barbara. Dann setzte er sich zu seinem Kollegen Viale, dem Vize-Kommissar, der kurz vor Gallo eingetroffen war, auf einen Stuhl, von dem aus er in die Küche sehen konnte. Als Letzte kamen Giulia Brizio und Laura Zendroni an. Agent Rubbano war nicht gekommen, er hatte es vorgezogen, zu Hause mit seiner Frau zu essen, die Krankenschwester im Krankenhaus von Sanremo war und endlich einen freien Tag hatte. Giostra, der Telefondienst hatte, war auf dem Polizeirevier geblieben. Er würde seine Schicht in einer Stunde beenden und würde dann auch zu Hause zu Mittag essen. Und dann ein Nickerchen machen. Wie es im Sommer in einigen Gegenden Italiens üblich ist.

Auf ein Nicken von Viale hin kam Annina, die junge Kellnerin, an den Tisch. Sie begrüßte den Kommissar, wobei sie ihn wie üblich aufmerksam musterte, und fragte dann, ob sie noch etwas anderes als den Hauptgang wünschten. An diesem Tag war Mittwoch und die Locanda würde Brandacujun servieren, ein typisches Gericht aus Westligurien, das aus Stockfisch und gestampften Kartoffeln, mit Olivenöl, den kleinen, aromatischen Taggiasca-Oliven und einem Schuss frischem Zitronensaft gewürzt zubereitet wird, aber wenn jemand eine Vorspeise wollte, würde Barbara sicher nicht nein sagen. Brandacujun aßen die Fischer seit dem Mittelalter, man konnte es problemlos auf einem schwankenden Boot weit draußen auf dem Meer zubereiten. Man brauchte nur eine Schüssel, ein paar vorgekochte Kartoffeln, Olivenöl und Zitrone – und keine Feuerstelle. Den getrockneten Stockfisch konnte man wunderbar im Meerwasser einweichen. Zusammen ergab das alles ein herrlich leichtes, cremiges und nahrhaftes Gericht.

Nachdem er mit einem fragenden Blick seine Kollegen angesehen hatte, bat Inspektor Viale um eine Käseplatte.

»Und zu trinken?«, fragte das Mädchen.

Diesmal stand der Kommissar auf, wandte sich der Anrichte zu, die ein Stück weiter hinten stand, und betrachtete die vielen Flaschen, die auf dem Regal standen, ohne erkennbare Ordnung, denn die Etiketten waren durcheinander. Das einzige Kriterium schien die Farbe des Weins zu sein: Weißweine auf der linken und Rotweine auf der rechten Seite. Es gab keine Schaumweine. Im *Gasthaus zum Mortaio* gab es keinen Platz für Sekt, Prosecco oder Spumante, nur Weine, und zwar ausschließlich ligurische.

Gallo entschied sich schließlich für eine Flasche Moscatello di Taggia. Bis vor Kurzem im Handel fast nicht zu bekommen, erst seit jüngster Zeit hatten sich einige Weinbauern wieder dieser ureigenen ligurischen Traube verpflichtet: Moscatello.

»Heute ist ein besonderer Tag«, sagte er und zeigte die Flasche seinen Kollegen. »Einen Fall wie Villa Nobel haben wir nicht jeden Tag. Wir haben ein ordentliches Glas verdient. Wir werden es brauchen.«

»Um einen guten Start zu haben«, bemerkte Laura und zeigte mit ihrem Kinn auf die Weinflasche.

»Um uns Auftrieb zu geben«, bekräftigte Giulia.

»Wir brauchen all diese Dinge«, schloss Gallo, »aber vor allem brauchen wir eine Menge Glück, um dem Opfer zu seiner Gerechtigkeit zu verhelfen.«

Er reichte Annina die Flasche zum Öffnen und setzte sich wieder. Einen Moment später holte Giulia, die junge Inspektorenanwärterin, ihr Mobiltelefon aus der Hosentasche.

»Eben schrieb uns Dottore Parodi. Er schickte uns seine ersten Eindrücke – per Mail auf den Intranet-Server. Wie üblich werden wir auf den finalen Bericht noch wer weiß wie lange warten müssen, aber diesmal war er so freundlich, uns ein vorläufiges Ergebnis durchzugeben. Habt ihr's schon gesehen?«

Gallo, auf der anderen Seite des Tisches, zog seine Augenbrauen hoch. Das hatte es bei Parodi noch nie gegeben. Er schüttelte den Kopf. Er war erst auf der Vespa gesessen und gerade eben die steilen Gassen der Altstadt hochgelaufen. Dabei konnte man keine Mails auf dem Handy lesen.

»Es ist ihm sicher nicht entgangen, dass der Mord an dem Anwalt Boeri kein Fall wie die anderen ist«, sagte Gallo.

»Oder jemand hat ihm Beine gemacht«, bemerkte Giulia kichernd.

Gallo nickte. »Es ist erst ein paar Stunden her, dass die Leiche entdeckt wurde, aber ich rieche schon den fauligen Atem der Politik um mich herum«, sagte Gallo. »Vorhin, nachdem ich mit Benzina fertig war, habe ich vor dem Polizeirevier einen Meinungsaustausch zwischen Bevilacqua und dem zuständigen Untersuchungsrichter aus Imperia mitgehört, und aus einigen seiner Bemerkungen heraus habe ich erraten, dass wir es bald mit gehörigem Druck zu tun haben werden«, fuhr er fort.

»Druck … Warum sollte uns jemand unter Druck setzen?«, fragten Laura und der Inspektor Viale gemeinsam.

Tomas antwortete prompt. »Weil der Anwalt ein bestens vernetztes, hohes Tier war, weil es sich um ein abscheuliches Verbrechen handelt und vor allem, weil es im Herzen von Sanremo, noch dazu auf dem Grundstück einer der wichtigsten Touristenattraktionen begangen wurde, und das zu Beginn der Hochsaison. Das ist der Grund«, setzte er hinzu. »Und weil die Nachricht längst um den ganzen Globus gerast ist und weil, während wir hier sitzen, auf allen Social-Media-Kanälen bereits spekuliert wird …«

Gallo sah in die Runde. »Und weil ›Dynamit in der Villa Nobel‹ eine viel zu verlockende Schlagzeile ist. Der Bürgermeister wird wissen wollen, was passiert ist, der italienische Botschafter in Stockholm wird Rede und Antwort stehen müssen, und es würde mich nicht wundern, wenn der schwedische Botschafter in Rom wissen will, ob das unbefleckte Image von

Alfred Nobel beschädigt worden ist. Die lokalen Politiker werden sich in ihren besten Anzug schmeißen und ihre Fähigkeiten zum Krisenmanagement in jede Kamera hineinbeten wollen.«

»Was hat der Arzt denn geschrieben?«, fragte Inspektor Viale und unterbrach Gallos Ausbruch.

Jetzt legte Gallo das Telefon auf den Tisch und suchte nach der E-Mail. Er sprach mit gesenktem Kopf, während er mit dem Finger durch das Dokument blätterte. »Er war sehr kurz angebunden«, sagte er, »fast lapidar. Nach einer Einleitung, in der er erklärte, dass der offizielle Bericht mindestens zehn Tage dauern würde, schrieb er diese wenigen Worte: ›Vermutlicher Todeszeitpunkt: gestern Abend zwischen 21 und 23 Uhr. Todesursache: tiefe Wunde am Herzen. Mögliche Anzeichen eines Kampfes behalte ich mir vor, ebenso wie die Mordwaffe, die auf den ersten Blick keine gewöhnliche Klingenwaffe zu sein scheint, sondern ein sehr dünnes, scharfes Stilett. Es ist nach meinen ersten Untersuchungen ungefähr zehn Zentimeter in die Brust eingedrungen und muss den Herzbeutel perforiert haben. Wie Sie wissen werden, ist das Herz ein Hohlorgan, wird es perforiert, kollabiert es. Es kann nicht mehr weiter schlagen. Ich vermute, die rechte Herzkammer hat es getroffen. Die zulaufende. Bei so einem Stich ist Schluss und Aus. Sofort.‹«

Gallo sah kurz auf.

»Er sagt nichts über die Stange, die Attrappe, die im Mund des Opfers gefunden wurde?«, fragte Giulia.

»Nein, dazu schreibt er nichts.«

»Ich habe sie gesehen, und ich glaube, sie hat eine sehr präzise Bedeutung: Man verschwendet keine Zeit, nachdem man so ein Verbrechen begangen hat. Normalerweise flieht der Mörder so schnell wie möglich, aber in unserem Fall hielt er sich damit auf, die Stange Fake-Dynamit in den Mund des Anwalts zu stecken.«

»Stimmt«, bestätigte der Kommissar, »außerdem hat er Zeit damit verbracht, die Leiche mühselig zu dem Ort zu zerren, wo wir sie gefunden haben. Die Kriminaltechniker fanden Blutspuren entlang der Allee, vom Parkeingang bis zur Villa. Wir haben keine absolute Gewissheit, wir müssen erst die endgültigen Untersuchungen abwarten, aber es scheint, dass der Anwalt auf dem Radweg, mitten auf der Pista Ciclabile vor der Villa Nobel, getötet worden ist. Wenn der Mörder all diese Dinge getan hat, muss es dafür einen guten Grund geben. Das sind alles Hinweise für uns – an uns. So, als hätte er uns eine Botschaft hinterlassen. Ganz zu schweigen davon, dass in der Hose des Anwalts eine Brieftasche mit über 500 Euro Bargeld und mehreren Kreditkarten gefunden wurde, was darauf hindeutet, dass der Mord auf keinen Fall ein eskalierter Raubüberfall ist.«

»Tomas«, sagte Laura und mischte sich vom anderen Ende des Tisches in das Gespräch ein, »hast du dich gefragt, warum die Dynamitstange in der Villa Nobel? Das erscheint mir immer merkwürdiger. Ich glaube nicht, dass es ein Zufall war. Er setzt sich dem enormen Risiko aus, dass Überwachungskameras ihn filmen, oder Zeugen, Leute irgendwo im Fenster ihn sehen. Dort unten, wo die Villa Nobel steht, ist viel los.«

Da der Kommissar ihr nicht antwortete, sah sie ihm in die Augen und stellte die Frage anders: »Weißt du, wer Alfred Nobel war? Und wofür er heute noch steht?«

Diesmal nickte Tomas geistesabwesend. Das Stilett spukte ihm noch im Kopf herum. »Ja, ich weiß sehr wohl, dass Alfred Nobel der Erfinder des Dynamits war, und ich weiß ebenso gut, dass er in Sanremo in der Villa starb, in der der Mord geschah. In dieser Villa verfasste er auch sein Testament, in dem er einen Teil seines Vermögens für die Finanzierung des Preises einsetzte, der seinen Namen trägt. Er wollte sich bei der ganzen Welt dafür entschuldigen, dass er ein schreckliches Todesinstrument erfunden hatte. Er war zu Lebzeiten in den Augen der meisten ein Teufel, der zu Unrecht zum berühmtesten Wohltäter der Menschheit mutiert ist.«

»Du glaubst also nicht, dass es einen Zusammenhang geben könnte?«

»Nicht zwingend. Nicht zwingend mit Alfred Nobel. Vielleicht ist es so, wie du sagst, aber bevor man spekuliert, muss man sich darüber im Klaren sein, was genau passiert ist. Und dann gab es noch andere Nobels, die keine unbeschriebenen Blätter waren: sein Bruder, nicht der, der bei einer Explosion in Schweden jung getötet wurde, sondern noch ein anderer, auf dessen Patenten praktisch die gesamte Erdölverarbeitende Industrie und die Nutzung von fossilen Brennstoffen von heute aufbaut. Vielleicht ist die Message in diese Richtung zu sehen.«

In diesem Moment kam Annina, um den Wein zu servieren. Sie schenkte jedem ein halbes Glas Moscatello ein und kam einen Moment später mit der Käseauswahl und einem Brotkorb zurück.

»Wem gehört die Villa Nobel eigentlich?«, fragte Gallo.

»Ich glaube, uns allen. Sie ist seit Anfang der 70er Jahre im Besitz der Provinz Imperia«, antwortete Giulia.

»Ja, man kann da sogar heiraten, Konzerte hören oder einen Kongress besuchen«, steuerte Viale bei, »das alles wird heute unter dem Namen Villa Nobel vermarktet.«

»Das erhärtet den Verdacht, dass es bei diesem Mordfall um den Namen Nobel gehen muss. Das ist kein Mord, der nur zufällig in einer neugotischen Villa, die als Veranstaltungsort dient, arrangiert worden ist.«

»Glaubst du wirklich, dass man politischen Druck auf uns ausüben wird?«, fragte Giulia, als sie ein Stück Caciotta vom Schneidebrett nahm und sich in den Mund steckte.

»Ja«, antwortete Tomas, »davon bin ich überzeugt.«

»Hat Bevilacqua dir gegenüber etwas dazu geäußert?«

»Er hat mir noch nichts gesagt, aber ich bin sicher, dass wir bald von vielen Seiten bedrängt werden. Sanremo ist die Stadt der Blumen und der Musik, nicht die Stadt der Kriminalität und der Morde. Die Ersten, die durchdrehen werden, sind die Politiker, die nach und nach die Journalisten, Blogger und die Fernsehsender auf sich lenken wollen, um Deutungshoheit bemüht. Ich kann es deutlich spüren, wie sich ein Gewitter zusammenbraut. Wir werden von allen Seiten bombardiert werden. Dadurch kann unsere Arbeit vollständig zum Erliegen kommen. Deshalb habe ich mir überlegt, wie wir uns in den nächsten Stunden verhalten sollten, damit wir so weit wie möglich kommen, bevor wir nur noch mit dem Abwimmeln von Anfragen beschäftigt sind.«

Er steckte sich auch ein Stück Käse in den Mund, einen cremigen Toma, und schaute seine Kollegen an. »Bis jetzt hat sich die schwedische Botschaft noch nicht gemeldet. Wenn das passiert, wird der Druck auf uns auch aus Rom kommen, vom Außenministerium. Schließlich steht der Mord mit dem prestigeträchtigsten Preis der Menschheit – einer schwedischen Veranstaltung von Weltruf – in Verbindung. Also zurück zum Opfer: Zunächst müssen wir die Ehefrau des Anwalts anhören, die natürlich bereits über den Tod ihres Mannes informiert wurde, aber wir müssen mit ihr sprechen. Ich werde selbst zu ihr gehen, noch heute Nachmittag. Ich habe ihre Adresse und vor einer halben Stunde habe ich mit ihr telefoniert, um einen Termin zu vereinbaren. Ich treffe sie um 16 Uhr bei ihr zu Hause.«

»Hattest du Schwierigkeiten, sie zu überzeugen? War sie gesprächsbereit?«, fragte Viale.

»Ganz und gar nicht, sie war sehr hilfsbereit. Am Telefon hatte sie einen seltsamen Tonfall, fast lustlos, als ob sie noch nicht begriffen hätte, was mit ihrem Mann geschehen war, jedenfalls machte sie keine Probleme.«

Er säbelte sich ein neues Stück Käse ab und wandte sich dann an Laura. »Für dich habe ich mir eine Aufgabe ausgedacht, die du am Telefon erledigen kannst. Ich möchte, dass du dich mit den wichtigsten Polizeidienststellen in ganz Norditalien in Verbindung setzt und jeder von ihnen ein Foto der Dynamitattrappe schickst, die im Mund des Anwalts gefunden wurde. Frag die Kollegen, ob sie in der Vergangenheit mit einem solchen Gegenstand zu tun hatten.«

»Haben wir schon herausgefunden, was genau es ist?«, fragte Viale, der ebenfalls vom Schneidebrett zulangte.

»Noch nicht. Die Stange ist zwar harmlos, aber ihre Herkunft kann nicht bestimmt werden. Es scheint sich um ein sehr altes Objekt zu handeln, der Erhaltungszustand ist sehr gut, aber wirklich schon sehr alt. Sie vermuten, dass es sich um einen Dummie handelt, der ungefähr zu der Zeit entstand, als die Fabriken Nobels damit begannen, das Dynamit für den Berg- und den Straßenbau industriell herzustellen. So um 1870 etwa.«

»So alt? Wer hebt denn so was auf?«

»Was ist mit mir?«, fragte Giulia, die sich gerade das letzte Stück Käse vom Schneidebrett genommen hatte. »Was soll ich tun?«

»Du gehst in das Büro des Anwalts hier in Sanremo. Ich habe die Adresse und ich möchte, dass du dir ein Bild von seinen Mitarbeitern machst, mit jedem von ihnen sprichst und vor allem eine Liste mit allen Personen erstellst, die in der Firma arbeiten.«

»Wenn du willst, kann ich herausfinden, in welche Fälle die Kanzlei in letzter Zeit involviert war.«

Gallo schüttelte den Kopf. »Der Tote war Anwalt und hat in zwei Kanzleien gearbeitet, hier und in Menton. Die wissen, wie man mauert. Im Moment glaube ich deshalb nicht, dass wir viel über deren Fälle rauskriegen werden. Um diese Art von Informationen zu erhalten, bräuchten wir einen Gerichtsbeschluss. Mach vorerst einfach eine Liste der Mitarbeiter und tu, was du kannst, um sie freiwillig zum Reden zu bringen. Die Mitarbeiter einer Kanzlei kriegen in der Regel viel über die leitenden Anwälte mit, vor allem, wenn es sich wie hier um den Eigentümer handelt. Ich bin sicher, dass sie mehr Informationen über den Anwalt haben, als ich von seiner Frau erfahren kann. Wenn sie dir dann etwas über die letzten Fälle erzählen, mit denen sie betraut waren, ist das gut. Schau einfach, wie weit du kommst.«

Gallo wollte sich schon an Viale wenden, um auch ihm zu sagen, was er tun sollte, als Annina wieder an den Tisch kam.

Sie nahm das inzwischen geleerte Schneidebrett und servierte jedem eine Schale Brandacujun. Der Geruch von Stockfisch, der schon vorher verlockend durch die Locanda geweht war, intensivierte sich, und Barbara blickte, auf ihre Ellenbogen gestemmt und mit einem Küchentuch über der Schulter aus dem kleinen Bogenfenster in der Küche prüfend, zu ihnen herüber. Dies tat sie immer dann, wenn sie die Wirkung ihrer Gerichte auf die Gäste erfahren wollte. Es war offensichtlich, dass sie auch heute einen Kommentar erwartete. Giulia, die der Öffnung zur Küche am nächsten war, nahm ein kleines Stück von der Schale und führte es zum Mund. Sie ließ den Stockfisch und das cremige Kartoffelmantecato zwischen Zunge und Gaumen zergehen und schwenkte dann die Gabel vor sich. »Köstlich!« Damit hatte sie für alle gesprochen.

»Sie haben sich heute selbst übertroffen, Barbara!«

Von da an herrschte gut fünf Minuten Stille, die jeder nutzte, um seine Portion zu verputzen. Wer weiß, wann sie in den nächsten Tagen wieder zu einer gemeinsamen, ruhigen und ungestörten Mahlzeit in der *Locanda dal Mortaio*, ihrem zweiten wichtigen »Büro«, kommen würden. Als alle Schalen leer waren, wandte sich Inspektor Viale an den Kommissar. »Und ich? Welche Aufgabe werde ich haben?«, fragte er.

Tomas Gallo antwortete, während er den in der Flasche verbliebenen herrlich fruchtigen und trockenen Moscatello auf die auf dem Tisch stehenden Gläser verteilte.

»Du wirst die schwierigste Aufgabe haben. Du bist der Einzige von uns, der gut Französisch kann. Du wirst nach Menton in die Kanzlei gehen, mit der Rechtsanwalt Boeri arbeitet, ich glaube, er hielt dort auch Anteile, und du wirst dasselbe tun, worum ich Giulia gebeten habe. Höre den Mitarbeitern und Kollegen aufmerksam zu. Höre gut zu, was sie dir sagen, nicht nur das Gesagte, sondern auch das Ungesagte. Lies zwischen den Zeilen. Versuch, dir einfach ein Bild zu machen.«

Viale nickte. Er war Gallos etwas komplizierte Ausdrucksweise, die immer dann zutage trat, wenn er hoch konzentriert war, gewohnt.

»Meinst du nicht, dass wir zuerst unsere französischen Kollegen warnen müssen? Dass wir auf ihrem Terrain ermitteln?«

»Ich habe bereits mit der Gendarmerie in Menton gesprochen. Für sie ist das kein Problem, denn wir tun immer, was wir können, um uns gegenseitig zu helfen, also können sie auch gerne ihre Fragen an uns stellen, wenn sie wollen. Wenn du schlau bist und ihnen nicht zu sehr auf die Nerven gehst, werden sie dich gewähren lassen. Wenn natürlich jemand beschließt, sich zu beschweren, müssen die Gendarmen eingreifen, und dann wirst du mit eingezogenem Schwanz zurückkehren. Achte darauf, höflich und zuvorkommend zu sein, da stehen die Franzosen drauf, und stell deine Fragen respektvoll und ohne den Betrieb zu stören, zeige auf Nachfrage deinen Ausweis und sag allen, dass du von der Gendarmerie autorisiert bist, denn das bist du ja. Ich hätte Ritter, den Verbindungsbeamten zur französischen Polizei, gebeten, euch zu begleiten, aber ich will ihn jetzt noch nicht involvieren. Heute Nachmittag hat er außerdem frei, also musst du allein zurechtkommen.«

»Und für Antonio? Was werden wir mit Antonio Rubbano machen?«

»Ich habe gerade noch mit ihm gesprochen, bevor er nach Hause ging. Er muss sich an den Computer setzen und die in den letzten sechs Monaten bei den Polizeidienststellen und den Carabinieri eingegangenen Berichte und Beschwerden durchsehen. Ich habe ihn sogar gebeten, mir die von der Stadtpolizei Sanremo ausgestellten Bußgelder zu bringen. Wir dürfen keine Auffälligkeit übersehen. Irgendwo ist unser Mörder, der so eine sorgfältige Inszenierung durchführen kann, schon mal bei der Polizei in Erscheinung getreten, da bin ich mir sicher.«

»Er wird eine Menge zu tun haben. Das und die Recherche über die Nobels.«

»Ich bin sicher, dass er eine fantastische Arbeit leisten wird. Antonio ist begeistert, wenn ich ihn mit Forschungsarbeiten beauftrage. Archive und Datenbanken sind sein liebstes Umfeld. Die haben keine Emotionen und sind nicht launisch.«

»Alle Beschwerden und alle Berichte …«, Giulia schätzte, dass es Hunderte Ordner sein müssten. »Ich möchte ihn sehen, wenn er dir die Aktenordner bringt. Dein Schreibtisch wird zusammenbrechen.«

»Ich weiß nicht, ob mein Schreibtisch zusammenbricht, aber ich glaube, das wird sehr wichtig sein. Die Dynamitstange, die im Rachen des Anwalts steckte, lässt darauf schließen, dass der Mord lange im Voraus geplant wurde. Derjenige, der sich so ein Artefakt besorgt hat, wo auch immer, hat diesen Gegenstand nicht zufällig mitgenommen und dann im Mund eines Mordopfers zur Schau gestellt. Deshalb habe ich die Hoffnung, dass der Mörder in Sanremo irgendwo wenigstens eine winzige Spur hinterlassen hat, und da zähle ich auf Antonios Fähigkeiten.«

Er griff nach seinem Glas. »Lasst uns anstoßen und uns gegenseitig viel Glück wünschen, denn wir werden es brauchen.«

Sie leerten ihre Gläser und bevor sie richtig standen, tauchte Annina schon blitzschnell auf, um den Tisch abzuräumen. Sie näherten sich dem Ausgang, drängten sich nacheinander in den kleinen Raum zwischen den Tischen, die von anderen Kunden besetzt waren, und gingen dann auf die Gasse hinaus, auf die die *Locanda dal Mortaio* mündete. Sie schlängelten sich ein paar Schritte zwischen den kleinen Tischen hindurch, die Barbara vor dem Restaurant aufgestellt hatte, durchquerten mehrere Gassen und andere mit Steinen gepflasterte Straßen, bis sie die Stufen hinabstiegen, die ins Zentrum der Stadt führten.

Sie hatten im alten Sanremo, im wahren Herzen der Stadt, zu Mittag gegessen, zwischen den Häusern der »Pigna«, der »Casba«, wo man sich zu Fuß durch enge, nach Basilikum und Kräutern duftende Gassen bewegte, unter Wäscheleinen hindurch und an dösenden Katzen vorbeispazierte, und nun kehrten sie in das Sanremo des Casinos, des Glamours, der Megajachten und der Luxusresidenzen zurück.

Dorthin, wo die Weltbühne war.

Es waren zwei sehr unterschiedliche Welten, die nur einen Steinwurf voneinander entfernt nebeneinander existierten, getrennt durch eine unsichtbare Grenze: oben die Altstadt mit ihren steil aufwärts führenden Straßen und ganzen drei Ringen massiver Stadttore, wo die Uhren langsamer zu gehen schienen, und unten das Sanremo der Hochglanzprospekte und Fremdenverkehrsbroschüren, der Festivals und Konzerte, chaotisch und überfüllt, und wo die Uhren immer zu schnell liefen.

Jedes Mal, wenn Tomas Gallo »La Pigna« verließ, empfand er ein Gefühl des Bedauerns. Von Anfang an hatte er sich in das wie ein altes Dorf mitten in einer anderen Stadt wirkende, übereinander aufgetürmte Häusergewirr mit seinen steinernen Bögen, Außentreppen und aus den Dachflächen herausgemeißelten Terrassen verliebt.

An dem Tag, als er in Sanremo ankam, hatte ihm jemand erklärt, dass die Kriminalität vor allem dort oben, in der Altstadt, in den verrufenen Gassen und in den zerklüfteten Häusern, die auch von zahlreichen Nicht-EU-Bürgern bewohnt wurden, zu finden sei, aber er hatte von Anfang an gewusst, dass das Böse eher in den großen Hotels und Luxusresidenzen zu finden war, in der glänzenden, schönen Stadt, wo Geld und politische Intrigen Hand in Hand gingen und wo unstillbare Eitelkeit und das Lechzen nach materiellem Reichtum und Macht zu den wirklich schlimmen Verbrechen führte.

4. KAPITEL

Sanremo, 20. Juni

Tomas Gallo war davon überzeugt, dass die Frau von Rechtsanwalt Boeri in einer repräsentativen Villa lebte, vielleicht in einer Villa aus dem späten 19. oder frühen 20. Jahrhundert. Er kannte einige von ihnen, wie zum Beispiel die Villa Virginia, die für einen deutschen Kunsthändler gebaut wurde, oder die Villa Angerer, in der der königliche Prinz Friedrich Wilhelm residiert hatte, oder auch das Schloss Devachan, in dem die Regierungschefs der Siegerländer des Ersten Weltkriegs anlässlich der Friedenskonferenz von Sanremo 1920 zu Gast waren. So in etwa stellte er sich die Residenz der Witwe eines der bekanntesten Anwälte Sanremos vor.

Er wusste, dass viele dieser in der Belle Époque entstandenen, mit Jugendstildekorationen und Glasfenstern verzierten Prachtvillen im Laufe der Zeit in Luxuswohnungen unterteilt worden waren, und in Anbetracht des gesellschaftlichen Ansehens, das der verstorbene Mario Boeri erreicht hatte, war er sicher, seine Frau in einer dieser Wohnungen anzutreffen. Aber es kam anders, denn Frau Luciana Fiorini hatte, nachdem sie zugestimmt hatte, sich mit ihm zu treffen, erklärt, dass sie nur wenige Schritte von der Polizeiwache entfernt in einem der Gebäude auf dem Corso Mombello wohnte.

Tomas war erstaunt. Obwohl der Corso Mombello auf halbem Weg zwischen dem berühmten Ariston-Theater und dem Casino und nur einen Steinwurf vom alten Hafen entfernt – also sehr zentral – lag, war es sicherlich nicht die Gegend, die er mit einem bedeutenden Mann wie Avvocato Boeri in Verbindung brachte. Aber die zweite, noch größere Überraschung kam, als er die Adresse erreicht hatte, die in winziger Schrift auf einem der Post-it-Zettel, die im Büro immer zur Hand waren, auf dem Schreibtisch in seinem Büro notiert war. Giulia hatte ihm in ihrer Ameisenschrift die Anschrift aufgeschrieben.

Wenn ihn schon die Wohngegend überrascht hatte, so versetzte ihn das Haus noch mehr in Erstaunen, denn das alte und schon arg baufällige Gebäude war definitiv nicht das Haus, in dem er die Witwe des Anwalts vermutet hätte.

Noch etwas ungläubig überflog der Kommissar die Namen auf der Sprechanlage. Er fand tatsächlich ein Namensschild, auf dem in fetten Buchstaben die Nachnamen »Boeri – Fiorini« standen, und drückte, ohne zu zögern, auf den Knopf.

Eine weibliche Stimme mit einem deutlichen ausländischen Akzent antwortete ihm. »Zweiter Stock, gehen Sie hoch, wir warten auf Sie.«

Da es keinen Aufzug gab, eilte Gallo die Treppen hinauf und fand die Frau, die ihm geantwortet hatte, halb verdeckt hinter einem großen Ficus, der auf einer Seite des Treppenabsatzes in einen riesigen Topf gepflanzt war. Es war eindeutig sie, das konnte er an ihrer Stimme erkennen. Rumänisch oder vielleicht Albanisch, er verwechselte manchmal die Akzente, jedenfalls war sie eine attraktive, gepflegte Frau. Obwohl sie geschätzt schon über 50 war, hatte sie eine bemerkenswert sportliche Figur und ein gewandtes Auftreten: höflich und freundlich.

»Kommen Sie rein, kommen Sie rein.«

Sie begleitete ihn einen Korridor entlang und führte ihn in ein dunkles Wohnzimmer, einen Salon, wie er an den Silhouetten der Möbelstücke im Dämmerlicht ausmachen konnte, der durch ein großes, bis zum Boden reichendes, doppelflügeliges Fenster ohne Vorhänge davor dominiert wurde. Erst als die Frau, die ihn hereingebeten hatte, die Jalousien hochzog, wurde vor dem Fenster ein Balkon mit reich verzierter Brüstung sichtbar, der den Blick weit über den Hafen freigab. Dahinter lag das Meer. Blau, teilnahmslos.

Gallo, dessen Augen sich an die Dunkelheit gewöhnt hatten, war im ersten Moment geblendet. Erst dann bemerkte er eine Bewegung.

Die Dame des Hauses saß nur einen Schritt vom Balkon entfernt in einem Fauteuil, und bemühte sich aufzustehen. Gallo beobachtete sie.

»Signora Boeri, nehme ich an«, sagte er in ihre Richtung. Sie nickte zustimmend, konzentriert darauf, die Balance zu finden, indem sie sich auf die Lehnen ihres Fauteuils stützte. Als sie etwas sicherer auf den Beinen war, ging sie mit kleinen Trippelschritten und einem schüchternen Lächeln im Gesicht auf ihn zu, so, als ob sie ihren eigenen Beinen nicht traute, und hielt ihm ihre Hand hin. Und das auf einer Höhe, die etwas unterhalb der üblichen Handschüttelhöhe lag, und mit leicht nach oben gedrehtem Handrücken, wie Gallo registrierte: So als erwarte sie einen altmodischen Handkuss, zu dem er sich vor ihr verbeugen musste.

Gallo dachte, so wie sie sich bewegte, wirkte sie wesentlich älter als sie aussah. Ihr Haar war auffallend blond gefärbt, mit ein paar nachwachsenden Strähnen hier und da, und ihr sonst glattes Gesicht war stellenweise von tiefen Falten durchzogen. Sie sah sehr müde aus, was vielleicht an den Umständen lag, und sie hatte einen auffallend leeren Blick: Hinter ihren Augen spielte sich wohl nicht allzu viel ab, dachte Gallo, und wenn die Augen die Fenster zur Seele waren – wie es im Volksmund hieß – dann ging es im tiefsten Inneren der Dame, der Witwe von Avvocato Boeri, nicht allzu hoch her.

Gallo schüttelte ihr respektvoll die Hand und sagte die Worte, die er in solchen Fällen anzuwenden gelernt hatte. Verbrechen waren an der Riviera äußerst selten, aber es gab etliche Verkehrsunfälle, und dann musste man den Angehörigen die traurige Nachricht überbringen. Oft stand man Eltern gegenüber, die einen halbwüchsigen Sohn dem aberwitzigen Fahrstil, der unter jugendlichen Mopedfahrern üblich war, opfern mussten. Aufgrund seines Ranges war oft er an der Reihe, die Familien zu informieren, und das war ein Teil der Polizei-Arbeit, an den man sich niemals gewöhnen konnte. Gallo jedenfalls nicht.

Bei Frau Fiorini – sie trug, wie in Italien üblich, ihren Mädchennamen in der Ehe weiter – war alles ganz einfach: Sie war bereits über den Tod ihres Mannes informiert worden, sodass ein paar Worte des Beileids ausreichten. Gallo war sich auch nicht sicher, ob seine Worte überhaupt zu ihr durchdrangen. Ob sie die Nachricht vom Tod ihres Mannes überhaupt aufgenommen und verinnerlicht hatte.

Sie blieben einige Augenblicke nahe der Wohnzimmertüre stehen – Tomas sah sie an, sie hingegen fixierte einen Punkt irgendwo zwischen seinen ausgetretenen Chucks – und Tomas hatte kurz Zeit, sich umzusehen und ein Gefühl dafür zu bekommen, ob die Wohnung im Einklang mit dem Äußeren des Gebäudes war. Die Gemälde an den Wänden, die Möbel, die Teppiche und vor allem die alten und antiquarischen Polstermöbel vermittelten ihm den Eindruck, in einen Vintage-Laden geraten zu sein, der die Bezeichnung »Antiquitäten-Geschäft« noch nicht verdient hatte. Die Frau vor ihm vervollständigte diesen Eindruck: Auch sie schien einer anderen Zeit anzugehören, ja bei einer bestimmten Entwicklung ihres Lebens einfach stehen geblieben zu sein – nicht jung, nicht alt. Er musste quasi von Amts wegen Mitgefühl mit ihr haben – er war der staatliche Repräsentant, der die Familie über das Ableben eines Bürgers informierte –, aber es war ein differenzierteres Mitleid, welches er hier spürte, als jenes, das man jemandem entgegenbringt, der gerade einen Angehörigen verloren hatte. Es war eher ein Gefühl des Mitfühlens mit jemandem, der – aus der Zeit gefallen – vollkommen zerbrechlich, verloren und hilflos war. Und jetzt allein gelassen auf dieser Welt auf keinen Fall irgendwie zurechtkommen würde. Er traute ihr keinerlei Pragmatismus oder sonst irgendeine andere Überlebensstrategie zu. Da war auf seltsame Art – nichts.

Er fühlte aber auch noch ein weiteres, seltsames Unbehagen angesichts dieser Frau: Sie hatte etwas Ungesundes, Unnatürliches an sich, das er nicht sofort verstand, und gleichzeitig spürte er diese tiefe Hilflosigkeit, die ihn fast traurig machte. Dann endlich machte die Dame Fiorini den nächsten Schritt: Sie lud ihn ein, sich ans Fenster zu setzen, in den Sessel gegenüber demjenigen, in dem sie noch vor einem Moment gesessen hatte.

»Jetzt bitte ich Nerica, uns etwas zu trinken zu bringen. Wäre ein Glas Wein in Ordnung?«

»Ich würde ein Glas Wasser bevorzugen.«

»Ich kann Ihnen einen Kaffee bringen lassen.«

»Wasser ist in Ordnung.«

»Also gut.«

Wenige Augenblicke später kam die Hausangestellte mit einer Flasche Wein, einer Karaffe und zwei Gläsern auf einem Tablett zurück. Noch bevor Signora Fiorini sie überhaupt gerufen hatte.

Aha, dachte Gallo, es könnte der Alkohol sein, der ihn so störte.

Die Angestellte, die Nerica hieß, beugte sich über den kleinen Tisch am Fuß des Fensters und füllte ein Glas mit Wasser, dann schenkte sie der Dame ein wenig Wein ein.

Gallo dankte ihr und nahm sofort einen Schluck. Die Hitze des Tages, die Stufen, die er vom Kommissariat zum Corso Mombello zurückgelegt hatte, und vor allem das Brandacujun, das nahrhafte Fischmahl, das noch immer in seinem Magen munter Fußball spielte, hatten ihn sehr durstig gemacht.

Nachdem er sein Glas abgesetzt hatte, prüfte er mit einem Blick, ob er schon anfangen konnte. Er kam ohne Umschweife auf den Punkt und nahm kein Blatt vor den Mund.

»Könnten Sie mir schon ein paar Fragen beantworten?«

»Ja, natürlich. Ich werde dies gerne tun.« Sie trank von dem Wein.

»Ich weiß, der Zeitpunkt ist schlecht, aber leider muss ich Sie trotzdem belästigen.«

»Keine Sorge«, sagte die Frau, während sie das Glas von ihren Lippen nahm – es war halb leer. »Ich weiß, dass Sie Ihre Pflicht tun. Vielmehr … gibt es irgendwelche Neuigkeiten? Gibt es irgendwelche Nachrichten? Haben Sie schon irgendwelche Anhaltspunkte?«

»Nein«, antwortete Gallo, »im Moment versuchen wir, die Dynamik des Verbrechens zu rekonstruieren, was nicht einfach ist. Derzeit wissen wir nur, dass Ihr Ehemann an einer Stichwunde im Herzen gestorben ist und dass der Tod etwa zwischen 21 und 23 Uhr gestern Abend eingetreten ist. Die Leiche wurde im Park der Villa Nobel gefunden, aber es ist wahrscheinlich, dass der Mord auf dem Radweg begangen wurde, der in geringer Entfernung zwischen dem Meer und dem Park der Villa verläuft. Übrigens, wissen Sie, warum Ihr Mann an diesem Ort war?«

Das war ein Versuchsballon nach dem Motto: Wer weiß … vielleicht hatte er vor seinem Weggehen noch etwas zu ihr gesagt.

Die Frau bewegte ihren Kopf leicht. »Ich glaube nicht, dass ich Ihre Frage beantworten kann.«

Sie sagte es langsam und mit gedehnter Stimme, und der Kommissar war mehr über die Art und Weise, wie die Frau sprach, als über die Antwort erstaunt.

»Hatte Ihr Mann Ihnen nicht gesagt, wohin er gehen wollte?«

»Nein.«

»Aber er war nach dem Büro erst nach Hause gekommen?«

»Ja, er war gegen 19 Uhr zurückgekommen, hatte geduscht und sich umgezogen. Ich sah ihn gegen 20.30 Uhr gehen. Ich erinnere mich, denn die Nachrichten waren gerade zu Ende.«

»Und er hat nichts zu Ihnen gesagt?«

»Nein. Ganz und gar nicht.«

»Ist so etwas oft vorgekommen? Ich meine … ist Ihr Mann oft nachts ausgegangen?«

Diesmal lächelte die Frau. »Ich will es so sagen: Jahrelang kam er immer nach Hause, um sich umzuziehen, und ging dann wieder. An der Art, wie er sich kleidete, konnte ich erkennen, dass er für den Rest des Abends ausging.«

»Wie hatte er sich gestern angezogen?« Ob sie es wohl wusste, fragte sich Gallo.

»Er hatte ein blaues Jackett angezogen, das eleganteste, das er besaß, und das ihm am besten stand. Ein Zeichen dafür, dass er wieder mal mit einer Frau verabredet war.«

Gallo schüttelte ein paar Mal den Kopf. Er entschuldigte sich. »Es tut mir leid, dass ich Sie zwinge, über unangenehme Dinge zu sprechen ...«

»Oh, kein Problem ... Es war schon lange aus zwischen uns ... Eine sehr lange Zeit ... Die wenigen Male, die er zu Hause aß, kochte ich für ihn, und er begleitete mich gelegentlich bei Besorgungen ... Wir besuchten vielleicht die Verwandten des anderen, aber ansonsten lebten wir getrennt ... Wir lebten unter demselben Dach, aber es war nichts mehr zwischen uns. Überhaupt nichts ...«

Diesmal war der Tonfall der Frau so langsam, dass er ihren Zustand schonungslos verriet. Sie war betrunken, und das Glas, das sie zwischen ihren Fingern hielt, bestätigte ihren Zustand. Sie versuchte, nüchtern zu klingen, aber die Worte, die aus ihrem Mund tropften, waren ihr selbst zuwider. Sie sprach noch einmal, bevor sie das Glas erneut an ihre Lippen führte.

»Er hatte sein Zimmer und ich meins, wir führten ein getrenntes Leben, aber am Ende kamen wir miteinander aus.«

Nachdem sie noch einen Schluck getrunken hatte, räusperte sie sich und wiederholte die letzten Worte: »Ja, am Ende kamen wir besser miteinander aus als vorher, als wir noch darauf bestanden, uns als Paar zu betrachten und uns ständig stritten.«

Gallo fühlte sich unwohl. Es war nun klar, worauf die Müdigkeit und der leere Blick der Frau zurückzuführen waren. Er sah ihr in die Augen, und wer weiß, warum er in diesem Moment an seine Mutter dachte. Sie hatte nie übermäßig viel getrunken und hätte sich auch nie erlaubt, betrunken zu erscheinen, aber bei bestimmten Gelegenheiten konnte sie die gleiche tragische Ausstrahlung wie Signora Fiorini annehmen. Sie verstand es, Stimmungen bis zum Paroxysmus – einer heftigen, leidenschaftlichen Aufregung – zu verstärken, was bei ihm ein schreckliches Gefühl der Verlegenheit auslöste, das gleiche, das er sofort in dem Moment empfunden hatte, als er der Frau, die ihm jetzt gegenübersaß, vorhin zum ersten Mal gegenübergestanden war. Wie bei seiner Mutter: eine jederzeit drohende, dramatische Eskalation. Schließlich beschloss er zu sprechen. Er musste ja irgendwie weiterkommen. »Hören Sie, Signora, ich weiß, dass Sie eine schreckliche Zeit durchmachen, aber jetzt muss ich Ihnen eine Frage stellen, die vielleicht unangenehm ist. Es ist wichtig, dass Sie mir wahrheitsgemäß antworten und vielleicht vorher darüber nachdenken.«

»Sagen Sie nur …«

»Kennen Sie jemanden, der einen Groll gegen Ihren Mann hegte?«

Die Signora lächelte bitter. »Meinen Sie außer mir?«

Gallo nickte. »Natürlich, außer Ihnen.«

»Außer mir gibt es Hunderte von Menschen, die meinen Mann hassten.«

»Das verstehe ich nicht.«

»Ganz einfach … Mario hat mit seiner Arbeit viele Menschen in Schwierigkeiten gebracht. Viele sogar um ihre Existenz.«

»Was hat er getan?«

»Nun … ich weiß, dass er sich eine Zeit lang mit Unternehmen in der Krise befasst hat, mit Liquidationen und Verkäufen, und in bestimmten Fällen war er mit ihrer Reorganisation betraut … Das ist kein Geschäft für zimperliche Naturen. Dann hatte er wohl die jungen, neuen Unternehmen, die irgendwas mit Umwelttechnologien oder so zu tun haben, entdeckt. Er faselte von Weltverbesserungen und wie viel Geld man damit machen könne. Vor einiger Zeit begann er eine Zusammenarbeit mit einer Anwaltskanzlei in Menton ... Ich weiß nicht, zu welchem Zweck, aber ich hatte immer den Eindruck, dass er sich um die kommerziellen Interessen einiger italienischer Unternehmen kümmerte, die in Frankreich tätig waren oder aus anderen Gründen nach Frankreich ausweichen mussten. Oder die ihr Vermögen lieber von Frankreich aus verwaltet haben. Sehr, sehr viel altes Geld ist hier in der Gegend im Spiel, Herr Kommissar. Aber das wissen Sie ja.«

»Haben Sie wirklich keine Ahnung, warum er gestern am späten Abend in der Nähe der Villa Nobel war?«

Diesmal sprach die Frau mit klarer Stimme. Es war, als ob sich plötzlich die Patina der Ungewissheit, die ihre Worte bis dahin gedämpft hatte, aufgelöst hätte.

»Wahrscheinlich war er wegen einer seiner Huren dort. Ich habe es Ihnen gerade gesagt: Er hatte die schönste Jacke angezogen, die mitternachtsblaue, die er normalerweise bei großen Anlässen trug.«

»Kam das oft vor?«

»Was?«

»Dass er sich mit ... mit einer Dame...«

»Es war sein Laster.«

»Das war der Grund, warum Sie und Ihr Mann sich voneinander entfremdet haben?«

»Es war einer von vielen, aber nicht der wichtigste.«

»Und die anderen? Was sind die anderen?«

»Sind Sie verheiratet?«

»Nein«, lächelte Tomas, »noch nicht.«

»Dann könnte es für Sie schwer zu verstehen sein. Auf jeden Fall sollten Sie wissen, dass es unendlich viele Gründe für das Ende einer Liebe geben kann.«

Gallo nickte, die Dame konnte trotz ihres Zustands anscheinend noch schlüssig denken. Er sah ihr in die Augen, bevor er die nächste Frage stellte. »Vor Kurzem haben Sie mir gesagt, dass viele Leute Ihren Mann hassen. Können Sie mir irgendwelche Namen nennen?«

»Nein … natürlich nicht. Ich habe ganz allgemein gesprochen … Ich habe auf berufliche Dinge angespielt, von denen ich absolut nichts weiß. Ich habe nur mitbekommen, dass er jedes Jahr mit Spannung die Verleihung des Nobelpreises verfolgt hat. Warum, weiß ich nicht. Aber bestimmt nicht aus wissenschaftlichem Interesse.« Sie gluckste und hielt sich dabei den Handrücken vor ihren Mund.

»Wissen Sie, ob Ihr Mann irgendwelche Drohungen erhalten hat?«

»Nein, ich weiß es nicht, aber selbst, wenn es so wäre, hätte er es mir nicht gesagt. Ich habe Ihnen gesagt, dass eine Mauer zwischen uns stand.«

»Und besorgt? Haben Sie ihn zufällig in letzter Zeit irgendwie besorgt gesehen?«

»Ich habe ehrlich gesagt nie etwas bemerkt.«

»Sind Ihnen ungewöhnliche Anrufe aufgefallen … vielleicht spät abends oder spät in der Nacht? Anrufe zu ungewöhnlichen Zeiten?«

Die Frau schüttelte verbittert den Kopf. »Ja, aber das waren immer seine Huren.«

»Haben Sie ihn jemals wütend am Telefon erlebt?«

»Das geschah auch, meist nachdem er von der Arbeit nach Hause kam. Sie riefen ihn vom Büro aus an, wenn es um unerledigte Papiere ging oder sie eine Entscheidung von ihm einholen wollten.«

»Und er wurde dann öfter wütend?«

»Er beschwerte sich, dass er keine ruhige Minute habe, aber tief im Inneren war er glücklich: Er hing sehr an seiner Arbeit, und ich glaube, diese Anrufe gaben ihm das Gefühl, wichtig zu sein und gebraucht zu werden …«

»Wissen Sie, wer ihn angerufen hat?«

»Meistens war es sein Sekretariat.«

»Er hatte eine Sekretärin?«

»Nein, einen Sekretär, er hat viele Jahre lang für ihn gearbeitet. Er war sicherlich einer seiner dienstältesten Mitarbeiter: Enrico … Nun, ich erinnere mich nicht an seinen Nachnamen, aber er hat einen ligurischen Nachnamen, wie der meines Mannes.«

»Kennen Sie ihn?«

»Natürlich. Er hat bei mehr als einer Gelegenheit mit uns gegessen. Sie erkennen ihn sofort an seinem bedrohlichen Grinsen. Das hat er nicht unter Kontrolle. Widerlich!«

»Madame, sind Sie sicher, dass Sie in den letzten Tagen nichts Ungewöhnliches bemerkt haben? Überlegen Sie es sich gut. Alles kann wichtig sein, selbst ein scheinbar unbedeutendes Detail: ein Wort, eine Geste, ein ungewöhnlicher Scherz. Alles, was Ihnen einfällt …«

Diesmal wartete die Frau, bevor sie antwortete, aber Gallo glaubte, dass es sich dabei eher um eine Show handelte als um echtes Nachgrübeln.

»Es tut mir leid«, sagte sie nach einigen Augenblicken, »ich habe Ihnen gesagt, dass es keinerlei substanziellen Dialog mehr zwischen meinem Mann und mir gab.«

»Also gut. Ich glaube, ich bin fertig mit meinen Fragen.«

Er stand auf. Kurz bevor er ging, holte er eine Visitenkarte aus seiner Tasche. »Dies ist meine persönliche Nummer. Wenn Ihnen etwas einfällt, und sei es nur eine Kleinigkeit, rufen Sie mich an, ohne Angst zu haben, mich zu stören. Ich höre Ihnen gerne zu, egal was es ist und zu welcher Zeit.«

Die Frau nahm ihm die Karte aus der Hand. »Commissario …«

»Ja?«

»Ich hatte erwartet, dass Sie die obligatorische Frage stellen würden.«

»Was meinen Sie …?«

»Sie haben mich nicht gefragt, wo ich gestern Abend zwischen 21 und 23 Uhr war.«

Tomas Gallo sah sie verwundert an, da er einen solchen Scherz nicht erwartet hatte. Er lächelte. »Ich habe Sie nicht danach gefragt, stimmt, aber ich kann Sie jetzt fragen. Wo waren Sie gestern Abend?«

»In diesem Zimmer, vor dem Fernseher, mit einem Glas Wein in der Hand.«

»War jemand bei Ihnen?«

»Nein, leider geht Nerica jeden Tag pünktlich um 19 Uhr, und gestern war ich, wie an allen anderen Abenden auch, allein im Haus.«

Bei diesen Worten machte sich ein Ausdruck der Bitterkeit in ihrem Gesicht breit. Gallo fühlte sich wieder unwohl, aber diesmal viel mehr als zuvor, weil ihm klar wurde, dass er es mit einer zutiefst unglücklichen Frau zu tun hatte. In diesem Augenblick dachte er wieder an die Gräfin Letizia Galimberti della Casa, an ihr hochmütiges Auftreten und vor allem an ihre besondere Art, ihn in Verlegenheit zu bringen. Während seiner ganzen Jugend hatte er sich ihre Nähe gewünscht, doch jedes Mal, wenn sie sich berührten, hatte er nur dieses überwältigende Gefühl des Unbehagens verspürt. Deshalb hatte er sein Studium der Politikwissenschaften abgeschlossen, obwohl sie wollte, dass er Ingenieur wurde, und er hatte an dem Auswahlverfahren für das Amt des Polizeikommissars teilgenommen und mit Bravour bestanden. Wie jeder Sohn sehnte er sich nach der Zuneigung seiner Mutter, konnte aber gleichzeitig ihre Anwesenheit nicht ertragen. Als es wegen seiner Zwangsversetzung an der Zeit war, seine Destination zu wählen, hatte er keine Sekunde gezögert, an die Riviera versetzt zu werden.

Dieser Gedanke nahm einen Augenblick lang Besitz von ihm. Zeit, sich ein letztes Mal umzusehen, dann verabschiedete er sich von Frau Fiorini, der Witwe von Rechtsanwalt Boeri. Er stellte keine weiteren Fragen. Der Besuch war vorbei.

Nerica begleitete ihn auf den Treppenabsatz, einen Schritt vom Ficus entfernt, der wie ein stummer Wächter vor der Wohnung stand. Sie grüßte ihn höflich und schloss dann die Tür hinter sich.

Jetzt wieder allein, eilte Gallo die Treppe hinunter, wie er es immer tat, fast im Laufschritt. Er stieß die Tür auf und fand sich auf dem Corso Mombello wieder. Ein Stück weiter oben befand sich die Via Roma, die chaotischste Verkehrsader der Stadt, auf der der Verkehr in beide Richtungen fließt. Dort angekommen, ging er auf den Brunnen zu, der im Laufe der Zeit zu einem der meistfotografierten Symbole der Stadt Sanremo geworden war (*Welcome to Las Vegas* stand zwar nicht drauf, aber fast), und dachte über das Durcheinander der letzten Stunden nach. Von dem Moment an, in dem er mit seinem Kater aufgewacht war, war alles so schnell gegangen, dass er das Gefühl hatte, nie innegehalten zu haben: das abrupte und erschrockene Aufwachen, die Eile, zur Villa Nobel zu gelangen, und dann das anfängliche Chaos beim Versuch, Ordnung in den Fall zu bringen. Und die Zusammenstellung der ersten Berichte. Sein einziger Moment des Friedens war in der *Locanda dal Mortaio* gewesen, in der Ruhe und Stille von »La Pigna«, wo die Uhr mit einem anderen Tempo zu laufen schien. Deshalb hatte er immer den Eindruck, dass die produktivsten Treffen mit seinen Kollegen in der Altstadt stattfanden, an den Tischen mit ihren rot-weiß karierten Tischdecken, mit denen Barbara ihre Tische dekorierte. Oft ging er auch alleine dorthin, einfach, weil es ein organisch gewachsener Ort ohne jedes Chi-Chi war, bevölkert von Menschen, die das, was sie machten, mit Liebe taten und er dort so gut nachdenken konnte wie sonst nirgendwo. Es fühlte sich dort sicher und wie ein Zuhause an, in Barbaras Locanda. Einfache Regeln, keine Aufregung, keine Hektik. Zuverlässigkeit, Berechenbarkeit. Alles, was im digitalen Zeitalter verloren zu gehen schien.

Kurz bevor er die Via Roma hinter sich gelassen hatte, um zum Polizeirevier an der Piazza Colombo zu gelangen, kam ihm Sonja wieder in den Sinn. Er hatte nicht mehr an sie gedacht, seit er von zu Hause weggegangen war. Das Verbrechen, die Aufregung nach dem Fund in der Villa Nobel und nun das Gespräch mit der Frau des Anwalts Boeri hatten seinen Flirt von letzter Nacht komplett aus seinen Gedanken verdrängt. Doch nun war sie wieder da. Er sah sie wieder nachts am Strand, als sie einen Schritt vom Ufer entfernt stehen geblieben war, und dann sah er sie wieder auf der Brüstung sitzen, als er auf dem Heimweg war, nachdem er sich von seinen Freunden verabschiedet hatte, und er realisiert hatte, dass sie auf ihn wartete.

Es war der schönste, der spannungsvollste Moment des Abends gewesen, noch schöner und befriedigender als danach, als sie zu ihrer Unterkunft in der schluchtartigen Gasse der Altstadt von Riva Ligure gegangen waren und Sonja ihr Haar geöffnet hatte; noch schöner als danach, als ihr Kleid zu ihren Füßen ein seidiges Knäuel gebildet hatte.

Einen Moment lang schienen irgendwelche erregten Synapsen in seinem Gehirn sich an den Geruch ihrer Haut zu erinnern, aber der Zauber, der sich dadurch einstellte, währte kaum einen Augenblick, denn in diesem Moment klingelte sein Telefon.

Er holte es im Gehen aus seiner Tasche und sah aufs Display: die Nummer der Polizeistation. Er stand praktisch schon davor. Er hob den Kopf und sah das Fenster seines Büros; es waren keine 20 Meter mehr bis zum Palazzo an der Piazza Colombo. Eine Minute, höchstens zwei, und er wäre in seinem Büro gewesen und hätte an seinem Schreibtisch gesessen. Er ging trotzdem ran. Es war Inspektor Antonio Rubbano.

»Herr Kommissar! Es ist etwas Schreckliches passiert!«

»Was, Antonio? Was denn?«

»Marvaldi, der Kollege von der Forensik, der vor Kurzem für die letzten Untersuchungen in die Villa Nobel zurückgekehrt ist, hat gerade angerufen. Er sagt, im Konferenzraum im Erdgeschoss sei Sprengstoff gefunden worden. Er sagt, es sei eine riesige Menge und es würde ausreichen, um das ganze Gebäude zu zerstören. Und wahrscheinlich halb Sanremo.«

Gallo hörte ihm mit einer erstarrten Miene wie in Trance zu.

»Hast du mich verstanden, Commissario?«, brüllte Rubbano lautstark. »Da sind mindestens 20 Kilogramm C4 in den Stühlen und in den Hohlräumen der Säulen versteckt, das gibt mehr als 2.000 Millibar Sprengkraft.«

Er holte tief Luft: »DIE VILLA NOBEL KANN JEDEN MOMENT IN DIE LUFT FLIEGEN!«

5. KAPITEL

Genua 20. Juli 2001

Es hatte ihr Spaß gemacht, die Nacht auf dem Bahnhof zu verbringen. Es spielte keine Rolle, dass wildfremde Leute um ihr Lager herumstolperten, es spielte keine Rolle, dass der Boden nach Abfall roch, es spielte nicht einmal eine Rolle, dass sie kein Auge zugemacht hatte, denn es war ein Erlebnis, fast wie ein spannendes Abenteuer. Hinzu kam, dass sie sich noch nie wie ein Outlaw gefühlt hatte, eine Gesetzesbrecherin. Das war aufregend.

Kurz vor 23 Uhr legte sie sich mit ihrer Freundin, mit der sie nach Genua aufgebrochen war, auf eine Matte, und nach und nach wurden sie von anderen Obdachlosen umringt, die wie sie eine Unterkunft für die Nacht suchten. Die meisten von ihnen waren junge Männer, aber unter den Menschen, die im Bahnhof Schutz suchten, befanden sich auch viele Ältere, und eine Nacht lang hatten sich die Landstreicher und Obdachlosen mit einer bunten Schar von Fremden um die Bänke und Gänge des Wartesaals gestritten.

Am Vormittag war sie wieder im Stadtzentrum. Fröhlich, wie es ein junges Mädchen von 16 Jahren sein kann, das zum ersten Mal den Geschmack des Verbotenen erlebt. Sie hatte sich auf den Weg gemacht in der Hoffnung, irgendwo ein Frühstück zu finden, wenigstens eine Bäckerei, wo sie sich etwas zum Essen kaufen konnte, aber es war kein einziges Geschäft geöffnet, und glücklich war, wer sich einen Cappuccino an einem Automaten ziehen konnte, bevor auch die 24-Stunden-Läden keine Ware mehr hatten.

Von Anfang an hatte sie das Gefühl, sich in einer verwaisten Stadt zu befinden. Von Zeit zu Zeit tauchte ein Schatten an einem Fenster auf und verschwand dann hinter den Vorhängen. Die Geschäfte waren mit Brettern vernagelt, und wer auf die Straße musste, tat dies in aller Eile, ohne sich lange umzusehen. Von allen Seiten ertönten die Sirenen. Wären da nicht diese hohen, durchdringenden Töne gewesen, die sich gegenseitig zu jagen schienen, wäre Genua wie eine Geisterstadt erschienen.

Punkt 11 Uhr hatte die Demo begonnen. Auch sie hatte sich die Hände weiß angemalt, um ihre friedlichen Absichten zu unterstreichen, und auch sie hatte Parolen für eine bessere Welt ohne Kriege und ohne ausbeuterische Regime skandiert, aber plötzlich hatten sich etwa 50 dunkel gekleidete Menschen mit Helmen und Sturmhauben über dem Gesicht in den Zug eingereiht. Einen Moment lang herrschte Verwirrung, gerade lange genug, um sich zu fragen, was da vor sich ging. Dann tauchten wie aus dem Nichts die gepanzerten Polizeiautos auf.

Es war ganz plötzlich passiert: Zuerst hatten die beiden großen Fahrzeuge die Fahrbahn blockiert, dann hatten sich die Polizisten auf sie zubewegt und einen Kordon gebildet, der von einem Bürgersteig zum anderen reichte. Sie trugen Helme mit heruntergeklapptem Visier, hielten in der einen Hand ein durchsichtiges Plastikschild und in der anderen einen bedrohlichen schwarzen Knüppel. Diejenigen, die sich am Kopf des Zuges befanden, hatten neue Protestparolen gebrüllt, aber innerhalb weniger Minuten war Tränengas explodiert und der erste Angriff hatte begonnen. Ab da herrschte totales Chaos. Es war klar, dass die Polizei nach den vermummten, schwarzen Blöcken suchte, die gerade in die Demonstration eingedrungen waren, aber die Knüppel schlugen ohne Rücksicht auf die Farbe der Kleidung zu, und egal, wie sehr sich jemand bemühte, seine weiß bemalten Handflächen zu zeigen, die Schläge trafen auch viele andere mit der gleichen Kraft und Gewalt.

Einige Minuten lang hatte sie sich fest an der Seite ihrer Freun-

din eingehakt, doch dann hatten sie sich, teils wegen des Durcheinanders, teils wegen des Rauchs, aus den Augen verloren. Die Slogans waren inzwischen von den Schreien und dem schrillen Klang der Sirenen abgelöst worden. Sie war wie wild losgerannt, ohne jeden Anhaltspunkt, und war ein erstes Mal gestolpert. Sie war schwer gestürzt und am Fuße eines Mülleimers gelandet, hatte sich sofort wieder aufgerappelt und war in Richtung Bürgersteig gehechtet, wo sie ein zweites Mal gestürzt war. In diesem Moment hatte es eine laute Explosion gegeben, die sie die Hände auf den Kopf pressen ließ. Um sie herum war undurchdringliches Chaos ausgebrochen: eilige Schritte, Schreie, die trockenen Befehle der Polizei und diese Explosionen, die sich tief in ihr Gehirn gruben. Der Rauch machte es ihr unmöglich zu atmen; außerdem konnte sie die Augen nicht mehr offenhalten. Einen Moment lang hatte sie daran gedacht, auf dem Boden zu bleiben und darauf zu warten, dass alles zu Ende geht, doch dann zwang sie sich mit dem letzten Rest ihres Willens aufzustehen. Sie war an den vergitterten Fensterläden vorbeigelaufen, bis zu ihrer Rechten urplötzlich eine Treppe aufgetaucht war. Sie war die Treppe hinuntergerannt, wobei sie auf jeder Stufe auszurutschen drohte, und als sie die darunterliegende Gasse erreicht hatte, hatte sie sich gegen die Wand des Gebäudes fallen lassen, das der Treppe am nächsten lag. Die Straße lag nur etwa 20 Meter über ihr, sodass die Schreie nach dem Polizeieinsatz deutlich zu hören waren, aber dort, in dieser Ecke, fühlte sie sich sicher. Es gab keinen Rauch, keine eiligen Schritte und vor allem keine Polizisten, die die Demonstranten über die Straße zerrten. Allmählich begann sie wieder regelmäßig zu atmen und ihre Augen hörten auf zu tränen. Sie massierte ihr schmerzendes Knie: Unter ihrer zerrissenen Jeans war ein Rinnsal Blut zu sehen; es war nichts Ernstes, nur ein großer Kratzer, der in ein paar Tagen heilen würde.

Dieser Ort, der in Halbdunkel gehüllt war, kam ihr sicher und tröstlich vor. Sie drückte sich mit dem Rücken an die Wand und presste ihren Kopf in die Hände, um die Bilder, die sie noch vor ihren Augen sah, zu verdrängen. Als sie spürte, dass ihre Wut verblasste, hob sie den Kopf und sah sich um. Sie betrachtete die Gasse mit den hohen Gebäuden und den Entlüftungsrohren, die an den Wänden hingen, bis sie merkte, dass sie nicht allein war. Etwa zehn Schritte weiter saß ein Mann auf dem Bürgersteig, zwischen einem vergitterten Fensterladen und dem Vorderrad eines Motorrollers; so wie er sich krümmte und eine Hand an den Kopf presste, schien er schwer verletzt. Ohne nachzudenken, stand sie auf, eilte die wenigen Schritte, die sie von ihm trennten, und beugte sich zu ihm hinunter, um sich anzuschauen, wie schlimm es um ihn stand.

Das Taschentuch, das er sich um den Hals gebunden hatte, die schwarze Sturmhaube, die er in einer Hand hielt, die dunkle Latzhose. Sie wusste sofort, zu wem er gehörte, und die Kette, die an seiner Seite hing, ließ keinen Zweifel. Es war einer der Typen, die sich in den Protestzug eingeschlichen hatten, einer von denen, die Schuld daran hatten, dass die Protestdemonstration in einer Katastrophe geendet hatte. Sein Kopf war nach vorne geneigt und er hatte eine Wunde an der Stirn. Der größte Teil seines Gesichts war blutverschmiert, sogar sein Overall war schmutzig.

In dem Rucksack, den sie immer bei sich trug, hatte sie eine kleine Flasche Wasser. Sie öffnete sie und machte ein Papiertaschentuch nass.

»Wie geht es Ihnen?«, fragte sie, während sie ihm das Gesicht abwischte.

Sie wusste sehr wohl, mit was für einem Subjekt sie es zu tun hatte. Sie hätte den Mann hassen sollen, weil er und seinesgleichen die Polizei provoziert und zum Eingreifen veranlasst hatte, aber sie wischte ihm trotzdem weiter das Gesicht ab.

»Wie geht es Ihnen?«, fragte sie ein zweites Mal.

Er bewegte sich kaum, es schien, als koste ihn jede Bewegung ungeheure Mühe.

»Bring mich weg«, antwortete er mit leiser, flehender Stimme.

Einen Moment lang herrschte Schweigen, dann half sie ihm auf die Beine. Als er aufgestanden war, bedeutete sie ihm, sich auf sie zu stützen.

»Ich bring dich weg, wir gehen jetzt«, sagte sie, nachdem sie die ersten Schritte bis zum Ende der Gasse humpelnd und schwankend hinter sich gebracht hatten.

In der Altstadt war der Himmel eine Fata Morgana, umschlossen von den Dächern der hohen Häuser, die sich gegenseitig zu berühren schienen. Von Zeit zu Zeit schob sich ein Lichtstrahl zwischen die Gebäude und leuchtete als heller Fleck auf dem Pflaster, aber es reichte nicht aus, die Luft zu erwärmen, denn ein Großteil der Gassen war ständig in Schatten gehüllt.

Nach den ersten unsicheren Schritten fanden sie einen besseren Rhythmus und kamen schneller voran. Sie kannten sich beide nicht aus in Genua, aber sie bogen an jeder Ecke dennoch so ab, als ob sie mit absoluter Sicherheit wüssten, welche Richtung die richtige war. Instinktiv hielten sie sich bergab. Einige Minuten später, als der Geruch von Brackwasser stärker wurde, erkannten beide, wohin es sie gezogen hatte.

Nach einem letzten Durchgang gelangten sie auf die Straße, die den alten Hafen säumte. Sie überquerten sie und fanden sich ein paar Meter vom Meer entfernt wieder, nicht weit von der gewaltigen Silhouette des Aquariums. Sie starrten beide auf die unendlichen Lichtpunkte, die auf der Wasseroberfläche tanzten, und setzten sich dann auf eine der Bänke, die den Hafenbereich säumten.

Sie öffnete noch einmal ihren Rucksack. Seit dem letzten Abend hatte sie nichts mehr gegessen. Sie nahm zwei Müsliriegel heraus und bot dem Mann, der neben ihr saß, einen an. Wer nicht wusste, was in Genua in jenen Tagen vor sich ging, und sie nebeneinandersitzen sah, hätte an Vater und Tochter gedacht, die darauf warten, dass sich die Tore des Aquariums öffnen.

In ihrer Jeans, die zwei Nummern zu groß war, den zerschlissenen Converse-Schuhen und dem zerfledderten, verwasche-

nen T-Shirt sah sie wirklich wie ein kleines Mädchen aus. In diesem Moment fühlte sie sich jedoch viel älter als ihre 16 Jahre. Auf der Strecke zum Hafen hatte sich eine Verwandlung in ihr vollzogen: Sie verspürte keine Angst mehr vor dem Mann, der an ihrer Seite ihren Müsliriegel kaute, dem Mann, der zusammen mit den anderen aus den schwarzen Blöcken das vorzeitige Ende der Demonstration verursacht hatte. Auch ihre Wut war verflogen. Jetzt spürte sie, dass sie ihn bewunderte, und in dem Moment, in dem sein Blick auf ihr blutverschmiertes Knie hinabglitt, fühlte es sich so an, als gehöre sie zu ihm und als gäbe es eine Art magische Verbindung zwischen ihnen.

Sie aßen in kleinen Bissen und starrten weiterhin auf die Spiegelungen der Sonne auf dem stillen Wasser des Hafens. Hinter den Gebäuden heulten die Sirenen, und von Zeit zu Zeit war das dumpfe Dröhnen einer Explosion zu hören. Genua wurde belagert, aber die Schlacht schien auf einmal unendlich weit weg zu sein.

6. KAPITEL

Sanremo, 20. Juni

Die improvisierte Werkstatt der Polizeiwache war geräumig genug, um alle Fahrzeuge der Sondereinheit der Polizia di Stato von Sanremo aufzunehmen, nur schade, dass die Decke so niedrig war. Vielleicht war das der Grund dafür, dass einem, sobald man eintrat, ein beißender Geruch nach Motoröl und verbrannten Bremsen in die Nase stieg, aber nach ein paar Minuten gewöhnte man sich daran, und es war immer kühl dort unten, selbst mitten im August. Manche behaupteten, dass das Thermometer ganzjährig ständig zwischen 18 und 25 Grad schwankte, was vielleicht nicht ganz stimmte, aber Inspektor Viale, der die Hitze einfach nicht ertragen konnte, fand im Sommer immer einen Grund, das Büro zu verlassen und mit Benzina in seiner angenehm kühlen Höhle zu plaudern.

Benzina war ein genialer Mechaniker. Nach seiner kurzen, aber intensiven Karriere als Rallyemechaniker in den 70er und den beginnenden 80er Jahren kehrte er in sein Heimatdorf an der Riviera zurück und heuerte in einer Autowerkstatt an. Dort kümmerte er sich vorwiegend um die Polizeiautos, die dort im Rahmen eines Vertrages mit der Polizeibehörde gewartet wurden. Es war der am wenigsten lukrative Auftrag für die Werkstatt, sorgte aber für eine gewisse Grundauslastung und man übertrug die Arbeit dem am schlechtesten bezahlten und als letzten eingestellten Mechaniker: Benzina. Als die Werkstatt es nicht mehr nötig hatte, sich mit Aufträgen des Staates über Wasser zu halten, rutschte Benzina in ein Arbeitsverhältnis als externer Mechaniker für die Autos der Polizei.

Die erste Person, die Tomas sah, als er die Rampe zur Werkstatt hinabeilte, war genau er: Benzina. Wieder steckte er zur Hälfte in einem Motorraum, aber jeder erkannte ihn an seinen langen, dünnen Beinen, die in dem verblichenen Martini-Racing-Anzug steckten. Sobald Benzina die hastigen Schritte am Ende der Rampe gehört hatte, wand er sich aus dem Wagen heraus und trat ins Freie. In der einen Hand hielt er einen großen Schraubenzieher, in der anderen einen Lappen, der einmal weiß gewesen sein musste, jetzt aber eher wie ein Konzentrat aus Fett und verbranntem Öl aussah. Bevor er sprach, nahm er die Zigarre aus dem Mund.

»Was machst du denn hier? Ich dachte, du wärst schon auf der Jagd nach dem Mörder. So etwas ist in Sanremo seit Jahren nicht mehr passiert.«

»Zwei Jahre«, bemerkte Gallo, »es ist zwei Jahre her seit dem letzten blutigen Vorfall.« Er sah sich nach den Autos um.

»22. August 2020«, warf Antonio, der direkt hinter ihm stand, ein, »Amelia Brunengo, eine 43-jährige Kellnerin, wurde im Stadtzentrum niedergestochen, in die Intensivstation eingeliefert und nach drei Wochen wieder entlassen. Ihr Ehemann, der des versuchten Mordes beschuldigt wurde, kam mit einem Jahr Gefängnis davon.«

Er ratterte die Worte aneinandergereiht herunter, ohne Pause oder Betonung, als würde er eine Einkaufsliste lesen, in demselben Tonfall, den er jeden Morgen anschlug, wenn er das Büro des Kommissars betrat, um den üblichen Bericht über die Ereignisse der Nacht herunterzuleiern.

Benzina, der inzwischen auf dem Kotflügel des Wagens Platz genommen hatte, spuckte ein Stück Tabak aus, das ihm zwischen den Lippen kleben geblieben war, und lächelte. Dann erhob er sich.

»Habt ihr es eilig? Oder seid ihr wegen des Formulars hier?«, fragte er Gallo.

Der Kommissar sah ihn verwirrt an.

»Als ich heute Morgen auf die Polizeiwache kam, sagtest du mir, ich müsse ein Formular ausfüllen, Commissario.«

Gallo beruhigte ihn.

»Mach dir keine Sorgen, Benzina, das läuft nicht weg. Du hast ja zum Glück deine staatliche Mindestpension. Wir müssen nur herausfinden, wie wir dich in Zukunft als externen Mechaniker weiter beschäftigen und deine Bezahlung sicherstellen können. Die Vorschriften ändern sich dauernd, und nicht unbedingt zu Gunsten der externen Arbeitnehmer«, sagte Gallo hastig.

Der Mechaniker atmete erleichtert auf. Sein größter Wunsch war es, jeden Tag mit Motoren, Getrieben und Bremsen zu verbringen, ohne dass ihn jemand mit bürokratischen Angelegenheiten belästigte, von denen er nichts verstand.

»Gut!«, sagte er erleichtert. »Dann braucht ihr wohl ein Auto.«

»Ja, genau. Schnell. Wir müssen zur Villa Nobel fahren.«

Benzina nahm die Zigarre aus dem Mund.

»Ich glaube nicht, dass der Mörder am Tatort geblieben ist. Man kann überall nach ihm suchen, aber nicht dort.«

»Es gibt Neuigkeiten«, sagte Antonio und mischte sich wieder in das Gespräch ein.

»Was ist passiert?«

»Die Villa ist vollgepackt mit Sprengstoff.«

»Giulia hat mir von einer Dynamitstange erzählt, aber sie sagte, sie sei gefälscht.«

»Und es gibt jetzt echten Sprengstoff«, bestätigte Gallo.

»Genug, um die Villa, die Straße davor und vielleicht sogar einige Nachbargebäude in die Luft zu jagen«, fügte Rubbano hinzu.

Benzina pustete eine Rauchwolke auf das »Rauchen verboten«-Schild. In seiner Jugend musste er ein stattlicher Mann gewesen sein, mit einem athletischen und kräftigen Körperbau. Der Körperbau war derselbe geblieben, aber jetzt konnte man die Jahre erahnen, besonders in den Falten, die sein Gesicht umrahmten, und in seinem zahnlosen Mund, den Gallo einen oralen Bankrott nannte.

»Wollt ihr einen Streifenwagen oder den Dienst-Panda?«, fragte er und deutete auf das Auto, das die Polizisten für kleine Besorgungen benutzten.

»Besser der Streifenwagen«, antwortete der Kommissar. »Ich bin in Eile und kann die Sirene einschalten.«

Der Mechaniker zuckte mit den Schultern.

»Die Sirene? Weißt du, was man hier sagt? Dass man sich nicht einmal hetzen lassen sollte, seine Schuhe zuzubinden!«

Es war eines der vielen ligurischen Sprichwörter, die Benzina in seinen Dialogen benutzte, aber ein solches Sprichwort aus dem Mund eines Mannes, der in seiner Jugend Mechaniker bei einem Team gewesen war, das in der Lage war, die Rallyes in ganz Europa zu dominieren, gab ihm eine viel stärkere Bedeutung als das Original. Ein Mann wie er, der so lange Zeit die Geschwindigkeit zum Lebensinhalt gemacht hatte, lud gewiss nicht zum Trödeln ein.

»Ihr könnt das da nehmen«, sagte er und zeigte auf den Streifenwagen, der an der Seite der Rampe stand. »Neue Reifen, vollgetankt und Öl nachgefüllt. Ich habe sogar einen Blick auf die Klimaanlage geworfen.«

»Prima, aber wir müssen nicht mehr als drei Kilometer fahren, nicht in den Urlaub!«

Benzina lachte laut. Manche sagten, sein Lachen sei ansteckend, aber Gallo war in diesem Moment nicht zum Lachen zumute. Er hatte es wirklich eilig. Er ging die wenigen Schritte, die ihn noch vom Auto trennten, sah, dass der Schlüssel steckte, und ließ sofort den Motor an. Er dachte nicht einmal daran, Rubbano fahren lassen. Antonio war fantastisch vor dem Computer und noch fantastischer in dem großen Raum, der als Archiv ihres aus Platzgründen von der Kaserne der Polizia di Stato getrennten und angemieteten Büros fungierte, untergebracht war. Er kannte jeden Winkel und wusste, wie man eine Akte unter 1.000 anderen finden konnte, aber er war kein guter Fahrer; sein kompliziertes Gedankenuniversum und sein fehlender Instinkt für Prioritäten standen ihm im Weg, und mit ihm am Steuer war die Wahrscheinlichkeit gegeben, dass man falsch abbog oder, schlimmer noch, von der verbotenen Seite in eine Einbahnstraße fuhr, was für ein Auto mit einem Polizisten am Steuer meistens schwierig zu erklären war.

Um 16.40 Uhr kamen sie an der Villa Nobel an. Gallo hielt den Wagen kurz vor der Absperrung der Straße an und stieg aus, gefolgt von Rubbano. Schon nach wenigen Schritten verspürte er ein starkes Déjà-vu-Gefühl. Er hatte das Gefühl, dieselbe Szene wie am Morgen zu erleben: Die Aurelia war mithilfe streng blickender Carabinieri abgesperrt, die als vierte Teilstreitkraft zwar dem Verteidigungsministerium unterstanden, ihren Polizeidienst aber unter Weisung des Innenministeriums versahen, und die einen undurchdringlichen Kordon 100 Meter vor der Villa Nobel abgeriegelt hatten. Viele Menschen starrten neugierig und besorgt zugleich auf das Gebäude. Diesmal war die Pufferzone um die Villa jedoch viel größer, und als Tomas sich der Zufahrt näherte, bemerkte er einige Männer, die sich in gepolsterten Overalls und mit Helmen auf dem Kopf um das Gebäude bewegten. Es handelte sich um das Bombenentschärfungskommando, das offenbar in Rekordzeit aus Genua eingeflogen worden war.

»Was sollen wir tun?«, fragte Antonio.

Gallo schenkte der Frage keine Beachtung. Er dachte über die Absurdität der Situation nach: am Morgen eine Leiche mit einer Dynamitstange im Mund, und jetzt die Entdeckung, dass in der Villa selbst genügend Sprengstoff vorhanden war, um sie auf einen Schlag zu zerstören. Während des Mittagessens hatte ihn jemand auf die höchst ungewöhnliche Kombination von Sprengstoff und Villa Nobel aufmerksam gemacht. Es war Laura, die ihn gefragt hatte, ob er es nicht seltsam fände, dass eine Stange Dynamit, selbst wenn sie gefälscht war, verwendet wurde, um eine Leiche nur wenige Schritte von der Villa entfernt, in der Alfred Nobel gewohnt hatte, abzulegen. Er hatte geglaubt, dass sie recht hatte, und jetzt, nach dem Fund des Sprengstoffs, war er sich mehr denn je sicher, dass die Ereignisse der letzten Stunden ein klares Muster aufwiesen. Sowohl das Verbrechen als auch der Sprengstoff waren eng mit der Villa und eng mit deren ehemaligem Bewohner oder seiner Familie verbunden. Und das Warum war unklarer als je zuvor.

»Commissario«, fragte Agent Rubbano erneut, »was sollen wir tun?«

Diesmal antwortete Tomas. »Ich werde jetzt den stellvertretenden Staatsanwalt aufsuchen und versuchen, ihn dazu zu bringen, eine Erklärung der Situation zu formulieren. Für die Presse.«

»Sind wir sicher, dass der Herr Doktor hier ist?«

»Natürlich ist er hier irgendwo«, antwortete Tomas säuerlich. »Bevilacqua verpasst nie eine Gelegenheit, sich zu zeigen. Du gehst zurück zum Streifenwagen und funkst die Polizeiwache an. Sieh nach, ob es irgendwelche Neuigkeiten gibt. Ich werde mich mal hier umsehen.«

Kaum hatte er es ausgesprochen und sich abgewandt, kam ihm plötzlich ein Gedanke. »Antonio, hast du damit begonnen, die Beschwerden, Anzeigen und Berichte der letzten Monate zu überprüfen?«

»Sicher, Commissario. Ich habe mit Januar dieses Jahres begonnen, wie du es angeordnet hast. Ich habe bereits eine erste Liste zusammengestellt. Willst du sie hören?«

»Bravo, Antonio! Wir reden später darüber, wenn wir wieder auf dem Polizeirevier sind oder auf dem Rückweg.«

Er wartete, bis der treue Vize-Ispettore sich entfernt hatte, und ging dann auf eine Gruppe zu, die nicht weit entfernt stand. Unter den vielen Gesichtern, die er noch nie gesehen hatte, befanden sich einige ihm bekannte Journalisten, ein paar Beamte der Stadtpolizei und der Hausmeister, der die Leiche am Morgen entdeckt hatte. Einige der Anwesenden unterhielten sich aufgeregt, und ein Mann mittleren Alters mit einer Baritonstimme überdeckte dieses Stimmengewirr mit seinem Monolog. Es schien, als ob er alles wüsste und als ob er allein den Schlüssel zur Wahrheit besäße.

In der Mitte dieser Gruppe sah er Bevilacqua nicht, also ging er ein paar Schritte weiter, bis er ihn nach etwa zehn Metern entdeckte. Er befand sich in Begleitung eines Mannes, den er bereits bei einer anderen Gelegenheit gesehen hatte. Er war sich sicher, dass er ihn kannte, konnte sich aber in diesem Moment nicht erinnern, wo er ihn getroffen hatte. Dann kam der PM Bevilacqua auf ihn zu.

»Oh, Gallo, Sie sind da! Und schon wieder zu spät«, fügte er hinzu und hielt ihm die Hand hin.

Gallo zuckte zusammen. Er konnte diese Art von Geplänkel nicht ausstehen, aber er verhielt sich wie immer höflich.

»Ich kam sofort, als ich den Bericht erhielt. Ich war im Haus der Witwe Boeri.«

»Ich kann mir vorstellen, dass es nicht leicht war, mit ihr zu sprechen. Sie muss sehr erschüttert gewesen sein.«

»Sagen wir, ich fand, dass es ihr an Klarheit mangelte .... Sie erzählte mir von ihrer recht merkwürdigen Beziehung zu ihrem Mann und versicherte mir, dass sie gegen niemanden einen Verdacht hege, aber ich würde gerne zu einem anderen Zeitpunkt noch einmal mit ihr sprechen, vielleicht, wenn sie ruhiger ist.«

Dann deutete er mit einer Kopfbewegung auf die Villa und fragte nach den neuesten Nachrichten. »Was ist mit dem Sprengstoff, der darin gefunden wurde?«

Bevilacqua erwiderte in ernstem Ton: »Ich habe vorhin den Chef der Bombenentschärfung gefragt, der Sprengstoff ist C4.

Wir hatten Glück: Wenn die Putzfrau nicht auf die Idee gekommen wäre, die Stühle im Konferenzraum Stück für Stück einzeln zu reinigen, hätte es ein Massaker gegeben.«

»War die Ladung an eine Zeitschaltuhr angeschlossen?«

»Nein, sie war nicht an eine Zeitschaltuhr angeschlossen, aber wer auch immer sie angebracht hat, hat professionelle Arbeit geleistet. Ein Teil des Sprengstoffs befand sich unter einem der Stühle der Redner, die auf der Bühne standen, und eine weitere Sprengladung war unter einem der Stühle im Publikum angebracht. Beide waren mit einem Druckzünder versehen. Wenn jemand auf einem dieser Stühle Platz genommen hätte, wäre der Zünder ausgelöst worden, sobald die betreffende Person aufgestanden wäre.«

»Ein bisschen so wie bei den Minen.«

Bevilacqua zuckte leicht mit den Schultern. »Das stimmt, aber das war noch nicht alles, denn an anderer Stelle im Gebäude wurden weitere, viel stärkere Sprengladungen gefunden, die durch den abrupten Druckwechsel, der durch die ersten Explosionen verursacht wurde, gesprengt worden wären. Ich weiß nicht, ob ich ganz verstanden habe, was mir der Leiter der Bombenentschärfung erklärt hat, aber es bestand eine gute Chance, dass die Explosion auch die umliegenden Gebäude beschädigt und die halbe Straße weggerissen hätte. Auf jeden Fall hätte der Sprengstoff die Villa zerstört und mit ziemlicher Sicherheit ein Massaker angerichtet. Sehen Sie sich das an«, sagte er, als er sein Telefon einschaltete und Gallo das Plakat für die Veranstaltung am 25. Juni zeigte.

»Die Plätze waren alle belegt, und es war klar, dass die beiden Sprengladungen, die als Auslöser dienen sollten, in die Luft gehen und alle anderen mitreißen würden. Es wäre ein Blutbad gewesen, der Sprengstoff hätte niemandem eine Chance gelassen.«

Gallo nickte, ohne etwas zu sagen. Diese Geschichte begann ihn zu beunruhigen; alles hatte mit einem Einzel-Verbrechen begonnen, und nun erklärte ihm Bevilacqua, dass gerade ein Massaker verhindert worden war.

Er starrte noch einmal auf die Villa mit dem großen Turm auf der rechten Seite und den Dekorationen, die vergeblich versuchten, den Gesamteindruck des Gebäudes aufzuhellen. Es war richtig, dass, als Alfred Nobel noch hier gelebt hatte, die Menschen bei seinem Anblick in der Pferdekutsche tuschelten, dass der Teufel gerade vorüberfahre, und sich bekreuzigten. Aber was war der Grund, warum gerade jetzt so viel Böses um diese Villa herum entfesselt worden war?

Irgendwo hatte er gelesen, dass Alfred Nobel in seinen letzten Lebensjahren durch die in einer französischen Zeitung veröffentlichte Nachricht von seinem eigenen Tod erschüttert worden war, wobei der Artikel mit einem voreiligen »Le merchand de la mort est mort« betitelt war – Der Händler des Todes ist tot. In Wirklichkeit war es sein Bruder Emil, der nach einem schrecklichen Unfall verstorben war, aber es schien, dass Alfred begonnen hatte, sich zu fragen, wie er von der Nachwelt in Erinnerung behalten werden würde, und dass er aufgrund des Artikels in der französischen Zeitung beschlossen hatte, einen Preis für diejenigen zu stiften, die einen Beitrag zum Wohl der Menschheit leisten konnten.

Was also? Welche Bedeutung hatte die Villa im Lichte der jüngsten Ereignisse? Dass sie etwas mit den Ereignissen des Tages zu tun hatte, war nur allzu offensichtlich, aber was war die Verbindung? War die Villa Nobel einfach nur der Ort, an dem der Mann, der die Erfindung des Dynamits patentiert hatte, sein Gewissen zu beruhigen versuchte, indem er einen Preis für die Wohltäter der Menschheit stiftete, oder war es der Ort, an den eine verborgene und bis dahin unsichtbare düstere Vergangenheit zurückgekehrt war, um sich zu rächen?

Es war nicht einfach, diese Fragen zu beantworten, und es war vielleicht auch nicht der richtige Zeitpunkt dafür, aber Tomas hatte das Gefühl, dass in den Antworten die Lösung für eine Menge Fragen lag.

»Commissario!«, rief ihm der Vize-Staatsanwalt plötzlich zu.

»Ja?«, antwortete Tomas, der abrupt aus seinen Gedanken aufschreckte.

»Es gibt Neuigkeiten.«

»Was gibt es Neues?«

»In Anbetracht der jüngsten Ereignisse habe ich beschlossen, die Autopsie von Rechtsanwalt Boeri einer landesweit anerkannten Anatomie-Pathologin anzuvertrauen. Professor Chiara Percivaldi aus Genua ist eine hoch angesehene Expertin, Sie haben sicher schon von ihr gehört …«

»Bedeutet dies, dass Dottore Parodi nicht mehr mit dem Fall befasst sein wird?«

»Nein, morgen kommt die Ärztin in die Leichenhalle des Krankenhauses von Imperia, wo die Leiche hingebracht wurde, und wird die Autopsie durchführen. Macht es Ihnen etwas aus?«

Tomas starrte ihn verwirrt an. »Warum sollte mir das etwas ausmachen?«

»Ich meine, ob es Sie stört, dass Dottore Parodi nicht mehr an dem Fall arbeitet?«

»Parodi ist ein hervorragender Arzt, vielleicht ein bisschen langsam, aber sehr gründlich.«

»Genau aus diesem Grund habe ich mich für Percivaldi eingesetzt. Ich brauche einen genauen und schnellen Bericht, damit Sie alles haben, was Sie brauchen, um mit der Arbeit zu beginnen. Übrigens scheint es überflüssig zu sein, Ihnen zu erklären, dass wir eine schnelle Lösung des Falles, oder besser der Fälle, brauchen, da nun die Brisanz dieser Fälle sich zu einer richtigen Affäre entwickelt hat, die noch ganz andere Kreise interessieren wird. Vor einiger Zeit erhielt ich einen Anruf aus Genua. Es scheint, dass sich ein Minister aus Rom persönlich für die Angelegenheit interessiert.«

»Ein Minister?«

»Das ist richtig. Solange es sich um einen Mord, wenn auch einen abscheulichen, handelte, konnte man es als normal betrachten, aber jetzt, da der Verdacht auf ein Attentat besteht, schaltet sich die Politik ein. Wenn ich das richtig verstanden habe, wollen auch die Geheimdienste informiert werden und ihren Teil dazu beitragen.«

»Natürlich«, nickte Tomas gelangweilt.

»Es muss schnell gehen, und es muss gut gehen«, bekräftigte Bevilacqua. »Wir zählen alle auf Sie!«

Gallo hatte eine tiefe Abneigung gegen diejenigen, die ihre Nase in seine Arbeit steckten, aber als der stellvertretende Staatsanwalt, immerhin der mächtigste und ranghöchste Vertreter der Justiz in Sanremo, ihn anschaute und eine Antwort erwartete, versicherte er ihm, dass er tun würde, was er könne.

Dann sah Bevilacqua ihm noch einmal in die Augen. »Ach, übrigens ... ich vergaß, Sie darauf hinzuweisen, dass Professor Percivaldi Sie morgen im Krankenhaus von Imperia erwartet. Ich habe ein Treffen für 11 Uhr vormittags vereinbart. Ich möchte, dass Sie wenigstens einmal einander gegenüberstehen, denn es ist absolut notwendig, dass zwischen denjenigen, die diesen Fall verfolgen, größtmögliches Verständnis herrscht, um Missverständnisse zu vermeiden...«

»Ja, okay – das ist wohl wichtig.«

»Ja, ist es!«

Gallo ersparte sich das »zu Ihren Diensten, Eure Majestät!«, mit dem er dem stellvertretenden Staatsanwalt gerne geantwortet hätte, und konzentrierte sich auf einen der Bombenentschärfer, die gerade die Villa verlassen hatten. Er deutete mit einer Kopfbewegung auf ihn. »Haben Sie eine Ahnung, wann die fertig sein werden?«

»Ich glaube nicht, dass es lange dauern wird. Gerade hat mir jemand erklärt, dass, wenn keine weiteren Sprengstoffpäckchen gefunden werden, alles in ein paar Stunden vorbei sein wird.«

In diesem Moment kam Antonio Rubbano wieder dazu. »Signor Commissario, ich habe auf Ihre Anweisung hin gerade bei der Polizeidienststelle angerufen. Im Moment gibt es keine Neuigkeiten.«

Er nannte ihn in Gegenwart von Fremden immer »Signore«, erst recht, wenn es sich um Vorgesetzte handelte, wie es bei Bevilacqua der Fall war. Gallo hatte ihm mehrmals erklärt, dass er wie üblich behandelt werden wolle, aber er konnte nichts dagegen tun: Rubbano achtete auf Hierarchien ebenso peinlich genau wie auf die Ordnung der Akten und Ordner im Archiv.

Der stellvertretende Staatsanwalt starrte den Beamten kurz an und wandte sich dann an den Kommissar. »Haben Sie weitere Agenten mitgebracht?«

»Nein«, antwortete Gallo, »mit mir ist nur Rubbano gekommen. Die anderen haben jeweils einen anderen Auftrag erhalten, um die Ermittlungen so schnell wie möglich voranbringen zu können. Die Agentin Giulia Brizio ist in die Kanzlei von Rechtsanwalt Boeri hier in Sanremo gegangen, und Kommissar Viale ist in Menton, in der Kanzlei, in der Boeri jenseits der Grenze gearbeitet hat. Im Moment habe ich mich so organisiert, dass ich jedem Mitglied des Teams eine Aufgabe zugewiesen habe, um keine Zeit zu verlieren. Agent Rubbano zum Beispiel muss eine Liste der Beschwerden erstellen, die in den letzten Monaten bei der Polizei eingegangen sind.«

Bevilacqua starrte Antonio interessiert an, wie ein Insekt in einer Vitrine. »Haben Sie bereits mit Ihrer Arbeit begonnen?«

»Ja, natürlich!«

»Wie gehen Sie vor?«

»Ich habe ausgeführt, was der Kommissar mir aufgetragen hat: Ich habe eine Liste der Beschwerden seit Anfang des Jahres zusammengestellt.«

»So, so … Haben Sie etwas Interessantes gefunden?«

Rubbano führte seine Hand an die Stirn und stand wieder stramm. »‹Am zweiten Januar zeigte ein gewisser Aurelio Guendoni seinen Nachbarn an, weil er seinen Parkplatz ständig mit seinem Motorroller belegt; am dritten Januar reichte Marina Settimio eine Klage gegen ihren Ehemann ein, weil er ihr seit Ende

August keinen Unterhalt gezahlt hat; am vierten Januar wurde ein Mann, dessen Identität nie festgestellt wurde …«

Er sprach jedes Wort in genau der gleichen Kadenz wie das vorherige aus, sodass die Ausführungen, die sich an sich schon wiederholten, völlig leblos wirkten. Der Kommissar, der Bevilacquas erstaunte Miene bereits bemerkt hatte, unterbrach ihn. »Ist schon gut, Antonio, ist schon gut. Du wirst mir später den Bericht geben.«

Gallo liebte seine Männer und hätte nie zugelassen, dass jemand sie verhöhnte. Vor allem hätte er nie zugelassen, dass jemand Antonio schlecht behandelte. Rubbano war der freundlichste Mensch auf dieser Welt, aber er war auch der naivste, und Gallo wusste genau, wie Naivität die Bosheit anderer ans Licht bringen konnte.

7. KAPITEL

Sanremo, 20. Juni

Die Kanzlei von Rechtsanwalt Boeri befand sich in einem schönen Palast, der nur wenige Schritte von der Promenade der Kaiserin entfernt gebaut wurde, der Promenade, die der Zarin Marina Alexandrowna gewidmet war, der russischen Adeligen und Kaiserin, die im Winter 1874 in Begleitung von über 300 Dienern, Bediensteten und Hofdamen einen langen Urlaub in Sanremo verbrachte.

Diese Gegend, in der sich unter anderem eine wunderbare, dem russisch-orthodoxen Kult geweihte Kirche befand, war eine der eindrucksvollsten der Stadt, und es war kein Zufall, dass sie für den Bau der Hotels ausgewählt wurde, um Touristen und Reisende zu beherbergen, die das Klima der Riviera lieben. Entlang dieser Strecke entstanden das *Hotel Royal*, das *Hotel des Anglais*, das *Hotel Londra* und viele andere imposante und gleichzeitig durch ihre architektonischen Details reizvolle Gebäude. Zu Beginn des letzten Jahrhunderts begann das reiche Bürgertum aus Nordeuropa in diesen Hotels seinen Winterurlaub zu verbringen, und Zarin Alexandrowna, die mit ihrem Aufenthalt den Weg für die vielen russischen Touristen geebnet hatte, die nach ihr nach Sanremo kamen, war von der Stadt so begeistert, dass sie ein Geschenk von 100 Palmen hinterließ, die entlang der Promenade gepflanzt wurden, die noch heute ihren Namen trug.

Die Agentin Giulia Brizio, eine waschechte Ligurerin, die jedoch aus einem kleinen Dorf im Landesinneren stammte und daher an Olivenhaine, Weinberge und versteckte Weiler in den Hügeln gewöhnt war, mochte das Meer nicht besonders, doch als sie zufällig an dem Corso Imperatrice spazieren ging, konnte sie nicht anders, als sich verwundert umzusehen. Sie war nie verrückt nach der Riviera der Strände gewesen und zog die Täler des Hinterlandes vor, aber dieser Ort wusste ihr Herz zu berühren.

Sie blieb einen Schritt von der Brüstung entfernt stehen, verzaubert vom hellen Licht des Tages, und nachdem sie kurz die Palmenreihe betrachtet hatte, die den Weg begleitete, überquerte sie die Straße und ging die paar Dutzend Meter, die sie vom Gebäude trennten. Sie ging auf das Plexiglasschild zu, das an der Seite des Tores angebracht war. Die Inschrift war einfach, ohne viel Schnickschnack:

Rechtsanwalt Boeri
Anwaltskanzlei
Stockwerk 3

Es folgten die Uhrzeiten und eine E-Mail-Adresse, in einer schönen, eleganten und gleichzeitig dezenten Schrift. Sie konzentrierte sich auf die Uhrzeit und drückte dann den Knopf der Gegensprechanlage. Einen Moment später fragte eine weibliche Stimme, wer sie sei. Giulia hielt ihren Ausweis genau vor die kleine Kamera und meldete sich. Die gleiche Stimme bat sie herein.

»Dritter Stock! Die Tür zur Kanzlei befindet sich gegenüber dem Aufzug.«

Das Klicken der Tür ertönte, und Giulia fand sich in einem sehr sauberen und hellen Flur wieder. Auf allen Seiten standen Pflanzen, sie waren kräftig, und Giulia vermutete, dass das Licht, das durch die großen Fenster hereinströmte, den Pflanzen Kraft gab. Alles war sehr sauber und sah sehr gepflegt aus. Giulia hatte den Commissario bei seinem Besuch bei der Frau des Anwalts nicht begleitet, aber wenn sie es getan hätte, wäre ihr sofort der starke Kontrast zwischen diesem Gebäude und dem anderen, in dem Boeri mit seiner Frau lebte, aufgefallen.

Sie betrat den Aufzug und fand sich wenige Augenblicke später in einem eleganten Warteraum mit klaren Linien wieder: ein paar Möbelstücke an den Wänden, ein weißes Ledersofa und ebenfalls helle Vorhänge, die das Licht von draußen filterten.

Dieselbe Stimme, die sie kurz zuvor über die Sprechanlage gehört hatte, tauchte plötzlich im Raum auf, begrüßte sie und fragte, mit wem sie sprechen wolle. Giulia drehte sich abrupt um.

Die Stimme gehörte zu einem Mädchen in ihrem Alter. Dunkles Haar im Nacken zusammengebunden, graues Kostüm, elegante Schuhe mit Absätzen. Sie hatte ein nettes Auftreten und eine freundliche Ausstrahlung. Giulia stellte sich vor und sagte, sie sei da, um ein paar Fragen zu stellen; sie wolle nicht mit jemand Bestimmtem sprechen, sondern die Mitarbeiter von Rechtsanwalt Boeri kennenlernen.

»Selbstverständlich«, antwortete das Mädchen, »ich wusste, dass wir früher oder später von der Polizei besucht werden würden.«

Sie wartete einen Moment, bevor sie die nächsten, wohl einstudierten Worte sagte. »In der Kanzlei sind wir alle sehr erschüttert, wir können immer noch nicht verstehen, was passiert ist. Heute Morgen, als wir vom Tod des Anwalts erfuhren, überlegten Herr Martini und ich, ob wir nach Hause gehen sollten, dann sahen wir uns in die Augen und beschlossen, die Kanzlei zu öffnen. Er hätte es so gewollt.«

Sie fasste sich an ihre Nase und wischte sich eine Träne weg, bevor sie die letzten Worte wiederholte. »Ja, ich bin sicher, der Anwalt hätte es so gewollt.«

Giulia fragte, wie viele Leute in der Kanzlei arbeiten.

»Wir sind derzeit nur zu dritt«, antwortete das Mädchen, »ich, Enrico Martini und ein Hochschulabsolvent, der vor einigen Monaten für ein Praktikum eingestellt wurde.«

Dann wies sie auf eine der Türen, die vom Wartezimmer wegführten, und forderte Giulia auf, ihr zu folgen. Das Büro war klein und deutlich weniger elegant als der Warteraum, aber auch dort fiel reichlich Licht durch das Fenster.

Das Mädchen ging hinter den Schreibtisch. »Mein Name ist Olga Pisani«, sagte sie und lud die Polizistin ein, sich zu setzen, »seit etwa drei Jahren kümmere ich mich um die Sekretariats- und Verwaltungsaufgaben der Kanzlei: Rechnungen, Zahlungen und Mahnungen, denn selbst Anwälte haben manchmal Schwierigkeiten, ihre Honorare zu bekommen.«

Giulia stellte sich ihrerseits vor. Sie nahm das Notizbuch, das sie immer bei sich trug, aus der Tasche und fragte das Mädchen, ob sie auch Anwältin sei.

»Nein, ich habe einen Abschluss in Jura, aber ich habe das Staatsexamen nicht bestanden. Ich habe es ein paar Mal versucht, bin immer gescheitert und habe schließlich einen Platz in dieser Kanzlei gefunden und bin nach Sanremo gezogen.«

»Haben Sie dem Anwalt bei seiner Arbeit geholfen?«

»Wie ich schon sagte, bin ich hauptsächlich für den administrativen Teil der Firma zuständig, aber habe auch schon öfters in rechtlichen Angelegenheiten unterstützt.«

»Gerade haben Sie mir von einem Kollegen erzählt.«

Olga nickte. »Enrico Martini, der engste Mitarbeiter des Anwalts, arbeitet bei uns.«

»Ist er auch ein Anwalt?«

»Nein, Signor Martini hat einen Abschluss in Philosophie.«

»Der einzige Anwalt in der Kanzlei war also Boeri?«

»Ja, so ist es.«

»Was hat er getan?«

Olga sah sie fragend an, und Giulia fügte hinzu: »Ich meine, ob Rechtsanwalt Boeri ein bestimmtes Fachgebiet hatte.«

»Nein, er hatte keine wirkliche Spezialisierung, außer in Wirtschaftsrecht, aber in letzter Zeit beschäftigte er sich hauptsächlich mit Gesellschaftsrecht. Er kümmerte sich vor allem um Unternehmensumwandlungen und verfolgte deren Eigentumsübertragungen.«

»Und Herr Enrico Martini? Wie lautet seine Stellenbeschreibung?«

»Enrico ist das Multitalent der Firma. Ich weiß, die Antwort mag vage erscheinen, aber er war wirklich ein Allround-Mitarbeiter. Obwohl er kein Jurastudium absolviert hatte und über keine juristischen Kenntnisse verfügte, unterstützte er den Anwalt bei seinen Kontakten im Ausland auf wichtige Weise. Enrico beherrscht Französisch, Deutsch und auch Englisch perfekt, sodass er den Anwalt auf seinen Reisen begleitete, insbesondere nach Frankreich, wo Boeri eine Zusammenarbeit mit einer Anwaltskanzlei aufgebaut hatte. Er unterstützte ihn auch bei einigen anderen Aktivitäten außerhalb der Kanzlei.«

Giulia bemerkte, wie sich der Tonfall des Mädchens plötzlich verändert hatte. Bei den letzten paar Sätzen war ihre Stimme zögerlicher geworden. Einen Moment lang dachte sie, dass es ihr peinlich war, über ihre Kollegen zu sprechen, aber sie merkte schnell, dass dies nicht der Fall war: Olga weinte. Offensichtlich hatten die letzten Worte sie an den Tod des Besitzers erinnert. Die Tränen waren echt. Nachdem sie sich mit dem Handrücken über die Augen gewischt hatte, erzählte sie, bei welchen verschiedenen Tätigkeiten außerhalb der Firma Enrico half.

»Der Anwalt besaß mehrere Immobilien, und Enrico Martini kümmerte sich um die Mieten, in einigen Fällen überwachte er sogar die Renovierungsarbeiten. Sie standen sich sehr nahe. Es kam vor, dass sie zusammen essen gingen, und ich weiß mit Sicherheit, dass Enrico mehrmals im Haus des Anwalts war.«

»Ist Signor Martini jetzt in seinem Büro?«

»Nein, er ist heute Nachmittag nicht zur Arbeit gekommen.«

»Sind Sie im Moment allein hier in der Kanzlei?«

»Eigentlich ist Patrizio auch da. Ich kann ihn anrufen, wenn Sie wollen.«

»Ist das der Auszubildende?«

»Ganz genau.«

»Und was macht der?«

»Oh, er tut das, was alle Praktikanten tun.«

»Was bedeutet das?«

»Fotokopien, Besorgungen, Porto, Gerichtsanträge und Ähnliches.«

»Er ist im Grunde der Laufbursche der Kanzlei?«

Olga schüttelte den Kopf. »Er ist eine Art Spätberufener. Das haben wir alle schon mal erlebt.«

»Ich würde ihn gerne kennenlernen, bevor ich gehe, aber jetzt möchte ich Ihnen noch ein paar Fragen zu Rechtsanwalt Boeri stellen.«

»Sicherlich.«

»Wissen Sie, ob er in letzter Zeit irgendwelche Drohungen erhalten hat? Bei dem Job, den er gemacht hat, kann so etwas doch passieren, oder?«

»Ja, das kann bei Anwälten immer sein, aber ich weiß nichts über Drohungen oder Einschüchterungen. Er hat nie darüber gesprochen und ich bin mir sicher, wenn so etwas passiert wäre, hätte er uns davon erzählt. Ich bin mir genauso sicher, dass er darüber Witze gemacht hätte.«

»Haben Sie gesehen, dass er sich in letzter Zeit verändert hat?«

»Verändert? Was meinen Sie mit ›verändert‹?«

»Ich meine, ob er sich über irgendwas Sorgen gemacht oder ob er vielleicht niedergeschlagen war.«

»Nein, ganz und gar nicht … Er war eigentlich immer gut drauf!«

»Kannten Sie ihn über die Arbeit hinaus?«

Olga zuckte leicht mit den Schultern. »Ich weiß, dass er verheiratet war, aber seine Frau wurde nie in der Kanzlei gesehen. Tatsächlich kenne ich sie nicht. Vielleicht habe ich ein paar Mal mit ihr telefoniert. Das ist alles.«

»Wissen Sie, ob sie sich verstanden haben?«

»Soweit ich weiß, hatten sie kein gutes Verhältnis zueinander.«

»Warum glauben Sie, dass sie sich nicht gut verstanden haben?«

Olga zuckte ein wenig mit den Schultern. »Hier im Büro wussten wir alle, dass sie zu Hause getrennt lebten. Ich sagte Ihnen, dass ich die Dame nicht kannte, aber diejenigen, die mir von ihr erzählten, beschrieben sie als eine Frau, die vor ihrer Zeit gealtert war, ohne herausstechende Eigenschaften; der Anwalt hingegen war eine energische Person voller Leben. Auf jeden Fall glaube ich nicht, dass die beiden aufgrund bestimmter Eigenschaften von Anwalt Boeri besonders verbunden gewesen sein können.«

»Bestimmte Eigenschaften von ihm ... Was meinen Sie?«

»Nun, er mochte es, Spaß zu haben ...«

»Wissen Sie, ob er seine Frau betrogen hat?«

Die Stimme des Mädchens wurde zögernd. »Natürlich weiß ich das nicht mit Sicherheit. Aber es wäre mir nicht seltsam vorgekommen.«

»War der Anwalt ein gut aussehender Mann?«

»Nein, er war kein schöner Mann, aber ... Ich sagte Ihnen, dass er ein fröhlicher und tatkräftiger Mensch war und nicht zuletzt keine finanziellen Probleme hatte.«

»Okay«, sagte Giulia und schloss das Notizbuch. »Kann ich jetzt mit dem Praktikanten sprechen?«

»Sicherlich.«

Olga verließ das Büro und kam zwei Minuten später in Begleitung eines jungen Mannes zurück, der wie Anfang 20 aussah. Er war groß, dünn und sah niedergeschlagen aus. Übertriebene Schüchternheit machte ihn unbeholfen. Giulia wusste sehr gut, wie ein uniformierter Polizist selbst den ruhigsten Menschen auf der Welt nervös machte, und dieser Junge war sicherlich durch ihre Anwesenheit im Büro verunsichert.

Sie fragte ihn, was er tat und wie lange er schon in der Firma arbeitete, notierte sich seine Antworten und fragte dann ihn und Olga, ob sie Grund hätten, jemanden des Mordes an ihrem Chef zu verdächtigen. Es war die übliche Frage, auf die fast immer das gleiche Schweigen folgte. Meistens hatte niemand einen Verdacht, und wenn doch, dann behielten sie ihn für sich.

Patrizio stammelte ein verwirrtes Nein. Olga hingegen sagte, sie sei sicher, dass niemand dem Anwalt Boeri etwas antun wolle.

»Er war ein guter Mensch. Niemand hätte sich seinen Tod gewünscht.«

Sie antwortete trocken und entschlossen und fragte dann Giulia, wie weit die Ermittlungen gediehen seien. »Verfolgen Sie bereits eine Spur?«

Normalerweise antwortete Giulia auf solche Fragen ausweichend oder gar nicht, weil sie aus berufsethischen Gründen schweigen musste, aber in diesem Fall brach sie diese Regel. »Nein«, sagte sie, »wir verfolgen im Moment keine Spuren. Die üblichen Verfahren sind im Gange: Sichtung der Bilder der Überwachungskameras, Auswertung von Handydaten und Suche nach eventuellen Zeugen. Wir stehen erst am Anfang und es wird einige Zeit dauern, bis wir die richtige Richtung für die Ermittlungen gefunden haben.«

Sie klappte ihr Notizbuch zu, steckte es zusammen mit ihrem Bleistift in ihre Tasche und sagte schließlich, dass sie gehen würde. Sie bedankte sich bei Olga und Patrizio für die Beantwortung ihrer Fragen und erklärte, dass sie sich in den nächsten Tagen wieder melden würde, um sich mit Herrn Enrico Martini zu treffen. Bevor sie das Büro verließ, forderte sie die beiden auf, sich mit ihr in Verbindung zu setzen, wenn sie etwas Interessantes erfahren würden. Sie schrieb ihren Namen und die Adresse des Polizeireviers auf einen der Post-it-Zettel auf ihrem Schreibtisch und sagte den beiden, sie könnten direkt nach ihr fragen oder mit demjenigen sprechen, der den Anruf entgegennahm.

»Bitte tun Sie das. Es ist wichtig, dass die Polizei über alle Details informiert wird. Sie haben keine Ahnung, wie viele Fälle dank scheinbar unbedeutender Meldungen aufgeklärt werden konnten.«

Olga antwortete, dass sie sich bei ihr melden würde, wenn ihr noch etwas einfiele, und auch der Praktikant murmelte etwas, dann verließ Giulia die moderne Kanzlei. Sie ging hinunter auf die Straße, und als sie wieder auf der Promenade der Kaiserin war, konnte sie der Versuchung nicht widerstehen, sich auf die Brüstung zu setzen. Sie wusste, wie unpassend eine solche Haltung für eine Polizistin war, aber es war 17 Uhr nachmittags, der Dienst war fast zu Ende, und das bisschen Kühle, das die Hitze des Tages abmilderte, machte diesen Ort ungeheuer attraktiv.

Sie sah sich um und konzentrierte sich dann auf das Meer. Sie, die im Landesinneren lebte, war es gewohnt, es aus der Ferne zu sehen, von den Höhen ihres Dorfes aus, wo es wie eine blaue Linie zwischen den Hängen aussah. Diese dünne Linie, die je nach der Stimmung des Himmels die Farbe wechselte, war ihr nie als ein wesentliches Element der Landschaft erschienen, dort, wo sie jetzt saß, war das Meer das wesentliche Element: Das Meer war die Bühne, und die Riviera erschien als eine Art Auditorium, damit die Bewohner das Spektakel vor sich genießen konnten.

Sie starrte auf die Wellen, die am Ufer auf und ab schwappten, und dachte daran, dass auch sie früher oder später lernen würde, das Meer zu schätzen und zu lieben, so wie sie die Olivenhaine und Weinberge ihres Tals liebte. Es war nur eine Frage der Zeit, sie musste nur zu warten wissen.

Nach ein paar Minuten holte sie ihr Handy aus der Tasche und suchte in ihren Favoriten nach der Nummer des Commissarios. Sie hatte sie als vertraulich unter dem Namen Tomas gespeichert. Bevor der Anruf rausging, dachte sie an den Tag zurück, an dem sie auf der Polizeiwache angekommen war, und erinnerte sich an ihr erstes Gespräch: Gallo hatte alles getan, um sie zu beruhigen, aber sie hatte schnell gemerkt, wie er jede einzelne Antwort peinlich genau beobachtete und bewertete. Gallo entging nichts; er verstand es, mit seinen Mitarbeitern auf Augenhöhe zu sprechen, sich ihre Begründungen anzuhören, aber gleichzeitig wusste er auch, wie er sie zu beurteilen hatte. Er war der strenge, unbestechliche Vorgesetzte, dem man vertrauen konnte, der einen voll und ganz unterstützte, sich selber nie in den Vordergrund drängte und der einen nie und nimmer verraten würde.

Sie starrte auf das Display des Mobiltelefons und legte sich zurecht, was sie ihm sagen würde. In Wirklichkeit gab es gar nicht so viel zu erzählen: Sie würde ihn lediglich über das Gespräch informieren, das sie mit der Sekretärin von Rechtsanwalt Boeri geführt hatte. Sie würde Olgas Antworten in groben Zügen zusammenfassen, hinzufügen, dass sie einen verängstigt aussehenden Praktikanten getroffen hatte, und abschließend erklären, dass sie noch ein weiteres Mitglied der Kanzlei hören müsse: Enrico Martini, den engsten Mitarbeiter des Anwalts.

Sie ließ ihren Zeigefinger über die grüne Taste gleiten, und einen Moment später kam Gallos Antwort. »Hallo! Erzähl, Giulia, wie ist's gelaufen?«

Und Giulia Brizio erstattete ihren Bericht, und sie war sich sicher, dass ihm kein einziges Wort entgehen würde.

8. KAPITEL

Sanremo, 20. Juni

Als Tomas Gallo auf die Polizeiwache zurückkehrte, merkte er sofort, dass seine Nerven blank lagen. Die in der Villa Nobel verbrachten Stunden waren frustrierend gewesen. Er hatte es mit dem stellvertretenden Staatsanwalt zu tun gehabt und später, als Bevilacqua gegangen war, mit dem Bombenräumkommando. Die dringend aus Genua herbeigerufene Einheit gehörte zu den Carabinieri, sodass er die möglichen Reibereien befürchtete, die immer dann auftraten, wenn die beiden Polizeikräfte gezwungen waren, miteinander zu kooperieren. Kein Wunder: Tomas war an das lange Tauziehen um die Zuständigkeit und die manchmal komplexen Szenarien bei der Erstellung von Berichten gewöhnt. Es konnte stundenlang dauern, bis entschieden war, wer für welche Unterschrift zuständig war, und es war möglich, dass ein einfacher Vermerk auf einem Formular den bürokratischen Fluss stoppen konnte. Und das war keine rein italienische Besonderheit, bei der manchmal ein Häkchen in einem falschen Kästchen zu langen bürokratischen Verzögerungen führen konnte. Für Gallo so überflüssig wie ein Kropf.

Glücklicherweise erwies sich Marschall Carotenuto, der Kommandeur der Bombenentschärfungseinheit von Genua, von Anfang an als zugänglicher, intelligenter Mensch, der zudem unglaublich höflich war. Sobald die Räumung der Villa abgeschlossen war, lud er den Kommissar ein, ihm ins Innere zu folgen. Sie betraten die Villa von der Rückseite her, und als sie am oberen Ende der kurzen Treppe, die zur Eingangstür führte, angelangt waren, bestätigte er, was Bevilacqua bereits teilweise gesagt hatte, nämlich dass der Sprengstoff aufgrund der besonderen Art und Weise, in der er platziert worden war, die Zerstörung des gesamten Gebäudes hätte verursachen können.

»Die meisten meiner Männer haben in Kriegsgebieten trainiert, einige waren sogar in Afghanistan, sie sind also sehr qualifiziert, und sie sind alle der Meinung, dass dies die Arbeit eines Experten war. Diejenigen, die die Sprengladungen angebracht haben, haben das tadellos gemacht, mit dem Ziel, so viel Schaden wie möglich zu verursachen. Und das Ganze war so geschickt verteilt, dass sogar unsere Sprengstoffspürhunde, die bei C4 auch fast blind sind, ziellos hin und her geirrt sind.«

»Handelt es sich um einen Profi?«

»Mit Sicherheit. Ein Anfänger oder Amateur hätte eine solche Arbeit nie zustande gebracht. Die Sprengladungen waren samt und sonders mit Drucksensoren bestückt und waren so angebracht, dass sie sich in diesem geschlossenen Raum untereinander wie in einer Kettenreaktion ausgelöst hätten, wenn auch nur eine einzige gezündet worden wäre. Das mit den Stühlen war wirklich gut ausgedacht und tadellos durchgeführt. Sie können der Dame, die beim Reinigen die beiden ersten Ladungen entdeckt hat, einen Orden umhängen. Das Ganze sah dazu noch so harmlos aus wie ein wenig Knetgummi, den jemand aus Scherz an die Unterseite der Stühle angebracht hat.«

Schließlich machte er sich auf den Weg zu der Stelle, an der die Putzfrau die seltsame Ausbuchtung unter einem der Stühle bemerkt hatte. Gemeinsam überquerten sie die Schwelle des Konferenzraums, der normalerweise für Konzerte oder Buchpräsentationen gedacht war, und sobald Gallo eintrat, hatte er das Gefühl, dass hier ein außergewöhnlich schöner Ort war, an dem eine noch nie dagewesene Gewalttat begangen worden wäre. Unter der elegant mit Fresken bemalten Decke befand sich ein Durcheinander von umgedrehten und an den Wänden aufgestapelten Stühlen. Das Podium der Rednerloge war abgebaut und die wenigen Möbelstücke waren alle verschoben worden. Nichts war mehr an seinem Platz, sogar die Vorhänge waren von ihren Halterungen heruntergezogen worden, und obwohl man die außergewöhnliche Eleganz des Ortes leicht erahnen konnte, war es offensichtlich, dass es mehrere Tage Arbeit erfordern würde, alles wieder so herzurichten, wie es vorher gewesen war.

An einigen Stellen an den Wänden waren nummerierte Plastikplatten angebracht, um die Bereiche zu kennzeichnen, in denen die Sprengladungen neutralisiert worden waren. Der Marschall wies auf einige von ihnen hin und erklärte Gallo, dass die Explosion durch die Sprengladungen ausgelöst würde, die unter den Stühlen angebracht waren, eine auf der für die Redner reservierten Bühne und die andere unter einem der für das Publikum reservierten Stühle. Ihre Detonation würde sich auf das Publikum im Saal beschränken, das heißt, sie würde Tote und Verletzte verursachen, ohne die Strukturen zu beschädigen, aber die plötzliche Druckänderung würde die Zünder anderer, viel stärkerer Sprengladungen auslösen, die im Saal und in anderen statisch wichtigen Orten der Villa platziert worden waren und die in der Lage gewesen wären, das Gebäude zu entkernen, wenn nicht sogar in sich selbst zusammenstürzen zu lassen.

»Es ist noch mal gut gegangen!«, hatte er festgestellt, und es war klar, dass er es auch so meinte. Dann lobte er seine Männer, die es an einem einzigen Nachmittag geschafft hatten, eine echte Todesfalle zu entschärfen, und schloss seinen Rundgang durch das Erdgeschoss des Gebäudes ab, indem er dem Kommissar die anderen Stellen in der Villa zeigte, an denen die Sprengladungen entschärft worden waren, die alle treffsicher an den tragenden Wänden versteckt waren, um so viel Schaden wie möglich anzurichten. Der Marschall war sichtlich erfreut, Gallo hingegen war nicht so erfreut. Er wusste, dass in diesem Moment seine Arbeit sich exponentiell verkompliziert hatte, eben erst richtig begann, und er wusste auch, dass es kein Spaziergang werden würde.

Bevor der Marschall nach Genua abfuhr, wartete Gallo darauf, dass Bevilacqua die gerichtliche Beschlagnahme der Villa unterzeichnete, und nachdem die Siegel angebracht und einige bürokratische Formalitäten erledigt waren, verließ er mit Agent Rubbano den Tatort.

Während er die letzten Meter zu seinem Schreibtisch zurücklegte, informierte ihn die Agentin Giulia Brizio telefonisch über den Besuch in der Kanzlei von Rechtsanwalt Boeri. Auch Laura Zendroni bestätigte ihm dann, dass sie die Polizeipräsidien in fast ganz Norditalien alarmiert hatte. An jede dieser Stellen hatte sie das Foto der gefälschten Dynamitstange geschickt, aber noch keine Antwort erhalten.

Nach dem Gespräch mit Laura hatte sich Gallo endlich hingesetzt, wo er zeitgleich einen Anruf von Inspektor Viale erhielt, der gerade den Besuch der Kanzlei in Menton beendet hatte, in der Rechtsanwalt Boeri tätig war. Viale, der an sich schon ziemlich langatmig war, war sogar übereifrig, wenn es darum ging, das wunderbare Büro zu beschreiben, das für *l'avocat italien* reserviert worden war, und unerträglich, wenn er bis zum Überdruss erklären wollte, wie sehr alle in der Kanzlei über den Tod des Anwalts bestürzt waren. »*L'avocat Boéri* war bei seinen Kollegen sehr beliebt, und alle haben ihn sehr geliebt!« Dies hatte er mindestens dreimal hintereinander wiederholt.

»Okay, aber hast du herausgefunden, welche Position er innehatte? Was er da eigentlich machte?«, entgegnete Gallo. »Das ist es, was mich interessiert, nicht ob die Kollegen ihn schätzten! Es ist doch klar, dass jeder gut über einen Menschen spricht, der gerade gestorben ist!«

»Natürlich … natürlich …«, hatte der Inspektor gemurmelt.

»Und dann brauche ich eine detaillierte Liste der Mitarbeiter der Kanzlei. Hast du sie vervollständigen können?«

»Natürlich habe ich die gemacht, aber …«

»Aber was?«

»Ich würde es lieber schriftlich machen, am Telefon wirkt es kompliziert …«

»Also gut, schreib es auf. Aber es eilt. Die Dimension des Falles hat gerade Ebenen erreicht, die auch Rom aufschrecken könnten.«

»Echt? Gut, ich beeile mich. Aber …«

Daraufhin schlug Viale dem Kommissar vor, das Gespräch auf den nächsten Tag zu verschieben. Er sagte, dass in einer Stunde ein Musikvortrag seiner Tochter beginne, dass er hatte schwören müssen, dabei zu sein, und dass er, wenn es Tomas recht sei, noch in der Nacht am Bericht sitzen würde und gleich früh am nächsten Morgen einen schriftlichen Bericht vorlegen würde, sobald er auf dem Polizeirevier angekommen sei.

»Ich würde Marisa gerne hören, sie würde es mir nicht verzeihen, wenn ich nicht mitkäme. Das sind Momente, die für Kinder so wichtig sind.«

Gallo war bei der Erwähnung der Tochter seines Kollegen und ihres Musikvortrages endgültig weich geworden. Nicht ein einziges Mal, erinnerte er sich, war seine Mutter zu einem Theaterstück, einem Fußballspiel oder einem Musikvortrag ins Internat gekommen. Noch nicht einmal zur Zeugnisvergabe. Ihr Fahrer, in seiner Uniform, die er trug, wenn er ihn abholte, war öfter an seinem Internat aufgetaucht als seine Mutter. Gallo verstand trotz aller Dringlichkeit, wie wichtig es für Viale und Marisa war, diese Stunde ihres Lebens teilen zu können.

»Sicher, Viale, wenn es nichts Dringendes gibt, was du mir zu sagen hast, können wir morgen darüber sprechen.« Und das Telefonat endete mit Grüßen und gegenseitigen guten Wünschen für einen schönen Abend.

Am Ende war es für beide gut gewesen: für Gallo, der sich in diesem Moment, müde und erschöpft, wie er war, nicht mehr konzentrieren konnte, und vor allem für Viale, der Zeit hatte, sich umzuziehen und zum Pfarrtheater zu laufen, wo seine Tochter auf der Bühne stand.

Nach und nach hatte sich das Polizeirevier geleert. Als Laura ebenfalls guten Abend gesagt hatte, hatte Tomas die Bürotür verriegelt. Einige Minuten lang hatte er sich auf die von Marschall Carotenuto unterzeichnete und am Tatort angefertigte Liste konzentriert, in der er akribisch die Sprengladungen sowie die Drucksensoren und Zünder beschrieben hatte, die die Auslöser einer gewaltigen Explosion hätten sein können, dann hatte er versucht, die Ereignisse des Tages gedanklich zu sortieren. Er hatte dies in aller Ruhe getan und sich auf jeden einzelnen Moment konzentriert, bis er das ringgebundene Notizbuch, das immer auf der Schreibtischplatte lag, aufgeschlagen und die Kappe des Parker-Stifts mit dem goldenen Pfeil als Stecker entfernt hatte.

Er begann mit dem Namen »Avvocato Boeri« und genau in die Mitte des Blattes zeichnete er die Umrisse eines Gebäudes, das in seiner Vorstellung die Villa Nobel symbolisieren sollte. Er zeichnete es in die Mitte des Blattes, weil er sich sicher war, dass die Villa das Epizentrum aller Ereignisse des Tages war. Einen langen Moment lang amüsierte er sich, indem er die Umrisse der Seitentürme und der Fenster im Erdgeschoss nachzeichnete und ausmalte, bis er den Stift beiseitelegte und sich fragte, warum die Villa – heute mehr ein Museum und ein Ort für kulturelle Veranstaltungen – so viel Unheil auf sich gezogen hatte.

Wenige Minuten später schrieb er neben die stilisierte Zeichnung der Villa Nobel die Namen derjenigen auf, die auf die eine oder andere Weise mit den Ereignissen zu tun hatten. Die Liste begann mit dem Opfer, dem Anwalt Mario Boeri, fuhr fort mit dem Namen seiner Frau Luciana Fiorini, und dann mit denen von Olga Pisani, der Sekretärin der Kanzlei, Patrizio, dem jungen Praktikanten, und Enrico Martini, der rechten Hand des Anwalts, den Giulia in der Kanzlei nicht angetroffen hatte und von dem sie sicher bald hören würde.

Etwas weiter unten zeichnete er ein großes Rechteck, das er mit den Namen der französischen Kollegen füllen wollte, die er am nächsten Tag in Viales Bericht lesen würde, und schließlich zeichnete er eine Dynamitstange genau in die Mitte der Villa, mit Lunte, Flamme und einem nur allzu beredten BOOM!

Das war alles: ein Opfer, die Gewissheit, dass ein Massaker vereitelt worden war, und ein paar Namen am Rande, die im Moment noch nichts bedeuteten.

Entmutigend, sehr entmutigend!

Bevor er den Stift weglegte, fügte er noch den Namen der Gerichtsmedizinerin hinzu, die die Leiche am nächsten Tag obduzieren sollte, und beendete schließlich diese höchst originelle Zusammenfassung mit den Worten: »Überwachungskameras«, denn jeden Moment würde der Bericht der Kollegen eintreffen, die die Bilder der Kameras rund um die Villa überprüft hatten. In Wirklichkeit setzte er darauf nicht allzu viel Hoffnung. Die Person, die den Anwalt getötet hatte, war mit ziemlicher Sicherheit dieselbe Person, die den Sprengstoff platziert hatte, und es war klar, dass es sich dabei nicht um einen tollpatschigen, planlosen Täter handelte, sondern um einen hochqualifizierten Kriminellen, der sich der Risiken von Überwachungsgeräten, Chips in Handys und anderem sehr wohl bewusst war und sicherlich Vorkehrungen getroffen hatte, um unnötige Risiken zu vermeiden.

Als der Kuli wieder auf dem Schreibtisch landete, stützte Tomas sein Gesicht auf die Hände und erinnerte sich an die Theorien, die er in mehr als zehn Jahren als Polizeibeamter entwickelt hatte. In all dieser Zeit hatte er gelernt, kriminelle Vorfälle in zwei große Kategorien einzuteilen: solche, die im familiären Umfeld geschehen, wo der Mörder fast immer unter den Verwandten oder engen Freunden des Opfers zu finden ist, und solche, bei denen es keinen Personenkreis gibt, in dem der Täter sofort identifiziert werden kann. Die Ereignisse, die er im Laufe des Tages miterlebt hatte, gehörten zweifellos zur zweiten Kategorie und waren gerade deshalb schwer zu deuten. Und dann war da noch der Name Nobel.

Der Vize-Staatsanwalt hatte ihn unmissverständlich um eine schnelle Lösung des Falles gebeten, aber es würde nicht einfach sein, den Mörder zu identifizieren, ebenso wenig wie die Person, die den Sprengstoff platziert hatte. Im Moment lagen die Ereignisse in der Villa Nobel, obwohl sie eng miteinander verknüpft waren, in einem tiefen Schatten verborgen, und es sah nicht so aus, als ob sofort neue Erkenntnisse gewonnen werden könnten, die den Ermittlungen weiterhelfen würden.

Tomas wusste, dass in diesem Moment viele Leute daran arbeiteten, eine erste Spur zu finden. In wenigen Stunden würde das forensische Team einen Bericht vorlegen und am nächsten Tag würde Dottore Percivaldi eine Autopsie an der Leiche durchführen, ganz zu schweigen davon, dass bald die erste Suche nach Sprengstoffen und Zündern beginnen würde, die gerade vom Bombenentschärfungskommando neutralisiert worden waren. Da es sich um spezifische Materialien handelte, für die es nur wenige Kanäle auf dem Markt gab, konnte es sein, dass derjenige, der sie benutzt hatte, Spuren hinterlassen hatte, aber im Moment gab es noch keinen sicheren Anhaltspunkt, sodass, bis etwas Neues auftauchte, nichts anderes übrig blieb, als auf einen jener Zufälle zu hoffen, die manchmal zur Lösung der verzwicktesten Fälle beitragen.

Ein Zufall. War es wirklich das, worauf Commissario Tomas Gallo sich bei der dünnen Faktenlage zur Lösung dieses Mordes verlassen müsste? Ein unerwartetes Ereignis oder ein anonymer Brief, eine getarnte Nachricht über einen der vielen Social-Media-Kanäle, wie es seit Jahren so in Mode gekommen war, das wäre doch immer möglich. Ja, das wäre wirklich möglich!, sinnierte Gallo.

9. KAPITEL

Sanremo, 20. Juni

Als Tomas den zweiten Stock des Gebäudes mit Blick auf die Piazza Colombo verließ, war es kurz nach 21 Uhr. Zu diesem Zeitpunkt herrschte auf dem Gang und in den Büros eine fast unangenehme Stille; das Geplapper der Kollegen und das Klingeln der Telefone, die tagsüber die Räume erfüllt hatten, waren verstummt, und wenn nicht zwei Beamte an der Kaffeemaschine gelehnt hätten, wäre das Polizeirevier wie ausgestorben gewesen.

Gallo grüßte die Polizisten, die den Telefon-Nachtdienst hatten, und stieg dann schnell die Treppe hinunter. Nachdem er unter den Kolonnaden stand, nahm er die wenigen Stufen, die ihn von der Werkstatt trennten. Benzina war schon lange weg, und so öffnete er das Tor mit der Fernbedienung. Das Flackern des Neonlichts erhellte den Garagenraum, ebenfalls leer und still, genau wie oben im zivilen Büro der ausgelagerten Polizeistation. Die Vespa stand in einer Ecke, der Helm ruhte auf dem Sattel. Er ließ den Motor an und fädelte sich wenige Augenblicke später in den Verkehr ein, während der Rollladen hinter ihm herunterknarrte.

Um 21.20 Uhr erreichte er Riva Ligure. Er schlängelte sich im Zickzack zwischen den auf dem großen Platz am Fuße des Barbaresco-Turms geparkten Autos hindurch und blieb dann neben den Blumenbeeten unter den Tamarisken stehen, die den Strand säumten, genau an der Stelle, wo die Gemeindeverwaltung vor einiger Zeit eine riesige rote Bank aufgestellt hatte. Geradeaus, halb verdeckt von den Tamarisken, die den Gehweg säumten, lag die *Bar Scogliera*, in der er seine Freizeit mit Freunden verbrachte und in der er am Abend zuvor Sonja getroffen hatte.

Als er seinen Helm abnahm, erinnerten ihn die Stimmen einer Gruppe Jugendlicher an einen Sommer vor vielen Jahren, als er selbst noch ein Kind gewesen war. Damals hatte die Bar anders ausgesehen: In jenen Jahren waren Tanzveranstaltungen mit Live-Musik angesagt, und in einer Ecke hatte es eine kleine Bühne gegeben, auf der jeden Abend das gleiche kleine Orchester auftrat. Ein Stück weiter, wo jetzt eine Terrasse mit Blick auf den Strand war, hatte sich die Tanzfläche befunden, umgeben von einem Kreis aus Tischen.

Tomas stellte die Vespa auf den Ständer und ging ein paar Schritte in Richtung Bar. Er blieb an der niedrigen Mauer stehen und blickte auf die Stelle, an der sich früher der Musikpavillon befunden hatte. Jeden Abend hatte das Orchester die gleichen Lieder wiederholt, mit genau der gleichen Setlist: ein paar berühmte Melodien, die aktuellen Hits, die einen ganzen Sommer überdauern sollten, südamerikanische Tänze und ab und zu einen jener Walzer oder Mazurken, die bis Ende der 1990er Jahre die Tanzsäle in ganz Italien gefüllt hatten. Tomas war damals noch ein kleiner Junge gewesen, und trotz der vielen Jahre, die vergangen waren, hatte er eine klare und präzise Erinnerung an diese Momente, an bestimmte Szenen, die ihm vor Augen standen: nicht mehr und nicht weniger als die große rote Bank und die Tamarisken, die auf dem kleinen Abhang wuchsen, der den Bürgersteig von den Stränden unten trennte.

Schon als Kind war Tomas im Sommer mit seiner Mutter, Gräfin Letizia Galimberti della Casa, an die Riviera gekommen. Sie hatte sich in einem Luxushotel in Sanremo eingemietet und ihn und sein Kindermädchen in einem Haus in Riva Ligure untergebracht. Wenn man sie nach dem Grund für dieses originelle Arrangement fragte, antwortete sie immer auf die gleiche Weise: »Damit mein Kind freier sein kann«, aber die Realität sah anders aus, im Gegenteil, denn sie wollte ihren Sohn loswerden. Sie wollte ihn nicht in der Nähe haben, weil er sie bei Aperitifs und Empfängen gestört hätte, aber gleichzeitig diktierte ihr das Gewissen, ihn nicht in Mailand zurückzulassen, und so entschied sie sich, ihn jeden Sommer in demselben Haus in Riva Ligure, wenige Kilometer von Sanremo entfernt, unterzubringen, wo es nicht zu viel Mühe machte, ihn zu besuchen, wenn sie sich von ihren lästigen sozialen Verpflichtungen befreien konnte.

Mindestens ein paar Mal pro Woche, meist montags und donnerstags abends, hatte ein glänzender schwarzer Lancia Thema auf demselben Vorplatz gehalten, auf dem Tomas gerade die Vespa abgestellt hatte. Der Fahrer hatte die hintere Tür geöffnet und der Gräfin Galimberti beim Aussteigen geholfen. Einige Minuten später war Donna Letizia mit ihrem Sohn an der Hand aus der Pension am Lungomare gekommen, hatte ihn in die Limousine bugsiert und war wieder in den Fond geklettert, erneut mit Hilfe des Fahrers.

Nach einer meist nicht sehr langen Fahrt hatte der Lancia Thema an der Tür eines schicken Restaurants gehalten, wo sie Tomas wie eine Trophäe ihren Bekannten vorgeführt und ihn als perfekten Sohn gepriesen hatte. »Ein wunderbares Kind! Er ist unglaublich intelligent! Und er ist so sensibel! Du kannst dir gar nicht vorstellen, was er vor ein paar Stunden zu dem Kindermädchen sagte, als er sie begrüßte. ›Hallo, *liebe* Loretta!‹ Das stimmt. Er sagte: ›Hallo, *liebe* Loretta!‹ Sag mir, wenn das nicht sensibel ist! Mein Junge!«

Das ging jahrelang so, und das empfindsame Kind litt jedes Mal, wenn seine Mutter ihren Freundinnen seine Qualitäten anpries, und es litt noch mehr, wenn der Lancia nach Riva zurückkehrte und das Kindermädchen kam, um ihn abzuholen. In diesen Momenten fühlte er sich wie ein unerwünschtes Paket, für das Donna Letizia kein Zuhause finden konnte, und er hatte den Eindruck, dass die Pension in Riva Ligure, so schön und komfortabel sie auch sein mochte, für ihn nicht mehr und nicht weniger war als die Gepäckaufbewahrung eines Bahnhofs.

Die Mädchen oder, häufiger, die Frauen mittleren Alters, die sich um ihn kümmerten, waren fast immer gut und liebevoll, und es stimmte, dass er gelegentlich einige von ihnen lieb gewonnen hatte, die vielleicht sogar ein »Liebling« für ihn reserviert hatten, aber es stimmte auch, dass Tomas die Liebe seiner Mutter der der Kindermädchen vorgezogen hätte. Es war schade, dass Donna Letizia nie Zeit hatte, da sie von den unzähligen Einladungen und vor allem den Nachmittagen und Abenden im Casino erschöpft war, denn die Gräfin war unter anderem auch eine begeisterte Spielerin.

Dann war Tomas herangewachsen und hatte sich auch angewöhnt, jeden Abend in die *Scogliera-Bar* zu gehen. Anfangs lief er nur mit seiner Colaflasche in der Hand auf der Tanzfläche herum. Er beobachtete die tanzenden Paare und unterhielt sich zwischendurch mit seinen Freunden über Fußball, aber ab einem gewissen Zeitpunkt hatte er begonnen, ein stärkeres Interesse für die jungen Mädchen zu empfinden, die sich auf der Tanzfläche drehten. Dort hatte er zum ersten Mal eine von ihnen zum Tanzen aufgefordert, sie dann zu den Noten eines Santana-Songs in die Arme genommen und im selben Sommer von ihr seinen ersten Kuss bekommen. Er erinnerte sich noch an den Geschmack: eine Mischung aus Salzwasser und Zitronensoda, aber vor allem an ihre Augen, die so blau waren wie das Meer in seinen besten Tagen. Alles, was ihm von diesem Mädchen geblieben war, war die Erinnerung an einen Kuss und an eine schlaflose Nacht, die erste in seinem Leben.

Plötzlich riss ein lauter Schrei eines der am Strand spielenden Kinder Gallo aus seinen Erinnerungen und warf ihn erneut in seinen Alarmzustand zurück. In einem einzigen Augenblick war er nicht mehr der kleine Junge, der mit einer Cola in der Hand auf der Tanzfläche herumlief, sondern wieder Kommissar Gallo, der innerhalb eines einzigen Tages mit einem abscheulichen Verbrechen und dem Versuch konfrontiert worden war, die Villa, in der Alfred Nobel gestorben war, zu zerstören, wahrscheinlich mit dem Ziel, ein Massaker anzurichten.

Er startete die Vespa und fuhr mit geringer Geschwindigkeit zu seiner Wohnung, parkte an der üblichen Stelle und ging dann die wenigen Schritte, die ihn von seinem Zuhause trennten. Die Bar, die seitlich der Treppe zur Wohnung geöffnet war, hatte fast alle Tische besetzt. Da waren die Familien, die sich mit ihren Eisbechern abmühten, da waren die Jugendlichen mit ihrem Bier auf dem Tisch und da waren die üblichen Stammgäste der Bar, dieselben, die sie schon seit dem Morgen belebten, mit einem Cappuccino, einem Macchiato oder öfter mit einem Glas Wein. Paolina hatte gerade die Bestellung eines Touristenpaares entgegengenommen. Sie grüßte ihn, als sie einen Schritt von der Treppe entfernt war.

»Hallo, Tomas«, sagte sie und sah ihm ins Gesicht. »Du bist heute Abend spät dran.«

Er nickte. »Der heutige Tag war lang.«

»Hattet ihr viel zu tun?«

»Ich würde sagen, ja.«

»Hast du schon gegessen?«

Tomas schüttelte erneut den Kopf. »Mittags eine Kleinigkeit. Ich hatte wirklich keine Zeit.«

»Du bildest dir doch nicht ein, ohne Abendessen ins Bett zu gehen?«, fragte sie amüsiert, aber man merkte ihr an, dass sie sich ernsthaft Sorgen um ihn machte.

»Ich werde dir etwas zubereiten.«

»Macht nichts …«

»Doch, ich mache dir etwas, setz dich dorthin«, sagte sie in einem bestimmenden Ton und zeigte auf den kleinen Tisch neben der Tür. Derjenige, der normalerweise zuletzt besetzt wurde, weil er am weitesten von der Straße entfernt war. »Ich habe noch eine Portion gefüllte Zucchiniblüten übrig. Wäre das in Ordnung?«

Gallo, der bereits aufgegeben hatte und auf dem Weg zu dem kleinen Tisch war, den Paolina ihm gezeigt hatte, sagte ja, das sei in Ordnung. Er hatte dieses typisch ligurische Gericht, bei dem Zucchiniblüten mit einer Mischung aus Eiern und gekochtem Gemüse gefüllt und mit Parmesankäse, Basilikum und viel Majoran gewürzt werden, schon immer gemocht.

»Soll ich dir auch ein Glas Wein bringen oder möchtest du lieber das übliche Bier vom Fass?«

»Ein Glas Weißwein genügt. Vielleicht ein Vermentino.«

»Ich bring dir ein Glas Moscatello di Taggia. Den musst du probieren. Hab ich neu dazugenommen. Den bauen sie hier in den Hügeln nach Jahrhunderten wieder an. Genau wie den Safran aus Triora, den es schon im 13. Jahrhundert gab. Man besinnt sich auf das, was es hier mal Gutes gab, und erweckt es wieder zum Leben. Da mach ich mit.«

»Also gut. Paolina ...«

»Ja?«

»Wenn es geht, schön kalt, bitte.«

»Es wird genau in der richtigen kühlen Temperatur serviert, versprochen.«

Paolina kam fünf Minuten später mit einem Tablett in den Händen zurück. Auf der einen Seite stand ein Teller mit gefüllten Zucchiniblüten, auf der anderen ein paar Schalen mit Soße, die sich um einen eiskalt aussehenden Kelch gruppierten.

»Ich habe dir ein paar Gewürze mitgebracht«, sagte sie, während sie die Schüsseln auf den Tisch stellte und schnell erklärte, was es war. Es gab die klassische Tomatensoße und die grüne Soße mit Petersilie, die so gut zu gekochtem Fleisch und zu Cima alla Genovese passten, außerdem hatte sie ihm ein Kompott aus Artischocken und eine süß-saure Soße aus unreifen Tomaten mitgebracht.

»Probier mal, ich hatte noch zwei frittierte Zucchiniblüten übrig. Mit einem Gambero gefüllt. Ich hoffe, sie schmecken dir«, schloss sie, als alle Schüsseln auf dem kleinen Tisch standen, und verließ den Tisch, denn ein neues Paar hatte sich gerade hingesetzt und wartete darauf, bedient zu werden.

Allein gelassen, stürzte sich Tomas auf die knackig frittierten und mit einem Scampi gefüllten Blüten. Er dachte, er sei nicht hungrig, aber sobald er den ersten Bissen zum Mund führte, meldete sich sein Magen, dankbar für die Mahlzeit. Er hatte vergessen wie viel Hunger er hatte.

Er aß schnell, tunkte die Zucchiniblüten in die Soßen und ab und zu nahm er einen Schluck Moscatello. Als sein Teller leer war, fragte er sich, wann dieser intensive Tag genau begonnen hatte: in dem Moment, als Laura Brizio ihn angerufen hatte, um ihn über den Mord in der Villa Nobel zu informieren? Aber ein paar Augenblicke später, als er sich an seine Begegnung mit Sonja erinnerte, fragte er sich, ob die erste Tat dieses Tages nicht eher die Liebesnacht gewesen war, die er in Gesellschaft dieser seltsamen Frau verbracht hatte, die er am Strand von Riva Ligure kennengelernt hatte. Er sah sie wieder auf der kleinen Mauer hinter der Bar *La Scogliera* sitzen, in dem Moment, als er merkte, dass sie auf ihn wartete, und dann in ihrem Zimmer, als sie sich die Haarnadel aus dem Haar zog, bevor ihr Kleid zu ihren Füßen rutschte. Die Erinnerung überkam ihn heftig. Sie hatten fast nichts zueinander gesagt, und doch hatte er eine starke Kraft in ihr gespürt, die weit über ihre sanften und gleichzeitig eiligen Gesten hinausging. Es war, als hätte sie das überwältigende Bedürfnis zu spüren, dass sie am Leben war.

Da war etwas Unausgesprochenes und Geheimnisvolles an Sonja. Die Art und Weise, wie sie ihn zu sich gezogen hatte, als bräuchte sie dringend Hilfe, aber vor allem die Tatsache, dass er sie in all der Zeit, in der sie zusammen waren, nie hatte lächeln sehen, ließ ihn innehalten. In diesem Moment spürte er einen Anfall von Verlangen und das überwältigende Bedürfnis, sie wiederzusehen. Einen Moment lang dachte er an die Straße, die ihn von der Einzimmerwohnung mit Blick auf die Gasse trennte, aber er hielt inne.

»Nicht jetzt«, sagte er zu sich selbst. »Nein, nicht jetzt!«

In diesem Moment läutete das Mobiltelefon. Ein Klingeln, das sowohl nervig als auch unpassend war, weil es sich mit den Bildern überschnitt, die in seinem Kopf herumschwirrten.

»Und wer ist das?«, murmelte Tomas, während er die unbekannte Nummer auf dem Display studierte. Er überlegte, ob er überhaupt abheben sollte, aber schließlich ließ er seinen Finger über die grüne Taste gleiten.

»Hallo!«

Er erkannte die Stimme sofort. Eine merkwürdige Stimme, nicht so sehr wegen des Tons, sondern wegen der besonderen Art, sich auszudrücken, als ob die Worte, bevor sie ihre Lippen verließen, ihr im Hals stecken bleiben könnten. Es war Luciana Fiorini.

»Guten Abend, Herr Kommissar. Kennen Sie mich noch? Ich bin die Frau von Rechtsanwalt Boeri.«

»Guten Abend, gnädige Frau«, sagte Gallo und drückte das Telefon mehr an sein Ohr, aus Angst, sie nicht zu verstehen.

»Sie sagten, ich solle Sie anrufen ...«

»Ich bin hier, ich höre zu.«

»Ich weiß nicht, ob ich das kann ... also ... am Telefon ...«

»Wollen Sie mir irgendetwas sagen?«

»Ja, aber ich weiß nicht, ob das in Ordnung ist ...«

»Warum sollte es nicht in Ordnung sein?«

»Es ist schwer zu erklären ...«

»Ist es dringend?«

An dieser Stelle gab es eine lange Pause, als ob sich die Stimme der Frau aufgelöst hätte. Tomas stellte sie sich im Wohnzimmer vor, in den Sessel am Fenster gesunken, ein Glas Wein in der Hand und die Flasche auf dem Couchtisch. Nach ein paar Augenblicken sprach Luciana wieder.

»Nein, es ist nicht dringend, aber heute Nachmittag gaben Sie mir Ihre Nummer ...«

»Ja, natürlich. Ich habe Ihnen gesagt, dass Sie jederzeit anrufen können.«

»Aber jetzt ... jetzt weiß ich auch nicht, warum ich angerufen habe.«

»Vielleicht ist Ihnen etwas eingefallen?«

Es gab ein Gemurmel am Telefon, dann kam die Stimme. »Nein, eigentlich ist mir nichts Neues eingefallen.«

Und Tomas stellte sie sich noch einmal im Sessel vor, er stellte sich auch ihre stumpfen Augen und ihren im Nichts versunkenen Blick vor. Sie war sicherlich betrunkener als vorhin, als er sie verlassen hatte.

»Sollen wir morgen reden? Vielleicht können Sie in der Zwischenzeit darüber nachdenken, warum Sie sich entschieden haben, mich anzurufen. Ist das okay?«

»Wenn es in Ordnung ist? Natürlich ist es in Ordnung«, stammelte sie.

Es trat eine neue Stille ein, ein Geräusch war im Hintergrund zu hören, wie das Quaken eines Fernsehers, der auf niedriger Lautstärke gehalten wurde, dann hörte die Kommunikation auf. Die Stimme von Luciana verließ den Äther ohne Gruß, ohne Abschied, ohne irgendetwas. Frau Fiorini hatte ganz einfach die Verbindung beendet.

Gallo stand zur gleichen Zeit auf, als Paolina aus der Bar kam.

»Ich wollte gerade bezahlen«, sagte er. »Ich schulde dir auch den Kaffee von heute Morgen.«

»Morgen«, antwortete sie, »morgen kannst du zahlen, jetzt gehst du besser schlafen.«

Sie schaute in sein Gesicht. Gallos Augen, die sonst so lebhaft und schön aussahen, waren müde. Er war erschöpft, und man sah es ihm an.

»Ja«, wiederholte Paolina wieder, »du gehst besser schlafen!«

10. KAPITEL

Sainte Agnès, 11. Juli 2016

Als die junge Frau in ihrem Sommerkleid vor der kleinen Villa an der Straße von Menton zum Dorf Sainte Agnès angekommen war, konnte sie nicht anders, als abrupt stehen zu bleiben. Verzaubert vom Anblick des Gartens formten ihre Lippen ein stummes »Oh«. Alles rund um das anheimelnde Landhaus war unglaublich schön. Die Pflanzen waren sorgfältig und fachmännisch gepflegt, die Blumenbeete waren bedacht angelegt worden, und die beiden Lavendelreihen, die die Allee auf beiden Seiten säumten, waren einfach perfekt.

Nach kurzem Zögern nahm sie das Papier, auf dem die Adresse stand, aus der Tasche und las es nochmals ungläubig durch. Das Haus und vor allem der Garten passten nicht in das Bild, das sie von Frau Annette Comas hatte. Einige Abende zuvor, als sie telefoniert hatten, um letzte Absprachen zu treffen, hatte die Stimme sie in ihrer Vorstellung an eine absolut unnahbare Frau denken lassen, die sich für nichts außer sich selbst interessierte. Es hatte sogar einen Moment gegeben, in dem sie sich gefragt hatte, ob es sich lohnen würde, von Frankfurt nach Frankreich zu ziehen. Das Angebot war verlockend, aber die Vorstellung, für eine der vielen reichen, aber einsamen Frauen zu arbeiten, die die Côte d'Azur bevölkerten, gefiel ihr überhaupt nicht.

Die Inhaberin der Agentur, an die sie sich gewandt hatte, um ihr eine Stelle zu vermitteln, hatte sie als Frau mittleren Alters ohne familiäre Bindungen beschrieben, die es sich leisten konnte, ohne Arbeit zu leben, und die einfach etwas Gesellschaft brauchte.

»Es ist klar, dass Sie auch einige kleine Arbeiten verrichten müssen«, hatte sie vorsichtig hinzugefügt, »aber dafür bekommen Sie Unterkunft und Verpflegung, ein angemessenes Gehalt und Sie können vor allem Ihr Französisch verbessern.« Als sie gefragt hatte, ob sie mehr über ihre zukünftige Arbeitgeberin erfahren könne, hatte die Agenturchefin sich hinter ihrer Schweigepflicht verschanzt, aber ihren Worten war zu entnehmen, dass sie nicht allzu viel Sympathie für Frau Annette Comas hegte. Und so hatte die Angst, einer unausstehlichen und hochmütigen Frau zu begegnen, sie während der ganzen Reise etwas bange gemacht. Nun aber ließ der Anblick dieses gepflegten Gartens ihre Bedenken verblassen.

Menschen, die eine verbitterte Seele haben, umgeben sich normalerweise nicht gerne mit Schönheit. Und wer nicht über seine eigenen Bedürfnisse hinaussehen kann, kümmert sich in der Regel nur um seine eigenen Befindlichkeiten, weshalb dieses heitere, wunderschöne kleine Spalier, das in so deutlichem Kontrast zu ihrer Vorstellung von Madame Comas stand, sie so verwirrt hatte. Sie suchte vergeblich einen Namen an der Gartenpforte. Sie hatte sich die Adresse zum x-ten Mal durchgelesen und schließlich beschlossen, dass es sich um das Haus handeln musste, das sie suchte. Sie drückte schließlich den Knopf der Gegensprechanlage. Die Antwort kam fast zeitgleich: ein Klicken des Tores.

»Komm rein, ich warte auf dich.«

Sie hatte zögerlich die ersten Schritte gemacht, das Tor hinter ihr fiel wieder ins Schloss und sie wurde umarmt von einem intensiven Lavendelduft. Ihre Schritte knirschten auf dem Kies und dann hatte sie einen kleinen Hof erreicht. Annette, die Hausherrin, wartete nur einen Schritt von der Eingangstüre entfernt auf sie. Sie war eine Frau von jugendlicher Erscheinung, die sogar jünger aussah als die 50 Jahre, die man ihr in der Agentur gesagt hatte. Sie war groß, ihr braunes Haar war leicht gewellt, ihr Gesicht hatte anmutige Züge. Man sah ihr an, dass sie sich um ihr Äußeres kümmerte, wahrscheinlich auf die gleiche Weise wie um den Garten.

Nach der Begrüßung hatte Annette sie in den Schatten einer schönen Glyzinienlaube gebeten. Sie hatte ihr etwas zu trinken angeboten und sie wiederholt gefragt, wie die Reise verlaufen sei, ob sie müde sei und ob sie etwas zu essen brauche.

Die Stimme war genau dieselbe, die sie einige Tage zuvor am Telefon gehört hatte, aber der Eindruck war ein völlig anderer. Die Frau, die ihr gegenübersaß, war wirklich besorgt um sie. Vielleicht stimmte es, dass sie reich war, aber unfreundlich war sie bestimmt nicht. Die angehende Hausdame schob ihre Vorurteile beiseite und fing an, Vertrauen zu fassen.

Im Laufe des Gesprächs hatte Annette geklärt, welche Aufgaben auf sie zukommen würden – nichts besonders Anspruchsvolles, ja, die Arbeit schien sogar weniger beschwerlich zu sein als das, was man ihr in der Agentur gesagt hatte – und eine halbe Stunde später hatte sie sie schließlich ins Haus gebeten. Sie hatten eine kleine Eingangshalle durchschritten und befanden sich in einem Wohnzimmer mit Blick auf die Vorderseite des Hauses. Drei Wände waren vollständig mit deckenhohen Bücherregalen bedeckt. Die vierte, in deren Mitte das Fenster zum Garten hin geöffnet war, beherbergte eine monströse Stereoanlage, wie junge Menschen sie heute nicht mehr kennen, umgeben von einer unglaublichen Anzahl von CDs und Schallplatten.

All diese Bücher und all diese Musik! Sie konnte nicht anders, als sich der Wirkung dieser gepflegten Kultiviertheit hinzugeben. So etwas hatte sie noch nie zuvor gespürt.

Annette stand lächelnd neben ihr und beobachtete sie still. »Du kannst so viele Bücher lesen, wie du willst, und Musik hören, wann immer du Lust hast«, schlug Annette vor. »Von nun an ist dies dein Zuhause.«

Sie hatte ihr gedankt, während ihre Augen die Buchrücken begierig abtasteten, auf der Suche nach Titeln, die sie kannte, und anderen, die sie gerne lesen würde. Annette trat neben die junge Frau, und so hatten sie begonnen, sich gegenseitig beim Vornamen zu nennen, ohne sich dessen bewusst zu sein, und es brauchte wenige Worte, mit denen die eine ihre Gastfreundschaft anbot und die andere ihre Dankbarkeit für eine völlig unerwartete Freundlichkeit und Wärme zum Ausdruck brachte.

Schließlich waren sie in den ersten Stock hinaufgegangen, wo sich das für sie vorgesehene Zimmer befand. Annette hatte sie erst einmal allein gelassen, und sie hatte ihren Seesack geöffnet und aus dem Fenster geschaut.

Während ihr Blick über das tiefblaue Meer schweifte, hatte sie ihr Leben Revue passieren lassen: die endlosen Fluchten, die ihre Jahre begleitet hatten, die wenigen Befriedigungen und die vielen Fehler, die sie gemacht hatte, aber vor allem hatte sie an ihren starken und bis jetzt unerfüllten Wunsch gedacht, andere lieben zu dürfen, und an die unzähligen Enttäuschungen, mit denen das Schicksal sie und ihre innere Widerstandskraft immer wieder auf harte Proben gestellt hatte.

Nachdem sie die Wäsche in der Kommode verstaut hatte, war sie zum Fenster zurückgekehrt, hatte die feinen Leinengardinen berührt, den betörenden Duft des Lavendels eingeatmet, und zwischen einem Gedanken und dem anderen war ihr ein Satz wieder eingefallen, den sie vor langer Zeit in einem Buch gelesen hatte und der ihr zumindest romantisch, wenn nicht sogar ein wenig kitschig vorgekommen war, und den sie sich vielleicht gerade deshalb gemerkt hatte: »Fürchte dich nicht vor den Orten, wo man sich gerne mit Musik und guter Lektüre umgibt, denn wer gerne liest und singt, kennt kein Übel.«

Sie musste lächeln.

Plötzlich glaubte sie, das sanfte Singen einer wortlosen Stimme zu vernehmen, mehr eine Abfolge von Schwingungen, wie warme Wellen, die sich tief in ihrem Inneren ausbreiteten. Es war eine Wärme, auf die sie so lange gewartet hatte: Vielleicht war jetzt endlich der richtige Zeitpunkt gekommen, vielleicht hatte sie jetzt endlich, ENDLICH einen Platz zum Bleiben gefunden.

11. KAPITEL

Sanremo, 21. Juni

Jeden Tag zwischen 7.30 Uhr und 8 Uhr morgens erwachte die Piazza Colombo zum Leben. Der Lärm der über das Kopfsteinpflaster rumpelnden Autos, das Aufheulen der Motorroller, die quietschenden Reifen und das wiederholte Hupen bildeten einen unförmigen und anschwellenden Geräuschpegel, in den sich die Stimmen von Menschen zunehmend beimischten. Man unterhielt sich auf dem Bürgersteig, aus den Türen der Bars drang Lärm, es gab die lauten Rufe der Ladenbesitzer, und vor allem gab es die Kinder und Jugendlichen, die sich jetzt nach Ferienbeginn in den kleinen Grünstreifen gegenüber der Bushaltestelle trafen.

Kommissar Tomas Gallo hatte das bunte Treiben vor der Polizeiwache schon immer genossen, weshalb er jedes Mal, wenn er im Büro ankam, zumindest einen Moment aus dem Fenster herabschaute. Er mochte das Treiben, das ein paar Meter weiter unten herrschte, und hatte immer geglaubt, dass die Piazza Colombo das pulsierende Herz von Sanremo war, dessen Energie in die umliegenden Straßen floss. Ein paar Dutzend Meter weiter befand sich die zentrale Via Roma, die die Stadt – parallel zum Meer – von einer Seite zur anderen durchquerte, und genau zu beiden Seiten des Gebäudes, in dem die Polizeiwache untergebracht war, verliefen zwei sehr unterschiedliche und fast gegensätzliche Straßen, die in ihrem Kontrast der ganzen Stadt ein Gleichgewicht gaben. Auf der rechten Seite begann die Via Matteotti, die Fußgängerzone, die sich mit ihren schicken Geschäften in das Hochglanzbild verwandelt hatte, das in den Touristenbroschüren zu sehen war. Auf der linken Seite hingegen begann die Via Palazzo, die Straße, die den Zugang zu dem Sanremo der Gassen und Caruggi, der Bögen und alten Häuser, der Einwanderer und der kleinen Leute ermöglichte. Es war ein Ort, den er sehr liebte, wegen der Einfachheit, die man dort atmen konnte, wegen der Ruhe, die sich zu jeder Stunde des Tages einstellte, und nicht zuletzt, weil sich dort oben die *Locanda dal Mortaio* befand.

Auch an diesem Morgen ging Tomas zum Fenster. Er öffnete es weit, um den Raum zu lüften, konnte aber nicht umhin, die Ellbogen auf die Fensterbank zu stützen und den Blick schweifen zu lassen. Nach ein paar Minuten setzte er sich an seinen Schreibtisch und wartete auf den Bericht zu Beginn des Tages.

Antonio Rubbano kam ein paar Minuten später. Er kündigte sich mit zwei leichten Schlägen auf die Milchglasscheibe in der Türe an, bis er starr und aufrecht vor ihm stand, bereit, die Fakten der Nacht herunterzurasseln.

Gallo hörte ihm aufmerksam zu. Er hoffte, in dem Bericht ein Detail zu entdecken, das Licht auf die Geschehnisse des Vortages werfen würde, aber die von Rubbano aufgeführten Fakten enthielten nichts Neues. Ein paar Kontrollen in den üblichen Nachtklubs, eine Verhaftung wegen des Besitzes von ein paar Gramm Kokain, der Bericht über eine Prostituierte, die von einem Kunden ausgeraubt worden war, ein Führerscheinentzug wegen Trunkenheit am Steuer und dann die üblichen Zeiten für die Ausfahrt und Rückkehr der Streife. Das hatte alles nichts mit dem Mord an dem Anwalt Boeri und dem Versuch, die Villa Nobel zu zerstören, zu tun.

»Antonio«, fragte Gallo, als der Agent seinen Bericht beendet hatte, »hast du den Bericht vorbereitet, um den ich dich gestern gebeten hatte?«

Rubbano richtete sich wieder auf. »Den über den Sprengstoff, den sie in der Villa Nobel gefunden haben? Ja, natürlich.

Den und auch alle Berichte aus dem Jahr 2022 habe ich in eine Datei übertragen und dann einen Ausdruck gemacht. Es sind ungefähr 40 Blätter, ich werde sie gleich holen gehen.«

Gallo hielt ihn kurz auf, bevor er das Büro verließ. »Irgendetwas Interessantes?«

»Ich fürchte, nein. Ich habe jeden einzelnen Bericht überprüft, auch die, die mir von den Carabinieri und von den Patrouillen der Guardia di Finanza zur Verfügung gestellt wurden, aber ich habe nichts gefunden, was mit den Ereignissen in der Villa Nobel zu tun haben könnte.«

»Wenn du noch Zeit haben solltest, sollten wir auch eine Liste der Bußgelder erstellen, die von der Stadtpolizei in den letzten Monaten verhängt wurden.«

»Das habe ich bereits getan, aber ich muss es noch ausdrucken.«

»Gibt es da vielleicht etwas Interessantes?«

Agent Rubbano sah seinen Vorgesetzten mit einem Blick an, der irgendwo zwischen Bedauern und Enttäuschung lag. Er konnte erkennen, dass ihm die Antwort, die er ihm geben würde, nicht gefiel.

»Die meisten Bußgelder betreffen Parkverbote und Geschwindigkeitsüberschreitungen. Es gibt ein paar Anzeigen wegen Fahrens ohne Führerschein und einige Führerscheinentzüge, aber nichts, was auf einen Zusammenhang mit den Ereignissen in der Villa Nobel schließen ließe. Auf jeden Fall habe ich eine alphabetische Liste mit den Bußgeldbescheiden, den Strafen und den verhängten Strafpunkten in der Führerscheindatei erstellt.«

»Hast du dir die letzten Tage genauer angesehen?«

»Ich habe nichts ausgelassen, ich habe mir sogar die Meldungen über Fundsachen angesehen.«

Tomas rieb sich das Kinn. »Das Fundbüro … Ich glaube nicht, dass das für uns von Interesse ist.«

»Du hast ja keine Ahnung, wie viel und was die Leute verlieren. Erst gestern Abend sind zwei Brillen, ein Mobiltelefon, eine Aktentasche und sogar ein Fahrrad im Polizeipräsidium angekommen.«

»Ein Fahrrad …«

»Ja, und nicht nur irgendein Fahrrad. Elektrisch, ultraleicht, mit Scheibenbremsen, sowohl für das Gelände als auch für die Stadt geeignet. Du weißt ja, dass ich ein begeisterter Radfahrer bin, also kenne ich mich da gut aus: So ein Fahrrad hat vor ein paar Jahren etwa 12.000 Euro gekostet.«

Gallo spitzte seine Lippen. »12.000 Euro … Und jemand hat es verloren?«

»Ein Typ hat es zwischen Arma di Taggia und Riva Ligure entdeckt, verlassen in einem Schilfrohrfeld, am Radweg. Nach dem, was ich in dem Bericht gelesen habe, scheint es in perfektem Zustand zu sein, Bremsen, Schaltung, Akkus, alles an seinem Platz, sogar die Reifen sind neu. Zum Glück ist es in den Händen einer ehrlichen Person gelandet, sonst kannst du dir vorstellen, was damit passiert wäre …«

»Antonio …«, sagte Gallo, der trotz seines Erstaunens nicht den Eindruck erweckte, als sei er besonders an dem Fahrrad interessiert.

»Ja?«

»Ist Inspektor Viale schon auf der Polizeiwache?«

»Wir sind zusammen angekommen. Er ist drüben, in seinem Büro.«

»Gut, gut. Sag ihm bitte, er soll kommen, und dann gib mir deinen Bericht rüber.«

»Das wird genauso geschehen!«, erwiderte Rubbano und führte seine Hand an die Stirn.

Der Kommissar hielt ihn noch einen weiteren Moment auf, bevor er das Büro verließ. »Weißt du, ob Giostra seinen Dienst angetreten hat?«

»Er ist heute Morgen im Dienst. Ich habe ihn noch nicht gesehen, aber er müsste inzwischen angekommen sein.«

»Sag ihm, dass ich mit ihm sprechen muss, aber schicke mir erst den Inspektor. Bitte.«

Als Rubbano gegangen war, ging Gallo wieder zum Fenster, blieb einige Augenblicke stehen und schaute auf das Treiben auf der Piazza Colombo herab, dann kehrte er zu seinem Schreibtisch zurück. Er setzte sich einen Moment hin, bevor Viale eintrat.

Der Inspektor war ein Mann in den 40ern, groß und stämmig, gut aussehend, mit vollem Haar auf dem Kopf und dunklen Augen. Unter seinem Hemd wölbte sich ein auffälliger Bauch. Als junger Mann hatte er Fußball gespielt, er war ein aufmerksamer und begabter Außenverteidiger, der nicht nur verteidigen konnte, sondern auch im Sturm seinen Mann stand. Er hatte es bis in die Regionalliga geschafft. Nachdem er seine Karriere als Fußballspieler beendet hatte, vernachlässigte er jede körperliche Betätigung, und nach und nach war sein Bauch exponentiell gewachsen, bis hin zu dem Punkt, an dem er seine Uniform auf peinliche Weise auspolsterte. Alle zwei oder drei Monate machte er eine Diät. Er probierte jedes Mal eine neue aus, die er meist in Fachzeitschriften fand, aber die guten Vorsätze waren zu kurzlebig, und sein Bauchumfang begann sofort wieder zu wachsen. Seine Kollegen machten sich über seine Akkordeon-Diäten lustig, was er aber nicht übel nahm.

Als er ins Büro kam, lud Gallo ihn ein, sich zu setzen. Nach einigen Höflichkeiten und Erkundigungen über das Musikkonzert seiner Tochter bat er ihn, ihn über seinen Besuch in der Anwaltskanzlei in Menton zu informieren. Viale zeigte ihm die Papiere, die er mitgebracht hatte.

»Ich habe einen schriftlichen Bericht vorbereitet«, sagte er. »Wie versprochen.«

»Ich werde ihn lesen«, antwortete Gallo und beugte sich vor, »aber jetzt möchte ich deine Eindrücke hören.«

»Ich habe angekündigt, dass die Gendarmerie in Menton über den Besuch informiert war, und niemand hat Einwände erhoben, im Gegenteil, alle Kollegen von Rechtsanwalt Boeri waren sehr hilfsbereit.«

»Wie viele Personen arbeiten in der Kanzlei?«

»Hier«, antwortete der Inspektor und legte die Unterlagen auf die Schreibtischablage. »Ich habe eine Liste der Mitarbeiter erstellt. Und dann sind da noch die Inhaber: die Rechtsanwälte Clément und Sébastien Bernard. Sie sind Brüder und haben die Anwaltskanzlei von ihrem Vater geerbt. Es handelt sich um eine der alteingesessenen Kanzleien im Zentrum von Menton, die sehr gut eingeführt und bekannt ist. Es gibt zwei angestellte Anwälte, Joseph Rossi und Marcel Perrin, sowie mehrere Sekretärinnen und einige Praktikanten. Insgesamt sind es zehn Personen. Wie gesagt, eine gut eingeführte und gut beschäftigte Kanzlei.«

»Hast du herausgefunden, warum Boeri mit dieser französischen Firma zusammengearbeitet hat?«

»Die Brüder Bernard haben mir erzählt, dass sie ihn durch eine geschäftliche Transaktion kennengelernt haben. Nachdem Boeri vor einigen Jahren erfolglos versucht hatte, die Geschäfte eines Unternehmens im Hinterland von Ventimiglia wieder in Gang zu bringen, wickelte er dessen Verkauf an einen französischen Käufer ab, wobei er rechtlich von der Kanzlei Bernard unterstützt wurde. Das Geschäft kam zustande, und die beiden Brüder, die von den Qualitäten des Anwalts Boeri beeindruckt waren, schlugen ihm eine Zusammenarbeit vor.«

»Was bedeutet das? Dass Boeri die Interessen der französischen Käufer und nicht die der italienischen Firma vertrat?«

»Nein«, antwortete der Inspektor, »so habe ich das nicht verstanden. Ich habe es vielmehr so verstanden, dass Boeri vor allem für seine Verhandlungskünste, sein diplomatisches Geschick und seine Zuverlässigkeit geschätzt wurde und dass die Bernards ihn deshalb im Hinblick auf andere Unternehmensverkäufe um seine Mitarbeit gebeten hatten. Einer der beiden erklärte mir, dass es angesichts der wirtschaftlichen Entwicklung ganz allgemein eine Reihe italienischer Unternehmen gibt, die für französische Käufer interessant sind und umgekehrt, sodass eine Beziehung beider Rechtsanwaltskanzleien zur gegenseitigen Unterstützung für beide Parteien interessant schien.«

»Es handelte sich also um eine Frage der gegenseitigen Wertschätzung? Auf Augenhöhe?«

»Ich würde sagen, ja.«

»Gestern hast du mir am Telefon gesagt, dass Boeri bei seinen französischen Kollegen sehr beliebt war.«

»Ja, natürlich. Alle, von den Inhabern bis zu den Assistenten, haben ihn als einen sehr humorvollen Menschen beschrieben, und sie alle haben mir den Eindruck vermittelt, dass ihnen aufrichtig leidtut, was passiert ist.«

»Habe ich dich richtig verstanden? Sie sagten, sie hielten ihn für einen lustigen Menschen?«

»Ja, alle beschrieben ihn als einen gern gesehenen Kollegen. Offenbar war Boeri ein Mann, der gerne scherzte.«

Gallo strich sich ein paar Mal über seinen stoppeligen Bart. »Giulia hat mir das Gleiche erzählt.«

»Er schien immer einen Scherz parat zu haben.«

»Er war ein brillanter Typ …«

»Ja, sie haben ihn so beschrieben: brillant, auch wenn er sich von Zeit zu Zeit ein paar Ausrutscher geleistet habe.«

»Was meinst du mit Ausrutscher?«

»Eine der Sekretärinnen hat mir davon erzählt. Es scheint, dass Boeri, wenn er einer Frau gegenüberstand, sich nicht immer wie ein Gentleman benahm. Er hatte die Angewohnheit, anzügliche Witze zu machen, und von Zeit zu Zeit konnte er auch seine Hände nicht bei sich behalten.«

»Dann war er nicht der große Gentleman, als den man ihn dir beschrieben hat.«

»Was soll ich sagen, es ist normal, nur Gutes über eine verstorbene Person zu reden, erst recht, wenn sie ermordet worden ist, aber abgesehen von der Bemerkung der Sekretärin habe ich keine anderen Auffälligkeiten bemerkt, und das Mädchen wirkte jedenfalls nicht nachtragend. Sie erwähnte das Laster des Anwalts, während sie darüber lachte, und selbst sie bestätigte, dass er ein umgänglicher und netter Mann gewesen sei.«

»Solange man weiß, wie man ihn in Schach halten kann«, kommentierte Gallo bissig.

»Ja«, sagte Viale, »solange man ihn in Schach zu halten weiß, aber ich glaube nicht, dass Anwalt Boeri ein Stalker war, geschweige denn ein Serienbelästiger. Ich hatte eher den Eindruck eines Mannes, der seine Zunge nicht zügeln und seine Hände nicht bei sich behalten konnte.«

»Ein Hund, der nur bellt?«

»Das ist richtig: ein Hund, der bellt und nicht beißt, wenn man zurückbellt.«

»Gibt es noch andere Dinge, die du in der Kanzlei entdeckt hast?«

»Einer der beiden Bernard-Brüder erwähnte einen bestimmten Auftrag von Boeri, der mit einer Wohltätigkeitsorganisation zu tun hatte, und da er offensichtlich nicht ins Detail gehen wollte, bat ich einen der Assistenten, der etwas entgegenkommender schien, um eine Erklärung. Es scheint, dass Anwalt Boeri nach dem Beginn seiner Zusammenarbeit in Menton auch von dort aus die Interessen einer Stiftung wahrgenommen hat, mit der er bereits in Italien zu tun hatte.«

»Was für eine Stiftung?«

Viale breitete seine Hände aus. »Keine Ahnung. Das weiß ich nicht, der Assistent hat mir nur gesagt, dass Boeri den Auftrag hatte, eine Art Rente zu verteilen. Offenbar hat er die Zahlungen auch während seiner Anwesenheit in der Firma ausführen lassen.«

»Interessant … sonst weißt du wirklich nichts?«

»Offenbar wurde das Geld dazu verwendet, den Erben von Personen, die bei einem nicht näher bezeichneten Arbeitsunfall ums Leben gekommen waren, eine Entschädigung zu zahlen. Boeri hatte diese Aufgabe schon seit einiger Zeit in Italien übernommen, und nach seiner Ankunft in Menton erlaubten ihm die Bernards, die Firma zu nutzen, um französische Begünstigte auch in deren Räumen zu empfangen. Ich weiß, dass das nicht viel ist, aber ich hatte den Eindruck, dass niemand allzu bereitwillig detailliert über die Interessen der Firma sprach.«

Gallo nickte. »Es ist normal für eine Anwaltskanzlei, nicht über ihre Geschäfte zu sprechen, das wäre auch verwunderlich.« Dann schaute er dem Inspektor in die Augen. »Gibt es noch etwas, was dir einfällt?«

»Ja, eine Sache. Ich habe dir vorhin erzählt, dass Boeri die Brüder Bernard durch ein bestimmtes Geschäft im Auftrag einer Firma kennengelernt hat. Es scheint, dass diese Verhandlung bei den Angestellten dieses Unternehmens nicht gut in Erinnerung geblieben ist.«

»Wie meinst du das?«

»Die gesamte Belegschaft wurde zum Zeitpunkt des Verkaufs entlassen, und einige der Angestellten hatten es auf Boeri abgesehen, weil sie ihm die Schuld an ihrer Entlassung gaben. Die Brüder Bernard haben mir sogar von einer Demonstration an der italienisch-französischen Grenze erzählt. Bei dieser Gelegenheit versuchte eine Gruppe ehemaliger Angestellter, die Autobahn zu blockieren; da der Versuch aufgrund des Eingreifens der Polizei scheiterte, organisierten sie ein Sit-in vor der Anwaltskanzlei. Einer der Brüder zeigte mir ein Flugblatt, in dem Rechtsanwalt Boeri wenig schmeichelhaft wegkam. Er wurde für den Verlust der Arbeitsplätze persönlich verantwortlich gemacht.«

»Kann so etwas ein Verbrechen rechtfertigen? Auch einen Mord? Gab es in dieser Firma einen Unfall? Oder Unfälle?«

»Das weiß ich nicht. Aber was soll dann dieser Protest einer Gruppe von Arbeitern mit dem Versuch zu tun haben, die Villa Nobel zu zerstören?«

Gallo bewegte leicht den Kopf. »Anscheinend nichts, aber es ist unsere Pflicht, am Anfang einer Morduntersuchung auf der Suche nach dem Motiv in alle Richtungen zu denken und auch die entferntesten Möglichkeiten in Betracht zu ziehen.«

»Sogar eine Entlassung von Arbeitern einer Fabrik könnte ein Motiv für eine Gewalttat sein?«

»Ja, sogar ein einfacher Arbeitsplatzverlust kann theoretisch dahinterstecken.«

12. KAPITEL

Sanremo, 21. Juni

Tomas ertrug keine Büroarbeit. Er konnte selten länger als eine halbe Stunde am Stück sitzen. Er musste sich bewegen, um seine Beine und Augen in Bewegung zu halten, die schon nach wenigen Minuten genug davon hatten, auf den Computerbildschirm oder die Akten auf seinem Schreibtisch zu starren. Er sagte, dass er nur dann Ideen hatte, wenn er in Bewegung war, dass es Aktion, *action*, war, die sein Gehirn auf Touren brachte, das sonst verkümmern würde.

Auf dem Polizeirevier kannte man diese Eigenart von ihm, sodass es niemanden mehr überraschte, ihn auf dem Gang oder im Warteraum zu sehen, vielleicht mitten unter den aufgegabelten Prostituierten oder den geschnappten Drogendealern, die in der Nacht verhaftet worden waren, oder unter denen, die darauf warteten, selbst eine Anzeige wegen irgendetwas zu machen.

An diesem Morgen verließ er das Büro einige Minuten, nachdem Inspektor Viale gegangen war. Nach dem üblichen Rundgang durch den Korridor, in dem die Stühle für das Publikum aufgereiht waren, stieß er die Glastür auf, die in den Raum mit den Verkaufsautomaten führte. Neben dem Kaffeeautomaten standen Giulia Brizio und Agente Giostra und unterhielten sich konzentriert. Sie stammten beide aus Dörfern im Hinterland, Brizio aus Badalucco, oberhalb von Taggia, und Giostra aus Pontedassio, nördlich von Imperia. Beide waren noch jung, ehrgeizig und angehende Vollblutpolizisten und kannten sich von Kindesbeinen an mit dem Oliven- und Weinanbau der Aziende Agricole ihrer jeweiligen Familien aus, wo sie auch heute noch in ihrer Freizeit oft aushelfen mussten. In den kalten Monaten diskutierten sie gewöhnlich über den Ölertrag ihrer jeweiligen Olivenhaine, während im Sommer fast immer über den Weinberg gesprochen wurde. Sowohl Giulias Familie als auch die des Agente Claudio Giostra besaßen einige Weinberge und verkauften ihre Trauben an eine der bekanntesten Weinkellereien der Provinz.

Als sie ihn eintreten sahen, grüßten sie ihn ehrerbietig. Dann hob Giostra eine Hand zu einer Geste der Entschuldigung.

»Verzeih, Tomas, Antonio sagte mir, dass du mich sehen wolltest, aber ich habe gewartet, bis du mit Viale fertig bist.«

»Das ist kein Problem. Ich habe dich nicht gesucht, ich musste mich nur etwas strecken.«

»Gibt es etwas Neues?«, fragte Giulia ihn.

»Eben hat Viale einen Bericht über den Besuch in der Kanzlei in Menton gemacht.«

»Und? Hat er dir etwas Interessantes erzählt?«

»Mah … er hat im Wesentlichen die Dinge bestätigt, die du mir gestern erzählt hast. Auch die französischen Kollegen erinnern sich an Boeri als einen jovialen Kerl. Er hatte einen leichten Humor und mochte Frauen sehr, aber das wussten wir ja schon.«

»Sonst noch etwas?«

»Er hat etwas über die Tätigkeitsfelder des Anwalts in der Kanzlei herausfinden können, aber im Moment scheint es nichts wirklich Interessantes zu geben.«

»Wir warten auf den forensischen Bericht«, warf Giostra ein, »ich glaube nicht, dass es lange dauern wird.«

»Vor ein paar Minuten ist der Bericht der Kollegen, die mit der Überprüfung der Überwachungskameras beauftragt sind, eingetroffen«, fasste Giulia zusammen. »Ich habe mir die Freiheit genommen, einen Blick darauf zu werfen.«

»Und, was war zusammengefasst zu sehen?«

Die Polizistin schüttelte den Kopf. »In dem Bericht stand

nichts, was uns weiterhelfen könnte. Die Kameras in der Villa waren alle außer Betrieb. Die Steuereinheit des Systems wurde von der Stromversorgung abgekoppelt, wahrscheinlich von demjenigen, der den Sprengstoff im Gebäude platziert hat.«

»Wie lange ist sie schon außer Betrieb?«

»Die letzte Aufzeichnung wurde vor vier Tagen gemacht. Dann schaltete sich das System plötzlich ab.«

»Um wie viel Uhr war die Stromunterbrechung?«

»Es scheint zwischen 2 und 3 Uhr morgens passiert zu sein. Zur gleichen Zeit wurde auch das Alarmsystem abgeschaltet. Das Überwachungsteam ging von einer Störung aus und benachrichtigte den Wartungsdienst, der jedoch erst nach einigen Tagen eingriff. Was die Kameras anbelangt, so hat niemand bemerkt, dass sie blind waren. Es scheint, dass das Videoüberwachungssystem selten bis nie ausgewertet wurde. Die Kameras waren zwar da, wurden aber nicht beachtet. Und wohl auch nie gebraucht.«

»Was ist mit den Außenkameras? Es gibt mehrere entlang des Radweges, in der Nähe der Villa. Sie sind mir gestern Morgen bei der Besichtigung aufgefallen. Die hängen überall«

Giulia schüttelte den Kopf. »Sie mögen da sein, aber nicht alle funktionieren. Die Kamera, die dem Zugang zur Villa Nobel am nächsten ist, hat nichts aufgenommen, weil sie so locker in der Halterung hing, dass sie nur das Stück Boden am Fuß der Stütze gefilmt hat, und auf die anderen beiden haben irgendwelche Taugenichtse Aufkleber geklebt.«

»Aufkleber? Habe ich das richtig verstanden?«

»Ja, genau auf die Objektive.«

»Wurden die Kameras auch vor vier Tagen manipuliert?«

»Nein, es scheint, dass die Kameras schon länger außer Betrieb sind.«

»Wie lange? Wer ist für das Überwachungssystem zuständig?«

»Die Stadtpolizei. Technisch ist eine private Firma mit der Durchführung der Wartung und Reparatur betraut.«

»Und wann hat sich da etwas getan?«

»Das ist natürlich schon bemerkt worden. Die Kameras werden nach einem Zufallsprinzip auf die Monitore aufgeschaltet. Es sind ja insgesamt Hunderte. Offensichtlich wusste jemand bei der Stadtpolizei schnell Bescheid, dass die Kameras wieder repariert und gängig gemacht werden sollten, aber wie es halt manchmal so ist, schien niemand es für allzu wichtig zu halten, mit Nachdruck einzugreifen. Du weißt ja, wie das läuft ... Reparaturaufträge, Beantragungen, vielleicht hätte ein zwei- oder dreiseitiger Bericht ausgefüllt werden müssen, um die Wartung beschleunigt zu beantragen, aber bis die Firma dann endlich reagiert hat und alle Formulare in Umlauf gebracht worden sind ... Na ja. Du weißt schon.«

»Das hilft uns nicht weiter!«

Giulia warf den kleinen Becher in den Abfalleimer. »Ja, das wäre wirklich verbesserungswürdig.« Dann zeigte sie auf den Automaten. »Willst du einen Kaffee?«

»Nein, danke, jetzt nicht.«

»Gut, dann werde ich den Bericht holen. Ich bringe ihn in dein Büro.«

Sie wollte gerade gehen, aber Gallo hielt sie auf. »Giulia!«

»Ja?«

»Ich möchte so schnell wie möglich mit dem Assistenten von Rechtsanwalt Boeri sprechen, den du gestern nicht im Büro angetroffen hast. Martini ... so heißt er doch, oder?«

»Ja, Tomas, sein Name ist Enrico Martini.«

»Gut, ruf ihn an und mach einen Termin. Ich möchte auch mit dem Hausmeister sprechen, der gestern Morgen die Leiche des Anwalts entdeckt hat, und mit der Putzfrau, die den Sprengstoff bemerkt hat.«

»Soll ich sie auf die Polizeiwache vorladen?«

»Nein, ich werde zu ihnen gehen. Erkundige dich nach ihren Arbeitszeiten und frag sie, wann und wo ich sie finden kann. Aber zuerst möchte ich den Mitarbeiter des Anwalts anhören.«

»Ich rufe sofort in der Kanzlei an, ob ich einen Termin für heute Morgen bekommen kann.«

Tomas wedelte mit seiner Hand. »Nein, ich werde in Kürze im Krankenhaus in Imperia erwartet. Mach was für den Nachmittag aus, oder vielleicht morgen.«

»In Ordnung«, antwortete Giulia, die bereits die Tür geöffnet hatte und auf den Korridor hinausgehen wollte. »Sobald ich etwas weiß, melde ich mich.«

Nachdem sie wieder allein waren, wandte sich Tomas an Giostra. »Hast du schon Pläne für heute Morgen?«

Der Agent schüttelte den Kopf. »Ich glaube nicht.«

»Dann wirst du mich zum Leichenschauhaus begleiten. Wir müssen um 11 im Krankenhaus sein.«

»Im Krankenhaus – okay. Ich gehe runter zur Werkstatt und reserviere einen Streifenwagen. Um wie viel Uhr fahren wir los?«

»Sagen wir um 10.30 Uhr.«

»Ich glaube nicht, dass wir in einer halben Stunde in Imperia sein werden.«

»Dann machen wir 10.20 Uhr daraus.«

»Gut, in Ordnung. Hast du wirklich keine Lust auf einen Kaffee?«

»Nein, jetzt nicht. Du kannst mir später einen ausgeben.«

Kurz bevor er sich vom Automaten abwandte, sah Giostra dem Kommissar in die Augen. »Tomas, warum fahren wir ins Krankenhaus?«

»Ich muss die Pathologin treffen, die die Autopsie an der Leiche von Rechtsanwalt Boeri durchführen wird.«

»Stimmt es, dass Dottore Parodi nicht mehr für den Fall zuständig sein wird?«

»Ja, das stimmt. Der stellvertretende Staatsanwalt hat einer Gerichtsmedizinerin aus Genua den Vorzug gegeben. Anscheinend wird ihm der Fall zu wichtig, um sich nur auf unseren lokalen Teilzeit-Rechtsmediziner zu verlassen. Du weißt doch, wie wichtigtuerisch er ist.«

»Kennst du sie?«

»Ich weiß nur, dass ihr Nachname Percivaldi ist, aber laut Bevilacqua ist sie ein echtes Phänomen. Sie scheint sehr gut zu sein, und sie scheint die Berichte vor allem sehr schnell zu liefern.«

»Es braucht nicht viel, um schneller zu sein als Parodi.«

»Nein«, bestätigte Gallo mit einem halben Lächeln, »dafür braucht es nicht viel.«

Giulia hatte ihr Wort gehalten. Der Bericht lag wie versprochen auf dem Schreibtisch. Gallo nahm ihn aus dem Plastikumschlag und ließ ihn durch seine Finger gleiten. Ein paar Seiten, drei an der Zahl, auf denen genau dasselbe stand, was sie ihm ein paar Minuten zuvor vor der Kaffeemaschine gesagt hatte.

Der Tonfall war der eines jeden Berichts. Die üblichen verschlungenen und umständlichen Formulierungen, die eine ganz einfache Wahrheit erklärten: Das Videoüberwachungssystem der Villa war absichtlich deaktiviert worden, und die Kameras entlang des Radwegs hatten nichts aufgezeichnet. Aber wenn es sich im ersten Fall um einen Sabotageakt handelte, der mit ziemlicher Sicherheit von denjenigen ausgeführt wurde, die die Sprengladungen angebracht hatten, so war im zweiten Fall das Nicht-Vorhandensein von brauchbaren Aufnahmen denjenigen anzulasten, die das System hätten warten sollen. Einsparungen führten zu Privatisierungen, Privatisierungen zu Schluderei. In manchen Fällen konnte er über Wasserrohre, die wie ein Sieb leckten, Schlaglöcher im Straßenbelag oder Straßenlaternen, die seit Jahren nicht mehr funktionierten, lächeln, aber ein Fall wie der, der sich auf dem Radweg ereignet hatte, machte ihn stinksauer.

Er warf den Bericht auf den Schreibtisch und ging noch einmal zum Fenster. Er beruhigte sich erst wieder, als ihm klar wurde, dass derjenige, der die Sprengladungen im Inneren der Villa platziert hatte, die Kameras deaktiviert haben musste, falls er befürchtete, von der externen Videoüberwachung erfasst zu werden. Inzwischen war klar, dass, wer auch immer die Villa mit Sprengstoff vollgestopft hatte, sich von zwei Kameras nicht einschüchtern hatte lassen.

Dieser Gedanke führte ihn sofort zu einem anderen. Es war eine Frage, die ihn seit dem Vortag beschäftigte und auf die er immer noch keine Antwort gefunden hatte. So offensichtlich der Zusammenhang zwischen dem Tod des Anwalts und den in der Villa platzierten Sprengsätzen auch war, so konnte er doch nicht herausfinden, ob hinter den beiden kriminellen Handlungen dieselbe Hand steckte, das heißt, ob der Mörder dieselbe Person war, die versucht hatte, eines der berühmtesten Gebäude von Sanremo dem Erdboden gleichzumachen.

Plötzlich klopfte es an der Tür. Gallo drehte sich um und rief »Herein!«; einen Moment später kam Laura Zendroni mit einer Akte in der Hand auf ihn zu.

»Der gerichtsmedizinische Bericht ist soeben eingetroffen. Ich dachte, du würdest ihn gerne sehen.«

»Natürlich«, erwiderte der Commissario, während er zu seinem Schreibtisch ging. »Ich habe auf dich gewartet. Setz dich«, sagte er und deutete auf den Stuhl gegenüber dem Schreibtisch. »Setz dich für einen Moment.«

»Ich habe die Telefonzentrale unbemannt gelassen. Wenn das Telefon klingelt …«

»Keine Sorge, wenn das Telefon klingelt, wird schon jemand rangehen.«

Laura nickte, aber man sah ihr an, dass es ihr unwohl war.

Tomas las den Bericht. Als er bei der letzten Zeile angelangt war, stützte er die Ellbogen auf den Tisch. »Hast du ihn gelesen?«

»Ja, kurz bevor ich zu dir kam.«

»Und wie fandest du ihn?«

»Was ich denke … Es scheint mir, dass es nichts Neues gibt. Der gerichtsmedizinische Bericht bestätigt, dass das Verbrechen nur wenige Schritte vom Eingang der Villa Nobel entfernt begangen wurde, wovon die Blutspuren und die Spuren eines

Kampfes zeugen, die kurz vor dem Tor gefunden wurden, und er bestätigt, dass jemand die Leiche innerhalb des Parks bewegt hat, aber das sind alles Dinge, die wir schon wussten.«

»Du hast recht, aber in dem Bericht ist die Rede von zwei verschiedenen, tiefen Fußabdrücken, die sowohl auf der Allee der Villa als auch im Blumenbeet gefunden wurden, ein Zeichen dafür, dass derjenige, der sie hinterlassen hat, das Gewicht der Leiche des Anwalts trug, und ein Zeichen dafür, dass mindestens zwei Personen an der Aktion beteiligt waren.«

Laura wartete einen Moment, bevor sie sprach. »Zwei Personen … Ja, vielleicht hatten wir uns nicht mit diesem Detail befasst, aber ich glaube, dass die Neuigkeit vor allem in der Entdeckung des Sprengstoffs in der Villa liegt. Glaubst du, dass wir jetzt das Motiv für das Verbrechen haben?«

»Wie meinst du das?«

»Wenn man die beiden Geschichten zusammennimmt, könnte man meinen, dass Rechtsanwalt Boeri getötet wurde, weil er entdeckt hatte, was in dem Gebäude vor sich ging. Er war per Zufall Zeuge geworden, als der Sprengstoff in die Villa gebracht wurde, und wurde dann ausgeschaltet. Das springt einem doch ins Auge, oder nicht?«

Gallo schüttelte den Kopf. »Ich weiß, es ist das Erste, was auch mir in den Sinn kommt, aber so kann es nicht gewesen sein. Der Mord und der Versuch, die Villa zu zerstören, sind zwei verschiedene Ereignisse, die zu unterschiedlichen Zeiten stattfanden. Vor kurzer Zeit habe ich den Bericht über das Videoüberwachungssystem der Villa gelesen: Es wurde vor vier Tagen außer Betrieb genommen, und ich bin sicher, dass das der Zeitpunkt war, als der Sprengstoff dort platziert wurde.«

»Was wäre, wenn der Bombenleger damit gewartet hätte, die Sprengladungen zu platzieren?«

»Du meinst, er hätte erst das System deaktiviert und wäre dann erst nach ein paar Tagen zurückgekommen, um den Sprengstoff zu platzieren?«

»Ja«, entgegnete Laura, »erst beim zweiten Durchgang kam ihm der Anwalt in die Quere und er war gezwungen, ihn auszuschalten.«

»Welchen Sinn hätte es, in die Villa einzubrechen und ein Alarmsystem zu manipulieren, und dann ein zweites Mal einzubrechen, um dann erst den Sprengstoff zu platzieren?«

Gallo räsonierte laut weiter. »Angenommen, die Mitarbeiter wären ihrer Pflicht nachgekommen und hätten die Anlage sofort wieder in Ordnung gebracht; ein großes Risiko für den Täter.«

»Welchen Zusammenhang gäbe es dann zwischen dem Sprengstoff und dem Verbrechen?«

»Ich bin leider noch nicht in der Lage, das zu sagen, aber ich weiß mit Sicherheit, dass wir der Wahrheit näherkommen würden, wenn wir die Verbindung zwischen den beiden Geschichten finden.«

Laura schüttelte den Kopf. Man konnte sehen, dass sie nicht überzeugt war. »Tomas, ist dir aufgefallen, dass es noch eine weitere unbeantwortete Frage gibt? Warum war der Anwalt in der Nähe der Villa Nobel? Der Radweg ist ein abgelegener Ort, der sich nur für eine Radtour oder einen Spaziergang eignet, aber normalerweise macht man so etwas tagsüber. Sein Auto war nicht weit entfernt geparkt, ein Zeichen dafür, dass er absichtlich dorthin gekommen war, es wäre interessant, den Grund für seine Anwesenheit herauszufinden, meinst du nicht auch?«

»Vielleicht kann ich auf diese Frage eine Antwort geben. Gestern habe ich mit der Frau, also der Witwe von Rechtsanwalt Boeri gesprochen. Es scheint, dass ihr Mann von zu Hause zu einem galanten Rendezvous aufgebrochen ist.«

»Hat sie dir das erzählt?«

»Ja, Frau Fiorini hat es mir so gesagt.«

»Woher wusste sie das?«

»Von der Art, wie er gekleidet war.«

»An der Art, wie er gekleidet war?«

»Ja, genau. Offenbar war ihre Ehe schon vor einiger Zeit in die Brüche gegangen, und sie hatte durch das Fremdgehen gelernt, an der Kleidung ihres Mannes zu erkennen, ob er gerade wieder eine Affäre hatte.«

Laura lächelte leicht. »Du wirst zugeben, dass das eine seltsame Geschichte ist ... Es kommt nicht oft vor, dass eine Frau bereit ist, ein solches Verhalten zu tolerieren.«

»Das würdest du nicht sagen, wenn du Frau Fiorini kennengelernt hättest.«

»Und warum? Wie ist Madame Fiorini denn so?«

Gallo überlegte, wie er es ausdrücken sollte, bevor er antwortete. »Wie Frau Fiorini ist ... Das ist nicht leicht zu erklären, sagen wir, sie ist eine Frau, die nie die Kraft gefunden hat, ihr Leben zu ändern. Viele Jahre lang wusste sie, dass sie von ihrem Mann betrogen wurde, aber sie hat nie versucht, sich aufzulehnen. Vielleicht fürchtete sie, dass sie sich mit der Scheidung von ihrem gewohnten Lebensstandard verabschieden müsste, oder sie gehört einfach zu den Frauen, die das Ende ihrer Ehe nicht ertragen können. Sicher ist, dass sie ihre Verbitterung im Alkohol ertränkt.«

»Trinkt sie regelmäßig?«

»Ich würde sagen, ja. Gestern war sie sturzbetrunken, und das war sicher nicht das erste Mal.«

Laura stand auf. Sie sagte ihm, dass sie zurück zur Telefonzentrale gehen müsse. Sie konnte sie nicht länger unbesetzt lassen. »Wenn du mich noch brauchst, weißt du ja, wo du mich findest.«

»Ja, natürlich. Geh schon, geh schon.«

Wieder alleine, konzentrierte sich Gallo noch einmal auf den forensischen Bericht. Er las ein paar Zeilen, merkte aber, dass sich ein seltsames Unbehagen in seine Gedanken schlich. Die letzten Worte, die er mit Laura gewechselt hatte, beschworen eine wachsende, dumpfe Gewissheit, die ihn aus der Konzentration riss: »Irgendetwas habe ich noch übersehen.«

Er streckte sich auf dem Sessel aus, mit dem Gefühl, etwas

unvollendet gelassen zu haben, und ein paar Momente später wurde ihm klar, worauf seine Unruhe zurückzuführen war.

Frau Fiorini! Langsam stieg in ihm eine Gewissheit auf: Er hatte sie vergessen! Am Abend zuvor hatte er ihr versprochen, sie anzurufen, was er bisher nicht getan hatte.

Er wischte den Laborbericht beiseite und griff zum Telefonhörer. Nach dem zweiten Klingeln ging jemand ran, aber die Stimme war nicht die von der Witwe Boeri. Am Telefon war die Haushaltshilfe Nerica, die ihn am Nachmittag zuvor in der Wohnung auf dem Corso Mombello empfangen hatte.

Tomas sagte, er müsse mit Frau Fiorini sprechen, aber die Antwort war nicht die, die er sich erhofft hatte.

»Tut mir leid, Signora Luciana ist noch im Bett. Ich weiß nicht, ob ich sie stören darf.«

»Versuchen Sie es.«

»Ich werde nachsehen.«

Zwei Minuten später kehrte die Frau zum Telefon zurück, um mitzuteilen, dass die Dame nicht abheben konnte. Daraufhin wurde die Stimme von Commissario Tomas Gallo härter.

»Haben Sie ihr erklärt, wer sie sprechen möchte?«

»Natürlich habe ich das, leider ist Frau Luciana heute Morgen sehr müde und dann …«

»Und was dann?«

»Ich habe den Eindruck, dass sie ziemlich verwirrt ist. Ich glaube nicht, dass sie in der Lage wäre zu sprechen.«

»Na gut!«, erwiderte Tomas, der genau verstand, was in der Wohnung auf dem Corso Mombello vor sich ging. Die Dame war nicht verwirrt, sie hatte wahrscheinlich einen Mordskater vom Vorabend.

»Grüßen Sie sie von mir«, fügte er hinzu, bevor er die Verbindung beendete, »und wenn sie wieder in der Lage ist, mit mir zu reden, sagen Sie ihr, dass ich angerufen habe.«

Als er sein Telefon auf den Schreibtisch legte, klopfte es an der Tür. Es war Giulia. Sie kam ins Büro, um ihm mitzuteilen, dass Herr Enrico Martini am Nachmittag nicht in Sanremo sei, aber am nächsten Tag den ganzen Tag im Büro sein würde.

»Er sagte, er würde sich freuen, dich zu sehen. Wenn du willst, begleite ich dich«, schlug sie vor, »ich kenne mich dort inzwischen aus.«

»Natürlich«, stimmte Tomas zu. »Wir werden zusammen gehen.«

13. KAPITEL

Dolceacqua, 11. Dezember 2016

Sie hielt ihre Hand an ihre Lippen. Sie hätte nie gedacht, dass der Junge auf dem dünnen Draht balancieren konnte, während er gleichzeitig die Keulen in aberwitzigem Tempo über seinem Kopf rotieren ließ. Sie stellte sich vor, dass der Artist zusammen mit seinen Kegeln jeden Moment zu Boden stürzen würde, aber stattdessen führte er diesen Balanceakt mit höchster Präzision aus, und mit einer Leichtigkeit, die sie staunen ließ.

Sie öffnete ihre Lippen hinter ihrer Hand, bereit, vor Schreck jederzeit loszuschreien, bis sie sah, wie die Kegel einer nach dem anderen sicher in seiner Hand landeten und er sich zum Gruß vor dem Publikum übertrieben verneigte. Dann klatschte auch sie begeistert. Als Kind hatten ihre Eltern sie oft in den Zirkus mitgenommen, und so hatte sie ein Gespür dafür entwickelt, diejenigen besonders wertzuschätzen, die von diesem im Alltag völlig nutzlosen Können zu leben versuchten, seien es Trapezkünstler, Feuerschlucker, Jongleure oder Clowns. Sie hatte sich diese Begeisterung bis ins Erwachsenenalter bewahrt: Wenn sie Straßenkünstler erblickte, die Maler, die auf Kirchenvorplätzen malten, und sogar die unbeholfenen Musiker in vielen Fußgängerzonen, selbst diejenigen, die nur ein einziges Lied halbwegs richtig spielen konnten, vielleicht mit falscher Aussprache sangen oder schlicht die Hälfte der Töne nicht trafen. Sie blieb stets mit Bewunderung stehen und applaudierte allen eifrig, weil sie den Mut hatten, sich ihre eigenen Normen von Qualität zu schaffen und sich der Kritik völlig Frem-

der auszusetzen. Und manchmal war es ihr fast lieber, wenn sie nicht gut waren in dem, was sie da gerade taten, und eine elende Vorstellung abgaben, und der eine oder andere sogar mehr oder weniger offen lachte, denn sie hatte schon immer in ihrem Leben eine Vorliebe für solche Menschen entwickelt, die gemeinhin als Verlierer galten.

Bevor sie ging, nahm sie alle Münzen aus ihrem Portemonnaie. Sie sammelte sie in ihrer Faust und warf sie auf das Taschentuch, das neben einer der Stützen lag, die das Seil hielten. Annette tat dasselbe, aber bei ihr fiel ein gefalteter Zehn-Euro-Schein auf das Taschentuch.

Sie warteten, bis der Junge sich mit einer kleinen Verbeugung verabschiedet hatte, und schlenderten dann untergehakt in Richtung des hinteren Teils des Platzes. Sie gingen die schmale Straße zwischen den Häusern und der angrenzenden Böschung hinauf und erreichten bald die alte Bogenbrücke, die in einem eleganten Schwung die breite Schlucht überquerte, die der Fluss Nervia gegraben hatte. An diesem Sonntag war der Himmel bedeckt und die Luft von Feuchtigkeit geschwängert, aber Dolceacqua war trotzdem voller Menschen. Es gab Stände auf dem Kirchplatz und andere am gegenüberliegenden Ufer, von wo aus man einen der schönsten Ausblicke an der gesamten Riviera genießen konnte. Es war einer der Orte, an denen Claude Monet 1884 den Lichtzauber der Riviera in seinen berühmten Gemälden eingefangen hatte.

Langsam stiegen sie zusammen mit einer ganzen Reihe von Leuten die Kopfsteinpflaster auf den breiten Stufen der Brücke hinauf, doch oben am Scheitelpunkt des Bogens angekommen, mussten sie anhalten. Ein Paar wollte ein Selfie machen. Während sie warteten, bis die Handykamera schussbereit gemacht wurde, näherten sie sich der Brüstung und beugten sich hinunter, um aus großer Höhe das Wasser zu beobachten, das durch das Flussbett stürmte, dann, als sie fertig waren, gingen sie hinunter auf den freien Platz, wo ein Maler wenige Schritte von der Brüs-

tung entfernt arbeitete. Er malte die alte Brücke, mit dem Dorf Dolceacqua im Hintergrund und dem Schloss der Doria, das hoch über allem thronte. Annette sagte, dass auch Monet genau diese Ansicht gemalt hatte; er hatte sich drei Monate lang an der Riviera aufgehalten und war ebenfalls von der Schönheit des Ortes gefangen und inspiriert worden.

Sie nickte. Sie hatte dieses Monet-Gemälde in einem Katalog gesehen; es gehörte nicht zu seinen besten Werken, aber sie erinnerte sich an die Brücke im Vordergrund und das Schloss im Hintergrund. Jetzt hatte sie genau diesen Anblick vor Augen, und der bedeckte Tag mit dem schweren Himmel über den Häusern machte alles noch realer und, wenn das überhaupt möglich war, noch schöner.

Nach ein paar Schritten zwischen den Ständen gingen sie die Straße entlang, die aus dem Dorf hinausführte, wo sich das Restaurant befand, in dem sie essen wollten.

Der Besitzer setzte sie an ein Fenster, das auf einen kleinen Innenhof hinausging. Als sie allein waren, sahen sie sich um und dachten beide im selben Moment, sie seien im überladenen Wohnzimmer einer alten Tante gelandet, denn genau so sah das Esszimmer aus. Veralteter Schnickschnack, Bilder von vor 50 Jahren, Spitzenvorhänge und jede Menge Spitzendeckchen lagen überall herum. Der Kamin, der in einer Ecke brannte, verlieh dem Raum Wärme.

Sie bestellten beide einen Teller mit Kräutern gefüllte Ravioli in Salbeibutter, die sich als hauchzarte Delikatesse entpuppten, und dazu eine Flasche Roccese: ein Rotwein mit hohem Alkoholgehalt, vollmundig und fruchtig, was für die Riviera sehr ungewöhnlich war, denn dort waren die Weine normalerweise weiß und eher leicht. Sie wählten ihn auf Anraten des Besitzers, der ihnen erklärte, dass dieser Wein von einer lokalen Weinkellerei stamme und nicht weiter als einen Kilometer von seinem Restaurant entfernt angebaut werde. Nachdem er eingeschenkt hatte, versicherte ihnen ihr Gastgeber auch noch, dass sie gerade

Napoleons Lieblingswein tranken, den er sich sogar ins Exil nach Elba hatte schicken lassen.

Napoleon, Monet ... die Riviera steckte voller Überraschungen.

Nach dem Kaffee gingen sie in den Innenhof und setzten sich unter dem Schutz einer kleinen Veranda nebeneinander. Die Wolkendecke, die den ganzen Tag über Dolceacqua gehangen hatte, war noch dichter geworden, doch unter der Veranda war es nicht kalt. Das Essen, der Wein und die Wärme des Kamins hatten sie bis tief drinnen erwärmt. Es fühlte sich hier für alle beide genau richtig an.

Plötzlich holte Annette eine Halskette aus ihrer Handtasche. Es war eine ethnische Halskette, aus farbigem Holz, in knalligen Farben. Sie reichte sie ihr und erzählte ihr, dass sie sie ein paar Tage zuvor von einem Hausierer gekauft hatte, und fragte sie nach ihrer Meinung. Während sie die Kette prüfend durch ihre Hände laufen ließ, sagte sie, sie wisse wahrscheinlich, woher sie stamme. Einige Jahre zuvor hatte sie im Auftrag einer deutschen humanitären Organisation längere Zeit in Ghana verbracht und sich unter anderem um einige Lagerbaracken gekümmert, in denen Souvenirs und Schmuck für Verkaufsstände in der ganzen Welt hergestellt wurden. In diesen Fabriken arbeiteten fast ausschließlich Kinder, die wegen ihrer Fähigkeit, mit ihren winzigen Fingern kleine Gegenstände auffädeln und zusammensetzen zu können, den Erwachsenen die wenigen Arbeitsplätze streitig machten, und vor allem, weil man sie mit ein paar Pennys entlohnen konnte.

Sie reichte ihr die Kette zurück und fügte hinzu, dass es den Kindern, die in den Fabriken arbeiteten, noch schlechter ging als den Kindern, die am Stadtrand von Accra lebten, in der Nähe einer der größten Mülldeponien der Welt, auf der ein Großteil des Elektroschrotts aus den westlichen Ländern gelagert wurde. Um die Deponie herum hatte sich ein riesiges Netzwerk von Slums entwickelt, und die Kinder, die es bevölkerten, waren für die Entsorgung verantwortlich und verbrachten oft ihr ganzes Leben inmitten des Unrats und kamen nie mehr von diesem höllischen Ort weg.

Sie erzählte ihre Geschichte unter der schützenden Veranda ohne Punkt und Komma, aber gegen Ende, als sie Annettes Blick begegnete, merkte sie, dass sie sich zum ersten Mal an ihre Zeit in Afrika erinnern konnte, ohne Wut zu empfinden. Sie konnte beschreiben, wie die Sklaven waren, die in den Fabriken arbeiteten, und die anderen, die die Müllhalden bevölkerten, ohne Schmerz oder Enttäuschung. Das Gefühl der Frustration, das sie so lange begleitet hatte, wenn sie die von den westlichen Ländern angerichteten Schäden aufzählte, war verflogen, denn in den Augen ihrer Freundin lag die Gelassenheit eines Menschen, der zuzuhören weiß, und die Intelligenz eines Menschen, der zu verstehen weiß.

Nachdem Annette die Kette wieder in ihre Tasche gesteckt hatte, hielt sie sich schweigend an ihr fest. Sie blieben unter der Veranda, vereint durch ihr Schweigen und ihre Komplizenschaft, bis sie am Geschirrklappern aus dem Restaurant erkannten, dass wohl der Speisesaal nach den Gästen wieder gereinigt wurde. Sie konnten nicht länger bleiben, es war Zeit zu gehen.

Sie traten auf den Bürgersteig, als die Straßenlaternen angingen, aber unten, wo die Verbreiterung des Sockels der alten Brücke war, gab es noch ein paar Stände, die offen waren. Sogar der Maler war an Ort und Stelle geblieben, er führte die letzten schwungvollen Pinselstriche aus, bevor die Dämmerung ihn zwang, die Leinwand einzupacken.

Plötzlich kam ein bekanntes Gesicht auf sie zu. Es war der Junge, der vorhin auf dem Drahtseil getanzt hatte. Er trug einen Seesack mit seinen Utensilien und den Metallstützen des Balancierseils. Er stellte den Seesack auf den Boden und warf ihnen eine Kusshand zu. Vielleicht erinnerte er sich an den besonders herzlichen Beifall von vor ein paar Stunden.

»Gehen wir jetzt nach Hause?«, fragte Annette, als der Gaukler in Richtung des Parkplatzes verschwand.

»Ja«, antwortete sie und nahm sie bei der Hand. »Es ist Zeit. Zeit, nach Hause zu gehen.«

14. KAPITEL

Sanremo, 21. Juni

Als er den Korridor zum Keller des Krankenhauses in Imperia hinunterging, erinnerte sich Gallo an das letzte Mal, als er in einer Leichenhalle gewesen war. Es war im Krankenhaus von Sanremo gewesen, einige Monate zuvor, nach einem Autounfall, bei dem ein junger Mann auf dem Rückweg von einer Disco sein Leben verloren hatte. Er hatte den Bericht ausfüllen müssen, der dem Attest der Notaufnahme beigefügt werden sollte, und als der diensthabende Arzt ihm erklärt hatte, dass der Junge einen dreifach höheren Blutalkoholspiegel als erlaubt hatte, hatte er ein starkes Ziehen im Magen verspürt. Man darf nicht in seinen 20ern sterben, und vor allem darf man nicht so sterben.

Jetzt war der Grund für den Besuch ein anderer, diesmal war er dort, um mit der Rechtsmedizinerin zu sprechen, die für die Autopsie des Mordopfers zuständig war, aber diese stumpfe Wut und das Gefühl der Hilflosigkeit waren immer noch die gleiche. Ein gewaltsamer Tod hinterlässt immer ein Gefühl der Benommenheit, selbst wenn man daran gewöhnt ist, selbst wenn der Besuch bestimmter Orte zur alltäglichen Arbeit gehört.

Inspektor Giostra ging neben ihm her, den Blick auf den Boden gerichtet. Gallo spürte deutlich, dass Giostra sich wünschte, er wäre woanders. Bis gerade eben hatte er voller Zuversicht und Unbekümmertheit über seine Lieblingsmannschaft gesprochen, aber sobald sie das Leichenschauhaus erreicht hatten, war sein Gerede abrupt verstummt. Er tat sein Bestes, um es sich nicht anmerken zu lassen, aber es war klar, dass er diesen Ort überhaupt nicht mochte.

Tomas klopfte und stieß fast gleichzeitig die doppelflügelige Tür auf. Giostra hielt sich dicht hinter Tomas. Der große Raum, der von einer Reihe weißer Neonröhren beleuchtet wurde, war menschenleer. Wenn man die Schwelle überschritt, hatte man das Gefühl, in einem leeren, gefrorenen Raum zu versinken, in dem zum Anblick der in fahlem Weiß gestrichenen Wände der Geruch nach Desinfektionsmitteln in die Nase stieg. Die Monotonie des Bodens wurde nur durch einen kleinen Tisch an der Seite des Eingangs unterbrochen, und das einzige Geräusch, das man hörte, war das der Klimaanlage, die in Deckenhöhe angebracht war. An der linken Wand befanden sich die Kühlräume, rechts war die Öffnung zum Labor, in dem die Autopsien durchgeführt wurden. Ein Plastikvorhang trennte die beiden Räume. Gallo zog ihn mit den Händen beiseite und schaute hinein, starrte lange auf das verschraubte Metallbett in der Mitte des Raumes, musterte dann die Spinde an den Wänden und den Schreibtisch zu seiner Linken, aber es war keine Menschenseele zu sehen.

»Was nun?«, fragte Gallo mehr sich selbst, drehte sich dabei aber zu seinem Kollegen um. »Wo ist die Dottoressa hin?«

Giostra schaute sich ebenfalls um. Er breitete die Arme weit aus. »Wart ihr hier verabredet?«

»Ja, so hatte es mir Bevilacqua gesagt.«

»Vielleicht sind wir zu spät. Es ist schon 11.20 Uhr.«

Tomas zuckte mit den Schultern. »20 Minuten! Das ist doch keine Verspätung. Also keine übertriebene, meine ich.«

»Na gut, versuchen wir, sie zu finden, vielleicht finden wir jemanden, den wir fragen können.«

Sie verließen das Leichenschauhaus und ließen die Kälte und den derben Geruch hinter sich. Kaum waren sie auf dem Korridor, kündigte das Quietschen von Rädern die Ankunft eines

Krankenpflegers an, der einen Wagen schob. Sie hielten ihn an und fragten ihn, ob er wisse, wo sie Dottoressa Chiara Percivaldi finden könnten.

Der Mann deutete auf die Tür, aus der sie gerade herausgekommen waren. »Sie sollte dort sein.«

»Nein«, antwortete Gallo. »Da drinnen ist niemand.«

»Seltsam, vor einer Weile habe ich ihr geholfen, eine Leiche vorzubereiten.«

»Hast du vielleicht an der Autopsie teilgenommen?«, fragte Giostra. Er duzte den Krankenpfleger, wie um zu untermauern, dass Tomas neben ihm sein Vorgesetzter war. Sie waren beide Hilfskräfte, war die Botschaft dieses Geduzes. Du kannst mir vertrauen, wir sind unter uns.

Der Pfleger schüttelte entschlossen den Kopf. »Nein, natürlich nicht, ich habe nur geholfen, die Leiche wieder in die Kühlzelle zu legen.«

»Haben Sie eine Ahnung, wo sie hingegangen sein könnte?«, fragte Gallo und hielt ihm seine Polizeimarke vor die Nase.

»Nein, das weiß ich leider nicht. Ich bin noch ein paar Minuten bei ihr geblieben, aber ich glaube nicht, dass sie schon gegangen ist, denn bevor sie sich verabschiedete, sagte sie mir, dass sie sich mit jemandem treffen müsse; sie habe um 11 Uhr einen Termin.«

Gallo nickte. »Ja, das ist richtig.«

»Bevor ich ging, sagte sie noch etwas darüber, wie sehr sie Unpünktlichkeit hasse, aber ich habe nicht verstanden, auf wen sie anspielte.«

»Sicherlich meinte sie die Person, mit der sie verabredet war«, warf Giostra mit einem halben Lächeln ein.

»Vielleicht ist sie einfach schon heimgegangen. Sie war bei Dottore Parodi, der als Sachverständiger an der Autopsie teilgenommen hat. Sie kennen sich von früher, sie waren eine Zeit lang Stationskollegen im Krankenhaus von Sanremo. Vielleicht sind sie einen Kaffee trinken gegangen.«

»Gibt es in der Nähe eine Bar?«, fragte der Kommissar.

»Nein, die nächstgelegene Cafeteria befindet sich im zentralen Teil des Krankenhauses, und der Weg dorthin ist etwas beschwerlich, aber am Ende des Ganges, auf der Höhe der Notaufnahme, gibt es einen Getränkeautomaten. Vielleicht ist sie dort.« Er sah Giostra in die Augen. »Wenn du willst, begleite ich euch, ich muss da sowieso vorbei.«

»Sicher«, antwortete Gallo.

Der Krankenpfleger schob den Wagen, der auf den unebenen Fliesen ruckelte und einen Höllenlärm machte, und die beiden Polizisten folgten ihm, bis sie ihn auf der Höhe eines Aufzugs anhalten sahen.

»Ich bin am Ziel«, sagte er, als er sich der Schalttafel mit den Bedienknöpfen für den Aufzug näherte, »aber Sie werden die Kaffeemaschine leicht finden. Sie befindet sich am Ende des Korridors, auf der Seite der Notaufnahme.«

Einige Augenblicke vergingen, dann öffnete sich die Fahrstuhltür, und der Krankenpfleger verschwand mit seinem tosenden Gestell.

Allein gelassen, gingen Tomas und Giostra den Korridor entlang. Nach ein paar Schritte, als sie das Ende erreicht hatten, sahen sie eine Frau in einem weißen Kittel, die in den Teil des Flures abbog, der in die Notaufnahme führte. Sie sah aus wie Mitte 30 und hatte schwarzes Haar, das im Gehen locker auf ihren Schultern wippte. Sie ging zügig und zielstrebig, schien es aber nicht eilig zu haben. Ihre Art, sich zu bewegen, ließ einen athletischen und schlanken Körperbau vermuten. Agent Giostra wollte etwas sagen, aber Kommissar Gallo kam ihm zuvor und beschleunigte sein Tempo.

»Dottoressa Chiara Percivaldi?«, fragte er im nächsten Moment, kurz bevor er sie erreichte.

Die Frau blieb stehen. »Sie müssen Commissario Tomas Gallo sein«, stellte sie fest. Dann richtete sie ihren Blick auf die Uniform von Giostra, der einen Schritt hinter ihm stand und unter ihrem Blick zu schrumpfen schien. »Sie sind in Begleitung eines uniformierten Polizisten, also ist es so, wie ich vermute?«

»Ja«, antwortete Tomas und reichte ihr die Hand, »ich bin es, in der Tat.«

»Weißt du, dass wir vor einer halben Stunde verabredet waren?« Sie duzte ihn, sie waren damit auf der gleichen hierarchischen Ebene. Gallo musterte mit einem leichten Lächeln ihre blitzenden Augen: Ärger und Wut über seine Verspätung waren darin zu lesen.

»Es tut mir leid, ich weiß, ich bin ein bisschen spät dran.«

Er sagte es mit einem Anflug von Verlegenheit. Es kam nicht oft vor, aber Dottoressa Percivaldi hatte es mit dieser Frage und vor allem mit der Art, wie sie ihn angeschaut hatte, geschafft, dass er sich wie unter einem Scheinwerfer fühlte. Einen Moment lang dachte er, er hätte mit ihr einen schlechten Start erwischt, aber die Angst währte nur einen Augenblick, denn sofort verzog sich das Gesicht der Ärztin wieder zu einem Lächeln.

»Kein Problem«, sagte sie achselzuckend, »dank deiner Verspätung hatte ich Zeit, mir einen Kaffee zu holen, übrigens sehr gut für einen Automaten, und außerdem bin ich nicht in Eile. Für heute habe ich nichts anderes zu tun, als den Autopsiebericht zu verfassen, aber das mache ich später, wenn ich wieder zurück im Krankenhaus bin.«

Tomas sah sie mit Erleichterung an. Die Worte der Ärztin waren wie ein erfrischender Regen gewesen, der plötzlich einen bleischweren Himmel erfrischt.

»Arbeitest du nicht in Genua? Also üblicherweise, meine ich«, fragte er und sah ihr in die dunklen Augen.

»Ja, ich arbeite im Krankenhaus San Martino, aber von Zeit zu Zeit habe ich auch Sprechstunden außerhalb der Stadt. Kommt beide mit«, sagte sie und wies den Korridor entlang. »Lasst uns in die Leichenhalle gehen, ich habe meine Notizen dort gelassen.«

Bevor sie ging, schaute sie den Kommissar noch einmal direkt an. Diesmal war ihr Blick neutral, aber aufmerksam. »Ich vermute, ihr seid hier, um einen ersten Blick auf den Bericht zu bekommen.«

»Du hast es erraten.«

»Gut. Ich habe dir auch ein paar Dinge zu sagen.«

»Ich werde dir gerne zuhören.«

Dann hielt sie plötzlich inne. »Stimmt es, dass man die Leiche des armen Mannes im Park der Villa Nobel gefunden hat?«

»Ja«, antwortete Gallo, »die Leiche von Rechtsanwalt Boeri wurde in einem Blumenbeet gefunden, nur wenige Schritte von dem Gebäude von Alfred Nobel entfernt.«

»Ich weiß, dass Mordfälle in Sanremo recht selten sind.«

»Zum Glück, aber wie du siehst, gibt es immer eine Ausnahme. Also war es eindeutig ein Mord, kein Unfall«, stellte Gallo im Gehen fest. Sie nickte.

Sie setzten ihren Weg fort und erreichten nach wenigen Sekunden wieder die Leichenhalle. Die Ärztin stieß die Tür lässig auf, durchquerte den Raum, betrat den Autopsieraum und setzte sich an den Schreibtisch.

»Ihr könnt euch setzen«, sagte sie und deutete auf zwei Metallstühle, die an der Wand lehnten.

Die Polizisten rückten die Stühle heran und stellten sie nebeneinander. Sie wartete, bis sie Platz genommen hatten, dann öffnete sie eine Aktentasche und nahm ein ringgebundenes Notizbuch heraus. Sie schlug es auf der ersten Seite auf.

»Natürlich werde ich bald einen Bericht auf dem Computer schreiben, aber während der Prüfungen arbeite ich gerne auf diese Weise, mit Stift und Papier, es scheint einfacher und vor allem unmittelbarer zu sein. Es hat für mich auch was mit Respekt vor den Toten zu tun.«

Sie richtete sich in ihrem Stuhl auf und bewegte eine Hand in Richtung des Vorhangs, hinter dem der große Raum lag, in dem die Kühlzellen aufgereiht waren. Gallo vermutete, dass sie auf die Kühlzelle zeigen wollte, in der sich die Leiche von Rechtsanwalt Boeri befand.

»Die Autopsie des Opfers wurde vor Kurzem abgeschlossen. Die Feststellung der Todesursache war sehr einfach. Ein einziger Stich, direkt durch das Herz. Er war sofort tot, daran gibt es keinen Zweifel. Ich war ziemlich neugierig auf die ungewöhnliche Waffe, denn es war kein Messer.«

Gallo nickte. »Der Gerichtsmediziner hatte bereits angedeutet, dass ein langer, dünner Gegenstand ihn getötet hatte, aber die Mordwaffe wurde nicht gefunden.«

»Ja«, sagte die Ärztin, »die Todesursache war ein Stich mit einem sehr scharfen Stilett. Die Waffe drang nur schwer ein, streifte eine Rippe, wo sie einen Kratzer hinterließ, und drang nur aufgrund der Wucht, mit der sie eingesetzt wurde, so tief in den Körper. Das konnten wir anhand des Druckmusters auf das den Einstich umgebende Gewebe feststellen. Da war große Kraft im Spiel.«

»Es war also definitiv kein Messer?«

»Nein, wie gesagt, die Waffe war scharf, aber es war keine Klinge. Ich würde eher an ein Stilett oder eine Ahle denken.«

»Gibt es irgendwelche Spuren, die uns helfen könnten, die Waffe zu identifizieren?«

»Leider habe ich nichts gefunden, was dazu beitragen könnte.«

»Du sagtest, der Stich sei mit Gewalt ausgeführt worden.«

»Sicherlich. Das Opfer wurde unter Anwendung extremer Gewalt erstochen. Fast schon Grausamkeit.«

Gallo ließ die Szene, die er am Vortag in der Villa Nobel gesehen hatte, noch einmal Revue passieren, erinnerte sich an den Moment, als er die gruselige Aura, die den Körper des Anwalts Boeri umhüllt hatte, gespürt hatte, und stellte dann die nächste Frage, obwohl er die Antwort bereits kannte. »Glaubst du, dass es eine Tötungsabsicht gab, oder denkst du eher an einen Streit, der schiefgelaufen ist?«

»Wer auch immer diesen Stich ausgeführt hat, tat dies mit der klaren Absicht zu töten. Am Körper des Opfers habe ich oberflächliche Verletzungen gefunden, die auf ein leichtes Handgemenge oder einen Versuch, sich zu verteidigen, hindeuten könnten, aber dennoch bin ich davon überzeugt, dass die Tat vorsätzlich begangen wurde. Man schlägt nicht auf diese Weise zu, wenn man nicht die Absicht hat, großen, wenn möglich tödlichen Schaden anzurichten.«

»Diese angewandte Gewalt, heißt das, dass der Mörder ein Mann sein muss?«

Dottoressa Percivaldi legte den Kopf leicht schief. Ihr dunkles Haar fiel ihr über die Schultern. Eine Strähne fiel herunter und ruhte auf dem Weiß ihres Kittels.

»Nein, das muss es nicht«, entgegnete sie, während sie die Strähne wieder an ihren Platz legte. »Auch eine Frau hätte so zuschlagen können. Ich denke, Wildheit und Wut könnten das Gleiche verursachen.«

Nach dieser Aussage schaute sie auf das Papier vor ihr. Sie las ein paar Zeilen und hob erneut den Kopf. »Dann ist da noch die Sache mit der Dynamitstange, die im Mund des Opfers gefunden wurde.«

»Gefälscht …«, warf Giostra ein, der seinen Mund bis dahin nicht geöffnet hatte.

»Ja, eine Fälschung«, bestätigte die Ärztin. »Ich habe es in dem Bericht gelesen, der der Leiche beilag, aber was auch immer es war, es war ein Akt von extremer Grausamkeit. Wer auch immer die Stange zwischen die Lippen des Opfers platziert hat, hat zwei seiner Schneidezähne abgebrochen. Sicherlich war der Anwalt schon tot, aber so etwas tut man nicht, wenn man nicht tiefen Hass empfindet. Ich habe euch bereits von den Verletzungen berichtet, die ich an seinen Knien und Handflächen gefunden habe, ein Zeichen dafür, dass er vor seiner Ermordung zu Boden fiel, vielleicht in einem Versuch, sich zu verteidigen, und von den anderen, ausgeprägteren Verletzungen, die an seinen Schultern und Knöcheln gefunden wurden. Ich denke, ich erzähle euch nichts Neues, wenn ich euch sage, dass die Leiche nach dem Tod transportiert wurde. Der Mord hat wahrscheinlich nicht an dem Ort stattgefunden, an dem die Leiche gefunden wurde.«

»Ja, so etwas hatten wir schon vermutet«, sagte Gallo. »Neben einigen Blutspuren vor der Villa hatten wir auch einige recht auffällige Spuren auf dem Kies im Park gefunden.«

»Über die Spuren am Tatort weiß ich nichts, darum wird sich die Spurensicherung kümmern, aber ich bin mir absolut sicher, dass die oberflächlichen Schürfwunden an den Schultern und Knöcheln dadurch entstanden sind, dass jemand die Leiche mit ihrem toten Gewicht bewegt hat.«

»Wurde die Leiche deiner Meinung nach gezerrt oder wurde sie anderswie transportiert? Also getragen, zum Beispiel?«

»Es besteht kein Zweifel, dass sie zumindest ein Stück weit getragen wurde.«

»Bist du sicher?«

»Sicher ist, dass die Leiche von zwei verschiedenen Personen angepackt wurde, und eine von ihnen war eindeutig eine Frau.«

»Eine Frau?«, fragte der Commissario.

»An den Knöcheln habe ich Spuren von Nagellack gefunden, was darauf hindeutet, dass die Person, die das Opfer an den Beinen gepackt hat, eine Frau war, was übrigens Sinn macht. Eine Leiche wiegt definitiv weniger, wenn man sie an den Beinen packt.«

»Eine zweite Person. Das ist neu«, bemerkte Giostra.

»Ja«, bestätigte Gallo. »Eine ziemlich interessante Neuigkeit. Die erste seit Beginn der Ermittlungen.«

Dann starrte er die Ärztin an. »Gibt es eine Möglichkeit, die Farbe und Marke des Nagellackes genau zu bestimmen?«

Sie bewegte ihren Kopf ein wenig, bevor sie antwortete. »Die Spuren sind winzig, aber ich kann Muster der Farbtöne herstellen.«

»Farbtöne? Warum sprichst du im Plural?«

»Weil ich zwei Farben entdeckt habe: ein feuriges Rot und

ein helles Blau. Das kommt vor, weißt du? Es gibt Frauen, die sich die Nägel in verschiedenen Farben lackieren.«

»Kannst du mir Proben besorgen?«

»Auf jeden Fall«, antwortete die Ärztin. »Ihr werdet sie zusammen mit dem Bericht bekommen.« Sie sprach jetzt mit Giostra. »Ich erwarte, dass alles bis heute Abend fertig ist.«

Gallo starrte sie erstaunt an. »Dann hatte Bevilacqua recht«, murmelte Giostra und seine Wangen färbten sich rot.

»Wie meinst du das?«

Diesmal lächelte Gallo, bevor er für Giostra antwortete. »Der stellvertretende Staatsanwalt hatte mir erklärt, dass er dich wegen der Schnelligkeit, mit der du deine Berichte erstellst, hinzugezogen hat.«

»Und der Gründlichkeit«, fügte Giostra mit hochrotem Kopf hinzu.

15. KAPITEL

Arma di Taggia, 21. Juni

Frau Giuseppina konnte nicht älter als 50 sein, wirkte aber viel älter. Gallo sah auf und winkte ihr mit der Hand zu. Mit ungelenken Bewegungen betrat sie das Café, hielt inne und schlingerte mit watschelnden Schritten auf Gallo zu. Ihre ungepflegte Kleidung rundete den ersten Eindruck einer vorzeitig gealterten Frau ab. Gallo erhob sich und fixierte ihr Gesicht, das ebenmäßige Züge hatte, die von tiefen Furchen entstellt waren. Sie war sicher einmal eine begehrenswerte Frau gewesen, dachte er, aber jetzt drückte ihr Gesicht, das in ihrer Jugend viele begehrliche Blicke auf sich gezogen haben mochte, nur noch Erschöpfung nach zu vielen Enttäuschungen aus. Sie blieb vor ihm stehen. Gebeugt durch Entbehrung, Armut und Leid.

In dem Moment, in dem er ihr die Hand schüttelte, dachte Tomas an eine vom Leben müde gewordene Frau und setzte sich wieder ihr gegenüber an den kleinen Tisch. Als die Kellnerin kam, um ihre Bestellung aufzunehmen, bestellte er einen geeisten Kaffee, sie bat stattdessen um ein Tonic Water.

Gallo hatte sie in einer Bar in einem Einkaufszentrum aufgespürt. Die Frau, die für eine Reinigungsfirma arbeitete, hatte an diesem Nachmittag Dienst in einem kleinen Lebensmittelunternehmen am Stadtrand von Sanremo, und als der Commissario, um ihre Zeit nicht zu verschwenden, vorgeschlagen hatte, sie direkt nach der Arbeit zu treffen, hatte sie abgelehnt. Sie wollte nicht mit einem Polizisten gesehen werden, wer weiß, was die Angestellten gedacht hätten. Es war viel besser, sich irgendwo anonym zu treffen, zum Beispiel in einer Bar im Einkaufszentrum im Nachbarort Arma di Taggia.

»Ich nehme an, Sie wissen bereits, worüber ich mit Ihnen sprechen möchte«, sagte Gallo, als die Kellnerin sie allein ließ.

»Es geht um die Villa Nobel, oder?«, fragte sie.

»In der Tat.«

»Über das explosive Material?«

»In der Tat«, wiederholte sich Gallo.

Plötzlich wich die gelangweilte Haltung der Frau einer aufgeregten Spannung. »Stimmt es, dass der Konferenzraum in die Luft gegangen wäre?«, fragte sie mit einem interessierten Blick.

»Nicht nur das«, antwortete Gallo. »Die Sprengladungen hätten noch einen weitaus größeren Schaden angerichtet.«

Ihr Mund formte ein stummes O.

Dann sah er ihr in die Augen und fragte sie, wie lange sie schon in der Villa Nobel putze. Die anfängliche Unsicherheit und Resignation wich, und sie konnte über etwas reden, was sie kannte.

»Seit mehr als zwei Jahren«, antwortete sie. Gallo entging ihr süffisanter Tonfall nicht. »Vorher hatten sich andere Kollegen darum gekümmert, aber sie wechselten sich oft ab, weil die Geschäftsleitung nie mit ihrer Arbeit zufrieden war. Dann habe ich das übernommen und alles hat sich eingespielt. Der Superintendent schätzt mich sehr. Jedes Mal, wenn er mich trifft, lobt er mich. Putzen ist nicht einfach, wissen Sie?«

»Natürlich, natürlich …«, bemerkte Gallo.

»Es braucht eine Veranlagung. Nicht jeder ist begabt«, und sie gab ihm eine zerknitterte Liste der Unternehmen, in denen sie gearbeitet hatte, und wies darauf hin, dass sie überall, wo sie arbeitete, beliebt und geschätzt war.

Man merkte ihr an, dass sie ihre Professionalität betonen wollte, und sie fuhr fort, ihre Talente anzupreisen, bis die Bedienung mit der Bestellung kam. Als die Kellnerin sie wieder allein ließ, versuchte Gallo, Signora Giuseppina davon abzuhalten, ihre Karriere als Raumpflegerin weiter zu vertiefen, indem er sie mit festem Ton fragte, wie genau sie den Sprengstoff bemerkt habe.

Sie antwortete sofort, als hätte sie die Worte im Voraus vorbereitet. Es war offensichtlich, dass sie auf diese Frage gewartet hatte. »Gestern war ich mit der Reinigung des Konferenzraums beauftragt. Es war der Hausmeister selbst, der mir den Auftrag dazu gegeben hatte. Er hatte mir erklärt, dass eine Veranstaltung geplant war, die dem Superintendenten sehr am Herzen lag, und er hatte extra erwähnt, dass die Reinigung absolut makellos sein sollte. Ich kam etwas früher als sonst, weil ich wusste, dass ich viel zu tun haben würde, aber als ich ankam, fand ich eine Menge Leute in der Villa vor. Ich erkundigte mich, und ein Mann erklärte mir, dass im Park eine Leiche gefunden worden war und dass die Polizei die Ermittlungen übernommen hatte. Ich musste eine gute Stunde warten, bevor ich hineingehen konnte, aber trotz der Tatsache, dass ich seit dem Morgen noch nichts gegessen hatte, machte ich mich schnell an die Arbeit. Ich wusch alles sorgfältig ab, und schließlich fiel mir ein, dass ich die Stühle reinigen könnte. Während ich wischte, bemerkte ich eine Beule auf einem der Zuschauerstühle. Sie war kaum zu sehen und ich achtete nicht darauf, aber als ich das Gleiche auf einem der Stühle der Redner sah, wurde ich neugierig und stellte fest, dass beide Polster von unten manipuliert worden waren. Jemand hatte sie aufgeschnitten und dann mit Klebeband wieder zusammengeflickt. Mir war sofort klar, dass etwas nicht in Ordnung war. Da klebte etwas drin, wie Knetgummi von Kindern. Ich rief sofort meinen Schichtleiter an und alarmierte den Hausmeister. So fing alles an, verstehst du?«

Tomas ignorierte das Du und hatte kaum Zeit zu nicken, da hatte sie schon ihren Monolog fortgesetzt. »Ich blieb, bis die Polizei eintraf. Einer Ihrer Kollegen bat mich, ihm zu zeigen, was ich gefunden hatte, und ich konnte endlich nach Hause gehen, mir etwas zu essen machen. Natürlich konnte ich den

Konferenzraum nicht wieder betreten, aber ich weiß, dass das Bombenräumkommando dort war. Mit dem Hubschrauber. Aus Genua. Der Hausmeister sagte mir, dass sie alles auseinandergerissen haben. Ich hatte jeden Winkel penibel geputzt und poliert«, sagte sie klagend, »und jetzt soll alles neu gemacht werden. Die Veranstaltung Ende des Monats ist noch nicht abgesagt, also muss ich, sobald die Möbel wieder stehen, alles wieder aufräumen. Sie haben sich bereits bei mir gemeldet, wissen Sie? Der Hausmeister hat mir gesagt, dass die Villa Nobel Vorrang vor allen anderen Arbeiten haben muss, und natürlich bin ich dann dran!«

»Natürlich ...«, sagte Tomas, und um neue ungefragte Erklärungen im Keim zu ersticken, fragte er sie, ob ihr außer der Wölbung an den Sesseln noch andere Merkwürdigkeiten aufgefallen seien.

»Nein. Keine anderen Dinge sind mir aufgefallen, da bin ich mir sicher.«

»Wie oft wird in der Villa Nobel geputzt?«

»Einmal in der Woche.«

»Haben Sie während Ihrer Arbeit in letzter Zeit Menschen, die nicht dort arbeiten, gesehen?«

»Nein, nie. Ich betrete die Villa in Begleitung des Hausmeisters, der dann geht und mich in Ruhe arbeiten lässt. Während der Reinigungsarbeiten sehe ich niemanden.«

»Kannten Sie den Mann, der tot im Garten der Villa gefunden wurde?«

»Nein, ich kannte ihn nicht, aber ich habe seinen Namen in einer lokalen Nachrichtensendung gehört. Ich habe gehört, er war Anwalt. Boeri, nicht wahr? Ein Cousin von mir hatte ihn wegen eines Streits mit den Nachbarn kontaktiert, aber dann hatte er es bleiben lassen, weil das Honorar zu hoch gewesen wäre. Ich glaube, er war sehr gut, aber er war auch sehr teuer.«

»Hören Sie ...«, unterbrach Gallo sie, »und außerhalb der Villa? Haben Sie jemals Fremde im Park der Villa bemerkt?«

»Du meinst, außer der Dienerschaft?«

»Ja, Signora Giuseppina, jemanden, der nicht zum Personal gehörte.«

»Ich weiß nicht, ich muss mal überlegen, vielleicht irgendwann schon, aber ich erinnere mich nicht mehr genau.«

»Wann haben Sie denn vor gestern Morgen das letzte Mal geputzt?«

»Ich war am Freitag davor da.«

»Versuchen Sie, sich an diesen Tag zu erinnern und sagen Sie mir, ob Sie sich an etwas Bestimmtes erinnern.«

Die Frau wartete einen Moment, bevor sie antwortete. »Nein, es ist nichts Besonderes passiert. Mir ist nichts Außergewöhnliches aufgefallen.«

»Sind Sie sicher?«

»Ja, ich bin sicher.«

»Sind Sie sicher, dass Sie niemanden bemerkt haben, der nicht zum Personal gehörte?«

»Ja, ich bin mir sicher. Ich bin gegangen, ohne in oder an der Villa Nobel einen Fremden gesehen zu haben, also weder drinnen noch draußen.«

»Nun«, sagte der Commissario, »dann werde ich aufhören, Sie zu belästigen. Sie haben mir alles gesagt, was ich wissen wollte.«

Er hatte seinen Kaffee getrunken, der inzwischen lauwarm geworden war, und war dann, nachdem er sich verabschiedet und ihr für die Beantwortung seiner Fragen gedankt hatte, zur Kasse gegangen. Er hatte die beiden Getränke bezahlt und nachdem er das Wechselgeld aus den Händen der Bardame genommen hatte, sah er, wie Frau Giuseppina aufstand und in Richtung Ausgang ging. Die Wachheit, mit der sie seine Fragen beantwortet hatte, war plötzlich verflogen. Sie schien schwerfällig zu gehen, und ihr Gesichtsausdruck war derselbe wie vorhin, als sie sich zu ihm an den Tisch in der Nähe des Eingangs gesetzt hatte: müde und resigniert.

16. KAPITEL

Sanremo, 21. Juni

Ivano Buselli, der Hausmeister, der die Leiche von Rechtsanwalt Boeri entdeckt und als Erster Alarm geschlagen hatte, traf pünktlich um 17 Uhr auf dem Polizeirevier ein. Laura Zendroni hatte ihm erklärt, dass der Commissario, wenn er es wünschte, zur Aufnahme seiner Aussage zu ihm nach Hause kommen würde, wenn er von der Arbeit käme, oder wo auch immer sonst er es wünschte, aber er hatte es vorgezogen, dass das Treffen auf dem Polizeirevier stattfand.

Er war ein großer, kräftiger Mann mit schwarzen Haaren und braunen Augen. Er war Anfang 30 und man merkte ihm an, dass er Dauergast in einem Fitnessstudio sein musste. Er trug das gebrandete T-Shirt der Organisation, die sich um den Park der Villa Nobel kümmerte, und eine grüne Hose, die vor allem um die Knöchel und an den Knien schmutzig war.

Er stellte sich Laura vor, die wie immer in der Telefonzentrale Dienst hatte. Sie begleitete ihn sofort zu Gallo. Sie wollte sie gerade allein lassen, als der Commissario sie aufforderte zu bleiben.

»Brauchst du eine Sekretärin?«, fragte sie scherzhaft.

»Nein, aber ich wäre froh, wenn du dabei bleibst.«

Es kam oft vor, dass Gallo seine Kollegen bat, während der Treffen mit den Zeugen zu bleiben. Er sagte, er wolle auf diese Weise sicherstellen, dass er nichts von dem, was gesagt wurde, vergesse, und als ihn jemand darauf hinwies, dass es dafür Tonbandgeräte gäbe, hatte er geantwortet, dass die sowieso laufenden Tonbandgeräte nicht in der Lage seien, die Mimik und Gestik des Gegenübers aufzunehmen. Aber die Wahrheit war eine andere: Tomas ließ seine Mitarbeiter teilnehmen, um sie zu motivieren. Er wollte, dass sie sich als Teil der Maschinerie fühlten und sie sollten das Gefühl haben, dass er ihnen vertraute. Er wollte aus dem Team der Polizeiwache von Sanremo eine geschlossene, eingeschworene Mannschaft formen. Die Mitglieder ahnten selbst nach der kurzen Zeit, die er hier war, dass der Commissario auf ihre Fähigkeiten setzte, und sie sollten sich auch alle als Teil einer Gruppe fühlen, in der jeder einzigartig und genauso unverzichtbar war wie alle anderen. Seine zurückhaltende Art, seine beeindruckende Präsenz und seine blitzschnelle Kombinationsgabe, gepaart mit seinem unangestrengten Humor, schufen eine natürliche Autorität, von der sich seine Mitarbeiter beschützt und gefördert fühlen sollten.

Als auch Laura Platz genommen hatte, wandte sich Gallo an den Neuankömmling. Er dankte ihm, dass er sich zur Verfügung gestellt hatte, und kam zur Sache.

»Ich schätze, mein Kollege hatte den Grund des Treffens bereits erklärt.«

»Ja, er hat etwas angedeutet, und ich habe eure Vorladung ohnehin erwartet. Gestern wurde ich schon von einem Polizeibeamten befragt, aber es war mir klar, dass ich früher oder später noch einmal befragt werden würde.«

Dann legte Gallo seine Hand auf einen tabakfarbenen Ordner. »Ich habe hier die Aussage, die Sie gestern Morgen gegenüber einem Kollegen von mir gemacht haben, aber ich möchte Sie bitten, mir noch einmal zu erzählen, wie sich die Ereignisse für Sie abgespielt haben.«

»Möchten Sie, dass ich Ihnen die ganze Geschichte noch einmal von vorne erzähle?«

»Ja, und dann würde ich Ihnen gerne ein paar Fragen stellen. Vielleicht fehlt etwas in diesen Notizen; das passiert, wenn man etwas mit der Hand aufschreibt und es dann drei oder vier

Stunden später abschreibt, oder wenn man gestern in der Aufregung etwas vergessen hat. Das kommt vor, wissen Sie? Es passiert öfter, als man denkt.«

Gallo nagelte den Zeugen Ivano Buselli mit einem scharfen Blick aus seinen grauen Augen in den Besucherstuhl. »Können Sie mir folgen?«, fragte er ihn.

Gallo konnte förmlich sehen, wie der muskelbepackte Hausmeister und Gärtner von seinem hohen Ross fiel. Laura steckte ihre Nase in ihren Notizblock und hatte Mühe, sich das Lachen zu verkneifen.

»Gut, ich werde gerne noch einmal erzählen und Ihre Fragen beantworten.« Buselli setzte sich aufrecht hin. Gallo wusste, er würde ab jetzt ein braver Zeuge sein. Versöhnlich fügte er hinzu: »Und ich danke Ihnen für Ihre Bereitschaft, uns noch mal zur Verfügung zu stehen. Übrigens, um wie viel Uhr sind Sie gestern Morgen in der Villa Nobel angekommen?«

»Ich kam um 7 Uhr an, wie immer im Sommer. Den Rest des Jahres fange ich später an, aber im Sommer ist es besser, frühmorgens anzufangen, da ist es kühler und man kann besser arbeiten.«

»Kümmern Sie sich um den Park?« Gallo sprach jetzt leise.

»Ja, ich kümmere mich um die Grünanlagen rund um die Villa. Ich tue das, was alle Gärtner dieser Welt tun: Ich gieße, schneide den Rasen, pflege die Blumen, jäte Unkraut, fege das Laub zusammen.«

»Und gestern? Was mussten Sie gestern tun?« Gallo spielte mit einem Kugelschreiber, der plötzlich in seiner Hand auftauchte.

»Ich hatte vor, mich um die Blumenbeete rund um die Villa zu kümmern.«

»Auch das, wo Sie die Leiche gefunden haben?«

»Ja, natürlich, auch das.«

»Und was stehen dort für Blumen?«, wollte Commissario Gallo wissen.

»Wie bitte?«

»Bel Respiro, Vista Lieta, Mirasole, Rondinella …«, Gallo fixierte den Gärtner in seinem Stuhl, Laura sah überrascht auf, »wissen Sie, was das ist?«

»Äähh …«, Buselli rutschte auf seinem Stuhl nach vorne.

»Das sind nur einige der berühmtesten Villen hier in Sanremo. Klingt wie ein Zauberreim, nicht? Sind aber die Namen einiger der schönsten Villen hier. In deren Gärten stehen mehr als 2.000 Pflanzenarten. Blumenriviera. Die Villa Nobel gehört mit ihren wertvollen Pflanzen auch dazu. Also, als Gärtner wissen Sie doch sicher, was für Blumen und Pflanzen in den Gärten der Villa Nobel stehen, oder?«

»Tja, wie soll ich sagen …«

Gallo seufzte und ließ sich in seinen Stuhl zurückfallen. Mit seinem tiefen Bass feuerte er seine nächste Frage ab, jetzt sicher, dass der Zeuge im Bemühen, aus der für ihn peinlichen Nummer wieder herauszukommen, die ganze Wahrheit von sich geben würde, und, wenn sie Glück hatten, auch das preisgeben würde, was er verheimlichen wollte, wenn es da etwas gab.

»Wie lange hat es gedauert, bis Sie die Leiche von Rechtsanwalt Boeri gesehen haben?«

»Nun … ich würde sagen, zehn Minuten nach meiner Ankunft. Ich bin zuerst herumgelaufen, um mich zu vergewissern, dass die Bewässerungsanlage in der Nacht ihre Arbeit getan hat, und dann bin ich zu genau diesem Blumenbeet gegangen. Mein erster Gedanke war, dass es sich um einen Obdachlosen handelte, der die Nacht im Park verbracht hatte, aber als ich näher kam, wurde mir klar, dass dies nicht der Fall war. Ich schlug sofort Alarm. Innerhalb von zehn Minuten traf die erste Streife ein.«

»Sie sagten mir, dass Sie sich normalerweise um den Park kümmern. Wie lange machen Sie das schon?«

»Seit letztem Sommer. Ich habe ungefähr um diese Zeit angefangen.«

»Ihr erster Job als Gärtner?«

»Äh, ja …«

»Von wo aus haben Sie Zugang zur Villa Nobel?«

»Ich habe einen Schlüssel für einen der Eingänge an der Seite des Radwegs. In der Nähe befindet sich ein Werkzeugschuppen, in dem ich mich umziehen und meine Sachen abstellen kann.«

»Wurde die Tür zum Park gewaltsam geöffnet, bevor Sie angekommen sind?«

»Nein, ganz und gar nicht.«

»Und die Tür zum Schuppen?«

»Auch das nicht. Also auch die nicht.« Buselli wischte sich die Handflächen an seiner Hose trocken.

»Haben Sie bei Ihrer Ankunft irgendetwas anderes gesehen oder gehört?«

»Nein, ich habe nichts bemerkt.«

»Als die Polizei eingetroffen ist, sagten Sie, dass Sie das Opfer kannten, sodass die erste Identifizierung auf der Grundlage Ihrer Aussage stattfand.«

»Ja«, Buselli unterbrach den Commissario, »ich kannte den Anwalt Boeri.«

»Darf ich fragen, woher? Sind Sie vielleicht verwandt?«

Laura schrieb mit.

»Nein, nicht verwandt. Es ist einfach so, dass meine Mutter eine Zeit lang in seiner Kanzlei geputzt hat. Ich war damals noch in der Schule, und sie hat mich nach dem Unterricht immer mitgenommen. Ich erinnere mich, dass ich manchmal meine Hausaufgaben an dem kleinen Tisch im Wartezimmer gemacht habe. So lernte ich den Anwalt kennen.«

»Sie standen sich nahe?«

»Nein, wir standen uns nicht nahe, aber ich erinnerte mich an ihn.«

»Verstehe«, sagte Tomas und bewegte sich in seinem Stuhl. Dann meldete sich Laura zu Wort. »Wann hast du ihn das letzte Mal gesehen?«

»Oh, ich denke, das ist mindestens zehn Jahre her.«

»Aber du hast ihn sofort erkannt?«

»Ja, sofort. Er hatte sich nicht sehr verändert.«

»Ich kann mir vorstellen, dass dich die Entdeckung seiner Leiche ziemlich erschüttert hat.«

»Ja, sehr. Es kommt nicht jeden Tag vor, dass man eine Leiche entdeckt, und wie ich schon sagte, ich kannte ihn. Es war kein angenehmer Moment.«

»Hören Sie«, der Commissario mischte sich wieder ein, »haben Sie gestern Morgen, bevor Ihnen bewusst geworden war, was passiert war, etwas Ungewöhnliches bemerkt?«

»Nein, ich würde sagen, überhaupt nichts. Die einzige Auffälligkeit, abgesehen von der Leiche des armen Mannes, waren die Spuren auf dem Schotter. Jetzt, wo Sie es erwähnen, fällt mir ein, dass ich sie schon vor der Leiche gesehen habe. Sie waren sehr tief und ich dachte, ich müsste mit der Harke darüberfahren, um sie wieder in Ordnung zu bringen. Ich ging näher heran, um nachzusehen, und dann sah ich die Leiche im Blumenbeet liegen.«

»Was war in den Tagen zuvor? Ist Ihnen da vielleicht etwas Seltsames aufgefallen?«

Buselli dachte einige Augenblicke nach, bevor er antwortete. »Nein, ich habe nie etwas Ungewöhnliches bemerkt.«

»Wurden in letzter Zeit zufällig neue Mitarbeiter in der Villa eingestellt?«

»Über das interne Personal kann ich Ihnen nichts sagen, aber die Arbeiter im Park sind immer dieselben. Wir kennen uns alle untereinander.«

»Vorhin haben Sie mir erzählt, dass Sie sich in einem Schuppen umziehen, in dem Werkzeuge aufbewahrt werden. Benutzen Sie ihn allein?«

»Nein, der Schuppen wird von allen Arbeitern als Umkleideraum benutzt. Es gibt Kleiderbügel, auf denen wir unsere Sachen aufbewahren, und daneben befinden sich die Toiletten. Eigentlich gibt es auch eine Dusche, aber die hat nie funktioniert.«

»Sie haben mir gesagt, dass es da drin Werkzeuge gibt. Was für Werkzeuge sind das?«

»Das sind alles Werkzeuge, die Gärtner so benutzen.«

»Und wie viele Gärtner gibt es?«

»Eigentlich sind wir nur zu zweit: ich und ein Kollege, der seit über vier Monaten krankgeschrieben ist. Er wurde an der Hüfte operiert und hat sich noch nicht erholt.«

»Sind in letzter Zeit irgendwelche Geräte verschwunden?«

»Nein, eigentlich nicht.«

»Und haben Sie zufällig etwas gefunden, was vorher nicht da war?«

»Ich verstehe nicht ganz …«

»Vielleicht ein dünnes, scharfes Eisen oder eine Ahle mit Holzgriff?«

»Nein. Das wäre mir aufgefallen.«

»Nun«, der Commissario hob sein Gesicht und sah Laura an, »das waren schon all meine Fragen.«

»Heißt das, ich kann gehen?«, fragte Ivano Buselli. Er war verwirrt, er hatte nicht erwartet, dass es schon vorbei war.

»Ja, Sie waren sehr freundlich.«

»Ich habe meine Pflicht getan.«

»Ich bitte Sie um einen letzten Gefallen.«

»Gewiss.«

»Wenn Ihnen etwas einfällt, auch wenn es nur eine Kleinigkeit ist, rufen Sie mich an, ja? Rufen Sie einfach die Polizei an.«

»Das werde ich«, sagte Buselli und stand auf.

Laura begleitete ihn zum Ausgang. Gallo sah, dass der junge Gärtner Laura Beifall heischend ansah, als würde er sie fragen: Hab ich alles richtig gemacht? Oder: Ist der immer so streng? Dann, nach einem aufmunternden Tätscheln auf seine Schulter, kehrte Laura in das Büro des Commissarios zurück.

»Was denkst du?«, fragte Tomas sie, als er sie näherkommen sah.

Sie zuckte mit dem Kopf. »Er hat uns nichts Neues erzählt.«

»Das stimmt. Nichts Neues. Aber ein Gärtner ist der nicht, so viel steht fest. Auch die Putzfrau hat nichts Interessantes gesagt. Die einzige Neuigkeit des Tages kam von Dottoressa Percivaldi.«

»Spielst du auf die Tatsache an, dass anscheinend Spuren einer Frau an der Leiche gefunden wurden? Als sie über den Kiesweg gezerrt worden ist?«

»Ja«, antwortete Gallo, während er das Notizbuch aufschlug, in dem er die Villa Nobel am Abend zuvor skizziert hatte.

Laura betrachtete das Notizbuch und die wenigen krummen Linien, die in Tomas' Vorstellung den Ort des Verbrechens symbolisieren sollten. Sie betrachtete sie mit einem verwirrten Blick. »Und das hier?«, fragte sie. »Was ist das für eine Skizze?«

»Das ist die Villa Nobel.«

»Gut, dass du Polizist geworden bist, denn als Architekt wärst du verhungert. Und die hier?«, fragte sie und deutete auf die Namen, die um die Zeichnung herum geschrieben waren. »Sind das die Namen der Zeugen?«

»Ja«, antwortete Gallo, »das sind die Namen derjenigen, die auf die eine oder andere Weise bei und nach dem Auffinden der Leiche vor Ort waren.«

Laura legte den Kopf leicht schief. »Ist es dir in den Sinn gekommen, dass der Mörder darunter sein könnte?«

Gallo nickte, als er ihr in die Augen sah. »Ja«, antwortete er. »Ich habe genau darüber nachgedacht.«

17. KAPITEL

Sanremo, 21. Juni

An diesem Abend hatte Frau Fiorini einen leichten Schwindel im Kopf, aber es ging ihr nicht schlechter als die anderen Male. Sie füllte ihr Glas nach, setzte sich dann auf die Sofakante und starrte auf den Fernseher, in dem ein grau melierter Mann die Gäste seiner Sendung vorstellte. Von jedem von ihnen zählte er die Positionen auf, die er in der jüngeren Vergangenheit innehatte oder innegehabt hatte und stellte sie dann den Zuschauern vor, die ihre Anwesenheit mit einem kurzen Applaus quittierten.

Luciana Fiorini interessierte sich nicht für das, was der ergraute Kerl sagte, und noch weniger für die Antworten der Gäste, obwohl sie seit jeher ihre Abende damit verbrachte, sich schwachsinnige Sendungen im Fernsehen anzusehen und Weinflaschen zu leeren.

Sie hatte damit angefangen, als sie herausfand, dass ihr Mann sie betrog, und hatte seitdem nicht mehr damit aufgehört. Kein Richter dieser Welt hätte ihr in Anbetracht der finanziellen Situation des Anwalts Mario Boeri im Falle einer Scheidung eine angemessene Unterhaltszahlung verweigert, damit sie in Würde leben konnte, aber sie hatte keine Lust dazu. Nicht aus Liebe, schon gar nicht deswegen. Die Liebe war längst erloschen. Nein, die Wahrheit war eine andere: Sie wollte das Scheitern ihrer Ehe nicht publik machen. Niemals hätte sie das Schmunzeln gewisser Bekannter und noch weniger die heuchlerischen Tränen und schmerzlichen Blicke von Verwandten ertragen. Lieber betäubte sie sich mit einem Glas Wein. Oder zwei. Oder immer mehr Gläsern Wein.

Jetzt interviewte der Typ mit den salz- und pfefferfarbenen Haaren einen ziemlich berühmten Tennisspieler: einen großen, stämmigen Kerl, der beim Turnier von Monte Carlo im Halbfinale gestanden hatte und sich dafür den Fernsehauftritt verdient hatte. Die anderen Gäste sahen neben ihm nicht so telegen aus, und selbst Luciana war aufgefallen, dass der erfolgreiche Tennisspieler mit seinem intelligenten Aussehen zum Rest des Studios nicht recht dazu passte. Sie wartete, bis er eine Frage beantwortet hatte, und ging dann die wenigen Schritte, die sie vom Tisch drüben im Salon trennten.

Der Zettel lag dort, am Fuß einer Kristallvase, in die Nerica wenige Stunden zuvor einen prächtigen Tulpenstrauß gestellt hatte. Sie nahm ihn zwischen ihre Finger und las ihn zum x-ten Mal. Ein Name, eine Adresse und eine Uhrzeit. Es gab nicht viel zu erraten: Der Name war sicher der einer der vielen Huren, die ihren Lebensunterhalt damit verdienten, sich an verdorbene und bösartige alte Männer zu verkaufen. Sie hatte schon andere Zettel dieser Art in den Taschen ihres Mannes gefunden und sich mit der Zeit angewöhnt, nicht darauf zu achten, aber in diesem Fall könnten der Ort, die Uhrzeit und vor allem der Vermerk, der in Druckbuchstaben an der Seite geschrieben war, wichtig sein. Sie hatte am Abend zuvor darüber nachgedacht, sogar erwogen, den Commissario anzurufen, und es im letzten Moment vorgezogen, die Sache auf sich beruhen zu lassen. Und dann hatte sie doch den ganzen Tag darüber nachgedacht, aber sie war immer noch nicht in der Lage gewesen, sich eine Antwort zu geben, ob sie das Richtige täte. Sie wusste nicht, was sie tun sollte, und der Schwindel in ihrem Kopf half ihr auch nicht gerade viel weiter.

Sie kehrte zum Sofa zurück. Sie legte die Zeitung auf den Couchtisch und schenkte sich ein neues Glas Wein ein. Sie trank ihn in kleinen Schlucken und behielt ihn im Mund, als wolle sie die auf dem Etikett erwähnten Aromen auskosten.

»Morgen …«, sagte sie, als das Glas leer war. »Ich werde morgen noch mal darüber nachdenken.«

Sie lehnte ihren Kopf gegen das Sofa, und nach und nach wurden ihre Gedanken immer wirrer und verschwommener, bis sie schließlich eingelullt einschlief. Das Glas fiel ihr aus der Hand und rutschte am Polster des Sofas hinab auf den Teppich.

Sie wachte um kurz nach 23 Uhr auf. Der grau melierte Moderator war immer noch da. Unerschrocken stellte er weiterhin Fragen an die Gäste, die ihm aufmerksam zuhörten und wichtigtuerisch antworteten, als hänge die Zukunft der Menschheit von ihren selbstbesoffenen Worten ab. Sie brauchte einige Minuten, um ihre Schläfrigkeit abzuschütteln, und dann, als die Kamera über die Reihen der Gäste schwenkte, suchte sie nach dem Gesicht des hübschen Tennisspielers, aber der junge Sportler mit dem intelligenten Blick war nicht mehr da. Er war verschwunden.

18. KAPITEL

Ventimiglia, 10. März 2017

Schon in ihren ersten Tagen in Sainte Agnès hatte sie sich mit den Marotten ihrer Arbeitgeberin arrangieren müssen. Nichts besonders Unerträgliches oder Lästiges, aber es war nicht leicht gewesen, sich anzupassen, besonders für jemanden wie sie, der bis dahin noch kein wirkliches Zuhause oder einen festen Platz zum Leben hatte.

Einige von Annettes Angewohnheiten waren skurril, wie das Teewasser, das immer in derselben Kanne abgekocht werden musste, oder die Fensterläden, die jeden Abend um 20 Uhr geschlossen werden mussten; andere waren eintönig, wie das Baguette, das jeden Tag beim Bäcker in Sainte Agnès gekauft werden musste, und wieder andere waren zum Glück vergnüglich. Von den letzteren war der Wochenendbesuch auf dem Markt von Ventimiglia sicherlich die angenehmste.

Jeden Freitag wachten sie früh auf, dann ging Annette in die Garage und putzte die Windschutzscheibe des Renault 4 mit unendlicher Sorgfalt, denn sie war der Meinung, dass eine perfekte Sicht unerlässlich sei, um Unfälle zu vermeiden. Sie packte die Taschen in den Kofferraum, vergewisserte sich, dass sie die nötigen Ausweispapiere mitgenommen hatte, und setzte sich schließlich hinter das Steuer. Bei jedem Wetter, auch bei Kälte und Wind, manchmal sogar bei Regen, denn sie war überzeugt, dass auf der anderen Seite der Grenze schlechte Wetterverhältnisse sehr selten waren.

Auch an diesem Freitag im März fuhren sie los. Sie stiegen in den alten, klapprigen Renault 4, mit nur drei Gängen, mit dem Ganghebel, der aus dem Armaturenbrett ragte, und als sie an ihrem Ziel ankamen, hatten sie den Eindruck, dass auf der anderen Seite der Grenze, in Italien, bereits der Frühling begonnen hatte. Die Sonne war warm und die Luft roch wie am Ende eines jeden Winters, wenn man das Gefühl hatte, dass die Kälte jeden Moment dem guten Wetter weichen werde.

Es wehte ein leichter Wind, aber die Temperatur war schon so angenehm, dass man sich sogar in Hemdsärmeln wohlfühlte. Die Kleider, die an den Zelten der Marktstände aufgehängt waren, flatterten und brachten die Seile, an denen sie hingen, zum Schwingen. Selbst die Zelte, die die Stände bedeckten, schienen sich im Rhythmus dieser Brise zu bewegen, von der man nicht wusste, ob sie vom Meer oder vom Land kam, denn im äußersten Westen Liguriens, an der Grenze zwischen Italien und Frankreich, war es unmöglich zu sagen, ob es die Berge waren, die aus dem Meer entstanden, oder nicht vielmehr das Meer, das sich aus den Bergen verflüssigt hatte, die steil zu Stränden und Klippen hin abfielen.

Der Bummel zwischen den Marktständen in Ventimiglia bereitete ihr Freude und sie fühlte sich jedes Mal, als würde sie in ein imaginäres Babel eintauchen. Die Mischung der ethnischen Gruppen, die die Promenade bevölkerten, die Sprachen, die sich miteinander vermischten, und das Durcheinander der Rufe und Stimmen erinnerten sie an die Schönheit der Welt, wenn man den Mut hatte, sie in ihrer ganzen Vielfalt auf einmal zu betrachten, ohne sich von der Mischung der Farben einschüchtern zu lassen.

Wie immer füllte Annette ihre Einkaufstaschen mit Obst und Gemüse, und wie immer konnte sie nicht umhin, mindestens einen Blumenstrauß zu kaufen. Gegen Mittag, als der Kofferraum des Renault 4 voll war, verließen sie den Markt und fuhren zur Marina di San Giuseppe, wo sie in einem Dehors, einer überdachten Außenterrasse, Platz nahmen. Annette wählte eine Portion Lasagne, während sie sich eine Portion Linguine al pesto bestellte, denn seit ihrem ersten Aufenthalt in Italien hatte sie sich in diese Nudeln mit der würzigen Soße verliebt, die nur aus Basilikum, Pinienkernen, Knoblauch, nativem Olivenöl und ein wenig Parmesankäse bestand. Es war ein einfaches Gericht aus regionalen Zutaten, aber es befriedigte alle ihre Sinne, vor allem ihren Geruchssinn, dank des wunderbaren Dufts des Basilikums, wenn er im Mörser zerstoßen wird.

Nach dem Essen spazierten sie die Promenade entlang. Ein paar Minuten lang beobachteten sie die Strände, an denen schon die Vorbereitungen für die nahende Badesaison zu sehen waren. Sie hielten inne, um die bunt angemalten Kabinen zu betrachten, die sich jenseits der Promenade aneinanderreihten, und die Bars, die meist gen Meer ausgerichtet waren; dann begann Annette plötzlich von sich zu erzählen.

Bis dahin waren es kleine Vertraulichkeiten gewesen, Details eines viel größeren Bildes, aber an diesem Tag hatte sie wirklich ihr Herz geöffnet. Sie erzählte von ihren Eltern, die bei einem schrecklichen Unfall ums Leben gekommen waren, als sie noch ein Teenager war, und nachdem sie ein paar Details aus ihrer Jugend preisgegeben hatte, erzählte sie von der Zeit, als sie in Eric verliebt gewesen war, einen blonden gut aussehenden Jungen, der jeden Sommer in einem Ferienhaus in Sainte Agnès verbrachte. Sie war davon überzeugt, dass sie ihn wie verrückt liebte, und war sich ihrer Liebe absolut sicher, doch ihre Geschichte hatte noch nicht einmal ein Jahr gehalten.

»Wegen mir. Nur wegen mir«, sagte sie voller Überzeugung und versuchte dann zu erklären, wie sie im allerbesten Moment ihrer Beziehung etwas in sich entdeckt hatte, das sie daran hinderte, dieses Gefühl wieder zuzulassen. Sie liebte Eric, und sie war sich sicher, dass er sie auch liebte, aber sie war sich ebenso sicher, dass die Beziehung nicht funktionieren würde. Sie hatte ihn verlassen, und seither gab es keinen Mann mehr in ihrem Leben.

»Du hattest seitdem nie jemanden gehabt?«

»Nein.«

»Und hast du immer allein gelebt?«

Annette hatte genickt. »Ja, allein.«

»Schon so lange … Wie war das möglich?«

»Ich tat andere Dinge, die mein Leben ausfüllten, vor allem hatte ich das Glück, eine Arbeit zu finden, die mir gefiel. Ich war Anfang 20, als ich von Marcel, einem Freund meines Vaters, eingestellt wurde, der in einer Gärtnerei bei Menton Rosen züchtete.«

»Jetzt verstehe ich, woher deine Liebe zu den Pflanzen kommt. Wann hast du damit aufgehört?«

»Erst vor zehn Jahren, als ich merkte, dass die Anstrengung größer wurde als die Freude, die mir die Blumen bereiteten.«

»Und dann? Hast du eine andere Arbeit gefunden?«

»Nein, ich habe danach überhaupt nichts mehr gemacht. Eigentlich brauchte ich nie zu arbeiten. Papa und Mama hatten mir außer dem Haus eine Leibrente hinterlassen, dank derer ich immer mehr als anständig gelebt habe.«

»Und jetzt? Jetzt, wo du keine Aufgabe mehr hast, fühlst du dich da nicht einsam?«

Annette näherte sich der Brüstung. Sie nahm ihre Hand und drückte sie in ihre. »Ich bin nicht allein. Du bist jetzt hier.«

Es war mehr ein Hauch als eine Stimme, und als sie ihr in die Augen sah, wurde ihr klar, dass die Monate, die sie in der kleinen Villa von Sainte Agnès verbracht hatte, nichts anderes als ein langes Vorspiel für diesen Tag gewesen waren. Es brauchte keine neuen Fragen und keine neuen Antworten, keine Worte mehr – es brauchte nichts mehr. Sie umarmten sich und blieben eng umschlungen stehen, bis sie sich mit den Lippen berührten.

Das hatte sie noch nie getan: Sie hatte noch nie eine Frau auf den Mund geküsst, und doch spürte sie in diesem Augenblick, dass alle Liebe der Welt sich in diesem einen Kuss bündeln konnte.

Bis dahin hatte sie sich an Annettes Parfüm und ihre Eigenarten gewöhnt, sie hatte sich an das Wasser gewöhnt, das sie jeden

Tag in demselben Topf kochen musste, und an das Baguette, das sie immer beim selben Bäcker kaufen sollte. Sie hatte sich an ihre Art, Dinge zu tun, und an ihre Art, sich auszudrücken, gewöhnt. Sie hatte sich sogar an die Blumen im Garten gewöhnt, die sie mit der Zeit kannte und beim Namen nannte. Von diesem Moment an lernte sie auch, sich an ihre Liebe zu gewöhnen.

19. KAPITEL

Riva Ligure, 22. Juni

An diesem Morgen fühlte er sich so fit wie immer, wenn er acht Stunden am Stück geschlafen hatte. Er ging zum Fenster und stützte sich mit den Ellbogen auf die Brüstung. Er schaute hinaus. Der Himmel war klar und das Meer spiegelte seine Farbe wider. Ein paar träge Wellen dehnten sich am Ufer aus, nur die im Fischerhafen vertäuten Boote wiegten sich kaum merklich auf der Wasseroberfläche, begleitet von einem leisen Plätschern. Er suchte nach seinem Gozzo, dem traditionellen Fischerboot mit dem Lateiner-Segel, das unter der Brüstung lag, und nahm dann sein Handy aus dem Ladegerät. Er suchte Paolinas Nummer unter seinen Favoriten und rief sie an. Die Antwort kam schon beim zweiten Klingeln. »Guten Morgen Tomas!«

»Guten Morgen, Paolina. Alles in Ordnung?«

»Ja, alles in Ordnung. Frühstückst du heute zu Hause?«

»Ich denke, ja. An einem Tag wie heute sollte man auf der Terrasse frühstücken.«

»Ich mache dir sofort einen Cappuccino. Soll ich dir die übliche Focaccia drauflegen?«

»Gerne.«

»Möchtest du auch ein Croissant?«

»Ja, gerne! Auch ein Croissant.«

»Gut, lass dich in fünf Minuten wieder sehen.«

Tatsächlich schaute Tomas weit vor Ablauf der fünf Minuten hinaus, er wollte keinen einzigen Moment dieses herrlichen Tagesbeginns verpassen, und blieb am Fenster stehen, bis er Paolina mit dem Focacciastreifen und dem in Papierservietten eingewickelten Croissant auf den Korb zugehen sah. Er grüßte sie von oben und wartete, bis sie mit dem Cappuccino zurückkam, dann zog er an der Leine und ging hinauf auf die Terrasse, wo er alles auf dem Tisch anrichtete.

Von unten kamen die Stimmen von der Bar und das Klappern von Löffeln und Tassen, ansonsten war alles in Schweigen gehüllt. Da waren die Rufe der Möwen, aber weit weg, als gehörten sie zu einer anderen Welt, und da waren die Arbeiter, die die Baustelle etwa 20 Meter weiter verlegt hatten. Der Lieferwagen stand schon an seinem Platz, aber sie waren bestimmt noch im Café, um einen Kaffee zu trinken.

Er setzte sich in die Sonne und genoss den salzigen Geschmack der Luft, dann öffnete er den Thermobecher und sofort strömte der gute Duft von heißem Kaffee und geschäumter Milch heraus. Paolina muss an diesem Tag besonders gut gelaunt gewesen sein, denn sie hatte ein Segelboot auf den Schaum gezeichnet. Die Zeichnung, wenn auch stilisiert, war perfekt. Vielleicht hatte auch sie acht Stunden durchgeschlafen.

Mit Reue versenkte er den Focacciastreifen in seiner Tasse, weil er es bedauerte, Paolinas künstlerisches Geschick zu zerstören, aber als er ihn zum Mund führte und der Geschmack des Milchkaffees sich mit dem salzigen Geschmack der Focaccia vermischte, konnte er nicht anders, als sich an der Schönheit um sich herum zu erfreuen. Er wusste genau, dass niemand auf der Welt, außer einem Ligurer, eine solche kulinarische Kombination gewagt hätte, aber egal, wie abenteuerlich die Kombination von Süßem und Herzhaftem war, er würde niemals aufgeben, seinen Tag auf diese Weise zu beginnen.

Er wollte gerade sein Gebäck wieder in seinem Cappuccino versenken, als das Telefon auf dem Tisch vibrierte. Er schwor sich, dass er es zur Hölle schicken würde, wenn es ein Mitarbeiter eines Energieversorgers wäre, aber als er den Namen auf dem Display las, ließ er seinen Zeigefinger über die grüne

Taste gleiten. Es war Laura Zendroni, die Telefonistin der Polizeiwache.

»Hallo, Laura.«

»Guten Morgen, Tomas, habe ich dich gestört?«

»Nein, überhaupt nicht, ich habe gerade gefrühstückt.«

»Aha, ich verstehe. Ich habe dich gestört.«

»Nein, Laura, wirklich! Nein, kein Problem. Sag schon. Was ist denn los?«

»Ich wollte dir sagen, dass Hauptmann Ritter von der Gendarmerie in Menton angerufen hat. Zum Glück spricht er ein wenig Italienisch, sodass ich verstanden habe, was er wollte.«

»Ich nehme an, er hat wegen der Sache mit dem Anwalt Boeri angerufen?«

»Ja, das ist richtig.«

»Hat er etwas Neues zu berichten?«

»Er hat von einem Selbstmord vor ein paar Monaten gesprochen, aber als ich ihn fragte, ob er mir mehr sagen könne, hat er dichtgemacht: er wolle mit dir darüber sprechen. Er erwartet dich um 10 Uhr in Menton. »Rendez-vous à l'endrôit habituel«, schloss er.«

»Laura, was sagst du da? Dass ich nach Menton fahren muss?«

Laura wartete einen Moment, bevor sie antwortete. »Aber … du wusstest nichts davon? Ich war überzeugt, du hättest schon zugesagt.«

»Nein, Laura, ich habe nichts davon gewusst. Aber das ist kein Problem, ich treffe mich gerne mit Ritter.«

»Weißt du überhaupt, wo er auf dich wartet?«

Tomas wartete einen Moment, bevor er antwortete. »Ja, ich glaube, ich weiß, was das ›endrôit habituel‹ ist. Danke, Laura.«

Er wollte sich schon verabschieden, als er es sich anders überlegte. »Laura, ist Viale heute Morgen im Dienst?«

»Ich habe ihn vor ein paar Minuten gesehen.«

»Sag ihm, ich brauche ihn. Ich möchte, dass er mich nach Menton begleitet.«

»Brauchst du einen Dolmetscher?«

»Nein, Ritter spricht genügend Italienisch, wir werden uns problemlos verstehen, aber es ist gut, wenn er dabei ist. Sag Viale, er soll auf mich warten, ich bin in einer halben Stunde da, sagen wir um 9 Uhr.«

»Gut«, erwiderte sie scherzhaft, »ich sage ihm, er soll um 9.30 Uhr bereit sein.«

Am Telefon ertönte ein kurzes Lachen, dann grüßte sie ihn. »Tschüs, Commissario, bis später.«

»In Ordnung, Laura, bis bald.«

Nachdem er die Focaccia aufgegessen hatte, tauchte Tomas auch das Croissant in den Cappuccino, und als nur noch ein Finger breit Schaum auf dem Boden der Tasse stand, zog er seinen Stuhl vom Tisch weg und stand auf. Er ging ein paar Schritte auf die Terrasse, dann näherte er sich dem Geländer auf der Seite, die auf die Altstadtgasse hinausging. Er blickte auf die schmale Straße, die sich zwischen den Häusern abzeichnete. Um die Bäckerei herum und vor den Körben des Gemüsehändlers standen ein paar Leute. Eine Gruppe von Kindern spielte frei auf dem Bürgersteig, andere jagten sich gegenseitig zwischen den Beinen der Passanten hindurch. Im »budello«, wie die Einwohner von Riva Ligure es nannten, schien die Uhr in den Nachkriegsjahren stehen geblieben zu sein, in der Zeit, als Kinder auf der Straße spielten und man im Laden nebenan einkaufte und nicht in den Mega-Malls, wo man in zehn Minuten Brot, einen Rasenmäher für den Garten und das neueste Handy kaufen konnte.

Die Touristen, die meisten von ihnen Ausländer, schätzten diese glückliche Insel, und morgens verließen sie ihre gemieteten Häuser und eilten zum Einkaufen, bevor sie zum Strand schlenderten, wo sie sich für den Rest des Tages in der Sonne bräunten.

Plötzlich erregte etwas Tomas' Aufmerksamkeit. Zu seiner Linken, hinter der Kirche, befand sich die Schiefertreppe, die er drei Nächte zuvor mit Sonja hinaufgestiegen war. Er ließ seinen

Blick darauf ruhen, und sofort tauchte eine rasche Abfolge von Bildern in seinem Kopf auf: Er sah wieder den Balkon mit Blick auf die von ein paar Straßenlaternen beleuchtete Gasse, die sich weit öffnende Tür zu der Einzimmerwohnung, das schummrige Licht, das den Innenraum erhellte, bis die Erinnerung an das fremde Mädchen auftauchte, das mit offenem Haar auf ihn zuging.

Seitdem waren zwei Tage vergangen, und jedes Mal, wenn er an sie dachte, musste er an ihren flehenden Blick denken, rätselhaft und nicht zu entschlüsseln, als ob wer weiß welche Unruhe in ihr herrschte, und alles fühlte sich unvollendet an, als ob ihre Liebesnacht zu schnell zu Ende gewesen wäre. Vielleicht war deshalb der Wunsch, sie wiederzusehen, so stark.

Er wartete ein paar Minuten, schaute dann auf seine Armbanduhr und stellte fest, dass er Gefahr lief, zu spät zu kommen. Er nahm den Korb mit, ging in den ersten Stock hinunter und lief auf die Straße. Die Treppe führte auf die Promenade, ein paar Schritte von der Bar entfernt. Ein paar kleine Tische standen seitlich des Eingangs zur Bar, die anderen waren um eine große Palme herum aufgestellt. Er legte fünf Euro in den Korb, fügte noch einmal fünf Euro für seine Schulden hinzu und stellte ihn an seinen üblichen Platz. Er suchte Paolina und sah sie auf der anderen Seite des Dehors, grüßte sie mit einer Handbewegung, ging dann den kurzen Weg zur Garage und zog den Rollladen hoch.

Er wollte gerade seinen Helm unter dem Sitz der Vespa hervorholen, als ihm plötzlich eine Idee kam. Mit einer Hand strich er über die Motorhaube des Alfa Romeo GT, der neben dem Motorrad geparkt war, und mit der anderen kramte er in seiner Hosentasche, aus der er einen großen Schlüsselbund herausholte. Er wählte einen aus, stieg ein, steckte ihn ins Zündschloss und sofort sprang der Motor mit einem bollernden Geräusch an. Es war das Dröhnen eines Autos von vor etwa 40 Jahren, als es noch keine Parksensoren oder elektrische Fensterheber gab.

Aber es war ein solides, robustes Auto, das den Biss eines Sportwagens mit der Klasse einer noblen Limousine verband. Die mitternachtsblaue Farbe betonte seine Eleganz. Er legte seine Hände auf das hölzerne Dreispeichenlenkrad und legte den ersten Gang ein. Er fuhr langsam die Promenade entlang, erreichte die Aurelia und parkte 20 Minuten später vor der Polizeiwache.

Inspektor Viale erwartete ihn im Korridor auf einer der Bänke, die normalerweise von Besuchern genutzt wurden.

»Gib mir einen Moment«, sagte er zu ihm. »Ich bin gleich wieder da.«

Er lief ins Büro, öffnete die Mappe, in der er das Material über den Mord an Rechtsanwalt Boeri gesammelt hatte, nahm ein paar Notizen heraus und ging kurz darauf in Begleitung seines Kollegen die Straße hinunter. Sie machten sich sofort auf den Weg nach Menton. Vielleicht würden sie nicht pünktlich um 10 Uhr ankommen, aber Ritter würde sicher auf sie warten.

20. KAPITEL

Menton, 22. Juni

Das »endrôit habituel« war das *Café Royal*, eine Bar mit einem hochtrabenden Namen, aber anspruchslosem Niveau, am Quai Bonaparte, nur wenige Schritte vom Jachthafen von Menton entfernt. Tomas war sich sicher, dass er sich nicht irrte, denn er und Captain Ritter hatten sich dort schon mehrmals getroffen, teils um die gemeinsamen Ermittlungen zu besprechen, teils aber auch einfach nur, um ein kühles Bier zu trinken und ein mit Schinken und Käse belegtes Baguette zu essen. Übrigens das Einzige, was Gallo als typischer Italiener der französischen Gastronomie an Raffinesse abgewinnen konnte. Es schmeckte ihm in Frankreich einfach nicht – vor allem den Ligurern war außer den genial effizienten ligurischen Rezepten ohne jeden Schnickschnack von vornherein alles andere suspekt.

Ritter und er hatten sich kennengelernt, als ein 15-jähriges Mädchen nur wenige Schritte von der Grenze zu Ventimiglia entfernt verschwunden war. Sie hatte in einer Hütte gelebt, die in einem der improvisierten Flüchtlingslager errichtet worden war, in denen auch andere bedauernswerte Flüchtlinge lebten, die ebenso wie sie hofften, die Grenze zu überqueren, und die dann plötzlich verschwunden war. Ihre Angehörigen hatten natürlich darauf verzichtet, ihr Verschwinden zu melden, da sie als illegale Einwanderer nicht mit der Polizei und den Carabinieri zusammentreffen wollten, aber einige Freiwillige der Caritas hatten sich gemeldet, und Tomas Gallo war mit dem Fall betraut worden.

Jemand, der eine Kopie der Anzeige erhalten hatte, schlug vor, Gallo solle zu Protokoll geben, dass das Mädchen beim Versuch gesehen worden sei, die Grenze heimlich und illegal zu überqueren.

»Sie war nach Ventimiglia gekommen, um nach Frankreich zu gelangen, wohin hätte sie sonst gehen sollen, wenn nicht über die Grenze?«

Aber Gallo mochte keine vorgefertigten Wahrheiten und hatte sich mit ganzem Herzen an die Ermittlungen gemacht.

Er hatte die Gendarmerie in Menton um Hilfe gebeten, und dank seiner und Hauptmann Ritters Bemühungen war ein Netz von Menschenhändlern aufgedeckt worden, das jungen schwarzen Mädchen die Überfahrt von Italien nach Frankreich ermöglichte, um sie dann der Prostitution zuzuführen.

Es hatte zwar einige Verhaftungen gegeben, aber das Ganze hatte sich bald wie eine Seifenblase aufgelöst, da sowohl die französischen als auch die italienischen Behörden nicht immer über die nötigen Ressourcen verfügten, sich für das Schicksal der an der Grenze festsitzenden Nicht-EU-Bürger zu interessieren.

Das einzig Positive in diesem Fall war, dass das Mädchen gefunden und in einem Familienheim in Nizza untergebracht wurde, wo es mit Sicherheit ein besseres Schicksal erwarten konnte als das, das ihm sonst bevorgestanden wäre, und dass sich durch die gemeinschaftliche Rettung ein Vertrauensverhältnis zwischen Tomas und Hauptmann Ritter entwickelt hatte. Ihre Ermittlungen hatten sie ohne viel Aufsehen geführt, aber bei beiden war ein tiefer Respekt für den anderen gereift.

Als Tomas das *Café Royal* erreichte, war es fast 10.30 Uhr, aber der Captain, der an einem der kleinen Tische neben dem Eingang auf ihn wartete, schien sich keine Gedanken über Tomas' Verspätung zu machen. Er hatte eine Zigarette, die ihm von den Lippen baumelte, und ein Glas vor sich auf dem Tisch stehen. Aus der Ferne betrachtet hätte man meinen können, es sei eine Coca-Cola, aber in Wirklichkeit wusste Tomas, der ihn ein wenig kannte, dass es etwas anderes war, wahrscheinlich ein Cuba Libre oder vielleicht eines dieser schrecklichen Getränke, die die Franzosen als Aperitifs bezeichnen. Er ging auf ihn zu und stellte ihm Inspektor Viale vor, nachdem er ihm die Hand geschüttelt hatte.

Der Kellner, der die beiden neuen Gäste des Captains abschätzig beäugt hatte, kam sofort an den Tisch. Er fragte, ob sie etwas wünschen.

»Einen Espresso«, sagten Tomas und Viale gleichzeitig.

»Auf italienische Art!«, setzte Gallo hinzu, der auch den französischen Kaffeekünsten gegenüber eher misstrauisch war.

Sie wechselten noch ein paar Worte unter Amtskollegen, übliche Floskeln zur Begrüßung, dann setzten sie sich an den Tisch, an dem bis dahin der Captain allein gesessen hatte. Tomas ließ sich auf seinem Stuhl nieder und betrachtete seinen – wie die Italiener das nannten, um eine künstliche kulturelle und vor allem gastronomische Hürde zu konstruieren – »transalpinen« Kollegen, um zu sehen, ob er sich seit dem letzten Mal, als er ihn gesehen hatte, verändert hatte. Nein, nichts war anders: derselbe Bart, der mindestens drei Tage alt war, dieselbe Art zu lächeln und dieselbe ruhige und entspannte Haltung. Seine Stimme war tief und musikalisch zugleich, fähig, jedem Wort, das aus seinem Mund kam, Nachdruck zu verleihen.

»Ich nehme an, Ihre Kollegin hat Ihnen schon etwas berichtet«, sagte er und wandte sich an den Kommissar.

»Ja«, antwortete Tomas, »wenn ich richtig verstanden habe, haben Sie mich gebeten hierherzukommen, um mit mir über einen Selbstmord zu sprechen.«

»Exactement: ein Selbstmord. Als Sie mir vor zwei Tagen erklärten, dass Sie im Büro von Bernards Anwalt einige Fragen stellen müssten, hatte ich nicht daran gedacht, aber gestern Abend, als ich darüber nachgedacht habe, kam mir dieser Fall wieder in den Sinn und ich habe einige Nachforschungen angestellt.«

»Was hat ein Selbstmord mit dem Villa-Nobel-Mord zu tun?«

»Der Ort des Selbstmordes könnte eine Verbindung zu beiden Fällen sein: Die Leiche lag genau vor dem Gebäude, in dem die Kanzlei der Gebrüder Bernard ihren Sitz hat.«

»Ich kann immer noch nicht ganz folgen. Was hat das Ganze mit dem Anwalt Boeri zu tun?«

»Die Frau, die Selbstmord begangen hat, hatte gerade ein Gespräch mit Rechtsanwalt Boeri geführt. Sie kam gerade aus seinem Büro. Verstehen Sie?«

Tomas bewegte ein paar Mal den Kopf, ohne etwas zu sagen, und Ritter vervollständigte seine Verdachtsmomente.

»Laut der Aussage eines Kellners, der in einem Café in der Nähe des Büros arbeitet, hat sich die Dame, die Suizid begangen hat, nach dem Verlassen des Gebäudes, also direkt nach dem Treffen mit Boeri, auf eine Bank gesetzt. Sie sah zunächst nicht besonders aufgebracht oder verstört aus und machte den Eindruck, als wolle sie sich einen Moment ausruhen, doch plötzlich holte sie die Pistole aus ihrer Tasche und setzte sie sich an die Schläfe. Wer Selbstmord begeht, tut dies normalerweise heimlich oder zumindest an einem abgelegenen Ort. Selbstmord ist fast immer ein Akt, der allein vollzogen wird. Sie hingegen beging ihren Selbstmord auf der Straße, in aller Öffentlichkeit, so als wollte sie damit etwas zeigen oder auf etwas hinweisen. Ein finaler Verzweiflungsakt, die letzte Chance, durch den eigenen Tod jemand anderen dazu zu zwingen, sich der Verantwortung zu stellen. Ich erinnere mich, dass der Fall für viel Aufsehen sorgte. So etwas kommt nicht sehr oft vor.«

In diesem Moment kam der Kellner mit der Bestellung zurück. Er stellte die beiden Kaffee auf den Tisch. Gallo wartete, bis er weg war, dann sah er dem Captain in die Augen.

»Diese Frau – hat sie irgendeine Nachricht hinterlassen?«

»Nein, keinen Zettel, keinen Abschiedsbrief, keine Anklage. Nichts.«

»Wie lange ist das her?«

»16. März.«

»Dieses Jahr?«

»Ja, in diesem Jahr.«

»Vor drei Monaten … Hat jemand versucht, Rechtsanwalt Boeri dazu anzuhören?«

»Ja, natürlich. Kollegen, die sich des Falles angenommen haben, haben mir erzählt, dass sie ihn mehr als einmal befragt haben.« Er zuckte mit den Schultern und schüttelte dabei den Kopf.

»Wurden auch die anderen Mitarbeiter der Kanzlei vernommen?«

»Sicher, alle, die vor dem Mord mit der Frau gesprochen hatten, wurden zur Gendarmerie vorgeladen.«

»Ist dabei etwas herausgekommen?«, fragte Tomas, während er seine Tasse an die Lippen führte.

»Nein«, antwortete Ritter, nachdem er einen weiteren Zug seiner Zigarette inhaliert hatte, »niemand lieferte irgendeine brauchbare Information, um das Motiv der armen Dame für ihren Selbstmord erklären zu können, also blieb uns nichts anderes übrig, als den Bericht als einen trivialen Selbstmordfall abzuschließen und das Verfahren einzustellen. Sie wissen ja auch, dass solche Vorfälle an der Tagesordnung sind. Angesichts der Ereignisse in Sanremo frage ich mich jedoch, ob es hierbei nicht vielleicht einen Zusammenhang zwischen den beiden Fällen gibt.«

»Eine Verbindung …«, sagte Tomas in einem nachdenklichen Ton. »Ich weiß nicht, ob es eine Verbindung gibt, aber ich danke Ihnen, dass Sie mich angerufen haben. Im Moment sind wir noch weit davon entfernt, den Fall auch nur ansatzweise zu lösen, und jede Spur, jeder Hinweis kann nützlich sein.«

»Soll ich Sie zu Bernards Kanzlei begleiten? Es ist nicht weit. Ich zeige Ihnen den Ort, an dem der Selbstmord stattfand, und danach können wir, wenn Sie wollen, gemeinsam den Brüdern Bernard ein paar Fragen stellen.«

Tomas deutete auf Viale, der neben ihm saß und verwirrt auf seinen Kaffee schaute. Er sagte ihm, dass er gerade bei Bernard gewesen sei, um sich über die Geschäfte des Anwalts Boeri zu informieren, und dass er es daher nicht für angebracht halte, noch mal dorthin zu gehen.

»Wir könnten später wiederkommen, wenn es etwas Neues gäbe. In diesem Fall würde ich Sie unbedingt bitten, mich zu begleiten.«

Ritter nickte, kramte einige vierfach gefaltete Blätter aus seiner Tasche und legte sie auf den Tisch.

»Ich habe Ihnen eine Kopie des Berichts gemacht, weil ich dachte, er könnte aufschlussreich für Sie sein. Natürlich ist er auf Französisch geschrieben, aber Sie werden sicher keine Probleme haben, ihn zu übersetzen.«

Gallo sah sich die erste Seite an und versuchte, ein paar Zeilen zu übersetzen. Dann blickte er hoch: »Ich verstehe nicht viel, aber ich denke, wir schaffen das schon, und dann ist da ja auch noch er«, fügte er hinzu und deutete mit einer Kopfbewegung auf Viale. »Du wirst keine Probleme haben zu verstehen, was da geschrieben steht. Oder?«

»Rufen Sie mich an, wenn Sie mich brauchen, okay?«, sagte Ritter.

»In Ordnung.«

Ritter war aufgestanden, drückte seine Zigarette im Aschenbecher aus und ging in die Bar, um zu zahlen. Plötzlich, schon mit der Türklinke in der Hand, hielt er inne, drehte sich um und sagte in Richtung seiner italienischen Kollegen: »Sie war krank. Sehr krank sogar.« Der Captain sagte es so, als sei ihm das gerade eben erst in den Sinn gekommen.

»WAS? Was hatte sie?«, fragten Gallo und Viale synchron.

»Die Frau, die durch Selbstmord starb, war an Krebs erkrankt. Sie hatte nur noch ein paar Monate zu leben.«

»Vielleicht hat sie sich deshalb erschossen«, bemerkte Viale, der immer noch in seinen Kaffee vertieft war.

»Das könnte sein«, erwiderte Ritter, »aber dann sollten wir auf die Argumentation von vorhin zurückkommen: Wenn sie sich das Leben nehmen wollte, hätte sie einen anderen Moment und einen anderen Ort wählen können, warum sollte sie es fünf Minuten nach einem Gespräch mit einem Anwalt tun?«

»Woher wissen Sie, dass sie krank war?«, fragte Gallo.

»Ich habe es in dem Bericht gelesen.« Er deutete mit dem Kopf auf die Kopien, die aus Viales Tasche hervorlugten. »Sie war seit zwei Jahren in Behandlung, und in den letzten Monaten lag sie mehr in einer auf onkologische Erkrankungen spezialisierten Klinik als zu Hause.«

»Hatte sie irgendwelche Hoffnung auf Heilung?«

»Nach dem, was dort steht, würde ich sagen, nein.«

»Sie meinen, sie war dem Tod geweiht?«

»Ja«, schloss Ritter. »Sie war dem Untergang geweiht.« Ritter verschwand mit diesen Worten durch die Tür der Bar.

Allein gelassen, schwiegen Tomas und Viale einige Augenblicke lang, dann legte der Kommissar, der in der Zwischenzeit endlich den Mut aufgebracht hatte, seinen Kaffee anzurühren, eine Hand auf den Bericht, den Viale wieder aus seiner Tasche hervorgezogen hatte und der nun vor ihnen auf dem Tisch lag.

»Sie lag im Sterben«, stellte er fest, »und das könnte den Selbstmord erklären. Aber es bleibt unerklärlich, dass sie sich gleich nach dem Gespräch mit Boeri erschossen hat.«

»Tatsächlich gibt es noch eine weitere Ungereimtheit«, stellte Viale fest.

»Wie meinst du das?«

»Die Pistole. Was macht es für einen Sinn, mit einer Waffe in der Tasche zu einem Anwalt zu gehen? Und überhaupt, wenn sie vorhatte, sich umzubringen, warum dann erst nach dem Gespräch mit dem Anwalt?

»Es wäre interessant zu wissen, worüber sie gesprochen

haben«, sagte Viale, »zu schade, dass keiner von ihnen uns mehr was sagen kann.«

»Nein«, schloss Tomas, »keiner von ihnen wird es uns jemals sagen. Beide sind tot.«

21. KAPITEL

Sanremo, 22. Juni

Dass Benzina in seine Arbeit regelrecht verliebt war, zeigte der ausgeprägte Respekt vor den Werkzeugen in seiner Werkstatt, die er mit unendlicher Sorgfalt behandelte und jedes Mal nach Gebrauch mit wahnsinniger Präzision wieder akkurat zurück in ihre Halterungen platzierte. Es war eine eiserne Regel, dass die Schlüssel und Schraubenzieher am Ende eines jeden Tages wieder an ihren Platz zurückgelegt werden mussten, oder höchstens, wenn die Reparatur auf den nächsten Tag verschoben wurde, auf dem Rollwagen bleiben durften, aber erst, nachdem sie sauber aufgereiht und sorgfältig gereinigt worden waren.

Es war schade, dass er sein Engagement für die Arbeitsgeräte nicht auch auf seine Körperpflege und seine Kleidung übertrug. Wenn er in der Werkstatt war, trug er einen abgenutzten und zerschlissenen Overall und an den Füßen ein Paar alte Lederstiefel – Sommer wie Winter dieselben. An seinen Händen klebte ein Batz aus Fett und Öl, und er roch aus jeder Pore nach Benzin, und einige, die einen etwas boshafteren Spott als andere ihr Eigen nannten, behaupteten, um ihn zu veräppeln, dass er seit Jahren immer dieselbe Zigarre zwischen den Lippen kleben habe.

Natürlich stimmte die letzte Behauptung nicht, aber Benzina war gewiss kein Ausbund an Eleganz, weder in der Werkstatt noch außerhalb, und von der obsessiven Aufmerksamkeit, die er den ihm anvertrauten Fahrzeugen entgegenbrachte, war er bei alltäglichen Dingen und seiner persönlichen Hygiene weit entfernt. Er war in der Lage, einen Motor in Windeseile in seine Einzelteile zu zerlegen, ohne eine einzige Schraube aus den Augen zu verlieren, und verbrachte dann aber Stunden damit, seine Lesebrille zu suchen, die er überall liegen ließ.

Als Tomas an diesem Tag die Werkstatt betrat, suchte Benzina wieder einmal nach seiner Brille. Er war sich sicher, dass er sie auf den Tresen gelegt hatte, aber sie war weder dort noch auf dem Telefonregal, wo er sie ab und zu ablegte, noch neben dem Reparaturregister.

Sobald er das Knarzen der Reifen auf dem Boden hörte, geriet die Suche nach der Brille in den Hintergrund. Er drehte sich um und beobachtete den Alfa GT, der zum Parken rangierte. Er liebte dieses Auto. Er liebte es deshalb so sehr, weil es ihn an die Motoren erinnerte, die ihm schon als kleiner Junge den Kopf verdreht hatten, in den Jahren, als Autos noch reine Mechanik waren und die Elektrik keine andere Funktion hatte, als den Anlasser zu bedienen, das Licht zu steuern und den Ventilator zu betreiben. Und Plastik im Automobilbau fast noch ein Fremdwort war.

Als der Kommissar und Viale sich aus dem niedrigen Sportwagen-Oldtimer gehievt hatten, grüßte er sie mit einer Handbewegung. Er wartete einen Moment, dann zog er seine Zigarre von einem in den anderen Mundwinkel.

»Wo kommt ihr denn her?«

»Aus Menton«, antworteten die beiden.

Benzina zuckte mit den Schultern. »Alle Zeitungen schreiben über den Fall Villa Nobel, die ganze Stadt ist in Aufruhr, der Bürgermeister dreht durch – und ihr fahrt nach Frankreich? Vorhin habe ich wieder ein paar Journalisten und Neugierige mit ihren Handys vom Tor weggejagt, die hier versucht haben, alles zu filmen. Sie haben mir gesagt, sie seien True-Crime-Vlogger. Sogar aus Rom waren welche gekommen. Was soll das denn eigentlich sein? Ein Vlogger?«

Viale setzte zu einer Erklärung an, gab aber sofort wieder auf. Stattdessen sagte er: »Wir sind genau wegen dieser Ermittlungen in Menton gewesen. Heute Morgen gab es einen Hinweis, der etwas mit dem Villa-Nobel-Verbrechen zu tun haben könnte und der nach Menton führte.«

»Ah, so ist das …«, sagte der Mechaniker unbeeindruckt, starrte dann Gallo an und fragte ihn, ob er wisse, dass am Vortag eine in ganz Ligurien gesehene Fernsehsendung dem Verbrechen einen Bericht gewidmet habe. Benzina spielte mit seinem Zigarrenstumpen und konzentrierte sich: »Zu Beginn der Sendung, während ein Film im Inneren der Villa gezeigt wurde, sprach der Moderator über den Anwalt und lobte ihn als seriösen und angesehenen Fachmann, den alle in der Stadt sehr schätzten, dann machte er einen langen Rundgang durch den Park, hielt an der Stelle an, wo die Leiche des Anwalts gefunden wurde, und interviewte schließlich den Gärtner, der den Leichnam entdeckt hatte.«

»Hast du das Interview gehört?«

»Ja, natürlich.«

»Was hat der Gärtner gesagt?«, fragte der Commissario.

Benzina nahm die Zigarre aus dem Mund. Bevor er antwortete, spuckte er ein Stück Tabak auf den Boden. »Er erzählte, dass er die Leiche kurz nach seinem Dienstantritt bemerkt hatte, und als der Moderator dann das Blumenbeet zeigte, in dem die Leiche von Rechtsanwalt Boeri gefunden worden war, erklärte er ganz genau, wie verdreht die Leiche dort abgelegt worden war. So als wären die Täter sehr in Eile gewesen.«

»Hat man ihm noch andere Fragen gestellt?«

»Sie fragten ihn nach der Dynamitstange.«

»Und er? Was hat er gesagt?«

»Er antwortete, dass er sie sofort bemerkt habe, als er die Leiche entdeckt hatte, und fügte dann hinzu, dass er das Bild, wie die Stange im Mund der Leiche steckte, nie wieder vergessen wird.«

»Haben sie ihn gefragt, ob er das Opfer erkannt hat?«, fragte Viale, der bis dahin geschwiegen hatte.

»Das war eine der ersten Fragen. Er bejahte die Frage und sagte, er kenne den Anwalt gut. Er erklärte auch, wie sie sich kennengelernt hatten; ich habe es nicht ganz verstanden, aber es scheint mir, dass er erwähnte, dass seine Mutter in der Kanzlei des toten Mannes gearbeitet hat oder noch arbeitet.«

»Benzina ...«, sagte Tomas, der bei den letzten Worten des Mechanikers nicht mehr richtig zugehört hatte. »Wie wäre es mit einem Mittagessen in der *Locanda dal Mortaio*?«

»Ich? Heute?«

»Klar, gleich nachher. Jeder hier im Kommissariat hat schließlich mittlerweile was mit dem Fall zu tun.«

»Na gut, ich komme gerne.«

»Und du?«, fragte er Viale.

»Klar, ich komme auch mit, denn meine Frau ist bis heute Abend weg und Marisa kommt erst am späten Nachmittag zurück.«

»Gut! Ich möchte eine Bestandsaufnahme machen und möchte, dass alle dabei sind. Ich hätte gerne das gesamte Team dabei.«

»Das ist unmöglich«, bemerkte Benzina. »Wir können doch die Polizeiwache nicht schließen!«

»Ich weiß, dass wir nie alle bei unseren inoffiziellen Außenterminen vollzählig anwesend sein können, aber je mehr wir sind, desto besser. Wie lange dauert es, bis du hier fertig bist?«

Der Mechaniker griff mit beiden Händen in die Taschen seines Anzugs und suchte nach seinem altmodischen analogen Handy, das ihm eines der Mädchen aus dem Büro samt SIM-Karte vermacht hatte. Er suchte einige Sekunden lang in seiner Tasche herum, und nach einem Moment der Verwirrung schlug er sich mit der freien Hand auf die Stirn.

»Da war sie also!«, rief er aus und zog die Brille aus seiner Tasche.

Er sagte dies mit einem Anflug von Triumph, schaltete sein Handy ein und beantwortete die Frage des Kommissars: »In zehn Minuten …«, er setzte die Brille auf seine Nase, um das Display des Mobiltelefons genau zu studieren. »Ich schließe die Werkstatt in genau zehn Minuten. Dann habe ich Zeit«, sagte er triumphierend.

22. KAPITEL

La Pigna, 22. Juni

»Wer kriegt das?«

Es ging um die letzte Scheibe Cima alla Genovese, die noch am Boden der Servierschale lag. Die Cima ist ein sehr altes ligurisches Gericht, das aus einer mit Eiern, Gemüse und anderen Zutaten wie Kräutern und geriebenem Käse gefüllten Kalbfleischtasche besteht, die mit Nadel und Faden verschlossen und dann in Brühe stundenlang bei niedriger Temperatur gegart wird. Anschließend wird die Cima mit Gewichten beschwert, bis sich die Gelatine verfestigt hat, und dann in Scheiben geschnitten serviert. Es war eines von Barbaras besten Gerichten in der *Locanda dal Mortaio*, wo es im Übrigen auch das beste Pesto, die zartesten Calamari mit Erbsen und die luftigsten Gemüsetorten weit und breit gab. Keine Frage.

Im Rechnen war Barbara, die wie eine Virtuosin mit ihren Töpfen umgehen konnte, leider nicht so gut. Jedes Mal, wenn ein Gericht gleichmäßig aufgeteilt werden musste, weil alle das Gleiche bestellt hatten, blieben mindestens ein oder zwei Stücke übrig, von denen man nie wusste, wer – ohne Peinlichkeit und Geläster heraufzubeschwören – es nehmen durfte. In diesem Fall landete das überschüssige Stück auf dem Teller von Giostra, der aufgrund seines jungen Alters wohl den größten Appetit hatte. Er spießte die Scheibe mit seiner Gabel auf, und das allgemeine Schwärmen über die Cima alla Genovese am Tisch verstummte. Alle lehnten sich zurück, nur Giostra verschlang – beobachtet von allen anderen – sein letztes Stück. Jetzt blieb nichts anderes übrig, als auf einen Nachtisch zu warten, den Barbara in der Küche nebenan zauberte.

An diesem Tag hatte das gesamte Polizeirevier am Tisch in der *Locanda dal Mortaio* zu Mittag gegessen, mit Ausnahme der beiden gerade erst eingetroffenen Agenten, die bis zuletzt Journalisten und Blogger abwimmeln mussten. Gott sei Dank war noch niemand auf die Idee gekommen, ihnen in der Locanda aufzulauern. Wahrscheinlich war es nur eine Frage der Zeit.

Tomas hatte die beiden Agenten nach ihrer Ankunft beschwichtigt und ihnen versichert, dass sie hier in kürzester Zeit fertig sein und bald wieder dort sein würden, wo sie hingehörten, nämlich auf dem Kommissariat, aber die beiden waren sich sicher, dass dies nicht der Fall sein würde, denn sie waren schon einmal bei den Mittagessen-Besprechungs-Briefings im *Mortaio* dabei gewesen und wussten, wie schwierig es war, von dort wieder fortzukommen, vor allem, wenn so viele von ihnen gekommen waren wie heute und alle gemütlich beieinander saßen und draußen auf der engen Gasse das quirlige Leben langsam erlahmte und die Bewohner der Altstadt von Sanremo sich auf die wohlverdiente Siesta vorbereiteten.

Gallo wartete, bis Barbara mit stolzem Blick mit den Desserttellern an den Tisch gekommen war – ein fantastisches Vanille-Halbgefrorenes mit Himbeersahne und in Schokolade getauchten Minzblättern, ein Kunstwerk, von dem niemand so recht wusste, wie Barbara das in ihrer winzigen Küche hinbekam –, dann stand er auf und begann mit dem Bericht, für den er das Team versammelt hatte.

»Seit dem Verbrechen in der Villa Nobel sind zwei Tage vergangen«, sagte er, »aber im Moment sind wir noch nicht sehr weit gekommen. Wir haben keine Bilder von den Videoüberwachungsanlagen, wir haben keine Zeugen, und die Abfrage von Telefonaufzeichnungen hat keine Ergebnisse gebracht, genauso wenig wie die Funkzellenabfrage. Sicher ist nur, dass der Anwalt Boeri vor der Villa ermordet und dann von zwei Personen, von denen eine mit ziemlicher Sicherheit eine Frau war, durch den halben Park gezerrt und in ein Blumenbeet geworfen wurde. Noch dazu hat man ihm – wahrscheinlich post mortem – eine Stange Dynamit in den Mund gerammt. Ein weiterer beunruhigender Fall ist der Sprengstoff, der im Konferenzraum der Villa gefunden wurde und der dort platziert wurde, um ein regelrechtes Massaker anzurichten. Derzeit gibt es noch keine belastbaren Untersuchungen, aber schon auf den ersten Blick ist klar, dass der Sprengstoff, wenn er nicht rechtzeitig entdeckt worden wäre, ein fürchterliches Blutbad während der Konferenz Ende Juni angerichtet hätte, anders als die falsche Dynamitstange, die im Mund des Anwalts gefunden wurde und die meiner Meinung nach die Verbindung zwischen dem Mord und dem in der Villa gefundenen Sprengstoff herstellt. Was ich aufgezählt habe, ist in etwa alles, womit wir bis jetzt arbeiten konnten, aber es gibt jetzt eine Neuigkeit, die sich als interessant erweisen könnte, wenn wir verstehen wollen, wo im Leben des toten Anwalts Spuren zu finden sind, die Aufschluss darüber geben könnten, warum er eines gewaltsamen Todes gestorben ist: Am Morgen war ich zusammen mit Kommissar Viale in Menton, um mich mit einem Hauptmann der französischen Gendarmerie zu treffen. Ihr wisst inzwischen alle, dass Boeri ein paar Mal in der Woche im Büro der französischen Anwaltsbrüder Bernard gearbeitet hat, und nun hat mir Captain Ritter erzählt, dass vor zwei Monaten eine Frau direkt vor dieser Kanzlei der Bernards Selbstmord begangen hat, nachdem sie ein Gespräch mit dem Anwalt Boeri geführt hatte. Es kann meiner Meinung nach sein, dass dieser Selbstmord etwas mit unserem Fall zu tun hat, weil es sehr merkwürdig ist, dass die Frau mit einer Pistole in der Tasche genau zu dem Anwalt ging, den wir im Garten der Villa Nobel gefunden haben. Es ist schade, dass weder die Frau noch der Anwalt uns etwas über ihr Treffen sagen können, denn wie wir wissen, sind beide tot: Sie starb durch Selbstmord und er wurde ein paar Schritte von der Villa Nobel entfernt getötet.

Gibt es da einen Zusammenhang? Und wo müssen wir graben, um diesen beweissicher aufzudecken?«

An diesem Punkt angekommen, hielt Tomas einen Moment inne und erklärte dann, wie er die Ermittlungen fortzusetzen gedachte: »Heute Nachmittag werde ich mit dem Kollegen von Rechtsanwalt Boeri sprechen, den Giulia gestern Nachmittag nicht verhören konnte, weil er nicht im Büro war. Martini … so heißt er doch, oder?«, fragte er mit Blick auf die Inspektoranwärterin Giulia Brizio.

»Ja, sein Name ist Enrico Martini. Er sagte, er sei heute den ganzen Tag im Büro und würde uns jederzeit empfangen.«

»Natürlich gehen wir zusammen, Giulia, aber ich möchte, dass du auch dabei bist«, sagte er und wandte sich an Claudio Giostra. »Ich weiß, dass du dich mit Giulia sehr gut verstehst, und ich habe den Eindruck, dass ihr beide zusammen ein gutes Team sein werdet. Beim ersten Treffen allerdings sollte ich dabei sein. Aber wenn sich durch Martini ein Hinweis ergibt, dem es lohnt nachzugehen, dann seid ihr das richtige Team.«

»Ich werde gerne kommen«, antwortete Inspektor Giostra.

»Gut!«, rief Tomas aus und schaute dann zu den anderen Mitgliedern des Teams. »Diejenigen, die auf dem Polizeirevier bleiben, müssen die Ermittlungen fortsetzen, die sie bis jetzt durchgeführt haben. Du, Laura, hast du etwas Neues über die Dynamitstange erfahren?«

Die Frau schüttelte den Kopf. »Leider nicht. Ich habe meine Anfrage an alle Polizeistellen in Norditalien geschickt, aber bisher noch keine Antwort erhalten. Heute Morgen habe ich dazu einen ehemaligen Kollegen angeschrieben, der einige Jahre lang bei der Bombenentschärfung gearbeitet hat, und ihm ebenfalls ein Foto der Stange geschickt. Ich hoffe, er antwortet mir bald, oder eine der Polizeidienststellen hat so eine Fake-Dynamit-Stange schon mal irgendwo gesehen.«

»Sagtest du ehemaliger Kollege?«

»Ja, Domenico Lupi hat die Polizei vor zwei Jahren verlassen, aber wir sind seitdem immer in Kontakt geblieben. Wir sprechen oft miteinander. Er war ein guter Typ, immer verfügbar, ich habe gerne mit ihm gearbeitet.«

»Das hättest du offiziell nicht tun sollen, verstehst du?«

»Tut mir leid, Tomas, ich weiß, dass wir kein vertrauliches Ermittlungsmaterial außerhalb der Staatspolizei verschicken dürfen.«

»Das stimmt, das dürfen wir nicht tun!«, erwiderte Gallo wütend, merkte aber, dass seine Stimme laut wurde, und senkte sofort seinen Tonfall. »Das hättest du nicht tun sollen, weißt du?«, sagte er sanfter und blickte sie an.

»Okay«, Laura entschuldigte sich erneut, »ich habe einen Fehler gemacht, aber ich habe das Gefühl, dass Domenico uns helfen kann«, beharrte sie trotzig. »Du weißt auch, dass die falsche Dynamitstange sehr alt ist und er ein echter Experte für die Geschichte des Sprengstoffs ist. Er hat seinen Abschluss mit einer Arbeit über das griechische Feuer gemacht.«

»Was ist denn griechisches Feuer?«, fragte Giulia.

Rubbano hob plötzlich die Hand, wie in der Schulklasse. »Griechisches Feuer«, sagte er und zitierte die Definition, die er vor wer weiß wie langer Zeit auswendig gelernt hatte. »Ein explosives Gemisch, das in der Antike verwendet wurde, um feindliche Schiffe in Brand zu setzen.« Er sagte es in demselben tonlosen Ton, mit dem man eine mathematische Formel oder ein Theorem der Geometrie zitieren würde, und hielt dann einen Moment inne. »Es war tödlich, wisst ihr?«, fügte er hinzu. »Seine Macht wurde durch die Tatsache verstärkt, dass die Brände nicht mit Wasser gelöscht werden konnten, sodass die Schiffe der Feinde in jedem Fall sinken würden.«

Viale und Benzina sahen sich vielsagend an, ohne etwas zu sagen, Laura lächelte Rubbano offen an. Seit Jahren unterhielt Antonio Rubbano sie alle mit seinen komisch anmutenden Ausführungen und schaffte es gleichzeitig, sie mit seinem sprichwörtlichen Gedächtnis immer wieder zu verblüffen.

Auch Tomas starrte ihn einen Moment lang verdutzt an, dann wandte er sich wieder Laura zu.

»Also gut«, schloss er in versöhnlichem Ton, »setzen wir für die Recherche nach der Herkunft der Dynamitstange auf den sprengstoffbegeisterten Ex-Cop und Experten für griechisches Feuer. Was dich betrifft, Antonio, so bitte ich dich, deine Recherchen, die du im Archiv begonnen hast, fortzusetzen. Ich bin überzeugt, dass früher oder später etwas Interessantes dabei herauskommen wird. Eine der beteiligten Figuren in unserem Fall muss irgendeine Spur in Sanremo oder Umgebung hinterlassen haben. Ein Knöllchen, ein Blitzer, eine Anzeige wegen irgendwas, ich bin sicher, dass, wenn wir systematisch suchen, wir auf etwas stoßen werden, das uns etwas über die Vorbereitung zu den beiden Taten verrät.«

»Was ist mit mir?«, fragte Benzina, der in der Zwischenzeit sein Semifreddo beendet hatte und mit den Minzblättern am Boden seiner Glasschüssel haderte. »Du hast mich gebeten, hier zum Mittagessen dazuzukommen. Kann ich auch irgendwie helfen? Kann ich auch was tun?«

Gallo sah ihn an und fragte sich, wie er ihn in die Ermittlungen einbeziehen konnte, dann beantwortete er die Frage: »Morgen wirst du mit mir und Viale nach Menton kommen. Ich weiß, dass du die französischen Straßen immer gemocht hast, und ich weiß, dass du uns gerne begleiten würdest.«

Benzina war glücklich. Es stimmte, an die Provence hatte er lebhafte Erinnerungen. Südfrankreich erinnerte ihn an die glorreichen Tage der Rallye Monte Carlo der 70er Jahre, als die Lancia Stratos Rallyewagen alle Gegner jahrelang in allen Wettbewerben dominiert hatten und er zu den Mechanikern gehörte, die diese sehr speziellen Straßenrennautos fit gehalten und ihnen zu einem Sieg nach dem anderen verholfen hatten. Es war genauso anspruchsvoll, diese Autos als Ingenieur zu konzipieren, wie sie nachher unter härtesten Bedingungen für Mensch und Maschine am Laufen zu halten.

»Natürlich wirst du uns fahren«, schloss Tomas.

»Ich danke dir!«, sagte Benzina glücklich, und sofort ging seine Dankbarkeit in einem breiten Lächeln auf, das, wenn auch nur für einen Augenblick, gnadenlos den verheerenden Zustand seiner Zähne zeigte.

23. KAPITEL

Ventimiglia, 11. Juni 2021

Der Rollladen öffnete sich mit einem langen Quietschen und innerhalb weniger Sekunden strömte Licht in die Garage. Sie trat ein, als ein Sonnenstrahl die matte Motorhaube des Renault 4 golden färbte. Sie blieb einen Schritt von der Tür entfernt stehen und ging dann die wenigen Schritte, die sie von den Regalen trennten. Die Regale waren mit Zeitungen und alten Zeitschriften vollgestopft. Ganz oben, wo man ohne die Hilfe der Leiter nicht hinkam, standen eine Menge Gläser.

Alles Zeug, das man nicht mehr braucht, dachte sie, während sie nach dem blauen Lappen griff, mit dem Annette normalerweise die Windschutzscheibe putzte. Sie faltete ihn zwischen ihren Fingern, bis sie zum Auto zurückkam und das tat, was ihre Freundin jeden Freitagmorgen gemacht hatte. Sobald die Scheibe ausreichend sauber war, kletterte sie ins Auto. Sie startete den Wagen und fuhr langsam aus der Garage.

Als sich der Rollladen hinter ihr schloss, sah sie ihr Spiegelbild einen Moment im Rückspiegel und erschrak. Ihr Gesicht war blass vor Müdigkeit. Sie dachte, dass es seit dem Tag, an dem ihre Gefährtin ihr ihre Krankheit gebeichtet hatte, so gewesen sein musste; seitdem war alles in ihr und an ihr wie abgestorben, denn Verzweiflung, wenn sie wirklich so ist, hinterlässt tiefe Spuren, nicht nur auf der Seele, sondern auch auf dem Körper. Sie hielt den Wagen neben dem Tor an, um noch einmal in den Spiegel zu sehen, dann ließ sie nach einem langen Seufzer die Kupplung los und beschloss loszufahren.

Bis dahin hatte Annette immer die Kraft gefunden, sie zum Markt zu begleiten, aber an diesem Tag war sie nicht in der Lage gewesen, das Bett zu verlassen. Sie war erschöpft von ihrer Krankheit und schwindlig von den Medikamenten. In bestimmten Momenten fühlte sie sich wie in einer Blase eingeschlossen, in der Geräusche auf ihr Trommelfell hämmerten und die Gedanken sich in einem unglaublichen Durcheinander verhedderten. Der Arzt hatte sie von Anfang an gewarnt: »Medikamente heilen das Böse, aber sie können auch bald nach hinten losgehen.« Und es war schließlich genau so eingetreten, sie war durch die Medikamente in deutlich schlechterem Zustand.

Wenige Minuten vor dem Verlassen des Hauses, als Annette sie gebeten hatte, die Einkaufsliste mitzunehmen, hatte sie versucht zu sagen, dass sie eine Woche lang auf den üblichen Marktbesuch verzichten könnten, aber Annette war nicht zu überzeugen gewesen, und so war sie zum ersten Mal allein in den Renault 4 gestiegen.

Sie war die ganze Strecke gefahren, begleitet von viel Wehmut und Bedauern darüber, dass sie die Fahrt nicht so genießen konnte, wie sie es tat, wenn ihre Freundin am Steuer saß. Vor allem hatte es ihr leidgetan, die Strecke von der französischen Grenze bis Ventimiglia zu verpassen, denn diese wenigen Kilometer Straße waren ihr immer bezaubernd vorgekommen. Wenn man dort entlangfuhr, hatte man das Gefühl, sich auf einem riesigen Balkon mit Blick auf das Meer zu befinden. Es war kein Zufall, dass die Familie Hanbury dort, in Capo Mortola, 1867 ein großes Grundstück gekauft und neben einer Villa auch einen fantastischen mediterranen Garten angelegt hatte, der auch fast zwei Jahrhunderte später noch Besucher mit seinen Wundern zu verzaubern vermochte.

Als sie in Ventimiglia ankam, wählte sie denselben Parkplatz, auf dem Annette jeden Freitagmorgen anhielt, als wäre ihre Freundin immer noch da, an ihrer Seite, und ging dann zum Markt.

Die Stände begrüßten sie mit dem üblichen Stimmen- und Farbengewirr. Der Sommer war dabei, sich in seiner ganzen Schönheit zu entfalten, und die beliebtesten Artikel waren Badeanzüge und Sommerkleider.

Es dauerte nicht lange, bis die Taschen gefüllt waren. Sie hatte weder Lust, sich umzusehen, noch hatte sie die Absicht, etwas anderes zu kaufen als das, was auf der Liste stand. Bei den Blumen machte sie eine Ausnahme, denn obwohl sie nicht auf dem Zettel standen, würde sie nie ohne einen Blumenstrauß zurückkehren.

Sie fand den Marktstand an seinem üblichen Platz, wartete, bis eine Dame eine Vase mit Begonien bezahlt hatte, und grübelte darüber nach, welche Blumen Annette gewählt hätte, wenn sie bei ihr gewesen wäre. Sie entdeckte in dem Blumenmeer einen Strauß orangefarbener Rosen und einen mit weißen Lilien. Sie entschied sich für die Rosen. Sie dachte, dass deren leuchtende Farbe die Villa von Sainte Agnès aufheitern würde. Sie zeigte dem Blumenhändler den Strauß, den sie wollte, und genau in dem Moment, als sie ihm den Geldschein überreichen wollte, sah sie den Mann an einem der kleinen Tische in der Bar sitzen.

Sie erkannte ihn sofort. Er war es, daran gab es keinen Zweifel. Erschrocken überschlug sie schnell die Zeit, die vergangen war seit ihrer Begegnung in Genua, damals, als in der Stadt der Sturm der Gewalt tobte: Es mussten 20 Jahre vergangen sein. Plötzlich trafen sich ihre Blicke, und auch er erkannte sie. Keiner von ihnen hatte den anderen vergessen. Oder gar den denkwürdigen Tag, als sie sich verletzt in der Gasse kauernd zum ersten Mal begegnet waren.

Sie dachte, sie könne so tun, als sei nichts gewesen, als sie die Rosen aus den Händen der Blumenhändlerin entgegennahm, und dann noch einmal, als sie sich bedankte. Sie hätte sich einfach umdrehen und weggehen können, aber eine Kraft, die größer war als ihr Wille, drängte sie in Richtung der Bar. Sie blieb neben dem kleinen Tisch stehen. Der Mann stand auf. Er lud sie ein, sich zu setzen.

»Wie geht es dir?«, fragte er sie schlicht.

Sie schüttelte den Kopf. Sie wusste nicht, wie sie antworten sollte. Es gab keine Antwort auf diese Frage.

»Ich hätte nie gedacht, dass ich dich wiedersehen würde …«, flüsterte sie leise, dann röteten sich ihre Augen.

»Was ist passiert?«, fragte der Mann, als er ihr die Taschen aus der Hand nahm, um ihr beim Hinsetzen zu helfen, aber sie wusste nicht, was sie sagen sollte. Ihr fehlten die Worte.

»Es tut mir alles so leid«, murmelte sie und begann sofort zu weinen.

24. KAPITEL

Sanremo, 22. Juni

Gallo verließ das Café, in dem er Giulia und Giostra gerade einen Kaffee spendiert hatte, und ließ seinen Blick über das ein paar Meter weiter gelegene Restaurant schweifen. Es war mindestens 20 Jahre her, seit er das letzte Mal dort gewesen war, aber das Restaurant hatte sich nicht verändert. Dieselben Samtsessel, dieselbe Einrichtung, dieselben Buntglasfenster, dieselben prunkvollen Blumenkästen zu beiden Seiten des Eingangs, wahrscheinlich war sogar die Speisekarte dieselbe geblieben, und sicherlich war die Rechnung genauso hoch wie früher, denn es handelte sich um eines der renommiertesten Lokale von Sanremo.

Eine Kellnerin war im Hintergrund beschäftigt. Er konnte deutlich das Knarren der Dielen hören, als sie die Tische abräumte. Er beobachtete, wie sie mit sicheren Gesten die Gläser auf dem Tablett ordnete, und plötzlich erinnerte er sich an die Zeit, als er als Junge mit seiner Mutter und ihren Freundinnen dort zu Abend gegessen hatte.

Nach so langer Zeit waren die Details dieser Freundinnen seiner Mutter verblasst. Er konnte sich weder ihrer Namen noch ihrer Aussehen entsinnen, aber er war sich sicher, dass sie alle sehr elegant waren und dass sie alle eine tiefe Ehrfurcht vor seiner Mutter zeigten.

Die Gräfin Letizia Galimberti Della Casa wurde von der gesamten gehobenen Schicht von Sanremo wegen ihres guten Geschmacks und ihrer eleganten Kleidung, wegen ihrer Lebensart und ihrer Kultiviertheit als Vorbild angesehen, aber vor allem wurde sie wegen ihrer Herkunft respektiert. In der Vergangenheit waren die Galimberti Della Casa eine der mächtigsten Familien in Norditalien gewesen und hatten überall Verbindungen, vor allem zum Klerus. Viele von Gallos Vorfahren waren Prälaten gewesen, und einer von ihnen hatte in den dunklen Jahren der Inquisition das Amt eines Oberinquisitors in Ligurien bekleidet. Manche sagten sogar, er habe Verbrennungen und Folterungen angeordnet.

»Sollen wir gehen, Commissario?«

Gallo wurde plötzlich aus seinen Gedanken gerissen. Er drehte sich zu Giostra um, der gerade die Bar verlassen hatte. Einen Moment später kam auch Giulia auf sie zu.

»Es dauert nicht mehr lange«, sagte sie und deutete auf die Palmen der Kaiserinpromenade, die sich bereits am Ende der Straße erhoben. »Die Kanzlei ist weniger als fünf Minuten entfernt.«

In diesem Moment hörte man die entschlossenen Schritte der Bedienung, die das Dehors verließ. Tomas folgte ihr mit seinem Blick, und als er erneut auf die Samtsessel und weißen Tischdecken des Restaurants sah, verstand er, warum er sich im Gasthaus *Mortaio* so wohlfühlte. Er hatte seine Mutter geliebt und liebte sie immer noch, aber der Wunsch, bestimmte Momente seiner Jugend hinter sich zu lassen, war so stark, dass er Orte verabscheute, die ihn an sie erinnern könnten. Deshalb fühlte er sich umgeben von den betagten Häusern, den Caruggi, den Bögen und Gassen der Altstadt so wohl, und deshalb liebte er Barbaras Küche so sehr.

Die drei Polizisten gingen gemeinsam in Richtung der Kaiserinpromenade, und in fünf Minuten erreichten sie tatsächlich die Kanzlei. Giulia begleitete sie zur Eingangstür, zeigte auf das Plexiglasschild, auf dem der Name von Rechtsanwalt Boeri stand, und drückte dann auf den Knopf der Gegensprechanlage. Die Stimme, die sie über den Lautsprecher hörte, war die des Mädchens, das sie beim letzten Mal begrüßt hatte. Sie hielt ihren Ausweis in die kleine Kamera, und die Tür öffnete sich.

»Dritter Stock!«, sagte die Stimme, als sie bereits den Flur betreten hatten.

In weniger als einer Minute befanden sich alle drei im Wartezimmer, wo Olga Pisani auf sie wartete. Sie begrüßte zuerst Giulia, die sie bereits kannte, und dann, nachdem sie einander vorgestellt worden waren, begrüßte sie den Kommissar und Claudio Giostra.

»Wir sind hier, um mit Herrn Enrico Martini zu sprechen«, sagte Giulia. »Gestern hat er uns gesagt, dass er den ganzen Tag in der Kanzlei sein würde.«

»Gewiss«, antwortete das Mädchen, »Herr Enrico ist hier. Ich gehe jetzt und sage ihm, dass Sie angekommen sind.«

Gallo nickte zustimmend und sie verschwand in einem Korridor, der sich an der einen Seite des Warteraums öffnete. In weniger als einer Minute war sie zurück.

»Kommen Sie, ich begleite Sie«, sagte sie und wies den Weg zum Büro. Sie klopfte an die Tür, drückte fast gleichzeitig die Klinke herunter und bat dann die Polizisten herein.

Enrico Martini kam ihnen entgegen. Er begrüßte sie freundlich und lud sie ein, sich zu setzen. Obwohl er schon über 50 war, hatte er immer noch dichtes Haupthaar, ein kräftiges Dunkelbraun, anscheinend nicht gefärbt. Sein Gesicht war rötlich, und seine eher schwere Statur wurde durch einen schicken, gut geschnittenen grauen Anzug gekonnt kaschiert. Er hatte ein verbindliches Auftreten, aber seine Gesten hatten etwas Strenges; es war offensichtlich, dass er es gewohnt war, das Sagen zu haben.

»Ich nehme an, Sie wissen, warum wir hier sind«, begann der Commissario.

»Es braucht nicht viel Fantasie, um es zu erraten. Es ist nur zu offensichtlich, dass Sie mir Fragen über Mario stellen wollen.«

»Mario ...«, sagte der Kommissar. »Sie nennen Rechtsanwalt Boeri vertraulich beim Vornamen. Wie war die Beziehung zwischen Ihnen?«

»Natürlich gab es eine berufliche Beziehung zwischen uns.

Ich meine, dass ich ganz bestimmte Aufgaben hatte, aber darüber hinaus entstand eine tiefe Freundschaft. Wir sahen uns auch außerhalb der Kanzlei, wir trafen uns auf einen Aperitif oder gingen gemeinsam essen. Mario war ein sehr einfacher Mensch, der sich ab und zu gerne gehen ließ. Er nahm seine Arbeit sehr ernst und achtete sehr auf die Anforderungen, die sein Beruf an ihn stellte, aber wenn er loszog, verwandelte er sich in einen anderen Menschen.«

»Er war ein fröhlicher Mensch.«

»Ja, er konnte jeder Situation etwas Positives abgewinnen. Es war leicht, mit ihm auszukommen.«

»Wann hat Ihre Zusammenarbeit begonnen?«

»Im September 2008.«

»Vor über 15 Jahren. Wie haben Sie sich kennengelernt?«

»Ich habe auf eine Stellenanzeige geantwortet. Ich wurde sofort eingestellt.«

»Was für eine Anzeige? Wenn ich Sie richtig verstehe, haben Sie keine juristischen Kenntnisse.«

Enrico Martini schüttelte den Kopf. Er lächelte leicht, bevor er antwortete. »Jeder Anwalt braucht Hilfe, zum Beispiel, um den Ehemann einer Mandantin zu beschatten, um seine Untreue zu beweisen.«

»Verstehe ich das richtig, Sie meinen, dass Sie damals eine Art Privatdetektiv waren?«

»Ja, ich hatte eine reguläre Lizenz.«

»Und wo haben Sie Ihren Beruf ausgeübt? Hier in Sanremo?«

»Nein, in Turin.«

»In Turin …«, wiederholte der Commissario und starrte auf den Boden zu seinen Füßen, dann richtete er seinen Blick auf den Mann, der hinter dem Schreibtisch saß.

»Und was haben Sie üblicherweise für Aufträge angenommen?«

»Fast ausschließlich eheliche Untreue. Sie haben keine Ahnung, wie viel die Branche daran verdient.«

»Sie sagten mir, dass der Anwalt Sie unverzüglich engagiert hat.«

»Offensichtlich hatte ich gute Referenzen.«

»Und nach diesem ersten Fall sind Sie weiterhin bei der Kanzlei geblieben?«

»Ja, so war es.«

»Haben Sie diese Art von Arbeit auch weiterhin durchgeführt?«

»Sie meinen, ob ich weiterhin untreue Ehemänner verfolgte und ihre Untreue dokumentierte?«

»Ja, ich frage, ob Sie weiterhin als Ermittler im Auftrag von Rechtsanwalt Boeri gearbeitet haben.«

»In einigen Fällen hatte ich weiterhin mit untreuen Ehemännern und Ehefrauen zu tun, aber ich habe auch andere Dinge getan.«

»Wie zum Beispiel?«

»Ich habe Mario bei allem geholfen, was nicht direkt mit juristischen Fragen zu tun hatte. Insbesondere habe ich mich um seine Immobilien gekümmert: Renovierungen, Vermietungen, Kauf und Verkauf. Vor ein paar Jahren haben wir hier in der Firma einige Renovierungsarbeiten durchgeführt. Ich habe mich um den ganzen Papierkram gekümmert und war natürlich auch für die Überwachung der ausführenden Firmen zuständig.«

»Eine Art Alleskönner …«

»Das ist richtig.«

»Aber Sie haben ein eigenes Büro. Wozu brauchen Sie das, wenn Sie nicht in der Rechtsabteilung arbeiten?«

»Ich muss sehr oft mit Mandanten sprechen. Ich berate sie anstelle des Anwalts, und außerdem brauche ich einen Raum, um meine Sachen aufzubewahren.«

»Nach den Gerüchten, die ich in den letzten Tagen aufgeschnappt habe, begleiten Sie den Anwalt gelegentlich auf seinen Reisen nach Frankreich.«

»Das stimmt, ich bin öfter mit ihm nach Menton gefahren. Ich kann gut Französisch und habe für ihn gedolmetscht.«

»Es scheint, dass Boeri im Büro des Anwalts Bernard unter anderem für eine wohltätige Stiftung zuständig war. Ist das so?«

Enrico Martini zuckte mit den Schultern. »Leider kann ich diese Frage nicht beantworten. Ich bin nicht befugt, über interne Fakten der Firma zu sprechen, schon gar nicht über die Firma der Brüder Bernard.«

»Wollen Sie mir damit sagen, dass Sie die Beantwortung der Frage von einem richterlichen Beschluss abhängig machen würden und dass Sie mir in jedem Fall nur in Anwesenheit eines Anwalts antworten würden?«

»Das ist richtig. Ich habe kein Jurastudium absolviert, aber durch meine Arbeit in einer Anwaltskanzlei bin ich mit den Verfahren vertraut.«

»Gut, ich werde nicht weiter darauf bestehen, aber ich werde Ihnen jetzt die Frage stellen, die ich jedem gestellt habe, den ich bisher angehört habe: Kennen Sie jemanden, der sich den Tod des Anwalts gewünscht haben könnte?«

Die Antwort war eindeutig, sogar noch deutlicher, als Tomas es erwartet hätte. »Niemand hätte sich den Tod von Rechtsanwalt Boeri gewünscht, glauben Sie mir. Keiner. Ich habe Ihnen vorhin erklärt, was für ein Mensch er war, es gab niemanden, der ihm etwas Böses gewünscht haben könnte.«

»Aber er wurde umgebracht.«

»Ich bin überzeugt, dass das ein Irrtum war.«

Gallo rutschte in seinem Stuhl hin und her. »Ein Irrtum? Nein, das glaube ich nicht. Herr Mario Boeri wurde vorsätzlich und höchstwahrscheinlich mit voller Absicht getötet.«

»Könnte er zur falschen Zeit am falschen Ort gewesen sein? Vielleicht gab es eine Verwechslung?«

»Nichts deutet auf eine solche Hypothese hin«, schaltete sich Giulia ein, die eine Miene der Ungeduld auf dem Gesicht ihres Vorgesetzten bemerkt hatte.

»Aber was, wenn es der Anwalt war, der es auf irgendwen abgesehen hatte?«, schlug Giostra vor, der bis dahin vollkommen still geblieben war.

»Mario hatte mit niemandem offene Rechnungen«, erwiderte Martini trocken.

»Sind Sie sicher?«, fragte Tomas.

»Ja, ich bin mir absolut sicher. Die wenigen Male, in denen ich Mario seine Beherrschung verlieren sah, waren wegen Patrizio.«

»Der Praktikant?«

»Ja, der.«

»Und warum?«

»Wegen seiner ständigen Zerstreutheit. Er ist ein guter Kerl, aber er ist furchtbar stümperhaft. In mehr als einem Fall mussten wir Urkunden und Verfügungen neu drucken, weil sie verloren gegangen waren.«

Das Gespräch wurde durch ein leichtes Klopfen an der Tür unterbrochen. Enrico Martini bat herein, und Olga Pisani betrat das Büro. Sie fragte, ob sie etwas zu trinken bringen könne.

»Einen Kaffee oder ein Erfrischungsgetränk … Es ist zwar nicht die richtige Jahreszeit, aber wenn Sie möchten, kann ich Ihnen einen Tee zubereiten.«

Enrico bat um einen Espresso, während die drei Polizisten, die gerade Kaffee getrunken hatten, um ein Glas Wasser baten. Das Mädchen sah sie mit einem Anflug von Enttäuschung an. »Wenn Sie wollen, habe ich Tonic Water oder Orangeade im Kühlschrank …«

»Ein Glas Wasser wäre gut«, antworteten sie alle drei einstimmig.

Tomas wartete, bis Olga das Büro verlassen hatte, dann wandte er sich wieder an Enrico Martini. »Jetzt, wo Anwalt Boeri weg ist, was wird mit dem Büro passieren?«

Diesmal ließ die Antwort ein paar Sekunden auf sich warten. »Was soll ich dazu sagen? Im Moment arbeiten wir den Rückstand ab, es gibt einige Akten, um die sich Frau Pisani kümmern wird, und andere, die wir anderen Kanzleien anvertrauen müssen. Was dann kommt, weiß ich nicht. Ich denke, die Kanzlei wird geschlossen. Natürlich müssen wir uns zuerst um die Witwe von Mario kümmern, aber ich glaube nicht, dass es eine große Chancen gibt, dass wir weitermachen können.«

»Kennen Sie Frau Boeri?«

»Ja, natürlich.«

»Haben Sie ein gutes Verhältnis zu ihr?«

»Ich würde sagen, ja.«

»Wussten Sie, dass zwischen der Signora und ihrem Mann nicht alles eitel Sonnenschein war?«, fragte Giulia plötzlich.

Enrico Martini nickte. »Ich weiß, dass es Probleme gab.«

»Probleme?«, rief der Commissario aus. »Ich würde eher sagen, sie haben sich zu Hause auseinandergelebt. Sie waren völlig entfremdet.«

»Das kommt vor ... Leider kommt es viel öfter vor, als man denkt, und oft zwischen Ehepartnern, die scheinbar ein ganz normales Leben führen.«

Genau in diesem Moment kam Olga mit den Getränken zurück. Sie hatte es offensichtlich eilig, man sah ihr an, dass sie alles darangesetzt hatte, die Getränke so schnell wie möglich zu servieren. Sie stellte alles auf dem Tisch ab. Sie wollte gerade gehen, aber Tomas lud sie ein zu bleiben und fragte, ob der Junge, der sein Praktikum in der Kanzlei machte, auch im Büro sei.

»Nein«, antwortete Olga. »Patrizio ist heute nicht gekommen, und ich weiß nicht, wann er überhaupt noch einmal kommen kann, denn wir haben ihm im Einvernehmen mit Herrn Martini erklärt, dass wir seine Hilfe nicht mehr benötigen.«

»Wie ich Ihnen gerade gesagt habe«, mischte sich Martini ein. »Wir haben nicht allzu viel Hoffnung, dass die Kanzlei weitergeführt werden kann.«

Gallo bejahte, dass er die Situation sehr gut verstanden habe, dann ergriff Giostra wieder das Wort. Wie Giulia hatte auch er ein Notizbuch in der Hand, aber im Gegensatz zu seiner Kollegin hatte er sich nur wenige Notizen gemacht: nur ein paar Worte und ein paar Sätze hier und da, als wolle er das bisher Gesagte auf einfachste Weise zusammenfassen. Er machte eine Handbewegung, um sich zu Wort zu melden, und fragte Enrico Martini, ob er am Tag des Verbrechens eine Veränderung der Gefühlslage von Rechtsanwalt Boeri bemerkt habe.

Die Antwort kam sofort. »Nein, absolut nicht.«

»Das ist wahr«, bestätigte Olga. »Es war erkennbar, dass seine Laune nicht anders war als an anderen Tagen. Deshalb beharren wir darauf, dass es sich um eine Verwechslung handelt.«

»Leider war es keine Verwechslung«, sagte Gallo.

»Wer hat ihn als Letztes hier im Büro gesehen?«, fragte Giostra erneut.

»Ich«, antwortete Martini. »Wir verabschiedeten uns wie immer kurz vor Feierabend. An diesem Abend waren nur noch wir beide übrig. Olga war schon gegangen und Patrizio hatte nur am Morgen gearbeitet. Ich erinnere mich, dass ich kurz vor 19 Uhr in sein Büro ging, um ihn an einen Termin zu erinnern, den er am nächsten Tag im technischen Büro der Gemeinde hatte. Ich erinnere mich auch, dass ich ihm etwas erzählte, als er sich zum Gehen bereit machte: Kleinigkeiten, wie zum Beispiel, dass ich beschlossen hatte, mein Mobiltelefon zu wechseln. Ja, ich habe ihm tatsächlich gesagt, dass ich ein neues Handy kaufen will, und ihn nach seiner Meinung gefragt, dann habe ich ihn noch bis ins Wartezimmer begleitet und bin zurück in mein Büro gegangen, weil ich noch eine E-Mail schreiben musste. Eine halbe Stunde später schloss ich das Büro als Letzter ab.«

Giostra notierte die Antwort in nur zwei Zeilen, in einer fast unleserlichen Handschrift, und fragte dann, ob ihm noch etwas einfalle.

»Nein, würde ich sagen, nein. Ich weiß nur, dass er gut gelaunt war. Deshalb würde ich auch darauf bestehen, dass es sich hier um einen Irrtum handeln könnte. Ich sehe ihn noch in seinem blauen, maßgefertigten Anzug, dem schönsten, den er hatte, als er ging. Ich habe mich immer noch nicht damit abgefunden, dass dies das letzte Mal war, dass wir voneinander Abschied genommen haben.«

Diesmal schrieb Giostra seine Antwort vollständig auf, dann tat er es Gallo und Giulia gleich, die ihre Gläser vom Tablett genommen hatten, um ihren Durst zu stillen, und nahm einen Schluck von seinem Espresso.

»Möchten Sie vielleicht, dass ich Ihnen das Büro von Rechtsanwalt Boeri zeige?«, fragte Enrico Martini plötzlich.

»Sicher«, antwortete Gallo, »das wäre uns ein wichtiges Anliegen.«

»Folgen Sie mir.«

Er machte sich auf den Weg zum Ausgang und in den Korridor, wo er vor einer Glastür stehen blieb. Er öffnete sie.

»Alles ist so geblieben, wie es war«, sagte er und begleitete die Worte mit einer Handbewegung. »Wir haben nichts angerührt.«

Er hob die halb hochgezogene Jalousie an, und sofort erstrahlte der Raum im hereinströmenden Sonnenlicht. Das Büro mit Blick auf die Kaiserinpromenade war sicherlich das schönste in der ganzen Kanzlei.

Er trat an den Schreibtisch heran und deutete mit einer Hand auf das Regal. »Hier, sehen Sie, das ist die Akte, von der ich Ihnen vorhin erzählt habe. Mario hatte sie vorbereitet, um sie an die Stadtverwaltung zu schicken.«

Gallo warf einen flüchtigen Blick auf die Akte, dann sah er sich um, als ob die weißen, keimfreien Wände des Büros ihm etwas über den Mann verraten könnten, den man auf dem Gelände der Villa Nobel gefunden hatte, mit einer Dynamitstange im Mund. Er betrachtete das Bücherregal, das mit Ordnern vollgestopft war, und die Vitrine, in der Zivilgesetzbücher und Rechtsbücher sorgfältig angeordnet waren. Er warf einen Blick auf den Sessel neben dem Schreibtisch und den Schrank, in dem eine ganze Reihe von Schnapsflaschen stand, aber es gab nichts, an dem sein Blick hängen blieb. Es war ein Büro wie jedes andere, völlig unpersönlich. Es gab kein Bild, keine Dekoration und nicht einmal eines der üblichen Familienporträts, die sonst meist auf einem Schreibtisch zu sehen waren. An diesem Ort, in diesem Büro, gab es nichts, was ihm weiterhelfen konnte.

»Gehen wir«, sagte er und wandte sich an Giulia Brizio und Claudio Giostra, die einen Schritt von der Tür entfernt standen und sich von dort aus umsahen, auf der Suche nach wer weiß welcher verborgenen Wahrheit. »Wir können zurück zur Polizeiwache gehen.«

25. KAPITEL

Sanremo, 22. Juni

Frau Luciana Fiorini hatte an diesem Tag keinen einzigen Drink zu sich genommen. Bis zum Abend wollte sie entscheiden, was sie mit dem in der Hose ihres Mannes gefundenen Papier machen wollte, und dazu musste sie einen klaren Kopf behalten. Schon am Morgen hatte sie alle Flaschen in der Speisekammer verschlossen und den Schlüssel in eine der Schreibtischschubladen geworfen. Sie hatte diese Strategie schon früher angewandt, und immer mit einigem Erfolg, in dem Sinne, dass es ihr gelang, ein paar Tage lang nüchtern zu bleiben, aber es war schade, dass die guten Vorsätze immer zu kurz währten und der Wein bald wieder im Haus kursierte.

Im Laufe des Vormittags hatte sie Dutzende von Anrufen erhalten. Das hatte es schon in den Tagen zuvor gegeben, sogar einige Stunden, nachdem die Leiche ihres Mannes im Park der Villa Nobel gefunden worden war, aber an diesem Morgen waren es so viele Anrufe gewesen. Meist waren es Verwandte, von denen sie schon lange nichts mehr gehört hatte, oder Freunde, die zu Telefonnummern geworden waren, die man nur noch für Oster- und Weihnachtsgrüße wählt. Alle hatten ihr aufrichtiges Beileid bekundet und versucht, sie mit den üblichen Floskeln zu trösten. Sie hatte ihnen zugehört und höflich geantwortet, auch wenn sie auf die Beileidsbekundungen gerne verzichtet hätte.

Wahrscheinlich waren es im Grunde genommen aufrichtige Anrufe. Diejenigen, die sich veranlasst sahen, sie anzurufen, bedauerten Marios Tod aufrichtig, aber sie hätte gerne den ganzen Tag für sich gehabt, ohne Unterbrechung. Sie hatte nicht viel Zeit, bald würde die Erlaubnis für die Beerdigung erteilt werden, und vorher wollte sie entscheiden, was mit dem Zettel geschehen sollte, den sie in der Tasche ihres Mannes gefunden hatte.

Sie drehte ihn noch einmal zwischen ihren Fingern und setzte sich dann auf ihren üblichen Stuhl. Sie versuchte, sich zu konzentrieren, aber das war nicht leicht. Wenn sie längere Zeit nichts getrunken hatte, kamen ihr die Ideen schneller, aber gleichzeitig hatte sie das Gefühl, ausgelaugt zu sein. Es fiel ihr leichter zu denken, aber jeder Gedanke kostete sie enorme Kraft.

Schließlich waren die Möglichkeiten nicht sehr zahlreich. Sie konnte den Zettel in den Papierkorb werfen, und alles wäre in einer Sekunde vorbei, oder sie konnte die Nummer des Polizisten wählen, der bei ihr zu Hause gewesen war, oder auch irgendwas anderes damit tun.

Einen Moment lang starrte sie auf die Visitenkarte, die der Kommissar ihr gegeben hatte. Einige Stunden nach dem Gespräch, als sie die Karte in der Hose ihres Mannes gefunden hatte und sich gezwungen fühlte, das zu tun, worum sie gebeten worden war, hatte sie diese Nummer gewählt. Sie war ziemlich betrunken, sodass sie sich nicht mehr genau erinnern konnte, was sie gesagt hatte, aber sie wusste, dass sie einen Moment innegehalten hatte, bevor sie sich verständlich machte. Ihr hatte der Mut gefehlt, oder vielleicht hatte sie auch einfach Angst vor den Konsequenzen gehabt.

Jeder wusste, was für ein Mensch Rechtsanwalt Boeri war. Diejenigen, die sie angerufen hatten, um ihr ihr Beileid auszusprechen, wussten es schon vorher. Verwandte und Freunde wussten, dass Mario ein treuloser Schürzenjäger war, der sie jahrelang nur als Dienstmädchen betrachtet hatte, das ihm die Hemden bügelte oder ihm das Abendessen kochte, wenn er sich nicht gerade mit einer seiner Huren traf.

Jeder wusste es! Aber der Gedanke, dass diese Wahrheit in den Zeitungen oder gar im Fernsehen erscheinen würde, machte ihr Angst. Und sie hatte die Nachrichten im Internet gelesen, die im Umlauf waren. In den *Sanremo News*, der *Imperia Post* und allen anderen virtuellen Nachrichtensendern der Riviera war der abscheuliche Mord, der die gesamte westliche Region Liguriens erschüttert hatte, die Hauptnachricht, die als Erste aufploppte.

Plötzlich vibrierte das Telefon auf dem Kaffeetisch. Die Nummer war unbekannt, aber der Anruf kam aus Sanremo. Sie ließ einen Zeigefinger über die grüne Taste gleiten und hielt sich das Telefon ans Ohr. Eine Frauenstimme, hell und ohne jeden Unterton, kündigte mit geschliffener Höflichkeit an, dass der Anruf aus dem Rathaus käme, und bat sie, in der Leitung zu bleiben, weil sie gleich zum Bürgermeister durchgestellt würde.

Kurz darauf meldete sich die Bariton-Stimme des Bürgermeisters. Seine Worte waren dieselben, die sie bei jedem der Kondolenzanrufe unzählige Male gehört hatte. Auch er sagte, dass es ihm aufrichtig leidtue, und fügte hinzu, dass er persönlich dafür sorgen werde, dass die Wahrheit ans Licht komme.

»Ich verspreche Ihnen, dass ich noch heute alles in meiner Macht Stehende tun werde, um den Mörder zu finden. Fassen Sie neuen Mut, Signora, und seien Sie versichert, dass Sie von nun an meine volle Unterstützung haben werden. Als Mensch ist es meine Pflicht, dafür zu sorgen, dass Ihrem Mann Gerechtigkeit widerfährt, und als Bürgermeister kann ich nicht zulassen, dass die Stadt Sanremo als eine Stadt voller Gewalt angesehen wird.«

Dann verabschiedete er sich von ihr, und als das Handy wieder auf dem Tisch lag, entschied Frau Luciana Fiorini endgültig, was zu tun war. In Sanremo wusste jeder, was für ein Mensch ihr Mann gewesen war, aber sie konnte nicht zulassen, dass bekannt wurde, dass er bei einem heimlichen Treffen mit einer Frau getötet worden war. Sie würde niemals akzeptieren, dass sie jeden Moment von einem Journalisten auf der Straße angehalten und gefragt würde, wie es sich anfühle, einen Hurenbock geheiratet zu haben.

Sie stand auf, ging zwei Schritte zum Fenster, betrachtete lange den Ausschnitt des Meeres, der zwischen den nebeneinanderstehenden Häusern zu sehen war, dann ging sie zurück und nahm die Visitenkarte von Commissario Gallo in die Hand. Sie zerknüllte sie zwischen den Handflächen und warf sie auf den Boden.

Einen Moment später führte sie ein Telefonat. Es klingelte zweimal, dann meldete sich eine Stimme.

26. KAPITEL

22. Juni

Laura Zendroni saß an ihrem Schreibtisch und scrollte schnell mit der Maus auf der Suche nach einem Ort, an dem sie ihre Pensionierung feiern würde. In zwei Jahren würde sie das Ende ihrer beruflichen Laufbahn erreichen, und wenn sie einen Moment Zeit hatte, suchte sie auf Reiseseiten und in spezialisierten Agenturen nach einem Ort, an dem sie ihren ersten langen Urlaub verbringen konnte.

Sie mochte die nordischen Länder und wäre gern nach Island gereist, aber die Reise war sehr teuer, sodass sie nicht wusste, ob sie sich ihren Traum jemals würde erfüllen können.

Plötzlich klingelte das Telefon, während sie durch die Fotos eines fantastischen Polarlichts scrollte. Sie ging sofort ran.

»Hallo, Polizei. Polizia di Stato Sanremo.«

Am anderen Ende der Leitung war eine Frauenstimme. Sie sagte, sie sei Dottoressa Chiara Percivaldi, und fragte nach Commissario Gallo. Sie fügte hinzu, dass sie versucht habe, ihn auf seinem Mobiltelefon anzurufen, aber keine Antwort erhalten habe.

»Der Commissario ist wegen einer Ermittlung unterwegs. Es ist normal, dass er sein Handy stumm geschaltet hat, das macht er immer, wenn er eine Befragung hat. Sie können es in Kürze noch einmal versuchen, er wird Ihnen antworten, oder, wenn es nicht vertraulich ist, es mir sagen. Ich werde es notieren und ihn nötigenfalls zurückrufen lassen.«

»Kein Problem, es ist nicht vertraulich. Gestern hat mich der

Commissario um Muster einiger Nagellacke gebeten, die bei der Leiche von Rechtsanwalt Boeri gefunden wurden, und ich habe sie für ihn vorbereitet. Ich habe die Farben reproduziert, ich wollte ihn nur darauf hinweisen, dass ich sie gerade an die Polizei geschickt habe.«

»Sie haben sie per E-Mail verschickt?«

»Nein, ich habe sie per Kurier geschickt. Ein Foto einer bestimmten Farbe ist nie genau genug definiert, das heißt, eine durch ein Foto reproduzierte Farbe kann irreführend sein, daher habe ich es vorgezogen, Pantone-Farben zu versenden, die mit den Originalen identisch sind. Sagen Sie ihm bitte, dass er sie sicherlich morgen früh erhalten wird.«

»In Ordnung. Ich werde ihm auf jeden Fall Bericht erstatten.«

Sie beendeten beide das Gespräch und von dem Moment an, in dem Laura den Hörer auflegte, bis zu dem Moment, in dem Gallo in die Polizeistation zurückkehrte, vergingen nicht einmal zwei Minuten.

»Dein Telefon ist ausgeschaltet«, bemerkte Laura, als sie von ihrem Sitz aufstand und auf ihn zuging.

Tomas nahm das Telefon aus seiner Tasche. »Du hast recht«, bestätigte er, während er den Klingelton wieder einschaltete. »Hat jemand nach mir gesucht?«

»Ja, vor einer Weile. Es war Dottoressa Chiara Percivaldi. Sie sagte, sie hätte versucht, dich anzurufen.«

»Das stimmt«, erwiderte Gallo, der in der Zwischenzeit die Anrufliste durchgeblättert hatte. »Weißt du, was sie wollte?«

»Sie hat mir mitgeteilt, dass sie dir ein paar Nagellackproben geschickt hat. Du wirst sie morgen erhalten.«

»In Ordnung, Laura, ich rufe die Ärztin später an, um ihr zu danken.«

In der Zwischenzeit hatten Giulia und Giostra, die gerade mit Tomas zurückgekommen waren und das Gespräch zwischen Laura und dem Kommissar gehört hatten, ebenfalls das Telefon aus der Tasche geholt. Auch sie hatten es während des Besuchs im Büro von Rechtsanwalt Boeri stumm geschaltet und schalteten es nun wieder ein.

»Schau mal her!«, rief Giulia plötzlich aus und zeigte ihrem Kollegen ihr Handy. Die beiden unterhielten sich einige Augenblicke, dann lief die Polizistin mit dem Telefon in der Hand zu Gallo.

»Dieses Foto macht auf Facebook und Twitter Furore«, sagte sie und zeigte ihm das Display. »Es scheint Tausende von Zugriffen erhalten zu haben.«

Auf dem Telefon war ein Bild zu sehen, das Gallo nie sehen wollte: ein Foto von der Piazza Colombo, auf dem zwei Schilder gut sichtbar waren. Im Hintergrund das des Ariston-Theaters, das für viele Italiener idealtypisch für die Stadt der Blumen steht, und rechts das der Polizeistation. Ein Klick auf den Link öffnete einen Artikel über den Mord. Normalerweise beschäftigten sich Menschen, die soziale Medien nutzten, nur mit Bildern, sodass der Artikel in zweiter Linie überflogen worden wäre, aber das Foto und die fett gedruckte Bildunterschrift »Sanremo ist blutverschmiert, und was macht die Polizei?« waren zu eindeutig.

Perfide, dachte Gallo. Perfide und verachtenswert! Was geht in den Köpfen der Leute vor?

Inspektor Viale, der inzwischen auch in die Telefonzentrale gekommen war, hörte sich das Gespräch an und sagte dann, dass Marisa ihm vorhin von einem Film erzählt hatte, der in ihrem Freundeskreis kursierte. Sie hatte ihn am Morgen auf Drängen einiger Schulfreunde, die von ihrem Vater, einem Polizisten, wussten, mit ihm geteilt, und als sie zum Mittagessen nach Hause kam, hatte sie ihn ihm gezeigt.

»Ich habe es gesehen«, sagte er und wandte sich an Tomas, »und ich versichere dir, dass ich darauf gern verzichtet hätte. Die ersten Sequenzen zeigen Villa Nobel von oben, so weit nichts Schlimmes, abgesehen von der unerträglichen Musik, die das Video begleitet. Zu schade, dass dann das Bild eines Mannes kommt, der mit einer Dynamitstange in der Hand auf dem

Boden liegt, und dass der Film mit der Explosion eines Gebäudes und den Worten ›SANREMO JUNI 2022‹ endet.«

»Ist dieses Video auch auf Facebook im Umlauf?«, fragte Gallo, der weder ein Fan noch ein Experte für soziale Kanäle war.

»Nein, Commissario, Marisa ist nicht auf Facebook. Facebook ist eine Plattform für alte Männer. Es ist eine Instagram-Story, die seit eben auch auf TikTok zu finden ist.«

»Du meinst, die Nachricht über den Mord verbreitet sich auch unter Jugendlichen?«

»Ja«, antwortete Viale. »Ein Reel. Sie chatten auch darüber. Auch Kinder.«

27. KAPITEL

Sanremo, 22. Juni

Sie schaute auf ihre Uhr. Inzwischen war es schon fast so weit. Das Verlangen nach einem Schluck Wein war sehr stark, aber sie hatte ihm den ganzen Tag widerstehen können. Sie hatte noch nicht einmal zu Abend gegessen, sie war nicht hungrig, sie wusste nicht, ob es an der Alkoholabstinenz lag oder ob es einfach ihre Nervosität war, die Anspannung. Sie ging noch ein paar Schritte, dann trat sie auf den Bürgersteig. Erst jetzt wurde ihr bewusst, wo sie sich verabredet hatten. Während des Telefongesprächs hatte sie sich gar nicht gefragt, warum sie die Italo-Calvino-Promenade gewählt hatten. Es war ihr ganz normal erschienen, denn jeden Tag konnte sie vom Küchenfenster aus die Promenade sehen, die dem berühmtesten Schriftsteller von Sanremo gewidmet war, und es war ihr immer als ein sonniger Ort erschienen. Und so war es auch: Tagsüber war die Italo-Calvino-Promenade ein sehr heller und freundlicher Ort, an dem man spazieren gehen und dabei das Meer riechen konnte; schade nur, dass die Promenade sich im Dunkeln in das verwandelte, wofür sie ursprünglich gedacht war: einen riesigen Parkplatz, der die vielen Besucher aufnehmen konnte, die in die Stadt wollten, ohne ihr Auto zu weit vom Zentrum entfernt abzustellen.

Und nun war sie allein im Dunkeln. Die weit auseinander stehenden Laternenpfähle warfen ein schwaches Licht auf den Bürgersteig. Die Stadt lag hinter ihr und das Meer war ein dunkler Teppich, auf dem das Weiß der Wellen aufblitzte, wenn sie an die Wellenbrecher stießen.

Sie stand da und beobachtete die Gischt, die sich hinter den Palmen in einem unregelmäßigen, nicht zu entziffernden Rhythmus erhob, und fragte sich, wie sich eine Frau in ihrem Zustand eigentlich fühlen musste. Sie war seit zwei Tagen Witwe und wusste immer noch nicht, was sie fühlte. Sie war benommen, das stimmte, aber keineswegs verzweifelt. Sie ärgerte sich über den Medienrummel um das Verbrechen und machte sich Sorgen um die unmittelbare Zukunft, denn sie wusste, dass es einiges zu tun geben würde, aber sie war nicht im Geringsten traurig darüber, dass ihr Mann tot war. Ihre Ehe war nicht gut gewesen. Mario hatte ihr alles gegeben, was sie sich an materiellen Gütern wünschen konnte, aber den Rest hatte er ihr vorenthalten. Er hatte ihr nie auch nur einen Funken Liebe oder Respekt entgegengebracht. In diesem Sinne hatte er ihr nichts gegeben: nicht einmal ein bisschen Dankbarkeit.

Sie ging noch ein paar Schritte und blieb dann wieder stehen. Sie war müde von dem Spaziergang, der sie vom Corso Mombello zur Promenade geführt hatte, aber jetzt war sie da und musste sich zusammenreißen, auch wenn ihr die Gedanken nicht mehr und nicht weniger wirr durch den Kopf geisterten, als wenn sie betrunken war.

Ein Auto fuhr dicht an ihr vorüber. Es parkte nicht weit entfernt, dann schloss ein Mann die Tür und ging in Richtung des alten Bahnhofs. Vielleicht war er auf dem Weg ins Casino, wo er Hunderte von Euro an den Spielautomaten verspielen würde, oder er war einfach auf dem Heimweg von der Arbeit.

Sie schaute noch einmal auf ihre Uhr: 22.05 Uhr. Einen Moment lang dachte sie daran, ihr Handy aus der Tasche zu holen und anzurufen, aber sie hielt sich zurück: Fünf Minuten waren eine mehr als erträgliche und durchaus übliche Verzögerung. Plötzlich kroch die Kälte unter ihre Bluse und sie bedauerte, keine Jacke mitgenommen zu haben. Sie sehnte sich noch einmal nach einem Schluck Wein und näherte sich dann dem Fußgängerübergang auf halber Strecke zwischen Parkplatz und Radweg.

In diesem Moment hörte sie eine Stimme hinter sich. »Du bist am falschen Ort, ich konnte dich nicht finden, deshalb bin ich zu spät. Wir waren dort verabredet, an dem anderen Fußgängerüberweg.«

Luciana Fiorini wandte sich in die Richtung, die man ihr gezeigt hatte. Sie versuchte, sich auf den Fußgängerübergang zu konzentrieren, der etwa 50 Meter vor ihr lag, ungefähr auf der Höhe eines alten Bahndepots, aber sie hatte keine Zeit dazu, denn ein Arm drückte sie in Schulterhöhe nieder.

»Was ist denn jetzt los?«, fragte sie mit leiser Stimme, aber die Verblüffung währte kaum einen Augenblick, denn fast gleichzeitig spürte sie, wie ihr ein Taschentuch auf den Mund gedrückt wurde und ihr der Atem stockte.

28. KAPITEL

Riva Ligure, 22. Juni

Tomas brachte das Auto in die Garage und ging dann hinaus auf die Straße. Die Tische des Cafés waren alle leer. Ein paar Tassen, ein paar Gläser, übrig gebliebenes Eis, zwei Dosen, die auf dem Boden gelandet waren, aber es war niemand da. Er näherte sich der Tür, auch drinnen war es menschenleer, nur Paolina stand am Ende der Bar, einen Schritt von der Theke entfernt. Sie schaute hinaus und winkte ihm zu. Sie kam auf ihn zu und grüßte ihn. Sie trug die gleiche Schürze wie am Morgen, als sie sein Frühstück in den Korb gelegt hatte. Sogar das Lächeln war genau dasselbe.

»Willst du etwas essen?«

»Nein, bevor ich nach Hause gegangen bin, habe ich mit meinen Kollegen einen Aperitif getrunken mit ein paar Kleinigkeiten zum Naschen, danke.«

»Na gut, dann bis morgen.«

Er war schon dabei, die Treppe hinaufzusteigen, als das Telefon in der Gesäßtasche seiner Jeans vibrierte. Sein erster Gedanke galt seinen Freunden in der *Bar Scogliera*; normalerweise meldeten sie sich um diese Zeit bei ihm, um ein Fußballspiel zu vereinbaren oder eine Spaghettiparty zu organisieren, aber das war nicht der Fall, der Anruf kam nicht von seinen Freunden, sondern vom stellvertretenden Staatsanwalt. Er fluchte ein paar Mal, dann nahm er ab.

»Guten Abend, Bevilacqua!«

»Guten Abend, Gallo. Tut mir leid wegen der Uhrzeit. Ich

hätte Sie früher anrufen sollen, aber heute war ein anstrengender Tag und ich hatte nicht viel Zeit.«

»Sicher, sicher … Was gibt's?«

»Ich nehme an, Sie wissen, warum ich anrufe.«

»Nein, eigentlich weiß ich das nicht.«

»Natürlich geht es um den Villa-Nobel-Mord. Wie weit sind Sie mit den Ermittlungen? Gibt es etwas Neues?«

Tomas wartete einen Moment, bevor er antwortete. »Nein … leider gibt es keine Neuigkeiten. Wir tun unser Bestes, aber Sie wissen, dass wir keine Spuren haben. Keine Überwachungsvideos, keine Zeugen, selbst die Telefonaufzeichnungen waren negativ. Man hatte gehofft, dass die Analyse des Telefonverkehrs des Opfers etwas ergeben würde, aber sie war ergebnislos. Es gibt auch keine anonymen Briefe, oder zumindest sind noch keine eingegangen. Unter diesen Umständen ist es schwierig zu arbeiten, aber gerade heute ist eine neue Tatsache ans Licht gekommen, der ich gerne nachgehen möchte.«

»Warum haben Sie mich nicht angerufen? Wissen Sie, dass Sie sich vor jeder neuen Maßnahme mit mir beraten müssen?«

»Ja, natürlich weiß ich das, aber der neue Sachverhalt hat sich in Menton ereignet, und da ich gleich zu Hause bin, dachte ich nicht, dass ich Ihre Genehmigung brauche.«

»Darf ich erfahren, worum es sich handelt?«

»Um einen Selbstmord, der sich vor einigen Monaten in der Nähe des Büros von Rechtsanwalt Boeri ereignet hat.«

»Und warum ist das Ihrer Meinung nach wichtig?«

»Weil die Frau, die Selbstmord begangen hat, sich wenige Minuten nach einem Gespräch mit dem Anwalt erschossen hat.«

Bevilacqua schwieg einen langen Moment, dann schnaufte er in den Apparat. »Ja«, sagte er schließlich, »das scheint mir eine interessante Tatsache zu sein. Wie gedenken Sie weiter vorzugehen?«

»Morgen fahre ich nach Menton. Ein französischer Kollege hat mir eine Kopie des Berichts über den Selbstmord gegeben.

Es gibt viele Informationen, vor allem den Namen der Klinik, in der die Frau ihre letzten Tage verbracht hat. Ich möchte dorthin fahren und versuchen, einige Fragen zu stellen.«

»In Ordnung, Gallo, aber halten Sie mich auf dem Laufenden!«

»Das werde ich. Euer Ehren, ich habe Ihnen noch etwas nicht erzählt. Rechtsanwalt Boeri war im Büro der Gebrüder Bernard für eine Wohltätigkeitsstiftung zuständig. Anscheinend war das seine alleinige Aufgabe, aber ich konnte nicht verstehen, was er genau tat, denn alle in der Kanzlei hüllten sich in Schweigen. Am Nachmittag sprach ich mit dem italienischen Mitarbeiter des Anwalts, und auch er verschanzte sich hinter dem Berufsgeheimnis. Wir brauchen vielleicht Ihre Intervention in Form eines richterlichen Beschlusses. Was meinen Sie dazu?«

Wieder nahm sich Bevilacqua einen Moment Zeit, bevor er antwortete. »Für die französische Firma wäre ein internationales Rechtshilfeersuchen erforderlich, und das würde Monate, wenn nicht sogar Jahre dauern, also würde ich diesen Weg im Moment vermeiden. Bei der Kanzlei in Sanremo wäre es einfacher, aber ich halte es nicht für angebracht, meine Nase in die internen Angelegenheiten einer Anwaltskanzlei zu stecken. Das gibt riesigen Ärger. Beschränken Sie sich vorerst auf normale Ermittlungen. Gehen Sie nach Frankreich, wenn Sie wollen, und vergessen Sie nicht, mich zu informieren, okay?«

»In Ordnung, Herr Staatsanwalt. In Ordnung.«

Tomas beendete das Gespräch und eilte die letzten Stufen hinauf. Vor der Tür blieb er stehen, doch als er den Schlüssel aus der Tasche zog, merkte er, dass er keine Lust hatte, nach Hause zu gehen. Das Telefonat mit Bevilacqua hatte ihn in schlechte Stimmung versetzt. Er musste sich ablenken, vielleicht einen Drink nehmen oder einen Freund zum Plaudern finden. Er wollte in die *Scogliera-Bar* gehen, wer weiß, ob die Jungs vom Fußballverein dort waren.

Er stieg die Treppe hinunter und ging die Promenade zur Bar

hinunter. Er wollte gerade die kurze Rampe zur Bar hinabsteigen, als er sie sah: Sie saß auf dem Mäuerchen, genau an der Stelle, an der sie zwei Nächte zuvor auf ihn gewartet hatte. Sie trug das gleiche Kleid, sogar ihre Sandalen waren die gleichen. Sie schaute auf den Strand unter ihr, schien die geschlossenen Sonnenschirme und die Liegestühle auf ihren Stützen zu studieren.

Er ging auf sie zu. »Sonja!«

Sie drehte sich um, kam von der niedrigen Mauer herunter und schien für einen kurzen Moment das Gleichgewicht zu verlieren.

»Hallo, Tomas. Ich war gerade unten in der Bar, aber deine Freunde sind nicht da.«

Ein paar Worte, gesprochen in perfektem Italienisch, mit der üblichen ungelenken Aussprache. Er mochte diesen deutschen Akzent und lächelte sie an. Während sie sprach, forschte er unweigerlich nach der unergründlichen Aura, die ihm am ersten Abend aufgefallen war, aber ihr Gesicht war ruhig und entspannt. Abgeklärt.

Ein paar Augenblicke vergingen, dann kam sie ihm nahe. Sie schaute ihm in die Augen.

»Du hattest keinen guten Tag.«

»Nein«, gab Tomas zu, »es war kein guter Tag.«

»Was hast du denn gemacht?«

»Ich habe viele Fragen gestellt, aber nicht die Antworten bekommen, die ich mir erhofft hatte.«

»Fragen? Was machst du denn beruflich?«

»Ich bin Polizeikommissar.«

»Du meinst, du bist ein Polizist?«

»Ja«, gab er lächelnd zu, »ich bin bei der Polizei.«

Sie sah ihn verwirrt an und wandte sich dann wieder dem Strand zu. Sie deutete auf die Bar. »Möchtest du mir einen Drink ausgeben?«

Tomas wollte gerade mit Ja antworten, dass er das gerne tun würde, aber sie kam ihm zuvor. »Nein«, sagte sie und sah ihm in die Augen. »Mein Urlaub neigt sich dem Ende zu. In zwei Tagen werde ich abreisen. Ich werde dir einen Drink spendieren.«

Sie nahm ihn an der Hand und führte ihn die schmale Straße entlang, die durch Riva Ligure führte. Sie gingen den ganzen Weg schweigend, zwischen den wenigen noch geöffneten Bars und den vielen vergitterten Fensterläden hindurch, passierten den weiten Platz vor der Kirche und stiegen fünf Minuten später bereits die Schiefertreppe hinauf, dieselbe, die Tomas ein paar Stunden zuvor von seiner Terrasse aus beobachtet hatte. Der Schlüssel drehte sich im Schlüsselloch. Sie traten ein. Sie wies ihm den Weg zum Kühlschrank.

»Ich habe nicht viel«, sagte sie, während sie eine Flasche Lemonsoda auf den kleinen Küchentisch stellte. »Ich hoffe, du magst das.«

»Sicher, damit kommen wir weit«, schmunzelte er.

Sie leerten gemeinsam ihre Gläser, dann durchquerte sie das Zimmer und schaltete den CD-Player ein, der auf einem Regal stand, nur einen Schritt von der Eingangstür entfernt. Sie wartete, bis die Musik anfing, und sobald die warme Stimme von Adele durch die Räume schallte, drehte sie sich um. Er stand auf. Als sie sich so nahe waren, dass sie sich berührten, umarmte er sie, und sofort suchten sie einander mit ihren Händen und Lippen. Sie blieben lange in ihrer Umarmung, dann zog Tomas die längliche Haarnadel heraus, die ihr Haar im Nacken zusammenhielt. Es war eine ähnliche wie beim ersten Mal, aber mit einer anderen Verzierung am Griff. Er nahm sie behutsam zwischen seine Finger und legte sie auf ein wackelig aussehendes Möbelstück, das in der Vorstellung des Hausbesitzers als Nachttisch dienen sollte.

Jetzt, wo sie in seinen Armen lag, lag alles hinter ihm. In einem einzigen Augenblick verschwanden die Bilder von Facebook und die von Instagram und TikTok, Bevilacquas quengelige Stimme, Enrico Martinis rubinrotes Gesicht und sogar die Zigarette, die Kapitän Ritter zwischen seinen Lippen hielt.

Die Eindrücke und die Bitternis des Tages verflüchtigten sich nach und nach und ließen ihn frei, das zu sein, was er gerade war: ein Mann in den 30ern, der dabei war, mit einer schönen Frau zu schlafen.

29. KAPITEL

Ventimiglia, 11. Juni 2021

20 Jahre waren seit dem G8-Gipfel vergangen. Eine lange Zeitspanne. Ein Viertel des Lebens eines Menschen. Dennoch erinnerte sie sich deutlich an den Schrecken nach den Polizeieinsätzen, an die Kameraden, die zu Boden fielen, an den Rauch, der das Atmen unmöglich machte, an die Angst, es nicht zu schaffen, und vor allem an die Wut über einen geplatzten Traum. Sie glaubte fest an ihre Gründe, nach Genua zu gehen, sie glaubte mehr als alles andere auf der Welt, und sie war überzeugt, dass ihre weiß bemalten Hände sie vor dem Bösen schützen würden, aber die Ereignisse hatten nicht die Wendung genommen, die sie sich gewünscht hatte, und noch so lange danach fragte sie sich, ob die Demonstration wegen der Polizei gescheitert war, oder ob es die schwarzen Blöcke waren, die alles ruiniert hatten.

Von Zeit zu Zeit, wenn sie versuchte, ihre Tränen zu unterdrücken, schaute sie den Mann an, der auf der anderen Seite des Tisches saß. Er hatte sich nicht sehr verändert. Sein Haar war schütter geworden, aber sein Blick war der gleiche geblieben wie an dem Tag, an dem er sie gerettet und aus der Schlacht getragen hatte. Selbst die Gesten schienen dieselben zu sein, vor allem die Art, wie er den Kopf bewegte. Wer weiß, ob er noch an die Ideale von damals glaubte? Wer weiß, ob sein Herz noch für den Rest der Welt schlug? Auf jeden Fall hatte die Art, wie er sie ansah, die Kraft, sie zu beruhigen, und nach und nach gelang es ihr, sich zu entspannen.

Als der Kellner an den Tisch kam, bestellten sie beide einen

Fruchtsaft, und als er zurückkam, um sie zu bedienen, erzählte sie ihm von den Besuchen, die sie jeden Freitag auf dem Markt von Ventimiglia machte, in Begleitung einer Freundin, die sie an diesem Tag nicht begleiten konnte.

Der Mann sah ihr in die Augen.

»Liebst du deine Freundin sehr?«

»Ja, natürlich.«

»Du hast mir gesagt, dass du jeden Freitag kommst, dass Ventimiglia dein Lieblingsplatz ist?«

»Ja, das ist es«, sagte sie mit einem Anflug von Verwunderung darüber, wie er es geschafft hatte, ihre Gedanken zu erraten, und als er sie fragte, warum sie den Markt so sehr mochte, fühlte sie, wie ihr Herz einen Schlag schneller schlug.

Es war die Frage, auf die sie gewartet hatte, die sie sich mehr als alles andere wünschte, und die sie beantwortete, indem sie das Glück beschrieb, das ihr das bunte Treiben in der Stadt bereitete. Auf der Promenade von Ventimiglia war alles schön, aber mehr als alles andere erfreuten sie die Farben, die Stimmen und das unglaubliche Gedränge der Menschen, die durch die Stände strömten.

Wieder hörte der Mann ihr zu, ohne sie zu unterbrechen, ließ ihre Gedanken von der Freude über den Markt zur Trauer um die Freundin wandern, die sie nicht hatte begleiten können, und als er sie erneut nach Annette fragte, war sie erstaunt über die unglaubliche Fähigkeit, die er besaß, sie zu beruhigen. Es war wie in der Gasse in Genua, als die Wut über die Zugehörigkeit zu einem der schwarzen Blöcke durch den Geist des Nacheiferns ersetzt worden war, der sie dazu gebracht hatte, sich ihm nahe zu fühlen. Er sprach nicht viel, aber er wusste zuzuhören, vielleicht war es deshalb so einfach, sich ihm zu öffnen, und vielleicht war es deshalb so einfach, ihm die Liebe anzuvertrauen, die sie mit Annette verband.

Sie erzählte ihm, dass sie sich zum ersten Mal mit jemandem verbunden fühlte; es spielte keine Rolle, dass es sich um eine Frau handelte, und noch weniger scherten sie die Heucheleien und Urteile der Menschen. Sie erzählte ihm von den Jahren, die sie in der Villa in Sainte Agnès verbracht hatte, und dann von der Krankheit, die ihre Gefährtin auffraß. Bald würde sie allein sein, und nichts würde mehr zählen, nicht einmal die 1.000 Schlachten, die für eine bessere Welt geschlagen wurden. Es gab eine Zeit, in der sie alles im Kampf gegen Ungerechtigkeit und Missbrauch gegeben hatte. Sie hatte an Hunderten von Demonstrationen teilgenommen, immer in der ersten Reihe, ohne Angst oder Zögerlichkeit, aber jetzt zählte nichts mehr, denn der einzige Mensch, der ihrem Leben einen Sinn geben konnte, war dabei zu gehen.

Wieder hörte der Mann aufmerksam zu und forderte sie schließlich auf, den Saft zu trinken, den sie während der ganzen Erklärungen mit den Fingern drehte, ohne einen Weg zu finden, ihn an ihre Lippen zu bringen. Als ihr Gesicht ruhiger wurde, legte er seine Hand auf ihre.

»Ich kann nicht wissen, was das Leben bringen wird, aber wenn du Hilfe brauchst, werde ich da sein.«

»Wie werde ich dich finden?«

»Wir treffen uns hier, in Ventimiglia, am Markttag.«

Sie sah ihn verwirrt an. »Inmitten all dieser Menschen … Es wird nicht einfach sein, sich zu treffen, vielleicht wäre es besser, Telefonnummern auszutauschen. Meinst du nicht auch?«

»Nein, keine Telefonnummer. Ich werde wissen, wann du mich brauchst, und ich werde dich finden. Wir haben uns auf einem Schlachtfeld getroffen, meinst du, dass wir es nicht schaffen, uns auf einem Markt zu treffen?«

»Das verstehe ich nicht. Wie wirst du wissen, wann ich dich brauche?«

Die Augen des Mannes leuchteten in einem seltsamen Licht. »Vertrau mir!«

Dann verblasste das giftige Licht zu einem Lächeln. »Und keine Angst!«

30. KAPITEL

Menton, 23. Juni

Der Alfa GT hielt auf dem Boulevard an, nur wenige Schritte entfernt vom Centre hospitalier Sainte-Lucie. Der Kies knirschte unter den Reifen, dann beschleunigte er und der Motor erstarb. Es war eine Angewohnheit von Benzina, ein letztes Mal dem Aufheulen des Vierzylinders zu lauschen, bevor der Schlüssel, der sich im Zündschloss drehte, dem Motor den Strom abstellte.

Gallo war gerade ausgestiegen und sah, wie Ritters Peugeot in die letzte Haarnadelkurve einbog. Er folgte ihm mit den Augen, als er hinter den niedrigen Buchsbaumhecken, die die Einfahrt säumten, langsamer wurde und dann nach der Kurve wieder beschleunigte. Einen Moment später kam er nur ein paar Meter neben dem Alfa entfernt zum Stehen.

Er wartete, bis der Captain de Police aus dem Auto ausgestiegen war, und ging ihm in Begleitung von Inspektor Viale entgegen. Benzina stieg ebenfalls aus und stellte sich neben den Wagen. Eine Dreiviertelstunde ohne den Komfort einer Zigarre war ihm unendlich lang vorgekommen. Das Fahren hatte ihm unglaublichen Spaß gemacht, und er hatte dasselbe empfunden, als er die Orte wiedersah, an denen der Lancia Stratos seiner Jugend Rennen gefahren war und gewonnen hatte, aber er war jetzt gierig darauf, sich eine Zigarre anzuzünden. Er wartete, bis seine Kollegen und der französische Kapitän auf das Gebäude zugegangen waren, dann nahm er die halbe *Toscano* – eine starke, hocharomatische Zigarre des italienischen Tabak-Monopols – aus der Tasche und steckte sie sich in den Mund. Er zündete sie an, spuckte ein Stück Tabak auf den Boden und ging dann die wenigen Schritte, die ihn von der nächsten Bank trennten.

Er setzte sich, und als die Polizisten im Innern des Centre hospitalier verschwunden waren, konzentrierte er sich auf die Fassade des Gebäudes, das angesichts seiner protzigen Ausstrahlung eher an ein Luxushotel als an ein Krankenhaus erinnerte.

In Wirklichkeit wirkte das Gebäude von innen gesehen viel weniger elegant. In der Lobby, die aufgrund des durch die großen Fenster einfallenden Lichts besonders hell war, wirkte alles kalt und rational. Der Empfangstresen war makellos weiß, ebenso wie die Wände und die Decke. Nur der Fußboden, der irgendwo zwischen grau und blau lag, hob sich vom Rest ab. An den Wänden hingen keine Bilder, in den Ecken standen keine Pflanzen. Es gab nichts, was diese öde Architektur belebte, außer dem blau umrandeten schwarzen Brett, das an einem Ende des Tresens hing, und den beiden Krankenschwestern, die am Empfangstisch saßen.

Ritter ging zu der rechten hinüber – ein Mädchen mit dichtem, blondem Haar, das kaum von ihrer Mütze zurückgehalten wurde – und stellte sich vor, indem er seinen Ausweis auf den Tresen legte. Das Mädchen starrte den Ausweis ohne besonderes Interesse an, dann sah sie auf. Ihre Augen waren kalt. Es war, als würde sie schauen, ohne zu sehen.

»Was wünschen Sie?«

»Ich benötige einige Informationen über einen Patienten, der bis vor einigen Monaten in diesem Zentrum behandelt wurde.«

»Welche Art von Informationen?«

»Die Frau ist im vergangenen März durch Selbstmord gestorben. Ich würde gerne mit ihrem medizinischen Betreuer oder behandelndem Arzt sprechen.«

Das Mädchen schaute ihn noch einmal mit leeren Augen an. Es war offensichtlich, dass sie nicht wusste, was sie antworten sollte. Plötzlich bemerkte sie, dass ihre Kollegin mit wiederholtem Kopfnicken auf die Tür hinter dem Empfangsschalter deutete.

»Ich werde sehen, ob Ihnen jemand helfen kann.«

Sie wandte sich von der Theke ab, doch bevor sie ging, starrte sie den Gendarmen noch einmal an. »Wie war der Name der Dame?«

»Comas«, antwortete Ritter. »Annette Comas.«

Diesmal legte das Mädchen die wenigen Schritte, die sie von der Tür trennten, zurück. Sie klopfte an und verschwand einen Moment später im Inneren des Büros. Fünf Minuten vergingen, dann kam sie zurück, in Begleitung eines Mannes in Anzug und Krawatte. Seinem Auftreten war deutlich zu entnehmen, dass es sich nicht um einen gewöhnlichen Angestellten handelte. Es war offensichtlich, dass er hier mehr zu sagen hatte.

Gallo, der sich in der Zwischenzeit dicht neben seinen französischen Kollegen gestellt hatte, beobachtete den Mann, als er auf den Tresen zuging. Er studierte sein rundes Gesicht und seine weichen Züge und fand es schwierig, sein Alter zu bestimmen. Seine Erscheinung war jugendlich, aber etwas in der Art, wie er sich bewegte, und noch mehr seine Gesten, ließ darauf schließen, dass er schon seit geraumer Zeit die 50 überschritten haben musste.

»Camille hat mir gesagt, dass Sie mich sprechen wollen«, sagte der Neuankömmling und wandte sich an Ritter. Dann stellte er sich vor. Er sagte, er sei Docteur Gabriel Raffaelli, Direktor des Centre hospitalier Sainte-Lucie, und nachdem Ritter ihm auch erklärt hatte, warum sie da waren, versicherte er ihm, er werde sein Bestes tun, um zu helfen. Einen Moment später trat er hinter dem Tresen hervor und wies auf den hinteren Teil des Foyers, in Richtung des Korridors, der ins Innere des Gebäudes führte. Er sagte, dass es weiter hinten ein kleines Café gäbe, in dem sie sich in Ruhe unterhalten könnten und wo sie sicher besser aufgehoben wären als in seinem Büro. Das Café war sehr einfach, fast schlicht: ein Tresen, kaum ein paar Meter lang, ein

Regal und dann eine Kaffeemaschine, die in einer Wandnische stand. Vor der Theke befanden sich eine Kühlvitrine und einige kleine Tische, insgesamt drei, einer im Innenraum und die beiden anderen im Korridor. Weitere kleine Tische standen draußen in einem kleinen Hof, der von Blumenkästen und niedrigen Pittosporumhecken umgeben war.

Sie setzten sich nach draußen und Ritter stellte schließlich die beiden italienischen Polizisten vor. Er sagte, dass sie ein Verbrechen untersuchten, das sich in Sanremo ereignet hatte, und fügte ohne weitere Details hinzu, dass sie hier seien, um Informationen über Annette Comas zu sammeln, da die Möglichkeit bestehe, dass der Selbstmord der Frau etwas mit dem Blutvergießen jenseits der Grenze zu tun habe.

Viale übersetzte den Dialog sofort ins Italienische und Tomas hörte zu, wobei er versuchte, sich auf die Worte und die Argumentation zu konzentrieren.

»Annette Comas …«, sagte Raffaelli. »Ich erinnere mich gut an diesen Fall, die Frau hat sich im Zentrum von Menton umgebracht, das ist noch gar nicht so lange her, und wenn ich mich recht erinnere, hat die Gendarmerie ihre Ermittlungen aufgenommen. Ich glaube, der Richter hat sogar die medizinischen Unterlagen über ihre Partikel-Therapie angefordert. Was brauchen Sie noch?«

Ritter entgegnete, die italienischen Polizisten seien zu einem völlig informellen Besuch gekommen; sie wollten nur mit denjenigen sprechen, die während der letzten Tage im Krankenhaus mit der Frau in Kontakt standen. Mehr nicht.

Raffaelli schüttelte den Kopf. »Leider kann ich Ihnen nicht helfen. Ich habe keinen direkten Kontakt zu den meisten Patienten, außer in sehr seltenen Fällen, aber ich könnte die Oberschwester der Station fragen, auf der die Dame während ihrer Behandlungszyklen lag, sie kann Ihnen sicher mehr sagen.«

In der Zwischenzeit war der Barmann an den Tisch gekommen und hatte ihre Bestellung aufgenommen. Während sie auf seine Rückkehr warteten, holte Raffaelli sein Smartphone aus der Tasche und tätigte einen Anruf. Ein paar Worte, dann legte er es auf dem niedrigen Kaffeetischchen ab.

»Ich habe Frau Bretoni angerufen, sie wird bald hier sein. Sagen Sie Ihren italienischen Freunden, dass sie Glück haben, denn Nadia Bretoni kommt aus Bordighera, sodass sie keine Schwierigkeiten haben werden, sich zu verständigen.«

31. KAPITEL

Menton, 23. Juni

»Natürlich kannte ich sie!«

Frau Bretoni, die rechts von Gabriel Raffaelli saß, beantwortete damit die Frage von Commissario Gallo. Sie wartete einen Moment, als wolle sie die Wirkung ihrer Worte abschätzen, und fuhr dann mit ihren Ausführungen über die Patientin fort, die drei Monate zuvor Selbstmord begangen hatte.

»Sie kam in die Klinik, um sich der neuen Therapien zu unterziehen, die in ihrem Fall sehr wirksam waren und auf die wir hier spezialisiert sind. Die Partikeltherapie hat das Fortschreiten des Tumors verlangsamt und hätte ihr mit ziemlicher Sicherheit noch einige Monate zu leben geschenkt.«

Als die Bestellung eintraf, hörte sie abrupt auf zu sprechen. Der Barmann servierte zunächst dem Geschäftsführer und den beiden italienischen Polizisten Kaffee und schob schließlich den Troussepinette vor Ritter. Er wollte gerade gehen, als er merkte, dass etwas nicht stimmte. Am Tisch saßen fünf Personen, aber er hatte nur vier bedient. Er versuchte, das zu kompensieren, indem er sich über die Dame beugte und sie fragte, ob sie noch etwas wolle. Sie antwortete, dass sie gerne einen Kaffee hätte; als der Kellner zur Bar zurückkehrte, vervollständigte Bretoni ihre Antwort.

»Außerdem hatten wir festgestellt, dass die Schmerzen mit jedem Zyklus abnahmen und sie ein fast normales Leben führen konnte.«

»Wie oft war sie in Behandlung?«

»Die Zyklen waren zu Beginn monatlich und dauerten in der Regel vier Tage.«

»Bestand die Hoffnung, dass die Therapie die Krankheit von Frau Comas heilen könne?«

»Ich bin kein Arzt und verfüge daher nicht über das nötige Fachwissen, um Ihre Frage zu beantworten, aber ich würde sagen, nein. Sie hätte durch die Therapie Monate, vielleicht sogar Jahre gewonnen, aber ihr Schicksal war definitiv besiegelt.«

»Wann haben Sie erfahren, dass die Frau Selbstmord begangen hat?«

»Fast sofort, vielleicht noch am selben Tag. Ihr Fall hat Aufsehen erregt, und ich gestehe, dass es mich sehr getroffen hat. In meinem Beruf bin ich es gewohnt, mit Schmerzen in all ihren Formen umzugehen, aber so zu sterben ... Das ist immer ein Schock, das hätte ich nie erwartet.«

Als der junge Mann mit dem Kaffee zurückkam, nutzte Tomas die Pause, um sich die Frau, die ihm gegenübersaß, genauer anzusehen. Nadia Bretoni hatte ein heiteres Gesicht und strahlte geballte Zuversicht aus. Sie war sicherlich eine energische Frau, die in der Lage war, den Menschen in ihrer Umgebung Vertrauen einzuflößen, aber sie wirkte nicht autoritär. In seiner Vorstellung hatte er die Rolle der Oberschwester immer mit mürrischen und strengen Frauen in Verbindung gebracht, aber sie hatte nichts davon, im Gegenteil, sie vermittelte den Eindruck einer hilfsbereiten und freundlichen Person. Sie war in etwa Mitte 50, ihre etwas füllige Gestalt füllte ihren weißen Kittel aus, und sie war eine attraktive Erscheinung. Er beobachtete sie wieder, als sie das Zuckertütchen in ihren Kaffee leerte, wartete, bis sie ihn getrunken hatte, und fragte sie dann, ob sie etwas über das Privatleben von Frau Comas wisse.

»Nein, natürlich nicht. Wir haben vielleicht ein paar Worte gewechselt, aber meine Arbeit geht nie über Pflege und Betreuung hinaus. Eine der ersten Regeln meiner Arbeit ist es, jegliche emotionale Bindung mit den Patienten zu vermeiden.«

»Sie haben also keine Ahnung, warum sie sich umgebracht hat?«

Nadia Bretoni starrte ihn erstaunt an. Die Frage gefiel ihr überhaupt nicht.

»Ich kann mir vorstellen, dass die Entscheidung der Dame etwas mit der Krankheit zu tun hat«, antwortete sie und bewegte die Hände vor sich, »aber von dieser Annahme bis zur Kenntnis der wirklichen Gründe für diese Tat ist es ein weiter Weg.«

»Der Selbstmord geschah am Mittwoch, dem 16. März. Erinnern Sie sich, wann davor sie zuletzt im Krankenhaus war?«

»Um das genau zu wissen, braucht man nur das Krankenhausregister zu konsultieren, aber ich erinnere mich, dass die Frau die Klinik einige Tage vor dem 16. März das letzte Mal verlassen hatte, und Entlassungen finden fast immer am Samstagmorgen statt, sodass ich sagen würde, dass sie vier oder höchstens fünf Tage vor ihrem Selbstmord entlassen worden war.«

»Ist Ihnen in den letzten Tagen etwas Besonderes an ihr aufgefallen?«

»Das ist zwar schon ein paar Monate her, aber ich würde sagen, nein. Sie war angespannt und besorgt, aber ich kann mich nicht erinnern, etwas Besonderes bemerkt zu haben.«

Gallo schwieg einen Moment, als ob er über die Antwort nachdenken wollte, und Viale, der bisher nur eingriff, um die Worte des Direktors zu übersetzen, nutzte die Pause, um die Oberschwester zu fragen, ob sie wisse, dass Annette Comas beschlossen habe, ihr Leben vor dem Büro eines bekannten Anwalts in Menton zu beenden.

»Ich weiß, dass sie sich im Stadtzentrum umgebracht hat, und ich kenne den Ort, an dem es geschah«, antwortete die Frau, »aber ich weiß nichts über die Firma oder Kanzlei, von der Sie mir erzählen.«

»Sie sagten soeben, dass Sie über die Arbeit hinaus keine Beziehung zu Patienten haben. Hat Ihnen die Dame wirklich nie etwas anvertraut?«

»Nein, da kann ich Ihnen leider nicht weiterhelfen. Von Zeit zu Zeit haben wir ein paar Worte gewechselt, aber das war immer nur Small Talk, nichts, was dem persönlichen Bereich nahe kam.«

»Wie zum Beispiel?«

»Es kam vor, dass man über Fernsehsendungen oder Nachrichten sprach, aber immer auf eine unpersönliche Art und Weise. Es waren Kommentare, Dinge, die nur gesagt wurden um des Redens willen.«

»Sie wissen also nichts über sie?«

»Nein, ich wusste nicht einmal, wo sie wohnte, aber ich erinnere mich an ihre Leidenschaft für die Gartenarbeit. Einmal trafen wir uns genau hier in diesem Innenhof. Sie bot mir Kaffee an und sprach die ganze Zeit über Blumen und Pflanzen. Sie sagte, sie habe einen wunderschönen Garten, und mir wurde klar, dass sie sich sehr darum gekümmert haben muss.«

»Sonst noch etwas?«

»Nein, sonst nichts.«

Sie sagte es trocken, als ob sie das Gespräch beenden wollte, und Gallo trat wieder in den Dialog ein. »Wissen Sie, ob Frau Comas innerhalb der Klinik Freunde gefunden hat?«

Die Oberschwester wartete einen Moment, bevor sie antwortete. »Wahrscheinlich hatte sie sich mit einigen Patienten angefreundet, die aus den gleichen Gründen wie sie im Krankenhaus waren. Oft entsteht zwischen den Patienten ein Geist der Komplizenschaft, aber ich kann Ihnen keine Namen nennen, weil sich die Einweisungen häufig abwechseln.«

Plötzlich bewegte sich Frau Bretoni ruckartig in ihrem Stuhl. »Aber … jetzt, wo ich noch einmal darüber nachdenke …«

Tomas und Viale sahen ihr in die Augen.

»Wenn ich es mir recht überlege«, fuhr die Frau fort »ich habe Frau Comas oft in Begleitung von Brunella gesehen.«

»Wer ist Brunella?«, fragte Gallo.

»Sie ist die Hausmeisterin im zweiten Stock. Sie ist für die Reinigung der Station zuständig. Sie ist auch eine leidenschaftliche Gärtnerin. Ihr Mann hat Gewächshäuser und züchtet Zierpflanzen. Vielleicht haben sie sich deshalb so gut verstanden.«

»Ist Frau Brunella auch Italienerin?«

»Natürlich, sie pendelt über die Grenze, wie ich. Sie lebt im Landesinneren oberhalb von Bordighera. Es gibt viele von uns, wissen Sie? In Menton und auch in Monte Carlo gibt es viele Italiener, die im Gesundheitssektor arbeiten.«

»Wissen Sie, ob die Frau gerade Dienst hat?«

»Ich war gerade erst mit ihr zusammen.«

»Können wir sie sehen?«

»Ich glaube schon«, antwortete die Frau mit leiser Stimme, wandte sich dann an den Direktor und fragte ihn auf Französisch, ob es möglich sei, dass die italienischen Polizisten Frau Acquarone sehen könnten.

»Bien sûre!« war die Antwort, die nur allzu beredt war.

Zehn Minuten später saß Brunella Acquarone an dem kleinen Tisch in der engen Bar des Centre hospitalier. Sie war eine zierliche Frau, ungefähr in Nadias Alter, aber im Gegensatz zur Oberschwester wirkte sie sehr schüchtern. Sie nahm auf dem Stuhl Platz, der für sie vorbereitet worden war, und schaute sich vorsichtig um.

Nadia versuchte, sie zu ermutigen. Sie erklärte kurz, warum die italienischen Polizisten da waren, und fügte hinzu, dass sie ihr einige Fragen über Annette Comas stellen würden.

»Annette …«

»Ja, die Frau, die vor ein paar Monaten in Menton Selbstmord begangen hat. Die Herren wollen wissen, ob sie Ihnen etwas über ihr Privatleben anvertraut hat. Ich habe vorhin gesagt, dass ich Sie beide oft zusammen gesehen habe. Ich weiß, dass Sie beide eine Leidenschaft für Gartenarbeit hatten, und ich dachte, dass sie sich Ihnen vielleicht anvertraut hat.«

»Vertrauen … Nein, sie sprach sehr selten über sich. Sie sprach über ihre Krankheit, das ja, und die Angst, es nicht zu schaffen. Sie war sehr besorgt.«

»Wissen Sie, ob sie Besuch hatte?«, fragte Gallo sie.

»Nein, sie kam allein in die Klinik, in einem Auto, das für die Dauer ihres Aufenthalts im Hof geparkt war. Ich erinnere mich gut an dieses Auto, denn es war sehr alt.«

»Hatte sie keine Verwandten?«

»Ich würde sagen, nein.«

»Und hatte sie große Angst vor der Krankheit?«

»Natürlich machte ihr die Krankheit Angst und dann ...«

»Und dann?«, drängte der Commissario sie.

»Sie befürchtete, dass sie nicht mehr in der Lage sein würde, die notwendigen Therapien bis zum Ende machen zu können.«

»Wie das?«

»Sie befürchtete, dass sie nie wieder ins Centre hospitalier kommen könnte. An einem der letzten Tage, bevor es passierte ... ja, ich meine ... bevor sie abreiste, sagte sie mir, dass sie nicht wisse, ob sie jemals wiederkommen würde.«

»Glauben Sie, dass sie Ihnen gesagt hat, warum sie den Entschluss gefasst hat, sich umzubringen?«

»Nein, das hat sie nicht gesagt. Sie spielte nur auf die Tatsache an, dass sie sich die Behandlung nicht mehr leisten kann.«

»Woher wissen Sie das?«

»Am Tag zuvor hatte sie eine Rente erwähnt. Sie hatte mir erklärt, dass sie diese zu verlieren drohte und dass sie ohne dieses Geld keine Möglichkeit mehr hätte, sich behandeln zu lassen.«

Tomas wandte sich an Nadia Bretoni. »Ist dies eine private Klinik?«

»Ja, das Centre hospitalier Sainte-Lucie ist ein hochspezialisiertes, kostenpflichtiges Gesundheitszentrum. In Italien nennt man das eine Privatklinik.«

»Bedeutet das, dass Annette Comas für die Behandlung bezahlt hat?«

»Gewiss, sie unterzog sich einer experimentellen Behandlung, die sie bei jedem Aufenthalt bezahlt hat.«

»Hat sie Ihnen jemals mehr über die Leibrente erzählt?«, fragte Gallo Brunella.

»Nein, das hat sie nicht.«

»Könnte es sein, dass sie sich auf die staatliche Rente bezog?«

»In Anbetracht ihres Alters würde ich nein sagen«, warf Ritter ein. »Die Dame war zu jung, um im Ruhestand zu sein.«

»Aber welche Leibrente war es dann?«, fragte Gallo.

»Es könnte eine private Rentenversicherung gewesen sein«, schlug Nadia vor.

»Oder vielleicht …«, sagte Brunella.

Gallo drehte sich um.

Die Frau, die sich beobachtet fühlte, errötete auffallend, und die Oberschwester schritt erneut für sie ein.

»Sie brauchen keine Angst zu haben. Hier können Sie frei sprechen.«

Auch Docteur Raffaelli, der bis dahin geschwiegen hatte, weil der Dialog auf Italienisch geführt wurde, spielte seine Rolle. Er erkannte, dass die Pflege-Hilfskraft in Schwierigkeiten war, und versuchte, sie zu beruhigen.

Ein paar Augenblicke vergingen, dann nahm Brunella das Gespräch wieder auf.

»Vielleicht«, sagte sie, »spielte sie auf einen Scheck an, den sie jeden Monat erhielt. Ich erinnere mich, dass sie mir eines Tages anvertraute, dass sie, sobald sie entlassen würde, nach Menton fahren würde, um ihr Gehalt abzuholen. Ich fragte sie, wo sie arbeitete, und sie lachte und erklärte, dass sie nicht arbeitete, sie nannte es ›ihr Gehalt‹, aber in Wirklichkeit war es eine Rente.«

»Hat sie Ihnen gesagt, wo sie bezahlt wird?«

»Nein, aber ich bin sicher, dass sie es in Menton abholen musste.«

»Könnte die Zahlstelle eine Anwaltskanzlei gewesen sein?«

Brunella Acquarone wartete einen langen Moment, bevor sie antwortete. »Das weiß ich nicht, aber Annette sprach oft von einem italienischen Anwalt.«

»Ein italienischer Anwalt?«

»Ja, ich bin mir sicher, dass er Italiener war, und ich glaube, es gab eine seltsame Beziehung zwischen ihnen.«

»Eine seltsame Beziehung. Wie meinen Sie das?«

»Naja … einerseits hasste sie ihn, so sehr, dass sie mehr als einmal ausdrücklich sagte, dass der Mann sie abstieß, aber andererseits konnte sie sagen, dass sie ihn brauchte. Außerdem …«

»Ja?«

»Ich glaube, sie war froh, dass der Anwalt sein Büro in Menton eröffnet hatte, denn vorher hatte sie jedes Mal nach Sanremo fahren müssen, wenn sie ihn sehen wollte.«

Tomas und Viale sahen sich in die Augen, ohne etwas zu sagen. Ritter hingegen konnte sich nicht zurückhalten.

»Merde!«, rief er aus. »Meine Kollegen haben einen miserablen Untersuchungsstil! Schlamperei! Sie hätten nur ein paar Fragen mehr stellen müssen und der Grund für den Selbstmord wäre sofort ans Licht gekommen. Sie haben recht«, sagte er und wandte sich an die italienischen Polizisten. »Vielleicht gibt es wirklich einen Zusammenhang zwischen dem Selbstmord der armen Frau und den Ereignissen in Sanremo.«

»Ich glaube, ja«, antwortete Gallo. »Und an dieser Stelle wäre es interessant zu verstehen, welche Art von Einkommen Frau Annette Comas bezog und warum es ihr vielleicht ausgegangen ist.«

»Sie werden es heute noch erfahren!«, sagte Ritter in einem festen Ton. »Ich versichere Ihnen, dass ich Bernard einen Besuch abstatten werde, sobald ich nach Menton zurückgekehrt bin.«

Gallo zuckte mit den Schultern. »Ich weiß nicht, wie das in Ihrem Teil der Welt funktioniert, aber ich kann mir vorstellen, dass Sie einen Gerichtsbeschluss brauchen.«

»Keinen richterlichen Erlass!«, entgegnete der Hauptmann abrupt, »ich werde auch so herausfinden, was ich brauche, auch ohne Erlass!«

Die letzten Worte hätte er fast herausgeschrien. Als er sich wieder beruhigt hatte, holte er die Zigarettenschachtel aus seiner Hemdtasche und zündete sich eine an, ohne darauf zu achten, wo er sich befand, aber niemand wagte etwas zu sagen, nicht einmal Docteur Raffaelli.

Es vergingen noch einige Augenblicke, dann dankte Gallo dem Direktor für seine Bereitschaft und den beiden Angestellten des Centre hospitalier für ihre Aussagen. Er sagte den beiden, dass ihre Aussagen sehr interessant gewesen seien.

Man wechselte noch ein paar nette Worte, dann standen alle auf. Einen Moment später begleitete Docteur Raffaelli die Gäste zum Empfang und verabschiedete sich mit den Worten, er müsse unbedingt zurück ins Büro.

Gallo war zufrieden. Der Besuch hatte sich als fruchtbar erwiesen, sogar mehr als er gehofft hatte. Jetzt musste er nur noch zur Polizeistation zurückkehren. Er nickte Viale zu, um ihm mitzuteilen, dass es Zeit war zu gehen, aber kurz bevor er sich dem Ausgang näherte, kam Brunella Acquarone auf ihn zu und fragte ihn, ob er ein paar Minuten Zeit hätte.

»Ja, natürlich!«

Die Frau sah sich um, um sich zu vergewissern, dass der Direktor und die Oberschwester gegangen waren, und sagte dann mit belegter Stimme, dass eine der vor einigen Minuten gegebenen Antworten nicht ganz richtig gewesen sei.

»Ich erzählte vorhin, dass Madame Annette nie Besuch empfing, aber letztes Weihnachten kam tatsächlich jemand zu ihr.«

Gallos Augen wurden aufmerksamer. »Ist das nur in diesem Fall passiert?«

»Ja, nur am ersten Weihnachtstag.«

»Erinnern Sie sich an den Namen des Besuchers?«

»Nein, ich weiß den Namen nicht mehr, aber es war eine Frau, die etwas jünger war als sie. Ich erinnere mich, dass sie etwas zu essen mitgebracht hatte. Ich merkte, dass Madame Annette gerne mit ihrer Freundin zu Mittag gegessen hätte. Sie wollte mit ihr allein sein und fragte, ob es möglich sei, einen anderen ruhigen Ort als das Krankenzimmer oder die Kantine zu finden.«

»Und was haben Sie gemacht? Haben Sie getan, was sie sich wünschte?«

»Ja, ich habe einen kleinen Tisch und zwei Stühle in den Rehabilitationsraum gebracht. Es war der erste Weihnachtstag. Die Oberschwester war nicht da und das Personal war minimal. Keiner hat etwas bemerkt. Sie haben da drin gegessen. Ich habe nichts falsch gemacht, aber wenn ich entdeckt worden wäre, hätte das Konsequenzen gehabt. Deshalb habe ich es nicht vorher in Anwesenheit des Direktors erwähnt.«

»Machen Sie sich keine Sorgen«, sagte Gallo. »Es wird alles unter uns bleiben.«

Ritter, der nur wenige Schritte entfernt stand und das Gespräch mitgehört hatte, tat so, als sei nichts geschehen, und ging in Richtung Ausgang davon. Inspektor Viale wandte sich stattdessen an den Commissario.

»Wissen Sie, wer diese Frau war?«, fragte Tomas.

»Ganz und gar nicht.«

»Vielleicht gibt es irgendwo ein Besucherregister«, bemerkte Viale, »wir könnten es einsehen.«

Die Frau drehte sich erschrocken zum Tresen um.

»Hier an der Rezeption gibt es ein Register, in das die Namen der Besucher eingetragen werden, aber ich möchte nicht, dass Sie danach fragen.«

»Keine Sorge«, sagten die beiden Polizisten gemeinsam, als sie ihren erschrockenen Ausdruck sahen. »Wir werden keine Zeugenaussage verlangen.«

»Ich danke Ihnen.«

»Hören Sie …«, fragte Gallo erneut. »Könnten Sie Annette Comas' Freundin beschreiben?«

»Nein, leider bin ich kein guter Physiognomiker. Ich weiß nur, dass sie jünger war als sie. Viel jünger, wenn ich es mir recht überlege.«

»Das ist schade.«

»Aber vielleicht …«

»Vielleicht?«

»Vielleicht habe ich ein Foto von dieser Frau, denn am Nachmittag, bevor sie abreiste, wollte Annette, dass ich ein paar Erinnerungsfotos mache. Ich machte einige mit ihrem Handy, aber auch einige mit meinem und schickte sie ihr dann per WhatsApp. Das ist jetzt sechs Monate her, aber ich glaube nicht, dass ich sie gelöscht habe. Jetzt habe ich keine Zeit, weil ich zur Station laufen muss, aber am Ende meiner Schicht kann ich sie suchen. Wenn ich sie finde, gebe ich sie gerne an Sie weiter, wenn Sie mir Ihre Handynummer geben.«

»Ja, natürlich!«, sagte Gallo, der seine Hand bereits in der Gesäßtasche seiner Jeans hatte. »Hier ist meine Visitenkarte, Sie können mir die Fotos gerne per WhatsApp schicken.«

Die Frau steckte den Zettel in ihre Tasche und lief schnell davon. Man konnte sehen, dass sie es eilig hatte.

»Frau Acquarone!«, stoppte er sie, bevor sie im Korridor verschwand.

»Ja?«

»Ich danke Ihnen. Das war nett! Wirklich nett!«

32. KAPITEL

Menton, 23. Juni

Das Telefon läutete genau in dem Moment, als er sich seine zweite Zigarre anzünden wollte, und er war überhaupt nicht erfreut. Er hätte in diesem Moment gerne auf einen Anruf verzichtet, aber die Nummer war die der Polizeistation und deshalb musste er hingehen. Er steckte das Feuerzeug in seine Tasche und nahm mit der Zigarre zwischen den Zähnen ab. Die Stimme meldete sich, ohne ihm Zeit zu geben, Hallo zu sagen.

»Benzà!« Es war Laura, und sie war ziemlich aufgeregt. »Bist du bei Gallo?«

»Nein, ich bin im Auto geblieben. Der Commissario ist drinnen, zusammen mit Inspektor Viale und dem Gendarmen.«

»Wo?«

Benzina schaute auf das Schild über dem Eingang. »Im Inneren des Krankenhauses Sainte-Lucie.«

»Gibt es eine Möglichkeit, mit ihm zu sprechen? Wie immer hat er sein Telefon ausgeschaltet und es ist dringend.«

»Ich habe dir doch gerade gesagt, dass er in ein Krankenhaus gegangen ist, vielleicht war er gezwungen, es abzuschalten.«

»Er wurde gezwungen! Verteidige ihn jetzt auch noch! Such ihn, und sobald du ihn siehst, sag ihm, er soll mich sofort anrufen.«

»Was ist passiert? Steht die Polizeiwache in Flammen?«

»Nein, das Polizeirevier brennt nicht. Es hat einen weiteren Mord gegeben.«

Benzina drückte das Mobiltelefon noch mehr an sein Ohr. »Ein neuer Mord! Wo?«

»Nur einen Katzensprung vom Zentrum von Sanremo entfernt, zwischen dem Radweg und dem alten Bahnhof.«

»Oh, verdammt noch mal! Wer ist tot?«

»Es ist die Frau von Rechtsanwalt Boeri. Also die Witwe.«

»Rechtsanwalt Boeri. Der, der in der Villa Nobel tot aufgefunden wurde?«

»Ja, das ist richtig: Zuerst haben sie den Mann beiseitegeschafft und jetzt die Frau.«

Benzina konnte sich ein erneutes »Heilige Scheiße« nicht verkneifen und fragte dann, wann es passiert sei.

»Heute Nacht, oder besser gesagt gestern Abend.«

»Wie ist sie gestorben?«

»Ihr wurde die Kehle durchgeschnitten, aber offenbar war der Mörder so rücksichtsvoll, sie vorher zu betäuben.«

»Scheiße!«

»Er soll mich anrufen, sofort!«

»Keine Sorge, ich werde ihn jetzt suchen gehen.«

Er steckte die *Toscano*-Zigarre in dieselbe Tasche, in die er kurz zuvor das Feuerzeug gesteckt hatte, und ging schnell in Richtung des Centre hospitalier. Als er etwa 20 Meter vor dem Eingang angekommen war, öffnete sich die Tür und der französische Gendarm kam zusammen mit Gallo und Viale heraus. Sie unterhielten sich leise miteinander.

»Commissario! Commissario!«

Er rief laut und winkte mit einer Hand, um sich bemerkbar zu machen.

Gallo, der ihn selten so aufgeregt sah, fragte sich, was los war. Normalerweise war Giacomo Benzà der ruhigste Mensch der Welt, aber als er einen Moment später bei ihm ankam und von einer Leiche hörte, die nur einen Steinwurf vom alten Bahnhof von Sanremo entfernt gefunden worden war, wurde ihm klar, dass etwas Ernstes passiert war, und als er erfuhr, dass es sich um die Leiche der Witwe Boeri handelte, gefror ihm das Blut in den Adern.

Sie fuhren sofort los, Benzina am Steuer, der tiefe Spurrillen im Kies hinterließ, und sobald er die Ausfahrt erreicht hat, stürzte er sich in rasendem Tempo auf die nach Menton führende Straße. Er wurde erst langsamer, als Gallo ihn am Bein berührte.

»Immer mit der Ruhe!«

»Ich dachte, du hättest es eilig. Ich kann diese Dinger genauso gut fahren wie reparieren.«

»Natürlich habe ich es eilig, und ich traue deinem Fahrkönnen, aber wenn du so weitermachst, muss ich kotzen.«

Benzina nahm den Fuß vom Gaspedal und fuhr fünf Minuten später auf die Autobahn, die sie nach Sanremo führen würde.

33. KAPITEL

Sanremo, 23. Juni

Er war nicht gut gelaunt. Nein, das war er wirklich nicht.

Er hatte das Centre hospitalier in der Überzeugung verlassen, einen wichtigen Hinweis in der Hand zu haben, den ersten, an dem es sich zu arbeiten lohnte, aber innerhalb weniger Sekunden hatten Benzinas Worte alles zunichte gemacht. Der neue Mord machte alles noch schwieriger und gab ihm das Gefühl, ganz von vorne anfangen zu müssen.

Der Mörder hatte im Herzen von Sanremo zugeschlagen, nur einen Steinwurf von der Polizeistation entfernt, sodass es leicht war, sich die Schlagzeilen und die noch bösartigeren Kommentare der kleinen lokalen Sender vorzustellen. Es war schwieriger für ihn, sich vorzustellen, welche ruchlosen Dinge in den sozialen Medien kursieren würden, denn das war ein Bereich, für den er sich nie interessiert hatte, aber er war sich sicher, dass auch auf dieser Seite etwas passieren würde. Sicherlich würde irgendein Schlappschwanz darauf aus sein, die Polizei in den Dreck zu ziehen, indem er Fotos oder Videos veröffentlichte, die sich innerhalb weniger Stunden verbreiten würden. Am Tag zuvor hatte Viale, der eine Tochter im Teenageralter hatte und sich mit sozialen Medien auskannte, einen speziellen Begriff verwendet, um zu erklären, was passiert, wenn eine Nachricht viele Aufrufe hat: viral. Das war es, was er gesagt hatte: viral. Es war die Festivalstadt Sanremo, berühmt in ganz Europa. So eine Nachrichtenlage, verpackt in sogenannte Reels, reißerische Filmchen, sorgte dafür, dass Hobby-Reporter, Blogger, private

YouTube-Kanäle und Plattformen wie Telegram, Instagram und viele andere das Echo so stark verstärkten, dass innerhalb weniger Stunden Millionen Aufrufe zustande kommen könnten.

Aber das war noch nicht alles. Als Frau Luciana Fiorini einige Stunden, nachdem er bei ihr gewesen war, versucht hatte, ihn anzurufen, hatte er geahnt, dass sie ihm etwas zu sagen hatte. Dann hatte sich das Telefonat aufgrund der Trunkenheit der Frau in Nichts aufgelöst, aber er war sich sicher, dass sie ihn brauchte. Es spielte keine Rolle, dass er sie am nächsten Tag angerufen hatte und sie wieder nicht in der Lage gewesen war, mit ihm zu sprechen, denn das war keine Entschuldigung. Er hätte mehr tun müssen, zum Beispiel zum Haus der Frau gehen und sie persönlich anhören, sie direkt fragen, warum sie ihn gesucht hatte.

Niemand konnte ihm jemals etwas vorwerfen, aber inzwischen fühlte er sich schuldig, wie jedes Mal, wenn er merkte, dass er seine Pflicht nicht vollständig erfüllt hatte. Während der ganzen Fahrt fragte er sich, worüber Frau Fiorini mit ihm hatte sprechen wollen, und als der Wagen auf der Italo-Calvino-Promenade anhielt, kam er zu dem Schluss, dass sie etwas über den Tod ihres Mannes gewusst hatte und dass der Mörder, der sich in Gefahr fühlte, sie zum Schweigen gebracht hatte.

Als er ausstieg, bot sich ihm ein ähnliches Bild wie einige Tage zuvor in der Villa Nobel. Die Streifenwagen entlang der Straße, die rot-weißen Bänder, die Journalisten mit ihrem Heißhunger auf Nachrichten, und schließlich die Kollegen, die versuchten, die Scharen von Schaulustigen in Schach zu halten. Der große Vorplatz, der zum Parken reserviert war, schien wie geschaffen für Scharen von Zeitverschwendern, die nichts anderes im Sinn hatten, als sich nur wenige Schritte von dem Ort entfernt einzupflanzen, an dem eine Bluttat begangen worden war. Auch die Carabinieri hatten Stellung bezogen, und sogar einige Fahrzeuge des Zivilschutzes waren hinter den Einsatzfahrzeugen zu sehen. Die Soldaten taten ihr Bestes, um die Öffentlichkeit mit strengen Mienen und Gesten auf Distanz zu halten.

Gallo ging an der Menge vorbei, und die Erste, die ihm entgegenkam, war wieder Giulia Brizio. Sie starrte ihn mit einem besorgten Blick an.

»Commissario. Es ist wieder passiert.«

»Hast du schon ein paar Details?«

»Die Kollegen der Spurensicherung sind bei der Arbeit. Der Tatort wurde sorgfältig abgesperrt, es gab also sicher keine Verunreinigung, obwohl die Spuren leider nicht sehr zahlreich zu sein scheinen.«

»Hast du schon etwas erfahren können?«

»Während Dottore Parodi seine Arbeit verrichtete, konnte ich einige Augenblicke lang aus der Nähe zuhören. Offenbar ist die Frau an einem tiefen Schnitt im Hals gestorben. Ein paar Schritte von der Leiche entfernt wurde eine Gaze gefunden, ein Verbandsstoff. Der Arzt ist sich sicher, dass er mit Chloroform getränkt war.«

»Stimmt es also, was Laura mir erzählt hat? Die Frau wurde betäubt und dann getötet?«

»Es scheint so abgelaufen zu sein.«

»Seltsam, findest du nicht auch?«

»Offensichtlich wollte der Mörder die Entdeckung der Leiche hinauszögern. Eine erste Rekonstruktion deutet darauf hin, dass er die Frau an den Fuß einer Hecke auf einer Verkehrsinsel trug, auf der normalerweise keine Fußgänger unterwegs sind, und sie tötete, nachdem er sie sorgfältig versteckt hatte.«

»Wer hat die Leiche gefunden?«

»Ein Mann ging mit seinem Hund spazieren. Das Tier roch die Leiche und erregte so die Aufmerksamkeit seines Herrn. Wäre der Hund nicht gewesen, wäre sicher mehr Zeit vergangen.«

»Wer ist noch vor Ort?«

»Das ganze Team ist hier, außer Giostra, der heute frei hat, aber ich habe ihn schon alarmiert, er wird bald kommen.«

»Bevilacqua? Ist er auch da?«

»Ja, natürlich. Ich hatte Angst, dass er deine Abwesenheit bemängeln würde, also habe ich ihm erklärt, dass du in Menton bist, aber er wusste schon alles. Er sagte mir, ihr hättet gestern Abend darüber gesprochen.«

»Ja. Wir hatten miteinander telefoniert. Ich hatte ihm erklärt, dass ein Teil der Ermittlungen nach Frankreich führt.«

»Übrigens, wie ist es gelaufen?«

»Es lief sehr gut, aber darüber reden wir später. Jetzt bring mich bitte zum Tatort.«

Giulia Brizio nickte und ging in Richtung des Radwegs. Sie passierte einige Metallschranken, ging ein paar Schritte weiter, blieb dann stehen und zeigte auf die Stelle, an der einige Kriminaltechniker um eine abgeriegelte große Verkehrsinsel herum arbeiteten. Sie trugen weiße Einweg-Overalls, Schuhwerk und Handschuhe. Ein paar von ihnen sortierten die alphanumerischen Schilder aus, während ein dritter eine fotografische Dokumentation vornahm.

»Wie ich bereits sagte, wurde der Tatort sorgfältig gesichert, und außer dem Mann mit dem Hund und dem Arzt, der den Tod feststellte, hat sich niemand genähert, sodass eventuelle Spuren mit Sicherheit noch vorhanden sein werden.«

Gallo wollte gerade etwas sagen, als er eine Berührung an seiner Schulter spürte. Er drehte sich um: Es war Antonio Rubbano, der strammstand.

»Commissario. Ich habe vorhin Dottore Parodi gesehen. Ich glaube, er möchte mit dir sprechen.«

»Sicher, Antonio. Wo ist der Arzt?«

»Ich habe ihn vor einer Weile verlassen und eine Nachricht an seinem Auto befestigt, dass ich dich suchen gehe. Komm mit mir. Ich werde dich begleiten.«

Sie schlüpften unter einer Absperrung hindurch und erreichten nach ein paar Schritten das Auto, das Rubbano erwähnt hatte. Der Arzt lehnte sich über die Motorhaube. Er machte sich Notizen in einem Notizbuch. Er drehte sich um, als er hörte, dass er gerufen wurde.

»Guten Morgen, Gallo, wie geht es Ihnen?«

Gallos Gesicht verfinsterte sich. »Sagen wir, es könnte besser sein.«

»Ja … zwei Morde in weniger als einer Woche, ich glaube nicht, dass so etwas jemals in Sanremo passiert ist.«

Er klappte das Notizbuch zu, steckte den Stift in seine Hemdtasche und zeigte dann auf die Stelle, an der die Kriminaltechniker arbeiteten.

»Ich habe die Leiche soeben gesehen. Die Techniker haben mir Einwegschuhe gegeben und mir erlaubt, zur Leiche zu gehen, um den Tod festzustellen und zu ermitteln, wie und wann die arme Frau getötet wurde.«

»Ispettore Brizio erklärte mir, dass der Tod durch eine Kehlkopfwunde verursacht wurde.«

Parodi schüttelte den Kopf. »In Wirklichkeit handelt es sich nicht um eine einfache Wunde. Der Mörder hat die Kehle von einer Seite zur anderen durchgeschnitten. Für eine solche Tat braucht man viel kaltes Blut, zumal die Frau bewusstlos war.«

»Es stimmt also, dass sie betäubt wurde?«

»Ein paar Meter von der Leiche entfernt lag Gaze. Ich nehme an, dass die Laboranalyse ergeben wird, dass sie mit Chloroform getränkt war. Daran besteht meiner Meinung nach kein Zweifel. Ich bin sicher, dass die Autopsie ergeben wird, dass die Frau zum Zeitpunkt ihres Todes nicht bei Bewusstsein war.«

»Sie sind also der Meinung, dass der Mörder die Frau betäubte und sie später tötete, nachdem er ihren Körper hierher bewegt hatte?«

»So sieht es aus.«

»Warum? Was meinen Sie?«

»Ich glaube, er wollte die Leiche verstecken, damit sie nicht schnell gefunden wird.«

»Haben Sie eine Ahnung, wo der Angriff stattfand?«

Parodi zuckte mit den Schultern. »Das kann ich natürlich nicht sagen, aber ich vermute, dass es nicht allzu weit vom Fundort entfernt passiert ist.«

»Warum?«

»Wegen der Gaze. Sie war nicht weit von der Leiche entfernt, vielleicht hat der Mörder sie fallen lassen, als er die Frau an den Ort brachte, an dem sie gefunden wurde. Wäre die Frau in einem Auto transportiert worden, hätten wir den Mull wohl kaum gefunden.«

»Warum einen solchen Aufwand? Wäre es nicht einfacher gewesen, die Frau einfach zu töten?«

»Offensichtlich wollte der Mörder die Leiche verstecken, und ich versichere Ihnen, dass er dies mit einiger Sorgfalt getan hat.«

»Was bedeutet das?«

»Ich meine, er hat sie in einer Hecke nicht nur versteckt, sondern regelrecht hineindrapiert, und wenn der Hund nicht gewesen wäre, weiß ich nicht, wann wir es bemerkt hätten. Commissario …«

»Ja?«

»Derjenige, der diese Tat verübt hat, muss echt ein übler Kerl sein. Er hat der Frau die Kehle von der Seite aufgeschnitten, und dazu gehört schon eine gewisse Portion Mut, aber was mich erstaunt hat, war die Art und Weise, wie er die Leiche getarnt hat. Ein Amateur macht so etwas nicht. Kommen Sie mit mir, damit Sie verstehen, was ich meine.«

Er steckte das Notizbuch in die Aktentasche, die bis dahin an der Seite des Streifenwagens gelehnt hatte, und ging dann in Richtung des Tatortes. Sie erreichten den Ort, an dem die Leiche gefunden worden war, als die Kriminaltechniker gerade ihre Untersuchungen beendeten. In dem von den Begrenzungsbändern umschlossenen Bereich blieb nur einer zurück und verstaute die Ausrüstung in einem großen Aluminiumkoffer. Die beiden anderen waren dabei, ihre Einweganzüge auszuziehen.

»Hier«, sagte der Arzt und beugte sich auf die Höhe des Begrenzungsstreifens hinunter. »Bücken Sie sich runter und sehen Sie sich das an.«

Er wartete einen Moment, dann bewegte er einen Arm nach vorne und zeigte auf die Leiche.

»Man braucht schon starke Nerven, um so etwas zu tun, meinen Sie nicht?«

Auch Tomas bückte sich, und in dem Moment, als er die Leiche von Frau Boeri sah, spürte er einen eisigen Schauer. Die Beine der Leiche lagen verkrümmt am Boden, der Oberkörper und Kopf auf halber Höhe tief zwischen den beiden größten Zweigen eines blühenden Oleanders drapiert und der Rest des Körpers sorgfältig mit dem Laub an den biegsamen Zweigen der nahen Hecke kaschiert. Auch die Arme waren mit Zweigen umwickelt und in Position gehalten. Der Gesamteindruck war der eines schon verwesten Körpers, aus dem Blumen wuchsen, und der schon lange dort lag und der eher an eine dekorierte Schaufensterpuppe erinnerte als an einen Menschen aus Fleisch und Blut, der mit Gewalt in die Hecke gezwängt wurde.

Der Arzt deutete noch einmal auf die Leiche.

»In all meinen Berufsjahren habe ich so etwas noch nie gesehen.« Dann suchte er den Blick des Kommissars. »Da bekommt man eine Gänsehaut, nicht wahr?«

Gallo nickte. Die Szene war wirklich erschreckend.

»Hat der Mörder die Frau auf diese Weise arrangiert, bevor er sie tötete?«

»Die Blutlache am Fuße der Hecke beweist, dass die Frau dort getötet wurde. Die Gerichtsmediziner ließen mir kaum Zeit, mich der Leiche zu nähern, um den Todeszeitpunkt zu bestimmen, aber ich konnte mir die Schnittwunde gut ansehen, und ich versichere Ihnen, dass ein normaler Mensch eine solche Arbeit nie gemacht hätte.«

Tomas starrte erneut auf die Leiche von Frau Boeri und

erschauderte. Jetzt war er sich sicher: Jemand entlud seinen gewaltigen Hass in dieser sonnigen, heiteren Stadt.

»Glauben Sie, dass es sich bei dem Mörder um denselben handeln könnte, der auch in der Villa Nobel zugeschlagen hat?«

Parodi wartete einen langen Moment, bevor er antwortete. »Ich habe nicht die Informationen, um diese Frage zu beantworten, aber die Abscheulichkeit beider Verbrechen und insbesondere die Tatsache, dass die Leichen bewegt wurden, könnten darauf hindeuten. Normalerweise flieht der Täter eines Verbrechens so schnell wie möglich, aber in beiden Fällen gab es eine Manipulation des Opfers, tot im ersten Fall und lebendig im zweiten. Commissario …«

»Ja?«

»Vor Kurzem habe ich etwas in einer kriminologischen Abhandlung gelesen. Es scheint, dass die Manipulation von Opfern charakteristisch für Menschen ist, die an Gewalttaten gewöhnt sind. Diejenigen, die zum ersten Mal ein Verbrechen begehen, empfinden Abscheu vor dem, was sie getan haben, und fliehen sofort, aber diejenigen, die sich an Grausamkeiten gewöhnt haben, verlieren die Skrupel, ihre Opfer zu berühren.«

»Bedeutet dies, dass wir es mit einer Person zu tun haben, die es gewohnt ist, solche Taten zu begehen?«

»Ja, ohne jeden Zweifel.«

Gallo verstummte. Der barbarische Mord an Frau Boeri und insbesondere die Art und Weise, wie die Leiche in die Hecke gelegt worden war, waren erschreckend und abstoßend zugleich. Aber das Verbrechen in der Villa Nobel mit dem Dynamitstab, der dem Anwalt mit einer eindeutigen Geste der Verachtung in den Mund gesteckt worden war, war ebenso ungeheuerlich gewesen. Und dann war da noch der Sprengstoff, der in der Villa platziert worden war, um ein Massaker anzurichten. Das Böse umhüllte die Stadt mit einer Spirale der Gewalt, und er spürte all das Böse in sich selbst. Es war wie ein Schraubstock, der ihm den Magen und dann die Kehle abdrückte

Wenige Augenblicke später, als die Kriminalbeamten gegangen waren, wandte er sich Parodi zu.

»Herr Doktor, können Sie mir schon sagen, wann das Verbrechen stattgefunden hat?«

Parodi starrte auf Gallos verkniffenes Gesicht.

»Natürlich war es einfach, den Todeszeitpunkt zu bestimmen. Der Tod trat gestern Abend ein. Ich würde sagen, zwischen 22 und 23 Uhr, auf keinen Fall nach Mitternacht.«

Gallo bedankte sich und ging dann zu den Agenten Giulia Brizio und Antonio Rubbano, die ein paar Meter weiter auf ihn warteten. Als er sie erreichte, bemerkte er, dass Giostra ebenfalls eingetroffen war; er unterhielt sich mit Viale hinter einer Absperrung. Er grüßte ihn kaum. In seinem Kopf schwirrten unangenehme Gedanken herum, und in ihm regte sich das Gefühl, dass der Tag neue Überraschungen bringen würde.

34. KAPITEL

Sanremo, 14. September 2021

Die Krankheit kam und ging, in einem Wechsel von dunklen Tagen und heiteren Wochen. Die Krankheit schien das gleiche Muster wie die Gezeiten zu haben, und wie die Gezeiten, die kommen und gehen, brachte sie gegen Ende des Sommers endlich etwas Erleichterung. Annette fühlte sich besser und nahm ihre üblichen Aktivitäten wieder auf. Sie begann wieder, ihren Garten zu pflegen, ging in den Supermarkt in Menton und in die Bäckerei in Sainte Agnès und besuchte natürlich wieder den Markt in Ventimiglia. In Ventimiglia forderte sie ihre Freundin auf, sich fertig zu machen, denn in wenigen Tagen würden sie nach Italien zurückkehren, für eine Reise, die nur etwas länger war als die, die sie schon seit langer Zeit über die Grenze geführt hatte. Sie wimmelte alle neugierigen Fragen ab und versprach, alles zu erklären, wenn die Zeit gekommen sei.

Schließlich kam der für die Reise gewählte Tag. Sie stiegen gemeinsam in den Renault 4 und fuhren, nachdem sie Ventimiglia passiert hatten, weiter entlang der Aurelia, die von der Grenze entlang der Küste zu den anderen Orten der Riviera führte. Von Zeit zu Zeit hielt Annette an, um etwas zu zeigen: eine Villa, eine Straße, einen Palmenhain, einen Garten. Das geschah in Vallecrosia, Bordighera und sogar in Ospedaletti. In Sanremo, auf der Höhe des Corso Imperatrice, war es ein Halt von nur wenigen Sekunden, gerade genug Zeit, um auf die schöne Strandpromenade auf der einen und die großen Hotels auf der anderen Seite hinzuweisen, und dann, um dem Gehupe der Hinterherfahrenden zu entgehen, fuhr sie wieder los.

Etwa zehn Minuten später, als sie das Stadtzentrum bereits hinter sich gelassen hatten und die Aurelia sie nun in Richtung der Vororte führte, bog Annette in eine Seitenstraße ein. Ein Stück weiter hielt sie an. Sie stellte den Motor ab und sagte, sie seien angekommen.

Der Ort war nicht besonders interessant. Gebäude auf der einen und auf der anderen Seite, Tore und viele Fensterläden. Es gab ein paar Blumen, vor allem Bougainvillea, aber ohne den Radweg und das Meer im Hintergrund hätte man an ein ganz gewöhnliches Vorstadtviertel denken können. Es war sicherlich nicht der Ort, den sie erwartet hatte. Sie schaute sich verwundert um. Wenn ihre Freundin sie überraschen wollte, hätte es mehr Sinn gemacht, im Zentrum von Sanremo anzuhalten. Sie hätte sich die russische Kirche aus der Nähe ansehen können, mit ihren Türmen und den leuchtenden Farben, die sie so interessant machten, oder das Casino, von dem sie nur einen flüchtigen Blick erhascht hatte.

»Wo hast du mich hingebracht?«, fragte sie ein wenig überrascht.

»Das wirst du gleich sehen …«

Sie kehrten zur Aurelia zurück und wählten die nächstgelegene Bar, eine Bar wie viele andere, mit Tischen auf dem Bürgersteig und einem Vorhang zum Schutz vor der Sonne. Sie setzten sich nach draußen und bestellten zwei Espressi. Der Kaffee war gut, aber das Lokal hatte nichts Besonderes an sich. Die nur einen Steinwurf entfernte Straße, der Verkehr und der Autolärm machten es nicht gerade angenehm. Es war klar, dass es ein Vorstadtlokal war, in dem man frühstücken oder bestenfalls ein Sandwich essen konnte. Sie sah sich einen Moment lang um, dann fragte sie erneut nach dem Grund für die seltsame Reise.

»Du hast mich nach Sanremo zum Kaffee eingeladen?«

Annette deutete ein Lachen an. »Nein, natürlich nicht.«

Sie stand auf und ging auf eine der Markisenhalterungen zu. Mit dem ausgestreckten Arm deutete sie auf das Tor, das den Gehweg ein gutes Stück säumte, und auf die düstere, neugotische Villa, die dahinter stand, halb verdeckt von den großen Bäumen des Parks.

»Das ist die Villa Nobel«, sagte sie. »Lass uns da reingehen.« Dann schaute sie auf ihre Armbanduhr. »In zehn Minuten sollte sie geöffnet haben.«

Während sie warteten, erzählte sie ihr einige Details über den Wissenschaftler und Unternehmer, nach dem das Haus benannt war. Einige Dinge wusste sie bereits, wie zum Beispiel, dass Alfred Nobel das Dynamit erfunden und einen weltberühmten Preis gestiftet hatte, aber andere waren ihr völlig unbekannt, so wusste sie zum Beispiel nicht, dass Alfred Nobel seine letzten Lebensjahre in dem Gebäude verbracht hatte, das nur wenige Schritte entfernt stand, sie wusste nicht, dass er in seinen Mauern gestorben war, und sie wusste nicht einmal, dass der nach ihm benannte Preis dank eines Dokuments ins Leben gerufen worden war, das in eben diesem Haus auf einem Schreibtisch verfasst worden war, der noch immer in einem der Zimmer aufbewahrt wurde.

Endlich war die Öffnungszeit gekommen. Als sie sich dem Eingang näherten, erzählte Annette ihr einige Anekdoten über den Aufenthalt des berühmten Wissenschaftlers an der Riviera. Sie erzählte von den Sprengstofftests am Strand und den wiederholten ballistischen Experimenten, die die Fischer und die Bevölkerung in Angst und Schrecken versetzt hatten. Sie erzählte ihr von der Kutsche, in der er durch die Straßen von Sanremo zu rasen pflegte, und einige Minuten später, als sie das Gebäude betraten, erklärte sie den Grund, der sie dorthin geführt hatte. Zwischen den Schreibtischen, Sesseln, Vitrinen und Bücherregalen, die die Räume im Erdgeschoss schmückten, erklärte sie ihr, dass der Wissenschaftler vor seinem Tod nicht nur den Nobelpreis gestiftet, sondern auch einen kleinen Teil seines Vermö-

gens einer Stiftung zugunsten der Arbeitnehmer gespendet hatte, die bei den zahlreichen Unfällen in seinen Fabriken ums Leben gekommen waren.

»Auch ich profitiere davon. Mein Urgroßvater hatte in einem Labor gearbeitet, in dem Nitroglycerin hergestellt wurde, und kam bei einer Explosion ums Leben. Mein Großvater, den ich nie kennengelernt habe, konnte dank dieses Geldes ein friedliches Leben führen, ebenso wie mein Vater und schließlich auch ich, die ich mein Leben lang davon profitiert habe.«

Sie schaute sie erstaunt an, denn sie konnte sich nicht vorstellen, dass das Leben ihrer Begleiterin so eng mit dem Schöpfer des berühmtesten Preises der Welt verbunden war.

»Du hast mir eben eine sehr seltsame Geschichte erzählt«, sagte sie, als sie die Räume betraten, in denen das Material des großen Wissenschaftlers gesammelt war. In einem der Räume reichte das helle Licht, das durch die großen Fenster einfiel, bis zu dem Schreibtisch, an dem Alfred Nobel beschlossen hatte, den gleichnamigen Preis und vielleicht auch das Vermächtnis zugunsten ihrer Freundin zu stiften. »Ja«, bestätigte sie und nahm sie bei der Hand. »Das ist eine sehr merkwürdige Geschichte!«

Annette nickte und erzählte ihr die Geschichte ihres Urgroßvaters, der bei einem schrecklichen Unfall in einer der Fabriken der Familie Nobel ums Leben kam und zu Asche verbrannte.

»Dank ihm hat meine Familie immer mehr als anständig leben können. Es ist schade, dass die Rente, von der wir so lange profitiert haben, nun ausläuft. Das Vermächtnis wurde 1891 mit einer festgelegten Laufzeit von 130 Jahren eingerichtet und läuft Ende Dezember aus.«

»Du meinst, du wirst bald kein Geld mehr haben?«

»Mehr oder weniger ja.«

»Wie wirst du dann leben?«

»In den vergangenen Jahren habe ich in dem Wissen, dass die Leibrente auslaufen würde, etwas zur Seite gelegt, aber ich hatte keine Ahnung, dass ich in dem Moment, in dem ich gezwungen *sein würde, mit meinen ersparten Mitteln auszukommen, sehr viel Geld brauchen würde, um für mich zu sorgen.«*

»Wie meinst du das? Was soll das bedeuten?«

Annette legte den Kopf leicht schief. Sie antwortete, als sie neben der Nische ankamen, in der einige Dynamitstangen zum Gedenken an den Wissenschaftler ausgestellt waren, der in diesen Mauern gelebt hatte.

»In den letzten Tagen habe ich das Dokument, mit dem Alfred Nobel die Leibrente begründet hat, sorgfältig gelesen. Vielleicht ist das letzte Wort noch nicht gesprochen, vielleicht habe ich noch Hoffnung.« Sie hielt inne und sah ihrer Begleiterin in die Augen. »Vielleicht ist noch nicht alles verloren.«

35. KAPITEL

Sanremo, 23. Juni

»Ich hätte nie gedacht, dass so etwas passieren könnte!«

Bevilacqua saß auf dem Vordersitz des Alfa GT, neben Gallo. In dem Durcheinander auf der Promenade war der Wagen des Kommissars der beste Ort, um ungestört zu reden.

Er wiederholte seine Sorgen ein zweites Mal, mit anderen Worten. »Dies ist der schlimmste Fall, der mir je untergekommen ist. In den vielen Jahren meiner Arbeit habe ich mich an alle Arten von Verbrechen gewöhnt, aber ich hätte mir nie vorstellen können, dass hier in Sanremo zwei Morde hintereinander geschehen würden.«

Er hielt einen Moment inne, um die Wirkung seiner Aussage abzuschätzen, und fragte dann Gallo, wie er weiter vorgehen wolle, aber er stellte die Frage ruhig, ohne die Anmaßung, die seine Art, sich auszudrücken, manchmal störend machte. Vielleicht spürte auch er den bösen Schatten, der sich über die Stadt legte, und er honorierte auch die Schwierigkeiten derer, die sich ihm stellen mussten.

»Wissen Sie schon, was Sie tun wollen?«

Gallo umklammerte das Lenkrad, dann informierte er ihn über die Neuigkeiten des Morgens. Er fasste die Gespräche zusammen, die er gerade jenseits der Grenze geführt hatte, und schloss mit der Bemerkung, dass er dank der Aussagen der beiden Angestellten des Centre hospitalier überzeugt sei, endlich eine Spur gefunden zu haben. Er erzählte ihm von dem Fall Annette Comas, der Französin, die nach einem Gespräch mit

Rechtsanwalt Boeri Selbstmord begangen hatte. Natürlich hatte er keine Beweise, aber er vermutete, dass es zwischen den beiden einen Streit über die Nichtzahlung einer Rente gegeben hatte und dass die Frau, die aufgrund ihres schlechten Gesundheitszustands dringend Geld brauchte, beschlossen hatte, dem Ganzen ein Ende zu setzen.

»Was also? Was hat das mit dem Mord an den Eheleuten Boeri und dem Versuch, die Villa Nobel in die Luft zu jagen, zu tun?«

»Ich weiß, dass die Frau, die durch Selbstmord starb, eine Freundin hatte. Bis jetzt weiß ich nichts über sie, aber ich würde gerne mit ihr reden, weil ich überzeugt bin, dass sie mehr weiß.«

»Soll ich einen dringlichen formellen Antrag an die französischen Behörden stellen?«

»Nein, nicht jetzt. Im Moment warte ich lieber auf die Informationen, die mir Hauptmann Ritter versprochen hat. Er wird heute die Anwaltskanzlei in Menton aufsuchen, mit der Mario Boeri zusammengearbeitet hat, und ich bin sicher, dass er mich so bald wie möglich informieren wird, wenn er etwas Neues erfährt.«

»Was ist mit Frau Boeri? Was ist mit ihr?«

»Wir haben ja gerade erst die Leiche gefunden. Wir wissen im Moment nur, wie sie getötet wurde.«

»Auf eine schreckliche Art und Weise …«, kommentierte Bevilacqua.

»Ja, auf grausame Weise! Dottore Parodi hat mir soeben erklärt, dass es sich seiner Meinung nach um das Werk eines geübten Berufsverbrechers handelt, einer Person, die an Gewalttaten gewöhnt ist.«

Bevilacqua rieb sich mit der Handfläche über die Stirn. »Leider ist das im Moment das, was wir am wenigsten brauchen. Ich habe Ihnen gestern von dem Anruf des Bürgermeisters erzählt, aber nach dem Mord an Frau Boeri erwarte ich mehr politischen Druck. In den nächsten Stunden werden alle durchdrehen. Wenn es jetzt zwei Morde sind und eine unglaubliche Menge

Sprengstoff in der Villa Nobel gefunden wurde, und der Verdacht besteht, dass das alles irgendwie zusammenhängt, dann haben wir hier ab heute Abend internationale Fernsehteams, die darüber berichten wollen. Abgesehen von den nervigen, selbsternannten Video-Journalisten, den ›True-Crime-Experten‹ und den sensationsgierigen Wichtigtuern. Ich bin sicher, dass bald – vielleicht schon heute Abend – noch ganz andere Kreise aus der Provinzregierung in Genua, den Ministerien in Rom und den Botschaften in Italien und in Skandinavien auf mich und damit auch auf Ihr Team losgelassen werden.«

»Meine Mannschaft tut alles, was sie kann«, erwiderte Tomas gelassen.

»Ich weiß, aber ich habe den Eindruck, dass das vielleicht nicht ausreicht. Ich rate Ihnen, bald zu Ergebnissen zu kommen, sehr bald!«

Tomas bemerkte einen Unterschied in Bevilacquas Stimme und fragte ihn nach dem Grund. »Warum erzählen Sie mir das alles? Wir machen unsere Ermittlungsarbeit so schnell wir können und so sorgfältig wie jede Polizei es tun sollte.«

Der stellvertretende Staatsanwalt stieß einen langen Seufzer aus, bevor er antwortete. »Wie Sie wissen, stehe ich in engem Kontakt mit dem Präfekten, dem Ermittlungsrichter und dem Ober-Staatsanwalt. Angesichts der Entwicklung der Ereignisse und vor allem angesichts des in der Villa Nobel gefundenen Sprengstoffs besteht die Möglichkeit, dass das DIGOS eingreift.«

»Glauben Sie das?«, wollte Gallo wissen, »gibt es dafür schon konkrete Hinweise? Die DIGOS, Divisione Investigazioni Generali e Operazioni Speciali Abteilung für allgemeine Ermittlungen und Sonderoperationen ist ein auf Terror- und Extremismusbekämpfung spezialisierter Organisationszweig der italienischen Staatspolizei. Die müssten ja erst mich kontaktieren.«

»Vergessen Sie es, Gallo, wenn die sich entscheiden, sich einzuschalten, dann fragen die niemanden nach irgendwas. Die mischen sich einfach in alles ein. Offiziell sollen sie nur unterstützen, Sie, mich, den Staatsanwalt, den Präfekten, jeden. Aber Sie wissen ja, das sind harte Burschen und ein schlagkräftiges Elite-Team. Die kriminellen Ereignisse, die die Stadt erschüttern, könnten sehr wohl einen politischen oder sogar terroristischen Hintergrund haben. Wenn die DIGOS zu dem Schluss kommt, dass die nationale Sicherheit in Gefahr ist, dann werden sie die Ermittlungen mit ihren Spezialisten ›unterstützen‹, aber ich sage Ihnen, wir werden nur noch eine marginale Aufgabe haben. Wenn wir überhaupt zuschauen dürfen.«

»Ich habe Ihnen gesagt, dass meine Leute und ich alles tun, was wir können!«, platzte Gallo heraus.

»Und ich wiederhole, dass es vielleicht nicht ausreicht«, erwiderte der Vize-Staatsanwalt und schien auf seinem Platz neben Gallo zu schrumpfen.

Es gab eine kurze Pause, dann sah Gallo dem PM direkt in die Augen. »Wie viel Zeit habe ich noch?«

»Ich weiß nicht, wie viel Zeit Sie noch haben«, antwortete Bevilacqua. »Aber ich glaube, nicht sehr viel.« Plötzlich änderte seine Stimme den Tonfall, wurde ruhig, als ob er zu einem Kind sprechen würde. »Hören Sie, Gallo, ich weiß, dass Sie ein hervorragender Mann für Ihre Aufgabe sind, unbestechlich und effizient. Und ich bin fest davon überzeugt, dass Sie alles tun, was in Ihrer Macht steht, aber ich habe keine Möglichkeit, Ihnen zu helfen oder Sie zu schützen, zumal jetzt, wo es bereits eine Einmischung aus dem Ausland gegeben hat.«

»Ausländische Einmischung … was bedeutet das?«

»Gestern Abend hat mich der Präfekt kontaktiert, um mich auf eine Anfrage des schwedischen Konsulats in Genua hinzuweisen. Die Nachricht über den Sprengstofffund in der Villa Nobel verbreitet sich überall, auch im Ausland, und offenbar hat die schwedische Regierung die Angelegenheit nicht auf die leichte Schulter genommen. Im Moment handelt es sich nur um eine informelle Anfrage. Der Konsul erkundigt sich nach der

Art des Sprengstoffs und dem Schaden, den er anrichten hätte können, aber es scheint noch etwas anderes am Kochen zu sein. Sowohl der Präfekt als auch der Staatsanwalt haben mir von einer direkten Intervention der Regierung in Stockholm berichtet, um die Ehre Alfred Nobels zu schützen. Niemand möchte, dass der Name des Wissenschaftlers mit kriminellen Handlungen in Verbindung gebracht wird, und niemand würde es dulden, wenn ein Verdacht aufkommen würde. Sie können sich nicht vorstellen, wie viele Leute darauf erpicht sind, Schmutz hinter der Fassade einer so sauberen und edlen Institution wie der Nobel-Stiftung zu finden, und dann könnte jeden Moment eine offizielle Anfrage an das Außenministerium kommen. Mir graut vor dem Gedanken an eine solche Möglichkeit, denn in diesem Fall würden Sie und ich in große Schwierigkeiten geraten.«

»Was wollen Sie mir damit sagen? Dass jeden Moment der schwedische König in Sanremo eintreffen kann?«, platzte Gallo wieder heraus.

»Nein«, sagte Bevilacqua in demselben ruhigen Ton wie zuvor. »Ich versuche nur, Ihnen klarzumachen, dass der Fall, mit dem wir es zu tun haben, viel größer ist, als Sie vielleicht denken, und dass, da sich die kriminellen Fakten größtenteils um die Nobel-Villa und den Namen des Wissenschaftlers drehen, es zu unvorhersehbaren Konsequenzen kommen kann. Der Mord an der Frau des Anwalts wird wahrscheinlich der Tropfen sein, der das Fass zum Überlaufen bringt. Bald werden die Dinge geschehen, die ich Ihnen gerade erzählt habe. Ich weiß nicht, in welcher Reihenfolge, aber ich bin mir absolut sicher, dass sie geschehen werden.«

»Dottore …«

»Ja?«

»Wir kennen uns seit mehreren Monaten, und Sie wissen aus meiner Biografie sehr gut, wie wenig ich von politischer Macht und all jenen halte, die glauben, die Welt hinter einem Schreibtisch, auf ihrem Hintern sitzend, lenken zu können!«

»Und wenn schon?«

»Rufen Sie also Ihre Freunde an, den Präfekten, den Ober-Staatsanwalt, den Ermittlungsrichter und all die anderen, von denen ich nicht einmal weiß, wer sie sind, und sagen Sie jedem von ihnen, dass ich in die Lage versetzt werden möchte, meine Arbeit zu erledigen, und zwar möglichst ohne jegliche Schwierigkeiten!«

Diesmal musste Bevilacqua den Schlag einstecken, wehrte sich aber. »Hören Sie mal, Gallo, ist Ihnen klar oder nicht, dass wir mitten ins Auge eines gewaltigen Sturms geraten? Auf der einen Seite gibt es einen kriminellen Wahnsinnigen, der, je nachdem, was sich sein krankes Hirn ausdenkt, seinen Opfern Dynamitstangen in den Mund steckt und sie an den Ästen in einer Hecke aufhängt, und auf der anderen Seite gibt es diejenigen, die, wie Sie gerade gesagt haben, ihren Arsch hinter einem mächtigen Schreibtisch geparkt haben. So sind die Dinge: Da können weder Sie noch ich etwas dagegen tun. Ich muss meine Arbeit tun. Und Sie haben keine andere Wahl, als diesen Fall so schnell wie möglich zu lösen. Ich versichere Ihnen, dass ich dafür sorgen werde, dass Sie nicht daran gehindert werden, aber Sie müssen sich beeilen. Ich habe Ihnen bereits gesagt, dass ich nicht weiß, wie viel Zeit Sie noch haben. Aber ich sage Ihnen jetzt, womit ich rechne: drei Tage, höchstens vier, mehr nicht!«

36. KAPITEL

Sanremo, 23. Juni

Man hörte ein Hupen. Kurz und schnell. Kaum angedeutet, wie wenn man einen Passanten warnen will, nicht zu nahe an den Rand des Bürgersteigs zu kommen, dann fuhr das Auto auf dem rumpelnden Kopfsteinpflaster der Piazza Colombo los und schoss nach Süden, Richtung Hafen.

Gallo beobachtete die Szene vom Bürofensters aus, bis er den Wagen verschwinden sah und mit beiden Fäusten auf die Fensterbank schlug. Er war wütend, sehr wütend sogar. Das Gespräch mit Bevilacqua hatte ihm den Tag verdorben. Er wusste, dass der stellvertretende Staatsanwalt aufrichtig und ehrlich zu ihm gewesen war, dass er ausnahmsweise keine Einwände gegen sein Handeln hatte, aber er konnte nicht umhin, an seine Worte zu denken, an diese Art von Ultimatum, das ihn um den Verstand gebracht hatte.

Plötzlich klopfte es leise an die Tür. Zwei Klopfgeräusche, nicht zu laut, um zu stören, und nicht zu leise, um nicht von denen im Zimmer überhört zu werden.

»Herein!«

Er wusste bereits, wer auf der anderen Seite war, noch bevor sich die Tür öffnete. Das Klopfen war unverkennbar.

Einen Moment später stand Agente Rubbano stramm in der Mitte des Büros, bereit für seinen üblichen Bericht, der aufgrund der Ereignisse des Vormittags auf den frühen Nachmittag verschoben worden war.

Gallo ging zu seinem Schreibtisch, um sich zu setzen. Das

war nicht nötig, aber er wusste, dass Antonio Rubbano, methodisch wie er war, keine Unruhe mochte. Für ihn musste alles nach den gleichen Ritualen ablaufen wie jeden Tag. Sich zu setzen, war eine Art, ihn zu beruhigen, und da es ihn wenig kostete, setzte er sich hinter den Schreibtisch.

»Erzähl, Antonio!«, er war bereit, sich die Liste der von den Patrouillen geleisteten Dienste anzuhören, einschließlich der Zeiten, der Namen der Beamten, der Bußgelder und eventueller Beschwerden. Sein lebendes Logbuch. So entging ihm nichts, was für das Kommissariat wichtig war.

In dieser Nacht war nicht viel passiert: nur eine Anzeige wegen nächtlichen Lärms von dem üblichen Rentner, der das Nachtleben unter seiner Wohnung nicht ertragen konnte, und die Anzeige eines Einbruchs, der sich lediglich als der Versuch des Vermieters herausstellte, mit einem Schraubenzieher und einem Dietrich bewaffnet in seine Wohnung einzudringen, nachdem er seine Schlüssel verloren hatte. Wäre nicht die Kehle von Frau Luciana Fiorini aufgeschlitzt und die Leiche auf grausame Weise in einer Hecke an einem der belebtesten Orte von Sanremo versteckt worden, wäre es eine ganz normale Nacht gewesen.

»Ist das alles?«, fragte Tomas am Ende des Berichts.

»Das war alles«, antwortete Agente Rubbano, der, obwohl er eingeladen worden war, es sich bequem zu machen, die ganze Zeit über strammgestanden hatte. »Wenn man die Berichte hört, scheint nichts passiert zu sein.«

»Stattdessen ist leider viel mehr passiert …«, sagte Gallo resigniert und wandte sich wieder an Rubbano.

»Antonio, melde dich so schnell wie möglich bei der Verkehrspolizei und lass dir sagen, ob gestern Abend etwas Besonderes passiert ist. Egal was: Verkehrsunfälle, Bußgelder, Meldungen. Lass die Überwachungskameras sichten. Erkundige dich insbesondere, ob in der Gegend, in der die Leiche von Frau Fiorini gefunden wurde, irgendwelche seltsamen Dinge aufgefallen sind.«

»Das habe ich bereits getan, Commissario. Sobald ich wieder auf dem Polizeirevier war. Ich habe sogar auf dem Revier angerufen …«

»Ja …«, murmelte Tomas, der sich offensichtlich immer noch nicht an Rubbanos Fleiß gewöhnt hatte. »Wie ist es gelaufen? Ist etwas Interessantes aufgetaucht?«

»Leider nein, aber gestern Abend hat die Feuerwehr einen Großeinsatz in der Altstadt durchgeführt, um ein Gebäude zu sichern. Es scheint, dass eine ganze Wand eingestürzt ist.«

»Ich denke, das hat nichts mit den Morden der letzten Tage zu tun.«

»Nein, nicht wirklich.«

»Übrigens, hast du die Suche im Archiv fortgesetzt? Ich weiß, dass es eine mühsame Aufgabe ist, aber du bist der Einzige, der sie durchführen kann, und ich bin überzeugt, dass wir durch die Suche etwas finden werden.«

»Ich gehe alle Berichte durch und achte besonders auf diejenigen, die mit dem Besitz von Sprengstoff zu tun haben, aber im Moment habe ich nichts Relevantes gefunden. Außerdem habe ich nach den Ereignissen von heute Morgen daran gedacht, alle Berichte über Leichenfunde, die in den letzten Jahren in der Provinz und vielleicht auch in benachbarten Gebieten gemeldet wurden, in einer Akte zu sammeln. Ich möchte herausfinden, ob es in der Vergangenheit Fälle von Viktimisierung gegeben hat, wie die, die bei der Leiche des Anwalts und seiner Frau stattgefunden haben.«

»Bravo, Rubbano! Ausgezeichnet!«, sagte Gallo aufrichtig.

Rubbano war ein Meister an Fleiß und Engagement. Seine unterwürfige Art, sein fast schon lästiger Respekt vor Regeln und die Unbeholfenheit, die er in alltäglichen Dingen an den Tag legte, wurden durch einen eisernen Willen und ein außergewöhnliches Gedächtnis kompensiert, das ihn zu einer perfekten Archivratte machte.

Gallo wusste, dass er auf ihn zählen konnte, so wie er auch

wusste, dass er auf alle Teammitglieder zählen konnte. Jeder von ihnen war anders, mit seinen eigenen Schwächen und Tugenden, doch zusammen bildeten sie eine eng verbundene und stets unterstützende Gruppe.

»Darf ich gehen?«, fragte Rubbano schließlich.

»Sicher, Antonio, mach weiter.«

Er wollte sich dem Ausgang nähern, blieb aber kurz vor der Tür stehen, als hätte er einen plötzlichen Gedanken.

»Commissario?«

»Ja?«

»Vor einer Weile bat mich die Agentin Giulia Brizio, dich zu fragen, ob sie dich kurz sprechen könnte. Was soll ich ihr sagen?«

»Sag ihr, sie soll jetzt kommen.«

Antonio ging und Giulia kam einen Moment später herein. Sie hielt einen Umschlag in den Händen und kam direkt zur Sache.

»Das ist heute Morgen angekommen«, sagte sie, als sie ihm den Umschlag reichte, »er ist an dich adressiert. Der Absender ist Dottoressa Chiara Percivaldi aus Genua, ich nehme an, es hat etwas mit der Autopsie vor zwei Tagen zu tun.«

Gallo nickte. »Dies sind bestimmt die Nagellackproben, die auf dem Körper des Advokaten Boeri gefunden wurden.«

Er öffnete den Umschlag mit den Fingern und zog ein in der Hälfte gefaltetes Blatt Papier heraus. Er las die wenigen Zeilen, mit denen die Ärztin die Sendung beschrieb, und zog dann die ebenfalls halbierte Karte heraus, auf deren Innenseite die Pantone-Codes der beiden bei der Autopsie gesicherten Nagellack-Farben abgebildet waren.

Die Farben waren in zwei kleinen Rechtecken mit einem Abstand von einigen Zentimetern zueinander aufgetragen. Das eine war ein tiefes, aber nicht übermäßig leuchtendes Rot, das andere ein blasses Blau, das ein wenig an das Meer an Frühlingstagen erinnerte.

Er ging zum Fenster und betrachtete sie in dem hellen Licht, das von draußen kam. Erst als die Sonne auf der Karte landete, wurde ihm klar, dass draußen ein wunderschöner Tag war. Alles war so schnell gegangen, dass er keine Zeit für irgendetwas gehabt hatte, nicht einmal für die Erkenntnis, wie wunderbar die Sonne an diesem Tag die Riviera küsste.

Giulia trat dicht an ihn heran. Gallo spürte ihre Neugier und zeigte ihr die Karte, dann fragte er sie nach ihrer Meinung.

»Was glaubst du, wer verwendet solchen Nagellack?«

»Ich glaube nicht, dass es heutzutage bestimmte Kategorien gibt. Jeder kann so etwas tragen.«

»Eher ein Mädchen oder eine reife Frau?«

»Nein, Tomas … bei der Verwendung von Nagellack gibt es keine Farben für junge Leute und Farben für alte Leute. Das ist eine subjektive Angelegenheit, die auf dem eigenen Geschmack beruht, ich zum Beispiel habe noch nie Nagellack benutzt. Ich mag ihn wirklich nicht und wenn ich im Weinberg oder im Olivenhain mithelfe, würde ich ihn eh sofort ruinieren. Das Einzige, was mich stört, ist die Farbkombination. Im Grunde kann ich nicht sagen, ob es sich um ein junges Mädchen, eine erwachsene Frau oder wen auch immer handelt, der Nagellack benutzen möchte. Aber es gibt sicher nicht viele, die eine solche Kombination wählen.«

»Weil diese beiden Farben nicht zusammenpassen?«

»Nein«, antwortete Giulia, als sie ihm die Karte zurückgab. »So nebeneinander mag ich sie überhaupt nicht. Das sieht schrecklich aus. Geschmacklos, finde ich zumindest.«

In diesem Moment klopfte es an der Tür.

»Herein!«

Es war Laura, die mit ein paar Papieren zwischen den Fingern fast hereingestürmt wäre, aber sobald sie merkte, dass Gallo beschäftigt war, entschuldigte sie sich für die Unterbrechung und sagte, sie würde später wiederkommen.

»Keine Sorge«, sagte Gallo und gab ihr ein Zeichen. »Komm rein, komm rein.«

Laura ging zwei Schritte und blieb in der Mitte des Raumes stehen.

»Es geht um unseren Ex-Kollegen aus Turin, erinnerst du dich? Domenico Lupi, der bis vor Kurzem beim Bombenentschärfungskommando diente.«

»Sicher, du hattest mir in der *Locanda dal Mortaio* davon erzählt. Du hattest ihm ein Foto von der Dynamitstange geschickt, die im Mund des Anwalts gefunden wurde.«

»Er hat geantwortet. Ich habe gerade seine E-Mail gelesen.«

»Hat er einen Hinweis für uns?«

»Es scheint so. Ich habe mich instinktiv auf ihn verlassen, denn er ist ein echter Experte, wenn es um Sprengstoffe geht, und ich habe richtig gelegen, denn er hat sofort verstanden, womit wir es zu tun hatten.«

Sowohl Gallo als auch Giulia starrten ihre Kollegin an und warteten auf die Erklärung, die kurz darauf kam.

»Offenbar handelt es sich bei dem im Mund des Anwalts gefundenen Stab um einen sehr alten Gegenstand, der zudem recht selten ist. In der Praxis handelt es sich um eine völlig harmlose Nachbildung des ersten von Nobel Ende des 19. Jahrhunderts hergestellten Dynamits. Offenbar wurden sie in begrenzter Stückzahl hergestellt und den Mitarbeitern als Andenken an ihre Arbeit in den Labors und Fabriken geschenkt. Heute verschenken Unternehmen zu Weihnachten Kugelschreiber und Uhren; damals verschenkten die Nobels gefälschte Dynamitstangen. Es war nicht mehr als ein Spielzeug, befeuert vom Stolz in der damaligen Zeit, diese bahnbrechende Erfindung, die ganze Industrien revolutioniert hat, gemacht zu haben. Und offenbar kann ein solches Exemplar für einen Sammler heute recht wertvoll sein.«

»Du meinst, nicht viele Menschen haben ein solches Objekt?«

»Domenico erklärte mir, dass die Familie Nobel in den Hochzeiten eine große Anzahl von Angestellten hatte, aber dass diese Dummies, die wohl in Serie produziert worden sind, im Laufe der Zeit fast verschwunden waren.«

Gallo nahm das Telefon aus der Tasche und tippte »Alfred Nobel« ein, wählte die Wikipedia-Seite und scrollte durch die seitenlangen Informationen über den Wissenschaftler, und las, dass die Familie Nobel außer in Schweden in etwa 90 anderen Ländern, darunter Frankreich, Deutschland und natürlich Italien, Labors und Fabriken unterhalten hatte. Es mochte stimmen, dass es sehr viele Mitarbeiter gab, aber Gallo schätzte, dass von den Geschenken aus gepresster, mit dem Firmenlogo gestempelter Pappe und Kordel, mit denen sie einst zu besonderen Anlässen belohnt wurden, wahrscheinlich nur noch ein paar Dutzend übrig sein konnten, denn seither war mehr als ein Jahrhundert vergangen.

Laura wartete, bis Gallo sein Handy wieder ausschaltete, und erklärte ihm dann, dass der wichtigste Grund, aus dem sie zu ihm gekommen war, ein anderer war, dank dem die Ermittlungen vielleicht eine neue Wendung nehmen würden.

Wieder starrten Tomas und Giulia sie neugierig an, und wieder beeilte sie sich, ihren Bericht abzugeben.

»Unmittelbar nach der E-Mail von Domenico erhielt ich einen Bericht des Forensik-Teams, der sich genau auf die gefälschte Dynamitstange bezog, die im Mund von Rechtsanwalt Boeri gefunden wurde. Die Analyse, die nach der Bergung durchgeführt wurde, war sehr interessant. Es sind Abdrücke von mindestens drei Personen darauf zu finden, aber das Wichtigste ist, dass der Abdruck der Person, die die Stange in den Mund des Opfers gesteckt hat, isoliert wurde. Das glatte, glänzende Papier, mit dem das gefälschte Dynamit umwickelt war, ist offenbar ein perfektes Medium für die Laboranalyse, und aus der besonderen Art und Weise, in der ein Abdruck darauf eingeprägt wurde, geht eindeutig hervor, dass er zu der Person gehört, die Rechtsanwalt Boeri den Mund und die Zähne ramponiert hat. Das ist der Bericht«, sagte sie und zeigte die Papiere, die sie die ganze Zeit in einer Hand gehalten hatte. »Darin wird ein nach unten zeigender Daumenabdruck erwähnt, der beim kräftigen Eindrücken der Stange in den Hals des Opfers entstanden sein muss. Der Abdruck ist zwar teilweise verwischt, aber gut lesbar und gehört zweifellos zum Mörder oder zumindest zu der Person, die sich an der Leiche zu schaffen gemacht hat.«

Giulia wandte sich an den Kommissar. »Das ändert alles!«

»Ja, wir haben jetzt die Beweise, die den Mörder überführen könnten, aber wir müssten ihn zuerst finden. Wir müssen den Abdruck sofort durch alle Datenbanken laufen lassen und hoffen, dass es einen Treffer gibt.«

»Wir werden ihn finden.«

»Leider haben wir nicht mehr viel Zeit.«

»Wie meinst du das?«, fragte Laura.

»Ich habe soeben mit Bevilacqua gesprochen. Wir haben drei Tage, vielleicht vier, dann steht zu befürchten, dass man uns den Fall aufgrund des Drucks von oben wegnimmt.«

37. KAPITEL

Sanremo, 23. Juni

Als Gallo das Polizeirevier verließ, war es bereits weit nach 15 Uhr, aber die Sonne brannte noch immer auf die Straßen. Es gab nur wenige schattige Plätze und wenige Menschen auf den Straßen, denn bei dieser Hitze waren diejenigen, die das Haus verlassen hatten, in einer gekühlten Bar oder saßen noch nach einem ausgiebigen Mittagessen an einem Restauranttisch und warteten auf einen Kaffee.

Als er in die Via Matteotti einbog, dachte er, dass an einem Tag wie heute ein Bad im Meer schön wäre, und als er das Ariston-Theater erreichte, spielte er mit dem Gedanken, nach der Arbeit in seinen Gozzo zu steigen und aus dem Hafen von Riva Ligure aufs Meer hinauszufahren, über sich nichts als die funkelnden Sterne und an Land die blitzenden Lichter der Küstenorte. In klaren Nächten, und nur zwei Kilometer entfernt von der Küste, konnte man die Küstenlinie von Monte Carlo im Westen bis Alassio im Osten sehen. Er stellte sich das vor, während er dicht an den Schaufenstern vorbeiging, wo ein wenig Schatten unter den Markisen war, und dann noch einmal, als er an einem Dehors vorbeikam, der die gleichen Farben auf der Markise hatte wie sein Sonnensegel auf dem Gozzo, und entschlossen in Richtung Corso Mombello abbog.

»Heute Nacht ist es so weit«, sagte er zu sich selbst.

Zwei Stunden allein auf seinem kleinen Boot, um sich herum nur das Meer, und am Horizont die untergehende Sonne, die den Himmel rosa und violett färbte, wären eine perfekte Möglichkeit gewesen, die bitteren Ereignisse von Mord und Totschlag, von Gefahr und drohenden Antiterroreinsätzen hinter sich zu lassen. Aber jetzt hatte er andere Dinge zu tun. Es gab etwas, das er nicht aufschieben konnte und das er so schnell wie möglich erledigen musste.

Vom ersten Moment an, als er die Leiche von Frau Luciana Fiorini in der Hecke an der Italo-Calvino-Promenade erblickt hatte, bekam er ihren Anruf vom Tag, als die Leiche ihres Mannes in der Villa Nobel gefunden wurde, nicht mehr aus dem Kopf. Von Anfang an hatte er geahnt, dass sich hinter den weitschweifigen, unsinnigen Worten der Frau etwas verbergen könnte, das über das Delirium einer Betrunkenen hinausging, und so hatte er am nächsten Tag erneut versucht, sie zu erreichen.

Es war ein Fehler gewesen, nicht mit ihr gesprochen zu haben, und jetzt, da dieser Fehler sich für die Ermittlungen als fatal erweisen konnte und wie ein Elefant mitten im Raum stand, wollte er herausfinden, ob es irgendwie möglich wäre, ihn wiedergutzumachen; zumindest teilweise, denn zu diesem Zeitpunkt war ihm klar, dass der Fehler für die Ermittlungen gravierend sein konnte. Und dass die Witwe Boeri nicht mehr von den Toten auferstehen würde.

Das Gebäude war nur einen Steinwurf entfernt, genauso verfallen wie beim ersten Mal, als er es gesehen hatte, und wie beim ersten Mal beschlich ihn das gleiche Unbehagen. Er verstand nicht, wie Rechtsanwalt Boeri in einem solchen Gebäude leben konnte. Er hatte das Büro mit Blick auf einen der elegantesten Plätze der Stadt gesehen, und als er die beiden Orte miteinander verglich, kam ihm der Gedanke, dass er es eigens ausgewählt hatte, um sein gescheitertes Familienleben vom Rest seines Daseins abzukapseln, ein Familienleben, um das er sich offensichtlich nicht sonderlich kümmerte. Auf der einen Seite das saubere und elegante Büro mit Blick auf den Corso Imperatrice, wo er seine Mandanten empfing, und auf der anderen Seite ein heruntergekommenes Gebäude, in dem er seine Frau eingesperrt hatte, deren einzige Aufgabe darin bestand, seine Socken zu waschen und seine Hemden zu bügeln. Er empfand einen neuen Moment des Mitleids für Frau Luciana Fiorini, dann ging er zur Sprechanlage und betete, dass das Hausmädchen zu Hause war. Er drückte den Knopf. Es verging eine gefühlte Ewigkeit, dann ertönte ein Gemurmel aus dem Lautsprecher. »Wer ist da?«

Er stellte sich breit vor die kleine Kamera und stellte sich vor: Er sagte, er sei der Commissario, der einige Tage zuvor von Frau Fiorini empfangen worden war, dann holte er seinen Dienstausweis aus seiner Jeanstasche und legte ihn auf Gesichtshöhe. Das war nicht nötig, denn die Tür war mit einem Summen bereits aufgeschnappt.

»Kommen Sie rauf«, sagte die Stimme aus dem Lautsprecher, »zweiter Stock!«

Als er den Treppenabsatz erreichte, wartete sie an der angelehnten Tür auf ihn. Sie trug einen Morgenmantel und ein Paar zerlumpte Hausschuhe. Gallo stellte sich noch einmal vor, schüttelte ihr die Hand, und als er ihr Gesicht betrachtete, stellte er fest, dass sie gerade geweint hatte. Vielleicht war sie von allen, die Frau Fiorini umgaben, die Einzige, die aufrichtige Trauer über ihren Tod empfunden hatte.

Wenig später begleitete sie ihn in dasselbe Wohnzimmer, in dem er einige Tage zuvor von der Dame des Hauses empfangen worden war.

»Sie haben mich gerade noch hier angetroffen«, sagte sie, nachdem sie ihn eingeladen hatte, sich zu setzen. »Morgen früh werde ich die Wohnung verlassen. Vor Kurzem kam Frau Olga Pisani zu mir. Sie sagte mir, ich solle alles abstellen: Gas, Strom, Wasser und dann in die Kanzlei gehen, um meinen letzten Lohn abzuholen. Ich habe meine Sachen schon sortiert«, fügte sie hinzu und deutete auf ein paar Seesäcke, die im Korridor an der Wand lehnten. »Noch eine Nacht, dann muss ich mir eine neue Wohnung suchen.«

»Wissen Sie schon, wohin Sie gehen werden?«, fragte Tomas, als er in einem der Sessel Platz nahm.

»Im Moment komme ich bei meiner Schwester unter, die in Ospedaletti wohnt, aber das wird nur eine vorübergehende Lösung sein. Loredana ist verheiratet, hat zwei Kinder und ihre Wohnung ist klein.«

»Werden Sie sich eine neue Stelle suchen?«

»Das werde ich müssen, und ich habe bereits einige Kontakte geknüpft, es wird nicht so schwierig sein, was zu finden.«

»Gut, ich freue mich für Sie.«

»Darf ich Ihnen etwas zu trinken anbieten? Es gibt Tonic Water im Haus. Vielleicht dürfte ich das nicht tun, es sind ja nicht meine Sachen, aber ich glaube nicht, dass es Signorina Olga stört, wenn zwei Flaschen im Kühlschrank fehlen.«

Gallo lachte kurz auf. »Nein, ich glaube nicht, dass es ihr etwas ausmacht«, dann sagte er: »Ja, bei dieser Hitze wäre ein Tonic Water aus dem Kühlschrank gut.«

Als die Frau mit dem Tablett und den beiden Gläsern zurückkam, fragte er sie, ob ihr in den letzten Tagen etwas Merkwürdiges an Frau Fiorinis Verhalten aufgefallen sei. Er erzählte ihr von dem Anruf, den sie kurz nach seinem Besuch bei ihm getätigt hatte, und erinnerte sie an den Morgen, an dem er sie zurückgerufen hatte und sie selbst ans Telefon gegangen war.

»Natürlich erinnere ich mich an Ihren Anruf …«

»War die Dame an diesem Morgen krank?«

Die Frau zuckte mit den Schultern. »Sie war fassungslos, aber nicht mehr als sonst, ich glaube eher, dass …«, und sie hielt inne, als wüsste sie nicht, wie sie fortfahren sollte. Nach einem Moment nahm sie das Gespräch wieder auf, wobei sich ihr Tonfall änderte. »Ich glaube eher, ihr war an diesem Morgen nicht nach Reden zumute.«

»Das denke ich auch. Wissen Sie, ob sie etwas beunruhigt hat?«, fragte Gallo.

»Nun, trotz allem bedauerte sie den Tod ihres Mannes.«

»Warum trotz allem?«

»Nun … ich weiß nicht, ob Sie sich dessen bewusst geworden sind, aber die Beziehung zwischen Herrn und Frau Boeri war seltsam.«

»Nun, das habe ich verstanden.«

»Sie haben sich nicht geliebt, aber die Dame hätte eine Scheidung nie ertragen, sie war in diesen Sachen eine altmodische Frau, verstehen Sie?«

Gallo nickte.

»Was den Anwalt betrifft«, fuhr das Dienstmädchen fort, »so sah er in ihr nur noch eine Frau, die ihm zu essen gab, wenn er hungrig war, und die bereit war, mit ihm zu plaudern, wenn er gerade darauf Lust hatte. Wie eine bezahlte Angestellte, die diese beiden Bedürfnisse zu erfüllen hatte. Sie hat sich in dieser Rolle eingerichtet. Ihr schien jede Demütigung recht, wenn sie nur nach außen die Fassade aufrechterhalten konnte und weiterhin als verheiratet galt. Kurzum, sie hatten einen Weg gefunden, miteinander auszukommen. Keinen schönen, natürlich.«

»Sie ertrugen sich gegenseitig.«

»Das stimmt, sie konnten sich nicht ausstehen, aber sie war zu sehr an Äußerlichkeiten interessiert und ich glaube, es hätte sie zerstört, ihren Mann zu gehen zu sehen. Noch dazu wahrscheinlich mit einer anderen Frau. In dieser Hinsicht also …«

»Sie hat sich mit dem Alkohol selbst zerstört. Glauben Sie, er spekulierte darauf, dass ihr Alkoholkonsum eskalierte?«

»Dazu hätte er sie hassen müssen, und das tat er nicht.«

»Abgesehen von der Trauer über den Tod ihres Mannes, ist Ihnen da noch etwas aufgefallen?«

»Was meinen Sie?«

»Hat Frau Boeri in den letzten Tagen einen besorgten Eindruck gemacht?«

»Mehr als besorgt war sie vielleicht … wie sagt man auf Italienisch …«

»Beunruhigt?«

»Unruhig … Ich verstehe Ihre Sprache nicht so gut und weiß nicht, ob das das richtige Wort ist, aber sie hatte etwas, das sich in ihr wie ein Kreisel drehte.«

»Wirkte sie erregt?«

»Ja! Genauso: Aufgeregt ist das Wort.«

»Wissen Sie, warum sie sich in diesem Zustand befand? Gab es einen Auslöser für ihre Aufgeregtheit?«

»Nein, das weiß ich nicht, aber ich habe sie einige Male mit einem Blatt Papier in der Hand gesehen. Manchmal saß sie genau da, wo Sie jetzt sitzen. Sie zwirbelte es zwischen ihren Fingern und studierte es stundenlang. Bei bestimmten Gelegenheiten kam mir der Gedanke, dass dies der Grund für ihre Aufregung war.«

»Ein Zettel? Sind Sie sicher?«

»Es sah aus wie ein Ausschnitt, der aus einem größeren Blatt herausgerissen wurde.«

»Und da stand etwas drauf?«

»Ja, natürlich.«

»Erinnern Sie sich, was?«

»Nein, ich weiß nicht, was dort geschrieben stand, aber es war mit einem Stift geschrieben. Ein paar Zeilen, höchstens drei oder vier.«

»Sind Sie sicher, dass Sie sich an nichts erinnern können? Nicht einmal an eine Zeile, ein Detail … irgendwas?«

»Ganz und gar nicht.«

Gallo leerte sein Glas und zog dann eine Visitenkarte aus seiner Brieftasche.

»Hier ist meine Telefonnummer«, sagte er und reichte sie ihr. »Wenn Ihnen etwas einfällt, egal was, zögern Sie nicht, mich anzurufen.«

Er stand auf und wandte sich zum Gehen. Nach ein paar Schritten blieb er stehen.

»Sie heißen Nerica, richtig?«

»Ja, Nerica«, sagte die Frau. »Mein Name ist Nerica Sula.«

Er sah ihr in die Augen und benutzte genau dieselben Worte, die er am Morgen gegenüber den beiden Angestellten des Centre hospitalier benutzt hatte: »Ich danke Ihnen. Das war nett! Wirklich sehr nett von Ihnen!«

38. KAPITEL

Sanremo, 23. Juni

Das Telefon klingelte, als er sich hinter den Schreibtisch setzte. Er war gerade auf die Polizeiwache zurückgekehrt, also musste er es aus seiner Hosentasche herausnesteln. Er nahm beim zweiten Klingeln ab, nachdem er den Namen auf dem Display gelesen hatte. Die Stimme von Hauptmann Ritter war ruhig, aber bestimmt. Er glaubte ihn an der Bar sitzen zu sehen, mit einem Glas in der Hand und einer Zigarette im Mundwinkel. Das war das Bild, das er immer von seinem französischen Freund gehabt hatte. Ein schönes Bild, das eines entschlossenen, fähigen und vor allem loyalen Mannes.

»Gallo?«

Er hatte das Gefühl, dass er ihn anrief, um ihm die Geschichte zu erzählen, die er bereits seit seinem Besuch im Centre hospitalier vermutete, aber Gallo wollte sie trotzdem hören, um das zu bekommen, was man im Fachjargon Zertifizierung – eine Bestätigung – nennt.

»Hallo, Ritter. Was gibt's denn?«

Er wartete die Antwort »très bien« ab, die fast sofort kam, und beschloss dann, die Frage zu stellen, die ihm seit dem ersten Moment, als er das Telefon aus der Tasche genommen hatte, unter den Nägeln brannte: »Waren Sie schon bei den Brüdern Bernard?«

»Ich bin vor einer Weile aus ihrer Kanzlei gekommen. Ich bin jetzt in einer Bar, nur ein paar Schritte von der Bank entfernt, auf der sich diese Frau das Leben genommen hatte.«

Gallo musste lächeln. Er tippte auf Troussepinette und fragte ihn, wie es in der Kanzlei gelaufen sei.

»Hat man Ihnen erklärt, was Rechtsanwalt Boeri mit der Leibrente von Frau Comas zu tun hatte?«

»Ich sprach direkt mit einem der Eigentümer, Rechtsanwalt Clément Bernard, der mir noch mehr erzählte, als ich erwartet hatte.« Sein Tonfall änderte sich und plötzlich wurde seine Stimme, die bis dahin ruhig war, fest. »Viel mehr.«

»Was haben Sie herausbekommen?«

»In jüngster Vergangenheit hat Rechtsanwalt Boeri tatsächlich einen Pensionsfonds verwaltet. Eine Art Entschädigung für die Erben einiger Personen, die bei einer Reihe von Unfällen vor vielen Jahren ums Leben kamen. Man bedenke nur, dass es sich um die letzten Jahre des 19. Jahrhunderts handelt!«

»Unglaublich …«

»Ja, auch ich war von der Geschichte, die mir erzählt wurde, verblüfft. Ich hab's mir aufgeschrieben, Moment.«

Dann fuhr er fort: »In den letzten Jahren des 19. Jahrhunderts gab es mehrere Explosionen in den Fabriken der Familie Nobel, wo Dynamit und Nitroglycerin hergestellt wurden. Natürlich gab es Opfer, und Alfred Nobel, den Sie sicher als Finanzier und Stifter des Nobelpreises kennen, beschloss, um den Angehörigen der in seinen Fabriken ums Leben gekommenen Menschen zu helfen, eine Stiftung zu gründen, um Erben und Nachkommen zu entschädigen. Das lief alles streng vertraulich ab und niemand durfte jemals darüber öffentlich reden. Das mussten alle Empfänger eidesstattlich versichern.«

Gallo zuckte in dem Moment, als er die Erwähnung von Alfred Nobel hörte, in seinem Stuhl zusammen und konnte sich ein »porca vacca!« nicht verkneifen.

Es war nun klar, was der Hintergrund der Morde und versuchten Anschläge, die Sanremo blutig machten, war. Alles deutete in dieselbe Richtung: das Verbrechen, das nur einen Steinwurf von der Villa entfernt entdeckt wurde, in der der berühmte

Wissenschaftler seine letzten Lebensjahre verbracht hatte, der dort platzierte Sprengstoff, die gefälschte Dynamitstange, von der Laura ihm erzählt hatte, und nun das Vermächtnis, das für die Erben der bei Unfällen im Zusammenhang mit dem Dynamit getöteten Arbeiter, die mit instabilem Nitroglycerin hantierten, bestimmt war. War Alfred Nobel am Ende doch ein echter Menschenfreund?

Nobel! Alles drehte sich also um den Wissenschaftler, und dieser Name hatte auf ihn die gleiche Wirkung wie ein Peitschenhieb, aber er bemühte sich, ruhig zu bleiben und den Rest der Erklärung kommentarlos anzuhören.

»Annette Comas«, so Ritter, »gehörte offenbar zu den Rentenempfängern, da ein entfernter Vorfahre von ihr bei der Fabrikexplosion ums Leben gekommen war, und so kam es, dass sie sich mit dem Rechtsanwalt Boeri treffen musste, um die ihr zustehende Rente abzuholen.«

Da kommt die falsche Dynamitstange her, dachte Gallo, aber diesmal konnte er sich zurückhalten und ließ den Captain mit der Erklärung fortfahren.

»Bernard erzählte mir, dass die Verwaltung der vor vielen Jahren von Alfred Nobel eingerichteten Renten eine exklusive Tätigkeit der Anwaltskanzlei Boeri war und dass Mario Boeri, seit er mit ihm zusammenarbeitete, sein französisches Büro nutzte, um sich mit Frau Comas zu treffen. Und mit mehreren andern auch.«

»Hat er Ihnen erklärt, warum er dieses Mandat hatte?«

»Natürlich habe ich ihn gefragt, und wieder war die Antwort umfassend. Die Stiftung und ihre Annuitäten waren in den Jahren gegründet worden, als Nobel in Sanremo lebte. Damals hatte sich der Wissenschaftler der Mitarbeit der Anwaltskanzlei bedient, die damals einem Vorfahren von Mario Boeri gehörte, und seither ist diese Aufgabe vom Vater auf den Sohn übergegangen.«

»Natürlich, jetzt verstehe ich. Was ist mit Frau Comas?«,

fragte er nach einem Moment. »Hat er Ihnen etwas über ihr letztes Treffen erzählen können?«

»Ich fragte ihn ausdrücklich, ob er etwas wisse, aber er verneinte. Er weiß nicht, was passiert ist, und das hatte er meinen Kollegen bereits gesagt, als er nach dem Selbstmord befragt wurde.«

»Er weiß nichts … Ist das wahrscheinlich?«

»Wenn Sie wissen wollen, was ich denke, dann habe ich den Eindruck, dass er aufrichtig war. Vielleicht ist es wahr, dass das letzte Treffen der Frau mit dem Anwalt ein rein persönliches war, aber …«

»Aber?«

»In einem Gespräch über die Stiftung, die zugunsten der in den Fabriken der Familie Nobel verstorbenen Arbeitnehmer eingerichtet wurde, wies Rechtsanwalt Bernard darauf hin, dass die Renten Ende Dezember letzten Jahres ausgelaufen waren und dass er in den Monaten vor dem Selbstmord zufällig gesehen habe, wie Frau Comas das Büro von Boeri aufgeregt verlassen habe. In diesem Fall habe er seinen Kollegen um eine Erklärung gebeten, und die Antwort habe gelautet, dass sie eine Verlängerung der Rente über das Verfallsdatum hinaus verlange, eine Forderung, der er in keiner Weise nachkommen wolle.«

»Nun«, bemerkte Tomas, »eigentlich kann ich Boeri dafür nicht verurteilen. Die Dame hatte lange Zeit von der Leibrente profitiert, sie konnte kaum einfordern, was ihr nicht zustand.«

Ritter atmete ein paar Mal laut ins Telefon, bevor er sprach. Man konnte hören, dass er mit sich rang.

»Nein«, sagte er. »Nicht wirklich, denn Bernard zufolge kann die Rente nach dem Ermessen des Fondsverwalters verlängert werden, und zwar unter Berücksichtigung des Zustands des Begünstigten, womit ich seinen finanziellen Zustand und auch seinen Gesundheitszustand meine.«

»Wäre Frau Comas also berechtigt gewesen, ihre Leibrente weiter zu beziehen?«

»Es scheint so, aber die Entscheidung lag bei Rechtsanwalt Boeri.«

»Für den das nicht infrage kam.«

»Offensichtlich nicht.«

»Aus welchem Grund? Die Frau war krank, sie musste behandelt werden. Sie haben es auch gehört. Die Behandlung im Centre hospitalier war nicht kostenlos. Es ist die Rede von mehreren 10.000 Euro.«

»Es gab böses Blut zwischen den beiden.«

»Wie?«

»Anscheinend mochte Annette Comas ihn nicht. Rechtsanwalt Bernard hat mir das nicht wirklich gesagt. Ich erfuhr es kurz vor dem Verlassen des Büros auf dem Treppenabsatz von der Sekretärin, die mich auf dem Weg nach draußen begleitete. Wir unterhielten uns ein wenig, und als ich ihr erklärte, dass ich gerade von ihrem Chef von der Beziehung zwischen Frau Comas und Rechtsanwalt Boeri gehört hatte, sagte sie mir, dass die beiden sich nicht ausstehen konnten. Sie drückte sich nicht sehr klar aus, ich merkte, dass sie vom Hörensagen sprach, aber zwischen den Zeilen verstand ich, dass Boeri Frau Comas Avancen gemacht hatte und heftig abgewiesen worden war. Es schien auch, dass er sie seither ›Monsieur Annette‹ nannte.«

»Monsieur Annette … warum?«

»Wegen der sexuellen Vorlieben von Frau Comas. Sie schien Frauen zu mögen.«

Gallo dachte instinktiv an das, was ihm die Pflegerin des Centre hospitalier einige Stunden zuvor erzählt hatte. Er erinnerte sich an den Moment, in dem sie ihm erzählt hatte, was am Weihnachtstag geschehen war, als Annette mit ihrer Freundin allein sein wollte, und stellte eine Verbindung zwischen den beiden her.

»Natürlich …«, sagte er. »Ich habe verstanden.« Und in diesem Augenblick entspann sich durch die Erkenntnis eines hypothetischen Beziehungsgeflechtes zwischen zwei Akteuren dieses Falles, die er bisher nur erahnt hatte, ein Hebel, mit dem er das

Rätsel lösen könnte. Ein Teil des Puzzles war an seinen Platz gefallen. Alles passte nun mit einer gewissen Logik zusammen. Jetzt fehlten nur noch die Beweise, um Tatorte und Menschen zusammenzubringen. Und die Tatwaffe musste gefunden werden. Dann wäre alles da, was für einen Prozess nötig wäre.

Dann wechselte Ritter das Thema und begann, die stümperhaften Ermittlungen seiner Kollegen aus den letzten Monaten zu zerpflücken.

»Sie benahmen sich wie Amateure! Sie haben nicht einmal versucht zu verstehen, was wirklich passiert war und warum die Frau sich das Leben genommen hatte. Hätten sie sich die Mühe gemacht, nur noch ein paar wenige weitere Fragen zu stellen, hätten Sie jetzt keine wertvolle Zeit verloren. Sie haben sich nur mit dem Offensichtlichsten zufriedengegeben. Connards!«

Er wiederholte das letzte Schimpfwort zweimal, dann beruhigte Gallo ihn, indem er ihm sagte, es sei, wie es sei, es käme jetzt nur darauf an, was man daraus mache. In Ordnung war das sicher nicht. Aber selbst wenn Ritters Kollegen sorgfältiger gewesen wären, hätte sich an den Tatsachen nichts geändert. Madame Comas hatte ohnehin beschlossen, ihr Leben zu beenden, nachdem sie durch Boeris Absage vor der unlösbaren Aufgabe stand, eine neuartige Partikel-Therapie für ihren mit herkömmlichen Therapien nicht behandelbaren Tumor mit bis zu 18.000 Euro jeden Monat privat finanzieren zu müssen.

Gallo bedankte sich bei Ritter und versprach ihm zum Abschied, dass er ihn bald in Menton besuchen würde.

Ritter lachte ins Telefon, dann fragte er nach den Ermittlungen. »Wie läuft es?«

»Schlecht!«, antwortete Gallo, »sehr bald wird ein Orkan aufziehen, wenn kein Wunder geschieht«, fügte er hinzu, als er an die Worte von Bevilacqua dachte.

»Nehmen Sie es sich nicht zu Herzen. Nur die Starken wachsen mit ihren Aufgaben. Wenn es vorbei ist, kommen Sie mich besuchen und wir trinken einen zusammen. Wissen Sie, dass diese Bar nicht schlecht ist?«

»Was trinken Sie?«

»Einen Troussepinette. Und der schmeckt hier noch besser als im *Café Royal*!«

Gallo hatte die Wette mit sich selbst gewonnen.

Einen Moment später, als sie beide das Gespräch beendet hatten, ließ Gallo das Telefon auf den Schreibtisch fallen und lehnte sich in seinem Stuhl zurück. Das Spiel hatte in diesem Moment erst begonnen. Es würde nicht leicht sein, es zu gewinnen, aber nach den letzten Erkenntnissen hatte er ein paar Karten mehr zur Verfügung. Würde die Zeit reichen?

39. KAPITEL

Riva Ligure, 23. Juni

Obwohl es schon fast Abend war, standen an den Badestränden noch mehrere Sonnenschirme offen. Zu dieser Stunde zwischen Nachmittag und Abend waren an den Stränden die schon langsam vom Toben erschöpften Kinder, die ein paar Schritte vom Ufer entfernt ihre schwindenden Energiereserven mit umso lauterem Gegacker zu kompensieren versuchten, es gab deren Mütter, mit ausladenden Strohhüten auf dem Kopf und glitzernden Bikinis am Körper, die einige Kinder nicht aus dem Wasser bekommen konnten, und es gab einige zwanghafte Bräunungsjünger, diejenigen, die nur ein paar Tage frei hatten und auch noch die letzten Strahlen der schon tief stehenden Sonne für die Produktion der schützenden und so schick aussehenden Hautpigmente nutzen wollten.

Gallo hatte das Fenster offen und lenkte den Alfa GT im Schritttempo die Straße entlang, die die Promenade mit den hohen Palmen säumte, und blieb dann vor dem Zebrastreifen stehen, um einen jungen Mann und seine Begleiterin, die vom Meer zurückkamen, passieren zu lassen. Als das Paar den Bürgersteig erreicht hatte, brummelte der Alfa-Motor kurz auf und Gallo stand kurz darauf vor seiner Garage. Ein Druck auf die Fernbedienung ließ den Rollladen hochrattern. Während er wartete, lauschte er den Geräuschen, die von draußen kamen: das Geschnatter der Kinder, die weiterhin am Strand spielten, das Klirren des Geschirrs, mit dem die Restaurants für den Abend eindeckten, und vor allem der Lärm, der aus den Bars kam, die zu dieser Stunde wegen des abendlichen Aperitifs schon überfüllt waren.

Auch in der Bar nebenan bei Paolina herrschte reger Aperitifbetrieb. Mehrere Tische waren besetzt und auf jedem standen kleine hölzerne Tabletts mit Focacciastreifen, mit Mehl bestäubten und frittierten Sardellen, die man wie Chips essen konnte und die zwischen den Zähnen knackten und den ganzen Kosmos der Aromen des Meeres freigaben, in kleine Rechtecke geschnittene Torta Verde-Stückchen – eine mit einer hauchdünnen Schicht Teig bedeckte Mangold-Trombette-Zucchini Füllung –, langstielige eingelegte Kapern, die überall an den Steinmauern in den Hügeln der Riviera wuchsen, und auf allen Tischen stand mindestens eine Schale mit Taggiasca-Oliven, den entsteinten typischen und weltberühmten, in feinstem Extra Vergine-Öl eingelegten Oliven aus Westligurien.

Gallo, der in der Zwischenzeit den Alfa GT in die Garage hatte rollen lassen, musste, um zu seiner Eingangstüre zu kommen, zwischen den Tischen von Paolinas Bar hindurch manövrieren. Er sah nach, ob Paolina da war. Als er sie nicht sah, entriegelte er das mit Bootslack gestrichene Holztor mit einem an einen Tresorschlüssel erinnernden Ungetüm und betrat die schmale, pechschwarze Schiefertreppe. Um das Tor wieder schließen zu können, musste er die ersten drei Stufen erklimmen, sich umdrehen, um dann das Tor ins Schloss fallen lassen zu können.

Er blieb auf der dritten Stufe stehen und schaute sich um, verzaubert von den Geräuschen, den Gerüchen und vor allem von der Wärme, die vom Strand ausging. Als sein Blick auf dem pittoresken Hafen ruhte, hielt er Ausschau nach den kleinen Gozzi, die an der Breitseite vertäut waren, und stellte sich den Moment vor, in dem er die Verankerung lösen würde, um mit sich allein zu sein, von Angesicht zu Angesicht mit dem Meer und der Sonne, genau in der magischen Stunde, in der sie sich für die Nacht hinter den Hügeln zu verstecken begann.

Bei diesem Gedanken durchströmte ihn ein echtes Gefühl

der Erfüllung. Der Ort, an dem er seit Kurzem wohnte, gab ihm den idealen Querschnitt aus unprätentiöser Schönheit der Natur, menschlichen Dimensionen und der alles dominierenden regenerativen Kraft eines gesunden, tiefen Meeres. Ein Ort, an dem er bleiben konnte. Jetzt musste er aber die Fäden eines komplexen, bedrohlichen Falles lösen. Er schloss die Tür und begann die Stufen zu erklimmen.

Dann hörte er den Summer in seiner Hosentasche, holte sein Handy aber erst an der oberen Haustür heraus, kurz nachdem er den Schlüssel ins Schloss gesteckt hatte. Es war eine WhatsApp-Nachricht, von einer unbekannten Nummer.

»Eine unbekannte französische Nummer … wer ist das?«

Einen Moment sah er an dem sich drehenden Symbol, dass mit der Nachricht auch einige Fotos verschickt worden waren. Es konnte nur Brunella Acquarone sein, die Pflege-Hilfskraft des Centre hospitalier, die ihm Nachrichten schickte. Bei allen anderen französischen Nummern, die in seinem Handy gespeichert waren, wäre der Name erschienen. Sie hatte seine Nummer, er ihre nicht. Heute Vormittag hatte er ihr seine Visitenkarte zugesteckt, aber bei allem, was an diesem Tag geschehen war, schien es, als wären Wochen vergangen.

Er öffnete die Nachricht: ein paar Worte, um zu erklären, dass sie die Fotos vom Weihnachtstag gefunden hatte, von denen sie ihm am Morgen erzählt hatte, und um zu sagen, dass sie ihm alle Fotos geschickt hatte, um Fehler zu vermeiden, auch die, auf denen Annette Comas und ihre Freundin nicht zu sehen waren, und auch diejenigen, die nicht so gut geworden waren. Gallo schmunzelte dankbar. Eine Zeugin, die mitdachte und verantwortungsvoll handelte. Selten.

Er öffnete die erste Reihe von Bildern, die in Viererblöcken angeordnet waren: ein Krankenhaus-Korridor zur Weihnachtszeit, mit Girlanden an den Wänden, bunten Kugeln, Schleifen und etlichen wie wahllos verteilten Tannenzweigen. Im Hintergrund ragte ein großer Weihnachtsbaum hervor, aber die

Beleuchtung oder die Belichtung des Fotos war so schlecht, dass man die Dekoration nicht erkennen konnte.

Er sah sich die anderen Bilder an: derselbe Korridor, aus verschiedenen Blickwinkeln aufgenommen, einige Nahaufnahmen des Weihnachtsbaums und schließlich ein kleiner Tisch, auf dem jemand eine kleine Krippe improvisiert hatte.

Auf der ersten Gruppe von Bildern war niemand zu sehen, und man konnte erkennen, dass Brunella sie als Erinnerung an die Dekorationen gemacht hatte, bei denen sie sicherlich mitgeholfen hatte. Dann kamen die anderen Bilder. Auf dem ersten war eine Dame am Fuße des Weihnachtsbaums zu sehen, aber man konnte kaum ihre Umrisse erkennen. Bei den nächsten Bildern war es nicht anders. Es schien, dass auf jeder Aufnahme ein Patient zu sehen war, der wahrscheinlich eingeladen worden war, ein Erinnerungsfoto vor dem Weihnachtsbaum zu machen, aber die Gesichtszüge waren unscharf, verschwommen. Wahrscheinlich hatte Brunella Acquarone kein Gespür für die Fotografie, oder ihr Handy hatte kein gutes Objektiv.

Gallo war schon im Begriff, die obere Haustür zu öffnen, als er mit dem Daumen die letzten Fotos durchscrollte, die in der letzten kleinen Vierergruppe zusammengefasst waren. Schon am Vorschaubild konnte er erkennen, dass sie an einem anderen Ort als dem Korridor aufgenommen worden waren; sogar das Licht war anders: heller, bis zu dem Punkt, dass es fast überbelichtet wirkte.

Er öffnete sie: Zwei Frauen saßen an einem kleinen Tisch. Einige Aluminiumtabletts, ein paar Gläser, eine Flasche Saft. Im Hintergrund ein Heimtrainer, eine Gymnastikmatte und dann die beiden, die auf dem einen Foto in die Kamera und auf dem anderen sich gegenseitig in die Augen starrten.

Eine der beiden, die ältere, mit dem Krankenhauskittel, dem Infusionsgestell neben sich und dem verzerrten Gesicht, dürfte Annette Comas sein, aber die andere …

»Porca miseria!«, schrie Gallo auf und das Telefon fiel ihm fast aus der Hand.

40. KAPITEL

Ventimiglia, 7. Mai 2022

»Jeder Schmerz wird irgendwann aufhören!« Ihr Vater hatte es ihr oft gesagt, als sie zwölf war, ein paar Tage, nachdem Mama das Haus verlassen hatte und die beiden beschlossen hatten, in eine billige Wohnung am Stadtrand von Essen zu ziehen, wo der Aufzug nur an drei Tagen die Woche funktionierte und das Wasser nach Rost schmeckte.

Mama war nie wieder aufgetaucht und sie hatte nie wieder etwas von ihr gehört, doch es stimmte, dass von der schmerzlichen Leere in ihr nur noch die Leere übrig geblieben war. Der Schmerz war irgendwann verblasst. Überlagert. Übertüncht.

Nun, nach Papas Theorie hätte sie sich mit der Zeit an den Verlust ihrer Freundin gewöhnen müssen, aber obwohl fast zwei Monate vergangen waren, waren die Empfindungen die gleichen geblieben wie in den ersten Tagen: Ihre Gedanken waren immer noch ein unentwirrbares Durcheinander, und jedes Mal, wenn sie das Haus verlassen wollte und sich der Welt stellte, verspürte sie das gleiche bohrende Gefühl der Unzulänglichkeit, als stünde eine Mauer zwischen ihr und allem anderen.

»Jeder Schmerz soll aufhören!«, wiederholte sie bei sich, als sie am Bahnhof Ventimiglia ausstieg. Tatsächlich wusste sie nicht einmal, warum sie überhaupt hierhergekommen war. Vermutlich fühlte sie sich ganz einfach zu einem der Orte hingezogen, mit denen sie so viele glückliche Momente verband, oder, einfacher gesagt, sie brauchte ein neues Zuhause, und die Grenz-

stadt der Riviera mit den Erinnerungen, die diese in ihr weckte, stand ganz oben auf der Liste.

Sie machte sich vom Bahnhof aus auf den Weg ins Zentrum und merkte sofort, dass sie sich unbewusst für den Freitag entschieden haben musste, an dem der wöchentliche Markt stattfand. Die entlang der Straßen geparkten Transporter und Kleinlastwagen, der starke Verkehr und das wuselige Kommen und Gehen von Männern und Frauen mit Taschen und Tüten in der Hand waren klare Anzeichen dafür, welches fröhliche Gedränge weiter unten in Ufernähe gerade wie an allen Markttagen herrschte.

Als sie die ersten Stände erreicht hatte, blieb sie stehen, um eine Dame zu beobachten, die stolz einen riesigen, wunderschönen monochromen Rosenstrauß in der Hand hielt. Ihre Gedanken fixierten sich auf diese heitere, normale Alltagsszene und die Sorgfalt, die darin lag, mit der jemand einen dekorativen Schmuck für die eigenen Wohnung aussuchte, als wäre das gerade das Wichtigste auf der Welt.

»Wie bemerkenswert!«, sagte sie zu sich selbst. »Für alle dreht die Welt sich weiter. Für mich auch?«

Ein paar Stunden zuvor hatte sie das Haus verlassen, ohne überhaupt zu wissen, welcher Tag heute war, und nun war sie hier, in Ventimiglia, an dem Wochentag, der ihr in der Vergangenheit so viele dieser glücklichen, sorgenfreien Vormittage bereitet hatte, die sich nach Limoncello, High Heels und hausgemachten Ravioli anfühlten. An der Seite von Annette. Das war es, was sie mit dem Wochenmarkt in Ventimiglia verband. Annette.

Sie schlenderte ziellos über den Markt, ohne sich auch nur annähernd für irgendetwas Spezielles zu interessieren, ließ sich gedankenlos und lustlos zwischen den Ständen mit ihren aufgetürmten Waren treiben, als ob ihr alles um sie herum egal wäre, bis sie vor einem Gewürzstand stehen blieb. Geistesabwesend antwortete sie auf die Begrüßung des Händlers, den sie sehr gut kannte, und als sie an die Gelegenheiten zurückdachte, bei denen sie mit ihrer Partnerin genau an diesem Stand immer Kurkuma und Curry gekauft hatte, fragte sie sich, ob es nicht besser wäre, einfach wieder zu gehen.

Sie starrte auf die bunten Gewürzhaufen, die die gesamte Oberfläche der Theke einnahmen, und spürte, dass jede dieser farbenfroh aufgetürmten Delikatessen eine tief in ihr schlummernde Erinnerung weckte. Sie hielt inne und sah sich um. Nicht nur die Gewürze, nein, jeder Straßenverkäufer, jeder Stand, jeder Lieferwagen, sogar die Damen, die sich um die Stände drängten, und die Ehemänner, die ihnen wie Hunde an der Leine folgten, diese ganze entspannte Atmosphäre löste bei ihr jetzt nur schmerzliche Erinnerungen aus, als würde jemand mit einem spitzen Gegenstand in ihrer Seele herumbohren.

Sie beschleunigte ihren Schritt, mit der Absicht, den Markt auf schnellstem Weg wieder zu verlassen, und als sie die letzten Stände erreicht hatte, blieb sie vor dem Lieferwagen stehen, dessen Schild »Pommes frites, warme Sandwiches, Crêpes und Kaffee« anpries. Sie spürte einen dumpfen Hunger und hielt an. Sie würde etwas essen müssen – sie wusste nicht mehr, wann sie das letzte Mal etwas gegessen hatte – und allein bei dem Gedanken stellte sich das erste Zittern ein.

Sie stand schon seit ein paar Minuten in der Warteschlange, versuchte sich zu beruhigen und irgendwie wieder in eine Routine zu finden. Sie wählte sich aus dem Angebot ihr Mittagessen aus, während sie über die Schultern derer, die vor ihr standen, die Preisliste studierte und überschlug, wie viel Geld sie überhaupt ausgeben durfte, als sich von hinten eine Hand auf ihren Arm legte. Vielleicht hatte sie unbeabsichtigt jemanden in der Warteschlange überholt und jemand wollte sie entrüstet darauf hinweisen. Sie verkrampfte sich und schüttelte die Hand ärgerlich ab.

Bange wandte sich um, aber es war nicht so, wie sie gedacht hatte. Der Mann, der hinter ihr stand, wollte sie nicht anmotzen, sondern lächelte sie an, mit einem Lächeln, das sie nur zu gut kannte.

»Du verdienst mehr als ein Sandwich«, sagte er, als er ihr bedeutete, die Schlange zu verlassen. »Ich habe einen Tisch im Restaurant reserviert. Ich hätte gerne, dass du mir Gesellschaft leistest.«

Wie in Trance ließ sie sich mitziehen. Er hakte sich nach ein paar Schritten bei ihr unter. Sie ließ ihn gewähren. Sie konnte nicht unterscheiden, ob es eine Geste der Zuneigung war oder ob er sie einfach herrisch mitzog. Sie ließ es geschehen. Sie gab ihm nach. Sie redete sich ein, dass es menschliche Wärme war, die sie spürte, Vertrautheit, Verbundenheit mit einem anderen Menschen, die sie so dringend brauchte und die ihr helfen konnte, sich nicht mehr so zerbrechlich und wertlos zu fühlen. Sie folgte ihm auf dem Weg zwischen den Ständen hindurch und dann bis zum kleinen Fluss Roya, der aus den Alpes Maritimes kommend die Provinz Imperia durchquerte und bei Ventimiglia ins Meer mündete. »Ein Fluss mit doppelter Staatsbürgerschaft«, hatte ihre Freundin immer scherzhaft gesagt.

Bald überquerten sie die Brücke über den Roya und stiegen den Hügel hinauf, der zum höher gelegenen Teil von Ventimiglia führte, auf dem die pittoreske Altstadt thronte.

Nachdem sie nun das laute Durcheinander des Marktes hinter sich gelassen hatten und von den Gebäuden, Gassen und Straßen des historischen Zentrums umgeben waren, verspürte sie ein sehr starkes Déjà-vu-Gefühl.

Sie sah sich vor vielen Jahren wieder in den Caruggi des Hafens von Genua, aber dieses Mal waren die Rollen vertauscht, denn sie war diejenige, die sich von ihm stützen lassen und von ihm in Sicherheit gebracht werden musste.

Sie blieben ein paar Schritte vor der Kathedrale stehen und konnten von dort aus den deutlichen Unterschied zwischen dem alten Stadtviertel, das sie betreten wollten, und der später gebauten, neuen Stadt weiter unten, aus der sie gerade kamen, spüren. Sie holte tief Luft und sah ihm dann in die Augen.

»Annette ist tot«, sagte sie schlicht.

»Ich weiß«, antwortete der Mann. »Deshalb habe ich dich gesucht.«

»Du hast mich gesucht?«

»Sicher, erinnerst du dich? Ich habe es dir versprochen.«

Wenige Minuten später erreichten sie das Restaurant. Ein Restaurant, das nach seinem Alter roch, mit ein paar Fässern auf beiden Seiten des Eingangs, rohen Holztischen, über dem Namensschild an der Fassade wehten die bunten Fahnen der Nachbarschaftsvereine und einige sepiafarbene Fotos und Grafiken, die daran erinnerten, wie Ventimiglia in den 1950er-Jahren ausgesehen hatte.

Der Mann öffnete die Tür, wartete darauf, dass ein Kellner ihn ansprach und erwähnte dann in höflichem Ton seine Reservierung. Wenige Augenblicke später trat der Besitzer mit einer verschmierten Schürze hinzu, der ihnen angesichts des wunderschönen Tages riet, doch draußen zu essen.

Als sie die wenigen Tische im Dehors auf der anderen Seite der Gasse erreichten, schob er ihren Stuhl beiseite, um ihr beim Hinsetzen zu helfen, und Sonja gab sich emotional erschöpft dankbar seinen schnörkellosen Freundlichkeiten hin.

»Möchtest du einen Aperitif?«, fragte er, bevor er sich auf die andere Seite des Tisches ihr gegenüber setzte.

In diesem Moment dachte sie, was für ein Zufall es war, der sie an diesem Tag nach Ventimiglia geführt hatte. Sie hob den Kopf, um ihm zu antworten, und allein durch den Blick in seine entschlossenen Augen verstand sie, dass es doch kein Zufall gewesen sein konnte.

Weder sie noch er war zufällig dort.

»Ja«, sagte sie mit einem angestrengten Anflug von Lächeln, »ich hätte jetzt gerne einen Pastis.«

41. KAPITEL

Riva Ligure, 23. Juni

Er hastete die steile Schiefertreppe zwei Stufen auf einmal nehmend hinunter, sprang durch die Türe und ignorierte dabei, dass im Schloss noch sein Hausschlüssel mit dem 60er-Jahre-Emaille-Anhänger des Alfa Romeo steckte. Er verschwendete keinen Gedanken daran, dass das Zurücklassen eines Hausschlüssels in einer sperrangelweit offenen Haustüre als Anstiftung zu einem Verbrechen gelten könnte, und es kam ihm auch nicht in den Sinn, wie lächerlich es aussehen würde, wenn die Wohnung eines Polizeikommissars von Gelegenheitsdieben leergeräumt werden würde.

Als er auf die Straße sprang, fing er an zu rennen, und für einen Moment war es, als ob sein Sichtfeld sich extrem verengt hätte und an den Rändern verschwommen wäre, er sah nicht, wer an den Tischen in den Bars saß und ihm, dem vorbeistürmenden Commissario, mit erstaunter Miene nachsah, und er sah auch nicht die Passanten, die vor ihm abrupt zur Seite wichen.

Er verlangsamte kurz das Tempo, drehte sich in Richtung des offenen Platzes, an dessen Stirnseite sich die Kirche mit ihrer pistazienfarbenen Fassade dem Meer und dem Hafen zuwandte, und schlüpfte in eine Gasse, die eingezwängt zwischen einem zweistöckigen Gebäude und den Blumenkästen, die die Dehors eines Restaurants säumten, nach oben ins Dorf führte. Auch dort hob jemand erstaunt seinen Kopf, legte jemand seine Gabel auf den Tellerrand oder stieß seinen Nachbarn an. Er bog auf den seitlichen Kirchenvorplatz ab und nahm dann Fahrt auf.

Ihm war alles egal, er hörte nichts, er sah nichts. In diesem Moment dachte er nur an das Gesicht, das auf seinem Handybildschirm neben Annette Comas aufgetaucht war, und daran, was als Nächstes passieren müsste, damit nicht auch sein eigenes Leben in Sekundenbruchteilen in Milliarden Splitter zerbarst.

Etwa 20 Meter vor ihm tauchten die Fenster einer Immobilienagentur auf. Gallo blieb abrupt stehen. Orientierte sich. Sah sich um. Ja, er war richtig. Vor dem Schaufenster mit der Werbung für Must-Sees und Immobilienschnäppchen griff er mit bangem Gefühl an seine Hüfte. Er spürte mit großer Erleichterung, dass die Beretta an ihrem Platz, festgezurrt und griffbereit in ihrem Holster war. Es hatte ihm nie Freude bereitet, die Waffe in der Hand zu halten, obwohl er davon überzeugt war, dass der Einsatz von Waffen eine zwar letzte, aber jederzeit mögliche Option sei, aber in diesem Moment fühlte er eine gewissen Erleichterung, dass die Standardwaffe eines Commissarios der Polizia di Stato dort war, wo sie hingehörte.

Er schaute nach vorn: Es waren noch 30, vielleicht 40 Meter, und er würde gleich da angekommen sein, wo er hinwollte.

Er rannte weiter, griff nach dem steinernen Geländer und hastete sofort die Treppe hinauf, jeweils zwei Stufen auf einmal nehmend, wobei er sich gleichzeitig am Handlauf hochzog, um noch schneller nach oben zu kommen. Als er oben war, musste er erst mal schwankend zu Atem kommen, aber es war nicht der Spurt, der ihn erschöpft hatte. Was ihn ins Wanken gebracht und ihm den Boden unter den Füßen weggezogen hatte, war ein Aufruhr, der ihn von innen heraus zerfraß. Er wusste nicht, was in ein paar Minuten geschehen würde, er wusste es nicht und konnte es sich auch nicht vorstellen.

Als seine Hand fahrig an der Wand herumtastete und nach der Klingel suchte, wurde ihm klar, dass er gegen viele Regeln oder, um es so auszudrücken, wie Viale es so mochte, gegen jedes Protokoll verstoßen hatte.

Er, der Polizeikommissar, der gefürchtete Commissario Gallo, hätte sofort selber die Polizei anrufen sollen. Giulia und Rubbano hatten zu diesem Zeitpunkt Wache, sie wären mit Blaulicht in weniger als zehn Minuten hier gewesen, und er hätte mindestens einen weiteren seiner Kollegen alarmieren und ihm erklären müssen, was er vorhatte. Stattdessen befand er sich allein auf diesem Treppenabsatz vor der Türe, darauf fixiert, seinem eigenen Instinkt zu folgen, und dabei gegen eine unendliche Anzahl von eisernen Verhaltensregeln für Polizisten zu verstoßen, dieselben Regeln, die er seinem Team immer mit Nachdruck eingebläut hatte, in der Sorge, zunächst und vor allem das eigene Leben zu sichern und zu schützen.

Als der Zeigefinger endlich den Knopf fand und der Klang der Glocke in der Wohnung dröhnte, verstand er schlagartig, was mit ihm geschah. Es ging nicht um den überstürzten Pragmatismus eines anscheinend Amok laufenden Polizeikommissars, sondern um brennende Schuldgefühle, die ihn zu übermannen drohten. Er war wütend auf sich selbst wegen seiner Naivität und verbittert darüber, wie man ihn gehänselt hatte. Mit einem Wort, er war wütend; fuchsteufelswild. Auf sich selbst. Vorschriften, Regeln und Protokolle zählten für ihn im Moment kaum. Er hatte einen Fehler – einen schweren, unverzeihlichen Fehler – gemacht und hätte die Dinge jetzt am liebsten selbst wieder in Ordnung gebracht, damit alles wieder so wäre, wie es hätte sein sollen.

Er drückte den Knopf noch einmal. Es gab ein lang gezogenes Geräusch, das wie eine Trompete in der Wohnung gedröhnt haben musste, dann ein leichtes Reiben an der Tür und schließlich das Klicken des Schlosses.

Er sah, die Handfläche auf den Knauf der Berretta gestützt, Sonjas Silhouette vor dem schummerigen Raum im Hintergrund und wenige Augenblicke später die Umrisse eines großen Rucksacks, der zwei Schritte weiter hinten auf dem Boden lag.

Sie sah ihm mit einer Mischung aus Überraschung und hohlwangiger Verwirrung in die Augen.

»Herein!«, sagte sie und trat beiseite. Sie trug ein sehr farbenfrohes T-Shirt und eine helle Hose, die ihr viel zu groß war und von den Hüften abwärts um ihre Beine schlackerte. Sie machte den Eindruck einer Frau, die für immer ein Mädchen bleiben wollte, oder wie ein Mädchen, das nie erwachsen werden wollte. Ihr Haar war wie immer hochgesteckt.

Gallo schloss energisch die Tür hinter sich und sah ihr in die Augen. Seine wuchtige Gestalt überragte sie, jeder Muskel angespannt. Er sah auf sie herab und sie kam ihm vor wie ein Fliegengewicht, zart, zerbrechlich.

»Du packst«, sagte er und zeigte auf ihren Rucksack. Seine Schultern waren kerzengerade, sein Bizeps spannte die kurzen Ärmel seines Polohemdes.

»Ja, ich reise ab. Mein Urlaub ist vorbei. Ich muss die Wohnung bis morgen früh um 10 Uhr räumen.« Sie umriss mit einer resignierten Handbewegung das winzige Zimmer.

»Du bist also, um Urlaub zu machen, nach Riva Ligure gekommen?«

Sie starrte ihn perplex an. Das war nicht die Frage, die sie erwartet hatte, und für einen langen Moment wirkten ihre Augen ausdruckslos. Sie nahm seine Hand und drückte sie fest. »Bist du gekommen, um mir Lebwohl zu sagen?«

Sie sagte es leise, legte ihren Kopf in den Nacken und trat dichter an ihn heran. Gallo war wie gelähmt. Im nächsten Moment könnte sie sein Gesicht mit ihren Lippen berühren. Er achtete auf ihre Arme, die sich langsam hoben, dicht vor seiner Brust. Sie umarmte ihn in einer zärtlichen Geste mit ihren schlanken Gliedern, und als ihr wohl klar wurde, dass Gallo ihre Umarmung nicht erwiderte, sah sie ihn mit der gleichen Verwirrung an wie vorhin, als sie ihm die Tür geöffnet hatte.

Ein paar Augenblicke vergingen, dann hob sie ihre Hand und führte sie hinter ihren Nacken. Ihre Finger tasteten in dem zu einem Knäuel gesteckten Haar nach der Nadel, zogen sie heraus, doch kurz bevor ihr die Haare über ihre Schultern fielen, schnellte Tomas' Hand nach vorne und packte sie abrupt am Handgelenk.

»Hast du ihn damit getötet?«, fragte er, als er ihr mühelos die Haarnadel aus der Hand entwunden hatte.

Die Frage, trocken und entschieden, traf Sonja wie ein Eisbrocken. Sie wurde blass, sie riss ihre Augen auf und ihr Blick nahm einen völlig anderen Ausdruck an: Jetzt war sie nicht mehr ratlos oder verwirrt, jetzt hatte sie Angst.

»Hast du ihn damit getötet?«, wiederholte Gallo jetzt ruhig und fuhr mit der Haarspange vor ihrem Gesicht hin und her.

»Was sagst du da? Spinnst du?«

»Ich frage Sie«, sagte Gallo mit eiskalter, förmlicher Stimme und fing gleichzeitig an, sie zu siezen, »ob Sie mit dieser als Haarnadel getarnten Ahle den Anwalt Boeri getötet haben?«

»Nein ... nein«, stammelte sie, »ich habe niemanden getötet.«

»Ich glaube schon. An dem Abend, kurz bevor wir uns am Strand getroffen haben und dann mit meinen Freunden zusammengesessen sind, waren Sie in Sanremo gewesen, wo Sie gerade ein Verbrechen begangen hatten. Deshalb wirkten Sie auch so verstört.«

Sonja versuchte sich zu befreien, aber Tomas drückte ihren Arm fester.

»Wussten Sie von Anfang an, dass ich Polizist bin? Geben Sie mir eine Antwort!« Gallo trat Zornesröte ins Gesicht. »Wussten Sie das?«

»Nein ... nein, ich wusste es nicht ... Du hast es mir selbst erst gestern gesagt!«

Sie sprach, indem sie die Worte nacheinander sorgfältig aneinanderreihte, und plötzlich wurde ihre deutsche Aussprache viel deutlicher. »Lass mich«, sagte sie noch einmal, »ich habe nichts Unrechtes getan.«

Gallo zog mit seiner freien Hand das Handy aus der Tasche, schaltete es ein und öffnete das Foto, das er ein paar Minuten zuvor heruntergeladen hatte, das Foto, auf dem sie und Annette einander in die Augen schauten.

»Hier, das hier. Was bedeutet dieses Foto?« Er hielt ihr das Display vor die Augen.

Sie studierte das Handy und sah dann zu ihm auf. »Woher hast du das?«

»Das kann Ihnen egal sein, woher ich es habe, wer ist diese Frau?«

»Annette … das ist Annette.«

»Genau! Annette Comas und Sie – haben Sie deshalb den Anwalt Boeri getötet, um sie zu rächen? Ich weiß alles: Ich weiß von der von Alfred Nobel gegründeten Stiftung, ich weiß von der Rente, die Ihre Freundin jeden Monat erhielt, ich weiß, dass die Rente Ende des Jahres auslaufen würde, ich weiß von der Krankheit und der Klinik, wo sie behandelt wurde, ich weiß, dass sie Anspruch auf die Fortzahlung der Rente gehabt hätte, und schließlich weiß ich, dass der Anwalt Boeri die Verlängerung nicht gewähren wollte. Deshalb hat sie sich umgebracht und Sie haben sie gerächt, ganz einfach, oder? So war es doch, nicht?«

»Ich habe niemanden getötet!«

»Aber ich denke schon, und ich weiß auch, dass Sie ihn mit dieser Nadel getötet haben. Sie haben sie ihm direkt ins Herz gestochen. Mord aus Rache.«

Sonja starrte auf die Haarnadel, die Tomas zwischen seinen Fingern hielt, und sah dann zu ihm auf.

»Er war ein böser Mann.« Sie blickte zu Boden.

»Okay: Er war ein böser Mann, aber glauben Sie, dass alle bösen Männer es verdienen, ins Jenseits geschickt zu werden? Ist es gerecht, alle bösen Männer umzubringen? Wer entscheidet das?«

»Ich habe dir gesagt, dass ich ihn nicht getötet habe.«

»Also gut, dann erzähl mir die Geschichte vom bösen Mann.«

Er hielt immer noch ihr Handgelenk fest umklammert, zerrte sie zu dem kleinen Tisch neben der Küchentheke und setzte sie hin.

»Na los! Erzähl mir deine Geschichte! Jetzt!«

Sie holte tief Luft, bevor sie begann. »Du weißt nicht alles ... Dieser Mann war ein Schwein. Jahrelang hatte er meine Partnerin gequält, und sie war mehr als einmal dazu gezwungen worden ...«

»Zu was? Seinen Belästigungen nachzugeben?«

»Ja, sich seinen Gewaltfantasien zu unterwerfen. Ich wusste davon nichts, Annette erzählte mir davon erst vor ein paar Monaten, als sie schon sehr krank war, bei einem Besuch in der Villa Nobel. Sie erzählte mir, sie hätte nie gedacht, dass sie den Forderungen eines Mannes nachgeben müsste, den sie verabscheute, aber dieses Stück Scheiße hatte Macht über sie. Er konnte über ihre Zukunft entscheiden, im Guten wie im Schlechten, und dann gab es Momente, in denen es für sie bequem war, sich zu unterwerfen. Ich wurde wütend, sagte ihr, dass sie so nicht weitermachen könne, und von dem Tag an, als sie sich mir anvertraute, begann ich, sie jedes Mal zu begleiten, wenn sie den Scheck abholen ging. Ich ging nicht ins Büro, aber der Anwalt wusste, dass ich auf der Straße war, und versuchte nicht, sie erneut zu belästigen. Schade ist nur, dass er seitdem begonnen hat, sie auf andere Weise zu quälen. Er wusste von unserer Beziehung und warf ihr das gern höhnisch ins Gesicht, er nannte sie offen eine Lesbe, nannte sie ›Monsieur Annette‹ und quälte sie, indem er sich über sie lustig machte. Nach und nach verstand ich, was Annette meinte, als sie sagte, sie habe keine Chance, sich zu wehren. Dieser Mann hatte das Heft des Messers so sehr in seinem Griff, dass er mit Beginn dieses Jahres ihre Rentenzahlungen einstellte, ohne ihr die Verlängerung zu gewähren, auf die sie wegen ihrer Krankheit Anspruch gehabt hätte. Einige Tage vor ihrem Selbstmord sagte mir Annette, sie würde zu Boeri gehen, um einen letzten Versuch zu unternehmen. Ich versuchte auf jede erdenkliche Weise, sie davon abzubringen, und da es nicht möglich war, sie umzustimmen, schlug ich vor, sie zu begleiten, aber es war nichts zu machen: Sie wollte nicht auf die Vernunft hören, sie wollte nicht einmal, dass ich mit ihr gehe und auf der Straße auf sie warte. Sie erzählte mir, dass sie zu diesem Zeitpunkt nicht mehr allzu viele Möglichkeiten hatte. Sie musste alles auf eine Karte setzen.«

Gallo, der inzwischen ihren Arm losgelassen hatte, unterbrach sie. »Was ist beim letzten Treffen passiert?«

Sonja schüttelte den Kopf. »Ich weiß nicht … Ich kann mir vorstellen, dass dieser Bastard sie erneut beleidigt hat oder dass er versucht hat, sie trotz ihrer Krankheit zu misshandeln, oder dass er ihr direkt ins Gesicht gesagt hat, dass er ihr niemals geben würde, was ihr zusteht. Ich weiß nicht, was während dieses verdammten Treffens passiert ist, aber ich weiß, dass Annette ein paar Minuten später beschlossen hat, Schluss zu machen. Für immer.«

Sie machte eine kleine Pause und verkrampfte ihre Hände vor ihrem Bauch. »Dieser Mann war ein Schwein und hatte es nicht verdient zu leben, aber ich habe ihm nichts getan. Ich habe ihn nicht getötet!«

»Aber diese Nadel hier wurde ihm reingerammt. In sein Herz! Habe ich recht?«, fragte Tomas und knallte die Ahle auf den Tisch.

Sie starrte auf die Haarnadel, dann senkte sie den Blick auf ihre Füße, und ihre Geste sagte mehr als 1.000 Worte. »Aber es war nicht diese. Ich habe mehrere davon. In meinem Rucksack.«

Gallo trat einen Schritt zurück, ließ sie dabei nicht aus den Augen und klappte mit seiner Fußspitze den Rucksack auf. Er sah ein ganzes Bündel Haarnadeln, ähnlich der, die auf dem Tisch lag, mit einem Gummiband zusammengebunden.

»Die habe ich alle den Kindern in Afrika abgekauft, die haben mir so leidgetan.«

»Das mag sein. Also?«, fragte Tomas noch einmal. »Wer hat

ihn getötet, mit welcher deiner Nadeln auch immer, wenn nicht du?«

»Ich kann es nicht sagen.«

»Kannst du es nicht sagen? Oder willst du es nicht?«

»Nein, das kann ich nicht, und auf jeden Fall hätte es nicht so enden müssen …«

»Was hätte nicht so enden müssen?«

»An diesem Abend sollte ich mich nur mit dem Anwalt Boeri treffen, aber alles ging schief.«

»Was meinst du damit, dass du dich mit ihm treffen solltest und dann alles schiefgelaufen ist?«

»Ich meine damit, dass die Dinge nicht so gelaufen sind, wie sie sollten.«

»Um wie viel Uhr haben Sie den Anwalt getroffen?«, fragte Gallo und siezte sie wieder.

»Punkt 22.«

»Uhr?«

»Ja, um Punkt 22 Uhr waren wir verabredet.«

»Wo?«

»Wir hatten uns auf dem Radweg verabredet. Auf der Pista Ciclabile.«

»Wie kam es zu der Verabredung? Wie seid ihr überhaupt zusammengekommen?«

»Jemand hat mir eine Nachricht geschickt. Wir würden uns auf der Höhe der Villa Nobel treffen.«

»Warum sollte Boeri einem Treffen mit Ihnen zustimmen, obwohl er wusste, mit wem er es zu tun hatte?«

»Er wusste nicht, wer ich bin. Er war überzeugt, dass er einen Termin mit einer anderen Frau hatte, sonst wäre er nie gekommen.«

»Eine andere Frau … was bedeutet eine andere Frau?«

»Das bedeutet, dass er dachte, er hätte es mit einer Prostituierten zu tun.«

»Einer Prostituierten? Arbeitest du für einen Escort Service?«

»Nein. Ein Bekannter hat mir geraten, mich als Escort Lady auszugeben. Es hat geklappt. So kam die Verabredung mit Boeri zustande.«

»Und dann? Hast du ihn getroffen?«

»Natürlich war er pünktlich, wie er es immer sei, wie man mir sagte, und ich war schon da.«

»Was ist passiert, als er dich sah?«

Sonja hob plötzlich den Kopf. Sie sah ihm trotzig in die Augen. »Was passiert ist? Es ist genau das passiert, was passiert, wenn ein Dreckstück von Mann eine Frau trifft, die sich für Geld verkauft. Er fing an, mich zu berühren, mir Komplimente zu machen, um sich bei mir einzuschleimen. Er war einer der Männer, die so spielten, als hätten sie es nicht nötig, für Sex zu bezahlen. Deshalb machen sie ein Theater, spielen Bewunderung und Zuneigung vor, und hoffen auf eine entsprechende Reaktion. Ja, Geld fließt immer, aber das Wie ist ihnen wichtig.«

»Und du?«

»Ich habe ihm sofort darauf gesagt, wer ich bin, ich habe ihn angeschrien, was ich von ihm halte, und schließlich habe ich ihn des Todes meiner Freundin beschuldigt. Ich glaube, ich habe ihn geschubst, ich habe ihn auf jeden Fall geohrfeigt, dann habe ich ihm einen Gegenstand, den Annette mir gegeben hatte, ins Gesicht geschlagen. Ich schlug ihn wiederholt, ins Gesicht und auf die Brust.«

»Welches Objekt? Womit hast du ihn geschlagen?«

»Mit einer Dynamitstange. Also keine echte. Eine Attrappe.«

»Eine Stange Dynamit! Da kam sie her! Und dann?«

»Das ist alles. Ich habe ihn nicht getötet. Ich schwöre es! Mehr habe ich nicht getan.«

»Nein«, sagte Tomas. »So ist es nicht passiert, denn jemand hat ihm diese Ahle in die Brust gestoßen und dann die Leiche in den Park der Villa Nobel geschleppt oder gezerrt, wo jemand sich die Mühe gemacht hat, die Dynamitstange, von der du mir gerade erzählt hast, in seinen Mund zu stopfen. Es war kein

Geist, der das alles getan hat. Und du weißt das! Denn du warst dabei und hast geholfen.«

»Ich habe dir gesagt, dass ich ihn nicht getötet habe.«

»Du hast ihn nicht getötet?«, sagte er und ergriff ihre Hand, »und was ist mit deinem Nagellack? Sieh her! Du hast ihn jetzt schon wieder auf deinen Nägeln! Zwei identische Farben finden sich auch auf den Knöcheln des Anwalts Boeri. Eine Analyse des Labors wird ausreichen, um dies zu beweisen. Du hast ihn zumindest in den Park zerren geholfen, ja oder nein?«

Sie wartete lange, bevor sie antwortete. »Ja …«, sagte sie schließlich.

»Können Sie mir also sagen, wer bei Ihnen war?«

»Ich kann nicht.«

»Was können Sie nicht?«

»Ich kann es dir nicht sagen.«

»Was ist mit dem Dynamit? Was ist mit dem riesigen Haufen C4-Sprengstoff, den wir in der Villa gefunden haben? Wussten Sie, dass es zu einem Massaker kommen könnte oder nicht? Es gab genug, um die ganze Villa zum Einsturz zu bringen und die halbe Nachbarschaft noch dazu. Stellen Sie sich vor, in dem Moment wäre gerade ein voll besetzter Reisebus vorbeigefahren, oder ein Bus mit Schulkindern.«

»Nein«, verteidigte sie sich vehement. »Nein … es sollte kein Massaker anrichten. Es sollte nur eine Demonstrationsaktion sein. Es würde nachts gezündet, wenn die Villa verlassen war. Es war eine Form des Protests.«

»Eine Form des Protests? Was zum Teufel soll das für ein Protest sein? Gegen was?«

»Eine Demonstration gegen die vielen Waffen, die weltweit jeden einzelnen Tag so viele Todesfälle verursachen.«

»Und so … lassen Sie mich verstehen … hat irgendjemand es für angebracht gehalten, aus Protest gegen Waffen und Kriege in der Welt ein Gebäude abzureißen und dabei in Kauf zu nehmen, Dutzende und Aberdutzende Menschen zu töten?«

»Ich habe dir gesagt, dass die Villa nachts explodieren sollte.«

»Und ich sage Ihnen, zum Glück hat eine Putzfrau bemerkt, was sich unter ein paar Sesseln befand, und dass das kein Knetgummi sein dürfte, sonst hätte es ein Massaker gegeben.«

Sonja schüttelte den Kopf. »So sollte es nicht laufen!«

»Was hätte nicht so laufen sollen?«

»Der Sprengstoff … Ich habe dir gesagt, das Ganze war nur als Demonstrationsaktion, als Protestaktion gedacht.«

»Und ich frage Sie noch einmal: Wer war bei Ihnen?«

»Das kann ich dir nicht sagen. UND HÖR ENDLICH AUF, MICH ZU SIEZEN!«

»Okay, du kannst es mir nicht sagen. Darf ich wenigstens wissen, warum du mitgemacht hast, den Sprengstoff zu platzieren?«

»Es ging um einen Tausch.«

»Einen Tausch? Was zum Teufel für ein Tausch?«

»Ich sollte in der Villa helfen, die Päckchen unterzubringen, im Gegenzug hätte man mir die Gelegenheit verschafft, den Anwalt Boeri zu treffen. Ich wäre allein nicht an ihn rangekommen.«

»Als Escort Lady? Um ihn zu töten?«

»NEIN! Was sagst du denn da? Nicht, um ihn zu töten! Ihm ins Gesicht zu schreien, ihm zu sagen, was ich von ihm halte, und ihm schließlich diesen verdammten Dynamitstock, der Annettes Glück und Verderben war, ins Gesicht zu schlagen. Ich wollte ihn erniedrigen, obwohl ein so perverses Schwein meine Worte wohl am Ende nur amüsant gefunden hätte.«

Gallo sah ihr ins Gesicht. Sie sah erschöpft aus, aber auch er fühlte sich müde. Sie war schuldig, so viel stand für ihn fest, aber gleichzeitig glaubte er ihr, dass sie mit dem Mord an sich nichts zu tun hatte, außer die Leiche bewegt zu haben. Sie hatte zu bereitwillig und zu unbedarft alles erzählt. Und die Herkunft der Dynamitstange aufgeklärt.

»Höre mir jetzt gut zu, jetzt gehen wir beide zur Polizeistation, also erzähle uns im Verhör alles noch einmal in allen Details, inklusive Protokoll und in Anwesenheit eines Anwalts, okay?«

Sie schüttelte den Kopf. Zum ersten Mal liefen ihr Tränen in die Augen. »Tomas, hätte der Sprengstoff wirklich ein Massaker verursacht?«

»Kein Zweifel. Im Konferenzraum sollte die Hölle losbrechen.«

»Also ich denke, dass …«

»Was denkst du?«

»Ich glaube, es gibt noch mehr Sprengstoff.«

Tomas drückte erneut ihr Handgelenk. »Wo?«

»Außerhalb der Villa, an einer bestimmten Stelle des Gebäudes, die durch den Einsturz der Villa wie in einer Kettenreaktion eine weitere, noch viel mächtigere Explosion auslösen würde.«

»Woher weißt du das?«

»Ich habe es gesehen, als es platziert wurde, und mir wurde erklärt, wozu es dienen würde. Für den Fall, dass die im Konferenzraum platzierte Ladung nicht hochgehen würde, bestünde die Möglichkeit, die zweite Ladung zu zünden, aber ich war mir sicher, dass es nur sein durfte …«

»Nur eine demonstrative Aktion, ein Akt des Protestes«, vollendete Gallo ihren Satz. Dann sah er ihr in die Augen und nahm wieder ihre Hand. »Weißt du, ob der Sprengstoff mit einem Zünder verbunden ist?«

»Ich weiß nicht, was ein Zünder ist, aber ich weiß, dass er mit einer Fernbedienung ausgelöst werden kann.«

Tomas dachte sofort an die Konferenz, die in der Villa stattfinden sollte. Das Bombenkommando war davon überzeugt, dass keine Gefahr mehr bestehe, aber dem war nicht so. Nein, das war es überhaupt nicht! Er überflog den Kalender seiner Smartwatch. Zum Glück würde die Konferenz erst am nächsten Tag stattfinden, aber er machte seinem Ärger trotzdem Luft.

»Wo ist die Ladung? Sag mir wo!!!«

»Ein paar Schritte von der Stelle entfernt, an der die Leiche des Anwalts gefunden wurde, um die Sprengstoffhunde durch den Leichengeruch abzulenken, platziert unter einem der Stützpfeiler und sorgfältig versteckt hinter der Vegetation, die das Gebäude umgibt.«

Sie sagte es mit schwacher Stimme, dann sah sie Gallo in die Augen. »Tomas … muss ich wirklich mit dir gehen?«

»Absolut!«

»Was wird mit mir passieren?«

»Ich weiß nicht, was mit dir passieren wird, aber es wird bestimmt kein Spaziergang!«

42. KAPITEL

Riva Ligure, 23. Juni

Das schwächer werdende Licht, das durch das geöffnete Fenster in den winzigen Raum schien, reichte gerade noch aus, um den Wänden und Möbeln noch Farbe zu verleihen. In der Ferne verschmolzen die Silhouetten schon mit dem Halbdunkel. Der Abend senkte sich über das Mittelmeer. Gallo sah in ihr Gesicht. Sie war blass geworden, ihr Gesicht leuchtete im fahlen Licht. Für einen Bruchteil einer Sekunde beobachtet er sie. Der Schwung ihrer Brauen unter der geraden Stirn, der Schimmer ihrer tränennassen, leicht geröteten Augen und ihr volles, unordentliches Haar weckten in ihm die gleichen Gefühle wie am ersten Abend. Sie war eine nordische Schönheit. Grazil und dabei voller Anmut und Kraft, irgendwie auf natürliche Weise geerdet und gleichzeitig auf rätselhafte Weise vollkommen entwurzelt. Suchend. Er versuchte sich vorzustellen, wie ihr heutiges Wiedersehen unter anderen Umständen verlaufen hätte können. Das Tageslicht wäre – genau wie jetzt – einem silbrigen Mondschimmer gewichen. Er sah sich selbst wieder in dem Moment, als er auf die Türklingel drückte, und spürte dem Moment nach, in dem sie ihn umarmt hätte. Unter anderen Umständen hätte sie die auf dem Regal neben der Küche aufgereihten Kerzen angezündet, er hätte sich über seine Smartwatch in die Box eingeklinkt, eine Playlist ausgesucht und sie hätten sich geliebt. Sie hätten auch in seinem Fischerboot ablegen und in der Dämmerung aufs Meer fahren können. An einem anderen Abend hätte er Sonjas Haut unter seinen Fingern gespürt, und sie wären vom Meer sanft geschaukelt worden. Er hätte gesehen, wie ihre Augen vor Leidenschaft funkelten, genauso wie die Lichter an der Küste in der Dämmerung nach und nach zu funkeln begannen.

Genauso schnell, wie diese Gedanken Gallo überfielen, waren sie auch wieder verblasst. »In einem anderen Leben …, dachte er, vielleicht in einem anderen Leben … Dann sah er ihr streng ins Gesicht und sagte, es sei höchste Zeit zu gehen.

»Wohin bringst du mich?«

»Zunächst fahren wir nach Sanremo, zur Station der Polizia di Stato. Auf mein Revier.«

»Kann ich etwas mitnehmen?«, fragte sie.

Tomas zeigte fragend auf den Rucksack. »Du hast deine Sachen bereits gepackt.«

»Sicher«, sagte sie und neigte ihren Kopf zur Seite. Einen Moment später sah sie ihm in die Augen. Intensiv. Tomas bildete sich ein, dass sie ihm etwas offenbaren würde, aber sie beschränkte sich darauf, auf die Tür an der Seite des Eingangs zu zeigen und ihn zu fragen, ob sie noch auf die Toilette gehen dürfe.

Er nickte. »Aber beeil dich.«

Er wartete darauf, dass sie sich eingeschlossen hatte, und blieb mitten im Raum stehen, einen Schritt vom Rucksack entfernt. Während er wartete, hörte er die Stimmen unten aus der Gasse. Größtenteils handelte es sich um das Palaver junger Leute, es ging um die Pizzeria, in der sie den Abend verbringen sollten, er hörte auch das Quietschen und Schreien von Kindern, die frei in der Gasse herumlaufen und dort spielen konnten, ohne Angst vor Autos zu haben.

Nach ein paar Minuten schaute er auf seine Uhr. Es war bereits einige Zeit vergangen und aus dem Badezimmer war nichts zu hören. Kein Schritt, kein fließendes Wasser, kein Geräusch einer sich öffnenden Tür. Nichts, nicht einmal ein Rascheln. Er trat an die Tür und klopfte einmal, aber es kam keine Antwort, also rief er laut, ohne Erfolg. Schließlich packte er den Griff und rüttelte kräftig an der Klinke. Gerade als er versuchte, die Tür aufzubrechen, hörte er hastige Schritte in der Gasse, gefolgt von ein paar aufgeregten Stimmen. Er hörte genauer hin und verstand, dass dies nicht die Stimmen von Jungen waren, geschweige denn von Kindern. Er rannte nach draußen und blickte auf die kleine Menschenmenge, die sich bereits vor dem Haus versammelt hatte.

Sie lag dort unten, sieben oder acht Meter tiefer, mit grotesk verrenktem Körper und ausgestreckten Händen, als hätte sie versucht, ihr Gesicht zu schützen, bevor sie auf dem Boden aufschlug. Ihr T-Shirt warf einen Farbtupfer auf das Grau der Pflastersteine, und die weißen Hosen wirkten noch weiter, als sie tatsächlich waren. Instinktiv blickte er nach links, wo sich das Badezimmerfenster befinden musste, und sah, dass es weit geöffnet war und der Vorhang leicht nach außen flatterte.

Es war wie ein Schlag ins Gesicht, aber viel schlimmer als zuvor, als er die von Brunella Acquarone erhaltenen Bilder geöffnet hatte. Er spürte ein Ziehen in seinem Magen, dann schloss er die Augen und in diesem Moment der Dunkelheit kam er zu dem Schluss, dass das Böse seine Rechnung immer so präsentieren würde: mit einem Stich in die Brust und einem Gefrieren der Seele, das einen betäuben konnte und erschöpft zurückließ.

Er umklammerte mit seinen Händen die kleine Brüstung. Er sah nach unten, während andere Leute herbeirannten, um zu sehen, was passiert war, und stürzte dann selbst rasch nach unten. Wie sollte er erklären, dass er aus der gleichen Wohnung kam, aus deren Fenster sich die junge Frau eben gestürzt hatte?

Als er auf der Gasse stand, holte er das Handy aus der Tasche und wählte die Notrufnummer, merkte aber bald, dass in der kleinen Menschenmenge, die Sonjas Körper umgab, andere das Telefon schon in der Hand hielten und sicherlich dasselbe taten.

Jemand, der ihn die Treppe herunterkommen gesehen hatte, sah ihn verwirrt an, aber niemand kam näher, niemand traute sich, ihm eine Frage zu stellen. Sein Polohemd war nach oben gerutscht und seine Berretta war gut zu sehen. Eine Frau hatte ihre Einkaufstüte abgestellt und fühlte Sonjas Puls. Ein Halbkreis hatte sich gebildet. Jemand legte eine Jacke über ihren Körper und noch jemand kam aus einem Nachbarhaus mit einem kleinen Kissen in der Hand. Die Frau, die neben ihr kauerte, wies sie an, die regungslose Verletzte nur ja nicht zu berühren. Alle warteten. Schweigend. Gallo sah, dass sich Sonjas Brust leicht hob. Sie atmete. Die Sanitäter waren innerhalb von Minuten da. Aus ihren Gesten und den wenigen Worten, die sie wechselten, schloss er, dass Sonja trotz ihrer Bewusstlosigkeit noch am Leben war und ihre Vitalfunktionen stabil waren. Er blieb so lange wie angewurzelt auf der Gasse stehen, bis die Sanitäter sie auf der Trage festgezurrt hatten, und als der Krankenwagen mit heulenden Sirenen abfuhr, dachte er, dass Fehler bezahlt werden, auch solche, die einem guten Zweck dienen, und dass gerade diese oft sehr teuer bezahlt werden mussten.

43. KAPITEL

Sanremo, 24. Juni

Antonio Rubbano saß vor dem Computer und studierte die endlosen Listen krimineller Vorgänge in der Provinz Imperia. Er ließ sie auf dem Bildschirm scrollen, filterte sie nach der Art des Verbrechens und suchte, nachdem er die Morde und Gewaltfälle isoliert hatte, nach denen, die aus irgendeinem Grund mit dem Doppelverbrechen von Sanremo in Verbindung gebracht werden könnten. Er wusste, dass dies nur eine Teilaufgabe sein würde, da die Digitalisierung erst im Januar 2006 vorgenommen worden war, aber das stellte keineswegs ein Problem dar. Rubbano hätte die Suche händisch weitergeführt, indem er persönlich in das Archiv gegangen wäre, in dem die Akten der Jahre vor 2006 aufbewahrt wurden, und er hätte das gerne getan, denn »lo stanzone«, wie es auf der Polizeiwache hieß, war das Reich von Antonio Rubbano, in dem er sich viel wohler fühlte als hinter seinem Schreibtisch. Unten gab es Berichte und Beschwerden aus Jahren, als die meisten Teammitglieder noch Kinder waren, doch Rubbano wusste genau, wie er sich in diesem scheinbar willkürlichen Chaos zurechtfinden konnte, er wusste, wo er suchen musste, und darüber hinaus wusste er, wie er es sehr schnell erledigen konnte, favorisiert durch ein geradezu herausragendes fotografisches Gedächtnis und eine hoch entwickelte Mustererkennung, bei der ihm kein Computer das Wasser reichen konnte.

Plötzlich blieb Gallo vor seinem Schreibtisch stehen. »Antonio …«

Rubbano nahm Haltung an, was dazu führte, dass die Gasfeder seines Bürostuhls plötzlich nachgab und er in seinem Stuhl nach unten rauschte.

»Ich mache es so schnell wie möglich«, haspelte Rubbano, der auf Kinderperspektive geschrumpft war, zu Gallo hoch, »um 11 Uhr sollte ich mit der Durchsicht des Computerarchivs fertig sein, später gehe ich in den großen Raum hinunter.«

»Danke«, sagte Tomas, »ich weiß, dass du sehr gut mit dem Computer umgehen kannst und dass du im großen Raum sogar noch besser zurechtkommst, aber ich bin nicht hier, um dich zur Eile anzutreiben. Ich möchte dich nur bitten, für einen Moment zu mir zu kommen. Die anderen sind schon auf dem Weg.«

Er wartete darauf, dass er aufstand, und ging dann voran durch den Flur. Die Tür stand offen und alle waren schon in seinem Büro. Inspektor Viale und Laura saßen vor seinem Schreibtisch, Giulia Brizio und Claudio Giostra einen Schritt dahinter, er auf einem Hocker, der normalerweise dem Meldebeamten vorbehalten war, und sie auf einem Stuhl, den sie sich vom Flur geholt hatte. Dann war da noch Giacomo Benzà, der, wenn auch widerstrebend, die Zigarre aus dem Mund nehmen musste und an der Wand neben dem Fenster lehnte. Endlich kam Rubbano, für den Gallo einen weiteren Stuhl aus dem Flur geholt hatte. Als auch Antonio seinen Platz eingenommen hatte, ging Gallo um den Schreibtisch herum und begann sofort zu sprechen, ohne sich hinzusetzen oder Luft zu holen, wobei er Höflichkeiten und Einleitungen auf ein Minimum beschränkte.

»Seit wir uns kennen, ist es das erste Mal, dass ich euch alle in mein Büro gebeten habe. Ihr wisst, dass ich normalerweise Treffen im *Mortaio* bevorzuge, aber ich muss euch über einige Dinge informieren, die ihr nicht wisst.«

Er stellte mit einem Blick fest, dass seine Kollegen ihn gespannt anstarrten, dann fing er wieder an. »Ihr alle wisst, was letzte Nacht in Riva Ligure passiert ist. Ihr wisst von meinem Besuch in der Wohnung von Sonja Keller und ihr wisst, dass die Frau auf der Intensivstation landete. Es ist unnötig, euch zu sagen, dass ich weiß, dass es falsch war, mein eigenes Ding zu machen, um sie zu verhaften, aber es gibt ein Detail, das keinem von euch bewusst ist und das meine Verantwortung noch viel schwerwiegender belastet.«

»Warum sagst du uns das alles?« Giulia unterbrach ihn. »Du hast dir nichts vorzuwerfen. Als du das Foto gesehen hast, hast du verstanden, wer Annettes Partnerin war, und hast sofort eingegriffen, um sie an der Flucht zu hindern. Vielleicht hast du durch übertriebenes Selbstvertrauen überreagiert, aber letztendlich konnte nur dank deiner Schnelligkeit das Blutbad abgewendet werden.«

»Wenn du diese Frau nicht zum Reden gebracht hättest, wäre eine Tragödie passiert«, fügte Laura hinzu. »Wer weiß, ob sie in einem normalen Verhör ebenso freiwillig die Informationen geliefert hätte, die sie dir, da sie dich kannte, mitgeteilt hat. Das Sprengstoffkommando arbeitete die ganze Nacht daran, die Villa Nobel wieder aufzuräumen. Es scheint, dass die Ladung sehr stark war und darüber hinaus so positioniert war, dass sie das Gebäude pulverisiert hätte. Wenn die Explosion während der Konferenz stattgefunden hätte, wären Dutzende, vielleicht Hunderte Menschen ums Leben gekommen. Du darfst dich also nicht darüber ärgern, wie es letzte Nacht abgelaufen ist. Ist dir aufgefallen, dass sogar Bevilacqua dir ein Kompliment gemacht hat?«

»Bevilacqua lobt sonst niemanden … Das macht er zumindest nicht jeden Tag«, fügte Giostra hinzu. »Das weißt du selbst.«

Doch die Worte seiner Kollegen trösteten Gallo nicht. »Nein«, sagte er, »es stimmt nicht, dass ich es nicht besser hätte machen können, denn wenn ich mich an die Regeln gehalten hätte, wäre Frau Keller nicht auf der Intensivstation und könnte jetzt unsere Fragen beantworten.«

»Okay«, unterbrach Viale, »aber der stellvertretende Staatsanwalt ist kein Mann, von dem man leicht gelobt wird. Wenn man von ihm ein Kompliment bekommt, gibt es auch einen Grund. Damit ist bewiesen, dass in der Gefahrenlage, die vorlag, richtig gehandelt worden ist. Denkst du nicht?«

»Bevilacqua hat mir vielleicht gratuliert, aber das entbindet mich nicht von meiner Verantwortung, denn neben der Tatsache, dass ich gestern meinen eigenen Weg gegangen bin, ist mein Fehler weitaus schwerwiegender als nur eine einfache, aus der Not und Gefahr geborene Ausnahme von den Regeln.«

»Mit welchen Schuldgefühlen meinst du denn, dich befleckt zu haben?«, fragte Giulia mit einem Anflug von Ironie.

Tomas schüttelte den Kopf. »Ich kannte diese Frau.«

»Du meinst die Partnerin von Annette Comas?«

»Ja, letzte Nacht bin ich deshalb sofort zu ihr gegangen, weil ich wusste, wo sie wohnte.«

»Sie hatte eine Wohnung zur Miete in Riva Ligure, das ist normal. Der Ort ist klein.«

»Aber was zwischen mir und ihr passiert ist, ist nicht normal.«

Die Worte des Inspektors lösten einen langen Moment des Schweigens aus, dann war Viales Stimme zu hören. »Warum? Was war da?«

Laura, die neben ihm saß, stieß ihn an, und Tomas, der die Geste bemerkt hatte, legte beide Hände auf den Schreibtisch. »Richtig, Laura, Sonja und ich hatten eine Affäre und was noch schlimmer ist, alles begann ein paar Stunden nach Boeris Tod. Verstehst du jetzt, wenn ich von Verantwortung und Schuld spreche?«

»Aber als ihr euch kennengelernt habt, wusstest du nicht, dass sie in diese Geschichte verwickelt ist, habe ich recht?«, fragte Giulia.

»Nein, natürlich wusste ich es nicht, aber ihr seid euch alle darüber im Klaren, welche Auswirkungen mein Verhalten haben könnte. Ich habe gerade den stellvertretenden Staatsanwalt um einen Termin gebeten, ich werde ihm erzählen, was passiert ist, und es ist möglich, dass ich von den Ermittlungen entbunden werde, sofern die Konsequenzen nicht noch schwerwiegender sind. Meine Karriere könnte beendet sein.«

Benzina entfernte sich von der Wand, an der er bis dahin gelehnt hatte. »Niemand weiß etwas über diese Geschichte«, sagte er und wedelte mit den Armen. »Was bringt es, mit Bevilacqua darüber zu reden?«

»Giacomo … du weißt, dass früher oder später die Wahrheit ans Licht kommen wird, und ich möchte, dass mein Name sauber bleibt.«

»Denk daran, dass du viele Menschen gerettet und die Zerstörung der Villa Nobel verhindert hast«, wiederholte Giulia.

»Aber denk vor allem daran, dass du mit den Ermittlungen betraut bist«, sagte Laura, »und dass du die Pflicht hast, den Fall zu lösen, bis er dir entzogen wird. Übrigens: Sind wir wirklich sicher, dass es nicht diese Frau war, die Boeri getötet hat?«

Gallo schüttelte den Kopf. »Natürlich kann ich es nicht schwören, aber ich habe das Gefühl, dass sie es ernst meinte. Sie gab zu, sich in der Tatnacht mit dem Anwalt bei der Villa Nobel getroffen zu haben, ebenso konnte sie problemlos zugeben, dass sie bei der Anbringung des Sprengstoffs mitgewirkt hatte, auch wenn dieser ihrer Aussage nach nur für eine Protestaktion gedacht war. Ich weiß nicht, ob wir sie jemals wieder verhören können, aber sie erklärte mir, dass sie den Anwalt Boeri treffen wollte, um ihm ihre Wut über seine Würdelosigkeit ins Gesicht zu schreien, und dass sie dies im Austausch für ihre Zusammenarbeit auch tun konnte, worüber sie nicht viel sagte, außer dass sie dabei helfen musste, den Sprengstoff in der Villa zu platzieren.«

»Die Haarnadel der Frau wurde jedoch gerade forensisch untersucht und es wurde festgestellt, dass sie mit der Wunde vereinbar ist, die den Tod des Anwalts Boeri verursachte …also so eine besondere Haarnadel, es wurden ja mehrere gefunden.«

»Ich weiß, aber ich habe das Gefühl, dass sie mir die Wahrheit gesagt hat.«

»Und was den Tod von Signora Luciana Fiorini betrifft, hat sie dir etwas gesagt?«

»Nein, wir haben nicht wirklich über sie gesprochen, aber es kann nicht Sonja gewesen sein, die sie getötet hat. Da bin ich mir sicher.«

»Warum?«, fragte Giostra.

»Weil sie zur Tatzeit in meinen Armen lag.«

»Oh mein Gott!«, rief Laura aus.

Gallo sah seine Kollegen an. »Versteht ihr jetzt, warum ich in großen Schwierigkeiten bin?«

Es herrschte einen Moment Stille, dann stand Antonio Rubbano auf und salutierte. »Commissario, das letzte Wort wird erst ganz am Ende gesprochen. Du darfst nicht aufgeben.«

Es war das Signal. Auch die anderen Teammitglieder standen auf. »Jeder von uns wird seinen Teil dazu beitragen«, sagte Laura für alle, »und du weißt, dass du auf uns zählen kannst!«

Gallo sah der Reihe nach in die Augen seiner Teammitglieder. Sie standen kerzengerade und sahen ihn offen und ohne mit der Wimper zu zucken an. Zwar hielt nur Rubbano immer noch seine Hand an die Stirn, aber Gallo wusste aus ihren Blicken, dass alle anderen ebenfalls salutierten und ihm damit die Treue schworen.

44. KAPITEL

Sanremo, 24. Juni

Als auch Benzina das Büro verlassen hatte, trat Tomas ans Fenster. Er konzentrierte sich einen Moment lang auf die Piazza Colombo und den geschäftigen Verkehr am frühen Morgen, dann kehrte er zu seinem Schreibtisch zurück. Er hangelte den Ringordner, den er normalerweise für Notizen benutzte, zu sich und öffnete ihn auf der Seite, auf der er grob die Umrisse der Villa Nobel nachgezeichnet und die Namen derjenigen notiert hatte, die auf die eine oder andere Weise mit der Untersuchung zu tun hatten.

Er las sie einzeln vor und fügte dann den Namen von Sonja Keller, den von Annette Comas, den von Doktor Gabriel Raffaelli und den der beiden Mitarbeiter des Centre hospitalier hinzu, denen die neuesten Entdeckungen zu verdanken waren.

Als er mit dem Schreiben fertig war, kamen ihm Lauras Worte wieder in den Sinn, als sie ihn ein paar Tage zuvor darauf hingewiesen hatte, dass sich der Mörder inmitten dieses Dickichts aus den vielen Identitäten um den Fall verstecken könnte. Ja, hatte er gesagt, dass könnte sein, und jetzt dachte Gallo mehr denn je, dass seine Kollegin recht hatte.

Er nahm den Parker-Kuli aus der Knopfleiste seines Shirts und begann, die vagen Umrisse der Villa zu zeichnen: Er begradigte eine Wand, zeichnete einen besseren Umriss eines Turms, fügte einige Fenster hinzu, bis er plötzlich wieder und wieder auf die darauf geschriebenen Namen starrte. Als er das Blatt in seine Finger nahm, verspürte er ein seltsames Unbehagen. Es war das Gefühl eines Fehlers, einer Inkonsistenz, von etwas, das nicht zum Rest passte.

Er fragte sich, woher dieses Gefühl kam, aber er konnte es nicht herausfinden. Dennoch war er sich sicher, dass es sich um ein falsches Detail handelte, das nicht mit dem Rest übereinstimmte. Es war ein Puzzleteil, das nicht ins Bild passte. Das war es, ein Puzzleteil, eine Information, die im Widerspruch zu allen übrigen Informationen stand, die seit dem Tag, an dem die Leiche des Anwalts Boeri im Park der Villa Nobel gefunden wurde, gesammelt worden waren. Etwas, was in der Kette der Indizien wie ein vor sich hin taumelnder schwebender Luftballon war.

Es war keine der neueren Informationen, es war eher ein Gefühl, das man mit der Information verknüpfte, weil das, was man als Information bekam, eine tief abgespeicherte Emotion im eigenen Unterbewusstsein gestreift und so eine Assoziation ausgelöst hatte, die das Bewusstsein nicht benennen kann. Wenn er es hätte erklären müssen, hätte er es damit verglichen, dass man zufällig ein Lied hörte, das man sehr gut kannte und sich nicht an den Namen des Sängers oder der Gruppe erinnern konnte. Ja … das Gefühl war genau das: ein Name, der da ist, auf der Zungenspitze, und nicht ausgesprochen werden will.

»Ich muss mich entspannen«, sagte er sich. »Ich muss eine Verschnaufpause einlegen. Und tief in mich reinhören.«

In der aufgewühlten Nacht nach Sonjas Selbstmordversuch hatte er kein Auge zugetan und fühlte sich nun erschöpft und verunsichert.

Er ging wieder zum Fenster. Er schaute hinaus, und als sein Blick auf dem Platz ruhte, verstand er, was er brauchte: Er musste etwas frische, saubere Luft atmen.

Er verließ das Büro und ging den Korridor entlang zur Telefonzentrale. Er näherte sich Lauras Station.

»Ich gehe kurz raus«, sagte er und legte beide Hände auf ihren Schreibtisch. »In der Zwischenzeit könnte es sein, dass Bevilacqua nach mir sucht. Ich habe dir gerade erklärt, warum ich mit ihm sprechen möchte, aber du machst mir einfach einen Termin, okay?«

»Also gut, jetzt geh einen Spaziergang machen. Du brauchst es.«

»Ja, vielleicht.«

»Tomas …«, sagte Laura, kurz bevor er ging, »wir sind alle an deiner Seite, verstehst du das? Jeder von uns wird sein Möglichstes tun, um dir zu helfen, du kannst auf uns zählen.«

Gallo nickte und ging dann zur Treppe. Er ging ins Erdgeschoss und sobald er die Kolonnade mit Blick auf die Piazza Colombo erreicht hatte, nahm er die Via Palazzo, ließ sich von der schlendernden Menge umhüllen, ging genauso beliebig wie alle um ihn herum auf ein imaginäres Ziel zu.

Ungeachtet dessen, wer um ihn herum die Straße woher und wohin entlangkam, erreichte er gedankenverloren nach kurzer Zeit einen Bogen, passierte ihn und begann ein Stück weiter die Gassen hinaufzusteigen. Sich im Labyrinth der Altstadt zu verlieren, hatte ihm schon immer Freude bereitet. Manchmal hatte er das Gefühl, dass die engen Gassen in ihm die gleiche Freiheit hervorriefen wie jedes Mal, wenn er von den Anlegeplätzen der Fischerboote losgemacht und in See gestochen war. Hier herrschte ein uraltes, teilnahmsloses Atmen der Treppen, Bögen und sich aneinander krallenden, alten Gebäude, dort, auf dem Meer, erwartete ihn die Ruhe und Gleichgültigkeit, die nur die Unermesslichkeit des Meeres vermitteln kann.

Er ging eine gute Viertelstunde, bis er sich in der Nähe der *Locanda dal Mortaio* befand. Anhand der entlang der Wände der Gasse aufgestellten Tische und der rot-weiß karierten Tischdecken konnte man den Ort schon von Weitem erkennen. Er ging und setzte sich an den schattigen Tisch, den kleinsten von allen, an dem offenbar nur eine Person sitzen konnte.

Es vergingen ein paar Minuten, dann kam die Wirtin nach draußen. »Hallo, Commissario.«

»Hallo, Barbara.«

»Für das Mittagessen ist es noch etwas früh, aber wenn du möchtest, kann ich dir etwas zum Knabbern bringen.«

»Das Einzige, was ich brauche, ist diese Kräuterlimonade. Wie nennt ihr die hier?«

»Spuma. Alles klar, ich schicke dir gleich Annina. Sie wird dir eine Spuma bringen.«

Sie hielt einen Moment inne, bevor sie in den Raum zurückkehrte. Sie drehte sich zu ihm um. »Möchtest du nicht ein paar Knabbereien? Ich habe gerade die Brotfladen gebacken. Sie sind noch warm.«

Tomas schüttelte nachdenklich den Kopf und nickte dann. »Also gut, Focaccia. Gerne.«

Er las gerade den in ligurischem Dialekt geschriebenen Hinweis auf der Tafel neben dem Eingang: »Poche careghe« oder »wenige Stühle«, eine lustige Art, die Gäste auf die wenigen Plätze aufmerksam zu machen, als Annina aus dem Gasthaus auftauchte. Sie begrüßte ihn und stellte die bernsteinfarbene Spuma vor ihn hin. Die in einem kleinen Korb arrangierten Focaccie waren üppig bemessen und unterschiedlichster Art: mit Rosmarin, mit Zwiebeln, mit Tomaten und natürlich gab es die klassische ligurische Focaccia, die einfachste von allen, golden und duftend, mit nativem Olivenöl Extra Vergine und knusprigen Meersalzflocken auf der Oberfläche.

Zusammengenommen waren die Focacciastreifen mehr als ein ordentlicher Snack, eher schon eine ganz Mahlzeit, aber Gallo beschwerte sich nicht. Wegen der Aufregung in der Nacht hatte er an diesem Morgen kaum gefrühstückt und spürte nach dem ersten Bissen, dass er einen Heißhunger hatte. Mehr als nur Appetit. Er nahm seinen zweiten Bissen und kaute andächtig, als zwei Damen mittleren Alters an dem Gasthaus vorbeikamen. Aus der Art und Weise, wie sie sich umsahen, aus den Selfies und aus den ständigen gegenseitigen Hinweisen war klar, dass es sich um zwei Touristinnen handelte, die hergekommen waren, um die »Pigna di Sanremo« zu besichtigen. Er fragte sich, welcher Nationalität sie angehörten, aber egal wie laut sie sprachen, er konnte es nicht verstehen, und auch ein paar Minuten später, als ihre Begleiter zu ihnen stießen, konnte er nicht ausmachen, woher sie kamen. Auch sie sagten etwas, machten ein paar Fotos, zeigten auf die Speisekarte und andere Plakate an den Wänden, dann verschwanden alle vier in den schattigen, steilen Gassen.

Er aß weiter, aber obwohl die Focaccie köstlich waren, konnte er den Kopf nicht von den Ereignissen des Vorabends freibekommen. Er war sich bewusst, dass er einen Fehler gemacht hatte, und fand es richtig, dies vor seinem Team zuzugeben, konnte jedoch nicht vorhersagen, welche Auswirkungen die jüngsten Ereignisse haben würden.

Von allen möglichen Hypothesen wäre eine selbstgerechte Einmischung seiner Mutter die absolut schlimmste gewesen. Noch schlimmer als eine mögliche Amtsenthebung. Gräfin Letizia Galimberti della Casa war, obwohl sie fast 80 war und seit einiger Zeit keine gesellschaftlichen Kontakte mehr pflegte, immer noch recht einflussreich. Und wenn sie erfahren hätte, was mit ihm geschehen war, hätte sie versucht, die Dinge auf ihre Art wieder in Ordnung zu bringen. Für sie wäre es nicht schwer gewesen: Ein Anruf beim richtigen Gesprächspartner hätte gereicht. Sie hatte dieses Talent des Strippenziehens nicht verloren. Aber er hätte dem nie zugestimmt. Um der Gerechtigkeit willen hatte er sich entschieden, Polizist zu werden, und genau dieses Gefühl der Rechtschaffenheit schloss es von vorneherein aus, die Hilfe seiner Mutter anzunehmen.

Plötzlich kam Barbara zusammen mit Annina aus dem wie ein Wohnzimmer wirkenden Lokal. Eine entfernte die verblühten Blumen und trockenen Blätter aus den Vasen und die andere bewässerte mit einer kleinen Gießkanne alle Pflanzen, auch diejenigen, die wahllos und wie zufällig in den Ecken und an den Wänden der Gasse nebeneinanderstanden und trotzdem so schienen, als sei es ein sorgfältig arrangiertes Gesamtbild.

Gallo hörte geistesabwesend zu, was sie sagten. Jetzt diskutierten sie über eine auf einem Streamingkanal laufende Filmserie, dann drehte sich das Gespräch ohne ersichtlichen Grund um die Hochzeit wer weiß welcher Freundin von Annina. Das Mädchen erklärte ihr, wie sie sich kleiden würde, und erzählte plötzlich von ihrem Freund, der sich zu diesem Anlass einen schönen blauen Anzug gekauft hatte.

Ein blauer Anzug … Die anderen Worte kamen und gingen zwischen den Wänden des Caruggios, um sich in der Leere zu verlieren, wie es jedes Mal passiert, wenn man das Gefühl hat, von Gesprächen umgeben zu sein, die uns egal sind, aber die Erwähnung des blauen Anzugs schuf einen Sog in Gallos Geist, der sich exponentiell schneller drehte.

Ein blauer Anzug …

Tomas dachte noch einmal darüber nach, als Barbara und Annina nun gegangen waren, um die letzten Tische am Ende der Gasse in Ordnung zu bringen, und plötzlich verglich er die Worte mit dem Gefühl, das er kurz zuvor im Polizeirevier hatte, als er dort gesessen war. Er saß an seinem Schreibtisch, beugte sich über die Seite seines Notizbuchs, auf die er seine Notizen gekritzelt hatte, und konnte nicht herausfinden, welches Detail nicht mit dem Rest der Geschichte übereinstimmte.

Ein blauer Anzug!

Jetzt wusste er, was ihn getäuscht hatte und wovon er sich hatte verwirren lassen. Jetzt wusste er, woran er sich nicht erinnern konnte.

»Der Anzug! Wieso bin ich nicht darauf gekommen?«

Er sagte es laut, leerte dann sein Glas in einem Zug und rannte zu Barbara. Er nestelte einen zerknüllten Zehn-Euro-Schein aus seiner Jeans und drückte ihn ihr in die Hand. Sie sah ihn erstaunt an. Sie hatte sich schon vorhin gewundert, als sie ihn mitten am Vormittag und noch dazu allein ankommen sah, aber jetzt kam Gallo ihr noch geisterhafter vor, denn die Müdigkeit, die man bis vor wenigen Augenblicken noch in seinem Gesicht gesehen hatte, war plötzlich verschwunden. Seine Gesten waren aufgeregt, ihm schien der Teufel auf den Fersen zu sein.

Sie sah ihm in die Augen. Sie wollte ihn gerade fragen, was los sei, doch dann hielt sie inne. »Jetzt bringe ich dir schnell das Wechselgeld«, sagte sie einfach.

»NEIN! Lass sein! Die Focaccie waren sehr gut!« Und er stürmte die Gasse hinunter, mit der gleichen Hast wie am Abend zuvor, als er zu Sonjas Haus gelaufen war. Innerhalb weniger Minuten befand er sich in der Via Palazzo inmitten der Touristen, die sich vor den Schaufenstern drängten, und erreichte wenig später die Polizeistation. Er rannte die Treppe hinauf, öffnete die Sicherheitsschleusen und lief durch den Gang. Er blieb erst vor Lauras Tresen stehen. Sie saß auf ihrem Platz und nahm gerade einen Anruf entgegen, aber als sie ihn sah, wusste sie, dass etwas passiert war, und unterbrach den Anruf so schnell wie möglich. Sie beendete das Gespräch und sah ihn dann genauso an, wie Barbara ihn ein paar Minuten zuvor angeschaut hatte.

»Was ist passiert, Thomas?«

»Wo ist Giostra?«

»Giostra?«

»Ja, wo ist er?«

»Er ist mit Antonio in das große Zimmer unten gegangen, er hilft ihm mit den vielen Ordnern. Soll ich ihn auf seinem Handy anrufen?«

»Nein, ich gehe!«, rief er und stürzte die steile Treppe hinunter.

45. KAPITEL

Ventimiglia 7. Mai 2021

Sie hatten beide Trofie al pesto bestellt. Wahrscheinlich das berühmteste Gericht der ligurischen Küche, sicherlich das einfachste. Sie hatten mit gutem Appetit gegessen, fast ohne zu sprechen, dann hatte er die Gabel weggelegt und sie gefragt, ob sie noch in Annettes Haus wohne.

»Ja«, antwortete Sonja, »Annettes Cousine war gut zu mir, ich kann in Sainte Agnès bleiben, bis ich eine neue Wohnung gefunden habe, sie wollte mir sogar den Renault 4 schenken, aber ich wollte nicht, und zwar nicht, weil er alt und kaputt ist.«

»Du wirst wirklich nichts von deiner Partnerin vererbt bekommen? Schließlich lebtet ihr schon seit Langem zusammen.«

Sie stieß einen Seufzer aus. »In letzter Zeit wollte Annette, die sehr wohl wusste, wie und vor allem wie schnell ihre Krankheit enden würde, mir das Haus überlassen. Sie wollte das um jeden Preis machen und versuchte mehrmals, mich zu überreden, aber am Ende war sie gezwungen, es aufzugeben, weil sie genau wusste, dass ich es niemals akzeptieren würde.«

»Sie hat dich sehr geliebt.«

»Ja, wir haben uns geliebt.«

»Glaubst du wirklich, dass Annette wegen Rechtsanwalt Boeri Selbstmord begangen hat?«

»Ich bin mir dessen sicher.«

»Wie kannst du so sicher sein?«

»Ich weiß es einfach.«

Er schüttelte den Kopf. »Die Wahrheit ist, dass du fast nichts über sie weißt. Du denkst, dieser Mann ist einfach nur ein verdorbener Mensch und ein Sexbesessener, aber das ist nicht alles, was es zu wissen gibt. Da ist mehr, glaub mir, da ist viel mehr.«

»Was könnte schlimmer sein als jemand, der eine Frau in Not ausnutzt?«

»Hat deine Freundin dir den Grund erklärt, warum sie jeden Monat eine Rente kassiert?«

»Natürlich. Die Rente stammte aus einem anderen, geheimen Vermächtnis von Alfred Nobel, das er vor vielen Jahren für die Familien der in seinen Fabriken umgekommenen Menschen eingerichtet hatte.«

»Nun, dann solltest du wissen, dass Boeri nicht nur verdorben, sondern vor allem ein korrupter Mann war, der es gewohnt war, sich das Geld anderer Leute anzueignen. Aus dem Fonds, den er verwalten sollte, hat er seit Jahren Geld für sich selbst abgezweigt. Um das klarzustellen, versichere ich dir, dass das für deine Freundin vorgesehene Rentenkonto nicht zum Jahresende geschlossen wurde und auch jetzt, da sie verstorben ist, nicht geschlossen werden wird. Das Geld fließt auch jetzt noch in die Taschen des Anwalts.«

»Woher weißt du das?«

»Ich weiß viele Dinge.«

Er sprach ruhig, und es war sein Phlegma, das Sonja davon überzeugte, dass er die Wahrheit sagte. Die Art, wie er sprach, verriet, dass er viel mehr wusste, als er zugeben wollte.

Als der Kellner kam, um den zweiten Gang zu servieren, sah er zu ihr auf. »Was nun?«, fragte er sie. »Was ist dir sonst noch von deiner Gefährtin geblieben?«

»Mir bleiben so viele schöne Momente, mir bleibt die Liebe, die wir füreinander hatten, und mir bleibt die Wut darüber, wie alles geendet hat. Alle Schmerzen sind dazu bestimmt zu enden«, sagte sie und wiederholte zum x-ten Mal die Worte ihres Vaters, »aber ich weiß nicht, wann das sein wird.«

»Was möchtest du in der Zwischenzeit machen?«

Sie schüttelte den Kopf. »Ich verstehe nicht, was du meinst …«

»Ich frage dich, was du dir für dich selbst wünschst, jetzt, in diesem Moment.«

»Gerechtigkeit: Das ist es, was ich möchte. Jahrelang habe ich für andere gekämpft, und jetzt möchte ich ein wenig für mich selbst.«

»Gerechtigkeit gehört nicht in diese Welt. Viele Jahre des Kampfes sollten dich das gelehrt haben.«

»Ich weiß, dass du recht hast, aber ich bräuchte nur fünf Minuten, um Rechtsanwalt Boeri persönlich zu treffen.«

»Wenn du die Chance hättest, ihn zu treffen, was würde passieren?«

Sie sah ihn verwirrt an. »Ich habe nicht die Absicht, ihm etwas anzutun, falls du das denkst. Du kennst mich, und du weißt, dass ich Gewalt verabscheue, aber ich würde ihm seine Bosheit gerne ins Gesicht schreien.«

»Du würdest ihm seine Bosheit ins Gesicht schreien«, sagte der Mann und betonte das letzte Wort mit einem Grinsen. »Das war's?«

»Ja, das ist alles.«

»In diesem Fall … wäre es machbar, weißt du? Vielleicht ist es einfacher, als du denkst.«

»Du meinst, ich könnte ihn treffen?«

»Wäre das eine Herzensangelegenheit für dich?«

»Natürlich würde es mir sehr am Herzen liegen.«

Ein paar Minuten vergingen. Als die Teller wieder leer waren, kam der Kellner und schlug die Dessertkarte vor ihnen auf. Beide entschieden sich für einen Himbeer-Semifreddo. Bevor der junge Kellner zurückkam, um sie zu bedienen, fragte der Mann Sonja, ob ihr die Ideale der Vergangenheit noch etwas bedeuteten. Ob sie sich immer noch nach einer Zukunft ohne Kriege sehne. Sie bejahte: Vieles habe sich verändert, sie sei wahrscheinlich nicht mehr dieselbe wie als Mädchen, aber ihr Herz schlage immer noch für eine bessere Welt.

»In diesem Fall gibt es eine Möglichkeit für dich. Ich bitte dich nur um ein wenig Hilfe, im Gegenzug verspreche ich dir, dass du Rechtsanwalt Boeri treffen wirst.«

Sie war beeindruckt von der Art, wie der Mann diese Worte aussprach, und von dem verruchten Grinsen, mit dem er den Satz am Ende betonte. Sie lehnte sich in ihrem Stuhl zurück und blickte auf das Parfait, das gerade serviert worden war.

Plötzlich legte er seine Hand auf ihre. »Es wird einfach sein, viel einfacher, als du vielleicht denkst, und gemeinsam werden wir etwas Großartiges tun, das noch lange nachwirken wird.«

»Eine große Sache?«

»Ja, etwas, das viel Lärm machen wird. Du wirst auch etwas Geld dafür bekommen.«

»Ich will kein Geld. Ich will nur diesen Verbrecher treffen und ihm sagen, was ich von ihm halte.«

»Du wirst ihn kennenlernen, das verspreche ich. Natürlich muss ich alles organisieren und es wird einige Zeit dauern. Einen Monat, vielleicht mehr. Ich werde nach dir suchen, wenn es so weit ist. Das nächste Mal treffen wir uns in Sanremo, damit es für dich einfacher ist. Einverstanden?«

Sonja versenkte ihren Löffel in den Eisbecher. »In Ordnung«, sagte sie, bevor sie den Löffel an ihre Lippen führte. Sie sprach wieder, als die Himbeersahne an ihrem Gaumen schmolz. »Wirst du wirklich nach mir suchen?«

»Ja, und ich werde dich finden. Ich werde mich um alles kümmern. Mach dir keine Sorgen!«

46. KAPITEL

Sanremo, 24. Juni

Die Feuertür, die von der starken Feder zugehalten wurde, schlug heftig gegen den Türrahmen, aber Gallo beachtete das Geräusch nicht und rannte den Korridor entlang. Er erreichte die Öffnung, die in den großen Raum führte, und schaute hinein. Sofort sah er Rubbano über einen Aktenordner gebeugt. Er saß an dem einzigen Schreibtisch, den es gab und der von allen benutzt wurde, die das Archiv konsultieren mussten. Er prüfte eine der Tausenden von Beschwerden und Anzeigen, die bei der Polizei in den letzten Jahren eingereicht wurden, oder, was noch viel umfangreicher war, eines der zahllosen Protokolle, die im Laufe der Jahre erstellt wurden.

Er war so konzentriert, dass er Gallo nicht bemerkte. Er blickte erst auf, als er die Anwesenheit des Commissarios spürte, der praktisch schon an seinem Stuhl stand. Er drehte sich um.

»Tomas … bist du auch hierher abgetaucht?«

»Wo ist Giostra? Laura hat mir gesagt, dass er bei dir ist.«

»Ja, ich habe ihn um Hilfe gebeten. Er klettert die Leitern hoch und runter. Er ist jung, und auf dem obersten Regal liegen Aktenordner, die wir nicht übersehen dürfen.«

»Ich brauche ihn. Weißt du, wo ich ihn finden kann?«

Antonio stand auf. »Er muss dort drüben sein«, sagte er und deutete auf die Regale auf der gegenüberliegenden Seite des Archivs. »Auf dieser Seite befinden sich die Protokolle von 2003 bis 2005. Letzten Dezember, als ich etwas Zeit hatte, habe ich einen Index erstellt, damit ich schneller suchen kann, und jetzt sollten wir diese Jahre schneller durchsehen können. Claudio sucht nach den spezifischen Ordnern, die mich interessieren.«

Bei einer anderen Gelegenheit hätte Gallo ihm ein Kompliment gemacht, aber in diesem Moment hatte er es teuflisch eilig und lief zu dem Regal, das Rubbano ihm gezeigt hatte. Inzwischen war Giostra die Leiter herabgestiegen, den einen Arm voller verstaubter Ordner. Sie trafen sich auf halbem Weg.

»Hallo, Tomas, bist du gekommen, um zu sehen, was wir machen?«

»Ich brauche dich.«

»Ich helfe Rubbano, aber ich kann jederzeit unterbrechen, was soll ich tun?«

»Erinnerst du dich, als wir in das Büro von Rechtsanwalt Boeri gingen, um mit seinem Mitarbeiter zu sprechen?«

»Klar, das war vor zwei Tagen.«

»Du hattest ein Notizbuch. Ich habe gesehen, wie du dir Notizen gemacht hast.«

»Ich habe ein paar Antworten notiert. Stimmt.«

»Hast du das Notizbuch noch?«

»Natürlich.«

»Dann lass uns jetzt nach oben gehen, ich muss es sehen.«

Dann wandte er sich an Rubbano. »Entschuldige, Antonio, das ist eine dringende Angelegenheit. Claudio muss kurz mit mir kommen.«

Er wollte gerade gehen, als Giostra ihn mit der Hand aufhielt. »Warte, Tomas, wenn du nur das Notizbuch sehen willst, brauchst du nicht nach oben zu gehen. Ich habe es mitgebracht, für den Fall, dass ich mir etwas notieren muss.«

»Wo ist es?«

»Ich habe es hiergelassen«, antwortete er und zeigte auf den Schreibtisch, an dem Rubbano arbeitete.

Er schob einige Ordner beiseite, drehte Akten um und schichtete Stapel von Papieren um. Antonio half ihm bei der Suche, und schließlich kam das Notizbuch zum Vorschein. Ein kleines Taschenbuch, mit einem Gummiband, das die Seiten an Ort und Stelle hielt, einem kleinen Lesezeichen aus Stoff und einem wunderschönen Sternenhimmel auf dem Einband, ein Werk von Van Gogh.

»Hier ist es«, sagte er, löste das Gummiband und suchte die Seiten, auf denen er seine letzten Notizen geschrieben hatte.

»Was wollen wir wissen?«

»Wir hatten Martini einmal etwas über die Stimmung des Anwalts am Abend des Mordes gefragt.«

»Ja, ich erinnere mich genau an die Antwort: Er habe nichts anderes bemerkt als sonst, dann bat ich ihn, mir zu sagen, was bei der Verabschiedung passiert sei, und er antwortete, er habe das Büro einige Minuten nach Boeri verlassen.«

»Können wir die Notizen nachlesen?«

»Natürlich«, sagte Giostra, während er sich auf sein Notizbuch konzentrierte. »Hier ... hier habe ich geschrieben ... *Handy*. Ja, jetzt erinnere ich mich: Der Anwalt wollte ein neues Handy kaufen und er hatte mit seinem Kollegen darüber gesprochen, dann habe ich *E-Mail* geschrieben. Warum habe ich das aufgeschrieben? Ach ja! Ich habe es geschrieben, weil der Mitarbeiter des Anwalts eine E-Mail schreiben musste, deshalb war er nach Büroschluss noch im Büro vorbeigekommen und als Letzter gegangen.«

»Und was dann? Ist das alles, was du aufgeschrieben hast?«

»Nein, da steht noch etwas. Diesmal habe ich Martinis Antwort vollständig aufgeschrieben: *Der Anwalt war gut gelaunt. Ich sehe ihn noch in seinem blauen Anzug gehen, dem schönsten, den er hatte. Ich konnte es immer noch nicht fassen ...*«

»Das reicht! Genug!«, rief Gallo aus. »Laut Martini trug der Anwalt einen blauen Anzug, den schönsten, den er besaß, und Frau Fiorini fügte einige Stunden nach der Tat, nachdem sie mir erklärt hatte, dass ihr Mann am Abend zuvor nach Hause gekommen war, um sich umzuziehen, hinzu, dass sie sicher war, dass er ein galantes Treffen haben würde, weil er einen bestimmten Anzug angezogen hatte. Ich erinnere mich genau an die Worte: *»Er hatte den blauen Anzug angezogen, den elegantesten, den er besaß, ein Zeichen dafür, dass er ein galantes Rendezvous hatte«*, aber nach ihren Worten hatte er den Anzug erst angezogen, nachdem er sich zu Hause umgezogen hatte. Versteht ihr, was das bedeutet?«

Beide Kollegen starrten ihn verwirrt an.

»Das ist doch ganz einfach! Beide sprechen von demselben Anzug. Enrico Martini hat den Anwalt Boeri nicht in dem blauen Anzug gesehen, als er die Arbeit verließ, sondern er sah ihn später, nachdem er zu Hause war und sich umgezogen hatte. Ich könnte jetzt schwören, dass er ihn in der Villa Nobel gesehen hat.«

»Stimmt!«, sagte Giostra, der die ganze Zeit über die Seite seines Notizbuches gebeugt gewesen war. »Die Tatsache, dass sie sich beide auf das eleganteste Jackett bezogen und dass die Farbe bei beiden blau war, lässt keinen Zweifel zu. Enrico Martini sah den Anwalt, nachdem er zu Hause war, um sich umzuziehen, also unmittelbar vor dem Verbrechen.«

Plötzlich hob Rubbano abrupt den Kopf. »Enrico Martini, sagt ihr, ist der Name des Mitarbeiters von Rechtsanwalt Boeri?«

»Ja«, antworteten Gallo und Giostra gemeinsam.

»Wie seltsam! Gerade heute Morgen habe ich diesen Namen gelesen.«

»Wo hast du das gelesen?«, fragte Gallo.

»Commissario, erinnerst du dich daran, dass du mich gebeten hast, die Beschwerden und Berichte zu prüfen, die in den Tagen vor dem Verbrechen in der Villa Nobel eingereicht wurden?«

»Ja, klar. Hast du was gefunden?«

»Ich habe euch unter anderem erzählt, dass am nächsten Morgen ein Fahrrad auf dem Radweg in der Nähe von Riva Ligure gefunden wurde. Ihr werdet es nicht glauben, aber dieses Fahrrad gehört tatsächlich Enrico Martini. Ich weiß das, weil ich vor einiger Zeit eine Anzeige wegen Diebstahls gelesen habe, die vor einigen Jahren, genauer gesagt am 17. Oktober 2017, erstattet wurde, und es war genau er, der Mitarbeiter des Anwalts Boeri, der die Anzeige erstattet hatte.«

»Willst du mir sagen, dass das Fahrrad, das am Radweg gefunden wurde, Martini gehört?«

»Das stimmt, dieselbe gelbe Farbe, dasselbe Modell und natürlich dieselbe Fahrgestellnummer. Wenn du willst, können wir das überprüfen, aber ich erinnere mich auswendig an alle Details und bin sicher, dass ich nicht falschliege. Er hat es kurz vor Weihnachten in desolatem Zustand wiederbekommen und anscheinend wieder reparieren lassen.«

»Das musst du nicht überprüfen«, sagte der Kommissar. »Ich vertraue deinem phänomenalen Gedächtnis.«

»Und außerdem«, sagte Antonio Rubbano, »selbst wenn wir die Rahmennummer nicht genau wüssten, versichere ich euch, dass es nur sehr wenige Fahrräder wie dieses gibt.«

»Jetzt fügt sich alles zusammen«, murmelte Gallo. »Sonja erwähnte jemanden, der ihr Treffen mit dem Anwalt arrangiert hatte. Enrico Martini war ein Freund von Boeri und hätte kein Problem gehabt, sie zusammenzubringen, und das Detail des Fahrrads könnte das Puzzle vervollständigen. Ich bin überzeugt, dass wir auf der Strecke von Sanremo zur Villa Nobel in den Minuten vor dem Verbrechen Bilder von Martini auf seinem gelben Fahrrad finden werden, und dass wir ab 22 Uhr auf der Strecke von der Villa nach Riva Ligure Bilder von Sonja auf demselben Fahrrad finden werden. Enrico hatte es ihr gegeben, damit sie nach Hause zurückkehren konnte, und die Abmachung war wahrscheinlich, es auf dem Radweg stehen zu lassen, in der Hoffnung, dass jemand es stiehlt.«

»Das verstehe ich nicht«, sagte Giostra verwirrt. »Wir hatten uns die Bilder bereits angesehen und nichts gefunden.«

»Wir hatten nichts gefunden, weil wir nur die Kameras rund um die Villa Nobel überprüft hatten, von denen die Hälfte außer Betrieb war.«

Dann wandte sich Gallo an Rubbano. »Vergiss die Aktenordner und geh die Treppe hinauf. Bleib bei deinem Computer und grab alles aus, was du über Enrico Martini finden kannst. Alles, was wir über ihn wissen, ist, dass er als Privatdetektiv gearbeitet hat und später von dem Anwalt Boeri angeheuert wurde, aber ich habe das Gefühl, dass wir noch mehr herausfinden werden.«

»Sicher, ich mach mich sofort dran.«

Unmittelbar danach wandte er sich an Claudio Giostra. »Und du rufst bei der Stadtverwaltung an und bittest um alle Bilder, die am Abend des Verbrechens in der Villa Nobel von den Kameras entlang des Radwegs zwischen Sanremo über Arma di Taggia und bis Riva Ligure aufgenommen wurden. Auch hier habe ich den Eindruck, dass wir etwas Interessantes finden werden.«

47. KAPITEL

Sanremo, 24. Juni

Nach dem zweiten Klingeln nahm er ab. Die Stimme war die von Laura. »Tomas, Bevilacqua ist am Telefon.«

»Bevilacqua …«

»Ja, er. Soll ich ihm sagen, dass du beschäftigt bist?«

»Nein, gib ihn mir, gib ihn mir jetzt gleich.«

Nach einigen Augenblicken meldete sich die Stimme des stellvertretenden Staatsanwalts. »Guten Morgen, Gallo. Ich weiß, dass Sie angerufen haben.«

»Ja, ich habe Sie gesucht, um Sie um einen Termin zu bitten.«

»Gibt es etwas Neues?«

»Ich wollte Sie eigentlich treffen, um mit Ihnen über etwas Persönliches zu sprechen.«

»Commissario, im Moment bin ich nicht an persönlichen Dingen interessiert, auf die wir am Ende dieser Geschichte sicherlich auch noch eingehen werden können. Ich konzentriere mich ausschließlich auf die Ermittlungen. Alles andere muss warten. Gibt es seit den Ereignissen von gestern Abend irgendwelche Entwicklungen?«

Gallo wartete einen Moment, bevor er antwortete. »Vielleicht haben wir dieses Mal die richtige Fährte gefunden.«

»Eine Fährte … Sie meinen eine Spur?«

»Es besteht die reale Möglichkeit, den Namen des Mannes zu benennen, der am Abend des Mordes in der Gesellschaft von Frau Keller war. Und der somit an dem Mord beteiligt war.«

»Gut! Sehr gut!«

»Natürlich brauchen wir noch etwas Zeit, um alles wasserdicht zu bekommen.«

»Verstehe, aber was auch immer passiert, ich möchte Ihnen zu dem gratulieren, was Sie bereits getan haben. Die Verhaftung hat vieles wieder in Ordnung gebracht und den Druck etwas gelockert. Die Spannungen, von denen ich Ihnen bei unserem letzten Treffen erzählt habe, sind nicht mehr so stark. Das schwedische Konsulat ist mit unseren Erklärungen zufrieden, und die Journalisten haben endlich etwas gefunden, worüber sie recherchieren und schreiben können. Im Moment sieht es so aus, als käme es doch nicht zu einem diplomatischen Vorfall zwischen Italien und Schweden. Das war meine größte Befürchtung. Vor Kurzem habe ich im Krankenhaus angerufen und von der mit der Wiederbelebung beauftragten Person gehört, dass die Prognose im Moment zurückhaltend ist; es ist nicht bekannt, ob Keller sich erholen wird und ob und wann sie in der Lage sein wird, unsere Fragen zu beantworten. Wenn sie genesen wird, wird sie auf jeden Fall ein Riesenproblem mit der Justiz bekommen. Die Anklagen wegen Mordes und versuchten Mordes sind beide sehr schwerwiegend.«

»Herr Dottore Bevilacqua, ich glaube, dass Sonja Keller mit dem Versuch, die Villa Nobel in die Luft zu sprengen, nichts zu tun hatte. Was das Verbrechen betrifft, so bin ich überzeugt, dass sie nur eine marginale Rolle gespielt hat.«

»Woher wissen Sie das?«

»Meiner Meinung nach war Frau Keller am Abend des Mordes nur dort, um Rechtsanwalt Boeri zu treffen.«

»Der jedoch getötet wurde.«

»Ich bin überzeugt, dass sie ihm das Ding nicht ins Herz gestoßen hat.«

»Ja, die Mordwaffe … Ich habe gehört, dass Sie bei der Durchsuchung des Hauses der Frau eine Haarnadel gefunden haben, die zu der Wunde passt, die den Tod von Rechtsanwalt Boeri verursacht hat. Die Tatsache, dass die Haarnadel der Frau gehörte, hat doch etwas zu bedeuten, oder nicht?«

»Es war ein ganzes Bündel solcher Haarnadeln bei ihr. Sie haben recht, aber ich möchte darauf bestehen: Meiner Meinung nach hat Frau Keller den Anwalt nicht umgebracht, wir haben, wie gesagt, bei ihr eine ganze Reihe ähnlicher Haarnadeln gefunden. Die Mordwaffe war allem Anschien nach nicht darunter. Und wenn alles so läuft, wie ich hoffe, werde ich in Kürze einen Haftbefehl für den Mann beantragen, der zum Zeitpunkt des Mordes bei ihr war.«

»Darf ich erfahren, über wen wir hier sprechen?«

»Im Moment ist es nur ein Verdacht. Ich möchte erst sicher sein, um mein Team nicht in die Nesseln zu setzen. Ich möchte keinen unschuldigen Mann mit Dreck bewerfen.«

»Commissario, ist Ihnen bewusst, dass Sie verpflichtet sind, mich ständig über die Ermittlungen auf dem Laufenden zu halten?«

»Natürlich, Dottore.«

»Und? Was ist? Ich höre.«

»Wie Sie wünschen. Sagen wir mal so: Mehrere Indizien lassen mich einen Mitarbeiter des Opfers verdächtigen. Es handelt sich um Herrn Enrico Martini, der seit Langem in der Kanzlei von Rechtsanwalt Boeri tätig ist.«

»Aus welchem Grund verdächtigen Sie ihn?«

»Wegen einer blauen Jacke und einem gelben Fahrrad.«

Der Stellvertreter wartete einen Moment, bevor er antwortete. »Ich glaube, ich habe nicht richtig verstanden«, sagte er verwirrt, »aber ich vertraue Ihnen. Setzen Sie Ihre Ermittlungen fort und rufen Sie mich an, sobald es neue Erkenntnisse gibt. Ich bin rund um die Uhr erreichbar.«

»Dottore Bevilacqua…«

»Sprechen Sie …«

»Erinnern Sie sich, dass ich vorhin erwähnt habe, dass ich Sie in einer persönlichen Angelegenheit sprechen wollte?«

»Natürlich erinnere ich mich daran, aber ich wiederhole, dass dies nicht der Zeitpunkt für persönliche Angelegenheiten ist, sondern dass wir die Ermittlungen fortsetzen und zu Ende bringen müssen.«

»Also gut.«

Gallo legte den Hörer auf, als Rubbano an die Tür klopfte. Der Polizist bat um Erlaubnis und blieb auf sein Nicken hin vor dem Schreibtisch stehen. Strammstehend, wie immer.

»Wir haben alles gefunden!«, rief er aus.

»Was meinst du damit?«

»Hier bei uns ist er ein unbeschriebenes Blatt. Aber es genügte, den Namen des Mannes mit der Suchmaschine des DIGOS abzugleichen, um die Archive von Polizeibehörden auf der ganzen Welt in Aufruhr zu versetzen.«

»Du meinst, Enrico Martini ist ein bekannter Name? Martini ist aktenkundig?«

»Das kann man so sagen! Enrico Martini ist wahrscheinlich nicht sein richtiger Name, sondern einer der Tarnnamen, die er mal in der Vergangenheit benutzt hat. Möglicherweise ein Alias-Name, den er immer noch benutzt. Die Systeme haben sofort reagiert. Er ist schon seit Langem auf Fahndungslisten vermerkt. Angefangen hat er in den 1990er-Jahren, als er bei einigen gewalttätigen Demonstrationen gegen den Golfkrieg auffiel, und seitdem war er ständiges Mitglied von Organisationen des Schwarzen Blocks. Er kam immer ungeschoren davon, aber sowohl die deutsche als auch die französische Polizei verdächtigten ihn, enge Verbindungen zu einigen terroristischen Organisationen zu haben. Nach dieser ersten Periode war er als Söldner in mehreren Kriegen tätig, er kämpfte im Balkankrieg, in Tschetschenien, Afghanistan und natürlich im zweiten Golfkrieg. Offenbar ging es ihm nicht so sehr darum, die eine oder die andere Seite zu unterstützen, sondern vielmehr um die Entschädigung, die er für seine Dienste erhielt. Nach dem, was ich gelesen habe, haben wir es mit einem echten Experten für die

Herstellung von Landminen und Sprengkörpern zu tun. Dann, ab 2013, änderte er sein Leben, kehrte nach Italien zurück, ließ sich in Turin nieder und begann eine Karriere als Privatdetektiv unter dem Namen Enrico Martini. Anschließend wurde er von Rechtsanwalt Boeri aufgrund einer Anzeige eingestellt und ist seither nicht mehr aus Sanremo weggegangen. Sein gewöhnlicher Wohnsitz befindet sich in Sichtweite der Anwaltskanzlei. Er musste also nicht weit laufen, um in die Kanzlei zu gelangen.«

»Wow, ein beachtlicher Lebenslauf!«

»Ich würde sagen, ja. Sehr beachtlich. Vor allem, wie es ihm gelungen ist, unter dem Radar der Behörden zu bleiben und sich durch die Kanzlei von Boeri eine wasserdichte Tarnung zu verschaffen. Niemand legt sich mit einer renommierten Anwaltskanzlei an.«

»Du sagtest mir, er sei ein Experte für Sprengstoffe. Sein Profil passt perfekt zu dem Mann, der versucht hat, die Villa Nobel in die Luft zu sprengen und sowohl Herrn als auch Frau Boeri zu töten.«

»Das Seltsame ist ja gerade, dass er bei einer solchen Karriere noch nie verhaftet wurde. Er war der Polizei in halb Europa bekannt, aber es scheint, dass er nur ein einziges Mal verhaftet wurde, und zwar im Susatal, wo er bei einer NO TAV-Kundgebung angehalten wurde. Stell dir das vor … Er kämpfte in der ganzen Welt, bereitete wahrscheinlich Bomben vor, die Hunderte von Menschen töteten, und wurde bei einer Demonstration gegen die fatalen Umweltschäden durch die Sprengung von Trassen für Hochgeschwindigkeitszüge verhaftet.«

»Einen Moment. Sagtest du, er sei verhaftet worden?«

»Ja, im August 2012, nach einer Demonstration, die er durch das Werfen von Knalltüten unterstützt hatte.«

»Das ändert alles! Wenn er verhaftet worden ist, muss es irgendwo Fingerabdrücke geben.«

Antonio neigte den Kopf. »Darüber habe ich noch nicht nachgedacht. Aber ja, die müsste es geben.«

»Wo, sagst du, wurde er verhaftet?«

»In Val di Susa, bei einem Kommando der Bahnpolizei.«

»Ruf bitte sofort dort an. Besorg dir die Fingerabdrücke und alarmier die Spurensicherung. Wir müssen sie mit denen auf der gefälschten Dynamitstange vergleichen, und zwar sofort. Vielleicht haben wir es mit einem gefährlichen Terroristen zu tun.«

Antonio wollte gehen, blieb dann aber einen Schritt vor der Tür stehen. »Tomas, es gibt noch etwas, was ich dir sagen muss.«

»Und zwar?«

»Unten sind ein paar Journalisten. Sie wollen wissen, was gestern Abend in Riva Ligure passiert ist. Vor einer Weile ist Inspektor Viale nach unten gegangen. Er hat sie beruhigt, indem er sagte, dass der stellvertretende Staatsanwalt bald eine Pressekonferenz einberufen wird, aber sie wollen dich trotzdem sehen, Commissario.«

48. KAPITEL

Sanremo, 24. Juni

Der Eingang zur Polizeiwache war ständig von einem Beamten besetzt. Es war eine der unangenehmsten Pflichten des Polizeidienstes, die man haben konnte, denn allein in einer kugelsicheren Glaslobby zu sitzen, gefiel niemandem, aber von Zeit zu Zeit kam ein Kollege auf ein Gespräch vorbei, und dann verging die Zeit etwas schneller. An diesem Tag war Wachtmeister Marvaldi, der von der Kaserne der Polizia di Stato abgestellt worden war, an der Reihe, ein großer Kerl in den 20ern, der erst seit ein paar Monaten auf der Polizeiwache arbeitete. Als er Gallo die Treppe herunterkommen sah, ging er ihm entgegen.

»Guten Morgen, Herr Kommissar!«, dann winkte er zur Tür. »Sind Sie wegen der Journalisten gekommen?«

»Ja, Antonio hat mir gesagt, dass sie nach mir suchen.«

»Der Inspektor ist schon vor einiger Zeit gekommen, hat versucht, mit ihnen zu reden, aber sie wollen mit Ihnen sprechen, Commissario. Es gibt ein paar, die sagen, sie kennen Sie persönlich, und einen anderen aus der Gruppe habe ich zufällig im Lokalfernsehen gesehen.«

»Danke, Marvaldi, ich werde mal hören, was sie wollen.«

Er schaute hinaus. Ein paar Schritte von der Tür entfernt standen ein Dutzend Personen, darunter Reporter und Kameraleute, sowie eine ganze Reihe von Schaulustigen. Die Logos der Kameras wiesen auf die meisten lokalen Fernsehsender hin, und auf den Mikrofonen waren die Marken und Symbole fast aller Print- und Online-Zeitungen und Videoblogs zu sehen, die in Westligurien tätig waren und auch die Artikel und Beiträge für die nationalen Ausgaben lieferten.

Er hatte kaum Zeit zu sagen, dass die offiziellen Erklärungen bis zur einberufenen ordentlichen Pressekonferenz warten müssten, als er schon von Fragen überhäuft wurde.

»Commissario, was ist gestern Abend in Riva Ligure passiert?«

»Hat Keller den Anwalt Boeri getötet?«

»Was hat Nobel damit zu tun?«

»Stimmt es, dass es einen Protest des schwedischen Botschafters gab?«

»Wird Sanremo zu einer gewalttätigen Stadt mit Mord und Totschlag?«

Gallo versuchte, die Gemüter zu beruhigen, aber da er einige von ihnen kannte, gab er einige Antworten, obwohl von allen Seiten immer weitere provozierende Fragen auf ihn einprasselten. Er bestätigte, dass Frau Keller versucht hatte, Selbstmord zu begehen. Er sagte, es sei zu diesem Zeitpunkt nicht bekannt gewesen, welche Rolle sie bei dem Verbrechen gespielt habe, und bestätigte, dass in der Villa Nobel in der Nacht eine neue Sprengladung neutralisiert worden sei. Im Übrigen blieb er vage, verschanzte sich hinter dem Untersuchungsgeheimnis und erklärte erneut, dass man mit offiziellen Erklärungen bis zur Pressekonferenz warten müsse.

Das Ganze dauerte nicht länger als zehn Minuten, doch als sich die Interviews bereits dem Ende zuneigten, hielt ein Lieferwagen mit einer Schüssel auf dem Dach, das mit dem Logo eines nationalen Senders versehen war. Die Frau, die auf dem Beifahrersitz saß und eine auffällige fuchsiafarbene Bluse trug, stieg aus und hielt das Mikrofon in der Hand. Nachdem sie ein paar Schritte auf den Platz gemacht hatte, trat sie unter der Kolonnade hervor, gefolgt von einem Kameramann. Sie war stark geschminkt und ihr Haar sorgfältig gekämmt. Es war offensichtlich, dass sie sich auf diesen Anlass vorbereitet hatte.

Sie schaute sich schnell um und als sie den Commissario von Reportern umringt sah, fragte sie einen Kollegen, wer der Interviewpartner sei. Als sie erfuhr, dass es Commissario Gallo war, lief sie auf ihn zu.

»Herr Kommissar! Herr Kommissar!«, rief sie. »Bitte sagen Sie unseren Zuschauern, was in Sanremo passiert. Stimmt es, dass ein gefährlicher Serienmörder in der Stadt sein Unwesen treibt? Und dass die schwedische Stiftung des Nobelpreises eine Protestnote eingereicht hat, weil die italienischen Behörden zu schlampig mit den Sicherheitsfragen rund um das Andenken Alfred Nobels umgehen?«

Gallo, der durch die vorangegangenen Fragen immer noch verwirrt war, wedelte mit seiner Hand. »Nein, nein, ich versichere Ihnen, dass es keinen Serienmörder gibt.«

»Was können Sie uns über Sonja Keller sagen? Stimmt es, dass sie eine gefährliche Terroristin ist?«

»Wir ermitteln noch, aber sie ist sicher keine Terroristin.«

»Stimmt es, dass sie im Sterben liegt?«

»Im Moment kann ich Ihnen nur sagen, dass die Frau im städtischen Krankenhaus liegt und in ein künstliches Koma versetzt wurde, also noch länger nicht vernehmungsfähig sein wird.«

»Sagen Sie uns wenigstens, ob sie es war, die Herrn und Frau Boeri getötet hat.«

»Diese Frage kann ich nicht beantworten, da die Untersuchungen noch nicht abgeschlossen sind. Wir nehmen grundsätzlich nicht zu laufenden Ermittlungen Stellung.«

»Wissen Sie etwas über den Antrag der schwedischen Regierung? Stimmt es, dass der schwedische Botschafter in Rom den Namen von Alfred Nobel schützen will?«

Gallo hob erneut eine Hand. »Ich weiß nichts darüber, und ich möchte Ihnen auch noch einmal sagen, dass alle Fragen auf der offiziellen Pressekonferenz beantwortet werden.«

Die Journalistin in der fuchsiafarbenen Bluse schien nicht nachgeben zu wollen und richtete das Mikrofon auf ihn, als wolle sie ihm drohen. »Eine weitere Erklärung für unsere Zuschauer!«

Doch Gallo trat in den Schatten der Kolonnade und passierte den Übertragungswagen mit der Satelliten-Schüssel auf dem Dach.

In diesem Moment bog ein Streifenwagen der Polizia di Stato auf den Platz. Der Mann am Steuer bremste auf Gallos Höhe ab, beugte sich zur Beifahrertür und öffnete sie weit für den Commissario, der, erstaunt über das unerwartete Rettungsboot, sofort einstieg. Einen Augenblick später raste der Wagen davon, wobei die Reifen über das blank polierte Kopfsteinpflaster pfiffen.

»Du hast mich gerettet«, sagte Tomas und wandte sich an Benzina. »Woher wusstest du, dass ich eine Mitfahrgelegenheit brauche?«

»Ich blieb auf dem Platz stehen, als ich dich in Begleitung von Journalisten sah. Ich habe mir ausgemalt, dass du früher oder später weglaufen und Hilfe brauchen würdest.«

»Danke, Benzà! Du hast mein Leben gerettet.«

»Danke meinem Bleifuß!«, lachte der Mechaniker. »Du schuldest mir einen Kaffee, Commissario.«

Dann nahm er den *Toscano*-Zigarillo aus dem Mund, und eine beißende Rauchwolke erfüllte das Cockpit des halbelektrischen koreanischen Polizeiwagens.

49. KAPITEL

Sanremo, 24. Juni

Claudio Giostra beendete das Telefonat mit einem verärgerten Gesicht. Er hatte zehn Minuten lang mit der für Verkehr und Dienstleistungen zuständigen Abteilung der Stadtverwaltung telefoniert, mit mindestens fünf verschiedenen Personen gesprochen und nichts aus dem bürokratischen Labyrinth herausbekommen. Jeder hatte ihm gesagt, dass er nicht wisse, wie man das mache, oder ob er die Berechtigung habe, die angeforderten Daten anzufordern, und ihn dann zu einem anderen Mitarbeiter durchgestellt, der genau dasselbe antwortete.

»Das ist doch nicht möglich!«, rief er und knallte den Hörer auf die Gabel.

Antonio Rubbano, der nicht weit entfernt an seinem Schreibtisch saß, sah ihn erstaunt an. »Was ist los?«

»Kann es sein, dass niemand in der Lage ist, die Bilder der Überwachungskameras abzurufen?«

»Vielleicht solltest du mit dem Commissario sprechen, er könnte den stellvertretenden Staatsanwalt einschalten.«

»Jetzt gerade ist Tomas nicht hier. Er ist runtergegangen, um sich den Reportern zu stellen.«

In diesem Moment klingelte das Telefon von Rubbano. Es war Laura, und sie sagte, am Apparat sei die Leitung einer Bahnpolizeiwache.

»Stell bitte durch! Schnell, das ist wichtig!«

Die Stimme, die aus der Hörmuschel kam, war die eines Mannes im fortgeschrittenen Alter mit einem deutlichen piemontesischen Akzent, der jedoch von einer subtilen südlichen Ader durchbrochen wurde. »Guten Morgen«, sagte er in ruhigem Ton, »ich bin der stellvertretende Kommissar Giubbolini, haben Sie mich angerufen?«

In der Zwischenzeit war Laura, die den Grund für den Anruf kannte, zu ihm gelaufen, um zu sehen, wie es lief. Sie betrat Rubbanos Büro gerade noch rechtzeitig, um die Antwort zu hören.

»Guten Morgen, Herr Kommissar, hier ist Agente Rubbano, ja, ich bin es, der vorhin angerufen hat. Im Sommer 2012 hatte die Bahnpolizei von Bussoleno einen Mann namens Enrico Martini nach einer nicht genehmigten Demonstration gegen den TGV verhaftet. Offenbar hatte der Mann Sprengsätze gezündet, sogenannte Papierbomben. Was wir brauchen? Wir brauchen seine Fingerabdrücke. Ja … seine Fingerabdrücke und wir brauchen sie so schnell wie möglich, zum Vergleich.«

Es gab ein Gemurmel im Apparat, als ob derjenige, der sich auf der anderen Seite befand, Zeit schinden wollte, dann wurde die Stimme des stellvertretenden Kommissars noch leiser als zuvor.

»Leider haben wir ein Problem.«

»Was für ein Problem?«

»Sehen Sie … es ist wahr, dass der Mann verhaftet wurde. Es geschah am 16. August 2012, und es ist wahr, dass es eine Akte auf seinen Namen gibt. Es ist alles da, wissen Sie? Namen, Fahndungsfotos, es gibt sogar eine Aussage, die Martini bei seiner Verhaftung gemacht hat, aber leider gibt es keine Fingerabdrücke.«

»Was meinen Sie damit, dass die Fingerabdrücke fehlen?«

»Wie soll ich sagen … Früher kamen die Leute nur zum Urlaub ins Susatal, jetzt mit dem Hochgeschwindigkeitszug kommen sie aus ganz Europa, um sich hier zu prügeln. In den letzten Jahren haben wir wer weiß wie viele Leute festgenommen, und nicht alle Unterlagen wurden digitalisiert. Wir sind nur wenige Beamte, und wir können nicht alles machen. In der

Zwischenzeit mussten wir zweimal umziehen, und vor drei Jahren wurden wir von einer Überschwemmung heimgesucht, bei der viele Dinge zerstört wurden, verstehen Sie?«

Rubbano bewegte sich in seinem Stuhl. »Was wollen Sie mir damit sagen, Herr Kommissar? Dass die Fingerabdrücke nicht da sind?«

»Nein, die gibt es nicht mehr. Alles andere ist noch da. Aber die Fingerabdrücke sind weg.«

»Wie ist das möglich?«

»Durch die Überschwemmungen nach dem Hochwasser ist vieles verloren gegangen. Da kam eine riesige Schlammlawine urplötzlich vom Berg und hat das halbe Dorf unter sich begraben.«

»Porca miseria!«, rief Antonio aus.

»Ja, tut mir leid. Die Fingerabdrücke waren alle so von der Feuchtigkeit verschmiert, dass sie unbrauchbar geworden sind. Die Texte in den Akten und die Protokolle haben wir rekonstruieren können. Die meisten jedenfalls.«

»Und jetzt?«

»Wenn Sie wollen, kann ich Ihnen den Rest der Akte raussuchen und Ihnen schicken.«

»Nein!«, rief Rubbano. »Wir brauchen den Rest der Akte nicht. Wir brauchen die Abdrücke! Für einen Vergleich bei den Ermittlungen in einem Kapitalverbrechen.«

Er beendete das Gespräch mit einem finsteren Blick und wandte sich an seine Kollegen. »Sie sind nicht da!«, rief er erneut. »Die Fingerabdrücke sind nicht da!«

Sowohl Giostra als auch Laura verstummten. Sie hätten nie gedacht, dass Antonio einem Ranghöheren so antworten könnte.

Es vergingen noch ein paar Augenblicke, dann gab es einen weiteren Anruf. Diesmal war es Giostras Mobiltelefon, das klingelte. Es war Gallo. Er schien gut gelaunt zu sein.

»Endlich eine gute Nachricht«, sagte er, »soeben erhielt ich einen Anruf vom Leiter der Abteilung Verkehr und Dienstleistungen der Stadtverwaltung. Ich weiß nicht, woher er meine Nummer hat, aber er sagte mir, dass es einen Antrag auf Zugang zu den Aufnahmen der Videoüberwachung gibt. Warst du es, der angerufen hat?«

»Ich habe gerade angerufen und muss mit mindestens fünf verschiedenen Personen gesprochen haben.«

»Ja, es stimmt, er hat mir gesagt, dass es einige Probleme gab, aber jetzt ist alles geklärt. Die vielen Kameras werden im Wechsel nach einem Zufallsprinzip auf die Monitore der zentralen Dienststelle übertragen. Trotzdem, wenn die Kameras nicht gerade boykottiert worden sind, zeichnen sie alles auf. Mit einem Beschluss können wir die Aufnahmen jeder einzelnen Kamera bekommen. Er wird sich darum kümmern, dass wir die Aufnahmen so schnell wie möglich bekommen. Außerdem hat er mir versichert, dass er sich mit Kollegen in der Gemeinde Arma di Taggia und in Riva Ligure in Verbindung setzen wird, um die Aufnahmen außerhalb des Gebiets von Sanremo zu bekommen. Wir werden alles so schnell wie möglich haben. Ich habe ihm gesagt, dass er sich mit dir in Verbindung setzen soll, und ich habe ihm deine Handynummer gegeben, ich schätze, er wird dir eine Datei schicken oder du kannst sie auch abholen, okay?«

»In Ordnung, ich kümmere mich darum. Tomas …«

»Was ist?«

»Wir haben ein Problem mit den Fingerabdrücken.«

»Welches Problem?«

»Ein stellvertretender Kommissar des Bahnpolizeikommandos, der die Akte Martini angelegt hatte, rief vor Kurzem an. Die Akte ist da, aber die Abdrücke sind verloren gegangen.«

»Wurden sie nicht digitalisiert?«

»Das war 2012. Offensichtlich nicht.«

»Verdammt! So ein Mist! Wenn die Fingerabdrücke übereingestimmt hätten, hätten wir direkt einen Haftbefehl beantragen können, aber so … Das ändert wieder alles.« Im Telefon war ein Seufzer zu hören. »Wir können uns die Fingerabdrücke nicht einfach so besorgen. Das wäre nicht gerichtsfest. Und wenn wir ihn zur Vernehmung vorladen, dann brauchen wir zumindest einen Anfangsverdacht mit richterlicher Anordnung, um ihm die Fingerabdrücke abzunehmen. Mist … Wir müssen trotzdem weitermachen. Ruft mich an, sobald ihr was von den Videoaufzeichnungen erfahrt.«

»Das werde ich. Und du? Wie ist es mit den Journalisten gelaufen?«

»Sagen wir einfach, dass ich mich dank Benzina aus der Ecke gerettet habe, in der sie mich kreuzigen wollten.«

»Benzina?«

»Ja, seine Hilfe war eine Vorsehung. Benzina hatte den sechsten Sinn.«

»Wo seid ihr jetzt?«

»Wir trinken zusammen einen Kaffee in einer Bar gegenüber dem Haus von Enrico Martini. Eine rein private Observation, wenn man das so sagen kann. Ein paar Schritte weiter befindet sich auch das Büro des Anwalts Boeri. Ich bin gekommen, um mir ein Bild von der Gegend zu machen, um eine Razzia durchzuführen, aber nach dem, was du mir gerade erzählt hast, weiß ich nicht, wie es weitergehen soll. So wie sich die Dinge entwickelt haben, kann ich nur um eine Aussprache mit Bevilacqua bitten. Vielleicht hat er eine Lösung, auch wenn ich ihm nicht wirklich was Konkretes anbieten kann. Bevor ich etwas unternehme, möchte ich seine Meinung hören. Wir sehen uns, wenn ich wieder auf dem Revier bin.«

»Natürlich, Tomas.«

Giostra beendete das Gespräch und sah Laura und Rubbano an, ohne zu sprechen. Alle drei wussten, dass sich etwas anbahnte. Es war wie ein Gewitter, das sich mit vielen kleinen Regengüssen ankündigte und das Eintreffen des richtigen Donnerwetters hinauszögerte. Das Ende war nah, das spürten alle, aber niemand konnte vorhersagen, wie genau es enden würde.

50. KAPITEL

Sanremo, 24. Juni

Gallo setzte sich auf den Besucherstuhl an Bevilacquas Schreibtisch und sah sich um. Im Büro des stellvertretenden Staatsanwalts, das er von vielen Besuchen her sehr gut kannte, gab es nichts Neues. Das Einzige, das anders war als sonst, war der Gesichtsausdruck des Staatsanwaltes, der in laufenden Ermittlungen die Befugnisse eines Untersuchungsrichters hatte: angespannt wie nie zuvor. Auch Bevilacqua hatte in der Nacht wenig geschlafen und spürte die Last der Ermittlungen auf sich.

Nach einer kurzen Vorrede erklärte Tomas, wie er auf den Namen Enrico Martini gekommen war. Er zeigte das Detail der blauen Jacke und legte eine Akte auf den Schreibtisch, in der die verschiedenen Tätigkeiten des Verdächtigen gesammelt und aufgelistet waren. Er öffnete sie, wies auf die wichtigsten Punkte des Lebenslaufs hin und betonte abschließend, dass die Figur des Mitarbeiters des Anwalts durchaus mit der eines Mörders und noch mehr mit der desjenigen, der die Sprengladungen in der Villa Nobel platziert hatte, vereinbar sei. Schade, dass ihm das Motiv und vor allem die Beweise fehlten, um ihn zu überführen.

»Ich war überzeugt, dass ich die Fingerabdrücke des Verdächtigen hatte und sie mit denen auf dem gefälschten Dynamitstab vergleichen konnte. Das hätte die Person des Verdächtigen mit dem Tatort unmittelbar in Verbindung gebracht. Aber das Kommando der Bahnpolizei, das Enrico Martini im Sommer 2012 in den Akten registriert hatte, hat die analoge Karteikarte bei einer Überschwemmung verloren. Es scheint den Rest der Akte noch zu geben, aber die Fingerabdrücke sind durch das Wasser zerstört worden. Unglaublich, aber wahr!«

Bevilacqua rieb sich mit der Handfläche das Kinn. »Ist Ihnen in den Sinn gekommen, dass der Fingerabdruck auf der Dynamit-Stange der von Sonja Keller sein könnte? Es wäre nicht viel nötig, um dies zu überprüfen, da die Frau im Krankenhaus liegt. Und außerdem haben wir dank Ihnen ja ein Teilgeständnis, sodass eine richterliche Anordnung voll in Ordnung gehen würde, auch wenn sie im Koma liegt. Aber dann hätten wir wenigsten Gewissheit.«

»Ich weiß, es wäre einfach, einen Vergleich anzustellen, und natürlich werden wir das tun, aber ich bin mir absolut sicher, dass der Abdruck der Person, die dem Anwalt das Dynamit in den Mund geschoben hat, nicht der ihre ist.«

»Gallo ... Sie vertrauen blind auf das, was Keller Ihnen erzählt hat, aber wer kann garantieren, dass sie die Wahrheit gesagt hat? Normalerweise haben diejenigen, die einen Selbstmordversuch unternehmen, ein schlechtes Gewissen. Das kann wie ein Schuldeingeständnis gewertet werden. In einem Indizienprozess zumindest und bei einem Schöffengericht sowieso.«

»Ich glaube hingegen vielmehr, dass diejenigen, die beschließen, ihr Leben freiwillig zu beenden, sich meist in einer Situation verfahren haben, aus der sie sich nicht mehr alleine befreien können.«

»Sie bestehen also darauf, dass Keller in der Villa Nobel in Begleitung eines Mannes war?«

»Davon bin ich überzeugt, und auf jeden Fall ist es ein Detail, das durch die Ermittlungen weitgehend nachgewiesen wurde. In der Mordnacht in der Villa Nobel waren zwei Menschen anwesend, ein Mann und eine Frau.«

»Aber hat Keller Ihnen nicht gesagt, wer bei ihr war?«

»Nein, natürlich nicht.«

»Warum nicht?«

»Ich glaube, sie wollte ihren Komplizen schützen.«

»Warum sollte Ihrer Meinung nach ihr Komplize der Mitarbeiter von Rechtsanwalt Boeri, Enrico Martini, sein?«

»Sonja … also … Frau Keller erzählte mir, kurz bevor sie sich aus dem Fenster stürzte, dass sie sich dank der Hilfe eines Mittelsmannes mit Boeri hatte treffen können. Martini war ein Freund, Vertrauter und Mitarbeiter von Boeri; es wäre ein Leichtes für ihn gewesen, das Treffen zu arrangieren. Sie wäre allein nicht in der Lage gewesen, mit ihm ein Treffen zu vereinbaren.«

»Und warum sollte Boeri einem Treffen mit Keller zustimmen?«

»Weil er überzeugt war, dass er eine Prostituierte traf. Keller hat sich als solche ausgegeben. Ich weiß nicht, ob das stimmt, aber der Anwalt war bei allen bekannt als …«

»Schürzenjäger«, kam ihm Bevilacqua zuvor.

»Ich würde eher sagen, ein Hurenbock«, antwortete Gallo trocken.

»Na gut, sagen wir, er mochte Abenteuer. Aber warum sollte es sein Mitarbeiter sein, der ihn und seine Frau tötet?«

»Wenn Sie dieses Dossier aufmerksam lesen«, sagte er und legte seine Hand auf die Akte, »werden Sie feststellen, dass Martini die am ehesten geeignete Person war, um das zu tun, was er in der Villa Nobel getan hat.«

»Gut, Martini war ein Experte in der Vorbereitung und Handhabung von Sprengstoffen, und das könnte die im Gebäude angebrachten Sprengladungen erklären. Aber Mord – warum zwei Menschen töten? Was könnte das Motiv sein?«

»Das weiß ich noch nicht.«

»Sie wissen es nicht, aber Keller hat zugegeben, beim Anbringen des Sprengstoffs und auch beim Transport der Leiche geholfen zu haben.«

»Ja, es stimmt, sie hat zugegeben, beim Transport der Leiche des Anwalts geholfen zu haben. Was den Sprengstoff betrifft, so hat sie mir erklärt, dass sie mit dem Komplizen mitgegangen sei, weil sie überzeugt war, dass es sich um eine reine Protestaktion handelte.«

»Eine Protestaktion, die zur Zerstörung der Villa Nobel führen würde.«

»Ja«, gab Gallo zu, »das stimmt. Anscheinend wollte Frau Keller bei der Anbringung der Sprengstoffe helfen und hätte sich im Gegenzug dafür mit Boeri treffen können, um ihn mit seinem Verhalten ihrer Freundin gegenüber zu konfrontieren. Wenn Sie sich erinnern, hatte ich Ihnen bereits etwas darüber erzählt.«

»Sie hatten das erwähnt, als Sie mir erzählten, was Sie in der französischen Klinik entdeckt hatten.«

»Ich bin überzeugt, dass Keller den Anwalt nur treffen wollte, um ihm zu sagen, was sie von ihm hält.«

»Was wäre, wenn sie ihn stattdessen umbringen wollte? Mord aus Rache ist wie Habgier und Eifersucht an zweiter Stelle aller Mordmotive. Wenn man dann noch hinzufügt, dass die Mordwaffe der Frau gehört und die Dynamitstange ihrer französischen Freundin gehörte, hat man genügend Zutaten, um sie anzuklagen. Meinen Sie nicht?«

»Dottore Bevilacqua, ich bin überzeugt, dass Frau Keller niemals in der Lage gewesen wäre, den Sprengstoff zu organisieren, geschweige denn scharf zu schalten. Und wenn Sie wollen, dass ich es Ihnen mit allem Nachdruck sage, wäre sie meiner Meinung nach auch nicht in der Lage gewesen, Rechtsanwalt Boeri zu töten.«

»Und was ist mit seiner Frau? Wir haben kaum über sie gesprochen.«

»Im zweiten Mordfall ist die Sache noch komplizierter, weil es keinerlei Anhaltspunkte gibt. Kein Bildmaterial von Überwachungskameras, keine Zeugen. Es scheint, dass in der Nacht, in der Frau Fiorini getötet wurde, auf der Promenade nichts passiert ist. Aber Sie glauben, dass eine Frau diesen Job erledigt haben könnte? Das Opfer mit Chloroform betäuben, über Dutzende von Metern schleifen, an einer Hecke aufhängen und dann die Kehle durchschneiden. Nur ein Berufsverbrecher könnte so etwas tun. Sie werden auch zugeben, dass Sonja Keller physisch niemals in der Lage gewesen wäre, ihr Opfer so zu verstecken, wie es getan wurde.«

»In diesem Punkt stimme ich mit Ihnen überein«, räumte Bevilacqua ein, »ich war am Tatort, ich habe das Opfer gesehen, und auch ich glaube, dass eine zierliche Frau wie Keller zu einer solchen Tat nicht fähig wäre. Aber Sie werden zugeben, dass dies ein komplizierter Sachverhalt ist. Es ist verblüffend, wie komplex das Netz aus Motiven, Tatorten, Opfern und zuallerletzt auch noch der Angriff auf die Villa von Alfred Nobel ist.«

»Daran besteht kein Zweifel«, sagte Gallo.

In diesem Moment vibrierte das Mobiltelefon. Er holte es aus der Tasche, um das Display zu checken, und wandte sich an den stellvertretenden Staatsanwalt. »Es ist ein Kollege, darf ich antworten?«

»Sicherlich.«

Das Gespräch dauerte nicht länger als ein paar Minuten, dann steckte Gallo das Telefon wieder in seine Tasche.

»Es war Claudio Giostra«, sagte er, »er hat sich gerade die Aufnahmen der Kameras entlang des Radwegs angesehen. Bei drei verschiedenen Gelegenheiten, von 21.35 Uhr bis 21.51 Uhr wurde Enrico Martini auf seinem Fahrrad in Richtung Villa Nobel gefilmt, und dann, um 22.50 Uhr und 22.10 Uhr, wurde dasselbe Fahrrad von einer Kamera in Arma di Taggia und einer am Ortseingang in Riva Ligure gefilmt. In diesem Fall befand sich eine Frau auf dem Fahrrad. Giostra war nicht in der Lage, sie als Keller zu identifizieren, weil die Aufnahmen ziemlich verpixelt sind, sodass wir wahrscheinlich die Hilfe des forensischen Teams benötigen. Sie hatte offenes, langes Haar und ihre Statur kommt hin.«

»Also: Martini sei am Abend des Verbrechens zur Villa Nobel gefahren, habe dort Boeri getötet und die Leiche mit Hilfe von

Sonja Keller, die später mit demselben Fahrrad wegfuhr, im Park versteckt.«

»Ganz genau.«

»Und Martini? Wie würde er nach Hause kommen?«

»Das kann ich Ihnen natürlich nicht sagen. Ich nehme an, er könnte sein Auto in der Nähe der Villa abgestellt haben.«

Bevilacqua nickte. »Ja, ich gebe zu, dass der Zufall mit dem Fahrrad in der Tat bemerkenswert ist. Aber das Motiv entzieht sich mir weiterhin.«

»Wir werden es finden«, sagte Gallo.

Dann legte der stellvertretende Staatsanwalt seine Hand auf die Akte von Enrico Martini. »Sehen Sie, Herr Kommissar, was das Attentat auf die Villa Nobel betrifft, bin ich angesichts des oben Beschriebenen bereit, Ihnen zu glauben, dass er der Täter sein könnte, aber das Verbrechen, oder besser gesagt, die beiden Verbrechen ... Warum sollte er seinen Arbeitgeber und vor allem die Frau von Boeri töten?«

»Was den Anwalt betrifft, so ringe auch ich um eine Erklärung, aber was Frau Luciana Fiorini betrifft, so glaube ich, dass er sie getötet hat, weil sie etwas wusste, das ihn in Gefahr hätte bringen können. Ich habe kürzlich mit dem Hausmädchen gesprochen, das mir erzählte, dass Luciana in den Tagen unmittelbar nach dem Tod ihres Mannes wegen eines Zettels, den sie in der Kleidung ihres Mannes gefunden hatte, in hellem Aufruhr war, und den sie oft in den Händen hielt.«

»Ein Zettel?«

»Ja, ein Stück Papier, auf dem mit einem Kugelschreiber ein paar Dinge geschrieben standen.«

»Weiß das Dienstmädchen, was dort stand?«

»Leider nicht, aber sie wiederholte mir gegenüber mehrmals, dass sie dieses Stück Papier in den Händen der Dame gesehen hatte und dass sie es jedes Mal mit einer Mischung aus Abscheu und Sorge angeschaut hatte.«

»Und wenn schon? Das überzeugt keinen Richter.«

»Nein, das nicht, aber wir Ermittler müssen ja mit Verdachtsmomenten arbeiten, mit Vermutungen, mit Mutmaßungen, um uns in die Logik des Täters hineinversetzen zu können. Das ist so eine Mutmaßung. Auch wenn ich keine Ahnung habe, was auf dem Zettel stand.«

Gallo räusperte sich, beobachtete dabei den stellvertretenden Staatsanwalt und versuchte, dessen Miene zu interpretieren. Hatte er ihn so weit? Oder was musste er ihm noch erzählen? Dann fuhr er fort: »Ich bin überzeugt, dass dieses Stück Papier Martini kompromittiert haben könnte. Ich weiß, dass Luciana Fiorini ihn gut kannte, sie hatte mir erzählt, dass er oft in Begleitung ihres Mannes zu ihr nach Hause kam. Ich kann mir vorstellen, dass sie ihn um Erklärungen gebeten hat. Auf jeden Fall hat Martini, um Komplikationen zu vermeiden, die Gefahr, die ihm von Boeris Witwe drohte, aus dem Weg geräumt.«

»Abscheulich! Commissario«, sagte der stellvertretende Staatsanwalt plötzlich, »Sie scheinen sehr überzeugt von Ihren Aussagen zu sein, und ich erkenne an, dass die Beweise gegen den Verdächtigen ziemlich stark sind. Was wollen Sie nun tun? Wollen Sie, dass ich sofort einen Haftbefehl unterschreibe? In Anbetracht der Vorgeschichte von Martini wird niemand etwas dagegen haben. Selbst wenn wir uns irren sollten, würde das Risiko, das wir eingegangen sind, erklärbar bleiben, weil es uns auch darum geht, einen potenziellen zweifachen Mörder und Auftragsattentäter wegzusperren. Auch wenn der Haftbefehl auf wackeligen Füßen steht. Oder?«

»Sie haben ja absolut recht, dass wir nicht genügend gerichtsfeste Beweise haben, um ihn anzuklagen. Was wir unbedingt vermeiden müssen, ist, ihn zu alarmieren und somit die Ermittlungen zu gefährden. Bei Martinis Vorgeschichte ist davon auszugehen, dass, wenn er sich nicht mehr in Sicherheit fühlt und verschwindet, wir ihn nie mehr wiederfinden werden.«

»Und das heißt?«

»Nehmen wir uns einen weiteren Tag Zeit. Bis morgen. Dann entscheiden wir.«

»Was immer Sie sagen, Gallo. Was immer Sie sagen.«

»Wir haben zwar wenige Leute zur Verfügung, aber wir haben eine verdeckte Observation beschlossen, damit Enrico Martini uns nicht im letzten Moment durch die Lappen geht. Mein ganzes Team macht mit und wechselt sich rund um die Uhr ab, ihn zu Hause und im Büro zu observieren. Wir bleiben dicht an ihm dran und können immer noch jederzeit zuschlagen, wenn er versucht zu türmen.«

»Gallo, davon will und darf ich nichts wissen, okay? Vielleicht finden Sie die Tatwaffe, das wäre ja schon was. Aber machen Sie erst mal, und viel Glück für Ihr Team.«

51. KAPITEL

Sanremo, 24. Juni

Gallo hatte immer geglaubt, dass jede Anspannung durch einen Imbiss, ein Glas Wein oder Bier und ein zwangloses Gespräch mit Freunden abgebaut werden konnte, am besten, wenn man nur ein paar Schritte vom Meer entfernt war.

Schade, dass er seit Tagen keinen seiner Freunde mehr hatte sehen können. Seit dem Morgen, an dem Laura ihm mitgeteilt hatte, was in der Villa Nobel geschehen war, hatte die Zeit begonnen, in einem anderen Rhythmus zu verlaufen, und alles war furchtbar kompliziert geworden, aber an diesem Abend wollte er auf jeden Fall in die *Scogliera-Bar* gehen, und dann würde er gerne zum Hafen hinunterlaufen, um den Tag mit einem Gozzo-Ausflug zu beenden. Was selbstverständlich im Stadium eines Planes bleiben würde, denn er konnte bei der laufenden Observation sein Team nicht irgendwo vom Meer aus unterstützen. Und Martini war gefährlich.

Er betrat die Bar kurz nach 19 Uhr. Zu dieser Stunde waren viele Menschen noch mit dem Ritual des Aperitifs beschäftigt, aber es waren vor allem die Kinder, die zwischen der Terrasse und dem Strand spielten. Ihre Eltern unterhielten sich bei einem Glas Aperitivo und Snacks, und sie liefen fröhlich herum und nutzten den letzten Rest des Tages.

Carlo und Silvano saßen an ihrem üblichen Tisch. Als sie ihn ankommen sahen, begrüßten sie ihn, als hätten sie ihn schon seit Jahren nicht mehr gesehen. »Cazzo! Du lebst ja noch!«

Gallo grinste und musste Slalom laufen zwischen den Kindern, die überall herumliefen, wo Platz war, und setzte sich dann auf den Stuhl, den sie für ihn vorbereitet hatten. Silvano bat die Kellnerin, ein weiteres Bier zu bringen, und Carlo schob das Tablett über den Tisch, damit er sich selbst bedienen konnte, aber keiner von ihnen löcherte ihn mit unangebrachten Fragen. Sie wussten, was am Abend zuvor in Riva Ligure geschehen war. Die Nachricht hatte sich im Dorf herumgesprochen, und sie konnten sich gut vorstellen, wie er sich fühlen würde.

Er war es, der das Thema ansprach. Nachdem er das erste Stück Gemüsetorte gekostet hatte, sagte er, dass ihn diese Ermittlung fast um Kopf und Kragen gebracht hätte und viel länger beschäftigte, als er sich hätte vorstellen können. Er erwähnte kurz die Verbrechen in Sanremo und den Versuch, die Villa Nobel in die Luft zu sprengen, und erzählte dann, was in der Nacht zuvor in der Gasse in Riva Ligure geschehen war. Er tat dies, indem er alles in aller Ruhe erklärte, als ob das Reden darüber seine Schuldgefühle und seine Wut über das Geschehene vertreiben könnte.

»Es war dasselbe Mädchen, das vor ein paar Tagen bei uns war, erinnert ihr euch? Genau hier an diesem Tisch.«

»Das deutsche Mädchen?«, fragte Silvano.

»Ja, Sonja.«

»Wir haben das Foto von ihr in der Zeitung und auf den Blogs gesehen«, sagte Carlo. »Jemand hat ein Handyfoto hochgeladen. Man sah eine Silhouette in der Nähe. Wir haben uns gedacht, dass du das bist.«

»Ich konnte nichts tun, um sie aufzuhalten. Ich wollte sie gerade zur Polizei bringen, da bat sie mich, auf die Toilette gehen zu dürfen, und ich habe nicht rechtzeitig gemerkt, was sie vorhatte.«

»Es gibt Dinge, mit denen man nicht rechnen kann«, sagte Silvano.

»Es muss dir nicht leidtun«, fügte Carlo hinzu. »Manchmal passieren schlimme Dinge, trotz der besten Absichten.«

Tomas nickte, ohne zu sprechen, und erlebte für den Bruchteil einer Sekunde den Moment, in dem Sonja ihm in die Augen geschaut hatte, bevor sie hinter der Badezimmertür verschwunden war. Dieser Blick verbarg eine Unendlichkeit unausgesprochener Worte, und er hatte sie nicht verstanden. Andererseits ist es immer so, dass man so sehr mit sich selbst beschäftigt ist, dass man keine Zeit hat, die Beweggründe der anderen zu verstehen.

»Tomas«, fragte Silvano ihn, »war das Mädchen in den Fall verwickelt, von dem du uns vorhin erzählt hast?«

»Ja.«

»Haltet ihr sie für schuldig? Hat sie deshalb versucht, sich umzubringen?«

»Nein, ich bin überzeugt, dass sie das Opfer einer Geschichte ist, die größer ist als sie selbst.«

Plötzlich kam die Kellnerin an den Tisch, servierte das Bier und beugte sich dann über Tomas. Es war offensichtlich, dass sie ihn fragen wollte, was in der Nacht zuvor in der Gasse von Riva Ligure passiert war, aber Silvano und Carlo hinderten sie daran. Der eine hielt sie mit einer Handbewegung auf, der andere bat sie, noch etwas zu essen zu bringen. Sie verstanden das Unbehagen ihres Freundes und wollten unerwünschte Fragen vermeiden.

Tomas sah sie dankbar an. Er war froh, zwei Freunde wie sie zu haben, bei denen er sich immer wohlfühlte. Sie hatten sich vor vielen Jahren kennengelernt, als sie noch Kinder waren, während der Sommer, die seine Mutter an der Riviera zu verbringen pflegte und ihn in gebührendem Abstand und in Begleitung des diensthabenden Kindermädchens in Riva Ligure parkte. Carlo und Silvano waren Freunde geworden, als sie am Strand Murmeln spielten oder an den Klippen nach Krebsen suchten, und sie hatten sich seitdem nicht mehr aus den Augen verloren. In der Vergangenheit, noch als halbe Kinder, war es vorgekommen, dass sie sich stritten und vielleicht Ringkämpfe ausgetragen hatten, aber sie hatten sich immer respektiert, und ihre Verbundenheit hatte nie nachgelassen, wie es eben so ist, wenn Freundschaften spontan entstehen, unbeeinflusst von einem erzwungenen Zusammenleben oder, noch schlimmer, von den Wünschen der Eltern.

Tomas nahm ein weiteres Stück Torta Verde vom Tablett. Er führte es zum Mund und zeigte auf den Strand vor dem Dehors.

»Erinnert ihr euch? Wir sahen sie dort drüben, zwischen den Sonnenschirmen. Sie sah verwirrt aus. Sie sah aus, als wüsste sie nicht, wohin sie gehen soll.«

»Natürlich …«, sagten die beiden anderen.

»Dann ging sie am Strand entlang und blieb nur zwei Schritte vom Meer entfernt stehen.«

»Man konnte sehen, dass mit ihr etwas nicht stimmte«, bemerkte Silvano.

»Sie schien verstört zu sein, so sah sie aus«, sagte Tomas, »oder entrückt, und jeder, der nicht weiß, wie so etwas abläuft, hätte denken können, sie sei bekifft, aber Sonja stand nicht unter Drogen. Nein, das tat sie nicht.«

Er hielt einen Moment inne, um einen Schluck Bier zu trinken. Er wischte sich den Mund ab und sah seinen Freunden in die Augen.

»Es gibt eine Sache, die ihr nicht wisst.«

»Was?«, fragte Carlo.

»Später, als wir gingen, wartete sie auf mich. Ich war mit euch zum Parkplatz gegangen, wisst ihr noch? Ich hatte euch begleitet, aber als ich zurückkam, war sie immer noch auf der Promenade und es war klar, warum sie dort war.«

»Dachtest du, wir haben das nicht gemerkt?«, sagte Silvano lachend.

»Das wusstet ihr schon?«

»Natürlich haben wir das. Was glaubst du, mit wem du es zu tun hast? Mit zwei Blinden?«

Tomas nickte, als die Erinnerung an sie ihn übermannte. Kraftvoll und heftig, viel heftiger, als er es sich hätte vorstellen können. Er sah ihre eigentümliche Art zu lächeln und ihre noch eigentümlichere Art zu posieren und dachte schließlich an den vorigen Abend zurück, als sie ihn auf eine Weise angesehen hatte, die er nie vergessen würde.

»Ich glaube, sie wollte eine Romanze beginnen«, sagte er plötzlich.

»Das war offensichtlich«, sagten Carlo und Silvano gemeinsam. »Es hat gereicht zu sehen, wie sie dich ansieht.«

»Wusstet ihr auch das?«

»Freunde wissen alles«, lachte Silvano und klopfte ihm auf die Schulter.

In diesem Moment vibrierte das Telefon. Tomas holte es aus seiner Tasche und ging ran. Er erkannte die Stimme sofort. Die Art, sich auszudrücken, war fast perfekt, aber der Akzent ließ keinen Zweifel aufkommen. Es war Nerica, das Dienstmädchen von Frau Luciana Fiorini. Er stand auf und ging auf den Strand hinaus, um besser zu hören. Er ging ein paar Schritte und blieb neben einem Liegestuhl stehen.

»Commissario, erinnern Sie sich an mich?«

»Natürlich erinnere ich mich.«

»Sie sagten mir, ich solle Sie anrufen, wenn mir etwas einfalle.«

»Was ist Ihnen denn eingefallen?«

»Eigentlich war es nicht etwas, an das ich mich erinnerte, sondern etwas, das ich fand. Am Nachmittag, als ich die Sachen aufräumte, die ich aus Madame Lucianas Haus mitgenommen hatte, fand ich den Zettel, von dem ich Ihnen erzählt hatte und der Signora Luciana so gequält hatte. Sie hatte ihn in die Mitte meines Passes gelegt, zusammen mit einem Brief. Der Brief war an mich adressiert und natürlich habe ich ihn gelesen, ich denke, er könnte für Sie von Interesse sein, meiner Meinung nach ist er sehr wichtig.«

»Nerica, wo sind Sie jetzt gerade?«

»Ich bin in Ospedaletti, im Haus meiner Schwester.«

»Sind Sie allein?«

»Ja, meine Schwester ist Pflegerin und arbeitet auch nachts, mein Schwager hingegen arbeitet in einer Pizzeria, er wird gegen 1 Uhr zurück sein, jetzt sind nur noch die Kinder zu Hause.«

»Nerica, hören Sie mir zu: Gehen Sie auf keinen Fall raus und öffnen niemandem die Tür, haben Sie verstanden? Ich steige in mein Auto und bin gleich bei Ihnen. Nerica …«

»Ja?«

»Haben Sie verstanden, was ich gesagt habe? Gehen Sie nicht raus und öffnen Sie niemandem.«

»Ja, klar. Ich verstehe schon.«

»Warten Sie auf mich. Wenn ich da bin, rufe ich vorher an, erst dann klingle ich, okay?«

Er ließ sich die Adresse geben, kehrte in die Bar zurück, verabschiedete sich von seinen Freunden und rannte davon.

52. KAPITEL

Menton, 8. Juni 2022

Sonja trank ihren Pastis in kleinen Schlucken und starrte mal auf die Strände, mal auf das Meer. Ein paar Minuten später fragte die Kellnerin, die gekommen war, um ihm den Tintenfisch zu servieren, ob sie sich schon entschieden habe, was sie bestellen wolle. Sie tat dies, indem sie sich neben dem Tisch aufbaute, mit der ungeduldigen Miene von jemandem, der keine Zeit zu verlieren hat, und deshalb wählte sie nach einem verstörten Blick auf die Tafel, auf der die Tagesgerichte notiert waren, eine Fischsuppe.

»Sonst noch etwas?«

»Das ist genug für den Moment.«

»Und zu trinken?«

»Ein Glas Weißwein.«

»Irgendeinen?«

»Einen Vermentino, bitte.«

»In Ordnung«, antwortete das Mädchen und wischte auf ihrem Tablet herum.

Als die Kellnerin mit dem Tablet in der Hand davonlief, sah Enrico Martini Sonja in die Augen.

»Ich habe eine Wohnung für dich gefunden. Sie liegt in Riva Ligure, ein paar Kilometer von Sanremo entfernt. Ich bin sicher, sie wird dir gefallen. Ich habe sie auf deinen Namen gebucht, mit einem Anruf bei der Agentur, aber du wirst den Papierkram erledigen müssen, natürlich gebe ich dir das Geld, das du brauchst.«

Dann nahm er seine Gabel vom Tisch und zeigte auf den Teller, den ihm die Kellnerin gerade serviert hatte. »Soll ich mit dem

Essen warten? Mit der Fischsuppe dürfte es nicht lange dauern. Sie ist sicher schon fertig, der Koch muss sie nur noch auf den Teller schütten.«

»Macht nichts, iss ruhig.«

Er nickte und stach mit der Gabel in ein Stück Oktopus. »Wenn du gehst, gebe ich dir das Geld«, sagte er, bevor er die Gabel zum Mund führte. »Es wird reichen, damit du zur Agentur gehen und den Mietvertrag abschließen kannst. Im Übrigen wird alles so sein, wie wir es beim letzten Mal besprochen haben. Ich werde dich mit dem Anwalt Boeri in Kontakt bringen und du wirst mir bei einem Job helfen.«

»Welche Art von Arbeit?«

Enrico Martini zuckte mit den Schultern, wie jemand, der etwas Unwichtiges sagen will. »Wir werden ein paar Sprengsätze anbringen«, sagte er beiläufig.

»Sprengstoff! Bist du verrückt?«

»Keine Sorge«, erwiderte er und gab ihr ein Zeichen, ihre Stimme zu senken. »Es wird nicht gefährlich sein. Es geht nur darum, ein paar Sprengladungen in der Villa Nobel anzubringen.«

Er kaute ruhig vor sich hin und sah ihr dann in die Augen. »Weißt du, wo die Nobel-Villa steht?«

»Ich war vor ein paar Monaten dort, zusammen mit Annette.«

»Nun, das macht es noch einfacher.«

Aber sie schüttelte den Kopf. »Das will ich nicht tun!«

»Ich habe dir gesagt, du sollst ruhig bleiben, ich versichere dir, dass wir niemandem etwas antun werden. Ich möchte die Öffentlichkeit nur auf die Schäden aufmerksam machen, die Waffen und Krieg anrichten. Alfred Nobel hat das Dynamit erfunden, mit seinen 355 Patenten 90 Fabriken zur Herstellung von Sprengstoff gebaut. Dort hat er auch Ballistit hergestellt, ohne das heute keine Pistole, Gewehr oder Kanone funktionieren könnte.«

»Unglaublich!«

»Ja, die Nobels sind unermesslich reich geworden, weil sie Kaufleute des Todes waren, wie es in den Zeitungen stand. Sie sind so reich geworden, weil sie einen Weg gefunden haben, mehr Menschen schneller zu töten als jemals zuvor. Und wir werden mit der Zerstörung der Villa, in der Alfred Nobel sein scheinheiliges Testament gemacht hat, mit dem er sein Ansehen post mortem aufpolieren wollte, und das den Nobelpreis finanziert, nach dem die ganze Welt strebt, eine sehr deutliche Botschaft an die ganze Welt senden, wie zerstörerisch diese Erfindungen in den Händen profitgieriger Minenbesitzer ist, wie viele Tunnels und Steinbrüche die Erde vernarbt haben, wie viele Millionen Menschen in Kriegen gestorben sind und wie viel CO_2 durch die Verbrennung von fossilen Brennstoffen in die Atmosphäre gelangt ist.«

»Was hat das Dynamit mit CO_2 zu tun?«

»Das waren andere Nobels. Seine Brüder. Die hielten fast alle Patente zur Raffinierung von Erdöl und machten es mit ihrer Erfindung möglich, dass Kerosin, Benzin, Diesel, Petroleum und alle anderen erdölbasierten Brennstoffe billig hergestellt werden können.«

»Das wusste ich nicht …«

»Das wissen wenige.«

»Aber das ist Wahnsinn! Es könnte Opfer geben, wenn du die Villa in die Luft sprengst. Sie steht ja mitten in einer belebten Stadt!«

»Es wird keine Toten oder Verletzten geben, das versichere ich dir. Die Explosion wird nur einen großen Knall verursachen, nachts, wenn keine Menschenseele in der Nähe ist.«

Er schwieg wieder, als die Kellnerin mit der Fischsuppe an den Tisch kam. Wieder wartete er, bis das Mädchen gegangen war. »Was uns betrifft, so versichere ich dir, dass ich mein Wort halten werde. Das einzige Problem wird sein, einen Weg zu finden, Anwalt Boeri zu überzeugen, dich zu treffen, aber ich weiß schon, wie. Er hat eine Schwäche für Frauen, also wird es nicht lange dauern. Aber du …«

»Aber ich?«, fragte Sonja, die sich von dem, was sie gerade gehört hatte, noch nicht erholt hatte.

»Du solltest diese zu weiten Hosen und das Leinenhemd ausziehen«, sagte Enrico und richtete seinen Blick auf sie. »Wenn es so weit ist, solltest du den Eindruck von jemandem erwecken, der sich gerne amüsiert. Kurzer Rock, tiefer Ausschnitt, starkes Make-up, kurzum … du solltest auffallen.«

»Was hättest du gerne? Dass ich mich wie eine Hure anziehe?«

»Das stimmt«, sagte Enrico mit seinem üblichen verruchten Grinsen. »Du solltest einmal wie eine Hure aussehen.«

53. KAPITEL

Bordighera, 24. Juni

Die Straße verlief entlang des Hangs. Trotz der Dunkelheit waren die Umrisse der Gewächshäuser zu erkennen, und hier und da zeichneten sich die runden Silhouetten der Bewässerungstanks ab. Plötzlich verengte sich die Straße zwischen der Leitplanke und der Stützmauer der darüber liegenden Terrassen. Als die Scheinwerfer die ersten Häuser beleuchteten, signalisierte das Handy-GPS Gallo, dass er sein Ziel in 300 Metern erreichen würde.

Er verlangsamte sein Tempo und wollte an der angegebenen Stelle im schwachen Licht einer Straßenlaterne anhalten, aber vor dem Haus gab es keine Möglichkeit zum Parken und keinen Platz zum Wenden, also fuhr er weiter, bis die Mauer zu seiner Rechten einem Rastplatz wich. Anhand des Betonmischers und des in der Ecke aufgestapelten Holzes konnte er erkennen, dass die Verbreiterung ausgehoben worden war, um Platz für ein Gebäude zu schaffen, aber zu dieser Stunde würde das niemanden stören. Er machte ein paar Manöver und stellte schließlich den Motor ab. Er stieg aus und ging zurück, wobei er dicht an der Leitplanke entlangging. Ein riesiger wilder Feigenbaum verströmte sein betörendes Aroma. Er nahm sein Handy aus der Tasche und wählte die Nummer, von der sie ihn vorhin angerufen hatte.

Er kündigte sich an, und sie schien allein und unversehrt zu sein. Als er vor dem Haus stand, vergewisserte er sich noch einmal, dass die Adresse stimmte, und legte dann den Finger auf die

Klingel. Ein Trillern ertönte, gefolgt vom Geräusch von Schritten. Die Tür öffnete sich und in der Lichtspalte zwischen Türblatt und Rahmen sah er Nericas Profil. Hinter ihr stand ein zwei- oder dreijähriger Junge, der sich an ihre Beine klammerte, vielleicht aus Angst, sie würde hinausgehen und ihn allein lassen.

Als Nerica Gallo sah, öffnete sie die Tür und ließ ihn Platz nehmen an einem kleinen Tisch im Flur, der neben dem Torbogen stand, der in den Rest des Hauses führte. In diesem Raum gab es außer dem Tisch, vier Stühlen und einer kleinen Anrichte keine weiteren Möbel, aber an den Wänden hing eine ganze Reihe von Fotos. Einige davon in Farbe, andere in Schwarz-Weiß. Obwohl das Licht des Kronleuchters nur schwach war, konnte man erkennen, dass sie alle sehr schön waren. Landschaften, Blicke auf das Meer und ein paar Gesichter aus einem fernen Land. Unten rechts sah Gallo das Logo des albanischen Tourismusministeriums.

»Möchten Sie etwas zu trinken?«, fragte die Frau, die ihm gegenübersaß.

»Nein, danke.«

»Kaffee?«

»Wirklich, mir geht es gut.«

»Dann werde ich Ihnen zeigen, was ich gefunden habe.«

Sie ging und kehrte kurz darauf mit einem Reisepass in der Hand zurück. »Er war hier drin«, sagte sie und legte ihn auf den Tisch. Das Kind begann zu weinen, sie setzte sich hin und beruhigte es, indem sie es auf ihren Schoß nahm, dann zeigte sie auf den Umschlag, der aus dem Dokument herausschaute.

»Signora Luciana hatte ihn mir in den Pass gesteckt, damit ich ihn finden konnte.«

»Sie erzählten mir am Telefon, dass Sie das Papier gefunden hatten, von dem Sie glaubten, dass es die Dame beunruhigte.«

»Ja, ich werde es Ihnen jetzt zeigen.«

Noch immer das Kind im Arm, öffnete sie den Umschlag und zog ein sehr kleines Blatt Papier heraus. Es sah aus wie ein zweimal in die Hälfte geschnittenes A4-Blatt. Darauf standen ein paar Zeilen, mit Kugelschreiber geschrieben, teils in Druckbuchstaben, teils in Kursivschrift:

SONJA KELLER

22.00 Uhr

VILLA NOBEL, Seite Radweg.

»Sind Sie sicher, dass es sich dabei um den Zettel handelt?«

»Ja, das ist er.«

»Ich muss den leider mitnehmen. Das ist ein Beweisstück. Hat außer Ihnen und Signora Luciana sonst noch jemand den Zettel angefasst?«

»Nicht, dass ich wüsste.«

Gallo fischte aus seiner Jeans einen gefalteten Plastikbeutel, nahm seien Parker-Stift aus der Knopfleiste seines Hemdes und bugsierte den Zettel in den Beutel.

»Und das ist der Zettel, der Signora Luciana so in Aufruhr gebracht hat?«

»Sicherlich.«

»Sie haben mir auch von einem Brief erzählt.«

»Jetzt zeige ich Ihnen den auch«, sagte sie und holte ihn aus dem Umschlag. Sie legte ihn auf die Wachsdecke, die den Tisch bedeckte, und schob ihn vor den Kommissar.

Der Brief war ebenfalls mit Kugelschreiber geschrieben, aber er umfasste ein ganzes A4-Blatt, die Zeilen waren viel länger und die Handschrift, schön und rund, war ausgesprochen weiblich.

»Sehen Sie sich das an«, sagte sie, während sie das Kleinkind weiter wiegte. »Ich glaube, auch der ist für Sie interessant.«

Gallo drückte das Papier zwischen seinen Fingern zusammen, bewegte es ein wenig, um das wenige Licht im Raum optimal zu nutzen, und begann zu lesen.

Liebe Nerica, du bist seit Langem die einzige Person, der ich vertrauen kann, deshalb lasse ich dir diesen Brief da, falls mir etwas Schlimmes zustoßen sollte. Im Innern

des Umschlags findest du ein Stück Papier, auf dem ein Name, eine Uhrzeit und eine Adresse notiert sind. Mein Mann hatte ihn in einer Tasche seiner Jacke hinterlassen, die er zu Hause gelassen hatte, als er sich umgezogen hat, wenige Stunden, bevor er ermordet wurde. Da es nichts Neues war, solche Zettel in seinen Taschen zu finden, achtete ich zunächst nicht darauf, doch dann, mit kühlem Kopf, fiel mir etwas Seltsames auf.
Inzwischen kenne ich die Handschrift des Verfassers: Es ist Enrico Martini, der engste Mitarbeiter meines Mannes, den du sicherlich kennst, da du ihn mehrmals bei uns zu Hause gesehen hast. Mehr als einmal bin ich auf Dokumente gestoßen, die in seiner Handschrift geschrieben sind, sodass ich mir absolut sicher bin, dass ich mich nicht irre. Das Merkwürdigste ist jedoch, dass Enrico auf dem Zettel, der mir zunächst wie eine Erinnerung an ein Treffen erschien, den Ort und die Zeit angab, an dem Mario ermordet wurde, wie es der Gerichtsmediziner feststellte.
Heute Abend treffen wir uns auf einen Drink. Ich habe ihn am Nachmittag angerufen, um ihn danach zu fragen, und er hat mir eine Verabredung auf der Italo-Calvino-Promenade genannt. Wir werden uns dort treffen, wo er normalerweise sein Auto parkt. Er hat in einem Lokal außerhalb des Zentrums reserviert, wo wir etwas trinken gehen werden und wo er, wie er mir versicherte, alles erklären wird. Seine Einladung hat mich gefreut. In einer Zeit wie dieser kann mir Gesellschaft nur guttun, aber jetzt, wo ich das Haus verlassen will, habe ich den Verdacht, dass an dem, was wir besprochen haben, etwas faul sein könnte.
Ich weiß sehr wohl, dass ich mich vor nichts fürchten sollte. Wenn das Böse uns von allen Seiten umgibt, ist es schwierig, dass noch einmal etwas Schlimmes passiert,

aber Enricos Beschwichtigungen haben mich nicht völlig überzeugt. Als ich den Zettel erwähnte, spürte ich einen Knacks in seiner Stimme, sein Ton wurde rau, und du weißt ja, dass es manchmal die Zwischentöne sind, die uns die Wahrheiten verstehen lassen, die oft hinter den Worten verborgen sind.
In etwas weniger als einer Stunde werde ich das Haus verlassen. Wenn ich die gewünschte Erklärung habe, werde ich diesen Brief zerreißen und es wird so sein, als hätte ich dir nie geschrieben; solltest du ihn jedoch in deinem Pass finden, bedeutet das, dass etwas schiefgelaufen ist. In diesem Fall bitte ich dich, alles Kommissar Gallo von der Polizeistation Sanremo zu übergeben.
Auf jeden Fall danke ich dir.
Ciao, Nerica. In tiefer Dankbarkeit,
Luciana

Am Ende angekommen, schaute Tomas die Frau an, die weiterhin den kleinen Jungen in den Armen hielt.

»Haben Sie mit jemandem über diesen Brief gesprochen?«

»Nein.«

»Nicht einmal mit Ihrer Schwester und Ihrem Schwager?«

»Nicht einmal mit ihnen.«

»Ich behalte diesen Brief, okay?«

»Ja gut, ich dachte, Sie brauchen ihn. Signora Luciana hatte mich ja gebeten, ihn Ihnen zu geben.«

»Ich muss jetzt gehen, aber denken Sie daran, niemandem die Tür zu öffnen, egal aus welchem Grund.«

»Bald wird mein Schwager kommen.«

»Das ist auch gut so, dann sind Sie wenigstens nicht allein im Haus.«

Inzwischen war das Kind eingeschlafen. Nerica stand auf und nahm es in den Arm. »Können Sie einen Moment warten? Ich bringe ihn ins Bett.«

»Natürlich.«

Einige Minuten später kam sie zurück. Sie war glücklich, denn sie war sicher, dass ihr kleiner Neffe bis zum nächsten Morgen wie ein Stein schlafen würde.

»Ich werde Sie jetzt verlassen«, sagte Gallo, während er aufstand und seinen Stuhl an den Tisch zurückschob.

»Ich kann Ihnen wirklich nichts anbieten?«

»Nein, wirklich nichts! Danke.«

»Wenigstens einen Fruchtsaft?«

»Nein, aber trotzdem vielen Dank.«

»Und jetzt? Was wird jetzt passieren?«, fragte Nerica.

Gallo näherte sich der Tür und drückte die Klinke herunter. »Ich weiß nicht, was passieren wird, aber dieser Brief ändert eine Menge Dinge.«

54. KAPITEL

Ospedaletti, 24. Juni

Es war Punkt 22 Uhr. Eine noch vertretbare Zeit für einen Anruf, zumal Bevilacqua ihm versichert hatte, er sei rund um die Uhr erreichbar.

Er rief an, sobald er wieder hinter dem Steuer saß, noch bevor er den Wagen startete. Während das Telefon läutete, legte er den Kopf ans Fenster und starrte auf die Lichter, die die Stadt Ospedaletti in die Nacht zeichneten: Er betrachtete die ordentlichen Reihen von Laternenpfählen, die entlang der Promenade am Ufersaum aufgereiht waren, und die beleuchteten Häuser und Straßen, die das Gewirr der Gassen erkennen ließen.

Plötzlich kam die Antwort. »Guten Abend, Gallo, was ist los?«

»Guten Abend, Herr Doktor, entschuldigen Sie die späte Stunde.«

»Nein, nein, überhaupt kein Problem. Sagen Sie mir ruhig, was Sie auf dem Herzen haben.«

»Wir haben es. Wir haben den Beweis, den wir brauchten«, und er erklärte, was von dem Moment an, als er nach Riva Ligure zurückgekehrt war, bis zu den wenigen Minuten zuvor, als er Nerica gute Nacht sagte, geschehen war.

»Ich habe den Brief bei mir, und ich versichere Ihnen, dass es zu diesem Zeitpunkt keinen Zweifel mehr an der Schuld von Enrico Martini gibt.«

Der stellvertretende Staatsanwalt hielt einen Moment inne, als ob er nachdenken wollte, bevor er sprach. »Was beabsichtigen Sie zu tun? Wollen Sie sofortige Maßnahmen ergreifen?«

»Nein, Herr Doktor, ich würde lieber bis morgen früh warten. Ich möchte das Team organisieren. Wir werden die Observation lückenlos die ganze Nacht aufrechterhalten und so wissen wir genau, wo er morgen Früh sein wird.«

»Wie Sie wünschen. Ich werde Ihren Haftbefehl unterschreiben, sobald Sie im Büro sind, aber ab jetzt können Sie das tun, was Sie für richtig halten.«

»Vielen Dank, Herr Doktor.«

»Gute Nacht, Commissario. Ich lasse mein Telefon an. Rufen Sie mich an, wenn es etwas Neues gibt.«

Gallos zweiter Anruf galt Inspektor Viale, der sich zu diesem Zeitpunkt noch auf dem Polizeirevier befand. Auch ihm erzählte er genau, was geschehen war. Er bat ihn, den Rest des Teams zu benachrichtigen und am nächsten Morgen früh bereitzustehen. Nachdem er sich von ihm verabschiedet hatte, wies er ihn an, vor Ende seiner Schicht nach Hause zu gehen. Alle anderen waren mit der Observation im Dienst, und so wäre wenigstens Viale morgen früh einigermaßen ausgeruht.

»Es hat keinen Sinn, wenn du bis Mitternacht auf der Polizeiwache bleibst. Geh schlafen, ich will, dass du morgen fit bist, okay?«

»Also gut, Tomas, ich mache die Runde, um die du gebeten hast, und dann gehe ich nach Hause.«

»Werden wir alle vor Ort dabei sein? Eigentlich hat Giulia seit 3 Uhr frei, da kam Rubbano sie ablösen. Sie wird morgen ab 15 Uhr nachmittags wieder im Dienst sein.«

»Ruf sie an, ich will, dass sie dabei ist.«

Dann verabschiedeten sie sich und Gallo startete schließlich den Alfa GT. Er verließ den Rastplatz und fuhr gut zehn Minuten an Gewächshäusern vorbei, an Terrassen und Häuschen, die auf dem Hügel verstreut waren, auf dem er Nerica getroffen hatte, bis er nach einigen Kilometern Straße und vielen Kurven in das Zentrum von Ospedaletti kam und die Aurelia erreichte.

Plötzlich nahm er die rechte Hand vom Lenkrad und legte sie auf den Beifahrersitz, wo der Umschlag lag. Er drückte ihn zwischen den Fingern, als wolle er sich vergewissern, dass es sich nicht um eine weitere Illusion handelte, und konzentrierte sich dann auf das Fahren.

Er wusste nicht, ob er in dieser Nacht würde schlafen können, aber der nächste Tag würde sicherlich ein denkwürdiger Tag werden.

55. KAPITEL

Sanremo, 25. Juni

Die drei Streifenwagen verließen die Garage pünktlich um 6 Uhr, kurz bevor Sanremo erwachte, als nur die Fensterläden der Bars geöffnet waren und die Ampeln noch gelb blinkten.

Zum Team, das an diesem Tag vollzählig war, gesellten sich vier Agenten, die erst seit Kurzem bei der Polizei arbeiteten, sowie Benzina, dem die Aufgabe übertragen worden war, den ersten Wagen zu fahren.

Es waren viele, und sie wollten zwar nur einen Mann verhaften, aber Gallo erklärte ihnen, als sie sich alle in der Garage befanden, dass es sich um eine äußerst gefährliche Person handelte, die im Umgang mit Waffen und Sprengstoff geübt war und sich mit militärischen Strategien auskannte.

»Das wird kein Zuckerschlecken. Selbst wenn wir ihn in Hausschuhen und Schlafanzug finden, wird er seine Haut teuer verkaufen, und wir werden unsere Nerven behalten müssen.«

Einige Minuten später fuhren die Streifenwagen die kurze Stadtstrecke, ohne ihre Sirenen zu betätigen, und hielten vor dem Gebäude, in dem Martini wohnte. Das nur drei Stockwerke hohe Gebäude befand sich nicht nur in einer der angesehensten Gegenden der Stadt, sondern hatte auch ein angenehmes Aussehen durch die Palmen und Olivenbäume, die es auf allen Seiten umgaben. Nur Giacomo Benzina blieb, um die Autos zu bewachen, die anderen liefen die Allee entlang, die von der Straße abzweigte, und hielten vor dem Tor. Rubbano und zwei der jüngeren Polizisten hielten sich an die in der Garage getroffenen Vereinbarungen und bewachten den Hof vor dem Gebäude, während der Rest des Teams ins Innere ging. Die Wohnung befand sich im zweiten Stock. Laura blieb mit einem der Agenten, die zu diesem Anlass vom Polizeipräsidium Imperia geschickt worden waren, im ersten Stock stehen, die anderen gingen weiter nach oben, liefen die letzte Treppe hinauf und blieben vor der Tür rechts vom Treppenhaus stehen. Die Messinginschrift direkt unter dem Guckloch – *Dottore Enrico Martini* – gab keinen Anlass zum Zweifel. Gallo wartete, bis seine Kollegen bereit waren, dann lud er die Beretta durch und drückte auf die Klingel. Das Geräusch war draußen deutlich zu hören, aber hinter der Tür waren keine Schritte oder andere Geräusche zu hören. Er drückte noch einmal auf den Knopf und als er merkte, dass niemand öffnete, wandte er sich an Officer Marvaldi, der die Brechstange nahm und sie zwischen Tür und Pfosten schob, während die anderen ihre Waffen auf den Türklopfer richteten. Die ersten beiden Versuche waren erfolglos, beim dritten Versuch gab die Tür nach und gab den Blick auf das Innere der Wohnung frei.

Dunkelheit. Absolute Dunkelheit. Einen Moment lang war es, als hätte sich eine Wand aus Dunkelheit vor den Polizisten aufgetürmt, dann, als die über den Maschinengewehren hängenden Taschenlampen den Raum hinter der Tür erkundet hatten, materialisierten sich vier völlig kahle Wände und der Anfang eines ebenfalls dunklen Korridors, der in den Rest der Wohnung führte.

Der Erste, der vorrückte, war Gallo in Begleitung von Marvaldi, der die Brechstange auf den Treppenabsatz geworfen hatte und nun das Innere der Wohnung ausleuchtete, indem er es mit der Taschenlampe über dem Maschinengewehr erkundete. Hinter ihnen folgten Giulia, Viale und Giostra. Jeder von ihnen wählte ein Zimmer, und innerhalb von Sekunden ertönten die Rufe »Frei und leer«, und die gesamte Wohnung wurde erkundet. Es war niemand da und es dauerte nur ein paar Sekunden, um das festzustellen, denn die Wohnung war wirklich klein: ein Schlafzimmer, ein mit Fitnessgeräten vollgestopftes Zimmer, ein Badezimmer, die Küche und der Eingangsbereich. Sonst nichts, und als man die Fensterläden öffnete und auch die beiden kleinen Terrassen untersuchte, stellte man fest, dass jedes Zimmer, abgesehen von dem kleinen Fitnessraum, nur das Nötigste enthielt, kein einziges Möbelstück, das über das Notwendige hinausging, kein Bild an den Wänden, kein Teppich, keine Pflanze, kein Vorhang oder irgendeiner dieser Gegenstände, die an einen Ort erinnern, an dem ein Mensch einen guten Teil seines Lebens verbringt.

Bald fiel ein weiteres Detail auf. Im Schlafzimmer war das Bett ungemacht, aber auf einem Stuhl lag der sorgfältig gefaltete Schlafanzug, und in der Küche waren die Anzeichen eines kürzlich gemachten Frühstücks offensichtlich. In der Spüle standen ein leerer Joghurtbecher mit einem Löffel darin und eine schmutzige Tasse Tee, und auf dem Tisch lagen eine sorgfältig wiederverschlossene Packung Kekse sowie die Serviette und das Tischset zusammengerollt und in ihrem Ring angeordnet. Tomas näherte sich dem Wasserkocher, der auf der Herdplatte stand. Er berührte ihn mit der Hand: Er war noch lauwarm, ein Zeichen dafür, dass er kürzlich benutzt worden war, dann ging er ins Bad und suchte nach einer Zahnbürste. Sie war feucht, und im Waschbecken waren deutliche Spuren von Zahnpasta und einer Rasur zu sehen, die gerade vorgenommen worden war.

»Er ist nicht da«, sagte er, »aber er ist nicht geflohen.«

»Kann es sein, dass er schon in der Kanzlei ist?«, fragte Giulia.

»Es scheint mir noch zu früh zu sein«, sagte Tomas, »aber es könnte eine Idee sein.«

»Wir können nachsehen. Es ist nicht weit.«

In diesem Moment erschien Viale an der Badezimmertür. Er sah aufgeregt aus. »Tomas, du musst kommen und es dir ansehen.«

Er führte ihn in den Flur und von dort in das Schlafzimmer. Er zeigte ihm den Kleiderschrank, der aus der Wand gerissen worden war.

»Mit der Größe des Hauses stimmte etwas nicht. Der Flur war im Vergleich zur Küche und den Schlafzimmern zu lang, und ich wollte wissen, warum. Ich holte mir Hilfe, um den Schrank zu verschieben, und siehe da, ich fand etwas.«

Gallo verstand sofort, was sein Kollege meinte. Im Schlafzimmer war mithilfe von Gipskartonplatten ein sehr kleiner Raum geschaffen worden, dessen Eingang durch den Kleiderschrank getarnt war. Er schlüpfte hinter den Schrank, und als er durch die Öffnung in den geheimen Raum blickte, hatte er den endgültigen Beweis vor sich, dass Enrico Martini den Versuch, die Villa Nobel zu zerstören, geplant und durchgeführt hatte. In dem Raum, der so lang wie die Wand des Zimmers, aber kaum mehr als einen Meter breit war, befand sich außer einem kleinen Campingtisch, einem Stuhl und mehreren Taschenlampen ein richtiges Chemielabor, und das Material, das an einer der Wände auf dem Boden lag, ließ keinen Zweifel an seiner Verwendung. Es handelte sich eindeutig um einen Teil des Sprengstoffs, der zur Vorbereitung der Sprengladungen für die Villa Nobel verwendet worden war.

»Es gibt keinen Zweifel mehr«, sagte Viale.

»Nein«, bestätigte Gallo. »Definitiv nicht.« Er sah sich um. Dann stutzte er.

»Was ist das da?«, fragte er, »seht ihr das?« In einem Päckchen Plastiksprengstoff steckte eine auffällige Haarnadel, circa 15 Zentimeter lang und mit einem bemalten Holzgriff.

»Da müsste die Forensik Blutspuren nachweisen können. Das muss die Tatwaffe sein.«

»Wo ist er hingegangen? Wie ist er hier rausgekommen, trotz unserer eilig improvisierten Überwachung? Über die Balkone der Nachbarn nach hinten raus?«

Tomas schüttelte den Kopf. »Kann sein. So ein Apartmenthaus hat viele Zugänge. Die Wohnung wurde die ganze Nacht observiert. Er ist weder gekommen noch gegangen. Jedenfalls nicht, dass wir es gemerkt hätten. Und jemand hat sich Tee gemacht und sich rasiert. Wo ist er?«

»Ich kann dir nicht sagen, wo er gerade ist, aber wir sollten vielleicht der Kanzlei jetzt einen Besuch abstatten.«

56. KAPITEL

Sanremo, 25. Juni

Als Gallo die Wohnung von Enrico Martini verließ, rief er als Erstes Bevilacqua an. Er teilte ihm mit, wie es gelaufen war und was sie gefunden hatten. Während er darauf wartete, dass der stellvertretende Staatsanwalt die Beschlagnahmung der Wohnung unterzeichnete, und vor allem während er darauf wartete, dass das Bombenentschärfungskommando eintraf, um den im Geheimzimmer gefundenen Sprengstoff zu neutralisieren, ließ er Rubbano und einen der jüngeren Agenten das Gebäude bewachen.

Wenige Minuten später rasten die Streifenwagen wieder los, um möglichst schnell in die ehemalige Kanzlei von Rechtsanwalt Boeri zu kommen. Diesmal heulten die Sirenen durch das noch morgendlich ruhige Sanremo. Mit quietschenden Reifen kamen die Polizeiautos zum Stillstand, die Türen flogen auf und die Polizisten stürmten mit gezückten Waffen zum Eingang.

Es war etwas mehr als eine Stunde vergangen, seit sie die Garage verlassen hatten, und in der Zwischenzeit hatte sich die Situation dramatisch verändert. Die Stadt war aufgewacht: Auf den Straßen herrschte reger Verkehr, und auf den Bürgersteigen waren erste Menschen zu sehen. Die einen gingen zur Arbeit, die anderen frühstückten oder kauften ein, und wieder andere wollten einfach nur am Meer spazieren gehen, bevor die Sonne zu heiß wurde.

Eine ältere Dame kam zur gleichen Zeit aus dem Gebäude, als sich das Team vor dem Tor versammelte. Als sie die Polizisten mit den Pistolen in den Fäusten sah, erstarrte sie, als sie auf den Bürgersteig trat. Es schien, als wüsste sie nicht mehr, was sie tun sollte. Giulia und Gallo, die vor der Gruppe standen, hoben beide eine Hand, um sie zu beruhigen.

»Leise!«, sagten sie unisono und forderten sie auf, nach vorne zu kommen.

Sobald die Frau den Weg freigemacht hatte, schlüpften sie in die Lobby und stiegen die Treppe hinauf, mit Ausnahme von Laura und einem Polizisten, die im Erdgeschoss Wache hielten.

Sowohl Gallo als auch Giulia waren schon einmal in der Anwaltskanzlei gewesen, aber die anderen Male waren sie mit dem Aufzug hinaufgefahren. Diesmal nahmen sie die Treppe und brauchten ein paar Sekunden, bis sie sich mit dem Ort vertraut gemacht hatten. Beide waren sich sicher, dass das Büro verschlossen war, aber die Glastür mit dem Schild *»Studio legale Avvocato Mario Boeri«* war angelehnt, als ob jemand gerade eingetreten war und vergessen hatte, sie zu schließen. Giulia, die in diesem Moment dem Eingang am nächsten war, drehte sich zu Tomas um, der wartete, bis alle anderen ihre Positionen eingenommen hatten, dann richtete er die Waffe vor sich und nickte. Giulia legte ihre Hand auf die Klinke, drückte leicht und die Tür schwang auf, um den Warteraum zu öffnen. Das Licht war an. Es war offensichtlich, dass jemand da war, aber es war kein Geräusch zu hören. Tomas trat ein, gefolgt von allen anderen, und plötzlich tauchte Frau Olga Pisani aus dem Korridor auf. Sie schien nichts bemerkt zu haben, aber als sie die Polizisten sah, reagierte sie genauso wie die ältere Dame kurz zuvor am Eingang des Gebäudes. Sie erstarrte nur einen Schritt von dem kleinen Sofa entfernt, das für die Wartenden reserviert war, und erbleichte. Sie sah aus, als ob sie jeden Moment in Ohnmacht fallen würde.

»Ist Enrico Martini hier?«, bellte Gallo.

Sie schaute ihn ausdruckslos an und deutete dann an, zu antworten, aber es schien, als kämen die Worte nicht über ihre Lippen.

»Ist Enrico Martini im Büro?«, wiederholte der Commissario.

Schließlich antwortete das Mädchen. »Nein, Signor Martini ist nicht da.«

»Haben Sie die Kanzlei geöffnet?«

»Ja, ich bin vor ein paar Minuten angekommen.«

»Sind Sie allein?«

»Es gibt nur mich hier, ja.«

Dann nahm ihr Gesicht wieder Farbe an, und Giulia bemerkte etwas, das bis dahin niemandem aufgefallen war. Das Mädchen hatte gerade geweint, und die Tränen, die ihr Make-up ruiniert hatten, waren definitiv nicht durch den Anblick der Polizisten verursacht worden.

»Warum haben Sie die Kanzlei aufgemacht? Das ist doch nicht die übliche Zeit, oder?«

»Nein, das sind nicht die Öffnungszeiten.«

»Warum so früh?«, drängte Tomas sie.

Olga betrachtete sein Gesicht und schüttelte dann den Kopf. »Irgendetwas stimmt nicht«, sagte sie, »aber ich hätte nicht gedacht, dass sie die Polizei schicken würden.«

»Was sagen Sie?«, fragte Giulia.

»Was ist denn los?«, fragte auch Gallo.

Olga rümpfte ein paar Mal die Nase, dann antwortete sie langsam, als ob sie ihre Worte abwägen würde. »Gestern Abend, kurz bevor ich das Büro verließ, erhielt ich eine E-Mail von der Stiftung, mit der der Anwalt zu tun hatte. Offenbar war eine ungerechtfertigte Abhebung vom Bankkonto vorgenommen worden. Es handelt sich um einen unverhältnismäßig hohen Betrag. Mehrere Millionen. Ich bin davon ausgegangen, dass es eine Beschwerde geben würde, aber ich hätte nicht gedacht, dass Sie bewaffnet kommen würden.«

»Von welcher Stiftung sprechen Sie?«, fragte Gallo.

»Einer Stiftung, die zugunsten der Opfer gegründet wurde, die in den Fabriken der Familie Nobel umgekommen sind. Die Renten, die die Begünstigten erhalten, waren bis auf wenige Ausnahmen Ende letzten Jahres geschlossen worden, doch gestern Morgen gab es eine größere Abhebung, weshalb ich so früh ins Büro kam, um herauszufinden, was passiert sein könnte, und um die E-Mail zu beantworten.«

»Wer hat Zugriff auf die Verwaltung der Mittel?«, fragte Giulia.

»Rechtsanwalt Boeri war dafür zuständig, aber wie ich Ihnen schon sagte, war es gestern Morgen und sicher nicht sein Werk.«

»Wer hat außer ihm noch Zugang zur Stiftung?«, drängte Gallo sie.

»Signor Martini«, sagte Olga mit leiser Stimme.

Tomas und Giulia warfen sich einen vielsagenden Blick zu, dann wandte sich Tomas wieder dem Mädchen zu. »Ich denke, Sie müssen eine Vorstellung davon haben, was passiert sein könnte.«

»Ja, ich habe eine Idee, aber es erscheint mir alles so absurd …«

»Noch einmal, sind Sie sicher, dass Herr Martini nicht hier ist?«

»Nein, er ist nicht da. Ich sagte doch, ich habe gerade erst geöffnet. Ich bin allein.«

»Wir müssen uns das ansehen.«

»Natürlich …«

Gallo befahl zu überprüfen, dass sich niemand im Büro versteckte, und innerhalb weniger Sekunden verließen die Polizisten den Warteraum, um die Büros zu überprüfen. Das Ganze dauerte nicht länger als zwei Minuten. Als klar war, dass niemand da war, wandte sich Gallo erneut an Olga.

»Haben Sie eine Ahnung, wo Enrico Martini sein könnte? Es ist wichtig!«

»Nein, ich weiß es wirklich nicht, aber gestern, bevor er das Büro verlassen hatte, sagte er, er würde heute nicht kommen.«

Gallo konnte sich eine ärgerliche Geste nicht verkneifen. »Merda! Wir haben ihn entkommen lassen.«

Aber Giulia kam in seine Nähe. »Tomas, ich glaube nicht, dass Martini entkommen ist. Du hast die Wohnung selbst gesehen. Die Frühstücksreste, der sorgfältig gefaltete Pyjama … Er hat sich sogar rasiert, als wäre es ein ganz normaler Tag für ihn. Das heißt, er weiß noch nicht, dass der Fehlbetrag entdeckt wurde.«

»Und wenn schon?«

»Ich glaube, dass er gerade jetzt daran denkt, die Brücken hinter sich abzureißen und alles zu beseitigen, was eine Gefahr darstellen könnte.« Sie hielt einen Moment inne, dann nahm sie ihn zur Seite und sprach leise mit ihm. »Tomas, warum denkst du, dass Martini die Frau des Anwalts getötet hat?«

»Weil sie eine Gefahr darstellte. Frau Fiorini hatte Informationen, die seine Schuld aufgedeckt hätten, deshalb.«

»Aber dann … hast du an Sonja Keller gedacht? Glaubst du nicht, dass Martini Angst hat, dass das Mädchen zu Bewusstsein kommt und sagt, was sie weiß?«

Gallo sah seiner Kollegin in die Augen, während ein Adrenalinstoß durch seine Adern schoss. »Du hast recht!«

Er eilte sofort zum Ausgang und wies das Team an, ihm zu folgen. »Abmarsch, sofort! Wir werden hier nicht mehr gebraucht.«

Er rannte die Straße hinunter und stieg in das erste Auto ein, das von Benzina gefahren wurde. »Gib Gas! Schalte die Sirene ein und gib Vollgas.«

»Wohin soll ich fahren?«, fragte der Mechaniker, als er den Schlüssel im Zündschloss umdrehte.

»Zum Krankenhaus! So schnell du kannst!«

57. KAPITEL

Sanremo, 25. Juni

Der Warteraum der Intensivstation war kaum mehr als ein Korridor mit vielen Türen an den Seiten und ein paar Stühlen für die Wartenden. Am Ende befand sich der Eingang mit Anweisungen für die Angehörigen und einer Klingel für das Personal.

Trotz der Tatsache, dass seine Polizeimarke fast alle Türen öffnete, hatte Kommissar Gallo immer großen Respekt vor Pflegeeinrichtungen, und wann immer er sich in einer solchen aufhielt, auch dienstlich, verhielt er sich äußerst respektvoll. Eine Art von Bescheidenheit hinderte ihn daran, seine Stellung zu missbrauchen.

Er wollte nur von Giulia und Viale begleitet werden. Die anderen blieben in dem langen Korridor, der von der Eingangshalle zur Station führte.

Er läutete an der Tür und wartete. Eine sehr junge Krankenschwester öffnete ihm die Tür und er erklärte ihr, dass er wegen Frau Sonja Keller da sei. Das Mädchen sah erst ihn und dann die Kollegen hinter ihm an. Die Tatsache, dass Giulia und Viale Maschinengewehre über die Schultern gehängt hatten, schien sie nicht sonderlich zu überraschen, wohl aber die Tatsache, dass sie zu dritt waren.

»Sind Sie gekommen, um den diensthabenden Offizier abzulösen?«

»Wir müssen prüfen, ob alles in Ordnung ist.«

»Der Chefarzt hat angeordnet, dass nur ein Agent eintreten

darf, wie auch immer … wie auch immer, kommen Sie«, sagte sie und trat zur Seite, damit sie passieren konnten.

Sie führte sie den Gang hinunter, der nichts anderes war als die Fortsetzung des Ganges vor dem Eingang, und zeigte dann auf einen Polizisten, der auf einer Bank an der Wand saß.

»Da sind wir, da drüben.«

Der wachhabende Polizist, der seine Kollegen sah, stand auf. Er gehörte nicht zur Polizeiwache von Sanremo und war wahrscheinlich vom Polizeipräsidium von Imperia dorthin geschickt worden. Sobald er in Rufweite war, fragte Gallo ihn, ob alles in Ordnung sei.

»Alles ist ruhig«, antwortete der Agent.

»Haben Sie das Zimmer überprüft?«

»Das mache ich alle halben Stunden, der Arzt hat es mir erlaubt, unter der Bedingung, dass ich eine Maske und einen Kittel trage«, dann schaute er auf seine Armbanduhr. »Eigentlich wäre zu diesem Zeitpunkt die halbe Stunde schon vorbei gewesen, aber der Krankenpfleger ist gekommen, und bevor ich reingehe, warte ich lieber, bis er fertig ist.«

»Okay …«, stimmte Gallo zu, aber das Mädchen, das sie begleitet hatte, starrte den Polizisten verwirrt an. »Sagten Sie, ein Krankenpfleger sei gekommen?«

»Ja, er hat mir erklärt, dass er die Verbände wechseln muss.«

»Ich glaube, die Müdigkeit hat Ihnen einen Streich gespielt«, erwiderte das Mädchen und deutete ein Lachen an. »Auf dieser Station sind wir nur Krankenschwestern, also war das, was Sie gesehen haben, definitiv eine Frau!«

Der Polizist sah sie verwundert an, während Tomas, der diese Worte mit einem Crescendo des Erstaunens vernommen hatte, die Pistole aus dem Holster nahm und sie entsicherte. Einen Moment später stieß er die Tür zu dem Zimmer auf, in dem Sonja lag.

Die Schwester, deren Gesichtsausdruck sich innerhalb einer Sekunde von einem Lächeln in einen fassungslosen Blick verwandelt hatte, versuchte, ihn aufzuhalten, aber Giulia und Inspektor Viale, die ebenfalls mitbekommen hatten, was vor sich ging, baten ihren Kollegen, sie fernzuhalten, und folgten Gallo.

Einen Moment lang konzentrierten sich beide auf die Gestalt des Kommissars, der in der Mitte des Raumes stehen geblieben war und seine Waffe nach vorne richtete, dann sahen sie das Krankenbett, das von Monitoren, Ventilatoren und einer Unzahl von Kabeln und Plastikschläuchen umgeben war, die den auf den sehr weißen Laken liegenden Körper am Leben erhielten. Neben all dem ragte die Gestalt eines Mannes auf, ebenfalls sehr weiß, von den Füßen bis zu der kleinen Haube auf seinem Kopf. Er beugte sich über das Bett, hielt ein Kissen in den Händen und drückte es dorthin, wo ihr Gesicht zu vermuten war.

»Weg da!«, rief Gallo. »Sofort!«

Enrico Martini drehte sich um. Er sah, dass die Waffe auf ihn selbst gerichtet war, und ließ das Kissen los. Dann ertönte das metallische Klicken des Maschinengewehrs, das Giulia und Inspektor Viale entsichert hatten, und er wich einen Schritt zurück.

»Weg da!«, rief Gallo noch einmal, »und verschränken Sie die Hände fest hinter dem Kopf.«

Giulia hatte sich inzwischen dem Bett genähert und das Kissen auf den Boden geworfen.

»Wie geht es ihr?«, fragte Gallo, der Enrico weiterhin mit vorgehaltener Waffe in Schach hielt.

»Ich weiß es nicht«, antwortete die Polizistin mit aufgeregter Stimme. Sie wartete einen Moment, als ob sich die Zeit plötzlich ausgedehnt hätte, oder sie hielt einfach inne, um Luft zu holen, und rief dem Beamten, der draußen geblieben war, zu, die Krankenschwester sofort hereinzuholen und den Arzt zu verständigen.

Gallo starrte auf den Bildschirm, die Linien bewegten sich langsam, dann richtete er seinen Blick auf Sonjas Gesicht, das halb von einem Verband verdeckt war, der ihre Stirn vollständig bedeckte. Er hatte fast Mühe, sie zu erkennen, dann hob er die Waffe höher und richtete sie genau auf Martinis Gesicht.

»Waren zwei Tote nicht genug? Musstest du auch sie töten?«

Der Mann verzog sein Gesicht zu einem bösen Grinsen. »Keiner würde es merken. Sie ist ja eh schon halb tot. Niemand bemerkt das Fehlen einer kleinen Schlampe«, sagte er und bemühte sich zu lachen, »und einer Lesbe obendrein.«

Der Kommissar zuckte zusammen. Er klappte den Kiefer zusammen und sein Zeigefinger zuckte am Abzug. Giulia, die begriff, was geschah, rief ihm zu, er solle sich beruhigen.

»Tomas! Mach keinen Unsinn! Es ist vorbei, okay?«

Viale versuchte auch, den Kommissar zu beruhigen. »Beruhige dich! Wir werden ihm Handschellen anlegen und ihn abführen.«

Martini, der den Dialog der Polizisten gehört hatte, lachte wieder, aber diesmal war es das schiefe Grinsen von jemandem, der weiß, dass er verloren hat.

»Haben Sie es mir übel genommen, dass ich gesagt habe, das Mädchen sei eine Schlampe? Ich wollte nicht beleidigend sein! Ich meinte nur, dass sie dumm war. Sie hat mir vertraut, sie musste es sein, meinen Sie nicht? Und außerdem versichere ich Ihnen, dass sie mit dem Sprengstoff keine große Hilfe war. An dem Tag, an dem ich die Sprengladungen in der Villa anbrachte, hat sie mir nur geholfen, die Koffer aus dem Kofferraum auszuladen, und das alles nur, damit sie diesem Scheißkerl Boeri ihre Wut entgegenschreien konnte. Das war eine Filmszene, glauben Sie mir! Eine echte Filmszene! Er, der so geil darauf war, sie ins Bett zu kriegen, und sie, die ihn mit Schimpfwörtern überschüttete. Er fasste sie an und sie gab ihm eine Ohrfeige. Es dauerte eine Weile, bis der Anwalt begriff, dass der Abend ausnahmsweise nicht in einem Hotelzimmer enden würde. Zuerst dachte er, die Ohrfeige gehöre zum Spiel, aber dann begann er, sich zu wehren, und als er sie an den Haaren packte und die Spange zu Boden fiel, ergriff ich die Gelegenheit. Die Ahle war perfekt, sogar besser als mein Messer. Ich kam aus dem Dickicht, in dem ich mich bis dahin versteckt hatte, hob sie vom Boden auf und stieß sie ihm ins Herz. Es war so einfach, weil sie beide dachten, ich sei da, um ihnen zu helfen. Sowohl der Anwalt als auch das Mädchen waren überzeugt, dass ich auf ihrer Seite war, und so … ein Stich, und das Schwein ging ins Jenseits.«

»Alles für lausiges Geld!«, rief Gallo aus.

»Sie sind ein Polizist«, erwiderte Enrico mit einem finsteren Blick. »Sie sollten wissen, dass Menschen fast immer für Geld töten. Den Anwalt aus dem Weg zu räumen, war die einzige Möglichkeit, an die Konten der Stiftung heranzukommen. Was habe ich am Ende falsch gemacht? Jahrelang nahm ich an Kriegen auf der halben Welt teil und tötete dabei viele Menschen, ohne dass sich jemand veranlasst sah, mich zu verurteilen. In manchen Fällen hielt man mich sogar für einen Helden, und jetzt, weil ich ein Stück Scheiße ausgeschaltet habe, das seine Mitmenschen ausgenutzt hat, bin ich ein gefährlicher Mörder?«

Er sagte es fast schreiend, einen Moment lang schien er sogar auf eine Antwort zu warten, dann fuhr er mit ruhigerer Stimme fort. »Es war ein perfekter Plan, verstehen Sie? Ich brauchte das Mädchen, um Boeri zur Villa Nobel zu locken, ohne dass er Verdacht schöpfte. Und die Explosion in der Villa war ein fantastisches Mittel, um die Ermittlungen abzulenken. Die Leute hätten gedacht, dass es sich um einen terroristischen Anschlag handelte, sie hätten wahrscheinlich gedacht, dass der Anwalt irgendwie darin verwickelt war oder dass er entdeckt hatte, dass jemand Sprengsätze platziert hatte, und niemand hätte sich um einen Diebstahl aus einer wohltätigen Stiftung gekümmert.«

»Ich erinnere Sie daran, dass Sie auch die Frau des Anwalts getötet haben«, sagte Tomas, der immer noch mit der Waffe auf ihn zielte.

»Sie kam mir in die Quere, ich hatte keine Wahl.«

»Und ich erinnere Sie daran, dass wir Sie aufgehalten haben, als Sie versuchten, einen neuen Mord zu begehen.«

Martini wandte sich dem Bett zu und sah Sonja beiläufig an. »Sie drohte im Weg zu sein, deshalb musste ich sie ausschalten, und die Szene mit ihr und dem Anwalt, die sich stritten, war sowieso fabelhaft. Es war urkomisch! Sie ist wie eine Furie auf das Schwein losgegangen. Ich habe noch nie so viel Spaß gehabt.«

»Ich versichere Ihnen, dass Sie von nun an nicht mehr so viel zu lachen haben werden«, sagte Gallo und beendete damit seine Tirade. »Du wirst im Gefängnis verrotten.«

In der Zwischenzeit ging Viale um Martini herum, legte ihm Handschellen an und zerrte ihn dann unsanft aus dem Zimmer.

Bevor er ging, hatte Tomas noch Zeit, in den Raum zurückzuschauen. Er brauchte nichts zu fragen: Sein Blick war beredter als 1.000 Worte.

»Alles ist in Ordnung«, sagte der Arzt, während er die Daten auf dem Monitor überflog, »die Vitaldaten sind regelmäßig und stabil.«

Und die Krankenschwester, die auch verstanden hatte, was er wissen wollte, bewegte ihre Hand auf eine Weise, die keinen Zweifel ließ. Sonja war am Leben.

58. KAPITEL

Sanremo, 26. Juni

Rubbano hatte gerade seinen Tagesbericht beendet. Mit durchgedrücktem Rücken strammstehend vor seinem Schreibtisch hatte er Berichte, Beschwerden und Interventionen der Streifenwagen mit Fahrplänen und einer Liste der Polizisten, die in der Nachtschicht arbeiteten, durchgesehen und war schließlich gegangen und hatte den Kommissar allein gelassen.

Eine Weile lang hatte Gallo die Schubladen seines Schreibtisches ziellos geöffnet und geschlossen, wie man es tut, wenn man sich die Zeit vertreiben will, dann hatte er etwas Kleingeld aus seiner Tasche geholt. Er wollte seine Kollegen zusammenrufen und ihnen einen Kaffee ausgeben. Als er gerade aufstehen und das Büro verlassen wollte, hörte er ein Klopfen an der Tür. Es war Laura. Sie kam ihm lächelnd entgegen und war eindeutig gut gelaunt. Er betrachtete ihr Gesicht und war wieder einmal davon überrascht, wie stimmig ihre Erscheinung war. Laura strahlte mit jeder Pore eine Lebensfreude und Positivität aus, um die man sie beneiden konnte.

Die Polizistin blieb in der Mitte des Raumes stehen. »Ich weiß, dass Antonio gerade hier war«, sagte sie, »ich habe ihn gehen sehen.«

»Ja, er war bis vor Kurzem hier und hat den üblichen Bericht abgegeben.«

»Er hat dir nicht alles gesagt. Es gibt Neuigkeiten.« Sie konnte ihre Freude kaum verbergen. Ihr Grinsen sprach Bände.

Lauras aufgeregte Fröhlichkeit übertrug sich auf Gallo. »Welche Neuigkeit?«

»Vor fünf Minuten habe ich mit einem Freund telefoniert, der im Krankenhaus arbeitet. Sonja Keller hat die Intensivstation verlassen.«

»Was?«, rief Gallo. »Wann war das?«

»Heute Nacht. Anscheinend hat sie sich erholt und wurde auf die normale Station gebracht. Sie ist aber noch unter strenger ärztlicher Aufsicht, bis auf Weiteres.«

Sie kam näher und blieb vor dem Schreibtisch stehen. Sie wartete einen Moment, bevor sie sprach. »Ich weiß nicht, ob ich mich da zu sehr eingemischt habe … aber ich habe gefragt, wie das in dieser Abteilung mit den Besuchen funktioniert. Es ist so eine Art Aufwachraum. Sie hängt noch an allen möglichen Monitoren. Falls du es wissen willst, sie lassen von 14 bis 15 Uhr jeweils eine Person für ein paar Minuten rein.«

Gallo hätte Laura am liebsten umarmt. »Danke, Laura, das sind gute Nachrichten. Danke!«

Dann starrte er sie zweifelnd an. »Meinst du, ich sollte zu ihr gehen?«

Laura lächelte. Es war ein breites und sonniges Lächeln. »Ich würde sagen … JA!«

59. KAPITEL

Sanremo, 1. Juli

Sonja hatte geglaubt, von draußen ein Geräusch zu hören, starrte dann zum Fenster zu ihrer Rechten und dämmerte sofort wieder weg.

Sie öffnete ihre Augen, als sie plötzlich die Tür knarren hörte. Im nächsten Moment spürte sie eine trockene, warme Hand, die sich vorsichtig über ihren linken Handrücken legte. Die Infusionsnadel kurz über ihrem Handgelenk zupfte an ihren Nerven.

»Gleich kommt Besuch für dich«, sagte Patrizia, die blonde Krankenschwester.

Sie versuchte ein Blinzeln und beobachtete, wie Patrizia – ihre Hand drückend – einen Blick auf die Monitore warf.

Besuch! War sie schon so weit? War es ein Abschiedsbesuch? Musste sie doch sterben?

Sie hatte Mühe, wach zu bleiben und einen vernünftigen Gedanken zu fassen. Sie hatte weder Durst noch Hunger. Ihr tat nichts weh und sie verspürte keinen Drang, sich zu bewegen. Einfach nur daliegen – und träumen.

Eine Stimme drang wie durch Wattewolken aus dem hinteren Teil des Raumes zu ihr durch. Es war wieder Patrizia. Sie erklärte gerade jemandem, dass der Besuch kurz sein müsse: »Höchstens fünf Minuten, nicht länger!«, hörte sie ihre strenge Stimme sagen. »Und denken Sie daran, sie nicht zu ermüden!«

Einen Moment später spürte sie Schritte neben ihrem Bett. Sie roch seinen Atem. Sie erkannte ihn sofort. Mit geschlossenen Augen hob sie ihre Infusionshand. Es sollte ein Gruß sein.

»Hallo, Sonja«, hörte sie seine warme Bassstimme und spürte die Wärme einer großen Hand, die sich behutsam auf ihre legte. »Wie geht es dir?«

Tomas' Worte schienen aus einer fernen Welt zu kommen, aber sie fand die Kraft zu antworten. Sie tat es auf Deutsch.

»Passt schon«, hauchte sie. Es verging ein Moment, der ewig zu dauern schien, dann hörte sie ihn weitersprechen, langsam, vielleicht, um sich besser verständlich zu machen.

»Vorhin war ich beim Arzt. Mit ein bisschen Geduld wird alles wieder so, wie es vorher war. Abgesehen von den Narben und ein bisschen Titan hier und da in den Knochen wirst du keine Folgen haben. Auch von der Justiz wirst du nicht viel zu befürchten haben. Enrico Martini hat ein volles Geständnis abgelegt, sodass die schwerwiegendsten Anschuldigungen gegen dich fallen gelassen wurden. Kein Mord und kein versuchter Terroranschlag. Vielleicht wirst du wegen Verletzung der Totenruhe angeklagt werden – du weißt schon, der Anwalt, den ihr durch den Garten geschleppt habt. Dafür gibt's vielleicht ein paar Monate, in deinem Fall aber sicherlich auf Bewährung.«

Sie bewegte ihre Augen. Sie bemühte sich zu lächeln, trotz der Taubheit, die jede ihrer Bewegungen schwer wie Blei machte.

Einen Moment lang herrschte Schweigen, dann sah sie sein Gesicht über ihr Bett gebeugt. Sie spürte seinen Atem auf ihren Augenlidern …

»Es tut mir leid, wie es gelaufen ist«, sagte er ihr. »Es tut mir leid für Annette und es tut mir leid für dich. Ich hätte dich gerne zu einem anderen Zeitpunkt getroffen.«

Sie sammelte all ihre Kräfte.

»Nein …«, murmelte er, jetzt dicht an ihrem Ohr. »Streng dich nicht an. Es war schön, dich zu sehen.«

Dann holte sie tief Luft und bewegte in einer unmenschlichen Anstrengung ihre Hand, als wolle sie sich vergewissern, dass er sie hörte.

»Wirst du mich noch mal besuchen?«

In diesem Moment erschien die blonde Krankenschwester im Zimmer. Sie sprach nicht, aber es war offensichtlich, dass die Zeit schon abgelaufen war.

»Morgen«, sagte Tomas, der Patrizia aus den Augenwinkeln gesehen hatte. »Ich schwöre, ich werde morgen wieder hier sein.«

Einen Moment später beugte er sich über sie und küsste sie auf die Stirn, direkt unter dem Verband, der ihr Haar verdeckte.

»Ja«, flüsterte Sonja. »Wir sehen uns morgen.«

PERSONENREGISTER

Commissario Tomas Gallo, Tomaso Galimberti della Casa
Die Galimberti della Casa waren eine uralte Adelslinie mit teils düsterer Vergangenheit. Als nach 1946 die Monarchie in Italien endgültig abgeschafft worden war und die junge Republik sich an die Aufarbeitung ihrer kolonialen Vergangenheit machte, wurden die Galimberti della Casa dem sogenannten Schwarzen Adel zugerechnet. Ominöse Bischöfe, geheime Verträge mit dem Vatikan und den Savoyern, Ansprüche der italienischen Krone an den Kolonien in Istrien und Libyen und vieles andere mehr in den Irrungen und Wirrungen der vergangenen Jahrhunderte beim Schachern mit Pfründen zog sich wie ein roter Faden durch die Familiengeschichte der Galimberti della Casa. Und vieles davon waren goldene Fäden. Tomas Gallo hat sein Erbe nicht ausgeschlagen, aber es interessiert ihn nicht. Die Verwaltung liegt in den Händen eines Treuhandbüros in Rom. Er lebt von seinem Polizistengehalt und bestreitet seine Ausgaben wie jeder normale Gehaltsempfänger.

Gräfin Letizia Galimberti della Casa
Mutter von Gallo, wegen ihrer Lebensart und ihrer Kultiviertheit als Vorbild angesehen, aber vor allem wird sie wegen ihrer Herkunft respektiert. In der Vergangenheit waren die Galimberti Della Casa eine der mächtigsten Familien in Norditalien und hatten überall Verbindungen, vor allem zum Klerus in Rom.

Antonio Rubbano

Sub-Kommissar, ein inselbegabter Kommissaranwärter. Über Rubbano war Gallos Urteil schnell gefällt: Er konnte hinter der stocksteifen Fassade, die weder durch Humor noch durch bohrende Blick zu bröckeln schien, keine Spur von Bosheit, Ablehnung, mangelndem Ernst, Unaufrichtigkeit, Manipulation, Selbstmitleid oder falscher Noblesse entdecken. Das sind genau die Qualitäten, auf die der neue Commissario Gallo bei seinen Mitarbeitern größten Wert legt. Maskenhaft und seltsam, aber immer verlässlich. Höchste Punktezahl in Gallos Wertesystem: unbedingt loyal. Inselbegabte – sogenannte Savants – brauchen Rituale, sonst verlieren sie im Alltag jeden Halt. Dem trägt Gallo gerne Rechnung.

Von unschätzbarem Wert für Gallo ist außerdem Rubbanos fast fotografisches Gedächtnis, gepaart mit der wirklich seltenen Fähigkeit, die wöchentlich ins Kommissariat hereinflatternden Dienstanweisungen nicht nur lesen, sondern auch verstehen zu können. Niemand weiß mehr über die Bürokratiekrake der italienischen Justizbehörden als Rubbano. Niemand *versteht* sie – außer Vize-Commissario Antonio Rubbano.

Auch hier ist Rubbano derjenige, auf den sich das gesamte Kommissariat immer verlassen kann, wenn jemand für seine Ermittlungen Daten und Namen braucht, von denen niemand weiß, ob diese sich noch zwischen Bergen von verstaubten Akten auf irgendwelchen Fluren verstecken oder schon dem digitalen Nirwana angehören, wo sie fast noch schwieriger zu finden sind.

Laura Zendroni

Inspektorin, weit jenseits der 50, ledig, nicht mehr lange bis zur Rente. Eine Frau mit starkem Charakter, zupackend, die auf Gallo achtgibt und ihm darüber hinaus die Aufmerksamkeit und Toleranz schenken kann, die wohl jede gute Mutter für einen ungezogenen und rücksichtslosen Sohn aufbringt. Oft behandelt sie ihn grob und manchmal – obwohl er der Kommissar und sie eine einfache Inspektorin ist – erspart sie ihm nicht eine ordentliche Kopfwäsche, aber es ist offensichtlich, dass sie ihn sehr gerne hat. Und dass sie das Kommissariat mit allem, was dazugehört, jederzeit wie eine Löwin verteidigen würde. Es gibt Tage, an denen Tomas ihre mütterliche Aura kaum ertragen kann, aber dann, nachdem sein anfänglicher Ärger sich verzogen hat, mutmaßt er überrascht, dass sein Ärger sich eher auf die mütterlichen Versäumnisse der Gräfin, seiner eigenen Mutter, bezieht als auf Zendronis Verhalten.

Paolina

Ihr gehört die Bar unter Gallos Wohnung. Tüchtig, zupackend, gastronomisch versiert. Pragmatisch.

Bevilacqua

Vize-Staatsanwalt, der mächtigste und ranghöchste Vertreter der Justiz in Sanremo, während der Ermittlungen mit richterlichen Befugnissen ausgestattet. Gallos Vorgesetzter.

Giulia Brizio und Claudio Giostra

Junge Inspektoren aus Dörfern im Hinterland. Sie stammen beide aus Dörfern im Hinterland der Küste, Brizio aus Montalto oberhalb von Taggia, und Giostra aus Pontedassio, nördlich von Imperia. Beide sind noch jung, ehrgeizig und angehende Vollblutpolizisten und kennen sich von Kindesbeinen an mit dem Oliven- und Weinanbau der Aziende Agricole ihrer jeweiligen Familien aus, wo sie auch heute noch in ihrer Freizeit oft aushelfen müssen. In den kalten Monaten diskutieren sie gewöhnlich über den Ölertrag der jeweiligen Olivenhaine ihrer Familien, während im Sommer fast immer über den Weinberg gesprochen wird.

Beide mögen das Meer nicht besonders, doch als Giulia einmal bewusst an dem Corso Imperatrice entlang ging, konnte sie nicht anders, als sich verwundert umzusehen. Sie konnte bis jetzt mit der Riviera der Strände des mondänen Lebens nicht viel anfangen, und zog die Täler des Hinterlandes vor, aber dieser Ort wusste ihr Herz zu berühren.

Inspektor Viale

Vize-Kommissar, Rubbanos gleichrangiger Kollege. Verheiratet, eine Tochter.

Der Vize-Kommissar ist ein Mann in den 40ern, groß und stämmig, gut aussehend, mit vollem Haar und dunklen Augen. Unter seinem Hemd wölbt sich ein auffälliger Bauch. Als junger Mann hatte er Fußball gespielt, er war ein aufmerksamer und begabter Außenverteidiger, der aber nicht nur verteidigen konnte, sondern auch im Sturm seinen Mann stand. Er hatte es bis in die C-Mannschaft geschafft. Nachdem er seine Karriere als Fußballspieler beendet hatte, vernachlässigte er jede körperliche Betätigung, und nach und nach war sein Bauch exponentiell gewachsen, bis hin zu dem Punkt, an dem er seine Uniform auf peinliche Weise auspolsterte. Alle zwei oder drei Monate macht er eine Diät. Er probiert jedes Mal eine neue aus, die er meist in Fachzeitschriften findet, aber die guten Vorsätze sind zu kurzlebig, und sein Bauchumfang beginnt sofort wieder zu wachsen. Seine Kollegen machen sich über seine Akkordeon-Diäten lustig, was er aber nicht übel nimmt. Spricht Französisch.

Mario Boeri

Ein bekannter Anwalt aus Sanremo. Seine Kanzlei arbeitet eng mit einer Kanzlei in Frankreich zusammen.

Spezialisiert auf Wirtschaftsrecht. Er kümmerte sich in letzter Zeit hauptsächlich um Unternehmensumwandlungen und verfolgte deren Eigentumsübertragungen. Betreut einen geheimen Fonds.

Luciana Boeri-Fiorini
Die Frau von Rechtsanwalt Boeri. Alkoholikerin, einsam und sorgenfrei, umsorgt von Nerica, ihrer albanischen Haushaltshilfe.

Chiara Percivaldi
Landesweit anerkannte Anatomie-Pathologin aus Genua. Professor Chiara Percivaldi ist eine hoch angesehene Expertin, Ende 30, schlank, trägt ihren weißen Kittel gerne zu Prada-Pumps, klug, erfahren und unnachgiebig, bis sie einer Leiche die letzten Geheimnisse abgerungen hat.

Dottore Parodi
Niedergelassener Arzt, der für die Polizei hin und wieder den Kittel des Rechtsmediziners überstreifen muss. Nervtötend pingelig, quälend langsam, aber unbeirrbar. Alle in der Behörde, vom Streifen-Carabiniere bis zum Untersuchungsrichter, kennen sein sprichwörtliches Phlegma. Manchmal braucht er Tage, bis er ein Detail, das dringend benötigt wird, offenbart. Wenn man ihn zur Eile treibt, rezitiert er gerne den Spruch, dass im Angesicht des Todes auch die Ungeduld sich angemessen zurückhalten müsse: »Meine ist die allerletzte Untersuchung, ihr werdet verstehen, dass ich mir keine Fehler leisten will.«

Giacomo Benzà
Jeder nennt ihn Benzina. Der kommissariatseigene Mechaniker, der den Fuhrpark auch mit stotterndem Budget und ohne nennenswerte Ersatzteile so am Laufen hält, dass Gallos Truppe den besten und fittesten Fuhrpark in der Region Ligurien hat.

Domenico Lupi
Ein Ex-Kollege. Mitglied des Bombenentschärfungsteams. Hat vor zwei Jahren die Polizei verlassen.

Giuseppina
Tüchtige und gründliche Reinigungskraft bei einer Putzfirma, die unter anderem in der Villa Nobel putzt.

Nerica
Albanerin, die Haushälterin von Avvocato Boeri.

Marvaldi
Ein Kollege aus der Kaserne der Kaserne der Polizia di Stato.

Olga Pisani
Rechtsanwaltsgehilfin, seit etwa drei Jahren kümmert sie sich um die Sekretariats- und Verwaltungsaufgaben der Kanzlei: Rechnungen, Zahlungen und Mahnungen, denn selbst Anwälte haben manchmal Schwierigkeiten, ihre Honorare zu bekommen.

Enrico Martini
Abschluss in Philosophie, Aktivist, Privatdetektiv, Anwaltsgehilfe. Der engste Mitarbeiter des Anwalts Boeri.

Enrico ist das Multitalent der Firma. Ein Allround-Mitarbeiter. Obwohl er kein Jurastudium absolviert hat und über keine juristischen Kenntnisse verfügt, unterstützt er den Anwalt bei seinen Kontakten im Ausland auf wichtige Weise. Enrico beherrscht Französisch, Deutsch und auch Englisch perfekt, sodass er den Anwalt auf seinen Reisen begleitet, insbesondere nach Frankreich, wo Boeri eine Zusammenarbeit mit einer Anwaltskanzlei in Menton aufgebaut hat. Er unterstützt ihn auch bei einigen anderen Aktivitäten außerhalb der Kanzlei.

Marschall Carotenuto
Der unbestechliche Kommandeur der Bombenentschärfungseinheit von Genua.

Clément und Sébastien Bernard
In Menton. Rechtsanwälte und Inhaber einer eigenen Kanzlei. Es gibt außer den beiden Brüdern noch zwei angestellte Anwälte, Joseph Rossi und Marcel Perrin, sowie mehrere Sekretärinnen und einige Praktikanten. Insgesamt sind es zehn Personen. Eine gut eingeführte und gut beschäftigte Kanzlei.

Ivano Buselli
Muskelbepackter Hausmeister und Gärtner. Seit einem Jahr als Gärtner in der Villa Nobel tätig. Er findet die Leiche von Rechtsanwalt Boeri im Garten. Anfang 30 und ein Muskelbau wie auf Steroiden.

Hauptmann Ritter
Verbindungsoffizier der italienischen Polizei und der französischen Gendarmerie in Menton. Durch einen früheren gemeinsamen Fall um ein Flüchtlingsmädchen hat sich eine Freundschaft zu Gallo entwickelt.

Patrizio
Praktikant bei Rechtsanwalt Boeri.

GLOSSAR

Via Aurelia
Die Küstenstraße am Ufer entlang. Sie gibt es seit der Zeit der Römer. Vom römischen Kaiser Marc Aurel initiiert, dessen Namen sie bis heute führt.

Azienda Agricola
Landwirtschaftlicher Betrieb.

Brandacujun
Eine typisch ligurische Vorspeise aus Stockfisch, Kartoffeln, Olivenöl und Zitrone.

Budello
Wörtlich: Eingeweide. In Ligurien die Umschreibung für ein verschlungenes Gewirr aus Altstadtgassen.

Bussana
Küstenort Bussana mit Bussana Vecchia.

Caciotta
Ein typischer italienischer Käse mit der besonderen zylindrischen Form.

Caruggi
Ein Dialekt-Ausdruck für kleine, enge Gassen mit vielen Bögen in einer Altstadt.

Casa Torre
Ein Turm-Haus. Ein Baustil, bei dem sich die einzelnen Zimmer vertikal übereinanderstapeln. So war es möglich, das ganze Haus mit einer einzigen Wärmequelle zu heizen (die Küche war immer das unterste Zimmer).

Cima alla Genovese
Sehr altes ligurisches Gericht aus der Gegend von Genua.

Da terra a cielo
Von der Erde bis zum Himmel. Schmale und bunt bemalte, in unregelmäßigen Reihen gebaute Dorfhäuser, die heute das Dorf- und Stadtbild ganz Liguriens prägen.

Villa und Gärten der Familie Hanbury
Ein großer botanischer Garten in Capo Mortola bei Ventimiglia, 1867 angelegt, der noch heute viele Besucher anlockt.

Gozzo ligure
Typisches ligurisches, bauchiges und stumpfnasiges Fischerboot aus Holz (heute vielfach aus Fiberglas), mit Rudern, Motor oder Segel. Ursprünglich für den Transport der ersten Zitrusfrüchte Europas im 13. Jahrhundert erfunden: die Mandarinen von Sanremo. Die Gozzi konnten große Mengen schwerer Waren transportieren. Die Mandarinen wurden von Sanremo aus nach Genua im Osten oder Marseille im Westen gefahren. Erst viel später entwickelte sich von Sanremo aus in Süditalien die heute etablierte Zitrus-Industrie.

Guardia di Finanza
Eine spezialisierte italienische Polizeitruppe, die dem Ministerium für Wirtschaft und Finanzen in Rom untersteht. Sie ist vor allem für die Bekämpfung der Wirtschaftskriminalität zuständig.

La Pigna
heißt die Altstadt von Sanremo im Volksmund. »Der Zapfen«.

Locanda dal Mortaio
Lieblingslokal von Gallo in der Pigna. Wie eine Kantine mit besonderem Angebot zu Mittag. Und Ort vieler kreativer Treffen mit seinem Team.

Lungomare
Strandpromenade.

Moscatello di Taggia
Laut Archiven des Vatikans vor 700 Jahren der teuerste Wein der Welt. 2006 gelang es durch Gentechnik, noch genau drei Rebstöcke als reine Moscatello di Taggia-Trauben zu identifizieren. Für den Jahrgang 2024 hofft die Erzeugergemeinschaft, wieder 25.000 Flaschen produzieren zu können. Es ist ein fruchtig-trockener Weißwein mit einem unverwechselbaren, kräftigen Aroma von Mandarinen und Birnen. Im frühen Mittelalter war in und um Taggia der Anbau der Moscatello-Trauben die wichtigste Steuerquelle des Verwaltungssitzes Taggia. Muscadet, Moscato und viele andere millionenfach erzeugte Weine in aller Welt gehen auf den Moscatello di Taggia zurück, der aus den Tälern um Taggia vom Boom des Olivenanbaus bis auf die drei letzten Rebstöcke fast vollständig verdrängt wurde.

Oh dio!
Ausruf: oh Gott!

Pastis
Eine Spirituose aus Anis mit Ursprung in Frankreich.

Per la miseria!
Ausruf: Um Himmels willen!

Pista Ciclabile
Wunderschöne, nach Feigen und Pinien duftende Fahrradstrecke auf den ehemaligen Bahngleisen direkt an der Küste entlang, einer der schönsten Radwege Europas.

Polizia di Stato Sanremo
Die Außenstelle der Staatspolizei von Imperia. Sie ist üblicherweise in einer streng bewachten Kaserne untergebracht. Sanremo hat als Stadt in den letzten Jahrzehnten erheblich an Bedeutung gewonnen. Es ist leicht vorstellbar, dass die Kaserne aus allen Nähten platzt. Aus atmosphärischen Gründen gibt es deshalb in diesem Roman eine fiktionale, zivile Außenstelle, die im Stadtzentrum in angemieteten Büros untergebracht ist: Dort befindet sich das Büro von Commissario Gallo.

Porca vacca! Porca troia! Porca m....!
Ausrufe, ohne die die italienische Sprache undenkbar wäre. Etwa: Verdammter Mist!

Questura
Der Sitz des Polizei Direktors. Er koordiniert und führt die Polizeiarbeit – administrativ und investigativ. In der Questura werden vom Questore, dem Polizeidirektor, die unterschiedlichen Polizeieinheiten vom Streifendienst bis zur Mordkommission in ihrer Arbeit koordiniert: Polizia di Stato, Carabinieri, Corpo Forestale, und andere. Der Questor, der seinen Sitz in der Provinzhauptstadt (z. B. Imperia) hat, wird vor Ort von einem Vize-Questore (z. B. in Sanremo) vertreten.

Ragazzi
Junge Leute, Jungs etc.

Riviera dei Fiori
Blumenriviera. Benannt nach der hier besonders erfolgreichen und bis heute florierenden Blumenindustrie. Die Blumenriviera mit seinem ewigen Frühling ist klimatisch dafür auf natürliche Art geeignet. Die Vielfalt an Pflanzen und Blumensorten ist sprichwörtlich. Hinzu kam, dass über den seit dem 14. Jahrhundert florierenden Welthafen Genuas Pflanzensamen aus aller Welt als blinde Passagiere in Säcken und Kisten eingewandert sind und sich beim Weitertransport über Wege, Straßen und später die Eisenbahnschienen überall in Ligurien verteilt haben, aber nur an der Blumenriviera die idealen klimatischen Bedingungen vorgefunden haben, durch die sie heimisch werden konnten. Heute ist die Blumenriviera ein tropisch anmutendes Blüten- und Pflanzenmeer.

Semifreddo
Nachspeise: Halbgefrorenes. Meist mit Fruchtmark hergestellt. Das Lieblingsdessert des Autorenteams von *Dynamit in der Villa Nobel*!

Stellvertretender Staatsanwalt mit richterlichen Befugnissen
Der sogenannte »Pubblico Ministero«, oder PM, leitet die Ermittlungen auf Justiziarer Ebene. Im Gegensatz zu Deutschland verfügt ein italienischer Vize-Staatsanwalt (wie in Sanremo) über Exekutiv-Befugnisse: Er kann Verhaftungen und Durchsuchungen selber anordnen. Im weiteren Verlauf der Ermittlungen muss er seine Entscheidungen zunächst vom Ermittlungsrichter bestätigen lassen und die prozessführende Staatsanwaltschaft in die Lage versetzen, den Prozess erfolgreich führen zu können. In Italien wird der Staatsanwalt oft als PM tituliert, in der persönlichen Unterhaltung meist mit »Dottore« angesprochen und selten mit seinem vollen Titel.

Taggiasca-Oliven
Berühmteste (viele sagen: beste) Olivensorte Italiens, benannt nach dem Ort Taggia an der Blumenriviera. Lässt sich zu samtweichem, aromatischem Olivenöl pressen, das eine besonders feine Balance aus Säure und Frucht besitzt.

Toma
Käsesorte aus Norditalien und den angrenzenden Regionen.

Troussepinette
Ein französischer Aperitif auf Weinbasis mit Schlehdorn aus der Gegend des Vendée. Die *Trouspinette* soll erst um 1910 ein Zimmermann aus Pouzauges erfunden haben. Jede Familie variierte den Trunk. So gibt es nicht nur ein, sondern viele Rezepte für *Trouspinette*. Doch immer werden die Blattknospen der wilden Schlehdornbäume kurz nach der Blüte im Mai geerntet.

Zafferano di Triora
Auf 800 Metern Meereshöhe wurde nahe Triora im Hinterland von Taggia seit dem 13. Jahrhundert Safran angebaut. Es gab ein Gesetz, welches es unter Todesstrafe stellte, den Safran nicht ordnungsgemäß zu ernten, zu trocknen oder zu verarbeiten. Seit Kurzem hat ein junges Team an der gleichen Stelle den Safrananbau wieder aufgenommen – mit vielversprechendem Ergebnis.

DANKSAGUNG

Danke, dem lieben Team des Gmeiner-Verlages, das an *Riviera Express* geglaubt hat. Und Danke an Claudia Senghaas für das sorgfältige, geduldige und umsichtige Lektorat! Caroline Widemann, unserer Erstleser-Expertin, danke ich für die Zeit und Tipps. Barbara Cesaretti aus Coldirodi danke ich für die inspirierenden Hintergrundgeschichten über die Riviera dei Fiori. Ohne sie wären meine Augen blind geblieben für die vielen Höhen und Tiefen dieses vielleicht schönsten Küstenabschnittes der Welt. Danke, Barbara! *Dynamit in der Villa Nobel* ist im Team mit dem unermüdlichen Danilo Balestra und dem einfallsreichen Fulvio Damele entstanden, beides stolze Urgewächse der Riviera dei Fiori. Danke auch an die kleine Stadt Riva Ligure und ihre Bewohner, die uns so freundlich, humorvoll und unterstützend aufgenommen haben.

Riva Ligure, im August

GÜNTER NEUWIRTH
Südbahn nach Triest
ROMAN
GMEINER

KATHARINA EIGNER
Oliva
del Garda
Gardasee-Krimi
GMEINER